DIE GLORIOSA-VERSCHWÖRUNG

AF178860

Nach einer Assistenzzeit im ehemaligen DEFA-Studio für Dokumentarfilme studierte Rolf Sakulowski an der Hochschule für Film und Fernsehen »Konrad Wolf« in Potsdam-Babelsberg. Seit mehr als zwanzig Jahren dreht der erfahrene Regisseur und Autor Filme im In- und Ausland. Daneben gibt er Filmseminare und arbeitet zu Themen polizeilicher Krisenintervention. »Die Gloriosa-Verschwörung« ist sein zweiter Kriminalroman um den jungen Historiker Jonas Wiesenburg.

ROLF SAKULOWSKI

DIE GLORIOSA-VERSCHWÖRUNG

Kriminalroman

emons:

© Emons Verlag GmbH
Cäcilienstraße 48, 50667 Köln
info@emons-verlag.de
Alle Rechte vorbehalten
Umschlagmotiv: Jonathan Schöps/photocase.de
Umschlaggestaltung: Nina Schäfer, nach einem Konzept
von Leonardo Magrelli und Nina Schäfer
Umsetzung: Tobias Doetsch
Gestaltung Innenteil: César Satz & Grafik GmbH, Köln
Lektorat: Susanne Bartel
Druck und Bindung: sourc-e GmbH, Köln
Printed in Europe 2026
Erstausgabe 2018
ISBN 978-3-7408-0424-4
Originalausgabe
4. Auflage

Unser Newsletter informiert Sie
regelmäßig über Neues von emons:
Kostenlos bestellen unter
www.emons-verlag.de

Für Nelly

1

6. August 1665

Endlich schwieg die Glocke. Dass sich nun wieder Stille über dem Dorf ausgebreitet hatte, entnahm der schwarz verhüllte Mann auf seinem entfernten Beobachtungsposten der Tatsache, dass sich die Schar aufgeschreckter Vögel kreisend um den doppelten Kirchturm sammelte und schließlich wieder auf dem Dachfirst niederließ. Für die unschuldigen Geschöpfe zählte nur der Moment. Was bis vor wenigen Augenblicken im Kirchenschiff tief unter ihnen geschehen war, konnten sie nicht ermessen.

Vorsichtig zog sich der Fremde die talggetränkten Stoffpfropfen aus den Ohren. Zunächst noch misstrauisch und bereit, sie sofort zurückzustopfen. Doch seine Sorge erwies sich als unbegründet. Kein Geräusch drang vom Dorf zu ihm herüber. Es war vorbei.

Der sehnige Mann hatte seinen Posten am Waldrand bereits im Morgengrauen bezogen und achtete auch jetzt sorgsam darauf, den Schutz der Bäume nicht zu verlassen. Noch eine Weile verharrte er regungslos im Schatten. Dann zog er sich behutsam zurück und lief zielstrebig in die Tiefe des Waldes.

Nach einigen Minuten erreichte er den Rand eines schmalen Tales. Im Dickicht war der schroffe Einschnitt kaum auszumachen. Ein feuchter Nebelteppich lag unbeweglich über der Senke, so als wollte er den Ort zusätzlich vor neugierigen Blicken verbergen. Geschmeidig stieg der Fremde hinab, immer bemüht, auf dem Geröll keine lauten Geräusche zu machen oder es gar in Bewegung zu versetzen. Trotzdem ertönte schon bald ein alarmiertes Schnauben. Im Dämmerlicht des Grundes schälte sich ein dunkler Schemen aus dem Dunst, der sich unruhig tanzend hinter einem Baum bewegte und dabei seine Form unablässig veränderte. Erst als ein weiterer Nebelschwaden durchschritten

war, kamen die Konturen eines edlen schwarzen Pferdes zum
Vorschein. Der Mann ging geradewegs auf das stattliche Tier zu.
Es erklang ein kurzes, kraftvolles Wiehern, als der Rappe seinen
herannahenden Besitzer erkannte.

»Arco.« Sofort war die Aufregung des Tieres verschwunden.
Der Fremde beließ es bei diesem einen Wort, in welchem eine
merkwürdige Melancholie gelegen hatte. Mit präzisen Hand-
griffen löste er die Leine, mit der das Pferd an dem Baum fest-
gebunden war, und führte den Rappen davon, wobei sich das
Tier eng an die Seite seines vertrauten Herrn drückte.

Kurz vor dem Ausgang der Talsenke gab der Nebel einen
leichten Pferdewagen frei, der versteckt hinter einer dichten
Eichengruppe stand. Bisher hatte der Fremde nichts an seiner
Mission dem Zufall überlassen, und auch die Art des Wagens
war bewusst gewählt. Klein und unauffällig sollte er sein, aber
bei näherer Betrachtung von einer dezenten Eleganz, damit
sein Lenker im Falle einer Überprüfung als respektabler Herr
durchgehen konnte. Von außen nicht sichtbar waren die Ver-
stärkungen des Rahmens und der Achsen mit Beschlägen aus
geschmiedetem Eisen, die dafür sorgen sollten, dass der Wagen
seine besondere Bestimmung erfüllte.

Der Mann tätschelte den Hals seines Rappen, führte ihn an
die Deichsel und legte ihm routiniert das Zuggeschirr an. Nur
wenige Augenblicke später verließ der Pferdewagen den Schutz
des Tales und bog in einen Hohlweg ein, der direkt aus dem
Wald herausführte. Eine wichtige Aufgabe hatte der Fremde
noch zu erledigen. Ein letztes Mal musste er ins Dorf.

Von den Ausläufern des Waldes führte ein staubiger Fahrweg in
gerader Strecke bis hinunter zu dem kleinen Weiler. Die Räder
schwerer Fuhrwerke hatten über die Jahre zwei tiefe Rinnen in
den Boden gepflügt, denen der Reisewagen des Fremden nun
schlingernd folgte. Obwohl die Sonne ihren Zenit noch längst
nicht erreicht hatte, lag schon eine schwere Wärme über den
goldenen Feldern links und rechts. Das Korn stand gut auf dem
Halm und wartete auf seine Ernte.

In den letzten Wochen war der Fremde schon einige Male hier gewesen, um sich mit den Umständen und Gepflogenheiten der Gegend vertraut zu machen. Doch nur ein einziges Mal hatte er sich bis hinunter in die Ansiedlung gewagt. Es war für sein Vorhaben unvermeidlich gewesen.

Obwohl er einen wilden und exzentrischen Charakter besaß, achtete er bei seinen Missionen peinlich genau darauf, im Hintergrund zu bleiben und seine Spuren im Bewusstsein der Menschen durch ein betont unauffälliges Auftreten zu verwischen. Deswegen hatte er auch die Gastwirtschaft des Dorfes gemieden und für die Zeit seiner Unternehmung eine Herberge in einem benachbarten Flecken gewählt. Dort hielt man ihn für einen in sich gekehrten Magister der Botanik, der seine Zeit mit dem Sammeln von Feldpflanzen verbrachte.

Eine Schar Gänse machte lärmend Platz, als das Gefährt des Fremden die Dorfgrenze erreichte. Der Einspänner steuerte zielstrebig auf den doppeltürmigen Kirchenbau zu, der sich auf einem Hügel am gegenüberliegenden Ende des Weilers erhob. Über dem gesamten Ort lag eine drückende Stille. Einzig das rhythmische Aufstampfen der Hufe und das Knarren des Reisewagens störten den Frieden dieses Augustvormittags. Der schwarz gekleidete Mann auf der Sitzbank des Einspänners warf aufmerksame Blicke zu den Fenstern der windschiefen Gesindekaten und in die Einfahrten der Gehöfte. Doch keine Menschenseele begegnete ihm. Es war Sonntag. Die Bewohner des frommen Dorfes hatten sich zur Messe in der Kirche versammelt.

Das Gotteshaus erhob sich auf einer großen Wiese, die vom Staub der Sommerwinde grau gefärbt war. Eine Gruppe mächtiger alter Bäume umgab das Gebäude wie eine stumme Wachmannschaft. Die beiden Türme verliehen der Kirche eine robuste Präsenz. Obgleich nicht sehr groß, strahlte der Bau schlichte Erhabenheit aus.

Mit einem Schnalzen und einem kurzen Zug an den Leinen brachte der Ankömmling das Gefährt zum Stehen. Während er die Speichenräder seines Wagens mit einem Keil arretierte, ließ er seinen Blick noch einmal vorsichtig umherschweifen. Dann tastete er kurz über die Tasche seines Wamses und versicherte sich, dass er die talggetränkten Ohrenstopfen griffbereit hatte. Auch wenn sie ihn vermutlich in dieser Nähe nicht retten konnten. Aber er ging ohnehin davon aus, dass die Glocke nicht mehr ertönen würde.

In die kühle Abgeklärtheit des Fremden mischte sich jetzt, als er die letzten Schritte zum Kirchenportal zurücklegte, eine Spur düsterer Aufregung. Die schwere Tür war geschlossen. Die Bäume wiegten sich sanft im Wind, während ihre Schatten auf dem ausgeblichenen Holz flimmerten. Kein Geräusch drang aus der Kirche. Der Fremde betrachtete die abgenutzte Türklinke aus einem schnörkellosen Eisenband. Wie viele Menschen hatten sie in ungezählten Jahren heruntergedrückt? Er griff nach dem schmalen Metall. Es war an der Zeit, sein Werk zu begutachten. Entschlossen trat er ein.

Nach der gleißenden Sonne schlug ihm im Inneren der Kirchenhalle fast komplette Dunkelheit entgegen. Seine Augen schmerzten. Der kühle Raum umgab ihn wie eine düstere Landschaft aus Schatten. Doch dann, nach einer kurzen Zeit der Gewöhnung, kehrte das Sehvermögen mit erbarmungsloser Klarheit zurück. Das gesamte Dorf war in der Kirche versammelt. Frauen und Männer. Kinder und Greise. Kräftige und Schwache. Keiner hatte die Andacht verpassen wollen. Alle befanden sich hier.

Der Fremde hatte geglaubt, auf das, was ihn erwartete, vorbereitet zu sein. Doch als er in die ersten Augenpaare blickte, schrak er zurück. Hass lag darin, aber auch Erstaunen, Schmerz und Resignation. Am Ende war es die friedliche Stille, die ihm fast den Verstand raubte. Er hatte den Ort der Apokalypse betreten. Niemand im Raum lebte mehr. Er blickte in die Gesichter von Toten.

Langsam schob sich der Besucher tiefer in die dunkle Halle. Registrierte mechanisch die Gruppen unnatürlich verdrehter Leiber, die wie zu einem bizarren Schlachtgemälde erstarrt waren. Ein jeder von ihnen hatte bis zuletzt gekämpft. Doch sie waren keinem Feind zum Opfer gefallen. Sie hatten sich gegenseitig umgebracht.

Wie in Trance schritt der Fremde durch die Kirche. Es hatte keiner Waffen bedurft. Die wären unter den unschuldigen Besuchern des Gottesdienstes auch kaum zu finden gewesen. Stattdessen hatten sie alles benutzt, was ihnen zum Schlagen oder Stechen geeignet erschienen war. Gusseiserne Kandelaber. Aus den Fenstern gebrochene Glasscherben. Am Ende sogar ein Kruzifix. Viele mussten sich mit bloßen Händen aufeinandergestürzt haben. So lange, bis keiner von ihnen mehr übrig gewesen war.

Plötzlich stutzte der Fremde. Seine Hand zuckte zum Griff seines Degens. Da war jemand! Er spürte es nur, aber seine lange Erfahrung in Dingen dieser Art gab ihm Gewissheit. Argwöhnisch ließ er seinen Blick zur Seite schweifen. Und tatsächlich: Im fahlen Licht des Altarraums stand ein alter Mann im schmucklosen Kittel eines einfachen Bauern. Ohne Regung verharrte er an seinem Platz. Der Alte schien den Besucher nicht wahrzunehmen, starrte stattdessen ungläubig und mit glasigen Augen auf seine schwieligen Hände.

Die Begegnung mit dem Überlebenden erschreckte den Fremden mehr als der Anblick der Toten. Für einen Augenblick überlegte er, ob er den Mann mit einem schnellen Stoß seiner verzierten Klinge zu den Seelen der anderen schicken sollte. Doch das war nicht nötig. Der Irrsinn hatte den armen Schlucker bereits in eine fremde Welt gerückt, die ohnehin nichts mehr mit dieser gemein hatte.

Der Besucher zwang sich, seinen Blick von der grausamen Szenerie loszureißen. Was hier geschehen war, würde nicht lange unbemerkt bleiben. Er musste das Artefakt bergen. Nur deswegen war er in diese Hölle zurückgekehrt.

Eilig durchquerte er das Kirchenschiff, verfolgte nun wieder mit kühler Zielstrebigkeit seine Mission. Die niedrige Pforte, die zu einer der Turmtreppen führte, stand weit offen. Dahinter lag die Stiege verwaist im Halbdunkel. Katzenartig duckte sich der Fremde ins Geviert des linken Turmes. Er wusste, dass er hinter einem Vorsprung in der Mauer eine Laterne finden würde. Schnell entzündete er die Talgkerze darin und machte sich im flackernden Schein der Lampe an den Aufstieg. Auf einem Zwischenboden im Quergang zwischen den beiden Türmen blieb er stehen und hob das Licht langsam in die Höhe. Sein Blick erfasste einen Gegenstand, der hier nicht hingehörte. Und der ihm zutiefst vertraut war. Für einen andächtigen Moment vergaß er seine Eile. Vor ihm stand das Artefakt.

Ein leichter Wind strich über die Landschaft, als der Fremde dem Dorf den Rücken kehrte. Ein achtsamer Beobachter hätte bemerkt, dass sich der Rappe jetzt stärker in sein Geschirr stemmen musste und die Räder des Wagens um einiges schwerfälliger durch die ausgefahrenen Spurrinnen pflügten. Was daran lag, dass der verborgene Hohlraum im Herzen des Reisewagens nun nicht mehr leer war.

Unter großer Kraftanstrengung war es dem Besucher gelungen, den schweren Gegenstand, den er »das Artefakt« nannte, aus dem Turmbau der Kirche zu bringen. Genauso wie er ihn nur wenige Tage zuvor an dieser Stelle platziert hatte.

Das einsame Gefährt erreichte die Waldgrenze und bog wenig später an einem Kreuzweg ab. Der Fremde hatte während der gesamten Fahrt nicht ein einziges Mal zurückgeschaut, aber nun fiel sein Blick auf die abgewetzte Truhe, in deren Innerem das Artefakt ruhte. Lange hatte er experimentiert. Gezweifelt. Gefleht. War sich bis zuletzt nicht sicher gewesen, ob seine Erfindung funktionieren würde. Doch heute hatte sie ihre Feuerprobe mit tödlicher Präzision bestanden.

Gemächlich, aber unaufhaltsam bewegte sich der unauffällige Pferdewagen auf ausgespülten Hohlwegen. Der Fremde mied die bekannten Handelsstraßen und nutzte den Schutz der Wälder. Einen halben Tag war er so unterwegs, dann lichtete sich das Dickicht. Unvermittelt traten die Baumreihen zurück und gaben den Blick auf eine weite Landschaft frei. In der Ferne kündete der alles überragende Dom von der sich nähernden Bischofsstadt Erfurt. Der schwarz gewandete Mann fixierte die mächtigen Türme von St. Marien mit feurigen Augen. Bald würde sich dort das Schicksal der Stadt entscheiden. Für einige Sekunden umspielte ein seltenes Lächeln seine harten Züge. Es war vollbracht. Der Klang des Satans war in der Welt.

2

Gegenwart

Das Publikum im Raum hing ihm gebannt an den Lippen, und seine anfängliche Aufregung war dem Gefühl gewichen, dass dieser unwirtliche Oktoberabend tatsächlich zu einem Erfolg werden konnte. Jonas Wiesenburg legte eine kleine Pause ein, um die Spannung noch weiter zu steigern. Dann, endlich, gab er das Geheimnis preis: »Der Name des Mörders ist ... Maria Heublein.«

Die Zuhörer in dem überfüllten Galeriecafé tuschelten aufgeregt, als er fortfuhr: »Sie haben richtig gehört. Es ist eine Mörder*in*.«

In der ersten Reihe fächelte sich eine ältere Dame nervös frische Luft ins Gesicht und tauschte mit ihrer Nachbarin einen verblüfften Blick. Fast jeder im Raum schien von der Auflösung überrascht zu sein, und eine knisternde Spannung lag in der Luft.

Jonas verlor keine Zeit, die Details der Tragödie nachzuschieben: »Die Magd war ihrem verhassten Bruder Laurentius noch am Abend in die Küche der herrschaftlichen Burg gefolgt, um ihn in einem günstigen Moment hinterrücks zu erschlagen. Und – sie hatte die Tat auch schon gestanden. Doch das konnte an diesem 24. Januar des Jahres 1295 niemand im Gerichtssaal wissen. Denn das Geständnis lag nicht im Interesse des Vogtes, der eigene Pläne verfolgte. Als oberster Richter war es für ihn ein Leichtes gewesen, die Geständnisurkunde verschwinden zu lassen und stattdessen Indizien für die Schuld seines Nebenbuhlers Heinrich Cronacher zu platzieren. Und so wurde der arme Heinrich unschuldig an Marias Stelle hingerichtet. Glück für Maria Heublein.«

Jonas sah von der letzten Buchseite auf und warf seinen Zuhörern einen komplizenhaften Blick zu, ehe er hinzufügte:

»Und Glück für uns, dass der Vogt ihr Geständnisprotokoll so schlampig versteckt hat, dass ich es finden konnte. Wenn auch siebenhundertdreiundzwanzig Jahre zu spät, um auf das Urteil noch Einfluss zu nehmen.«

Er schlug das druckfrische Buch behutsam zu, während im Raum lautstarker Beifall einsetzte. Wohin er auch blickte – er sah in beeindruckte Gesichter. Wie sehr hatte Jonas darauf gehofft und konnte es jetzt doch fast nicht glauben. Es war geschafft. Seine Buchpremiere hatte das dicht gedrängte Publikum gefesselt. Erleichtert strich der schlanke Neunundzwanzigjährige seine rotblonden Haare zurück, die sich jedoch allen Bändigungsversuchen widersetzten und gleich darauf wieder aufmüpfig abstanden.

»Bravo!« Henriette Kurek, die quirlige Inhaberin des Galeriecafés La Rivière und Gastgeberin des Abends, pflügte gut gelaunt durch die eng stehenden Besucher und setzte dabei ihre bemerkenswerte Oberweite charmant als Schubhilfe ein.

»Der Laden ist so was von voll«, raunte sie Jonas verschwörerisch zu, als sie endlich neben ihm auf dem Podium stand. »Nicht, dass uns noch die Brücke zusammenbricht.« Damit spielte sie auf den gleichermaßen exotischen wie exklusiven Ort an, der ihr Galeriegeschäft beherbergte: die Erfurter Krämerbrücke. Ein einzigartiges Bauwerk im historischen Herzen der Stadt, welches nicht nur einen steinernen Weg über den Fluss schlug, sondern auch zweiunddreißig mittelalterliche Fachwerkhäuser trug.

»Liebe Freunde, liebe Gäste«, wandte sich Henriette Kurek jetzt an das Publikum im Raum. »Und sehr verehrte Damen und Herren von der Presse«, fügte sie hinzu und deutete hier und da ein Nicken in Richtung einzelner Gesichter an, die ihr offensichtlich vertraut waren, »ich freue mich, Sie alle heute bei uns zu haben. Auch deshalb, weil es ein so hoffnungsvolles Talent ist, das uns zusammengeführt hat.« Damit schob sie Jonas ein wenig nach vorn in Richtung der Fotografen, die in der Enge des überfüllten Raumes versuchten, einigermaßen günstige Perspektiven für ihre Bilder zu finden. Dann fuhr sie fort: »Als mich

Jonas Wiesenburg vor ein paar Wochen gefragt hat, ob mein Galeriecafé nicht ein guter Ort für die Premierenlesung seines ersten Buches sein könnte, habe ich nicht lange nachgedacht und sofort zugesagt. Und wie Sie sich nach diesem spannenden Abend vorstellen können, bereue ich es keine Sekunde lang. Jonas – ich denke, ich kann für alle hier sprechen, wenn ich sage: Sie haben uns mit diesem außergewöhnlichen Einblick in die düsteren Machenschaften unserer Vorfahren in Ihren Bann gezogen. Ein wirklich bemerkenswertes Debüt!« Erneuter Beifall bestätigte ihre Worte, und ein Gewitter aus Fotoblitzen tauchte das Podium einen Moment lang in einen flackernden Schein und malte unheimliche Schatten auf die Wände.

Zwei Jahre hatte Jonas Tag für Tag an seinem Projekt gearbeitet – einem ungeschönten Buch über Kriminalfälle aus dem Mittelalter. Dabei wollte er sich bewusst von der Vielzahl der Publikationen absetzen, die historische Ereignisse lediglich nacherzählten. Jonas interessierte sich für die ungelösten Fälle. Für die Widersprüche und Unstimmigkeiten. Die Rätsel und die offenen Fragen.

Seit seinem Studium der mittelalterlichen Geschichte faszinierte es ihn, die dunklen Kammern der Vergangenheit zu betreten. In die Welt nie aufgedeckter Ränkespiele und Intrigen einzutauchen, die allzu oft das Rad der Geschichte im Kleinen oder Großen beeinflusst hatten. Oft stieg der junge Historiker hinab in die geheimnisumwobene Welt alter Archive. Ging Spuren nach, über die sich seit vielen hundert Jahren der Mantel des Vergessens gebreitet hatte. Die Zeugen, die er aufspürte, waren längst zu Staub zerfallen. Aber es gab Akten und Tagebücher. Geschichtliche Querverbindungen. Und manchmal sogar noch die Gebäude, die in einem tragischen Moment der Vergangenheit zum Tatort geworden waren.

Bei seinen Recherchen orientierte sich Jonas an Ermittlungsmethoden, wie sie heute auch die Kriminalpolizei nutzte. Er besaß die Gabe und die Geduld, den längst verstummten Stimmen zuzuhören. Auf diese Weise hatte er bis jetzt ein gutes Dutzend rätselhafter Fälle gelöst. Keiner von ihnen lag weniger als fünfhundert Jahre zurück. Sein Buch trug den Titel »Nomina peccatorum – Die Namen der Sünder«. Denn Jonas gab nicht auf, bis er die Täter mit Rang und Namen ermittelt hatte. Den Opfern konnte er damit nicht mehr helfen, aber wie ein Zeitreisender brachte er menschliche Schicksale, die noch immer atemlos machten, zurück ins heutige Bewusstsein. Und gerade hatte ihm sein Publikum bewiesen, dass es sich von dieser Faszination anstecken ließ.

Jetzt, auf dem hell erleuchteten Podium des Galeriecafés, stellte sich bei Jonas so etwas wie wirklicher Stolz ein. Doch als Henriette Kurek ihre kurze Laudatio beendet hatte, wies er als Erstes ganz nach hinten in den Raum. »Bevor ich das tolle Lob für meine Arbeit annehme«, begann er mit einem Anflug von Rührung in der Stimme, »möchte ich mich zuerst bedanken – bei der coolsten und stärksten Partnerin, die man haben kann. Und zwar beim Schreiben und im Leben. Bei meiner Freundin Fenja!«

Die Augen aller im Raum folgten unvermittelt Jonas' Blick. In der letzten Reihe stand eine junge Frau Ende zwanzig, deren anmutige und gleichermaßen nachdenkliche Gesichtszüge etwas Geheimnisvolles hatten, deren dunkle Augen jetzt aber verschmitzt aufblitzten. Sie zwinkerte Jonas kurz zu, und erst als sie sah, dass er sie mit einer beharrlichen Geste zu sich nach vorn winkte, verließ sie ihren Platz. Ihr langes schwarzes Haar fiel locker über das lapislazuliblaue Kleid, welches ihre schlanke, sportliche Figur noch betonte. Im Gegensatz zur Gastgeberin des Abends musste Fenja sich nicht durch die Menge drängen. Wie von selbst bildete sich eine Gasse, durch die sie unter bewundernden und auch einigen neidischen Blicken zum Podium gelangte.

»Danke«, sagte Jonas noch einmal leise und umarmte Fenja lange.

Fenja Wolff war Geologin und erforschte Höhlen und Gebirge. Am liebsten war sie in der Natur unterwegs, und zwar bei fast jedem Wetter und in jedem noch so unwegsamen Gelände. Daneben hatte sie ihren Freund von Beginn an bei der Arbeit an seinem Buch unterstützt. Während Jonas der gewiefte Recher-cheur, Kombinierer und Stratege war, brachte Fenja mit ihrer Spontaneität, ihren verrückten Ideen und ihrer Lust am Aben-teuer eine frische Lebendigkeit in ihre Beziehung. Zusammen waren sie ein fast unschlagbares Team.

Fenjas Auftauchen neben Jonas hatte den Beifall im Raum noch einmal anschwellen lassen. Als sich der Applaus langsam legte, zog ein einzelnes Händeklatschen, das hartnäckig und pointiert andauerte, die Aufmerksamkeit aller Gäste auf sich. Es kam von einem distinguierten Mann im dunklen Maßanzug, der sich jetzt gemessenen Schrittes in Bewegung setzte und, weiterhin klatschend, auf das Podium zuging.

»Dr. Hutter«, raunten gleich mehrere Besucher, und der Ton-fall reichte dabei von Wertschätzung bis Verachtung.

»Meinen Glückwunsch!«, sagte Hutter, als er vor Jonas und Fenja stand. Dann nahm er Fenjas Hand und hauchte einen flüchtigen Kuss auf ihre Haut. »Ein wunderbares Werk!« Für einen kurzen Augenblick ließ er in der Schwebe, ob er damit Fenja oder das soeben präsentierte Buch meinte. Dann wandte er sich Jonas zu, drückte ihm jovial beide Oberarme und fuhr fort: »Jonas, Ihre Arbeit hat mich wirklich beeindruckt.« Mit einer routinierten Drehung schraubte sich Hutter in Richtung Publikum und verwandelte so seinen Glückwunsch übergangs-los in eine Ansprache, wobei er seine Worte instinktiv auf den Galeriebereich konzentrierte, in dem die meisten Pressevertreter standen. »Die Historie, meine Damen und Herren! Die Historie benötigt immer auch eine Stimme, die sie erweckt. Einen Mu-tigen, der sie wieder ans Licht zieht. Einen Anwalt, der für sie kämpft. Und solch einen Mann sehen Sie hier vor sich. Jonas Wiesenburg.«

Hutter machte eine Pause und gab dem Publikum damit Ge-legenheit für einen kurzen Beifall. Dann setzte er seinen Diskurs mit dem Rhythmusgefühl eines erfahrenen Redners fort: »Und deshalb war es mir eine Herzensangelegenheit, Jonas' vielver-sprechendes Erstlingswerk mit einem bescheidenen Betrag zu unterstützen. Spannende Projekte brauchen Menschen, die an sie glauben. Wie die meisten von Ihnen sicherlich wissen, ist das seit vielen Jahren nicht nur mein persönliches Motto, sondern auch die Maxime von Metropolis Thuringiae. Wir bauen ein neues Erfurt auf, das sich fest auf die Fundamente seiner großartigen Geschichte gründet.« Eine weitere Pause folgte, in der nur noch artiger Applaus gespendet wurde.

Jonas ließ die subtile Vereinnahmung des Abends durch Dr. Hutter mit halbwegs guter Miene geschehen. Er hatte sein Buch selbst vorfinanziert und publizierte es jetzt im Eigenverlag. Hutter war einer der wenigen gewesen, die sich frühzeitig bereitgefunden hatten, das Projekt zu fördern und einen Teil der nicht unerheblichen Druckkosten zu übernehmen. Der Mann war Jurist und Vorsitzender des Erfurter Lobbyistenvereins Metropolis Thuringiae, eines erlesenen Clubs, der das Augenmerk von Politik und Bevölkerung gern auf die Historie der Landeshauptstadt lenkte, der aber auch solide wirtschaftliche Interessen vertrat. Dem Verein gehörten zahlreiche Baufirmen an, die ihr öffentlichkeitswirksames Schwärmen für die mittelalterliche Bausubstanz Erfurts gern mit lukrativen Sanierungsaufträgen adelten.

»Dann bleibt mir nur noch, mein lieber Jonas, Ihrem Buch einen durchschlagenden Erfolg zu wünschen«, beendete Dr. Hutter seinen Exkurs, bevor er mit einem hintergründigen Lächeln anfügte: »Und dass Sie für uns auch weiterhin in die dunklen Tiefen der Vergangenheit schauen und uns die ›Namen der Sünder‹ offenbaren.«

»Könnten wir bitte noch mal ein Foto …?« Eine kleine Schar von Pressefotografen drängte sich zum Podium. Jonas fühlte sich fast geblendet, als er schon zum zweiten Mal innerhalb kürzester Zeit vom harten Licht der blitzenden Kameras eingehüllt wurde. Für einen kurzen Moment blickte er irritiert zur Seite. Und genau in diesem Augenblick sah er es.

An einem der Galeriefenster, die hinaus auf die nachtschwarze Brücke gingen, erschien plötzlich ein Gesicht. Es gehörte zweifellos zu einem Mann, hatte aber nichts Menschliches an sich.

Die Züge waren zu einer bösartigen Fratze verzerrt, und die weit aufgerissenen Augen durchbohrten Jonas mit einem wahnsinnigen Ausdruck. Dann, nach einem entsetzlichen Moment der Erstarrung, verschwand die Gestalt genauso schnell, wie sie aufgetaucht war, und hinter der Fensterscheibe blieb nur unergründliche Schwärze zurück.

Jonas hatte sich so erschrocken, dass er im ersten Moment nicht reagieren konnte. Irgendetwas an dem Gesicht war ihm auf verstörende Weise bekannt vorgekommen, doch er wusste nicht, was es war. Hilfesuchend blickte er zu den anderen Gästen, die überall in kleinen Gruppen beieinanderstanden, an Sektgläsern nippend und in angeregte Gespräche vertieft. Niemand im Raum schien die Erscheinung am Fenster bemerkt zu haben, alle befanden sich in bester Stimmung. Hatte ihm seine Wahrnehmung einen Streich gespielt?

Mit wenigen Schritten erreichte Jonas die Ladentür, riss sie auf und trat hinaus auf die Brückenstraße. Schlagartig waren alle Premierengeräusche wie weggewischt, und die kühle Stille der Nacht schlug ihm entgegen. Jonas hätte nicht genau sagen können, wie viel Zeit inzwischen vergangen war, aber der Mann vom Fenster musste einfach noch irgendwo in der Nähe sein. Doch so häufig er sich auch umblickte – er konnte weit und breit nichts sehen außer dem fahlen Licht der Brückenbeleuchtung und der regenfeuchten Dunkelheit der Nacht.

3

Obwohl die Schicht von Sven Künzel gerade erst begonnen hatte, schlich sich bei ihm schon jetzt eine hartnäckige Müdigkeit ein. Das lag auch daran, dass der frühe Sonnenuntergang und das ungemütliche Wetter dieses Oktoberabends ganz Erfurt in eine düstere Stimmung versetzt hatten. Und natürlich daran, dass es wieder die Spätschicht war, die ihm sein Chef immer dann aufs Auge drückte, wenn er sich aus irgendeinem belanglosen Grund angepisst fühlte. Was in letzter Zeit häufiger geschah.

Eigentlich fand Sven Künzel seinen Job ganz in Ordnung. Er arbeitete bei einem privaten Security-Unternehmen und war für einen Trupp von acht Ordnern zuständig. Er mochte es, wenn andere ihn mit Respekt behandelten, und das taten sie schon deshalb, weil seine in einem Riether Kraftsportstudio geformte Figur auch ohne viele Worte zu überzeugen vermochte. Künzels persönlicher Ehrgeiz bestand darin, dass in dem Bereich, für den er Verantwortung trug, alles korrekt und geregelt zuging.

Seit dem Frühjahr hatte seine Firma einen festen Vertrag mit der Stadtverwaltung, und so war Sven Künzels Arbeitsplatz seit fast sechs Monaten das historische Rathaus am Fischmarkt. Er empfand es als Vorteil, dass seine Schichten jetzt wesentlich ruhiger abliefen als früher, wo er sich an den Türen der Vorortclubs Nacht für Nacht mit irgendwelchen Spinnern hatte herumschlagen müssen. Und als Nachteil, dass er jetzt für blasierte Krawattenträger Dienst tat, die jemanden wie ihn kaum eines Blickes würdigten. Aber inzwischen hatte sich Sven Künzel damit arrangiert. Die Bezahlung stimmte, und er und seine Jungs waren ein gutes Team.

Künzel sah auf die Uhr. Die heutige Veranstaltung sollte um einundzwanzig Uhr beginnen, und schon jetzt, zwanzig Minuten vorher, war der holzgetäfelte Festsaal bis auf den letzten Stuhl gefüllt. Eine Stunde lang waren die Honoratioren der Stadt in ihren Smokings und Abendroben hereingerauscht. Doch ausgerechnet der Hauptgast des Abends fehlte noch. Enrico Chevalier, siebenundsechzigjähriger Kulturmäzen und eine der schillerndsten Persönlichkeiten Erfurts, würde heute die Ehrenbürgerwürde der Stadt verliehen bekommen. Künzel fand das gut. Chevalier stammte wie er aus einfachen Verhältnissen, hatte nach der politischen Wende 1990 seine Chance ergriffen und war mit sicherem Instinkt groß ins Sportgerätegeschäft eingestiegen. Mit einer Kette von Fitnessstudios hatte er in wenigen Jahren ein erhebliches Vermögen angehäuft, das er mit einigen hemdsärmeligen Börsenspekulationen noch vervielfachte. »Mit fünfzig muss man es geschafft haben«, zitierte Chevalier sich gern selbst und hatte sich getreu diesem Leitspruch an seinem fünfzigsten Geburtstag zum Privatier erklärt. Obwohl er nie eine künstlerische Ader entwickelt hatte, stiftete er seit Jahren regelmäßig größere Summen für spektakuläre Kunstprojekte, womit sich der manchmal recht ungehobelte Geräteverleiher einigen gerümpften Nasen zum Trotz einen festen Platz in der gehobenen Erfurter Gesellschaft gesichert hatte. Und jetzt auch die Ehrenbürgerschaft.

»Andy von Sven. Habt ihr den Chevalier schon auf dem Schirm?«, fragte der bullige Security-Mann in sein Walkie-Talkie und meinte damit einen der beiden Kollegen, die am Eingang des Rathauses postiert waren.

»Negativ«, kam es knapp zurück.

So langsam wurde Künzel unruhig. Laut seinem Plan hätte der angehende Ehrenbürger seit mindestens einer halben Stunde im Gebäude sein sollen. Doch das war er nicht, und der Büroleiter des Oberbürgermeisters eilte jetzt schon zum zweiten Mal mit fragendem Gesicht auf ihn zu.

Zehn Minuten nach dem geplanten Beginn der Veranstaltung hatte sich das Fehlen von Enrico Chevalier bis in die letzte der eng besetzten Stuhlreihen herumgesprochen und wurde mit dezentem Geraune der Festgäste kommentiert. Mehrere Mitarbeiter des Rathauses schritten nervös auf und ab, die Gesichter in konzentrierter Ratlosigkeit verzogen und ihre Smartphones fest ans Ohr gepresst. Doch von keinem von ihnen kam der erlösende Ausruf. Der Erfurter Ehrenbürger in spe blieb verschollen.

Sven Künzel hatte seine Ordner inzwischen drei Mal abgefragt und sah im Moment keinen Sinn darin, dies ein viertes Mal zu tun. Weitere zwanzig Minuten später war er sich sicher, dass es an diesem Abend keinen Festakt mehr geben würde. Offenbar schwänzte der Geehrte seine Zeremonie, der Grund dafür ließ sich auch durch Nachdenken nicht ermitteln. Fest stand: Die Welt würde davon nicht untergehen. Der Security-Mann entspannte sich und beobachtete mit einem gewissen Vergnügen, wie einige der nobel gekleideten Gäste verstohlen zu dem üppigen Büfett hinüberschielten, sich aber nicht trauten, ihren schlecht kaschierten Gelüsten nachzugeben.

»Achtung an alle. Chevalier ist im Anmarsch«, krächzte es unvermittelt aus Künzels Walkie-Talkie. Und gleich danach: »Ach du Scheiße …«

»Andy?«, fragte Künzel nach einer Schrecksekunde zurück. Mit dieser Meldung hatte er nicht mehr gerechnet. »Andy von Sven. Was ist los?« Doch er erhielt keine Antwort. Stattdessen drangen verzerrte Rufe vom Vorplatz zu ihm herauf, gefolgt von einem dumpfen Poltern im Foyer. Künzel war sofort alarmiert. Irgendetwas ging da gerade gehörig schief. Und das war nicht gut.

In wenigen Schritten war er an der nächstgelegenen Tür, die vom Festsaal hinaus zum Treppenhaus führte. Doch noch bevor er die Hand nach dem verzierten Messinggriff ausstrecken konnte, schwangen die beiden Flügel auf, und vor ihm stand Enrico Chevalier. Der Kunstmäzen trug einen taubenblauen Anzug und um den Hals ein elegantes Tuch aus weinroter Seide. In der Hand hielt er einen Gehstock mit silbernem Knauf, der mit feinen Gravuren überzogen war. Alles an dem Mann strahlte ausgefeilte Eleganz aus. Doch irgendetwas an dem Bild stimmte nicht.

Es ist der Blick, durchfuhr es Künzel. Etwas lag in Chevaliers Augen, das der Security-Mann nicht einordnen konnte. Für kurze Zeit war er zwischen Faszination und Erschrecken gefangen, dann hatte ihn Chevalier auch schon passiert und schritt geradlinig durch den Mittelgang, der zwischen den Stuhlreihen nach vorn zum Rednerpult führte.

»Verdammt, wir haben hier Verletzte! Der ist völlig durchgedreht!«, schrie es plötzlich aus dem Funkgerät. »Vorsicht, der muss zu euch unterwegs sein!«, brüllte ein anderer Ordner auf demselben Kanal.

Künzel zuckte zusammen und hob mechanisch das Gerät vor den Mund. »Wer?« Doch er wusste sofort, wer gemeint war, als sich Chevalier mitten im Saal langsam zu ihm umdrehte.

Ein entrückter Blick traf ihn, dann verzerrte sich Chevaliers Antlitz zu einer gehetzten Fratze. Ohne Vorwarnung holte er mit seinem Gehstock aus und hieb den massiven Silberknauf ins Gesicht eines schmächtigen Mannes in der ersten Sitzreihe. Eine hellrote Blutfontäne spritzte ins Publikum, dann fiel der Getroffene mit einem glucksenden Geräusch vornüber und rutschte aufs Parkett. Da war Chevalier schon einige Meter weiter und drosch mit einem unmenschlichen Schrei auf sein nächstes Opfer ein. Die Gäste waren so perplex, dass es einen Moment dauerte, bis die ersten zu schreien begannen. Dann brach die Hölle los.

Männer und Frauen sprangen von ihren Sitzen auf, versuchten, in unterschiedliche Richtungen zu entkommen, und rissen sich dabei gegenseitig zu Boden. Chevalier preschte unterdessen durch die kopflose Menge und schlug mit einem archaischen Gebrüll um sich. Die Anwesenden gehorchten nur noch ihrem puren Überlebensinstinkt. Viele drängten in die hinteren Sitzreihen oder begannen, dem Angreifer mit dem Mut der Verzweiflung Stühle entgegenzuschleudern.

Wie in Zeitlupe nahm Künzel das surreale Geschehen wahr. Für ein paar kostbare Sekunden war er zu keiner Reaktion fähig, doch dann prasselten die Bilder und Geräusche mit ungebremster Wucht auf sein Gehirn ein. Das hier war kein Alptraum. Das war echt. Enrico Chevalier war dabei, Menschen zu töten. Er musste aufgehalten werden.

Mit einem kurzen Sprint katapultierte sich der Security-Mann ins Zentrum des Tumults, ignorierte die Stühle, die ihn trafen, und die Menschen, die er zur Seite rempeln musste. Künzel hatte nur sein Ziel im Auge. Zeitgleich mit zweien seiner Kollegen erreichte er Chevalier und fiel den Angreifer sofort an. Doch der Mann entwickelte schier unmenschliche Kräfte. Immer wieder entwand er sich den Klammergriffen der drei durchtrainierten Ordner, warf sich ihnen entgegen und brachte seine Gegner aus dem Gleichgewicht. Erst nach einigen unendlichen Minuten gelang es ihnen mit vereinten Kräften und vollem Körpereinsatz, Chevalier niederzuringen und am Boden zu fixieren. Doch kaum hatten seine Schultern den Parkettboden berührt, bäumte er sich erneut auf, drückte die auf ihm knienden Wachmänner von sich und bog die muskulösen Arme, die ihn festhielten, langsam und unaufhaltsam zur Seite. Die Stärke, die er dabei an den Tag legte, war ganz und gar unnatürlich für einen Mann seiner Statur und seines Alters. Es folgte ein kehliger, lang gezogener Schrei, und dann, ganz plötzlich, war es vorbei. Enrico Chevalier sackte kraftlos in sich zusammen. Sein dunkelrot angelaufenes Gesicht verlor alle Farbe, sein Blick wurde glasig, und das schwere Keuchen seiner Stoßatmung wich einer gespenstischen Stille.

Sven Künzel brauchte keine medizinischen Fachkenntnisse, um zu wissen, dass der Mann nicht mehr lebte. In seinen gebrochenen Augen war noch ein Rest der irren Aggression zu erahnen, mit der er Minuten zuvor gewütet hatte, doch zu Künzels Verwunderung lag in den bleichen Zügen des Toten vor allem ein Ausdruck von Angst und Erstaunen. Von einem Moment auf den anderen hatte sich Enrico Chevalier von einer übermenschlichen Kampfmaschine wieder in den siebenundsechzigjährigen Bonvivant zurückverwandelt, den jeder im Raum gekannt hatte.

Sven Künzel blickte wie betäubt auf den grotesk verrenkten Körper hinab. Und nahm erst jetzt wahr, dass er selbst am ganzen muskelbepackten Leib zitterte.

4

Jonas Wiesenburg war kaum zum Nachdenken gekommen, seit er die verstörende Erscheinung am Fenster der Galerie gesehen hatte. Zu viele seiner Premierengäste interessierten sich für die Anekdoten und Hintergründe seines Buches und bestürmten ihn mit Fragen und Kommentaren. Erst als die letzten zähen Fans das Galeriecafé verlassen hatten, trat etwas Ruhe ein.

»Dom?«, fragte Fenja.

»Ja, noch kurz«, antwortete Jonas. Das war ihr Ritual: Am Ende wichtiger Tage gingen sie oft noch einmal zum Domplatz, um einen Blick auf den berühmten Hügel zu werfen, der sich inmitten Erfurts erhob. Den Hügel, auf dem der Mariendom und die benachbarte Severikirche über der Stadt thronten.

Hand in Hand verließen sie die Krämerbrücke, die im schwarzen Mantel der Nacht wie die Kulisse aus einer fernen Zeit wirkte. Jetzt, zu dieser späten Stunde, war die Altstadt ganz und gar pur. Ein ehernes Wesen aus Stein und Holz, das sich der Geschäftigkeit seiner Bewohner und dem Gewimmel der Touristenmassen entzogen hatte.

»Und, zufrieden?«, fragte Fenja gut gelaunt. Sie hatte sich ihre geliebte alte Lederjacke übergestreift und blitzte Jonas unternehmungslustig an.

»Total. Ich bin megaglücklich«, gab er schnell zurück.

»Megaglücklich. Aha. Genau so siehst du auch gerade aus.« In Fenjas Augen lag ein ironisches Lächeln. Sie spürte, dass ihr Freund etwas auf dem Herzen hatte, was nichts mit dem unbestrittenen Erfolg seiner Buchpremiere zu tun hatte.

»Da war jemand am Fenster. Vorhin in der Galerie. Wie ein Geist«, sagte Jonas, nachdem sie einige Schritte gegangen waren.

»Ein Geist?«, fragte sie zurück.

»Ein Gesicht. Eine Fratze. Irgendwas dazwischen.«

»Vielleicht hat sich nur einer einen Spaß erlaubt. Du weißt ja, was hier manchmal nachts für Typen rumhängen.«

»Kann sein. Wahrscheinlich. Aber ich bin rausgegangen und habe nachgesehen. Da war niemand.«

»Hm. Komisch.« Fenja dachte eine Weile nach, während sie langsam weiterschlenderten. Schließlich flüsterte sie: »Dann war es vielleicht wirklich ein Geist. So einer wie ich.« Sie fauchte Jonas mit einem zur Grimasse verzogenen Gesicht an, musste dabei aber fast sofort lachen, was auch Jonas ansteckte.

Ihre Unterhaltung wurde jäh unterbrochen, als plötzlich in ihrer Nähe ein Martinshorn losheulte und kurz darauf ein Rettungswagen mit Blaulicht an ihnen vorbeiraste.

»Der kommt vom Fischmarkt«, wunderte sich Jonas.

Kurz darauf erreichten sie den historischen Marktplatz. Zuerst fiel ihnen das blaue Flackern auf, das die kunstvollen Fassaden ringsum unheimlich pulsieren ließ. Der Zugang zu dem Platz war mit eisernen Sperrgittern verstellt. Polizisten bewachten die Barriere und öffneten sie nur, um weitere Krankenwagen durchzulassen. Der Fischmarkt selbst wirkte wie die Kulisse aus einem Actionfilm. Sanitäter und Sicherheitskräfte eilten zwischen ihren Fahrzeugen hin und her, Gestalten in den weißen Overalls der Kriminaltechnik untersuchten markierte Bereiche auf dem gepflasterten Boden. Halogenstrahler auf mobilen Teleskopmasten verwandelten die Fläche vor dem Rathaus in eine unwirkliche Insel des Lichts.

Jonas und Fenja blieben stehen. Irgendetwas Schreckliches war hier vorgefallen, und es konnte noch nicht allzu lange her sein. An der Absperrung hatten sich kleine Gruppen von Nachtschwärmern zusammengedrängt, deren fahle Gesichter Neugier und Besorgnis widerspiegelten und die sich mit gedämpften Stimmen austauschten.

»Wisst ihr, was hier passiert ist?«, fragte Fenja eine Gruppe junger Mädchen, die in ihren aufgetakelten Outfits vermutlich nach einer Party hier gestrandet waren.

»Nee, keine Ahnung. Irgendwas im Rathaus. Die tragen ständig Verletzte raus«, antwortete eine etwa Sechzehnjährige mit gereizter Stimme, die ihre Beunruhigung nur unzureichend kaschierte.

»Ein Anschlag war's nicht. Jedenfalls keine Bombe, das hätte man gehört«, ergänzte das Mädchen neben ihr.

»Vielleicht drehen die auch nur wieder einen Film«, warf eine dritte Freundin ein, was aber gleich mit skeptischem Kopfschütteln der anderen quittiert wurde.

Eine Weile blieben Jonas und Fenja ratlos stehen, bis sie fast gleichzeitig eine Frau mit mittellangem Haar und energischen Gesichtszügen entdeckten, die im abgesperrten Bereich an einem Zivilfahrzeug stand und einem bleichen Hünen in der Arbeitskleidung einer Security-Firma zuhörte.

»Ach du Scheiße. Was macht die denn hier?«, entfuhr es Jonas.

Fenja sagte nichts und starrte wie gebannt auf die Frau, die sich, scheinbar unbeeindruckt vom Gewimmel der Einsatzkräfte, auf ihr Gespräch mit dem Wachmann konzentrierte.

Spätestens jetzt realisierten beide, dass die absurde nächtliche Szene vor ihnen wirklich echt war. Sie kannten die Frau nur zu gut. Kriminalkommissarin Anne Vareel. Sie waren ihr vor fünf Jahren schon einmal begegnet, in einer Situation, in der Fenja und Jonas dem Tod ins Auge geblickt hatten. Eine dunkle Episode ihres jungen Lebens, die sie seitdem hinter einem Schutzwall des Vergessens zu verstecken suchten.

»Lass uns gehen«, sagte Jonas bestimmt.

Fenja nickte und riss sich von der Szenerie los.

In diesem Moment flammte in der Seitenstraße rechts neben ihnen eine helle Lampe auf, und der Lichtkegel einer Kamera fiel auf eine üppige Frau mit derangierter Abendgarderobe. Ihr dickes Make-up war tränenverschmiert und verlieh ihr ein clowneskes und zugleich tragisches Aussehen. Trotzdem schien sie sich ganz und gar freiwillig vor der Kamera zu präsentieren, ihren Auftritt zu wünschen oder zumindest für geboten zu halten. Nachdem der Kameramann ein knappes »Wir laufen« hervorgepresst hatte, fragte ein Reporter: »Frau Wondrasch, können Sie noch einmal kurz schildern, was Sie gerade im Rathaus erlebt haben?«

Man konnte erkennen, dass sich die Frau sehr zusammenriss, als sie mit belegter Stimme zu berichten begann: »Also, angefangen hat alles ganz normal. Wir waren zu dem Empfang eingeladen, mein Mann und ich. Das war ja heute Abend die Verleihung der Ehrenbürgerwürde für Enrico Chevalier. Das heißt, das sollte es sein. Aber wir haben gewartet, und der kam und kam nicht. Dann war er plötzlich da. Seine Augen hätten Sie sehen sollen. Der ist durch den Saal marschiert und hat wahllos auf die Leute eingeschlagen. Wie ein Roboter. Immer weiter. Wir haben erst gar nicht richtig begriffen, was da passiert. Plötzlich war überall Blut. Oh Gott …« Ein Weinkrampf zwang sie zu einer Pause, und der Reporter redete beruhigend auf sie ein, wobei es ihm nur unzureichend gelang, seine im Tonfall mitschwingende Ungeduld zu verbergen.

Jonas war blass geworden. Das Gesicht. Enrico Chevalier. Mit einem Mal wusste er, wer ihn vorhin wie ein Höllenbote durch das Fenster angestarrt hatte.

»Und wenn er zu uns reingekommen wäre? Ich meine, vorhin in der Galerie«, sagte Jonas wie zu sich selbst. Zusammen mit Fenja stand er inzwischen auf dem menschenleeren Domplatz – dem eigentlichen Ziel ihres abendlichen Spazierganges. Hier herrschte eine sanfte Stille, die nur ab und zu vom gedämpften Geräusch eines sich entfernenden Martinshorns unterbrochen wurde.

»Ist er aber nicht. Und jetzt denk nicht mehr dran.« Fenjas Stimme war fest.

»Ja, du hast recht.« Doch es gelang Jonas nur schwer, die letzten Eindrücke des Abends beiseitezuschieben.

Die beiden blickten hinauf zum Domberg. Vor dem Nachthimmel zeichnete sich die angestrahlte Kathedrale ab. Das mächtige Kirchenschiff und die drei Turmspitzen hatten etwas Erhabenes, Zeitloses. Der Bau verströmte Ruhe und Kraft. Und das, obwohl er nicht nur friedliche Tage, sondern auch die dunklen Epochen der Stadt miterlebt hatte. Oder vielleicht gerade deshalb.

Jonas und Fenja blieben eine Weile stehen, ohne etwas zu sagen. Den Moment nicht zerreden. Sie mochten diese spätabendlichen Besuche, bei denen sie auch die zunehmende Kühle und der aufziehende Nebel nicht störten. Weder Jonas noch Fenja fühlten sich einer Konfession zugehörig. Aber das spielte keine Rolle. Der Dom hatte für sie etwas, was über solchen Dingen stand. Er war ein Freund in der Nacht.

Schließlich gingen die beiden zurück zur Krämerbrücke. Auf ihrem Weg mieden sie den Fischmarkt, ohne dass es dafür einer besonderen Verständigung bedurft hätte, und schlenderten durch die engen Gassen der Altstadt. Als sie den berühmten Flussübergang erreicht hatten, war Henriette Kureks Galeriecafé längst genauso dunkel wie all die anderen kleinen Läden, die sich auf der siebenhundert Jahre alten Brücke aneinanderreihten.

Jonas schloss die schmale, altmodische Holztür auf, die in einer Nische neben einem Schaufenster versteckt lag und sich mit einem tiefen Knarren öffnete. Die beiden verschwanden in einem engen Flur, der nicht breiter als einen Meter war. An seinem Ende führte eine hölzerne Stiege zwischen den engen Putzwänden steil nach oben. Die symbolische Treppenbeleuchtung spendete kaum Licht, doch Jonas und Fenja kannten jede Stufe. Seit zwei Jahren wohnten sie hier, mitten auf der Krämerbrücke.

Um das verschachtelte Quartier im Obergeschoss der mittelalterlichen Häuserzeile wurden sie von vielen beneidet. Vor allem von denen, die nie probiert hatten, im Zentrum einer neunundsiebzig Meter langen Touristenattraktion zu leben, die im Jahr Hunderttausende Besucher anzog.

Nach kurzem Aufstieg erreichten die beiden den Eingang ihrer Wohnung. Auch wenn Passanten hier nicht vorbeikamen, prangte daneben ein glänzendes Messingschild:

DETEKTEI WIESENBURG
HISTORISCHE ERMITTLUNGEN

Ein ermutigender Scherz, den sie Jonas' altem Geschichtsprofessor Degglinger verdankten. Und nicht mal ganz unzutreffend.

Bei den Recherchen zu seinem Buch hatte sich Jonas tatsächlich manchmal wie ein Detektiv gefühlt.

Erschöpft ließ er sich auf das alte Sofa in ihrem gemeinsamen Arbeitszimmer fallen. Die Wände und Holzbalken ringsum waren wie die Clipboards in einem Kriminalbüro mit Fotos, Skizzen und Notizen bedeckt. All diese Fälle hatte er gelöst, und sie waren nun in seinem Buch nachzulesen. Die Zettel konnten also verschwinden.

»Und, wie geht's jetzt weiter?«, fragte Fenja in die Stille hinein.

Jonas gab keine Antwort, weil er sie nicht kannte.

5

Tomasz Pietrzak schlug die letzte Seite der Lokalzeitung zu, bevor er das Blatt wieder zurück in die Mitte der fleckigen Tischplatte schubste, die das Herzstück ihres Baustellencontainers bildete. Der Amoklauf des Verrückten im Rathaus lag nun schon eine Woche zurück, und die Berichte darüber waren längst vom neuen großen regionalen Thema verdrängt worden: dem bevorstehenden Besuch von Papst Marcellus III. In etwas mehr als sechs Wochen wurde Seine Heiligkeit für drei Tage in der thüringischen Landeshauptstadt erwartet. Seit die Apostolische Nuntiatur die Visite im März endgültig bestätigt hatte, liefen hier, auf dem Erfurter Domberg, fast schon panische Vorbereitungen. Die umfangreiche Sanierung der Domkrypta, an der auch Tomasz Pietrzak beteiligt war, musste in jedem Fall bis zur klerikalen Visite abgeschlossen sein, was gehörig Druck in die Arbeiten brachte.

Der fünfzigjährige Maurer, der in seinem polnischen Geburtsort Spycimierz eine geradlinige katholische Erziehung genossen hatte, sah dem Papstbesuch mit Stolz entgegen. Marcellus III. war noch nicht lange im Amt, hatte aber bereits erkennen lassen, dass er die liberale Linie seines Vorgängers nicht weiterverfolgen würde. Der italienische Geistliche galt als konservativ. Der von ihm gewählte Papstname war in der Kirchengeschichte zuvor erst zwei Mal gebraucht worden, wohl auch deshalb, weil sich der ursprüngliche Namenspatron durch seine Härte und Unnachgiebigkeit nicht gerade beliebt gemacht hatte.

»Nicht wundsitzen!«, brüllte es jetzt durch das Fenster des Baucontainers, und ringsum schabten die Beine zurückgestoßener Sperrholzstühle über den Metallboden. Auch ohne die spöttische Ansage des Poliers wusste jeder, dass es auf der Dombaustelle kaum eine Chance gab, die Pause über die tariflich vorgeschriebene Länge hinaus auszudehnen. Der Papstbesuch saß allen gleichermaßen im Nacken.

Der Bautrupp marschierte die lange Treppe hinab, die in die Krypta der Kathedrale führte. Wortlos passierten die Männer die zwei mächtigen steinernen Sarkophage, in denen die Gebeine der Gründungsbischöfe Adelar und Eoban ruhten. Im hinteren Bereich des Grabgewölbes war aus dem Steinboden ein Geviert herausgeschlagen worden, in dem ein provisorisches Gerüst aus Kanthölzern und Aluminiumleitern in die Tiefe führte. Den Schacht hatte man eigens erschlossen, um die sperrigen neuen Stahlträger in die darunterliegenden Ebenen zu befördern. Nach der Sanierung würde er wieder versiegelt werden. Der Domkeller erstreckte sich über drei Etagen, die eigentliche Baustelle lag in den beiden unteren.

Routiniert verteilten sich die Maurer und Schalungsbauer in den engen Steingängen. Die unterirdischen Wege wurden von Baulampen erhellt, die in regelmäßigen Abständen an den Wänden hingen und im Kellerdunkel eine lange Kette von fahlen Lichtflecken schufen. Fast alle aus dem Trupp blieben in der zweiten Ebene zurück, wo heute einer der neuen Stützträger eingesetzt werden sollte. Einzig Tomasz Pietrzak war vom Bauleiter für eine andere Arbeit eingeteilt worden.

»Ich gehe nach unten!«, rief er seinem Polier zu und hob den Arm zu einem halbherzigen Winken. Dann stieg er über eine zweite Leiter in das unterste Gewölbe hinab.

Kurz darauf stand er allein in einem engen Bogengang, der eingezwängt zwischen wuchtigen Mauern aus Sandstein und Muschelkalk durch den dunklen Bauch des Domberges führte. Hier herrschte eine unangenehme Kälte, und die feuchte Luft kroch Pietrzak sofort in die Knochen.

Weiter hinten im Gang warf eine einsame Baulampe, deren Schutzglas von Mörtel und Baustaub schon lange erblindet war, ihren blassgelben Lichtschein in eine Nische. An dieser Stelle war die steinerne Wand aufgebrochen und gab den Blick auf ein altes Stützeisen frei. Irgendwann war es hier mehr schlecht als recht eingesetzt worden und sollte nun entfernt werden, um einem stärkeren Exemplar Platz zu machen. Tomasz Pietrzak hatte schon mehrere Stunden mit dem Versuch verbracht, das

Eisen aus dem Mauerwerk zu bekommen. Aber das rostige Monster sträubte sich verbissen, als wollte es seinen Platz im Rückgrat des Gotteshauses um keinen Preis aufgeben.

Missmutig hockte sich der Maurer wieder vor die ungeliebte Nische und setzte seinen Pressluftmeißel in eine neue Mauerfuge. Er wollte gar nicht darüber nachdenken, wie viele Steinquader er noch aus der Wand stemmen musste, um das verdammte Ding endlich aus ihrer sturen Umklammerung zu lösen.

»*Kurwa!*«, stieß er einen kräftigen Fluch aus, einem Schlachtruf gleich, und drückte auf den Startknopf. Augenblicklich hallte der Lärm des vibrierenden Meißels durch die unterirdischen Gewölbe, und eine Wolke aus gelblichem Staub füllte den Gang.

Wieder und wieder stemmte sich der Arbeiter mit seinem Werkzeug gegen das Gemäuer. Ganz langsam verschoben sich die Sandsteinblöcke, und zum ersten Mal glaubte er zu spüren, dass auch der Eisenträger einige Zentimeter von seinem Platz wich. Angespornt von diesem Erfolg verstärkte Pietrzak seine Anstrengung. Und tatsächlich, der Widerstand vor seinem Pressluftmeißel wurde geringer. Sofort nahm der Arbeiter den Finger vom Druckknopf. Innerhalb einer Sekunde war es erholsam still in den Gängen. Tomasz Pietrzak wischte sich den Schweiß von der Stirn und lehnte sich gegen die kühle Wand. Für einen Moment schloss er erschöpft die Augen. So dämmerte er eine Weile vor sich hin und wäre fast eingeschlafen. Doch dann schlich sich ein sonderbares Gefühl in sein Unterbewusstsein. Plötzlich war er hellwach. Da war ein Geräusch, das hier nicht hingehörte. Das Rauschen von Kieseln, das sich allmählich zu einem röhrenden Malmen steigerte. Der Maurer sprang instinktiv auf, doch es war zu spät. Mit ohrenbetäubendem Krachen verschwand der Boden unter seinen Füßen, und Tomasz Pietrzak stürzte in ein schwarzes Nichts.

Er hatte keine Ahnung, ob Stunden vergangen waren oder nur Sekunden. Der Lärm hatte sich gelegt. Zurückgeblieben war lediglich ein sanftes Rauschen, und auch das verebbte allmählich.

Als er die Augen aufschlug, nahm Tomasz Pietrzak zunächst nur einen trüben Nebel aus Staub wahr. Irgendwo über ihm erkannte er schemenhaft eine Öffnung, durch die das fahle Licht der schwankenden Baulampe herunterdrang.

Bruchstückhaft kehrte seine Erinnerung zurück. Er hatte an dem verdammten Träger gearbeitet, dann war irgendetwas schiefgegangen. Der Boden hatte nachgegeben, und er war abgestürzt. In die Tiefe. Aber das konnte nicht sein, denn unter dem Gewölbe, in dem er gestanden hatte, gab es nichts. Nur den felsigen Grund, auf dem der Dom errichtet war.

Pietrzak versuchte, sich aufzurichten, aber sofort schoss ihm ein furchtbarer Schmerz durch Beine und Rücken. Er sank zurück. Zum Teufel, was sollte er tun? Wenn es schlimm lief, würde ihn hier niemand finden. Sein Handy nützte ihm nichts; an Empfang war hier unten nicht zu denken. Aber das Getöse des brechenden Gemäuers mussten die anderen doch gehört haben. Warum kamen sie dann nicht?

Dem verletzten Arbeiter blieb nichts anderes übrig, als auf Hilfe zu warten. Wenn er sich nicht bewegte, hielt sich der Schmerz in Grenzen. Vielleicht konnte er sich irgendwie bemerkbar machen, den anderen ein Zeichen geben. Er sah sich vorsichtig um. Als sich die Staubwolke allmählich verzogen hatte, traten grob behauene Felswände hervor. Er befand sich in einer Art künstlicher Grotte. Der rechteckige Raum hatte die Größe einer kleinen Kapelle.

Behutsam änderte Pietrzak seine Lage. Irgendwo musste es einen Ausgang geben. Wer auch immer diese Halle in den Fels geschlagen hatte – durch die Decke war er sicherlich nicht gekommen. Zentimeter für Zentimeter drehte der Maurer seinen Körper, damit er einen Blick in die Raumhälfte werfen konnte, die hinter ihm lag. Als er es endlich geschafft hatte, erstarrte er. Und war sich mit einem Mal nicht mehr sicher, ob nicht ein Fiebertraum seine Sinne verwirrte.

Ein paar Schritte vor ihm stand ein steinerner Tisch. Er war von einer Gruppe thronartiger Stühle umgeben, auf denen Männer in mittelalterlichen Roben saßen, die in einen stummen

Dialog vertieft schienen. Statt der Augen hatten sie schwarze Schlitze, und durch die zerfetzte, lederartige Haut ihrer Gesichter grinsten bleiche Totenschädel hindurch.

Im Schock des Moments bohrte sich ein Zeichen in Pietrzaks Gedächtnis, das auf jedem ihrer kostbaren Gewänder prangte: eine züngelnde Schlange, die aus einer Glocke hervorkroch.

Plötzlich erklangen von oben aufgeregte Stimmen, und der Maurer blickte erschrocken zur Grottendecke.

»Scheffe, hierher! Hier ist ein Rieseneinbruch!« Entfernt.

»Oh Gott, ich glaube, da unten liegt einer!« Näher.

»Ruf die Rettung!« Eine andere Stimme. Und dann ein lauter Ruf: »Tomasz? Bist du da unten?« In dem Loch in der Hallendecke erschien zuerst der scharfe Strahl einer Handlampe und dann das blasse Gesicht seines Poliers.

In diesem Moment wusste Tomasz Pietrzak, dass er nicht träumte.

6. August 1665

Es begann schon zu dämmern, als der Einspänner des schwarz gekleideten Mannes die Niederung erreichte. Der befestigte Weg, auf dem er sich jetzt bewegte, mündete etwas weiter unten auf die Via Regia, die geradewegs vor die Tore der mächtigen Stadt Erfurt führte. Obwohl der Reisewagen gemächlich dahinzuckelte, ließ der Fremde die vor ihm liegende Strecke keinen Moment lang aus den Augen. Jetzt musste er wachsam sein. Die große Handelsstraße stand unter besonderem Schutz, und in ihrer Nähe war jederzeit mit bewaffneten Patrouillen zu rechnen. Schon vor einer Stunde hatte er sorgsam überprüft, ob die Kiste mit dem Artefakt sicher und vor fremden Augen verborgen im Bauch des Pferdewagens verstaut war. Die Kästen und Säcke mit seiner botanischen Sammlung stapelten sich fest verzurrt darüber, eine gute Tarnung.

Im Westen zog ein Band aus Wolken über den Horizont und raubte der untergehenden Sonne mit seinem milchigen Schleier ihre verbliebene Kraft. Durch den aufziehenden Dunst starrten von der rechter Hand liegenden Anhöhe die kantigen Mauern der Cyriaksburg herüber, jener Zitadelle, die Erfurts Stadtmauern als erste Verteidigungsbastion vorgelagert war. Im fahlen Gegenlicht erschien sie wie ein ruhender Monolith. Aber der Mann auf dem Pferdewagen wusste, dass von dort oben wachsame Augen auf die Straßen zur Stadt gerichtet waren.

Nach einer halben Stunde Fahrt erreichte er die Stelle, an der sein Weg auf die Via Regia traf. Um den einsamen Hof zu erreichen, auf dem er seit zwei Jahren lebte, musste er der viel befahrenen Strecke wohl oder übel für eine Weile folgen. In einiger Entfernung vor sich sah er mehrere schwer beladene Gespanne, die beharrlich der Stadt entgegenstrebten, bevor die Tore am Abend geschlossen wurden.

Im selben Moment registrierte er auch eine kleine Gruppe Berittener, die ihm von Erfurt her entgegenkamen und mit denen er binnen kurzer Zeit zusammentreffen würde. Soldaten, daran bestand kein Zweifel. Und es war zu spät, ihnen auszuweichen.

Mit einem schnellen Blick überprüfte der Mann noch einmal die Ladung seines Wagens, dann setzte er sich aufrecht auf den Kutschbock und erwartete den herannahenden Trupp. Trotz seiner reglosen Miene war sein Körper bis zur letzten Sehne angespannt. Auf einen Fluchtversuch oder gar einen Kampf konnte er es nicht ankommen lassen; er hätte keine Chance. So blieb ihm die Hoffnung, dass die Soldaten auf ihrem Weg zum Wachwechsel auf der Cyriaksburg entsprechend in Eile waren und seinen Einspänner ignorierten.

Doch diese Hoffnung zerschlug sich im nächsten Augenblick.

»Halt!«, brüllte der Reiter an der Spitze der Patrouille ihm unmissverständlich entgegen. Der Soldat löste sich aus der Formation und kam zielstrebig auf ihn zugetrabt, während sich die anderen Berittenen routiniert um den Reisewagen verteilten. Sie trugen die Hoheitszeichen des verhassten Mainzer Erzbischofs Johann Philipp von Schönborn, der die stolze Metropole Erfurt vor nicht ganz einem Jahr mit militärischer Gewalt unterworfen hatte und dessen übermächtige Truppen die Stadt seitdem fest in ihrem Griff hielten.

»Wohin des Wegs? Die Tore schließen gleich!«, bellte der Anführer ohne jede Höflichkeit.

»Nicht in die Stadt. Mein Ziel liegt vor den Mauern. Aber seid herzlich bedankt für den Hinweis.« Der Mann auf dem Reisewagen versuchte, beiläufig und würdevoll zu klingen und sein durchaus reputierliches Äußeres zu seinem Vorteil zu nutzen.

Doch der Kommandeur des Trupps hakte misstrauisch nach. »Es ist gleich Nacht. Was ist Euer Ziel, wenn nicht die Stadt?«

»Ich führe einen Hof in den Niederungen. Ein Dammweg geht hinüber, gleich da vorn. Deswegen, mit Verlaub, müsste ich jetzt weiter. Denn, wie Ihr richtig bemerktet, es bleibt nur noch wenig Licht vom Tage.« Und er setzte hinzu: »Natürlich nur, wenn Ihr gestattet, Sergeant.«

Die letzten Worte ausreichend respektvoll klingen zu lassen kostete ihn einige Mühe. Er wusste genau, wer ihm da in den Weg getreten war. Zacharias Marholt, ein ungehobelter Handwerkerspross, der sich in der Garnison der Besetzer zum Truppführer hochgearbeitet hatte. Klein und kräftig. Nicht sonderlich intelligent, aber gerissen. Ein scharfer Hund.

»Ihr führt einen Hof? Wie ein Bauer seht Ihr gar nicht aus«, erwiderte der vierschrötige Marholt spöttisch. Doch sein Blick blieb kalt.

»Ich widme mich der Botanik. Der Kunde von den Pflanzen«, antwortete der Mann auf dem Kutschbock und deutete dabei mit einem Kopfnicken auf die Behälter mit Korngarben, die auf seinem Wagen festgeschnallt waren. »Das Wissen darüber zu mehren ist nicht nur den Bauern dienlich«, ergänzte er, »sondern sichert auch den Wohlstand der Stadt, an deren Steuern sich Euer Bischof so herrlich erfreut.« Den letzten Satz hatte er mit einem treuherzigen Lächeln herausgebracht und hoffte, dass Marholt die bittere Ironie entging.

»Soso. Es ist also das Wohlergehen unseres Erzbischofs, welches Euch am Herzen liegt.« Die Augen des Berittenen blitzten boshaft. »Und wie ist Euer Name?«

»Nikolaus Corvus. Magister der Wissenschaften und Konsultant des Erfurter Rates.« Ohne eine Reaktion abzuwarten, zog Corvus ein zusammengefaltetes Pergament aus seinem Wams und reichte es dem Truppführer. Die Urkunde bestätigte seine Tätigkeit als Berater in Belangen der Naturkunde und Medizin. Sie trug das Siegel der Stadt und war von Veit Hutter unterzeichnet, einem geachteten Erfurter Ratsherrn.

»Ihr dient also dem Rat«, bemerkte der Sergeant bissig, nachdem er das abgegriffene Dokument aufmerksam gelesen hatte. »Nun, dann lasst sehen, was Ihr geladen habt.«

Damit drängte Marholt sein Pferd dicht an die Flanke des Reisewagens, zog seinen Degen und begann, mit der Klinge in der Ladung herumzustochern. Das Gleiche taten jetzt auch zwei seiner Soldaten auf der anderen Seite des Fuhrwerks. Der Schweiß der schweren Rösser mischte sich mit dem Geruch feuchten Leders und den Ausdünstungen der Kriegsknechte.

Nikolaus Corvus nahm die Inspektion mit kühler Miene hin und ließ seinen Blick gleichmütig über die Landschaft gleiten. Er war sich sicher, dass die Soldaten nach einer Weile von selbst die Lust an Kräuterbündeln und Korngarben verlieren würden.

»Was haben wir denn da? Eine geheimnisvolle Truhe!«

Der triumphierende Ton in der Stimme des Sergeanten alarmierte Corvus sofort. Er musste sich aufs Äußerste beherrschen, um nicht hektisch herumzufahren. Langsam wandte er sich Marholt zu und folgte dessen Blick. Einer der Knechte hatte eine Stoffbahn zur Seite geschlagen und zerrte jetzt mit der freien Hand eine tiefblaue Kiste hervor.

»Wolltet Ihr uns da etwas vorenthalten, Corvus?«, fragte Marholt herausfordernd.

»Nein, Sergeant. Die Truhe gehört zu meiner Sammlung.«

»Der Inhalt ist sicher sehr wertvoll, wenn Ihr sie so sorgsam unter Kräutern und Stoffen verbergt.«

»Das ist sie in der Tat. Aber ich möchte Eure kostbare Zeit nicht mit meinem banalen Tand vergeuden.«

»Wie aufmerksam von Euch.« Marholt griente süffisant. Dann wurden seine Züge hart: »Öffnen!«

Corvus schlang die Leinen seines Zugpferdes um einen Eisensparren und stieg über den Kutschbock nach hinten auf die Ladefläche des Wagens. Er befreite die Kiste vom Rest ihrer Abdeckung, darum bemüht, jede schnelle Bewegung zu vermeiden. Aus den Augenwinkeln konnte er sehen, dass die Soldaten seine Handgriffe argwöhnisch verfolgten, die Klingen im Anschlag. Sie sollten ihren Spaß bekommen.

Nachdem er ein kleines Kettenschloss an der Vorderseite geöffnet hatte, sah er zu Marholt hinüber. »Darf ich?«

»Aufmachen!« Die Geduld des Sergeanten war am Ende.

»Voilà!« Mit einem kühnen Schwung stieß Corvus die beiden Flügeltüren des Kastens auf. Mit einem Knarren schlugen sie zur Seite und gaben die Sicht auf das Innere der Truhe frei.

Die Bewaffneten starrten für einen Moment auf den Gegenstand vor ihnen und sahen dann zu ihrem Truppführer hinüber.

»Was ist das?«, fragte Marholt überrascht.

»Mein Samenschrank.« Corvus konnte sich ein schmales Lächeln nicht verkneifen.

Die Truhe war farbenprächtig ausgemalt, auf den Innenseiten der Flügeltüren prangten schwülstige Motive von Engeln, Blüten und tanzenden Bauersleuten. An der Vorderfront befanden sich zahllose Schubladen, eine jede trug ihre eigene Bezeichnung in feiner Handschrift. Darüber prangten zwei Worte in großen goldenen Lettern: »MIRABILIA DEI« – Gottes Wunder.

Corvus zog einige der Schubkästchen auf, die alle mit unterschiedlichen Getreidesamen gefüllt waren. »Ein wahrer Schatz«, sinnierte er leidenschaftlich. »Darf ich Euch die feinen Unterschiede in den Eigenarten dieser Pflanzen erläutern?«

Einer der Soldaten ließ ein glucksendes Kichern vernehmen, verstummte aber sofort, als er sich einen drohenden Blick seines Kommandeurs einfing.

Für einen kurzen Augenblick herrschte Stille, dann riss der Sergeant sein Pferd am Zügel herum. »Wir brechen auf!«, brüllte er seine Untergebenen an, die augenblicklich von dem Einspänner abließen und sich beeilten, ihre Marschformation wieder einzunehmen.

»Wir sehen uns noch«, zischte Marholt Corvus zu. Dann gab er seinem Pferd die Sporen und setzte sich an die Spitze des Trupps, der wenig später im Grau des letzten Abendlichts verschwand.

Mit eisigem Grinsen sah Nikolaus Corvus den Soldaten nach. Sein Kalkül war aufgegangen. Die Inspekteure hatten den Köder geschluckt. Mit der Hand strich er über die Bretter des Ladebodens. Darunter, im unsichtbaren Bauch des Reisewagens, ruhte unbehelligt die zweite Truhe. Diejenige, die das Artefakt beherbergte.

Noch einmal ließ er die kurze Begegnung in Gedanken Revue passieren. Auch er würde sich den ungeschlachten Sergeanten merken. Nikolaus Corvus war nachtragend.

Mit einer geschmeidigen Bewegung glitt er zurück auf den Kutschbock. Ein kurzes Schnalzen genügte, und Arco zog den Wagen an.

Die Dunkelheit umfing die Niederung bereits komplett, als der Einspänner das entlegene Gehöft erreichte. Auf dem letzten Streckenabschnitt hatte sich Corvus auf den Instinkt seines Rappen verlassen, der dem vertrauten Dammweg unbeirrt durch die Sumpfebene gefolgt war.

Nun stand die Kutsche vor dem Tor des Hofes. Sein Quartier wirkte schmucklos und düster, aber genau deswegen hatte er es ausgewählt. Einen Augenblick lang genoss er die Stille. Dann sprang er vom Bock hinunter.

In diesem Augenblick ertönte ein dumpfes Mahlen, und die schweren Torflügel begannen sich wie von Geisterhand zu öffnen. Für einen Moment war Corvus von Laternenlicht geblendet, dann erkannte er den Umriss einer schlanken Gestalt. Ein kurzes Schmunzeln umspielte seine Lippen. Sie hatte sein Kommen wieder bemerkt, bevor er die Hofglocke anschlagen konnte. Anscheinend besaß sie ein eigentümliches Gespür, hatte sich doch sein Wagen zu dieser späten Stunde nahezu lautlos genähert.

»Dorothee«, sagte Corvus anstatt eines Grußes. Die junge Frau, deren Körper fast komplett von einer dunklen Kutte verborgen war, nickte still und trat zurück in den Schatten des Torhauses.

Corvus griff in Arcos Zaumzeug, gab dem Tier ein kurzes Zeichen und geleitete es zusammen mit dem Wagen in das Gehöft. Hinter sich hörte er, wie Dorothee das Tor schloss und mit einem stabilen Riegel sicherte.

Er lenkte den Einspänner in eine steinerne Halle, die beinahe die gesamte rechte Seite des Hofgevierts einnahm. Es war eine großräumige Eisenschmiede, deren beste Jahre schon weit zurücklagen. Früher einmal hatten die Gebäude einem Handwerksmeister gehört, der es mit Aufträgen für die Erfurter Bürgerschaft zu Wohlstand gebracht hatte. Doch im zurückliegenden Krieg waren der Schmied erschlagen und der Hof geplündert worden, und das Anwesen war verkommen, bis es Nikolaus Corvus schließlich erwarb.

»Ruhig, Arco!« Corvus spürte, dass sich das Pferd in der engen Halleneinfahrt unwohl fühlte. Er spannte den Rappen aus und führte ihn hinüber in seine Stallung, um dann zur Schmiedewerkstatt zurückzukehren. Bevor er in ihr verschwand, ließ er seinen Blick langsam über den Hof schweifen, dessen Gebäude im Dunkel der angebrochenen Nacht nur schemenhaft zu erkennen waren. Dann wartete er. Plötzlich flammte in einem Fenster über den Ställen ein schwaches Licht auf. Gut. Dorothee, seine Magd, war wieder in ihrer Kammer.

Corvus ging zurück in die Schmiede und zog das Hallentor hinter sich zu. Hierher würde ihm Dorothee nicht folgen. Sie wusste, dass sie diesen Bereich nicht betreten durfte. Aber Nikolaus Corvus war ein vorsichtiger Mann.

Er entzündete einige Talglampen und verteilte sie auf Balken und in Wandnischen. Sie tauchten lange Holztische voller getrockneter Pflanzen, die in der gesamten Schmiedehalle standen, in ihren Flackerschein. Auch hier auf seinem Anwesen war die botanische Sammlung Teil seiner Tarnung. Obwohl Corvus tatsächlich einige Zeit an mehreren Universitäten zugebracht hatte, war ihm die Pflanzenkunde in Wirklichkeit fremd. Vielmehr interessierten ihn die Wissenschaften der Mechanik, der Metallurgie und der Natur der Elemente. Darin hatte er schon vor langer Zeit seine eigentliche Berufung erkannt.

Corvus öffnete den doppelten Boden seines Reisewagens und zog die verborgene Truhe hervor. Es kostete ihn einige Kraft, den schweren Kasten zu bewegen. Stück für Stück schleppte er ihn über den gestampften Lehmboden bis zur hinteren Giebelwand der Halle. Dort verharrte er einen Moment, bevor er einen unscheinbaren Hebel hinter einem Werkzeuggestell betätigte. Zunächst geschah nichts, aber nach einigen Sekunden setzte sich ein versteckter Mechanismus in Gang, und das gesamte Gestell samt Rückwand schwang zur Seite. Dahinter wurde ein niedriger Durchbruch sichtbar, der in einen weiteren Raum führte.

Corvus entzündete auch hier eine Lampe, und das aufscheinende Licht gab den Blick auf ein Kabinett frei, das mit der staubigen Schmiedewerkstatt nebenan nichts gemein hatte. Vielmehr glich es einem Studierzimmer oder einer Bibliothek. Ein großes Schreibpult bildete seinen Mittelpunkt. Auf dem Boden ringsum stapelten sich Bücher und Folianten. Und an den Wänden hingen riesige Pergamentbögen, die mit Skizzen und mathematischen Formeln übersät waren.

In diesem geheimen Refugium stellte Corvus jetzt seine Truhe ab und setzte sich erschöpft auf einen Schemel. Er ließ einige Minuten verstreichen, ehe er die Kiste mit einem Leder sorgsam vom Staub befreite, der sich während des Transports angesammelt hatte. Dann schlug er den Deckel auf.

Lange ließ Corvus seinen Blick auf dem Gegenstand ruhen, der im Schein der Lampe matt glänzte.

Vor seinem inneren Auge tauchte wieder die kleine Dorfkirche auf, durch deren Pforte er an diesem Morgen direkt in die Hölle geblickt hatte.

Das Artefakt.

Die Stimme des Todes.

Der Schlüssel zur Macht.

Corvus riss sich aus seinen Gedanken, verschloss die Truhe, löschte die Talglampe und ging zurück in die Schmiedehalle. Wenig später schwang die Geheimtür geräuschlos zurück an ihren Platz, und nichts ließ mehr erahnen, dass es hinter der Wand ein geheimes Zimmer gab.

Nikolaus Corvus trat hinaus in die Nacht.

Die erste Etappe war geschafft.

Jetzt war es an der Zeit, die Bruderschaft zu kontaktieren.

7

Gegenwart

Jonas suchte gerade einige Bücher zusammen, deren Rückgabe an die Bibliothek schon wieder überfällig war, als es an der Haustür klingelte.

Komisch. Fenja konnte es nicht sein, sie hatte ihren eigenen Schlüssel und würde auch vor dem Abend nicht zurück sein. Und Besuch erwartete er ebenfalls keinen. Neugierig drückte er den Türsummer.

Wenig später waren auf der Stiege im Treppenhaus eilige Schritte zu vernehmen, und es klopfte an die Wohnungstür.

Er öffnete und sah in den Flur.

»Hallo, Jonas. Schön, dass Sie zu Hause sind.«

Jonas verharrte verblüfft. »Sie?«

Vor ihm stand eine attraktive Mittdreißigerin in einem modischen Herbstmantel. Der Wind hatte ihr dunkelblondes Haar ein wenig zerzaust, aber ihre gesamte Erscheinung strahlte Disziplin und Zielstrebigkeit aus. Es war Kommissarin Anne Vareel. Kriminalpolizei.

»Das ist ja nicht gerade eine euphorische Begrüßung«, stellte sie mit lakonischem Schmunzeln fest.

»Äh, ja. Nein. Ich bin nur überrascht.« Als Jonas realisierte, wen er da vor sich hatte, wurde er plötzlich blass. »Ach du Scheiße. Ist was mit Fenja?«

»Nein, alles gut«, beruhigte ihn die Kommissarin schnell. »Mein Besuch hat nichts mit Fenja oder Ihnen zu tun. Gar nichts.«

Jonas atmete auf, und es entstand eine betretene Pause.

»Darf ich kurz reinkommen?«, fragte Anne Vareel.

»Klar. Sorry.« Jonas führte die Kommissarin in den Raum, der ihm und Fenja als Arbeitszimmer diente. »Kaffee? Tee?«, bot er an.

»Gerne einen schwarzen Tee.«

Jonas räumte die Bücherstapel von den beiden altertümlichen Ledersesseln, die links und rechts neben einem kleinen Holztisch standen. »Setzen Sie sich doch. Ich bin gleich wieder da.« Damit verschwand er in der Küche.

Anne Vareel. Er konnte es nicht glauben.

Während Jonas den Tee zubereitete, schweiften seine Gedanken ab, zurück zu dem Tag, an dem er der Kommissarin zum ersten Mal begegnet war. Fast genau fünf Jahre lag das jetzt zurück. Aufgewühlt hatte er ihr in einem Befragungsraum gegenübergesessen und seine Freundin als vermisst gemeldet. Fenja betrieb damals geologische Studien in den berühmten Saalfelder Feengrotten und war nach einem Erkundungsgang nicht aus dem alten Bergwerk zurückgekehrt. Aber niemand hatte Jonas geglaubt. Dabei war Fenjas Verschwinden erst der Beginn einer Reihe dramatischer Ereignisse gewesen, an deren Ende er seine Freundin nur mit knapper Not retten konnte.

Anne Vareel hatte die Ermittlungen geleitet. Ihr Verhältnis zu Jonas war von Anfang an schwierig gewesen, eine Zeit lang hatte sie ihn sogar verdächtigt, etwas mit Fenjas Verschwinden zu tun zu haben. Erst ganz am Ende waren die Vorbehalte verblasst, und zum Schluss hatten er und Fenja das Gefühl gehabt, dass Anne Vareel ihnen sogar einen gewissen Respekt entgegenbrachte.

Als der Tee fertig war, goss Jonas die goldgelbe Flüssigkeit in zwei Keramiktassen und stellte sie zusammen mit einer passenden Zuckerdose und einem Milchkännchen auf ein Silbertablett.

Die Teezubereitung war etwas, was er gern etwas ausführlicher als nötig zelebrierte. Sie machte ihm einfach Spaß. Eine Zäsur, die er ein- oder zweimal am Tag brauchte.

Mit dem Tablett kehrte er ins Arbeitszimmer zurück. Inzwischen war seine erste Überraschung über den Besuch der Kommissarin einer gewissen Neugier gewichen.

Anne Vareel hatte sich noch immer nicht gesetzt, sondern stand mitten im Raum und ließ ihren Blick über die historischen Bücher, über die Archivordner und Notizhefte gleiten, die sich in Regalen und zwischen Holzbalken stapelten. »Hier lösen Sie also Ihre mittelalterlichen Kriminalfälle …«

»Sie haben davon gehört?«

»Ich habe Ihr Buch sogar gelesen. Glückwunsch, wirklich spannend.«

»Das freut mich«, entgegnete Jonas knapp.

»Sie arbeiten sehr methodisch«, fuhr Vareel fort, »und haben einen guten Blick für Fakten. Sie finden das Korn in der Menge. Das gelingt den wenigsten, glauben Sie mir. Ich weiß, wovon ich spreche.«

»Danke.« Jonas überraschte das Lob der Kommissarin – und dass sie offensichtlich über sein derzeitiges Leben im Bilde war.

»Wie geht es Fenja? Ich meine, nach damals«, wollte Anne Vareel wissen.

»Gut«, antwortete Jonas zurückhaltend. Er und Fenja hatten gemeinsam beschlossen, einen Strich unter die Ereignisse in den Feengrotten zu ziehen und so unbeschwert wie irgend möglich nach vorn zu blicken. Was nicht immer einfach war.

»Wie hat sie die Zeit da unten verarbeitet?«

Die Zeit da unten. Eingeschlossen in einem dunklen Bergwerksschacht. Elf unendliche Tage lang.

»Inzwischen ganz gut. Sie klettert sogar wieder in Höhlen herum.« Jonas bemühte sich, entspannt zu klingen. Und er hatte nicht mal gelogen. Fenja war eine Kämpferin. Sie ließ sich ihre abenteuerliche Art zu leben nicht nehmen. Aber manchmal, in ihren Träumen, kehrte der schwarze Berg zurück.

Jonas war sich nicht sicher, was er von dem Besuch der Kommissarin halten sollte. »Aber Sie sind bestimmt nicht vorbeigekommen, um sich zu erkundigen, wie es uns geht«, wechselte er das Thema.

Die Kommissarin schwieg für einen Moment. »Nein, Jonas«, sagte sie dann. »Das bin ich nicht. Jedenfalls ist das nicht der Hauptgrund meines Besuchs.«

Jonas blickte sie fragend an.

»Vor vier Tagen hat es im Dom einen Unfall gegeben. Ein

Arbeiter ist verunglückt«, begann die Kommissarin. »Sie haben davon gehört?«

»Ja. Die Mumiengrotte.« Jonas erinnerte sich an die Zeitungsmeldung vom Wochenende. Bei Bauarbeiten auf dem Domberg hatte man eine Höhle mit zwölf alten Mumien entdeckt. Viel mehr wusste er nicht, weil die Baustelle seitdem abgesperrt war.

»Genau um diese Grotte geht es. Wir untersuchen sie gerade. Es wäre schön, wenn Sie für uns mal einen Blick darauf werfen könnten. Sozusagen als Geschichtsexperte.«

»Können Sie schon sagen, aus welcher Zeit die Mumien stammen?« Jonas' Interesse begann zu erwachen.

»Leider nicht genau. Deswegen möchten wir gern jemanden hinzuziehen, der sich mit solchen Dingen auskennt.«

»Und da sind Sie auf mich gekommen?«

»Ja. Sie sind Fachmann. Und ich kenne Sie. Ich habe erlebt, wie Sie sich in eine Sache verbeißen können.«

»Es gab eine Zeit, da hat Sie das ziemlich genervt.« Jonas konnte sich die kleine Spitze nicht verkneifen. Als er damals auf eigene Faust nach Fenja gesucht hatte, war er genau deshalb mit Anne Vareel mehrmals böse aneinandergeraten.

Die Kommissarin lächelte. »Die Zeiten ändern sich. Und diesmal geht es ja auch nur um Ihre Einschätzung als Historiker. Nichts wirklich Dramatisches.«

»Warum interessiert sich die Polizei für das Mumiengrab?«

»Im Zusammenhang mit der Entdeckung sind ein paar Fragen aufgetaucht«, wich die Kommissarin aus. »Es wäre wirklich schön, wenn Sie sich die Sache mal anschauen würden.«

Jonas zuckte mit den Schultern. »Ja, klar. Wenn ich Ihnen damit helfen kann.«

»Prima.« Die Kommissarin stand auf. »Wollen wir?«

»Was, jetzt gleich?«

»Wenn es Ihnen nichts ausmacht.«

Jonas schnappte sich seine Jacke. Einen Blick konnte er ja mal riskieren. »Okay. Gehen wir.«

Sie traten hinaus auf die Krämerbrücke und pflügten sich durch den Strom der Touristen, der ihnen unaufhaltsam und quirlig entgegentrieb.

Nachdem sie die enge Häuserschlucht auf der bebauten Brücke hinter sich gelassen hatten, schlugen sie den Weg zum Domberg ein. Ein Spaziergang von zehn Minuten, wenn überhaupt. Anne Vareel hatte ihren Dienstwagen am Dom stehen gelassen und war gelaufen. Zu Fuß kam man um diese Tageszeit deutlich schneller voran.

Als sie den Fischmarkt passierten, hielt Jonas kurz inne. »Wir haben Sie übrigens gesehen. Vorletzten Freitag, hier am Rathaus. Nach dem Anschlag im Festsaal.«

Jetzt war die Kommissarin überrascht. Doch dann antwortete sie nüchtern: »Das war kein Anschlag. Jedenfalls nicht im herkömmlichen Sinne.«

»Ach so? In der Zeitung stand, Enrico Chevalier habe die Gäste seiner Ehrenbürgerverleihung töten wollen.«

»Wir sind nicht sicher, ob er überhaupt wusste, was er tat.« Auf Jonas' fragenden Blick hin fügte Vareel hinzu: »Er war vollkommen verwirrt, als er auf die Leute losgegangen ist. Ist einfach durchgedreht.«

»Warum?«

»Wir haben keine Ahnung.«

»Gab es denn gar keine Hinweise, dass er so was vorhatte?«

»Das ist eine laufende Ermittlung.«

»Das heißt …?«

»Dass ich Außenstehenden keine Informationen geben darf. Tut mir leid. Es hat nichts mit der Mumiengrotte zu tun.«

»Verstehe.« Jonas war enttäuscht. Das neue Vertrauen der Kommissarin zu ihm hatte offensichtlich Grenzen. Den Rest der Strecke gingen sie schweigend nebeneinander her.

Unterhalb des Domberges war ein Absperrband gezogen worden, das von einem bulligen Security-Mann bewacht wurde.

Anne Vareel zeigte ihren Dienstausweis. »LKA. Herr Wiesenburg gehört zu mir.«

Der Hüne nickte gelangweilt und hob das Flatterband an,

sodass beide weitergehen konnten, ohne sich ernsthaft bücken zu müssen.

»Landeskriminalamt?«, fragte Jonas, als sie die mächtige Freitreppe zum Dom hinaufstiegen. Vor fünf Jahren war Anne Vareel noch Mordermittlerin bei der Rudolstädter Kriminalpolizei gewesen.

»Ich bin versetzt worden. Die Behörde ist größer, aber der Job ist der gleiche.«

Obwohl sie die Bemerkung ganz beiläufig hatte fallen lassen, hörte Jonas eine Nuance Stolz heraus. Die Versetzung in die Landesbehörde war der zielstrebigen Polizistin sicher nicht zufällig passiert.

Der Hof zwischen dem Mariendom und der Severikirche glich einer Wagenburg. Wo sonst Gläubige und Touristen flanierten, parkten jetzt graue Transporter. Männer in verstaubten weißen Overalls waren gerade dabei, Aluminiumkoffer in die Wagen zu laden.

»Wir sind erst mal durch«, sagte einer von ihnen, als er Anne Vareel sah. »Die Kollegen bereiten jetzt den Abtransport vor.«

»Alles klar«, gab sie kurz zurück. »Dann beeilen wir uns mal.«

Vor dem Eingang zu den Krypten kam ihnen ein junger Mann entgegen, der unter seiner robusten Arbeitsjacke eine schwarze Kutte trug. Seine Gesichtszüge wirkten gehetzt, und als er die Kommissarin erblickte, eilte er sofort auf sie zu.

»Mist«, presste sie noch schnell hervor, dann stand er auch schon vor ihr.

»Frau Vareel! Ein Glück, Sie hier zu treffen. Entschuldigen Sie, dass ich Sie schon wieder bedränge, ich mache das wirklich nicht gern. Aber können Sie denn inzwischen absehen, wie lange Ihre Leute noch brauchen werden?« Als ihn die Kommissarin nur wortlos anlächelte, setzte er gepresst hinzu: »Da unten, meine ich.«

Da unten, dachte Jonas, das klingt wie eine Widerwärtigkeit, über die man reden muss, obwohl man es gar nicht möchte, und die gleichermaßen lästig wie unvermeidlich ist.

Noch immer sagte die Kommissarin nichts.

»Die Bauarbeiten stehen bereits seit einer Woche still«, versuchte es der Mann weiter. »Wir waren ohnehin schon im Verzug, und jetzt noch dieser entsetzliche Fund, Gott hab die Toten selig. Aber das Domkapitel steigt mir aufs Dach. Wir müssen weitermachen. In knapp sechs Wochen steht der Papst vor der Tür!«

»Herr Kuhnert, ich weiß.« Anne Vareel bemühte sich, freundlich und ruhig zu klingen, was ihr jedoch nur unzureichend gelang. »Sehr lange wird es bestimmt nicht mehr dauern. Aber die Grotte muss nun mal gründlich untersucht und gesichert werden, das habe ich Ihnen doch schon mehrmals erklärt. Genauso wie mein Dienststellenleiter auch Ihrem Herrn Propst.«

Der Mann nickte. »Ich weiß es ja. Aber mir rinnt die Zeit wie Sand durch die Finger. Ich bitte Sie, vielleicht können Sie die ganze Sache trotzdem irgendwie beschleunigen.« Das klang jetzt schon fast flehentlich.

»Herr Kuhnert, ich verspreche Ihnen, wir beeilen uns. Wir machen so schnell, wie es unter den gegebenen Umständen möglich ist. Sie können mir glauben, dass keiner von meinen Kollegen länger als unbedingt nötig da unten bleiben will.«

Da unten. Schon wieder. In Jonas wuchs eine schaurige Vorahnung.

»Das ist übrigens Herr Wiesenburg«, stellte ihn Anne Vareel vor. »Er ist Historiker und wird sich die Sache mal ansehen.«

Der Mann in der Kutte schien Jonas erst jetzt wahrzunehmen. Er lächelte entschuldigend und reichte ihm die Hand. »Sehr angenehm. Ich bin Bruder Athanasius Kuhnert. Aber Bruder Athanasius reicht.«

Jonas deutete auf den schwarzen Habit unter der Arbeitsjacke. »Sie sind Benediktiner?«

»Richtig. Unser Kloster ist der Erfurter Kirche sehr verbunden. Zurzeit bin ich abgestellt, um dem Domkapitel bei den Vorbereitungen für den Papstbesuch zu helfen. Nur ausgeliehen sozusagen.«

»Spannend!«, bemerkte Jonas.

»Im Kloster war's ruhiger«, erwiderte Bruder Athanasius trocken. Trotz der Aufregung schien der Benediktiner noch nicht allen Humor verloren zu haben.

»Wir müssten dann.« Jetzt drängte die Kommissarin.

»Oh ja. Du meine Güte. Ich muss ja auch.« Bruder Athanasius warf einen Blick auf seine Armbanduhr und eilte davon.

»Hat mich sehr gefreut!«, rief ihm Jonas noch hinterher, aber der junge Mönch war schon um die nächste Ecke verschwunden.

Anne Vareel verdrehte die Augen.

»War doch nett«, schmunzelte Jonas.

Die Kommissarin sagte nichts.

8

Die Flügeltüren, die den Eingang zur Krypta normalerweise versperrten, waren jetzt weit geöffnet. Wortlos reichte Anne Vareel Jonas einen der Bauarbeiterhelme, die auf einem Klapptisch bereitlagen. Dann tauschte sie ihren Herbstmantel gegen eine derbe Arbeitsjacke und nahm sich selbst einen Helm. »Auf geht's.«

Sie stiegen die lange Treppe hinab. Zahlreiche Kabel schlängelten sich über die Stufen, und sie mussten aufpassen, wohin sie traten.

Kurz darauf betraten sie die Gewölbehalle, in der die Gebeine der Kirchengründer ruhten. Jonas war schon öfter hier gewesen, aber heute erkannte er den Raum fast nicht wieder. Überall stapelten sich Baumaterialien und Schalungshölzer und raubten dem Ort jene spirituelle Würde, die er zu normalen Zeiten ausstrahlte. Am Ende der Halle führte ein eingerüsteter Schacht in die tiefer gelegenen Keller.

Die Kommissarin stieg als Erste hinein, forsch und offensichtlich mit der Umgebung vertraut, und Jonas folgte ihr mit einigem Abstand. Über mehrere Leitern gelangten sie ohne größere Schwierigkeiten hinab auf die unterste Ebene, jetzt bereits gut eingestaubt. Am Fuße des Schachts zweigte ein spärlich beleuchteter Steintunnel ab. Anne Vareel legte auch hier ein zügiges Tempo vor, bis sie zu einer Stelle kamen, die mit roten Warntafeln und einer provisorischen Gittertür gesichert war. Wie ein Spinnennetz spannten Metallstützen den letzten Tunnelbereich aus.

»Wir sind da«, erklärte die Kommissarin und deutete in eine Wandnische, die einige Meter entfernt hinter der Absperrung lag. »Dort ist der Arbeiter eingebrochen. Die Grotte liegt genau darunter.«

»Was ist mit dem Mann passiert?« Jonas war flau im Magen.

»Er hat überlebt. Es war nicht leicht, ihn zu bergen. Dadurch haben die Ärzte viel Zeit verloren. Er liegt auf der Intensivstation.«

»Das tut mir leid.«

»Es hat ihn ziemlich schwer erwischt. Seine Familie ist gestern aus Polen angereist.«

»Hm.« Dann Schweigen.

»Da müssen wir jetzt runter. Einen anderen Zugang gibt es im Moment leider nicht.« Aus der höhlenartigen Nische drang ein fahler Lichtschein nach oben. »Der Durchbruch ist inzwischen gesichert und abgestützt. Sie brauchen keine Angst zu haben.«

»Aha.«

»Ist das ein Problem für Sie?«

»Nein. Ich denke nicht.« Aber Jonas war nicht ganz wohl bei der Sache, und das war ihm auch anzumerken.

»Ein Kollege holt uns ab.« Die Kommissarin griff nach einem Walkie-Talkie, das am Sperrgitter hing und dessen Gehäuse mit Mörtelflecken übersät war. »Daniel? Hörst du mich?«

»Laut und deutlich«, schnarrte es aus dem Gerät zurück.

»Herr Wiesenburg ist jetzt da.«

»Gut. Ich komme hoch.«

Gleich darauf tanzte ein Lichtkegel über die Steine der Wandnische, der immer heller wurde, bis in einem Loch im Boden eine Gestalt mit Stirnlampe auftauchte. Der Mann trug einen Bergsteigergurt über einem weißen Overall, wie ihn Jonas von der Spurensicherung her kannte. Vorsichtig richtete er sich auf und kam zu ihnen. Er mochte in etwa so alt sein wie Jonas, überragte ihn aber locker um einen halben Kopf, was in den niedrigen Gängen nicht unbedingt von Vorteil war.

»Jonas Wiesenburg. Daniel Kempfer«, stellte die Kommissarin die beiden gegenseitig vor. »Kommissar Kempfer hat hier in der Grotte den Hut auf.«

»Und Sie sind der Historiker?«, fragte Kempfer.

»Ja«, antwortete Jonas knapp.

»Na wunderbar. Dann herein in die gute Stube!« Damit öffnete Kempfer die Gittertür, die sie bis jetzt getrennt hatte, und zeigte auf das Loch im Boden der Wandnische. »Das ist der Einstieg. Ist alles safe jetzt. Die Leute vom Bergamt haben ein Gerüst eingebaut. Und eine Leiter mit Sicherung. Leiden Sie unter Höhenangst?«

»Nein.«

»Super. Hier, bitte mal anziehen.«

Kempfer reichte Jonas ein leichtes Klettergeschirr, von dessen Art mehrere bereitlagen, und half ihm, die Gurtschlaufen zu sortieren und anzulegen. Anne Vareel zog sich ebenfalls ein Sicherungsgeschirr über. Ihre routinierten Handgriffe ließen erkennen, dass sie das nicht zum ersten Mal tat.

Dann waren sie bereit. Kempfer rüttelte zum Abschluss noch einmal kräftig am Gurtzeug der beiden, hob dann den Daumen und ging zur Wandnische voraus.

»Also, Jonas. Bitte hier einhängen. Und dann ganz ruhig Sprosse für Sprosse nach unten.«

Jonas trat zur Leiter, ließ den Karabiner an seinem Brustgurt in den Ring der Fallsicherung schnappen und begann mit dem Abstieg. Klappernd folgte ihm die Sicherung in einer schmalen Schiene, während er sich Stück für Stück durch das Loch im Boden nach unten zwängte.

Nach ein paar Tritten hatte er den engen Deckendurchbruch durchstiegen, und es wurde heller. Unter sich spürte er die Tiefe eines großen unterirdischen Hohlraumes. Für einen Moment verharrte er, die Augen fest auf die Metallsprossen vor sich gerichtet. Er atmete zweimal tief durch und versuchte, das sanfte Schwingen der Leiter zu ignorieren. Dann kletterte er weiter, wurde immer zügiger, und kurz darauf spürte er wieder festen Boden unter den Füßen. Geschafft. Er stand auf massivem Gesteinsgrund. Angekommen in der Unterwelt.

Jonas musste husten. Die Luft hier unten war deutlich trockener als die in den darüberliegenden Krypten. Er klinkte sich aus, trat zur Seite, und wenig später standen auch Kempfer und Vareel wohlbehalten neben ihm.

Erst jetzt blickte sich Jonas um. Als sich seine Augen an das gleißende Licht der Halogenscheinwerfer gewöhnt hatten, mit denen die Höhle bis in den letzten Winkel ausgeleuchtet wurde, brannten sich die ersten Eindrücke in sein Gedächtnis.

Eine steinerne Tafel. Etwas abseits von der Abstiegsstelle.

Um die Tafel herum Stühle, altertümlich, nobel, mit hohen Lehnen. Darauf saßen Gestalten. Elf an der Zahl. Unbeweglich starrten sie aus leeren Augen vor sich hin.

Die Mumien waren in lange Mäntel gekleidet. Nein, eher Gewänder. Kostbar wie die von Päpsten oder Kaisern. Oder von den Rittern der Tafelrunde.

Ein Stuhl war leer.

Neben ihm hockten zwei Kriminaltechniker in Schutzanzügen und schnallten einen der starren Körper, verpackt in eine Kunststoffplane, auf einer Trage fest. Es war ein Gestell, wie es auch Bergretter benutzten, um Verletzte aus schwierigem Gelände zu schaffen. Nur dass es hier schon lange niemanden mehr zu retten gab.

»Die Zwölf ist jetzt fertig zum Abtransport!«, rief der kleinere der beiden Männer herüber.

Jonas fiel auf, dass vor jeder Mumie ein Plastikschild mit einer Nummer aufgestellt war. Die Zwölf stand an dem leeren Stuhl.

»Einen kleinen Moment bitte. Wir wollen uns erst noch mal umsehen!«, rief Anne Vareel zurück.

»Wie lange?«

»Kann ich noch nicht sagen. Zwanzig Minuten?« Ein fragender Blick zu Jonas.

Der zuckte mit den Schultern.

»Dann machen wir erst mal Mittag.« Die Kriminaltechniker trotteten zur Leiter und verschwanden nach oben. Eine Weile hallte das Geräusch ihrer schweren Arbeitsschuhe auf dem Metallgerüst nach, dann verloren sich die Schritte im Bauch der Katakomben. Stille senkte sich über die Grotte. Außer Jonas waren nur Anne Vareel und Daniel Kempfer zurückgeblieben.

Die Kommissarin sah Jonas an. »Und? Wie ist Ihr erster Eindruck?«

Er blickte sich noch eine Weile schweigend um und fragte dann: »Können Sie bitte das Licht löschen?«

»Das Licht löschen?«

»Die großen Scheinwerfer. Die kleine Handlampe da unten kann an bleiben.«

»Okay …« Die Kommissarin schien nicht so richtig zu wissen, was sie von dem Wunsch halten sollte, nickte aber Kempfer zu, der sich daraufhin zu einem Verteiler bückte und ein paar Schalter betätigte.

Es knackte kurz.

Dann herrschte Dunkelheit. Aber keine undurchdringliche. Die kleine Handleuchte, die die Techniker auf dem Boden neben dem Tisch stehen gelassen hatten, verbreitete einen schwachen gelben Schein.

Das Bild begann sich zu ordnen.

Im intimen Licht der Leuchte wurde der unterirdische Raum zur Kulisse einer längst vergangenen Epoche. So hatten sie damals hier gesessen. Mit einigen wenigen Öllampen, die die Schwärze der Höhle nur punktuell durchbrachen.

Die steinerne Tafel war zweifellos das Zentrum des Raumes gewesen. An ihr hatte ein zwölfköpfiger Rat getagt. Bestehend aus mächtigen Männern, wie deren kostbare Bekleidung bewies.

Und – es waren verborgene, heimliche Treffen gewesen. Kein offizielles Gremium Erfurts hätte sich in einer dunklen Grotte unter dem Dom versammeln müssen.

Jetzt, wo die vertrockneten Fratzen der Mumien ins Halbdunkel zurücktraten, wirkte die Szenerie auf eine makabre Weise real. Sie saßen sich so gegenüber, wie sie vor Hunderten von Jahren hier Platz genommen hatten. Eine schweigende Runde, seltsam vertraut miteinander. Auf dem Tisch vor ihnen standen sogar noch die zinnernen Trinkbecher.

Was hatten die Männer hier besprochen?

Wer waren sie?

Jonas sah sich weiter um.

An der Stirnseite der Grotte, genau in der Verlängerung der Versammlungstafel, fiel ihm ein Alkoven auf, der in die rohe Felswand geschlagen war. Ein Schrein, dachte er sofort. In seiner

Mitte befand sich ein Buchständer. Seine Größe war beachtlich, und selbst im Dämmerlicht konnte Jonas dessen opulente Verzierungen erahnen. Er hatte ohne Zweifel ein wichtiges Werk getragen. Eine Bibel vielleicht? Jonas wusste es nicht, denn das Gestell war leer.

Genau über dem Alkoven schälte sich der Umriss eines Reliefs aus dem Wandgestein. Es zeigte eine Glocke. Doch sie besaß keinen Klöppel. An seiner statt wand sich eine Schlange aus ihrem Inneren heraus. Das steinerne Reptil hatte sein Maul aufgerissen und schielte den Betrachter bösartig an.

Ein merkwürdiges Symbol. Jonas hatte etwas Derartiges noch nie gesehen.

Noch einen Moment lang ließ er die Atmosphäre des Raumes auf sich wirken und prägte sich die Bilder ein. Allem hier wohnte eine Bedeutung inne, das konnte er ganz deutlich spüren.

Nach einer guten Minute sah er zu Anne Vareel, die schweigend im Halbdunkel neben ihm verharrte. »Sie können wieder Licht machen.«

Die Kommissarin reagierte nicht.

»Hab's gehört«, antwortete stattdessen Kempfer im Hintergrund. »Aufpassen. Nicht in die Lampen schauen!« Dann klackten die Schalter, und das Licht flutete die Grotte wie eine riesige Welle.

»Gar nicht so dumm, die Idee mit der Dunkelheit«, brach Anne Vareel ihr Schweigen. Sie war sichtlich bewegt.

Jonas nickte. »Das hier ist mehr als ein Grab, das war ein geheimer Versammlungsort. Der Grund dieser Treffen war irgendetwas Wichtiges.« Er teilte seine Eindrücke mit den Kriminalisten. »Dazu *muss* etwas zu finden sein«, schloss er. »In Archiven, in Erzählungen, auf Bildern. Irgendwo, da bin ich mir sicher!«

»Von welcher Zeit sprechen wir?«, fragte Kempfer.

»Das kann ich noch nicht genau sagen. Mittelalter oder etwas später. Für eine genauere Bestimmung muss ich mir die Sachen erst näher ansehen.«

»Bitte«, ermutigte ihn Vareel. »Aber wenn möglich nichts berühren.«

»Klar.« Dazu luden die düsteren Gestalten auch nicht gerade ein. Er ging auf die Mumien zu.

9

Jonas trat vorsichtig an die Steintafel heran. In den letzten zehn Minuten hatte er wichtige erste Impressionen gesammelt. Atmosphärische Fakten, wie sein alter Professor Degglinger immer gesagt hatte. Jetzt galt es, auch die harten Fakten zu finden.

Im Licht der Halogenstrahler wirkten die Mumien am Tisch viel kleiner und zerbrechlicher als im Dunkel. Jonas vermied es, in ihre bizarren Gesichter zu sehen, und konzentrierte sich ganz auf die Bekleidung.

Alle Toten trugen einheitliche Roben aus schwerem Stoff, auf denen eine jahrhundertealte Patina aus Staub lag. Trotzdem konnte Jonas das Schwarz und Rubinrot des kostbaren Tuchs und die feinen Goldstickereien an Säumen und Kragen erkennen. Die Gewänder wirkten kostbar, der Schnitt verlieh ihnen Strenge.

Jonas stutzte. Auch hier hatte er das Zeichen bemerkt. Jede Robe trug es. Die Schlange, die aus der Glocke kroch. Es musste eine elementare Bedeutung für die Gruppe gehabt haben.

Vorsichtig näherte sich Jonas noch etwas mehr. Dort, wo die Mäntel einen Blick auf die persönliche Kleidung der Männer zuließen, erkannte er Hinweise auf Stolz und Wohlstand.

»Das waren keine armen Schlucker«, sagte er laut, als er spürte, dass die beiden Polizisten neben ihm standen. »Ich tippe auf reiche Stadtbürger. Patrizier. Ratsherren. Menschen, denen man auf der Straße mit Respekt begegnete.«

»Und die Mäntel? Ein Orden oder so was?«, mutmaßte Kempfer.

»Schwer zu sagen. Auf jeden Fall nichts Kirchliches, wenn man sich das merkwürdige Symbol anschaut. Eine Glocke mit einer Schlange, das deutet auch auf keine Handwerkerzunft hin. Ich tippe eher auf eine Art Sekte.«

»Gab es denn so was damals schon?«

»Klar. Sekten gab's immer.« Jonas schmunzelte. »Das Christentum hat auch so angefangen. Vereinfacht formuliert.«

»Aber wir reden hier vom Mittelalter, oder?«, schaltete sich Anne Vareel in die Diskussion ein.

»Das ist nicht so leicht zu bestimmen«, antwortete Jonas. »Ganz grob geschätzt würde es passen, aber die Kleidungsstücke unter den Mänteln sind, soweit ich sehen kann, sehr individuell. Wie bei reichen Leuten üblich. Ihnen auf den Leib geschneidert, nach eigenen Wünschen und Marotten. Man kann sie nicht mit einer Mode in Verbindung bringen, daher kommt ein ziemlich großer Zeitraum in Frage.«

»Hm. Das ist ja ziemlich mager«, knurrte Kempfer.

»Tut mir leid. Aber wir sind auch noch nicht fertig.« Damit richtete Jonas sein Augenmerk auf die Gegenstände, die auf dem Tisch vor den Toten standen. Auch sie waren von einer dicken Staubschicht bedeckt, allerdings an einigen Stellen schon von den Kriminaltechnikern freigepinselt und mit Maßstäben und Nummerntafeln versehen worden. Die größte Gruppe bildeten die Zinnbecher, zwölf an der Zahl, verteilt auf der gesamten Steinplatte.

Doch da war tatsächlich noch mehr. Zwei Gegenstände fesselten sofort Jonas' Aufmerksamkeit. Eine Öllampe. Und eine Pistole. Beides war alt und hatte offensichtlich den Männern am Tisch gehört. »Jetzt wird's interessant«, murmelte er.

»Geistesblitz?«, ließ sich Kempfer vernehmen und klang dabei eher wohlwollend als ironisch. Es war unverkennbar, dass auch ihn die Neugier gepackt hatte.

»Zumindest ein Anhaltspunkt.« Jonas betrachtete als Erstes die Lampe genauer. Sie bestand aus einem Zinnfuß, auf dem ein etwa fünfzehn Zentimeter hoher, birnenförmiger Glaskolben saß. Seitlich verlief ein Metallband mit einer Skala aus römischen Zahlen.

»Das ist keine gewöhnliche Lampe«, dachte Jonas laut. »Das ist eine Öluhr. Je mehr Öl verbrennt, umso niedriger wird der Füllstand im Kolben, sodass sich an der Skala die verstrichene Zeit ablesen lässt. Das hier ist eine typische Nachtuhr. Sie beginnt oben, um neun Uhr abends, und endet um acht Uhr morgens, sehen Sie? Dann ist das Öl alle.«

»Hm«, pflichtete ihm Kempfer zurückhaltend bei.

Er ist nicht sonderlich beeindruckt, dachte Jonas. Oder er kann die römischen Zahlen nicht lesen. »Das war echt praktisch«, schickte er noch begeistert hinterher. »Uhr und Lampe in einem. Man musste nachts kein anderes Licht machen, um zu gucken, wie spät es ist.«

»Und was sagt uns das jetzt?«, wollte Kempfer wissen.

»Zwei Dinge. Erstens: Öluhren gibt es schon ziemlich lange, aber in dieser Form haben sie sich in Europa erst im 16. Jahrhundert verbreitet. Das heißt, wir reden hier nicht mehr vom klassischen Mittelalter. Die Mumien dürften etwas jünger sein.«

»Die Jungs stammen also aus dem 16. Jahrhundert?«

»Oder einem späteren.«

»Okay. Und zweitens?«

»Die Lampe könnte ein Indiz dafür sein, dass sich die Männer nicht am Tage getroffen haben, sondern heimlich, in der Nacht.« Jonas war bewusst, dass er sich mit seiner Vermutung ein bisschen weit vorgewagt hatte, denn niemand konnte sagen, ob die Männer die Uhr nicht lediglich als Lichtquelle benutzt hatten. Aber alles hier in der Grotte schrie nach einem großen Geheimnis, das es zu lüften galt. Er ermahnte sich im Stillen, nur die Fakten zu sammeln und sich nicht in Mutmaßungen zu verlieren.

Als Nächstes sah er sich die Pistole an, die vor der Mumie an der Stirnseite des Tisches lag. Der handliche Vorderlader mit seinem Schaft aus edlem Holz und den feinen Gravuren auf den Beschlägen hätte das Herz eines jeden Antiquitätenhändlers höherschlagen lassen. Verspielte Pflanzenmotive rankten sich ineinander, und Greifvögel bildeten Muster mit ihren Schwingen. Ein historisches Kleinod. Und eine tödliche Waffe, worüber auch die üppige Dekoration nicht hinwegzutäuschen vermochte. Im Holzgriff konnte man zwei kunstvoll eingelegte Initialen erkennen: VH.

»Eine Steinschlosspistole«, ließ Jonas die Polizisten an seiner

Einschätzung teilhaben. »Ein recht frühes Modell, aber reich verziert. Eine Sonderanfertigung, die ihren Besitzer einiges gekostet haben dürfte.«

»Alter?«, hakte Kempfer ein. »Ähm, ungefähr?«, korrigierte er sich schnell, da er eben gelernt hatte, dass das mit der genauen Datierung nicht so einfach war.

»Vielleicht auch 16. Jahrhundert, aber meiner Meinung nach eher 17. Da hat sich die Technologie erst richtig durchgesetzt. Ich habe eine Idee.« Jonas beugte sich vorsichtig über die Pistole, immer darauf bedacht, dabei nicht aus Versehen den Toten zu berühren, dem sie vermutlich einmal gehört hatte. Aufmerksam ließ er seinen Blick über die Waffe schweifen, bis er endlich fand, wonach er gesucht hatte. »Ja!«, stieß er triumphierend aus und zeigte auf eine kleine Gravur unterhalb des Laufs. »Erwischt!«

Auch Anne Vareel betrachtete die Pistole jetzt genauer. Auf dem Rohr war ein kleines Zeichen eingeprägt, etwas weniger als einen Zentimeter groß. Ein Schwert und darüber etwas, das aussah wie ein Hase. »Was ist das?«, fragte sie.

»Ein Markenzeichen. Sozusagen das Autogramm des Büchsenmachers. Handwerker, die etwas auf sich hielten, kennzeichneten ihre Ware. Die Zeichen dienten als Qualitätssiegel und Werbung in eigener Sache.«

»Ein Karnickel auf einem Schwert als Reklame?«, fragte Kempfer mit einem Feixen.

»Hauptsache, man erkannte es überall wieder«, griente Jonas zurück. Sein Jagdinstinkt war endgültig geweckt. »Damit kriegen wir sie: erst den Büchsenmacher und dann vielleicht sogar seinen Auftraggeber!« Er warf der Mumie neben sich einen scheelen Blick zu.

»Na gut. Das ist doch schon mal was«, resümierte die Kommissarin. »Dann sind wir durch?«

Ihr Kollege Kempfer stieß einen anerkennenden Pfiff aus.

»Einen Moment noch. Was ist denn das dahinten?« Jonas hatte am anderen Ende des Raumes etwas entdeckt. Dort, wo die Einsturzstelle mit einem Wald aus Metallstützen stabilisiert worden war. Hinter einem kleinen Haufen aus Schotter und

Bruchsteinen konnte man eine niedrige Gittertür erkennen. Ein Kreuz aus rot-weißem Flatterband warnte davor, sich der Stelle zu nähern.

»Das ist wahrscheinlich der Eingang. Also, der offizielle. Dahinter beginnt ein Tunnel«, erklärte die Kommissarin.

»Darf ich?«, fragte Jonas.

»Ja, aber nicht zu weit ran. Das Bergamt hat den Bereich noch nicht freigegeben.«

»Ich passe auf.« Jonas durchquerte die Höhle und blieb zwei Meter vor dem Gitter stehen. Es war alt, aus geschmiedetem Eisen und hing schief in den Angeln. Dahinter führte ein Tunnel in den Felsen, leicht abschüssig und eng. Das Licht aus der Grotte leuchtete ihn nicht sehr weit aus. Jonas konnte gerade noch eine Biegung erahnen, dann verlor sich sein Blick in der Schwärze.

Dort also waren sie damals hergekommen. Um sich hier zu versammeln. Versteckt unter dem Dom.

»Sobald die Bergbauspezialisten den Gang gesichert haben, untersuchen wir, wohin er führt.« Anne Vareel war neben Jonas getreten. »Vielleicht erfahren wir dann mehr.«

»Sagen Sie mir Bescheid?« Jonas hätte zu gern gewusst, wo der Tunnel endete.

»In Ordnung. Ich wollte sowieso noch etwas mit Ihnen besprechen.« Die Stimme der Kommissarin bekam jetzt eine dienstliche Färbung. »Was halten Sie davon, wenn Sie offiziell für uns arbeiten? Als Berater. Die Mumiengrotte wird uns noch eine Weile beschäftigen, und wir brauchen jemanden, der sich mit Geschichte auskennt.«

»Oh.« Mehr brachte Jonas für den Moment nicht heraus. Das Angebot hatte ihn kalt erwischt. Offizieller Berater für das LKA.

»Sie bekommen selbstverständlich ein Honorar. Reich werden Sie bei uns nicht, aber umsonst sollen Sie auch nicht arbeiten. Wenn Sie einverstanden sind, würden wir gern so schnell wie möglich den Vertrag aufsetzen.«

Für Jonas klang das sensationell. Die Grotte hatte ihn längst in ihren Bann gezogen, und welcher Historiker bekam schon so ein Angebot, noch dazu in seinem Alter?

Doch dann packten ihn plötzlich Zweifel. Was würde Fenja dazu sagen? Würde er alte Dämonen wecken, wenn er jetzt mit der Polizei zusammenarbeitete? Er wollte sich auf jeden Fall zuerst mit ihr beraten. Wichtige Entscheidungen trafen sie gemeinsam, darin waren sie sich einig, ohne dass sie es je hatten aussprechen müssen.

»Frau Vareel, um ehrlich zu sein … Ich würde gern noch eine Nacht darüber schlafen.« Für einen Moment befürchtete Jonas, die Kommissarin würde von seinem Zögern enttäuscht sein.

Doch sie nickte, als hätte sie schon damit gerechnet. »Fenja?«

»Ja. Ich muss sie fragen. Nach damals …«

»Das ist völlig in Ordnung. Ich finde es sogar gut. Wenn Sie für uns arbeiten, dann sollen Sie das mit voller Überzeugung tun oder gar nicht. Es wäre nur schön, wenn Sie sich bald entscheiden könnten. Wir bekommen ziemlichen Druck von oben.« Und mit einem verschwörerischen Augenrollen in Richtung Höhlendecke fügte sie hinzu: »Sie wissen ja. Der Papst.«

Jonas blickte sich noch ein letztes Mal in der Höhle um. Ein verrückter Ort. Das hier war eingefrorene Zeit. Wenn die Scheinwerfer nicht wären. Die Absperrbänder. Die Nummerntafeln der Kriminaltechniker. Und die weißen Overalls. Er stellte der Kommissarin eine letzte Frage: »Wenn Sie sich nur für die alten Mumien interessieren, warum sieht dann hier alles so aus wie an einem Tatort?«

Anne Vareel seufzte. Sie hatte offensichtlich gehofft, dass Jonas nicht darauf zu sprechen kommen würde, doch nun wurde ihr klar, dass das eine absurde Hoffnung gewesen war. »Es gibt ein Problem«, sagte sie dann und deutete auf den verdeckten Körper, der auf der Trage neben dem leeren Stuhl lag. »Eine der Leichen fällt aus der Reihe. Nummer zwölf ist erst seit wenigen Jahren hier.«

10

Er hörte, wie draußen im Flur ein Schlüssel ins Schloss gesteckt wurde, dann erklang das Schnappen des Riegels, und die Wohnungstür öffnete sich knarrend.

Vertraute Geräusche, für sich genommen banal, aber in Jonas lösten sie immer wieder prickelnde Vorfreude aus. Fenja kam nach Hause.

Sie waren jetzt seit sieben Jahren ein Paar, und trotzdem begegneten sie einander noch jeden Tag mit ungestümer Neugier.

Jonas schob das lederne Notizbuch zur Seite, in dem er gerade die wichtigsten Eindrücke vom Besuch der Mumiengrotte festgehalten hatte, und ging hinaus in den Flur.

Fenja schüttelte die Regentropfen von Windjacke und Rucksack, bevor sie sich ihrer Feldausrüstung für heute entledigte. Dann umarmten sie sich.

»Wie war's?«, erkundigte sich Jonas.

»Kalt«, antwortete seine Freundin. »Hat hammermäßig gezogen da oben. Und der Regen war auf die Dauer auch echt fies.«

Seit dem Nachmittag hatte sich über ganz Thüringen ein Schauergebiet zusammengezogen und am Herbsthimmel eine düstere graue Wolkenfront aufgetürmt. Fenja war in den Bergen bei Jena unterwegs gewesen, um Gesteinsproben für eine geologische Untersuchung zu nehmen. Sie musste einen ungemütlichen Tag hinter sich haben.

»Und bei dir?«, fragte sie jetzt zurück.

»War okay.« Möglichst unverbindlich bleiben. Jonas wollte die Katze nicht gleich aus dem Sack lassen. Er staunte, wie aufgeregt er war. Das Geheimnis der Domgrotte übte eine geradezu berauschende Faszination auf ihn aus. Aber der Gedanke, die Verwicklung in eine neue Mordermittlung könnte Fenja aufreiben und alte Wunden aufreißen, belastete ihn.

Die beiden gingen ins Wohnzimmer, und Jonas deutete auf

den Tisch, den er für ein gemeinsames Abendessen gedeckt hatte. »Ich hab uns was Schönes gekocht. Und eine Flasche Wein ist auch schon offen.«

»Aha?« Fenja blieb stehen und sah erst den feierlich vorbereiteten Tisch an und dann ihren Freund. »Was ist los? Ist was passiert?«

Verdammt. Fenja kannte ihn einfach zu gut. Also keine Gnadenfrist.

Er begann vorsichtig: »Ich hatte heute Besuch. Von Anne Vareel.«

»Oh.« Fenja kniff die Augen zusammen. Beunruhigt.

»Sie hat mich um Hilfe gebeten. Ich sollte mir was ansehen.«

»Und was? Ist es wegen der Sache im Rathaus?« Immerhin hatte Jonas Enrico Chevalier am Fenster des Galeriecafés gesehen, kurz vor der Tragödie oben im Festsaal. Aber das konnte eigentlich niemand wissen.

»Nein. Es geht um die Grotte unter dem Dom. Die sie letzte Woche entdeckt haben.« Er berichtete von seinem Abstieg in die Domberghöhle. Von den Mumien an der Tafel und dem rätselhaften Glockenzeichen. Von der Zeitlampe und der Pistole. Und schließlich auch von Vareels Angebot, als Berater des LKA zu arbeiten. Am Ende hatte er sich derart in Schwung geredet, dass er Fenja mit seiner Leidenschaft ansteckte.

»Ist ja toll!«, freute sie sich.

Aber als Jonas plötzlich zögerte, ahnte sie, dass seine Geschichte noch nicht ganz vollständig war. Und stellte die Frage, mit der er schon die ganze Zeit gerechnet hatte: »Und wieso interessiert sich die Kripo für die Grotte?«

»Genau das ist der Haken an der Sache.«

Fenja wurde mulmig zumute.

»Es gibt einen Toten, der nicht zu den anderen passt«, gab Jonas zu. »Die Vareel hat mir nicht viel erzählt, aber eine der Leichen soll erst seit ein paar Jahren tot sein.«

Schweigen. Dann: »Ermordet?«

Das Gleiche hatte er die Kommissarin auf dem Rückweg aus der Grotte auch gefragt, ohne jedoch eine zufriedenstellende

Antwort bekommen zu haben. »Ich weiß es nicht. Aber ich glaube, ja. Anne Vareel ermittelt normalerweise nur in Mordfällen.«

»Dann gibt es auch irgendwo einen Mörder. Einen, in dessen Geschäfte du dich gerade einmischst. Und der womöglich noch irgendwo hier rumläuft. Jonas, das ist kein Spiel.« Fenjas Stimme wurde eindringlich. »Wir wollten uns doch nicht mehr in Gefahr bringen. Du nicht. Und ich auch nicht.«

Der schwarze Berg war wieder da. Und mit ihm all die dramatischen Ereignisse von damals.

»Ja. Ich weiß«, sagte Jonas leise.

Fenja sah ihn an. Auch sie rang mit sich. Sie wollte Jonas' Begeisterung nicht mit ihrer Sorge zunichtemachen. Aber der Gedanke, noch einmal einem Mörder gegenüberzustehen …

»Was genau sollst du denn für die Polizei machen?«

»Sie brauchen einen Berater, der ihnen die historischen Recherchen abnimmt. Und ihnen etwas über die Zeit erzählt, aus der die Mumien stammen. Ich glaube nicht, dass ich mit der aktuellen Mordermittlung zu tun haben werde. Wenn es denn überhaupt eine Mordermittlung ist. Schließlich bin ich kein Polizist.« Er setzte ein schiefes Lächeln auf. »Sondern nur der langweilige Historiker.« Dabei sah er so dämlich aus, dass Fenja lachen musste.

»Es wäre auch eine Riesenchance«, nutzte Jonas die Gelegenheit. »Nach dem Erfolg von ›Nomina peccatorum‹ muss ich irgendwie weitermachen. Und Berater beim LKA klingt als Berufsbezeichnung doch super. Das ist eine tolle Werbung. Wer weiß – vielleicht gibt das Mumiengrab sogar Stoff für ein neues Buch her. Das Angebot ist wie ein Sechser im Lotto.«

»Den will ich dir ja auch nicht versauen. Es ist nur …« Fenja war zerknirscht.

»Du könntest mir sogar wieder helfen.« Tatsächlich waren die beiden als Team wirklich gut, und das wussten sie. »Wir hätten doch nur mit der Geschichte der Mumien zu tun. Der Mord geht uns nichts an.«

»Glaubst du wirklich, man kann die beiden Dinge voneinander trennen? Die Toten wurden zusammen in einem Raum gefunden.«

»Aber es liegen ein paar hundert Jahre dazwischen. Mehr Abstand geht nicht, oder?«

»Ja, das stimmt.« Fenja blickte zur Seite. Bei den Feengrotten hatte das auch nicht geholfen. Denn manchmal reichten die düsteren Klauen der Vergangenheit bis in die Gegenwart. Andererseits hatte Jonas recht. Ein paar Recherchen über Leute, die zu Zeiten Luthers oder kurz danach durch Erfurt gestiefelt waren, konnten sie nicht wirklich in Gefahr bringen. Und die neue Stellung würde seinem Ruf als Kriminalhistoriker nur zuträglich sein. Zudem liebte Fenja alte Geheimnisse mindestens genauso sehr wie ihr Freund.

Sie zögerte nur noch einen kurzen Moment, dann legte sich ein Ausdruck von Entschlossenheit auf ihre zarten Gesichtszüge. »Okay. Wir machen es.«

Jonas sah Fenja ernst an. »Bist du dir wirklich sicher?«

»Ja. Ganz oder gar nicht. Wir müssen uns entscheiden.«

»Genau das hat die Kommissarin auch gesagt.«

»Dann bin ich für ganz.« Fenjas Stimme ließ keinen Zweifel, dass sie es ernst meinte.

»Okay. Dann ganz. Auf unsere historische Detektei!«

Die beiden griffen nach ihren Weingläsern, stießen an und nahmen jeder einen kräftigen Schluck. Dann umarmten sie sich fest, und als sie sich losließen, waren sie von einem neuen Enthusiasmus durchdrungen.

»Also, ich rekapituliere«, begann Fenja. »Wir haben eine Gruppe von Männern aus dem 16. oder 17. Jahrhundert, die reich waren und sich heimlich trafen, weil sie etwas einte, das wir noch nicht wissen, richtig?«

»Genau. Und einen Büchsenmacher mit einem Hasen und einem Schwert in seinem Zeichen, der einem der Herren eine kostspielige Pistole verkauft hat.«

»Dann willst du mit ihm anfangen?«

»Ja. Der Büchsenmacher ist sozusagen der erste Zeuge. Welchen Tag haben wir heute?«

»Donnerstag.«

»Wunderbar. Dann lass uns gleich morgen ins Stadtarchiv gehen.«

Das Archiv lag quasi in Sichtweite der Krämerbrücke. Durch seinen Beruf als Historiker hatte Jonas schon öfter dort zu tun gehabt.

»Wann sagst du Anne Vareel Bescheid?«, wollte Fenja wissen.

»Jetzt. Ich schicke ihr eine SMS.« Bei der Verabschiedung am Dom hatte ihm die Kommissarin die Nummer ihres Diensthandys gegeben. Er griff nach seinem Telefon und schrieb: »ICH BIN DABEI.« Das klang irgendwie cool. Schnell schickte er die Nachricht ab.

Es dauerte nur wenige Sekunden, da kam die Antwort zurück: »WILLKOMMEN IM TEAM!«

Jonas hielt sein Smartphone so, dass Fenja die Nachricht lesen konnte.

»Na dann. Unser neuer Fall ist eröffnet!«, erklärte sie feierlich.

»So ist es«, antwortete Jonas, umarmte Fenja erneut und küsste sie lange und leidenschaftlich.

Der nächste Morgen wartete mit etwas besserem Wetter auf. Jonas und Fenja waren früh aufgestanden und nach einem kurzen Frühstück sofort in ihr Arbeitszimmer umgezogen. Der Raum würde ihnen als Forschungszentrale dienen, in der alle Daten und Informationen zusammenliefen, die sie über die Mumien, ihre Zeit und ihr Leben zusammentrugen. Ein Puzzle aus historischen Indizien, das am Ende hoffentlich ein Fenster in die Vergangenheit öffnete.

Während Jonas in der Geschichtsdatenbank seines Computers einen neuen Arbeitsbereich »DOMGROTTE« einrichtete, arrangierte Fenja die Denkfabrik. Dafür räumte sie einen großen Tisch frei, auf dem sie später Fundstücke sichten und kombinieren konnten. Daneben platzierte sie ein Memoboard, um Stichworte und Hypothesen zu notieren. Die Wände, Holzbalken und Regale ringsum würden sich in den nächsten Tagen mit Bildern, Notizzetteln und Zeitungsausschnitten füllen.

Schon jetzt herrschte eine energiegeladene Stimmung im Raum, wie immer, wenn sie ein neues Projekt starteten.

Der Besuch im Stadtarchiv musste noch etwas warten, denn Anne Vareel hatte ihr Kommen angekündigt, um Jonas den Vertrag vorbeizubringen. Die Kommissarin ließ nichts anbrennen; offenbar stand sie bei der Sache im Domberg wirklich mächtig unter Druck.

Jonas übertrug gerade seine letzten Notizen vom Vortag in den Computer, da klingelte es schon an der Tür, und kurz darauf stand Anne Vareel vor ihnen. Sie begrüßten die Kommissarin und führten sie in ihr Arbeitszimmer.

Es war der Ermittlerin anzusehen, dass sie sich über Jonas' Zusage freute. Sie zog einen Umschlag aus ihrer Tasche und entnahm ihm ein dünnes Schriftstück. »Lesen Sie es in Ruhe durch.«

Jonas beugte sich über das Papier. Wahnsinn. Da stand tatsächlich sein Name. Ein Vertrag über Beratertätigkeiten für das Landeskriminalamt Thüringen. Gegenstand: »Recherche und Darlegung historischer Sachverhalte zur Unterstützung einer kriminalpolizeilichen Ermittlung«. Dazu noch eine verschwurbelte Vorgangsnummer, die ihm als Laien wenig sagte. Das alles klang in seinen Ohren ein bisschen lustig und gestelzt. Aber das war egal, in der Sache stimmte es.

Das Honorar war tatsächlich nicht gerade üppig, ging aber in Ordnung. Als einzige Besonderheit beinhaltete die Vereinbarung eine Verschwiegenheitsklausel, die sich auf die laufende Ermittlung und deren Details bezog.

»Alles, was Sie bei uns hören, sehen oder zur Begutachtung ausgehändigt bekommen, bleibt unter uns«, erläuterte die Kommissarin. »Wenn Sie irgendwann einmal ein Buch über die Mumien schreiben wollen, können wir darüber reden.« Natürlich war ihr klar, dass der exklusive Zugang zur Domgrotte für Jonas wesentlich mehr wert war als das Honorar. »Wir wollen Ihrer Karriere nicht im Wege stehen. Aber solange die Ermittlung läuft, halten wir den Deckel drauf. Einverstanden?«

»Einverstanden.«

»Haben Sie noch Fragen?«

Nein, die hatte er nicht. Jonas nahm einen Füllhalter vom Schreibtisch und unterschrieb die Vereinbarung mit einem schwungvollen Federstrich.

»Ich habe Ihnen noch etwas mitgebracht.« Vareel zog einen zweiten Umschlag aus ihrer Tasche und breitete mehrere großformatige Fotos auf dem Arbeitstisch aus. Es waren hochauflösende Aufnahmen, die der Polizeifotograf am Vortag in der Domberggrotte gemacht hatte.

Mit ihrer perfekten Ausleuchtung und ihren Nummern und Maßstäben ließen die Fotografien jegliche Mystik vermissen. Schattenfrei und superscharf hielten sie die Details der Roben, die Gravuren der Waffe, die Ornamente der Zinnbecher und die verschiedenen Varianten des Glockensymbols fest. Auch den leeren Bücherständer und die Öluhr hatte der Fotograf penibel dokumentiert.

Jonas fiel auf, dass keine Bilder von den Gesichtern der Toten dabei waren. Offensichtlich handelte es sich um eine bewusst getroffene Auswahl. Ein harmloser Katalog von Kostümen und Requisiten. So als wollte die Serie die wahre Tragik der Entdeckung verschweigen oder sie zumindest so weit wie irgend möglich aussparen. Aber für die Recherche eigneten sich die Fotos perfekt. Sogar eine Nahaufnahme des winzigen Büchsenmacherzeichens war dabei. Der Hase über dem Schwert. Die erste Spur, der sie folgen wollten. »Danke!«, sagte Jonas begeistert, während sein Blick immer wieder über den Tisch schweifte.

Auch Fenja sah sich die Bilder aufmerksam an.

»Wenn wir die Toten geborgen und untersucht haben, bekommen Sie noch mehr Fotos. Von den Kleidungsstücken unter den Mänteln und den Dingen, die wir sonst noch bei ihnen finden. Aber das kann ein paar Tage dauern«, kündigte die Kommissarin an.

»Wo bringen Sie sie hin?«

»In die Rechtsmedizin nach Jena.«

»Was ist mit dem einen?«, wollte Fenja wissen und bemühte

sich dabei um einen möglichst sorglosen Ton. »Ich meine, mit dem, der noch nicht so lange tot ist?«

»Jonas hat Ihnen davon erzählt?«

»Ja.«

»Der wird als Erster untersucht. Auch zu ihm haben wir noch kein Ergebnis.« Vareel fügte hinzu: »Aber der spielt für Sie und Jonas keine Rolle. Ihr Job ist die Vergangenheit. Mit der Gegenwart ärgere ich mich rum.«

»Fenja wird mir übrigens helfen«, erklärte Jonas schnell, um das Thema nicht noch weiter zu vertiefen. »Sie haben doch nichts dagegen, oder?«

»Das können Sie halten, wie Sie wollen. Für mich sind Sie der Ansprechpartner. Wenn Fenja Sie unterstützt – meinetwegen. Aber ich muss mich darauf verlassen können, dass wirklich keine Informationen über den Fall nach draußen dringen. Das gilt für Sie beide.« Und mit einem eindringlichen Blick setzte sie hinzu: »Darauf habe ich Ihr Wort. Und Ihre Unterschrift.«

11

Es war schon später Vormittag, als Jonas und Fenja ihre Wohnung abschlossen und die Krämerbrücke verließen. Nördlich des historischen Bauwerks hatte man das Flussufer der Gera zu einem terrassenförmigen Platz erweitert, auf dem gerade eine Reisegruppe dem Vortrag ihres Stadtführers lauschte, Handys und Fotoapparate fest auf die Brückenfassade gerichtet.

Touristen traf man hier zu fast jeder Tages- und Jahreszeit an. Der Platz war einer der beliebtesten Fotostandorte in ganz Erfurt, was Jonas beim Betreten von Toilette oder Schlafzimmer manchmal etwas befangen machte, denn auch die Fenster dieser Räume bildeten unweigerlich einen Teil des Motivs.

Einige Male hatte er sich einen Spaß daraus gemacht, mit einem langen Teleobjektiv zurückzufotografieren, sozusagen in den Gegenangriff überzugehen. Aber das hatte in der Regel nur begeistertes Winken und noch mehr Aufmerksamkeit für sein Toilettenfenster provoziert, sodass er es irgendwann wieder bleiben ließ.

Jonas und Fenja folgten dem Fluss ein kurzes Stück, dann hielten sie sich rechts und bogen in einen nüchternen Wirtschaftshof ein. Hinter einem Gitterzaun, versteckt in einer unscheinbaren Ecke, führten ein paar Treppenstufen zu einer dunkelroten Metalltür. Nur eine kleine Wandtafel verriet, dass sich hier der Eingang zum Stadtarchiv befand.

Die schmucklose Pforte zu einer Schatzkammer, dachte Jonas jedes Mal, wenn er zum Recherchieren hierherkam. Hinter diesen Mauern ruhte das Gedächtnis Erfurts, sorgfältig verstaut in Kästen und Regalen.

Sie betraten das Gebäude und gelangten durch einen kargen Flur in einen Vorraum, wo sie ihre Jacken und Taschen in einen Garderobenschrank einschlossen. Dann drückten sie den Summer der Sicherheitstür und standen wenig später am Tresen der Anmeldung.

»Jonas!«, rief ihnen eine kleine Frau freudig entgegen. »Und in so hübscher Begleitung!« Sie eilte herbei und begrüßte die beiden mit festem Händedruck. Die Frau mochte um die sechzig Jahre alt sein und trug eine enge braune Hose und einen ockerfarbenen Pullover, dessen Ärmel burschikos nach oben gekrempelt waren. Trotz ihrer unscheinbaren Kleidung hatte sie etwas Strahlendes an sich.

»Frau Dorst«, entgegnete Jonas. »Schön, Sie zu sehen! Das ist Fenja, meine Freundin. Fenja, Margarete Dorst.«

»Fenja, prima, dass ich Sie mal kennenlerne! Ich habe schon viel von Ihnen gehört«, freute sich die Archivarin. »Jonas gerät nämlich immer ins Schwärmen, wenn er von Ihnen spricht.«

Jonas lächelte und sah schnell zum Fenster, weil er befürchtete, trotz seiner neunundzwanzig Jahre rot zu werden.

»Ach, wirklich?« Fenja warf ihm einen verschmitzten Blick zu, bevor sie vergnügt verriet: »Aber ich habe auch schon viel von Ihnen gehört – von Ihnen schwärmt er nämlich auch.«

Jetzt musste Margarete Dorst schmunzeln.

Aber es stimmte tatsächlich. Fenja wusste, dass Jonas die quirlige Archivarin sehr schätzte. Bei den Recherchen zu seinem Buch hatte sie ihm mehr als einmal aus einer Sackgasse herausgeholfen und Dokumente aufgestöbert, die ihn auf die richtige Spur brachten. Margarete Dorst kannte die Bestände der Sammlung wie ihre Westentasche und wurde mit dem antiquierten Karteikartensystem, das sie im Laufe der Jahre mit Notizen und Querverweisen perfektioniert hatte, oft schneller fündig als die jüngeren Kollegen mit ihrem modernen Computerprogramm.

»Was kann ich für euch tun?«, fragte sie jetzt.

»Wir haben ein Markenzeichen und suchen den Handwerker dazu.« Jonas legte das Foto von der Gravur auf den Tisch.

»Ein Hase über einem Schwert«, murmelte die Archivarin, und man konnte förmlich zusehen, wie es in ihrem Hirn zu arbeiten begann. »Das habe ich schon mal gesehen. Aber im Moment bin ich mir nicht sicher, wo. Aus welcher Zeit stammt denn die Marke?«

»Wir vermuten, aus dem 16. oder 17. Jahrhundert. Von einem Büchsenmacher.«

»Dann muss ich nachsehen. Setzt euch schon mal rein.« Sie deutete auf den angrenzenden Lesesaal. »Ich bin nur mal kurz im Archiv.«

Damit verschwand Margarete Dorst in den Tiefen des Gebäudes, und sie waren allein.

Jonas und Fenja betraten den Lesesaal, einen länglichen Raum mit vier Tischreihen, der entfernt an ein Klassenzimmer erinnerte. Die Wände waren in einem hellen Grün gestrichen, es gab Lesegeräte für Mikrofilme, und in einem Regal standen ein paar Aktenordner.

»Darf ich neben dir sitzen?«, fragte Fenja schelmisch und legte ihren Kopf schräg. »Ich will aber ans Fenster!«

»Oh. Ich glaube nicht, dass das möglich ist. Da muss ich erst beim Direktor nachfragen«, gab Jonas mit tiefer Stimme zurück.

Dann sprudelte es wild aus ihm heraus, und Fenja stimmte in sein Gelächter ein. Zum Glück waren sie die einzigen Besucher.

»Ich habe eine gute und eine schlechte Nachricht. Welche wollt ihr zuerst hören?« Margarete Dorst manövrierte einen kantigen Rollwagen in den Lesesaal, der bis an die Grenze seines Fassungsvermögens mit Akten und Archivkästen beladen war.

Jonas warf einen argwöhnischen Blick auf den riesigen Stapel. »Lieber erst mal die gute …« Das konnte ja heiter werden.

»Ich habe die Werkstatt des Büchsenmachers gefunden.« Die Archivarin legte einen aufgeschlagenen Ordner auf den Tisch vor ihnen. In einer langen Tabelle waren darin historische Markenzeichen aufgelistet, jeweils mit der Abbildung des Symbols, einer Angabe zur Zunft, dem Namen des Handwerkers und einer Archivnummer. Irgendein emsiger Angestellter hatte die Gewerke aus mehreren Jahrhunderten akribisch zusammengetragen. Der gute Geist musste ewig damit beschäftigt gewesen sein.

»Hier haben wir sie.« Margarete Dorsts Finger verharrte neben einer Marke mit einem Hasen über einem Schwert. Sie sah exakt so aus wie die, die Jonas auf der Pistole der Mumie entdeckt hatte. »Sie gehört zur Werkstatt des Büchsenmachers Haas aus Erfurt. Gegründet 1591.«

»Volltreffer.« Jonas sprang begeistert auf. »Wir haben ihn!«

Logisch. Der Hase für den Namen Haas. Solche sinnbildhaften Zeichen waren durchaus üblich gewesen. Und das Schwert verwies auf die Branche.

Als Margarete Dorst schwieg, sah Jonas zu ihr auf.

In die kurze Pause hinein fragte Fenja: »Und was ist die schlechte Nachricht?«

»Es war eine berühmte Marke. Sehr erfolgreich.«

»Das ist doch gut.«

»Für den Hersteller, ja. Ich fürchte bloß, nicht für euch.«

»Wieso das?«

»Der Gründer war ein gewisser Caspar Haas. Aber der vererbte seinen guten Namen nebst Markenzeichen weiter an seinen Sohn Moritz. Und der wiederum an seinen Sohn Jacob. Allesamt begnadete Büchsenmacher. Eine Werkstatt. Drei Generationen.«

Jetzt entdeckte Jonas auch die Archivnummern, die in einer langen Reihe hinter dem Zeichen aufgeführt waren. »Na klasse.« Er ließ sich auf den Stuhl zurückfallen und warf einen freudlosen Blick auf den überladenen Aktenwagen.

Drei Generationen.

Grob geschätzt achtzig Jahre Firmengeschichte.

Wie sollten sie da den Auftrag über eine verdammte Pistole finden?

»Nicht gleich verzweifeln, Jonas. Du kennst das ja. Kein Lohn ohne Mühe.« Die Archivarin lächelte vergnügt. »Erfreulicherweise sind die Rechnungsbücher der Werkstatt fast vollständig erhalten. Bürokratie ist keine Erfindung der Moderne.« Sie zwinkerte Jonas und Fenja aufmunternd zu. »Viel Spaß beim Sichten. Eigentlich haben wir am Nachmittag geschlossen, aber ihr könnt gern hierbleiben. Ich bin bis abends da.« Und schon war sie im Nebenraum verschwunden.

Die beiden standen noch einen Augenblick lang stumm vor dem Papierberg. Dann atmeten sie tief durch.

»Womit fangen wir an?«, fragte Fenja.

»Mit Sortieren.« Jonas ging zum Rollwagen und hob die ersten Aktenpakete auf die vordere Tischreihe. »Wir sollten zuerst einmal versuchen, die Unterlagen der drei Generationen zu trennen.«

Zum Glück waren die Dokumente sorgfältig beschriftet. Zusammen verteilten sie die Stapel auf drei einzelne Tische.

Ein Tisch für Caspar Haas.

Ein Tisch für Moritz Haas.

Und einer für Jacob Haas.

Natürlich würde es Überschneidungen geben, schließlich war es ein Familienbetrieb. Aber zu jeder Zeit hatte einer den Hut aufgehabt.

Sie begannen mit dem Firmengründer. Meister Caspar Haas.

Jonas zog die feinen weißen Archivhandschuhe über, die ihm Margarete Dorst bereitgelegt hatte. Dann löste er die Verschnürung, mit der mehrere zerfledderte Folianten zusammengebunden waren, und schlug das erste Rechnungsbuch auf.

Die Papierseiten quollen ihnen entgegen, als würden sie nach all den Jahren im Archivregal förmlich nach frischer Luft gieren. Das Buch war von der ersten bis zur letzten Seite dicht mit Aufzeichnungen gefüllt.

»Oh shit.« Fenja hob die Augenbrauen.

Die Schnörkel der handgeschriebenen Buchstaben flossen kunstvoll ineinander, aber sosehr sie sich auch bemühte – sie konnte kein einziges Wort entziffern.

»Kurrent. Die damals übliche Schreibschrift«, stellte Jonas fest.

»Kannst du das lesen?«

»Ja. Im Studium haben sie uns damit gequält.«

Tatsächlich hatten die Dozenten ihnen immer wieder eingetrichtert, wie wichtig das Verständnis historischer Schriften war. In alten Schriftstücken konnten Sensationen schlummern und ihre Entdecker in den Olymp der Geschichtswissenschaften katapultieren. Oder in die Hölle, wenn man sie nicht lesen konnte und deshalb übersah. Und auch früher hatte es schon

Schmierfinken gegeben, was die Sache nicht unbedingt einfacher machte.

Aber das war bei den Büchsenmachern nicht der Fall. Alle drei Generationen hatten ausnehmend schön geschrieben, was vermutlich ihrem täglichen Umgang mit feiner Mechanik und Gravur zu verdanken war.

»Caspar hat sein Geld mit Gewehren verdient«, stellte Jonas fest, während er die Seiten systematisch durchforstete. Dann grinste er. »Und mit Reparaturen.« Der Büchsenmacher hatte sich anscheinend früh auf die Herstellung von Musketen verlegt, deren Ladung mit den moderneren, aber vergleichsweise komplizierten Radschlössern gezündet wurde. Eine uhrenähnliche Mechanik, mit einem Schlüssel aufzuziehen und aus zahlreichen ineinandergreifenden Einzelteilen zusammengesetzt. Damit hatte Caspar Haas, beabsichtigt oder nicht, den Grundstein für einen kleinen Wohlstand gelegt. Denn die Waffen waren nicht nur deutlich teurer als die bisherigen Hakenbüchsen mit ihrer einfachen Zündlunte gewesen, sondern mussten auch häufiger gewartet werden. Und die Stadt als Auftraggeber garantierte regelmäßige Aufträge.

Pistolen oder Puffer, wie sie in den Werkstattlisten hießen, hatte der Handwerksmeister ebenfalls hergestellt, jedoch in vergleichsweise geringer Auflage und auch ausnahmslos mit Radmechanik. Die Waffe in der Mumiengrotte aber war mit einem Steinschloss ausgestattet.

»Und, wie sieht's aus?«, fragte Fenja, als Jonas das letzte von Caspars Auftragsbüchern zuschlug. Sie staunte, wie schnell er durch die Listen galoppiert war.

»Caspar können wir vergessen. Keine einzige Steinschlosspistole.« Jonas stand auf und machte ein paar halbherzige Dehnübungen. »Dann auf zu Meister Moritz.« Sie traten gemeinsam an den zweiten Tisch. »Er hat die Werkstatt 1613 übernommen und bis 1641 geführt.«

»Jonas, du tust mir wirklich leid«, sagte Fenja mit Blick auf die Unterlagen.

Dieser Stapel war noch größer als der erste. Und gleich

darauf erkannte Jonas auch, warum. »Klar. Der Dreißigjährige Krieg.«

Anhand der Geschäftsbücher konnte er verfolgen, wie der Krieg, der so vielen Menschen unermessliches Leid gebracht hatte, für die Werkstatt zur sprudelnden Geldquelle geworden war. Zweimal hatten die Schweden Erfurt besetzt und waren gute Kunden gewesen. Ihr Kriegsgerät musste gepflegt und erneuert werden. Die Zunft der Büchsenmacher hatte einen Höhenflug erlebt, und die Werkstatt von Moritz Haas war ganz vorn mit dabei gewesen.

Beharrlich arbeitete sich Jonas durch die Listen.

Aber wieder ohne Erfolg.

Die Waffe, nach der sie suchten, war nirgendwo verzeichnet. Oder er hatte sie schlichtweg übersehen.

Jonas rieb sich die schmerzenden Augen, und auch Fenja – wenngleich sie im Moment nicht viel mehr tun konnte, als ihm zuzuschauen – sah inzwischen müde und abgespannt aus.

Einen Stapel hatten sie noch.

Die Unterlagen von Jacob Haas, dem letzten Inhaber der Büchsenwerkstatt.

Im kühlen Licht der Neonlampen schoben sich die verschnörkelten Worte boshaft ineinander. Aber es half nichts. Jonas las weiter.

Mit dem Abzug der Schweden aus der Stadt war auch die Auftragszahl merklich zurückgegangen, und der Jüngste in der Dynastie der Büchsenmacher hatte sich auf hochwertige, reich verzierte Jagd- und Prestigewaffen spezialisiert. Hier zählte das Unikat. Mit dem gleichen Geschäftssinn ausgestattet wie schon sein Vater und Großvater, hatte auch Jacob auf Innovation gesetzt: auf Pistolen, die ihre Treibladung mit einer Feuersteinmechanik zündeten – dem Steinschloss. Der neueste Schrei.

Jonas war sofort wieder munter. Jetzt wurde es interessant.

Die Beschreibungen der Einzelstücke in Jacob Haas' Geschäftsbüchern waren viel detaillierter als bei seinen Vorgängern. Spezielle Kundenwünsche hatte er extra notiert. Die Waffen sozusagen personalisiert. Die Kundschaft: adelige Herren und Patrizier.

Und dann sprangen ihn die Initialen förmlich an. VH – zwei kunstvoll verwobene Buchstaben, ausgeführt als Einlegearbeit im Griffstück einer Steinschlosspistole. Auf der beigefügten Federzeichnung erkannte Jonas sofort das Exemplar aus der Domberggrotte wieder. Nur zur Sicherheit legte er noch einmal das Polizeifoto daneben. Die Pflanzenornamente, die Greifvögel – alles war identisch.

»Bingo!«, rief er aus. Er hatte die Waffe gefunden. Übergeben am 18. September des Jahres 1665 in Erfüllung einer Sonderbestellung an den ehrwürdigen Erfurter Stadtrat Veit Hutter.

Jonas lächelte. VH war identifiziert.

»Na, ihr seht aber zufrieden aus. Hattet ihr Erfolg?« Margarete Dorst betrat den Lesesaal, als Jonas und Fenja gerade die letzten Akten zurück auf den Rollwagen stapelten. Nur das Dokument mit der Beschreibung der Pistole lag noch aufgeschlagen auf dem Tisch.

»Wir haben den Käufer! Ein Erfurter Stadtrat. Sein Name ist Veit Hutter.«

»Ein Mitglied im Erfurter Rat? Wann war er denn im Amt?« Das Interesse der Archivarin erwachte.

»Die Pistole hat er 1665 gekauft.«

»Oh.« Margarete Dorst hielt einen Moment inne. »Du weißt, was das heißt?«

Jonas überlegte kurz, dann fiel es ihm wie Schuppen von den Augen. »Er war Stadtrat unter den Mainzern!« Das war jetzt wirklich interessant.

»Genau. Einer von den gebändigten Tigern.«

»Gebändigte Tiger?«, schaltete sich Fenja in die Unterhaltung ein. Die Erfurter Stadtgeschichte war ihr nicht besonders geläufig.

»1664 wurde Erfurt besetzt. Von den Truppen des Mainzer Erzbischofs Johann Philipp von Schönborn. Rat und Bürgerschaft hatten lange für die Freiheit der Stadt gekämpft, konnten aber gegen die Übermacht von fünfzehntausend Soldaten am Ende nichts ausrichten. Erfurt verlor seine Eigenständigkeit, und das für sehr lange Zeit.«

»Besetzt ist noch beschönigt«, fügte Margarete Dorst hinzu. »Geknebelt trifft es besser. Die Ratsherren mussten einen Kniefall vor dem Kirchenfürsten aus Mainz machen, und anschließend wehte der Wind von dort. Erfurt wurde sozusagen ferngelenkt.«

»Unser Veit Hutter gehörte demzufolge zu einem Kabinett aus Marionetten«, bemerkte Jonas lakonisch. »Aber für eine teure verzierte Pistole hat's immer noch gereicht.«

»Der Rat musste sich arrangieren. Und das taten die Herren auch.« Die Archivarin schmunzelte. »Das nennt man Realpolitik.«

»Und was heißt das jetzt für uns?«, fragte Fenja.

»Ist im Moment schwer zu sagen. Wir müssen unbedingt mehr über Veit Hutter herauskriegen.« Jonas sah Margarete Dorst an. »Zu dem gibt's doch bestimmt noch Akten im Archiv.«

»Wenn er ein Ratsherr war, dann haben wir sicher was. Das müsste ich heraussuchen.« Sie hob entschuldigend die Schultern. »Aber nicht mehr heute.«

Jonas schielte zu der großen Uhr, die an der Stirnseite des Lesesaals angebracht war. Inzwischen zeigte sie halb sieben. Nicht zu glauben. Schon Abend. Draußen war es bald dunkel. »Wir kommen wieder.« Er zwinkerte der Archivarin zu.

»Dessen bin ich mir sicher«, gab sie vergnügt zurück. »Da fällt mir übrigens etwas ein. Es gibt einen Hobbyhistoriker, der früher viel über die Mainzer Jahre recherchiert hat. Ein pensionierter Geschichtslehrer. Sein Name ist Herbert Withauer.«

»Wissen Sie, wie wir ihn erreichen können?«

»Ich schreibe euch auf, wo er wohnt. Ihr könnt euch gern auf mich berufen.« Margarete Dorst notierte die Adresse auf einen Zettel und reichte ihn Jonas. »Ist ein bisschen speziell, der Mann. Aber ich glaube, er weiß so einiges. Probiert es einfach aus.«

Hinter ihnen fiel die schwere Metalltür ins Schloss, und fast schon euphorisch verließen Jonas und Fenja das Archiv.

Es hatte wieder begonnen.

Eine Tür in die Vergangenheit war aufgesprungen.

Ein Name. Veit Hutter.

Die Mumie an der Stirnseite des Tisches, der die Kriminaltechniker die Nummer eins gegeben hatten.

12

9. August 1665

Für den Fall, dass sich die Bruderschaft außer der Reihe treffen musste, hatte Hutter klare Anweisungen gegeben. Nikolaus Corvus ging unruhig in der Wohnhalle seines abgelegenen Gutshauses auf und ab. Heute würde er in die Stadt reiten und alles Nötige veranlassen.

Seit er in dem kleinen Dorf die mächtige Wirkung des Artefakts mit eigenen Augen gesehen hatte, durchfloss ihn ein dunkler Rausch. Die Respekt einfordernde Kraft seines Genies.

Nun, da seine Schöpfung sicher verwahrt in der geheimen Kammer der Schmiedewerkstatt ruhte, musste er den anderen Bericht erstatten. Das große Werk wollte fortgeschrieben werden, und dazu waren weitere Maßnahmen notwendig – und natürlich weiteres Geld.

Es durfte keinen Aufschub geben.

Er hörte Dorothee aus der Küche herüberkommen. Auch heute trug seine Magd wieder ihr einfaches schwarzes Kleid, das sie aussehen ließ wie eine Nonne und das ihr gleichzeitig etwas unglaublich Aufreizendes verlieh, da es ihren schlanken Körper eng verhüllte und zu einem unnahbaren Geheimnis machte.

Corvus, dem sonst jegliche Skrupel fremd waren, hatte sie oft heimlich betrachtet, aber noch nie angerührt. Vielleicht, weil er das Geheimnisvolle liebte und fürchtete, es aus einer unbedachten Laune heraus zu zerstören. Oder weil er Dorothee als den einzigen Menschen respektierte, der es in seiner Umgebung aushielt.

»Du kannst die Sachen dort hinstellen«, sagte er jetzt zu ihr und deutete auf den Holzschemel neben der Tür. Die Magd legte ein Stoffbündel ab, in welches sie einen halben Laib Brot, eine Speckschwarte und einige Äpfel gewickelt hatte, und schnürte alles mit einem zierlichen Riemen zusammen. Der Proviant für den Ausflug in die Stadt. Dann brachte sie einen Lederschlauch mit frischem Wasser und legte ihn dazu. Jede ihrer Bewegungen war fließend. Sie ließen Behändigkeit erkennen und verwandelten mit ihrer Anmut selbst alltägliche Handgriffe in etwas Besonderes.

Nachdem Dorothee alles bereitgestellt hatte, blieb sie schweigend neben der Tür stehen.

»Weiter brauche ich nichts. Du kannst gehen. Ich werde erst morgen wieder zurück sein«, verkündete Corvus.

Dorothee nickte kaum merklich und verließ den Raum, ohne ein Wort gesagt zu haben. Das hätte sie auch nicht vermocht. Denn Dorothee konnte nicht sprechen.

Seit etwas mehr als einem Jahr war sie nun schon auf seinem Hof. Sie hatte keine Eltern mehr, und ihre bucklige Base war eines Tages auf dem Markt vor Corvus hingetreten und hatte ihn angefleht, dem mittellosen Mädchen ein Dach und eine Anstellung zu geben. Schnell hatte sich herausgestellt, dass Dorothee von Geburt an stumm war, was ihre Ziehmutter anfangs zu verschweigen versucht hatte, um seiner Ablehnung vorzubauen. Aber für Corvus hatte genau das den Ausschlag für seine Zustimmung gegeben. Nicht aus Mitleid; solch eine Regung gehörte nicht zur Gefühlswelt eines Nikolaus Corvus, sondern aus praktischem Kalkül. Seine Geschäfte verlangten Vertraulichkeit, und eine Zunge, welche die Natur zum Schweigen verdammt hatte, war die beste Hüterin seiner Geheimnisse.

Jetzt ging Corvus hinüber zum Stall, legte seinem Rappen Arco das Zaumzeug an und führte ihn in den Hof. Dort verstaute er seinen Proviant in den Satteltaschen und befestigte zusätzlich zwei kleine Säckchen mit getrockneten Heilblüten daran, die er den Apothekern in der Stadt anbieten wollte. Nicht der kümmerlichen Entlohnung wegen, vielmehr, um seine Tarnung zu pflegen. Schließlich war er Nikolaus Corvus, der Botanikus.

Er öffnete das Tor, zog sich in den Sattel und ritt von seinem Hof, ohne sich noch einmal umzusehen. Er nahm noch das Geräusch der sich schließenden Torflügel wahr. Dorothee, die schweigende Hüterin des Hauses, waltete ihres Amtes.

Arco fiel in einen leichten Trab, und es dauerte nicht lange, bis sich in der Ferne die mächtigen Mauern der Erfurter Befestigungswerke abzeichneten.

Er näherte sich der Stadt von Westen her, das letzte Stück wieder auf der großen Via Regia, und erreichte die Wehranlagen des Brühler Tores. Bevor er an das eigentliche Stadttor gelangte, musste er auf einer hölzernen Brücke den Wehrgraben der Hiera überqueren, den man als zusätzliche Verteidigungslinie vor den Stadtmauern angestaut hatte.

In der späten Vormittagsstunde herrschte am Stadttor reger Betrieb. Jeder Fremde wurde beim Passieren des düsteren Torhauses kontrolliert und in die Bücher der Wachmannschaft eingetragen. Corvus gab sich geduldig, entrichtete sein Torgeld und nannte als Grund seines Besuches die Beratschlagung heilender Kräuterrezepturen mit den Apothekern der Stadt, was ihm dank seiner Diensturkunde mit dem Siegel des Hohen Rates auch ohne weitere Nachfragen abgenommen wurde. Dann stellte er seinen Rappen in einer der Pferdestationen unter, von denen es in der Nähe der Schutzanlagen mehrere gab, und setzte seinen Weg ins Innere der Stadt zu Fuß fort.

Er mied die gepflasterten Hauptwege, die in Richtung des Marktplatzes führten, und schlug sich durch die morastigen Seitengassen bis zu einem Areal durch, das im Schatten des mächtigen Domberges lag. In dem unübersichtlichen Revier zog sich die Hiera in zwei Armen durch die Stadt, zwischen denen sich niedrige Häuser gegeneinanderduckten.

Hier, auf dem Fischersande, waren Fischer und Korbflechter zu Hause, und der Geruch von Brackwasser und Fischleibern hing dick in der Luft. Corvus hasste diesen Teil der Stadt, folgte aber dem schmalen Fuhrweg entlang der Häuserzeile, der ihn zu seinem eigentlichen Ziel führte.

Nicht lange, und er sah es vor sich.

Das schmale Haus lag dem Domberg zugewandt und ließ

keine Besonderheiten erkennen. Es beherbergte die Werkstatt eines einäugigen Korbflechters. Der blasse, kränkliche Mann zahlte dafür einen niedrigen Jahreszins, und nur Eingeweihte wussten, dass das Haus nicht sein eigenes war. Es gehörte zu den undurchsichtigen Besitzungen des Ratsherrn Veit Hutter, eines einflussreichen Tuchhändlers mit einer protzigen Residenz gleich neben dem Markt.

Corvus wich gerade noch rechtzeitig einem klapprigen Karren aus, der von einer noch klapprigeren Schindmähre gezogen wurde und aus dessen geladenen Bottichen bei jedem Straßenloch stinkende gelbe Fischbrühe schwappte. Ihm lag ein derber Fluch auf den Lippen, aber er unterdrückte seinen Zorn und vermied es, dem alten Fischmenger hinter dem Fuhrwerk ins Gesicht zu schauen. Für seine Mission war es besser, wenn sich so wenige Menschen wie möglich an ihn erinnerten. Mit der Zeit hatte er eine Begabung dafür entwickelt, in der grauen Masse der Seelen zu verschwinden, die die Straßen der Stadt bevölkerten.

Als er sich dem Haus des Korbflechters bis auf vier oder fünf Schritte genähert hatte, beugte er sich auf den Boden und wischte den brockigen Schlamm von seinen Stiefelschäften. So sah es jedenfalls aus, sollte ihn in diesem Moment unerwarteterweise jemand beobachten. Tatsächlich war ihm der Zustand seiner Stiefel egal, und in diesen Gassen wurden sie sowieso schmutzig. Vielmehr war die Reinigung ein Vorwand, um einen Kieselstein vom Boden aufzuheben und in seiner Faust einzuschließen.

Dann ging er weiter. Als er das Haus des Flechters passierte, legte er den Kiesel mit einer beiläufigen Bewegung auf der rechten Fensterbank ab. Anschließend lief er, ohne von dem Gebäude weitere Notiz zu nehmen, zügig an das Ende der Gasse und überquerte auf einem hölzernen Steg die Hiera. Was er auf dem Fischersande hatte erledigen müssen, war erledigt. Jetzt hieß es, bis zum Abend zu warten.

An Nikolaus Corvus nagte die Ungeduld. Aber das ebenso simple wie geniale Benachrichtigungssystem der Bruderschaft verlangte seine Zeit. Zeit, die er jetzt möglichst ohne viel Aufheben innerhalb der Stadtmauern verbringen musste.

Er erreichte den großen Platz vor dem Domberg genau in dem Moment, als die Glocken hoch über der Stadt die Mittagsstunde verkündeten. Für einen Moment hielt er inne und lauschte dem kraftvollen Geläut. Gern hätte er einen Blick in das mächtige Schiff von Sankt Marien geworfen, aber Hutter hatte darauf bestanden, dass sie den Dom mieden, wann immer es möglich war.

Als die schweren Töne der Glocken verklungen waren, trug der laue Sommerwind andere Geräusche über den Platz – die regelmäßigen Schläge der Zimmerleute und Steinmetzen, die unentwegt damit beschäftigt waren, gleich neben dem Domberg eine mächtige Zitadelle zu errichten. Die Verhältnisse hatten sich geändert, seit die Mainzer in der Stadt waren.

Nikolaus Corvus wiegte zornig den Kopf. Es sagte viel aus über die neuen Herren Erfurts, wenn sie innerhalb der Stadtmauern eine Zwingburg errichteten, um die eigenen Bürger auf Abstand zu halten.

Er verließ den Platz und folgte der gepflasterten Straße bis zum Markt vor dem Rathaus. Am Marktbrunnen wusch er den Staub der Straße von seinem Gesicht, dann entfloh er dem Geschrei der Krämer und Marktweiber, passierte die reich verzierten Fassaden der prächtigen Handelshäuser und verkaufte die beiden Blütensäckchen, die er immer noch bei sich trug, im Kontor einer Apotheke.

Schließlich bog er in eine übel riechende Gasse ein, in der sich das geschäftige Gewimmel der Stadt, das er so sehr hasste, rasch verlor. Kein Sonnenstrahl drang bis zum Grund der engen Schlucht aus schmucklosen Mauern.

Sein Ziel war das »Paradies«, eine düstere Kaschemme am Ende der schmalen Straße. Corvus trat durch das Portal, dessen Tür weit offen stand, und stieg über die fünf durchgetretenen Steinstufen hinunter in das Gewölbe. Der Schankraum zog sich tief in den Bauch des Gebäudes hinein und verzweigte sich dort zu einem undurchsichtigen Labyrinth von Gängen und

Nebenräumen, die der geschäftstüchtige Wirt mit Tischen und Schemeln vollgestopft hatte. Auch um diese Tageszeit waren schon viele Plätze von Männern besetzt, die genau wie Nikolaus Corvus das Tageslicht mieden.

In der Anonymität dieser Schattenwelt gedachte Corvus, den herannahenden Abend zu erwarten. Er bezog eine ins Mauerwerk gedrängte Nische im hinteren Teil der Schänke, in der nur ein einzelner Tisch stand, und ließ sich nieder. Schon wieselte der Wirt heran, der ein gutes Gedächtnis für Gesichter hatte, und stellte einen Krug mit Bier auf die Tischplatte. Er wartete noch ab, bis sein Gast die unausgesprochene Bestellung mit einem kurzen Nicken bestätigte, dann verschwand er mit einem genuschelten »Sehr zum Wohle, der Herr« in den Tiefen seines Etablissements.

Corvus nahm einen langen Schluck, dann lehnte er sich in das Halbdunkel zurück und ließ die Zeit vergehen. Geduld war eine seiner größten Tugenden. Äußerlich unbewegt nutzte er die Stunden, um im Geiste Berechnungen und Überlegungen zu seinen Experimenten anzustellen. Alles um ihn herum verschwand im Dämmer eines hintergründigen Rauschens, sodass er hochschrak, als er plötzlich seinen Namen hörte.

»Nikolaus Corvus!«

Hatte er sich getäuscht?

»Nikolaus Corvus!«, hallte der Ruf sofort noch einmal mit der kehligen Abfälligkeit eines bezechten Stänkerers durch das Gewölbe. »Hey. Ich rede genau mit dir.«

Corvus sah in die Richtung, aus der die Worte kamen. Im Hauptgewölbe, einige Tische weit entfernt, stand Zacharias Marholt, der Sergeant der berittenen Patrouille, der ihn auf der Rückkehr zu seinem Hof auf der Via Regia gestoppt und kontrolliert hatte und dann wütend abgezogen war. Jetzt hatte er sich zwischen den Tischen in der Mitte des Schankraumes aufgebaut und stierte zu Corvus herüber.

Als dieser nicht reagierte, setzte Marholt sich in Bewegung und kam näher. Seine Schritte waren von der zähen Trägheit eines Betrunkenen. Er sah aus, als würde er gegen seinen Rausch anstolzieren. Seine Uniform hatte der Sergeant gegen ein einfaches Lederwams eingetauscht; vermutlich hatte er heute Ausgang von der Garnison bekommen und war dabei, seinen Sold in Bierhumpen anzulegen. Trotz seines Zustands mahnte sich Corvus zur Vorsicht. Marholt hatte seinen Degen dabei, und sein feuriger Blick verriet nichts Gutes.

»Nikolaus Corvus, der Botanikus«, krakeelte er noch einmal, triefend vor Sarkasmus, und setzte herrisch hinzu: »Kann Er nicht anständig grüßen, wenn ein Sergeant seines Erzbischofs vor ihm steht?«

»Verzeiht, aber ich erkannte Euch nicht gleich, so ohne Uniform. Das Licht hier unten lässt etwas zu wünschen übrig«, antwortete Corvus nun und deutete mit einer halbherzigen Geste in den Schankraum. »Aber da Ihr jetzt so stattlich vor mir steht, grüße ich Euch gern, Sergeant.«

Am liebsten hätte er den ungehobelten Wüstling mit einem Schlag zu Boden geschickt, aber er musste sich zusammenreißen. Aufruhr um seine Person konnte er nicht gebrauchen, und die anderen Zecher wurden schon auf die unschöne Szene aufmerksam.

»Das ist kein Gruß, das ist eine Beleidigung! Steh gefälligst auf, wenn du mit mir sprichst!«, schrie ihm Marholt jetzt entgegen.

Auch diesen Gefallen tat ihm Corvus. Er trat aus der Nische und stellte sich zwei Meter vor den Sergeanten. »Ich grüße Euch noch einmal in aller Form, Sergeant. Und bitte Euch um gnädigste Erlaubnis, meine bescheidene Rast in diesem Hause fortsetzen zu dürfen. Der Tag war hart und die Arbeit reichlich.«

Statt einer Antwort ertönte schallendes Gelächter. Dann zischte Marholt: »Gnädigste Erlaubnis abgelehnt. Das war noch immer kein Gruß, wie er meinem Bischof gefällt. Einen Offizier des Mainzer Stuhles grüßt man in Demut. Auf die Knie, du Bastard!«

Nikolaus Corvus blieb stehen. Es hätte keinen Sinn gehabt, der Aufforderung Folge zu leisten. Marholt wollte keinen Gruß, er wollte seine Macht demonstrieren. Corvus kannte solche Typen. Der Querulant würde keine Ruhe geben, was auch immer er tat.

Die Blicke der beiden bohrten sich ineinander. Ein Mann mit Instinkt hätte die eisige Warnung gelesen, die jetzt in Corvus' Zügen geschrieben stand, doch der Sergeant war dazu einfach zu betrunken. Stattdessen rülpste er und blaffte: »Auf die Knie, oder ich schicke dich auf Gottes Acker.«

Er griff an seine Seite und riss den Degen in die Höhe. Dabei strauchelte er, torkelte gegen einen Tisch, fing sich aber wieder und baute sich vor Corvus auf. Langsam senkte er die Klinge auf dessen Kopf und presste die nächsten Worte zischend heraus: »Auf. Die. Knie.«

Im Raum herrschte gespenstische Stille. Die Männer an den Tischen hielten den Atem an, und auch der Wirt, der sich gerade dazu durchgerungen hatte, schlichtend einzugreifen, trat drei Schritte zurück und verharrte schweigend.

»Ihr sollt bekommen, was Euch gebührt«, ließ sich Corvus jetzt vernehmen. Er lächelte, aber in seiner Stimme lag ein merkwürdiger Unterton. Ganz langsam deutete er eine Verneigung an, während seine Arme hinter seinen Rücken strichen, als wäre er im Begriff, einen demütigen Bückling zu machen. Dort, nicht sichtbar für den grinsenden Sergeanten, umfasste seine rechte Hand den Damaszener Dolch, der in einer verborgenen Scheide seines breiten Ledergürtels ruhte. Es war entschieden. Ohne einen Kampf kam er hier nicht heraus. Marholt würde tot sein, noch ehe seine ahnungslose Visage auf dem Kellerboden aufschlug.

»Zacharias!«, ertönte plötzlich ein Ruf vom Eingang her. »Zacharias, lass den armen Schlucker gehen und trink mit uns. Die nächste Runde geht aufs Haus.« Zwei kräftige Männer kamen eiligen Schrittes auf Marholt zu, klopften ihm kräftig auf die Schulter und hakten ihn unter. »Lass den Mann. Wir haben Besseres zu tun.« Leutselig, aber mit einer gewissen Entschlossenheit zogen sie den betrunkenen Sergeanten mit sich fort, der schließlich nachgab und noch einmal vernehmlich rülpste, ehe er mit seinen Kameraden in einem Nebenraum verschwand.

Langsam nahm Corvus die Hand vom Griff des Dolches. Er streckte sich kurz und warf den Gaffern an den Nebentischen einen warnenden Blick zu. Von einem Moment auf den anderen löste sich die angespannte Stimmung im Raum. Der Lärm der Zecher kehrte zurück, und es war, als hätte der Streit niemals stattgefunden.

Aus dem Nachbargelass hörte Corvus, wie Marholt lallend vor seinen Kameraden prahlte. Ohne es zu wissen, hatten sie ihm gerade das Leben gerettet. Wahrscheinlich Soldaten wie er, die eingeschritten waren, bevor hier ein Zwist in einer Bluttat endete, die sie in der Garnison nur schwer hätten erklären können.

Wenig später trat Nikolaus Corvus hinaus auf die Gasse. Es dunkelte schon. Er versicherte sich, dass ihm niemand folgte, und begab sich auf einem Umweg zurück zum Haus des Korbflechters auf dem Fischersande. Ohne einzuhalten, ging er an dem Haus vorbei, warf aber einen Blick zu dem Fenster rechts der Tür. Hinter der Scheibe leuchtete eine einzelne Kerze, und in ihrem Schein konnte er jetzt auf der äußeren Fensterbank zwölf Kieselsteine liegen sehen.

Es hatte also wie schon all die anderen Male zuvor funktioniert. Alle zwölf Männer hatten die Botschaft gesehen und ihr Kommen angekündigt.

Corvus ging noch etwas weiter die Gasse hinab, blieb dann stehen und sah sich um. Von hier aus hatte er das Flechterhaus gut im Blick.

Er trat in eine Häusernische, in die zu dieser späten Stunde kein Licht mehr vordrang, und wartete. Es verging nicht viel Zeit, bis er in der Ferne einen Schatten bemerkte.

Es wunderte ihn nicht, dass Hutter als Erster eintraf. Der Ratsherr hatte sich in ein dunkles Cape gehüllt und sein Haupt mit einer Kapuze bedeckt. Corvus erkannte den stämmigen Mann dennoch an seinem forschen Schritt und seiner Ehrfurcht gebietenden Körperhaltung.

Als Hutter das Flechterhaus erreichte, warf er einen unauffälligen Blick auf die Fensterbank, so wie es vor ihm auch schon

Corvus getan hatte, betätigte die Türklinke und verschwand eilig im Inneren des Gebäudes.

Corvus wartete still und reglos.

Es dauerte nicht lange, da erschienen die restlichen Männer. Einer nach dem anderen strebte dem unauffälligen Bau zu, ähnlich verhüllt wie der erste Besucher und mit einem prüfenden Blick auf die Fensterbank. Nacheinander betraten alle das Haus.

Weiter geschah nichts.

Corvus ließ noch etwas Zeit verstreichen, bis er seinen Beobachtungsposten verließ und ebenfalls vor das Gebäude trat. Er drückte die schäbige Klinke hinunter, schob die Haustür einen Spalt weit auf und zwängte sich rasch in den dunklen Flur.

Das Ganze hatte nur wenige Sekunden gedauert.

Hinter ihm schloss sich die Tür, und die Gasse lag im Dunkel, als wäre nichts geschehen.

13

Gegenwart

Es war früher Samstagnachmittag, und der Verkehr in der Erfurter Innenstadt ließ merklich nach. Die Sonne leuchtete milchig hinter einem Dunstschleier, und es sah nicht so aus, als würde sie ihn heute noch durchbrechen. Seit gestern war es auch deutlich kühler geworden. Jonas und Fenja hatten ihre Windjacken bis oben hin zugezogen und eilten zielstrebig durch die Innenstadt. Nach wenigen Minuten erreichten sie den Juri-Gagarin-Ring, eine breite Straße, die das Zentrum der Stadt halbkreisförmig umschloss. Sie überquerten sie und hielten auf ein Ensemble von sanierten Plattenbauten zu. Die neuen Fassaden der Blöcke gaben sich mit ihren blauen und grauen Verblendungen sachlich-modern.

»Hier muss es sein«, sagte Fenja und blickte auf den Zettel mit der handgeschriebenen Notiz von Margarete Dorst. Sie standen auf der Rückseite eines mächtigen Elfgeschossers. Hier wohnte also der pensionierte Gymnasiallehrer und Hobbyhistoriker, den ihnen die Archivarin empfohlen hatte. Eine Telefonnummer besaßen sie nicht von ihm, weswegen der Besuch ein Schuss ins Blaue war. In Zeiten von Smartphone und E-Mail fühlte es sich irgendwie komisch an, unangemeldet vor einer Tür zu stehen, noch dazu vor einer fremden.

»Hoffentlich macht jemand auf«, murmelte Jonas, trat an das große Klingelbrett neben dem Hauseingang und ließ seinen Blick über die Namen der Mieter wandern. »Withauer. Hier, ich hab ihn. Ganz oben.«

»Also …« Fenja grinste unternehmungslustig. »Du oder ich?«

»Mach du. Mädchen haben mehr Glück.«

»Aber du sprichst.«

»Okay.«

»Na dann, Feuer frei.« Fenja presste ihren Finger auf die Klingel.

Erst mal tat sich nichts. Sie hob schon den Arm, um den Knopf ein zweites Mal zu drücken, als es schließlich doch noch blechern aus der Wechselsprechanlage klang: »Ja, wer ist da, bitte?« Eine dünne Frauenstimme. Ziemlich betagt, aber freundlich.

»Entschuldigen Sie«, begann Jonas, »mein Name ist Jonas Wiesenburg. Ich suche einen Herrn Herbert Withauer.«

»Das ist mein Mann. Worum geht es denn?«

Bevor Jonas antworten konnte, hörte er im Hintergrund eine zweite Stimme. Ihr Besitzer sprach offensichtlich mit der Frau, und Jonas glaubte, ein harsches »Wer ist denn das?« zu verstehen.

»Jetzt halt doch mal kurz den Mund!«, wetterte die Frau zurück, so als würde sie mit einem ungezogenen Kind sprechen. Dann wiederholte sie ganz freundlich für Jonas: »Sind Sie noch da? Worum geht es denn?«

»Ich bin Historiker und habe ein paar Fragen an Ihren Mann. Es dauert auch nicht lange. Aber wenn es im Moment nicht so günstig ist, dann –«

»Ach Quatsch. Kommen Sie erst mal hoch«, schnitt ihm die Frau kurzerhand den Satz ab, und der Türsummer ertönte.

Jonas und Fenja betraten das Haus.

Die Fahrstuhlkabine wartete im Erdgeschoss, und so gelangten sie zügig hinauf in den elften Stock, wo sie schon erwartet wurden.

Ein altes Ehepaar blickte ihnen gespannt entgegen; die beiden mochten locker um die achtzig Jahre alt sein. In der offenen Tür der Wohnung standen sie gerahmt wie ein Familienporträt.

Frau Withauer hatte ein runzliges Gesicht, hellgraue Haare und einen kugelrunden Dutt. Über ihrer Strickjacke trug sie eine Kittelschürze mit Blümchenmuster. Wenn es eine Norm-Oma gibt, dachte Jonas, dann ist es diese Frau.

Links daneben wartete ihr Mann. Sein Gesicht war grau und hager und sein Blick stechend. Er hatte einen abgetragenen grauen Pullover an und trug dazu eine braune Schlaghose, die zu kurze Hosenträger weit oberhalb der Taille festhielten. Mit der rechten Hand stützte er sich auf einen Gehstock.

»Hallo«, grüßten Jonas und Fenja fast wie aus einem Mund. »Ich hoffe, wir stören nicht«, fügte Jonas hinzu.

»Sie sind also Historiker?«, fragte Herbert Withauer, ohne den Gruß zu erwidern. Sein Tonfall war schnarrend und lag irgendwo zwischen Neugier und Argwohn. »Sind Sie ein ehemaliger Schüler von mir? Ich kann mich an Ihr Gesicht nicht erinnern.«

»Nein, tut mir leid. Ich glaube, wir kennen uns noch nicht. Jonas Wiesenburg. Und das ist meine Partnerin Fenja Wolff.« Jonas gab den beiden die Hand, und Fenja tat es ihm nach.

»Hm«, brummte Withauer zurück. »Worum geht's denn nun?«

»Ich mache eine Recherche. Über Erfurt in der Mainzer Zeit. Frau Dorst vom Stadtarchiv war so nett, mir Ihre Adresse zu geben. Mit einem herzlichen Gruß.«

»Soso.« Missmutig. »Die Mainzer Zeit also. Die Mainzer Zeit war lang.«

»Es geht um die Besetzung. Um das Jahr 1664.«

»Hm.«

Schweigen.

»Wollen Sie nicht erst mal reinkommen?«, sprang ihnen jetzt Frau Withauer bei und lächelte sie an. »Wir müssen uns ja nicht im Treppenhaus unterhalten.«

»Viel Zeit habe ich aber nicht«, murmelte Herbert Withauer und verschwand in der Wohnung. Seine Frau verdrehte entschuldigend die Augen, um ihnen zu bedeuten, dass er alle Zeit der Welt hatte.

Jonas und Fenja ließen ihre Jacken an der Flurgarderobe zurück und folgten Herbert Withauer in das quadratische Wohnzimmer. Der alte Gymnasiallehrer ging sehr langsam und zog sein linkes Bein nach. Erst jetzt fiel ihnen auf, wie gebrechlich er war.

Die Wohnstube wurde von Bücherregalen dominiert, zwischen denen verblasste Gemäldereproduktionen mit historischen Motiven hingen. Die Fensterfront eröffnete einen atemberaubenden Blick auf Erfurts Innenstadt.

»Wow!«, entfuhr es Jonas. »Eine tolle Aussicht haben Sie hier.«

»Das sagen Sie nicht mehr, wenn der Fahrstuhl kaputt ist«, entgegnete Withauer sarkastisch.

»Auch wieder richtig«, pflichtete ihm Jonas bei.

»Möchten Sie einen Kaffee?«, rief Frau Withauer aus der Küche.

»Gern. Ich helfe Ihnen«, antwortete Fenja, blinzelte Jonas zu und ließ die beiden Männer allein. Sie war froh, dem griesgrämigen Lehrer für einen Moment zu entkommen.

»Nun setzen Sie sich schon hin, Sie machen mich ganz nervös«, blaffte Withauer, und Jonas nahm am Wohnzimmertisch Platz. Sein Gastgeber hängte seinen Stock an die Tischkante, ließ sich ihm gegenüber nieder und fixierte ihn. »Dann schießen Sie mal los.«

»Frau Dorst meinte, Sie sind Experte für die Zeit der Mainzer Besetzung.«

»Schmeicheln müssen Sie mir nicht«, gab der pensionierte Lehrer unwirsch zurück, aber Jonas glaubte trotzdem, aus den Worten eine winzige Spur Stolz herauszuhören. »Ich habe mich ein bisschen mit der Zeit befasst, das stimmt. Es geht Ihnen also um die Einnahme der Stadt durch die Truppen des Mainzer Erzbischofs?«

»Ja. Um das Jahr 1664. Und die Zeit danach.«

Withauer nickte nachdenklich, und seine Züge wurden etwas freundlicher. Der Hobbyhistoriker war in seinem Element. »1664. Wahrlich ein spannendes Jahr. Aber das war nur das Finale. Sie kennen unser Wappen?«

»Das silberne Rad auf rotem Grund.«

»Genau, das Erfurter Rad. Wussten Sie, dass es sich dabei eigentlich um das Mainzer Rad handelt? Ein Symbol der Loyalität. Erfurt war immer schon ein Kind von Mainz gewesen. Das fing nicht erst im 17. Jahrhundert an, sondern bereits neunhundert Jahre früher«, begann Withauer. »Schon ab dem 8. Jahrhundert gehörte die Stadt zum Mainzer Erzbistum, nur wurden die Zügel damals lockerer gehalten. Ich nehme an, als Historiker ist Ihnen das in den Grundzügen bekannt.«

Das stimmte tatsächlich. Jonas wusste, dass Erfurt immer für seine Eigenständigkeit gekämpft hatte. Im Mittelalter, zur Zeit ihrer größten Blüte, hatte die Stadt sogar den Beinamen ›Metropolis Thuringiae‹, Hauptstadt Thüringens, getragen. Quasi eine freie Stadt.

»Und was war 1664 plötzlich anders?«, fragte er jetzt nach.

»Johann Philipp von Schönborn war anders. Ein machtbesessener und ehrgeiziger Mann. Erzbischof und Kurfürst von Mainz. Er hatte sich in den Kopf gesetzt, die aufsässigen Erfurter in ihre Schranken zu weisen. Und nachdem auch der Dreißigjährige Krieg nichts am Status der Stadt geändert hatte, rückte er mit seiner Streitmacht an. Erfurt war chancenlos und musste das Handtuch werfen.«

»Das war sicher nicht einfach für so eine stolze Stadt.«

»Nach der Kapitulation zog von Schönborn mit allem Pomp in Erfurt ein. Er zwang der Stadt einen Treueeid ab. Die Ratsherren mussten sich tief verneigen, und das ist übrigens wörtlich gemeint. Im Rathaus gibt es ein schönes Gemälde davon.«

»Und wie ging es dann weiter?«

»Der Bischof zog wieder ab, aber seine Beamten blieben. Die meisten Einnahmen der Stadt flossen fortan nach Mainz, und alle wichtigen Entscheidungen wurden am Rhein getroffen. Erfurt war eine Provinz, und seine Ratsherren regierten nur noch pro forma.«

Jetzt wurde es spannend. Jonas versuchte sein Glück: »Ich interessiere mich für einen bestimmten Ratsherrn. Er war genau zu dieser Zeit im Amt. Sein Name ist Veit Hutter.«

Bisher hatte Withauer seine Erklärungen mit dem gleichmütigen Gestus eines Sachkenners abgegeben, der zum hundertsten Mal Selbstverständlichkeiten wiederholt. Aber jetzt zuckte sein Kopf ruckartig nach oben. »Veit Hutter? Woher haben Sie diesen Namen?«

Jonas war irritiert. Er wurde vom Blick des alten Lehrers förmlich durchbohrt.

»Ich bin bei meiner Recherche auf ihn gestoßen.«

»Welche Recherche genau?« Das hatte jetzt schon fast etwas von einem Verhör.

Jonas überlegte kurz. Er musste mehr erfahren. Das war sein Auftrag. Und der alte Withauer schien etwas zu wissen, sonst hätte er auf den Namen nicht derartig reagiert. Also beschloss er, die Katze aus dem Sack zu lassen.

»Er ist einer der Toten aus der Domberggrotte.« Von dem Mumienfund hatte sicher auch Withauer in der Zeitung gelesen.

Im Raum herrschte plötzlich Schweigen. Der alte Lehrer sah ihn an.

In diesem Moment kam ein fröhlicher Ruf aus der Küche. »Der Kaffee ist fertig!«

Sie saßen zu viert in Withauers Wohnzimmer. Fenja und die Frau des Lehrers hatten den Kaffee gebracht und sich zu ihnen gesellt.

Jonas berichtete, wie sie im Stadtarchiv auf Hutters Namen gestoßen waren und dass er selbst für das LKA recherchierte. Davon, dass einer der Toten im Domberg nicht zu den anderen Mumien passte, sagte er nichts und hielt damit das Versprechen ein, das er Anne Vareel gegeben hatte.

Herbert Withauer wirkte aufgeregt, seine Miene war unergründlich. Erst nachdem Jonas seinen Bericht beendet hatte, sagte er leise wie zu sich selbst: »Dann stimmt es also doch!«

Als Jonas ihn fragend anblickte, begann sein Gegenüber: »Was ich Ihnen jetzt erzähle, junger Mann, ist ein vor langer Zeit vergessenes Geheimnis.«

Jonas sah gespannt zu dem pensionierten Geschichtslehrer, und Fenja registrierte aus den Augenwinkeln den entnervten Blick von Withauers Frau: *Jetzt fängt er schon wieder mit der alten Geschichte an …*

Withauer hatte die stumme Bemerkung seiner Frau nicht wahrgenommen oder ignorierte sie einfach. Jedenfalls begann er jetzt mit gedämpfter Stimme: »Veit Hutter war nicht nur ein Erfurter Ratsherr, sondern das aktive Mitglied einer Verschwörung. Eines Komplotts zur Ermordung des Mainzer Erzbischofs Johann Philipp von Schönborn.«

Withauer ließ seine Worte wirken und fuhr, als Jonas und Fenja erstaunt einige Sekunden lang geschwiegen hatten, fort: »Als der Bischof das besetzte Erfurt im März 1667 wieder einmal besuchte, war der Anschlag schon vorbereitet. Er sollte während einer Festmesse oben im Dom stattfinden.«

»Ein ermordeter Erzbischof?« Jonas kramte in seinem Gedächtnis. An einen Bischofsmord konnte er sich nicht erinnern. »Sind Sie sich sicher?«

»Der Mord fand nicht statt. Der Plan wurde in letzter Minute verraten.« Withauer lächelte schief, griff zu seiner Kaffeetasse und nahm langsam einen Schluck. »Alle waren im Dom versammelt. Von Schönborn, seine Leibgarde, seine Minister, der halbe Stadtadel. Ein Festakt vor Gott. Die Gloriosa sollte zum Finale der Messe läuten!«

Die Gloriosa. Die größte frei schwingende mittelalterliche Glocke der Welt. Sie hing ganz oben in den Turmbauten des Domes. Jonas war von ihr seit seiner Kindheit fasziniert. Die riesige Glocke mit der Strahlenkranzmadonna läutete nur wenige Male im Jahr, ausschließlich zu besonderen Anlässen.

Als Withauer weitersprach, wurde seine Stimme noch eine Nuance dramatischer: »Der 10. März 1667. Das wäre fast der letzte Tag des Herrn Erzbischof gewesen. Aber unter den Verschwörern gab es einen Verräter. Kurz bevor es zum Schlimmsten kam, rief er: ›Läutet die Glocke nicht! Man will den Bischof ermorden. Um Gottes willen, läutet die Glocke nicht!‹«

»Und was passierte dann?«

»Der Bischof wurde sofort in Sicherheit gebracht, die Messe abgebrochen. Die Verschwörer konnten im Tumult entkommen. Man hat sie nie gefasst, aber es gab Hinweise, wer sie waren. Und dass der Ratsherr Veit Hutter zu ihnen gehörte.«

»Aber wie wollten sie das anstellen? Also, den Mord. Der Erzbischof wurde doch durch ein ganzes Heer beschützt.«

»Das ist das große Geheimnis. Vielleicht durch eine Meuterei? Oder mit einem Fass voller Schwarzpulver? Ich kann es Ihnen nicht sagen. Es ist nie herausgekommen, wie genau sie den Bischof und seine Getreuen umbringen wollten. Aber eins ist sicher: Die Glocke war das Signal dafür.«

»Und woher wissen Sie das alles?«

»Es gibt eine alte Untersuchungsakte. Die kurmainzische Gerichtsbarkeit hatte damals eine eigene Ermittlung angestellt.«

»Das ist ja Wahnsinn. Und warum ist die Sache niemals bekannt geworden? Ich habe noch nie etwas davon gehört!«

»Keiner hat sich jemals wirklich für die verstaubte Akte interessiert. Auch ich bin nur zufällig darauf gestoßen. In einem Archiv in Wernigerode.«

»In der Akte steht aber auch, dass nichts bewiesen ist«, schaltete sich jetzt Withauers Frau ein. »Dass es die Verschwörung vielleicht nie gegeben hat. Das musst du nämlich dazusagen, Herbert!«

»Ach, halt doch deinen Mund. Davon verstehst du nichts!«, blaffte Withauer seine Frau an, doch die ließ das nicht auf sich sitzen.

»Du kannst nicht immer mit deinen unbewiesenen Geschichten daherkommen. Am Ende glaubt das Zeug noch jemand. Du hast mir selber gesagt, dass die Unterlagen keinen richtigen Beweis enthalten!«, schimpfte sie zurück und warf Jonas und Fenja einen Blick zu, der um Nachsicht für ihren Gatten bat. »Ich hatte wirklich gehofft, er hätte die fixe Idee inzwischen vergessen. Keine Ahnung, warum er sich da so reinsteigert.«

»Hast du die Akte gelesen oder ich?«, fuhr Withauer seine Frau erbost an. Dann sah er zu Jonas. »Was denken Sie? Wenn man Veit Hutter jetzt in einer Grotte unter dem Dom gefunden hat, dann ist das doch der beste Beweis dafür, dass es die Verschwörung wirklich gegeben hat. Die anderen gehören bestimmt auch dazu. Zu dem Komplott, meine ich. Man hat ja damals keinen der Beteiligten gefunden.« Seine Augen glühten.

»Eben, du Sturkopf. Weil es keine Verschwörung gab«, mischte sich Frau Withauer noch einmal ein und tätschelte ihrem Mann nachsichtig die Schulter, der etwas Unverständliches in sich hineinbrummelte.

»Ehrlich gesagt – ich weiß nicht, was ich denken soll.« Jonas war mit der Flut an neuen Informationen ein wenig überfordert. Für Schlussfolgerungen schien es ihm noch viel zu früh. Und es war offensichtlich, dass sich der alte Lehrer in seine eigene Theorie verbissen hatte.

»Sie können das alles selbst nachlesen«, setzte Withauer nach, der Jonas' Zweifel registrierte. »Ich bin inzwischen zu alt für solche Abenteuer, aber Sie sind jung. Staatsarchiv Wernigerode, Signatur A 43 I. Akte 38-12. Die Nummer weiß ich bis heute.«

Sie tauschten noch einige Höflichkeiten aus, dann war die Audienz beendet. Jonas und Fenja zogen ihre Windjacken über und verließen die Wohnung.

Das alte Ehepaar begleitete sie noch bis in den Hausflur. Herbert Withauer gab den beiden die Hand. »Auf Wiedersehen. Wenn Sie noch Fragen haben – Sie können gern noch mal vorbeikommen.«

»Sollte ich die Untersuchungsakte in Wernigerode finden, wird das vielleicht nicht nötig sein. Aber trotzdem – vielen Dank für alles. Und für das Angebot«, entgegnete Jonas.

»Machen Sie's beide gut!«, verabschiedete sich jetzt auch Frau Withauer und ging zurück in die Küche.

Der pensionierte Gymnasiallehrer blieb noch kurz stehen und blickte seiner Frau über die Schulter nach, bis er sicher sein konnte, dass sie außer Hörweite war. Dann sagte er mit leiser Stimme: »Ich bin überzeugt davon, dass wir uns wiedersehen.« So als wüsste er etwas, das er noch nicht einmal seiner Frau sagen wollte.

Anschließend drehte auch er sich um und verschwand in der Wohnung.

14

Zwei Tage waren vergangen. Gleich Montagfrüh machten sich Jonas und Fenja auf den Weg zum Erfurter Rathaus. Weit mussten sie nicht laufen; das Gebäude lag nur wenige Minuten von ihrer Wohnung auf der Krämerbrücke entfernt.

Kurz zuvor hatte Jonas in Wernigerode angerufen und sich die Akte 38-12 in der Niederlassung des sachsen-anhaltinischen Landesarchivs bestellt. Morgen würde sie dort für ihn bereitliegen. Vierundzwanzig Stunden noch, dann konnte er Herbert Withauers Theorie überprüfen.

Die beiden erreichten das neugotische Rathausgebäude am Fischmarkt, Jonas zog kräftig an der schweren Flügeltür, und sie schlüpften in das hell erleuchtete Foyer. Links in der Halle saß ein junger Portier in einem Glaskubus und sah ihnen gleichmütig entgegen.

»Hallo. Wir möchten uns die Gemälde anschauen. Ist das möglich?«, fragte Jonas. Er und Fenja waren beim Frühstück auf die Idee gekommen, sich das Bild vom Kniefall der Erfurter Ratsherren anzusehen, das Herbert Withauer erwähnt hatte.

»Kein Problem. Heute haben wir keine Veranstaltung. Einfach die Stufen hoch«, antwortete der Mann vom Empfang und deutete auf die große Treppe, die im hinteren Teil der Halle nach oben führte.

Schon die Wände des Treppenhauses mit seinen gotischen Spitzbögen waren mit großflächigen Wandbildern bedeckt, die in düsteren Motiven die Sagen von Tannhäuser und Faust nacherzählten. Die Öltafeln im zweiten Obergeschoss zeigten Szenen aus dem Leben Luthers.

Jonas fand auch diese Bilder irgendwie bedrückend, das musste eine leidvolle Zeit gewesen sein. Er fragte eine Angestellte, die mit einem Papierstapel in der Hand an ihnen vorbeieilte, wo sie das Gemälde vom Einzug des Mainzer Erzbischofs finden konnten.

»Die Bilder zur Stadtgeschichte hängen alle im Festsaal«, teilte ihnen die junge Frau im Vorübergehen mit, dann war sie um die nächste Ecke verschwunden.

Sie sahen sich um.

Der Festsaal. Er war nicht zu verfehlen. Der Eingang lag genau vor ihnen, und die verzierte Flügeltür stand offen.

Sie traten ein.

Obwohl Jonas schon früher hier gewesen war, staunte er jetzt aufs Neue über den Eindruck, den der Saal auf seine Besucher machte. Der Raum mit seinen hohen gotischen Fenstern, der dunklen Holztäfelung, den Skulpturen und Wandgemälden strahlte eine gemessene Pracht aus.

»Wahnsinn«, entfuhr es jetzt auch Fenja, die den Saal zum ersten Mal von innen sah.

Die beiden gingen bis zur Mitte des riesigen Raumes. An seiner Stirnseite stand ein verwaistes Rednerpult und schwieg ein Geviert aus leeren Stuhlreihen an. Seit dem letzten Wochenende war der Saal wieder geöffnet. Fast nichts erinnerte mehr an die Tragödie, die Enrico Chevalier vor zweieinhalb Wochen hier vom Zaun gebrochen hatte. Lediglich ein paar ausgeblichene Stellen im Parkett fielen noch auf. Dort, wo ein zu scharfes Reinigungsmittel Blutflecken beseitigt hatte.

»Ich denke gerade an Chevalier«, sagte Jonas leise. »Daran, dass er genau hier auf die Festbesucher eingeschlagen hat. Es muss der Horror gewesen sein.«

»Ja, das ging mir auch gerade durch den Kopf«, bestätigte Fenja das beklemmende Gefühl, das sie beide verspürten. »So ein ehrwürdiger Raum. Und so eine Tragödie.«

»Und bis heute weiß niemand, warum … Es ist echt komisch, hier zu sein.«

Eine Weile standen sie wortlos nebeneinander und hingen ihren Gedanken nach. An diesem Ort vermengten sich der Atem der Vergangenheit und die jüngsten Ereignisse zu einer merkwürdigen Atmosphäre.

»Da vorne ist es. Das Bild«, durchbrach Fenja plötzlich die Stille.

Und tatsächlich – an der linken Stirnseite der Halle prangte ein Gemälde, das von zwei stolzen Reitern beherrscht wurde. Und einer Gruppe edler Herren, die mit gesenkten Häuptern im Staub vor ihnen knieten. Jonas und Fenja durchquerten den Festsaal und blieben unter dem Tafelbild stehen.

»Verrückt. Auf den ersten Blick sieht die Szene total harmlos aus. Aber wenn man bedenkt, was für Erfurt in diesem Moment entschieden wurde …« Fenja zeigte auf den linken Reiter, der im goldenen Fürstenmantel auf einem Schimmel thronte. »Sieht aus wie ein echter Großkotz. Der guckt die Männer vor sich nicht mal richtig an.«

»Ja. Johann Philipp von Schönborn. Der Sieg reicht ihm nicht aus. Er erniedrigt die Herren noch extra. Jedenfalls auf dem Bild.«

Der Blick des spitzbärtigen Eroberers war erhaben in die Ferne gerichtet, während ihm drei Mitglieder des Erfurter Rates unterwürfig Präsente auf Samtkissen darboten. Oder vielleicht auch die Schlüssel zur Stadt.

Ein bisschen wirkten die gebeugten Ratsherren in ihren roten Roben wie die Weisen aus dem Morgenland. Nur dass der Mann, den sie anbeteten, nicht der Heilsbringer war.

»Hast du etwas entdeckt, was uns weiterhilft?«, wollte Fenja wissen.

Jonas nahm alle Details des Bildes in sich auf. Die Gruppe der Ratsherren; einige von ihnen standen mit betretenen Gesichtern hinter dem Begrüßungskomitee. An der Seite des Erzbischofs ritt sein Feldherr, und hinter ihnen folgte das Militär. Eine ramponierte Mauer und ein paar Trümmerstücke deuteten an, dass das vorangegangene Machtspiel kein friedliches gewesen war. Aber es gab kein verräterisches Detail, keine neue Spur.

»Nichts, was wir nicht schon wissen«, resümierte Jonas nach einer Weile enttäuscht. »Zudem ist das Gemälde erst im 19. Jahrhundert entstanden. Eine späte Darstellung. Kein echtes Dokument.«

»Meinst du, die Eroberung damals hat wirklich etwas mit den Mumien in der Domgrotte zu tun?«, fragte Fenja.

»Ehrlich gesagt – ich weiß es nicht.« Noch einmal blickte Jonas nachdenklich hinauf zu den gedemütigten Ratsherren. »Aber wenn es eine Zeit gab, in der Erfurt von Spannungen fast zerrissen wurde, dann die Amtszeit von unserer Nummer eins.«

In diesem Moment brach eine gedämpfte Melodie in die Stille des Ratssaales. Jonas zog sein Smartphone aus der Jackentasche. Ein Anruf von Kommissarin Vareel.

»Jonas? Wo sind Sie gerade?«, fragte sie ohne Umschweife.

»Im Rathaus. Was ist passiert?«

»Wir haben den Eingang. Den Eingang zum Tunnel, der in die Grotte führt.«

»Wo ist –«

»Können Sie kommen? Es ist ein Haus am Fischersand.«

Jonas brauchte nicht lange, um die Adresse zu finden, die ihm Anne Vareel genannt hatte. Er war allein losgegangen; Fenja musste zu einem Termin in das Jenaer Institut fahren, für das sie geologische Forschungen betrieb. Der Job, der sie im Moment beide ernährte, im Wesentlichen jedenfalls. Denn Jonas' erstes Buch hatte zwar eine erfolgreiche Premiere gehabt, der Erlös hing jedoch vom Verkauf ab, und der lief gerade erst an.

Der Fischersand war eine enge Straße gleich unterhalb des Domberges. Das Kopfsteinpflaster und die eng stehenden Häuser zu beiden Seiten verliehen ihr das Flair einer mittelalterlichen Gasse. Gerahmt wurde das Quartier vom Fluss Gera, dessen alter lateinischer Name Hiera war und der zweigeteilt hinter den Grundstücken verlief. Früher hatten hier Fischer und Korbflechter gesiedelt; für beide Berufe war die Wassernähe unabdingbar gewesen. Jetzt nobelte der Fluss die touristische Attraktivität des Viertels auf.

Jonas beeilte sich. Er war neugierig, wo sich der ursprüngliche Eingang zur Domgrotte befand.

Schon von Weitem konnte er die ungewöhnliche Ansammlung von Menschen und Fahrzeugen sehen; ein Hinweis auf die Anwesenheit der Kriminalpolizei. Der Auflauf konzentrierte sich auf ein kleines zweistöckiges Fachwerkhaus, das auf der rechten Seite der Gasse stand – der Seite, die dem Domberg zugewandt lag. Wie fast alle Häuser hier war es frisch saniert, seine Wände erstrahlten in einem hellen Ockerton. Doch im Gegensatz zu vielen der Nebengebäude hatte man die Fachwerkbalken nicht verputzt, sondern rotbraun abgesetzt. Die beiden Fenster links und rechts der Eingangstür waren in Sandstein gefasst, und auf den ausgewaschenen Fensterbänken reihten sich Kästen mit Herbstblumen aneinander. Das ganze Haus war ein mittelalterliches Kleinod, dem jemand besondere Pflege angedeihen ließ. Das sah Jonas sofort. Im Moment wurde die Aura des alten Bauwerks allerdings von der profanen Geschäftigkeit gestört, die eine polizeiliche Untersuchung mit sich brachte.

Jonas entdeckte zwei uniformierte Polizisten, die gerade dabei waren, gereizten Autofahrern den Grund für die Sperrung der Straße zu erklären. In einem günstigen Moment fragte er nach Anne Vareel, einer der Uniformierten setzte einen kurzen Funkspruch ab, und fünf Minuten später kam die Kommissarin aus dem Fachwerkhaus.

»Jonas. Das ging aber schnell. Hallo!«, begrüßte sie ihn.

»Hi. Ich war gerade in der Nähe. Hier ist es also?«

»Ja. Der Gang beginnt im Keller des Hauses.«

»Das ist echt verrückt.« Jonas war erstaunt. Der Fischersand befand sich zwar in Sichtweite des Domberges, aber dazwischen lagen nicht wenige Gebäude, außerdem ein Flussarm der Gera und eine weitere Straße. Insgesamt war das eine Distanz von bestimmt zweihundert Metern. »Wie sind Sie denn auf das Haus gekommen?«

»Die Leute vom Bergamt haben den unterirdischen Tunnel von der Grotte aus verfolgt und sind an seinem Ende auf eine zugemauerte Wand gestoßen. Gestern haben sie uns grünes Licht für den Durchbruch gegeben, und dann haben wir uns hier im Keller wiedergefunden.«

»Gestern schon?« Jonas war fast ein wenig beleidigt, dass Vareel ihn erst jetzt benachrichtigt hatte.

»Erst mal war die Spurensicherung drin, heute dürfen wir uns umsehen. Aber keine Angst – es ist noch spannend genug.«

»Die müssen ja ewig weit gegraben haben. Und unter dem Fluss. Alle Achtung.«

»Hundertsiebenundachtzig Meter. Wir haben es nachgemessen.« Anne Vareel klang aufgekratzt. »Der Tunnel liegt ziemlich tief unter der Erde. Also, bereit für die Unterwelt?«

So einen Fall hat sie bestimmt nicht oft, dachte Jonas und spürte jetzt ebenfalls ein aufgeregtes Kribbeln im Bauch. »Bereit«, antwortete er, und die beiden gingen auf die altertümliche Haustür zu.

15

Sie hatten das Haus noch nicht ganz erreicht, da entdeckte Jonas die kleine Messingtafel, die zwischen dem Türstock und dem rechten Fenster an die Hauswand geschraubt war. Darauf stach ihm ein Logo ins Auge, das er nur zu gut kannte. Metropolis Thuringiae. Der Erfurter Interessenverband, der sein Buch finanziell unterstützt hatte. Und dem Dr. Lorentz Hutter vorstand.

»Ach du Scheiße«, entfuhr es Jonas lauter als gewollt. Das war ihm bisher überhaupt noch nicht in den Sinn gekommen. Aber jetzt – hier, vor dem vermeintlichen Tunneleingang ... Die Namensgleichheit mit Veit Hutter schrie ihn förmlich an. »Ich Idiot!« Jonas konnte nicht fassen, dass ihm das nicht früher aufgefallen war.

»Idiot?« Anne Vareel sah herüber, ein spöttisches Grinsen auf den Lippen.

»Logisch. Hutter! Der Name ...« Plötzlich verstummte er, denn genau in diesem Moment tauchte Dr. Hutter im Türrahmen vor ihm auf.

Beide Männer verharrten mitten in der Bewegung.

»Jonas?«, fragte Hutter erstaunt. Einen kurzen Moment lang standen sie sich perplex gegenüber.

»Sie kennen sich?«, fragte Anne Vareel.

»Herr Dr. Hutter hat mein Buchprojekt unterstützt«, erklärte Jonas.

»Stimmt.« Hutter nickte. »Aber was machen Sie denn jetzt hier?« Sein Blick ging zwischen Jonas und der Kommissarin hin und her. Er schien immer noch damit beschäftigt, die Situation einzuordnen.

»Wir haben Herrn Wiesenburg gebeten, sich für uns die Grotte anzusehen«, erklärte Vareel etwas verharmlosend. »Seine Expertise als Historiker ist für uns wertvoll.«

»Aha«, antwortete Hutter knapp. Der sonst so eloquente Geschäftsmann wirkte heute etwas durcheinander, und es war ihm nicht zu verdenken. Schließlich nahm die Polizei gerade das Haus seines Vereins auseinander.

»Dr. Hutter, wir müssen«, schaltete sich jetzt ein junger Mann ein, der bisher hinter Hutters Rücken im Hausflur gewartet hatte. Zu seiner Kurzhaarfrisur, die treffend mit dem Begriff »korrekt« beschrieben werden konnte, trug er einen hellgrauen Anzug mit beiger Krawatte. »Der Wagen ist da. – Herr Dr. Hutter muss jetzt aufbrechen«, fügte er noch in Richtung der Kommissarin hinzu.

Hutter nickte kurz und ging zu einer dunklen Limousine, die gerade rückwärts bis zur Absperrung vorgestoßen war. Der junge Mann im Anzug scharwenzelte aufgeregt nebenher.

»Thorben Hilpert. Hutters Assistent«, stellte Vareel lakonisch fest. »Wollen wir jetzt reingehen?« Ohne auf eine Antwort zu warten, drehte sie sich um und betrat das Haus.

»Ja, klar.« Könnte auch ein Bankangestellter sein, dachte Jonas noch und sah dem übereifrigen Angestellten nach.

Hilpert öffnete seinem Chef gerade die hintere Tür des Wagens und reichte ihm seinen Aktenkoffer zu, was er mit einer wohlgefälligen Verneigung verband. Würde es regnen, hätte er ihm wahrscheinlich auch noch den Schirm gehalten. Jonas riss sich von der peinlichen Szene los und folgte Anne Vareel ins Haus.

Er schaute sich um. Links und rechts des Hausflurs führten angelehnte Türen in verschiedene Büros, aus denen leises Gemurmel drang; Hutters Mitarbeiter wurden gerade von Kriminalbeamten befragt. An den Flurwänden hingen historische Stadtansichten, und in einer Glasvitrine entdeckte er sogar sein Buch. »Nomina peccatorum – Die Namen der Sünder«.

»Ist ja lustig, dass ausgerechnet Sie beide zusammenarbeiten. Sie und Dr. Hutter«, bemerkte Anne Vareel mit Blick auf den Glasschrank. »Da wäre ich echt nicht draufgekommen.«

»Kennen Sie Dr. Hutter?«

»Ich weiß nur über ihn, was man so hört …« Sie zuckte mit den Schultern.

»Zusammenarbeiten ist eigentlich zu viel gesagt«, erklärte

Jonas. »Der Verein hat sich nur an den Druckkosten beteiligt. Ich war bis jetzt noch nicht einmal hier. Wieso fragen Sie?«

»Ach, nur so. Ich finde, Hutter und Sie passen menschlich nicht unbedingt zueinander.« Sie zwinkerte Jonas zu. »Und das war jetzt ein Kompliment.«

Jonas nickte nachdenklich. »Ich muss Ihnen etwas sagen. Fenja und ich haben etwas herausgefunden. Am Freitag im Stadtarchiv. Hutter ist nämlich auch der Name von einer der –«

»Entschuldigung, darf ich mal?«, ertönte es plötzlich dicht hinter ihnen.

Es war Hilpert. Sie hatten ihn nicht kommen hören.

Jonas verstummte sofort. Erst als sich Hutters Adlatus an ihnen vorbeigedrückt hatte und eines der Büros ansteuerte, flüsterte er Vareel leise zu: »Ich erzähl's Ihnen später.«

Die Kommissarin machte ein verwundertes Gesicht, sagte aber nichts.

»Wo ist denn nun der berühmte Eingang? Ich bin schon ganz gespannt«, fragte Jonas laut, um die Gesprächspause zu überspielen, die durch sein unfreiwilliges Zögern entstanden war. Da er der Kommissarin bis jetzt noch nichts von seinen Recherchen im Stadtarchiv berichtet hatte, konnte sie folglich auch die Hutter-Verbindung nicht kennen. Aber jetzt war der Moment ungünstig, denn Hilpert war immer noch in Hörweite.

»Dort hinten geht's runter. Ich gehe am besten vor. Neben der Treppe liegen Helme.«

Hinter einer gedrechselten Holztreppe, die ins Obergeschoss führte, gab es einen Abstieg in den Keller.

Jonas folgte Anne Vareel auf den ausgetretenen Stufen hinunter in ein steinernes Gewölbe. Es war mit Regalen und Kisten vollgestellt und bestand aus vier kleineren Kellerräumen, die direkt aneinandergrenzten. Die Decke war so niedrig, dass sich Jonas bücken musste, um sich nicht den Kopf anzustoßen. Hier herrschte bei Weitem nicht die Schönheit und Ordnung, die das Haus oberirdisch auszeichnete. Das hier war eine Rumpelkammer, ausgeleuchtet von den Scheinwerfern der Tatortgruppe.

Sie betraten das letzte Kellerabteil. Ein altes Regal mit fester

Rückwand und allerlei Kram beladen stand schräg im Raum, und die frischen Kratzspuren auf dem Boden verrieten, dass es kürzlich bewegt worden war. In der dahinterliegenden Mauer klaffte ein mannshohes Loch, von dem aus ein spärlich beleuchteter Felsengang in die Tiefe führte.

Sie standen vor dem Tunneleingang. An der geheimen Pforte zur Domberggrotte.

Jonas betrachtete die Wand mit dem Durchbruch. Im Gegensatz zum Rest des Kellers war sie säuberlich verputzt. Dort, wo man sie vor einem Tag durchstoßen hatte, war ein alter Rahmen aus Sandstein sichtbar. Früher musste es hier, verborgen hinter dem Regal, eine schmale Tür gegeben haben, die erst viel später zugemauert und sorgsam mit einer Putzschicht kaschiert worden war.

»Das war mal eine Geheimtür. Unsere Techniker haben Reste einer alten Mechanik gefunden. Vermutlich konnte das Regal damit vor- und zurückbewegt werden«, erläuterte die Kommissarin, der nicht entgangen war, wie aufmerksam Jonas den Durchgang untersuchte. »Aber dann hat jemand die Tür komplett verschwinden lassen.«

»Wann war das? Was denken Sie?«

»Innerhalb der letzten achtundzwanzig Jahre. Uns liegt noch keine genaue Analyse aus dem Labor vor, aber Putz und Steine sind auf jeden Fall aus der Nachwendezeit.«

»Also ganz neu.«

»Relativ neu. Ein paar Jahre ist das Zeug schon alt, sagen unsere Techniker.«

»Dann hat die zugemauerte Öffnung etwas mit dem Toten zu tun? Ich meine, mit dem, der nicht zu den anderen gehört?«

»Das wissen wir noch nicht. Es ist schwer zu sagen, wann genau er gestorben ist. Die Pathologin schätzt, vor vier bis zehn Jahren. Das würde zeitlich passen, ist aber nur ein grober Anhaltspunkt. Das Klima in der Grotte ist ziemlich speziell. Wir versuchen, die Spanne weiter einzugrenzen, aber dafür braucht es zusätzliche Tests.«

»Und? Wurde er …?«, fragte Jonas vorsichtig.

Vareel drehte sich zu ihm um. »Ja. Wir gehen davon aus, dass ihn jemand umgebracht hat. Zweifelsfrei.« Die Kommissarin hatte sich offenbar entschlossen, mit offenen Karten zu spielen.

»Das heißt, wenn der arme polnische Arbeiter nicht zufällig durch die Decke gebrochen wäre, hätte nie jemand von dem Mord erfahren«, stellte Jonas fest.

»Das stimmt nicht ganz.«

Erstaunt hob er den Kopf. »Wieso?«

»Für die nächsten Tage waren im Rahmen der Baumaßnahmen am Domberg Tiefenbohrungen und Untersuchungen mit Bodenradar geplant. Spätestens dann wäre man auf die Grotte gestoßen.«

»Ja, richtig.« Jonas erinnerte sich, dass es im Sommer ein paar Artikel dazu gegeben hatte. »Davon habe ich gelesen.«

»Es hat mehrmals in allen Zeitungen gestanden, also konnte der Mörder spätestens seit dem Sommer dieses Jahres fast sicher davon ausgehen, dass sein Geheimnis bald auffliegen wird.«

»Und hat trotzdem nichts unternommen.«

»Bisher jedenfalls nicht. Aber in seiner Haut möchte ich nicht stecken. Denn jetzt sind wir dran«, Vareel grinste bissig, »und so ein Versteck findet er nie wieder.«

»Apropos: Wollen wir mal durchlaufen?«, fragte Jonas.

»Bitte. Deshalb sind wir hier. Sie können den Weg nicht verfehlen.« Vareel deutete lakonisch in den düsteren Schacht und fügte dann ernst hinzu: »Sehen Sie sich alles genau an, vielleicht entdecken Sie etwas, was uns weiterhilft. Aber passen Sie auf, das ist kein Spaziergang.«

Jonas zwängte sich durch den schmalen Wanddurchbruch und betrat den Tunnel. Der Gang war nur knapp so hoch wie er selbst, sodass er gebückt gehen musste. Außerdem betrug die Breite weniger als einen Meter. Das Gefühl hier drinnen war extrem beklemmend.

Die Techniker hatten auf dem Boden Kabel verlegt, damit in gewissen Abständen mobile Grubenlampen etwas Licht spenden konnten. Trotzdem war der wurmartige Gang düster und unheimlich.

»Krass«, entfuhr es Jonas.

»Na, hab ich zu viel versprochen?«, antwortete Vareel von hinten. »Das wird ein echtes Abenteuer. Aber keine Bange, die Experten meinen, der Tunnel ist sicher.«

»Na dann, ein Hoch auf die Experten«, murmelte Jonas mit fataler Ironie und ging los.

Schon auf den ersten Metern führte der Weg steil in die Tiefe. Die kleinen Mulden, die wie eine primitive Treppe in den Boden geschlagen worden waren, vereinfachten den Abstieg nur unwesentlich. Jonas musste sich konzentrieren, um nicht abzurutschen.

Die Wände bestanden aus einem dunklen ockerfarbenen Gestein, in dem sich noch die Spuren der Schlägel abzeichneten, mit denen der unterirdische Gang einst vorangetrieben worden war.

Wie Anne Vareel schon vorausgesagt hatte, führte der Weg sehr weit unter die Erde. Offenbar waren die Menschen, die ihn vor Hunderten von Jahren angelegt hatten, auf Nummer sicher gegangen. Jonas hatte irgendwann einmal gehört, dass der Boden unter Erfurt nicht gerade aus Granit bestand, aber so genau kannte er sich damit nicht aus und wollte es im Moment auch gar nicht wissen. Er nahm sich vor, Fenja später danach zu fragen. Wenn er heil wieder draußen war.

Als sie die Sohle erreicht hatten, blieb Jonas stehen. Vor ihm ging es etwa vierzig Meter geradeaus. »Sind wir hier unter dem Fluss?«, fragte er.

»Ich glaube, ja. Irgendwo über uns muss die Gera sein«, antwortete die Kommissarin dicht hinter ihm. »Das ist die tiefste Stelle.«

»Ist ein saublödes Gefühl.« Jonas sah misstrauisch nach oben. Die steinernen Wände waren völlig trocken, aber das beruhigte ihn nur wenig. Er ging weiter und beeilte sich, voranzukommen.

Endlich stieg der Weg wieder ganz allmählich an, bis der Gang nach einer kleinen Ewigkeit schließlich einen sanften Bogen nach rechts beschrieb. Erleichtert registrierte Jonas das stärker werdende Licht, das ihnen von vorn entgegenschien.

Dann endete die Kurve, und er erkannte die alte Gittertür, die jetzt weit geöffnet war. Die engen Wände wichen schlagartig zurück, und sie standen in der Grotte.

»Uff!« Jonas atmete tief durch, und auch Anne Vareel schien erleichtert zu sein, die steinerne Röhre endlich hinter sich gelassen zu haben.

Wie beim letzten Mal leuchteten Halogenstrahler die gesamte Höhle aus. Im Moment war niemand außer ihnen hier. Nur durch das Loch in der Decke drang entfernter Baulärm herunter. Offensichtlich wurden die Arbeiten in den Domkrypten inzwischen fortgesetzt.

»Und, was sagen Sie?«, fragte die Kommissarin, die noch etwas nach Atem rang. »Ein beeindruckender Tunnel, finden Sie nicht?«

»Ja, ziemlich archaisch. Und früher, ohne die elektrische Beleuchtung, nur mit Fackeln oder Ölfunzeln in der Hand da durchzugehen – Respekt, Feiglinge waren das jedenfalls nicht.« Jonas sah sich um. Der Raum hatte sich verändert. Die Mumien waren verschwunden und mit ihnen die Stühle, auf denen sie gesessen hatten. Einzig die schwere Steintafel ruhte noch an ihrem Platz. Wie ein letzter standhafter Zeuge der Vergangenheit. »Sie haben ja ganz schön aufgeräumt«, stellte er fest.

»Ja. Was wir bewegen konnten, ist jetzt in den Labors. Aber keine Angst – wir haben vorher alles genau dokumentiert. Es gibt einen Haufen Fotos, außerdem Videoaufnahmen und einen 3D-Scan.«

»Und wie geht's jetzt weiter?«

»Die Grotte wird bis auf unbestimmte Zeit versiegelt, und wir konzentrieren uns auf den Tunnel. Beziehungsweise auf den Ort, an dem er beginnt.«

»Auf das Haus am Fischersand und Metropolis Thuringiae?«

»Im Prinzip.«

»Im Prinzip?«

»Der Verein ist nur der Mieter. Das Haus gehört Dr. Hutter.«

16

Es war der richtige Augenblick, um die Bombe platzen zu lassen. Jonas sah die Kommissarin an. »Wir haben einen Namen. Den Namen der ersten Mumie.«

»Ach.«

»Der Mann mit der Pistole. Das Markenzeichen des Büchsenmachers hat uns zu ihm geführt.«

»Dann spannen Sie mich nicht länger auf die Folter.«

Jonas nickte und ließ trotzdem noch einen Minimoment verstreichen, bevor er sagte: »Sein Name ist Hutter. Veit Hutter.«

Für einen Augenblick war Anne Vareel sprachlos, und Jonas genoss es ein wenig, dass er sie hatte beeindrucken können.

»Ein Namensvetter von Dr. Hutter? Das ist nicht Ihr Ernst!«, erwiderte sie dann.

»Doch. Voll und ganz. Veit Hutter – ein Ratsherr aus Erfurt. Er hat die Pistole 1665 gekauft.«

»Das muss ein Zufall sein.«

»Keine Ahnung. Aber ist es nicht komisch, dass der geheime Eingang zur Domgrotte ausgerechnet im Keller eines Hauses liegt, dessen Besitzer den gleichen Nachnamen trägt? Und Hutter ist ja nicht gerade ein Allerweltsname.«

»Das stimmt.« Die Kommissarin wiegte nachdenklich ihren Kopf hin und her. »Zumindest ist es merkwürdig.«

»Es kann natürlich immer noch sein, dass die Pistole gar nicht der Mumie gehörte, vor der sie auf dem Tisch lag. Aber die Zeit passt, und einen Ratsherrn Veit Hutter hat es damals auch gegeben. Daran gibt es keinen Zweifel.« Jonas verzichtete darauf, Vareel auch noch von der Verschwörungstheorie zu berichten, die ihnen der alte Gymnasiallehrer aufgetischt hatte. Die musste er zuerst genauer überprüfen, bevor er sich damit noch in die Nesseln setzte. Der Kommissarin wollte er nur die Ergebnisse mitteilen, die er als Historiker vertreten konnte. Und den Namen Veit Hutter konnte er vertreten.

»Gut. Ist registriert.« Vareel hatte sich wieder gefasst und notierte sich den Namen und die Jahreszahl. »Gute Arbeit. Und das in ziemlich kurzer Zeit.« Sie griff in den kleinen Rucksack, den sie heute statt ihrer Tasche dabeihatte. »Ich habe auch etwas für Sie. Hier sind noch ein paar Bilder. Von der Bekleidung der Toten und ihren persönlichen Gegenständen.« Sie überreichte Jonas einen Umschlag.

Er zog den Packen Hochglanzfotos heraus und blätterte ihn flüchtig durch. Er bestand aus Aufnahmen von Jacken und Beinkleidern, von Schuhen und Schmuck. Alle nummeriert, sodass man sie den einzelnen Mumien zuordnen konnte.

Er wollte die Fotos schon wegpacken, um sie sich später zu Hause in Ruhe vorzunehmen, als er plötzlich innehielt. Sein Blick war auf die letzten Bilder gefallen. Sie zeigten eine Reihe unterschiedlicher Steinschlosspistolen, ähnliche Modelle wie die Waffe von Veit Hutter.

»Sie hatten alle Pistolen dabei?«, fragte er erstaunt.

»Fast alle. Nur eine Mumie hatte keine.«

Jonas sah auf. »Wurde mit der fehlenden Waffe vielleicht die neue Leiche erschossen?«

»Nein, der Mann wurde erschlagen. Die Pistole ist einfach verschwunden. Oder es hat sie nie gegeben.«

»Erschlagen?«

»Ja. Ziemlich brutal. Ich erspare Ihnen die Details.«

»Weiß man eigentlich schon, wer der Tote ist?«

»Nein, noch nicht. Laut Gerichtsmedizin sprechen wir von einem Mann zwischen siebzig und achtzig Jahren. Eine erste Abfrage der Vermisstendatenbanken hat noch keinen Treffer ergeben, aber das muss nichts heißen. Wir haben auch noch ein paar andere Möglichkeiten, ihn zu identifizieren. Ein Teil seiner Kleidung war übrigens aus niederländischer Produktion, es ist also möglich, dass er in Deutschland gar nicht registriert ist. Aber wir sind dran.« Und dann, nach einem kurzen Moment des Nachdenkens: »Behalten Sie das alles bitte für sich, aber haben Sie es im Hinterkopf. Vielleicht stoßen Sie ja zufällig auf weitere Querverbindungen.«

Jonas nickte abwesend. Er hatte sowieso das Gefühl, dass die Vergangenheit bei diesem Fall auf geheimnisvolle Weise mit der Gegenwart verknüpft war. Wieder einmal. Und das war nicht gut.

Anne Vareel machte ein paar Schritte Richtung Tunnel. »Wollen wir zurückgehen?«

»Eine Frage noch.« Jonas' Blick war an dem steinernen Tisch hängen geblieben. »Wenn hier zwölf antike Stühle standen, aber eine der Leichen erst wenige Jahre alt ist, wer saß dann vorher auf ihrem Platz? Das heißt doch – dass eine Mumie fehlt!«

Langsam brach die Dämmerung an. Jonas und Fenja waren fast gleichzeitig in die Wohnung auf der Krämerbrücke zurückgekommen. Nachdem sie sich gegenseitig von ihrem Tag berichtet hatten, standen sie nun am großen Tisch in ihrem Arbeitszimmer und beugten sich über die neuen Fotos von Kommissarin Vareel.

Die einzelnen Kleidungsstücke der Toten bestätigten die Datierung, auf die die beiden bereits durch den Pistolenkauf des Ratsherren Veit Hutter gekommen waren. Nichts sprach dagegen, dass die Toten um 1665 herum gelebt hatten. Frühe Neuzeit also.

Und es gab noch eine weitere Bestätigung für die Schlüsse, die sie gezogen hatten. Ein Siegelring, welcher der Mumie Nummer eins zugeordnet war, trug die nebeneinandergestellten Buchstaben VH. Die gleichen Initialen, die sie schon vom Griff der Steinschlosspistole kannten. Veit Hutter.

»Cool. Sieht so aus, als lägen wir mit unserem Ergebnis richtig.« Jonas pinnte das entsprechende Foto unter eine Aufnahme der antiken Waffe an einen Holzbalken, wo sie die Hutter-Dokumente sammelten. Assoziativ zugeordnete Bilder, Kopien und Notizzettel, manche mit roten Schnüren miteinander verbunden, um Bezüge sichtbar zu machen. Andere Bereiche der Zimmerwand würden bald ähnliche Collagen zieren. Ihre Recherchezentrale entfaltete allmählich jenen eigenwilligen Charakter, den sie so sehr mochten.

»Und was ist das hier? Das Büchergestell, von dem du gesprochen hast?«, fragte Fenja und zog ein Foto unter dem verbliebenen Bilderstapel hervor. Es zeigte den hölzernen Bücherhalter aus der Grotte.

»Ja. Der stand in einer Nische am Kopfende der Tafel.«

»Ohne Buch?«

»Genau. Das Buch fehlt. Aber es muss für die Gruppe eine wichtige Bedeutung gehabt haben. Die Nische war eingerichtet wie ein Altar.«

»Hm. Schade eigentlich. Guck mal, hier. Sieht aus wie eine Inschrift.« Fenja zeigte auf ein paar Worte, die in das Schnitzwerk des Ständers eingearbeitet waren. Auf dem Bild konnte man sie fast nicht erkennen. Und auch bei seinem ersten Besuch in der Grotte hatte Jonas sie nicht bemerkt.

»Gibt's noch andere Aufnahmen davon?«

Fenja blätterte in den restlichen Fotos. Und tatsächlich – der Polizeifotograf war pfiffig gewesen und hatte noch eine Nahaufnahme der Inschrift gemacht.

»SOCIETAS IN UMBRA«, las Fenja die lateinischen Worte vor. »Irgendwas mit ›Gesellschaft‹?«, riet sie. Ihr Lateinunterricht lag zu lange zurück.

»Noch ein bisschen mysteriöser«, murmelte Jonas. Er betrachtete die Worte, die in kantigen Großbuchstaben aus dem Holz heraustraten. »Ich würde es eher als ›Gemeinschaft im Schatten‹ übersetzen.«

»Wow! Die Schattenbrüder. Aber immerhin – passt zur Grotte.«

»Ja. Und irgendwie verheißt dieser Name nichts Gutes.« Er heftete die Aufnahmen des Büchergestells an einen anderen Holzbalken.

Als Letztes sortierten die beiden noch die Fotos von den Steinschlosspistolen der anderen Dombergmumien. Die Waffen waren mal mehr, mal weniger üppig verziert; offensichtlich hatte es Unterschiede in den finanziellen Möglichkeiten der Männer gegeben. Oder einige von ihnen hatten eine funktionierende Pistole ohne Schnörkel als ausreichend erachtet.

Nicht bei allen Modellen fanden sie Markenzeichen auf den Läufen. Es gab noch zwei weitere Waffen aus der Werkstatt von Büchsenmacher Haas, und drei Pistolen besaßen eine unbekannte Gravur, die aus zwei gekreuzten Schwertern und dem darübergesetzten Buchstaben K bestand. Dieses Zeichen war ihnen bisher noch nicht untergekommen und würde einen zweiten Gang ins Stadtarchiv erforderlich machen. Der Rest der Waffen, bei denen es sich durchweg um einfachere Modelle handelte, besaß keine besondere Kennzeichnung.

Nachdem Jonas und Fenja alles Material gesichtet hatten, begannen sie mit einer ersten Zusammenfassung. Für die wenigen Tage, die sie nun an dem Projekt arbeiteten, konnte sich das Ergebnis sehen lassen.

»Also«, begann Jonas, »überlegen wir mal, was wir haben. Es gibt eine geheime Grotte unter dem Domberg, in der sich zu Zeiten der Erfurter Besetzung zwölf Männer getroffen haben. Und mindestens einer von ihnen gehörte zum Erfurter Rat, Veit Hutter.«

»Aber wir haben nur elf Mumien«, wandte Fenja nachdenklich ein.

»Genau. Zwölf Stühle standen um eine Tafel, aber nur elf Männer wurden gefunden. Dafür ein neuer Toter, aber das ist eine andere Geschichte.«

»Stellt sich die Frage, ob ursprünglich zwölf Personen zu der Gesellschaft gehört haben und einer irgendwann abhandengekommen ist. Oder ob es von Anfang an nur elf waren.« Fenja notierte die wichtigsten Punkte mit einem Marker auf dem Whiteboard und setzte hinter das Wort »Anzahl« ein Fragezeichen.

»Und wir wissen beziehungsweise vermuten, dass sich die Truppe immer nachts versammelt hat. Oder zumindest im Verborgenen. Darauf deutet auch die Inschrift hin – ›Gemeinschaft im Schatten‹.«

»Dann können wir ihnen also einen geheimen Plan unterstellen?«

»Das ist bisher nicht bewiesen, aber für den Anfang eine gute

Hypothese.« Jonas nickte. Es lag nahe, dass sich die Männer nicht zum Spaß getroffen hatten.

»Plan?«, notierte Fenja an die Tafel. »Bleibt offen, was es mit dem Glockensymbol auf sich hat. Und mit der Schlange, die daraus hervorkriecht«, bemerkte sie dann.

»Stimmt. Ich kenne nichts, was damit vergleichbar wäre.« Jonas pinnte ein Polizeifoto des Glockenreliefs an den Mittelbalken des Fensterkreuzes, nachdem er von den wichtigsten Bildern Handyfotos gemacht hatte. So würde er sie bei seinen Recherchen immer zur Hand zu haben.

»Wissen wir eigentlich, woran die elf Männer gestorben sind?«

»Noch nicht. Aber ich werde Anne Vareel fragen.« Jonas schrieb eine entsprechende Anmerkung in sein Notizbuch.

»Wir dürfen Herbert Withauer nicht vergessen, der sagt, Veit Hutter sei in eine Verschwörung zur Ermordung des Mainzer Erzbischofs verwickelt gewesen. Die Gruppe im Berg könnte also etwas damit zu tun haben«, mutmaßte Fenja.

»Das ist aber eine ziemlich wilde Theorie.« Jonas war skeptisch.

»Der wir trotzdem nachgehen sollten.« Fenja fand die Geschichte ausgesprochen spannend, aber ihr stand auch nicht die strenge wissenschaftliche Arbeitsweise eines studierten Historikers im Wege. Für Jonas musste jedes Detail bewiesen sein. Darauf basierte sein guter Ruf, das war auch Fenja klar. Und das LKA würde sich auch nicht mit unbewiesenen Räuberpistolen beeindrucken lassen. Aber man konnte ja mal seinem Affen Zucker geben …

»Morgen habe ich den Termin in Wernigerode. Dann nehme ich mir die Akte vor, von der Withauer gesprochen hat. Wenn etwas an seiner Verschwörungsidee dran ist, finde ich es auch.« Zumindest war die Sache prüfenswert, das fand auch Jonas.

»Und ich könnte morgen noch einmal im Erfurter Stadtarchiv vorbeigehen«, schlug Fenja vor. »Vielleicht kriege ich mit Hilfe der restlichen Pistolenfotos noch ein paar Namen raus. Frau Dorst wird mir sicher helfen.« Sie freute sich über den Anlass, der quirligen Archivarin einen weiteren Besuch abstatten zu können.

»Guter Plan.«

»Gibt's noch was?« Fenja sah auf das halb beschriebene Whiteboard.

»Der Tunneleingang. Das Haus am Fischersand. Und das kleine Problem mit den Namen. Zweimal Hutter.«

»Stimmt.« Fenja nickte ernst. »Das heißt, wir haben eine zufällige Namensgleichheit oder aber eine tatsächliche Verbindung zwischen dem historischen Hutter und deinem Gönner von Metropolis Thuringiae.« Sie sah Jonas an. »Willst du mit Dr. Hutter mal darüber sprechen? Aber nicht, dass er der Mörder ist ...« Sie grinste, aber gänzlich cool wirkte sie dabei nicht.

»Ich denke, das ist erst mal eine Sache für die Polizei. Der neue Tote ist deren Bier.« Es war Jonas unangenehm, das Mordopfer zu erwähnen. Allerdings – wenn es Querverbindungen von dem Mann in die Vergangenheit gab, mussten sie sie erkennen.

»Hat die Vareel inzwischen was dazu gesagt?«, fragte Fenja prompt.

Die Sache beschäftigte sie, das konnte Jonas sehen. »Nur wenig«, erwiderte er und wollte das Thema so kurz wie möglich abhandeln. »Ein alter Mann, siebzig bis achtzig Jahre. Er wurde erschlagen. Keine Ahnung, wie lange er da schon lag. Vier bis zehn Jahre, schätzen sie. Und bisher weiß niemand, wer es ist.« Dann ergänzte er noch: »Er trug einige Kleidungsstücke aus niederländischer Produktion.«

»Das heißt, dass er vielleicht gar nicht von hier war.« Die Möglichkeit schien Fenja etwas zu beruhigen. Sie legte den Tafelmarker zur Seite. »Und jetzt? Was machen wir?«

»Wir trinken ein Glas Rotwein.« Jonas fand, das hatten sie sich verdient. Es war Zeit, für heute Feierabend zu machen. Die Toten konnten ruhen. Bis morgen jedenfalls.

»Sehr gute Idee!«

Sie verließen das Arbeitszimmer. Bevor Jonas das Licht ausschaltete, fiel sein Blick noch einmal auf das Glockensymbol, das jetzt vom Fensterkreuz wie von einem Altar auf ihn herabsah. Vielleicht würde er in Wernigerode mehr Antworten finden. In einer Akte mit der Nummer 38–12.

17

9. *August 1665*

In der Grotte herrschte angespannte Stille. Keiner brachte auch nur einen Ton heraus, nachdem Nikolaus Corvus seine Schilderungen beendet hatte. Seinen Bericht über die Ereignisse in einer kleinen Kirche weit außerhalb der Stadtmauern Erfurts. Über die tödliche Schlagkraft seiner Erfindung.

Corvus' schmale Lippen verzogen sich zu einem triumphierenden Grinsen. Entweder hatten seine Worte die Männer so tief beeindruckt, dass sie nun derart lange schwiegen, oder sie waren schlichtweg stumm vor Angst. Egal. Beide Reaktionen berauschten ihn. Nun mussten sich auch die letzten Zweifler geschlagen geben, die ihn wie einen Scharlatan angeglotzt hatten, als er zu Beginn des Jahres mit seiner großen Idee vor sie getreten war.

»Seid bedankt, Julius. Eure Ausführungen haben Wirkung hinterlassen, wie Euch sicher nicht entgangen ist.«

Corvus nickte gemessen und lächelte doch spöttisch in sich hinein. Die Männer waren übereingekommen, bei ihren Zusammenkünften niemals ihre wirklichen Namen zu gebrauchen. Eine zusätzliche Sicherheitsmaßnahme. Unter diesen Tarnnamen konnten sie in dringenden Fällen auch außerhalb der Grotte Botschaften austauschen, ohne Gefahr zu laufen, dass ihre Identität durch einen Zufall aufgedeckt würde. Zweifellos eine sinnvolle Regel. Dennoch fand es Corvus belustigend, dass die Wahl ausgerechnet auf die zwölf Monate des Jahres gefallen war.

In der Tat bestand ihre Verbindung aus zwölf entschlossenen Männern. Zwölf. Eine heilige Zahl.

Er selber hatte in der ihm eigenen Lakonie vorgeschlagen, die Namen der Apostel zu verwenden. Doch angesichts dessen, was sie vorhatten, waren die meisten davor zurückgeschreckt.

Mit Ausnahme von Nikolaus Corvus hing jeder von ihnen einer Kirche an, der römischen oder der lutherischen, und sie befürchteten, dass solcherart Blasphemie ein schlechtes Omen sein könnte.

»Es freut mich, dass Euch mein Bericht so gefesselt hat«, nahm Corvus das Lob des Mannes entgegen, der sich in ihrem Kreis »Augustus« nannte und bei dem es sich in Wirklichkeit um keinen anderen als den angesehenen Ratsherrn Veit Hutter handelte. »Und seid gewiss«, fuhr Corvus fort, »dass der Effekt meiner Erfindung tatsächlich noch sehr viel mächtiger ausfällt, als es meine Worte jemals auszudrücken vermögen. Wenn das Artefakt spricht, dann spricht der Tod, und unserer Sache ist ein Sieg beschieden, den keine Macht der Welt verhindern kann!«

Augustus nickte ernst. Ihn hatten sie zum Haupt ihrer Gruppe gewählt. Er führte das Wort. »Daran habe ich keinen Zweifel, Julius. Wenn Eure Schilderungen auch nur zur Hälfte der Wahrheit entsprechen, sind wir durch Euer Wirken stark wie nie.«

Die Männer pflichteten ihm bei. In ihren dunklen Roben, die sie bei jedem ihrer Treffen zum Zeichen ihrer Einigkeit und Stärke trugen, wirkten sie wie die Krieger eines düsteren Ordens. Was dem Sturm, den sie in naher Zukunft vom Zaun brechen würden, auch angemessen war.

»Aber sagt, wie geht es jetzt weiter? Wie bringen wir die Stimme Eurer Erfindung ans Ohr des Erzbischofs?«, fragte Augustus.

»Das Artefakt verfügt über einen besonderen Charakter«, begann Corvus zu erläutern. »Es entfaltet seine Wirkung nur im Duett mit einer Glocke. Dies Bild beschreibt es, glaube ich, recht gut. In dem kleinen Gotteshaus, dessen Schicksal ich Euch vorhin schilderte, war das die Osanna. Ein Glöcklein – verglichen mit den großen Glocken unserer Stadt. Und trotzdem genügte seine Stimme, ein ganzes Dorf auszulöschen.« Er hielt inne und warf einen feurigen Blick in die Runde. »Nun stellt Euch das Gleiche mit der Gloriosa vor. Der Königin an Klang und Größe. Zusammen mit meiner Erfindung wird sie die

Mainzer so verheeren, dass man noch in tausend Jahren davon spricht!«

»Aber verträgt sich Euer Artefakt denn mit unserer Glocke? Werden beide, wie Ihr Euch ausdrücktet, ein Duett mit der gewünschten Wirkung singen?« Das kam von Martius, einem dürren, langen Mann am anderen Ende der Steintafel.

»Gut bemerkt, Freund Martius. Ihr habt Verstand!«, lobte Corvus. »Tatsächlich wirkt das Artefakt nur zusammen mit einer bestimmten Glocke.«

»Ihr gebt also zu, dass Eure großartige Schöpfung mit unseren Glocken nicht funktioniert?«, fuhr Februarius hämisch dazwischen. Ein Schlechtmacher.

Corvus würde sich den Mann merken. Freundlich antwortete er: »In der Tat wird es erforderlich sein, meine Erfindung anzupassen. Und wenn es die Gloriosa sein soll, die unseren Sieg erstreitet, dann muss ein neues Artefakt geschaffen werden, das ihrem Wesen entspricht.«

»So enthüllt uns die Funktion. Bis heute haben wir nur Euer Wort. Und Eure hohen Rechnungen. Wenn wir wissen, was Ihr wisst, dann sind wir Euch vielleicht gewogener.«

»Die Funktion, verehrter Februarius, muss mit Eurer Erlaubnis mein Geheimnis bleiben.« Und mit einem nachsichtigen Lächeln fügte er hinzu: »Aber seid versichert – Ihr würdet die Zusammenhänge sowieso nicht verstehen, selbst wenn ich Euch jetzt eine Vorlesung in der Kunst der Metallurgie und Physik halten wollte, die all meinem Wirken zugrunde liegt.«

»Könnt Ihr das? Ein Artefakt für die Gloriosa herstellen?«, schaltete sich jetzt Augustus in den Disput ein. Hutter, der Macher.

»Ohne jeden Zweifel!«, sagte Nikolaus Corvus mit fester Stimme. Jetzt kam es darauf an. »Was ich dafür vor allem benötige, ist Zeit. Und viel mehr Geld. Ich muss noch einmal gießen, und die Ingredienzien, die ich für diese Arbeit brauche, sind teuer.«

»Geld sollt Ihr haben, so viel Ihr benötigt. Unsere Gemeinschaft ist stark an Mitteln. Aber sie ist schwach in Geduld. Deshalb lasst Euch nicht zu viel Zeit! Wir müssen bereit sein, und das so bald als möglich.«

»Ich tue mein Bestes.« Corvus deutete eine Verneigung an. In seinem Inneren jubilierte er. Er hatte befürchtet, die hohen Herren würden knauseriger sein, denn normalerweise gluckten sie auf ihren Pfründen. Doch die Aussicht auf die Erneuerung ihrer Macht öffnete ihre Truhen.

»Aber der Bischof sitzt in Mainz.« Noch einmal mischte sich Februarius ein. »Wie wollen wir an ihn herankommen?«

»Er wird von selbst in seine Falle laufen, Ihr könnt Euch sicher sein«, versprach Augustus. »Wenn nicht in diesem Jahr, dann im nächsten. Er wird die Stadt erneut besuchen, die er so schmählich unterworfen hat. Der Mann will auf den Rücken unserer Bürger glänzen, und dann werden wir zur Stelle sein!«

Plötzlich erhob sich ein kleiner Mann, der bisher noch nichts gesagt hatte. Er war schweißgebadet, und seine Stimme zitterte, als er begann: »Freunde, erlaubt mir ein paar Worte. Wir reden hier von großen Siegen. Von einer Waffe, die uns ungeahnte Macht verleiht. Bedenkt Ihr nicht die vielen armen Seelen in dem Dorf, von dem die Rede war? Und nun soll alles noch viel mörderischer werden? Glaubt Ihr, vor Gott hat unser Tun Bestand? Dass wir uns eine freie Stadt mit ungezählten Toten erkaufen?«

Für einen Moment herrschte Schweigen im Raum. Das Knarzen des Stuhls stach spitz wie eine Nadel in die Stille, als sich der kleine Mann erschöpft auf seinen Platz zurücksinken ließ.

»Bruder Maius«, fing Augustus, ihr Anführer, mit milder Stimme an, »Eure Sorge ehrt Euch. Es ist die unsere auch, seid Euch dessen stets gewiss. Was uns, die wir hier versammelt sind, alle antreibt, ist die Demut vor der Schöpfung des Herrn und natürlich die Sorge um das Wohl unserer Bürger. Das dürft Ihr nie vergessen. Niemand hier im Raum ist willens, auch nur einen Tropfen Blutes ohne Not und Zwang zu opfern. Wir tun nur, was nötig ist. Nicht, was uns gefällt. Denn wenn wir gar nicht handeln, dann wird das Elend immer größer, und unser stolzes Erfurt ist dem Niedergang geweiht. Die Stadt zu schützen,

Bruder Maius, ist unsere heilige Pflicht. Auch wenn das Mittel, das wir wählen, Sorge und Qual in unsere Herzen trägt. Doch vertraut mir. Vertraut uns. Ich bitte Euch! Unser Werk dient einem guten Zweck.«

Als sich im Raum zustimmendes Gemurmel erhob, nickte der kleine Mann mit Namen Maius still und sank noch etwas weiter in sich zusammen.

Du feiger Zauderer, dachte Corvus. Augenblicklich begann er, diesen Mann zu hassen, zweifelte er doch nicht nur sein Können an, sondern auch seine Motive. Und so ein Weib saß hier mit ihnen an einem Tisch.

Augustus blickte auf die kleine Stundenlampe in der Mitte der Steintafel, die ein gespenstisches Licht auf ihre Gesichter warf. Der Pegel des Lampenöls war schon deutlich abgesunken, und der tranige Sud stand nur noch eine Messerspitze über der Marke mit der römischen Zahl XII. Kurz vor Mitternacht. Sie mussten sich beeilen.

»So lasst uns auch diesen Tag in die neue Geschichte unserer Stadt einschreiben«, verkündete Augustus. Vor ihm aufgeschlagen lag ein großes, in Leder gefasstes und mit metallenen Beschlägen bewehrtes Buch. Ihr Buch. Die Chronik der SOCIETAS IN UMBRA, der Gemeinschaft im Schatten. Den Namen hatten sie sich gegeben, weil sie im Verborgenen kämpften, um die Stadt aus dem Dunkel in eine neue Ära zu führen. Jeden ihrer Schritte hielten sie auf diesen Seiten fest. Eine Mär, die noch in ferner Zukunft von ihren Taten berichten sollte.

Der Federkiel ihres Anführers kratzte über die groben Papierseiten. Als Augustus die letzten Zeilen beendet hatte, die die heutige Zusammenkunft genau protokollierten, bat er noch einmal um Ruhe. Sofort schwiegen die Männer.

»Brüder. Unsere Entschlossenheit und unser Zusammenhalt werden uns den Sieg bringen. Aber erst die Schöpfung unseres Bruders Julius, das Artefakt, wird uns zusammen mit der Glocke diesen Sieg ermöglichen. Es ist ein unsichtbares Schwert, mit dem wir unseren Feind angreifen. Er wird vernichtet sein, noch ehe er es kommen sieht. Deshalb sei dies von nun an unser Zeichen.« Damit hob er das schwere Buch in die Höhe, auf dessen erster Seite eine frische Zeichnung prangte. Ein Symbol. Es war eine Schlange, die aus einer Glocke hervorstieß.

»So sei es!« Die Männer spendeten dem verstörenden Bild umgehend Beifall. »Für eine freie Stadt!«, schallte es vielstimmig durch die dunkle Höhle. »Für eine freie Stadt!«

Auch wenn Nikolaus Corvus dem Ritus der Beschwörung bereitwillig folgte, war ihm das Wohl und Wehe Erfurts im Innersten egal. Zu Anfang hatte ihn vor allem die reiche Entlohnung gelockt, die ihm nach dem Erfolg des Unternehmens versprochen war. Aber inzwischen faszinierte es ihn, selbst die mächtige Faust des Schicksals zu sein. Gottes Werkzeug – oder das des Teufels.

Ein sattes Geräusch ertönte, als Hutter das schwere Buch ihrer Taten zuschlug. Die Sitzung war beendet. Die Herren erhoben sich und entledigten sich ihrer Roben, die sie nur im Berg trugen. Einer nach dem anderen verließ schweigend die Grotte.

Schließlich befanden sich außer Corvus nur noch zwei Personen in der Höhle. Augustus, der das in Leder eingeschlagene Buch soeben zurück auf den reich verzierten Ständer in der Felsnische legte, und der zögerliche Maius, der sich noch einmal persönlich vom Kopf der Bruderschaft verabschiedete. Die beiden schienen außerhalb der Versammlungen eine feste Freundschaft zu pflegen, denn Augustus drückte dem Mann noch einmal ermutigend die Arme, so als wollte er ihm mit dieser Geste alle Zweifel an der Statthaftigkeit ihres großen Planes nehmen.

Der derart Getröstete drehte sich schweigend um und verschwand mit eiligen Schritten aus der Grotte.

Maius, der Zweifler. Corvus, der die Szene vom Tunneleingang her beobachtet hatte, kannte den erbärmlichen Feigling. Sein richtiger Name war Egidius Withauer.

Das klägliche Licht des Kienspans reichte nicht aus, um auch nur ein paar Schritte weit zu sehen. Vorsichtig setzte Corvus einen Fuß vor den anderen und tastete sich am Felsen entlang. Er hatte seinem Vordermann wie vereinbart einen gewissen Vorsprung gewährt. Sie durften das Haus am Fischersande nie gemeinsam verlassen. Keiner da draußen in der Stadt sollte etwas von ihrer Verbindung erfahren.

Stück für Stück arbeitete sich Corvus voran. Inzwischen hatte er die tiefste Stelle des unterirdischen Ganges erreicht. Hoch über sich wusste er den Lauf des Flusses. Er kannte keine Angst, aber in diesem elenden Erdloch fühlte er sich ausgeliefert, ein Gefühl, das er hasste. Also beeilte er sich, den Aufstieg zu erreichen.

Kurze Zeit später stand er vor der geheimen Pforte und betätigte den Mechanismus. Die Tür schwang auf, und er schob sich hinaus in das Gewölbe unter dem Haus des Korbflechters. Corvus atmete kurz durch, dann ließ er das derbe Regal zurück vor die Wand klappen, und der Eingang zum Tunnel war wieder unsichtbar. Wer die verborgene Mechanik nicht kannte, würde ihn weder finden noch öffnen können.

Er löschte den Kienspan und stieg über die Treppe nach oben. Dabei leitete ihn der Schein der Laterne, die der Einäugige im Flur seines Hauses hatte brennen lassen. Wie jedes Mal, wenn sich die Männer trafen.

Corvus trat von innen an die Haustür und öffnete sie einen kleinen Spalt. Die Straße lag dunkel und schweigend vor ihm. Keine sterbliche Seele war zu dieser Stunde noch auf dem Fischersande unterwegs.

Er wartete einen Augenblick, dann schlüpfte er hinaus und zog die Tür hinter sich ins Schloss. Er trat an den rechten Fensterstock, nahm den Kiesel weg, den er heute am Tage dort platziert hatte, und steckte ihn ein. Später würde er sich seiner entledigen.

Jetzt lag nur noch ein letzter Stein auf der Fensterbank. Hutter war noch in der Höhle zurückgeblieben. Er verließ ihren Unterschlupf stets als Letzter.

Corvus wandte sich um und ging zügig davon, während seine Augen die Umgebung immer wieder abtasteten. Er wollte keine Überraschungen erleben.

Die Sperrstunde war überschritten, aber in so manchem verborgenen Winkel wurde immer noch weitergezecht, obwohl darauf empfindliche Strafen standen. Die Stadt war ein lebendiger Körper mit Geheimnissen und Geschwüren, den man auch mit strengen Regularien nicht gänzlich zu kontrollieren vermochte, das wusste Corvus.

Er eilte durch die Gassen. Sein Ziel war wiederum das »Paradies«, jene Kaschemme, an deren Tür man auch um diese Zeit noch klopfen konnte. Die Stadttore waren längst geschlossen, und Corvus würde Erfurt ohnehin erst am nächsten Morgen verlassen können. Wie immer, wenn sich die Gemeinschaft getroffen hatte, benötigte er ein Quartier für die Nacht.

Er mied den direkten Weg über die gepflasterten Straßen und ging in einem Bogen um den Fischmarkt herum, auch wenn der Marsch länger war und durch schlammige Gassen führte. Der Nachthimmel spannte sich wolkenlos über ihm, und im kalten Schein des Mondlichts kam er gut voran.

Bevor er sein Ziel erreichte, musste er jedoch eine der Hauptstraßen überqueren, was ihn zum Einhalten veranlasste. Wenn ihn seine Sinne nicht trogen, hatte er das Geräusch schwerer Stiefel vernommen, und kurz darauf trug der sanfte Wind auch Räuspern und Gemurmel an sein Ohr. Jetzt war Vorsicht geboten!

Corvus drückte sich zurück in die Gasse, die auf die Pflasterstraße mündete. Innerhalb eines Augenaufschlags verschmolz er mit der Schwärze der Schatten.

Schon irrte der schwankende Schein einer Handlaterne über die Häuserwände, und auch das Gemurmel wurde lauter. Das war kein einzelner Nachtwächter. Das musste eine ganze Horde sein.

Tatsächlich erschien in diesem Moment ein Trupp Soldaten in Corvus' Sichtfeld. Die Männer trugen die Kriegsröcke der Mainzer, und ihre Hände ruhten an ihren Waffen. Ihre Blicke streiften mit Argwohn die Wege und Mauern.

Diese erbärmlichen Schergen, dachte Corvus verächtlich. Im Rudel trauten sie sich auch hinunter in die Stadt, aber groß und sicher fühlten sie sich nur, wenn sie oben auf dem Petersberg saßen. In ihrer Zitadelle, deren Mauern sie Tag für Tag verstärkten, als wollten sie auf ewig bleiben. Die Pest in Uniform. Sie würden schon noch erleben, wie schnell sich das Blatt wenden konnte.

Corvus wartete ab, bis sich die Patrouille entfernt hatte. Dann eilte er über die Straße und huschte in die gegenüberliegende Gasse, an deren Ende er das »Paradies« wusste. Er klopfte an die schäbige Tür zum Schankkeller und wurde vom Wirt persönlich eingelassen.

Das verwinkelte Gewölbe war jetzt fast leer, nur in einigen Nischen sah er noch ein paar müde Zecher, die selbst zu dieser späten Stunde noch nicht genug hatten oder deren Häupter schon schnarchend und sabbernd auf der Tischplatte ruhten.

Corvus ging durch den Schankraum und gelangte über eine Treppe in den Hinterhof. Von hier aus führte eine Holzstiege in einen Seitenflügel, der eine Reihe schäbiger Gästezimmer beherbergte.

Er hatte dem Wirt schon am Nachmittag sein Logis für diese Nacht bezahlt. Jetzt tastete er sich durch einen krummen, fensterlosen Gang und hielt auf den Raum zu, den ihm der Mann frei gehalten hatte.

Aus den anderen Kemenaten vernahm er lustvolles Stöhnen. Die Töchter des Schankwirts. So nannte der schmierige Geselle jedenfalls die jungen Frauen, die hier für ein paar Groschen Dienst an seiner Kundschaft taten.

Corvus grinste. Er war sich sicher, dass eine von ihnen zu späterer Stunde auch den Weg in seine Kammer finden würde. Er legte die Kreuzer, die dafür als Zeichen und Bezahlung vereinbart waren, in die kleine Tonschale vor seiner Tür, schob den Vorhang zur Seite und verschwand in dem kärglichen Quartier.

18

Gegenwart

Jonas lenkte den Landrover durch die Altstadt von Wernigerode. Schon am frühen Morgen war er in Erfurt aufgebrochen und zügig nach Norden gefahren, um pünktlich bei der hiesigen Niederlassung des Landesarchivs von Sachsen-Anhalt zu sein. Die Fahrt hatte etwas mehr als zwei Stunden gedauert, sodass ihm bis zur Öffnung der Dokumentensammlung noch eine knappe Viertelstunde Zeit blieb.

Er war lange nicht mehr hier gewesen, in der herausgeputzten Stadt, die am Nordrand des Harzes lag, und so genoss er es jetzt, durch die beschaulichen Pflasterstraßen mit ihren vielfarbigen Fachwerkhäusern zu fahren.

Der olivgrüne Landrover war neben der Wohnung auf der Krämerbrücke der zweite kleine Luxus, den er und Fenja sich leisteten. Es handelte sich um das ältere Modell Defender 90, 1987 gebaut und von den Vorbesitzern liebevoll gepflegt. Fenja hatte schon öfter auf seine Qualitäten als Geländewagen zurückgegriffen, wenn sie bei ihrer Feldarbeit in unwegsames Gelände vorstieß, und Jonas fand den »Landy«, wie sie beide ihn nannten, einfach nur cool.

Neben der Straße zog sich jetzt eine niedrige Mauer aus gelbem Sandstein entlang. Dahinter tauchten große Bäume auf, die vor dem klaren blauen Himmel in kräftigen Herbstfarben leuchteten. Jonas hatte sein Ziel erreicht – den Lustgarten, eine ausgedehnte Grünanlage im Stil eines englischen Landschaftsparks. Er drosselte die Geschwindigkeit und hielt nach der Einfahrt zum Gelände des Landesarchivs Ausschau, das in dem sanierten Gebäude einer ehemaligen Orangerie untergebracht war.

Jonas fuhr die kurze Auffahrt leicht bergauf und bog dann um das Gebäude eines alten Palmenhauses. Dahinter tauchte die Stirnseite der Orangerie auf. Nachdem er den Wagen auf eine kleine Stellfläche bugsiert hatte, kramte er sein Notizbuch hervor und ging zu dem ehrwürdigen Bau aus ockerfarbigen Natursteinen hinüber.

Ein idyllischer Platz, dachte er. Und wieder einmal hatte sich gezeigt, dass die Suche nach historischen Dokumenten nie geradlinig war, sondern oft an unerwartete Orte führte. So fanden sich viele Verwaltungsakten, die Erfurt zu Zeiten der Mainzer Besetzung betrafen, weder in der thüringischen Landeshauptstadt noch in Mainz, sondern hier, in Sachsen-Anhalt.

Jonas hatte das schon häufig erlebt. Die alten Schriften hielten nicht nur längst vergangene Ereignisse fest, sondern waren oftmals selbst den Wirren der Geschichte ausgesetzt gewesen. Sie waren versteckt und erbeutet, über Grenzen gebracht und von neuen Grenzen eingeholt worden. Im Feuer vernichtet oder von Helden gerettet. Weshalb die Suche nach ihnen gelegentlich einem Abenteuer glich. Ein Grund mehr für Jonas, seinen Beruf so zu lieben, wie er es tat.

Voller Spannung betrat er das Gebäude und nannte in der Anmeldung seinen Namen. Da er die Aktennummer gewusst und die Dokumente schon gestern telefonisch bestellt hatte, war alles vorbereitet.

Ein schlaksiger Praktikant führte ihn zum Lesesaal und dort an einen für ihn reservierten Platz. Dann brachte er die gewünschten Unterlagen, verabschiedete sich flüsternd und verdrückte sich geräuschlos.

Jonas sah sich um. Obwohl das Archiv gerade erst geöffnet hatte, saßen schon zwei Studentinnen und ein älterer Herr an je einem Tisch, alle drei einsam und stumm, den Tunnelblick auf vergilbte Papiere gerichtet. Die Welt um sie herum existierte nicht.

Also, auf geht's, freute sich Jonas. Vor ihm stand eine graue Archivbox aus leinenüberzogenem Hartkarton. An ihrer Vorderseite klebte ein Kärtchen mit einer Aktenbezeichnung.

Signatur A 43 I. Kurmainzische Regierung zu Erfurt. Aktennummer 38-12.

Jonas zog die weißen Baumwollhandschuhe über, die auf der Box lagen, und hob vorsichtig den Deckel ab.

Im ersten Moment war er enttäuscht. Im Kasten lag nur eine einzelne Mappe, nicht viel mehr als einen Zentimeter dick. Sie hatte einen abgeschabten dunkelbraunen Deckel und war mit porösen Stoffbändern zusammengeschnürt.

Jonas hob sie heraus und legte sie vor sich auf die Tischplatte. Behutsam löste er die Bänder und schlug den Aktendeckel zurück. Vor ihm lag ein kleiner Stapel bräunlich angelaufener Papierseiten. Das Deckblatt verkündete den Titel des amtlichen Dokuments. In altertümlicher Schreibung, für Jonas aber leicht zu übersetzen: »Untersuchung eines Aufruhrs in St. Marien zu Erfurt durch die Criminal-Kommission des Kurfürstlichen Hofrats zu Mainz«. Darunter war in der verklausulierten Form der damaligen Zeit das Datum des Ereignisses genannt; Jonas entzifferte es als den 10. März des Jahres 1667.

Bingo. Damit hatte der alte Gymnasiallehrer Withauer schon mal recht gehabt. Allerdings war die Akte verdächtig knapp gehalten, und der Titel der Untersuchung klang viel harmloser, als Jonas das bei einem Anschlag auf den Erzbischof erwartet hätte.

Aber gut, gegen eine sachliche und effektive Untersuchung war nichts einzuwenden. In der damaligen Zeit hatte es allzu oft polemische Übertreibungen gegeben, zumal bei den unzähligen Hexenprozessen.

Vorsichtig legte Jonas das Deckblatt beiseite. Darunter wurde zunächst auf dreieinhalb dicht beschriebenen Bögen protokolliert, was sich an jenem 10. März vor den Augen zahlreicher Zeugen im Dom zu Erfurt abgespielt hatte.

Jonas begann zu lesen und notierte währenddessen die wichtigsten Fakten in sein Notizbuch.

Es war ein Sonntag gewesen und die Messe besonders festlich, da der Mainzer Erzbischof Johann Philipp von Schönborn in Erfurt weilte und mit seiner Entourage dem Gottesdienst beiwohnte. Zur Krönung des Aktes sollte die große Glocke Gloriosa läuten. Auch diente der Termin einer Erneuerung des

Treueschwurs der Erfurter Ratsherren, zu dessen Anlass sie dem Bischof und gleichermaßen ihrem Dom vor dem Beginn der Messe ein kostbares Weihwasserbecken »von erheblicher Größe und Verzierung« stifteten, ein Geschenk, welches der Mainzer Gast wohlgefällig annahm. Bis zu diesem Moment war noch alles zur höchsten Zufriedenheit des Regenten verlaufen.

Doch dann, während der Heiligen Messe, hatte einer der Erfurter Kaufleute plötzlich in höchster Aufregung gerufen, man wolle den Bischof töten. An der entsprechenden Stelle war der warnende Ruf des Mannes sogar in wörtlicher Rede wiedergegeben, und Jonas erkannte die Sätze, die schon Herbert Withauer zitiert hatte: »Läutet die Glocke nicht! Man will den Bischof ermorden. Um Gottes willen, läutet die Glocke nicht!«

Mehr hatte der Mann nicht sagen können, denn im Bericht war vermerkt, dass er in diesem Moment von einem gewissen Nikolaus Corvus, Botanikus und Konsultant des Erfurter Rates, niedergestochen und tödlich verwundet worden war. Daraufhin seien nämlicher Corvus und der Ratsherr Veit Hutter in größter Eile aus dem Chorgestühl gelaufen und im Schutze des sich entfachenden Aufruhrs aus dem Dom geflohen. Die Messe wurde umgehend beendet und der Erzbischof von seiner Leibgarde in die Zitadelle auf dem Petersberg gebracht. Allerdings habe es – entgegen der Behauptung des Rufers – während des gesamten Vorfalls keinerlei direkten Angriff auf das Leben oder die Gesundheit des Regenten gegeben, nicht einmal den geringsten Versuch desselben.

In einem Nachtrag zu dem Ereignisprotokoll wurde noch erwähnt, dass auch die gründliche Durchsuchung des Domes keinerlei Hinweise auf verdächtige Aktivitäten oder Umstände zutage gefördert hatte. Sogar das Weihwasserbecken, das an jenem Tage als Huldigungsgeschenk der Ratsherren um Veit Hutter in den Dom gebracht worden war, hatte man genauestens untersucht und keine bedenklichen Eigenschaften an ihm feststellen können. Trotzdem war es auf persönliche Anweisung von Johann Philipp von Schönborn umgehend entfernt und zur Einlagerung in die erzbischöflichen Schatzkammern nach

Mainz verbracht worden, da es den Kirchenfürsten ansonsten stets an die unerhörte Störung seiner Festmesse durch die Stifter erinnert hätte.

»Immer wieder Veit Hutter«, murmelte Jonas vor sich hin. Und dann verharrte sein Blick plötzlich ungläubig bei einem zweiten Namen.

Er las noch einmal genau nach. Das war nun wirklich eine Überraschung. Ganz unten stand der Name des Mannes, der vor dem vermeintlichen Anschlag gewarnt hatte. Und der dabei erstochen worden war.

Ein Kaufmann aus Erfurt. Wie auch Hutter.

Sein Name war Egidius Withauer.

Jonas schüttelte ungläubig den Kopf. Das konnte jetzt langsam kein Zufall mehr sein. Erst die Parallele zu Dr. Hutter mit seinem Haus am Fischersand, und jetzt hatte er auch noch einen Namensvetter des alten Gymnasiallehrers unter den möglichen Verschwörern entdeckt. Denn Egidius Withauer war mit großer Wahrscheinlichkeit einer von ihnen gewesen. Wenn es damals wirklich ein Komplott zur Ermordung des Erzbischofs gegeben hatte, dann musste der Mann, der davor im letzten Moment gewarnt hatte, zu den Eingeweihten gehört haben. Und dann war er aus irgendeinem Grund zum Verräter geworden.

Aber warum hatte Herbert Withauer ihnen diese augenfällige Namensgleichheit verschwiegen? War er deshalb bei der Verabschiedung an der Tür seiner Plattenbauwohnung so sicher gewesen, dass sie sich noch einmal wiedersehen würden? Weil er wusste, dass Jonas in den Dokumenten unweigerlich über seinen Nachnamen stolpern musste?

Jonas war gespannt, was als Nächstes kommen würde. Er beugte sich wieder über die Akte und las weiter.

Die Untersuchungsbeamten der Mainzer Criminal-Kommission hatten sich zunächst auf die drei Personen konzentriert, die unmittelbar an dem Vorfall im Dom beteiligt gewesen waren.

Egidius Withauer war offensichtlich noch im Kirchenschiff seiner Stichverletzung erlegen. In den Tagen danach hatte man

mehrmals seine Frau Amalie befragt, die jedoch völlig ahnungs-
los war und nichts zur Erhellung des Vorfalls beitragen konnte.
Es war vermerkt, dass die Frau »an großer Seelennot gelitten
und gar furchtbar geweinet« habe, da sie ein Kind erwartete und
nun des liebenden Vaters und Versorgers verlustig gegangen
war. Als Geschäftsmann hatte Egidius Withauer nur eine mäßige
Bilanz vorzuweisen gehabt, da der Waidhandel, den er betrieben
hatte, nicht mehr die anfänglichen Gewinne abwarf. Als Bürger
war er von gutem Ruf gewesen, aber »ohne besondere Couleur«.
Alles in allem ein blasser Mann, an dessen Lebensgebaren man
nichts gefunden hatte, was sein panisches Verhalten während
der Messe hätte erklären können.

Veit Hutter hingegen war sehr bekannt gewesen, ein Ratsherr von Gewicht und Würde, zudem ein sehr erfolgreicher
Tuchhändler. Sein Handelshaus, nicht weit vom Markt entfernt
gelegen, war jedem in der Stadt ein Begriff. Umso verwunder-
licher fand man daher sein Verhalten, hatte er sich doch vor
dem erzbischöflichen Besuch maßgeblich dafür eingesetzt, dem
Mainzer Regenten mit dem kostbaren Geschenk des Taufbe-
ckens zu huldigen. Nach dem Vorfall in der Messe war er un-
auffindbar geblieben und hatte ebenfalls eine völlig ahnungslose
und verzagte Familie zurückgelassen.

Das größte Augenmerk hatten die Ermittler des Bischofs
auf die Person des Nikolaus Corvus gelegt. Er war des Mor-
des an Egidius Withauer praktisch überführt, es gab genügend
Augenzeugen. Nur war man des Mörders noch nicht habhaft
geworden, hatte aber eine entsprechende Anklage für den Fall
seiner Ergreifung so gut wie möglich vorbereiten wollen.

Jonas sah, dass es hierfür einen eigenen Bericht von vierzehn
Seiten gab. Das größte zusammenhängende Dokument in der
Akte.

Nikolaus Corvus, der eigentlich Nikolaus Raabe geheißen
und seinen Namen in jungen Jahren latinisiert hatte, war zuletzt
Konsultant des Erfurter Rates in Fragen von Gesundheit und
Pflanzenkunde gewesen. Als Botanikus hatte man ihn vor allen
Dingen zur Kontrolle der Apotheker herangezogen, außerdem

hatte er die Ratsherren mit Ratschlägen zur Verbesserung der Ernten auf den Gütern versorgt.

Soweit Jonas das einschätzen konnte, ein ziemlich windiger und unkonkreter Job. Das hatten die bischöflichen Ermittler auch so gesehen und tiefer gegraben. Dabei war deutlich geworden, dass hinter der Fassade des Botanikus eine weitaus schillerndere und undurchsichtigere Person gesteckt hatte, als dessen brave Position vermuten ließ. Corvus hatte an der Erfurter Universität Theologie und Philosophie studiert, war aber durch Streitsucht und Disziplinlosigkeit aufgefallen und nach zwei Jahren ausgeschlossen worden. Anschließend verlor sich für viele Jahre seine Spur. Er hatte die Stadt verlassen, vielleicht sogar das Sacrum Imperium Romanum, das wusste niemand so genau. Erst zwei Jahre vor dem Zwischenfall im Dom war er plötzlich wieder aufgetaucht und hatte sich auf einem verfallenen Gut vor den Toren Erfurts niedergelassen.

Die Criminal-Kommission hatte umgehend zwei ihrer besten Ermittler zu dem Gut geschickt, zusammen mit einer berittenen Patrouille. Auf den flüchtigen Mörder waren die Männer dort nicht gestoßen, dafür aber auf eine junge Magd – anscheinend die einzige verbliebene Bewohnerin des Hofes. Sie war stumm, was die Ermittler jedoch erst bemerkten, nachdem die vermeintlich verstockte Frau von einem Truppführer namens Zacharias Marholt fast totgeprügelt worden war.

Sie hieß Dorothee, das schrieb sie ihnen auf ein Blatt. Und als die Bischöflichen erkannten, dass sie des Schreibens mächtig war, führten sie ihre Befragung mit Tinte und Federkiel fort. Nach Dorothees Bezeugung war Nikolaus Corvus nicht nur Botanikus, sondern auch des Gießens mächtig. Er war es auch gewesen, der im Auftrage des Erfurter Rates das Weihwasserbecken für den Erzbischof erschaffen hatte. Zusammen mit einigen Helfern und dem Becken war er am Vortag der Messe in die Stadt aufgebrochen. Seitdem hatte ihn seine stumme Magd nicht mehr zu Gesicht bekommen. Eine Anmerkung im Protokoll besagte, sie sei wegen des Fortbleibens ihres Herrn recht bekümmert gewesen.

Dann hatten die Ermittler zusammen mit den Soldaten jeden Winkel des verwahrlosten Gutes auf den Kopf gestellt, aber keine Hinweise auf den Verbleib von Nikolaus Corvus gefunden. Der Zustand der Werkstatt hatte ihnen jedoch bestätigt, dass Corvus hier dem Gießerhandwerk nachgegangen war, wenn auch »ohn' Regel und Privileg«.

Klassische Schwarzarbeit, dachte Jonas. Damals hatten Gießer für die Ausübung ihres Handwerks eigentlich eine hochherrschaftliche Genehmigung gebraucht. Aber Nikolaus Corvus schien ohnehin ein undurchsichtiger Mann gewesen zu sein.

Jonas las weiter.

Am Ende der Durchsuchung hatte die stumme Magd auf einem Stückchen Pergament darum gebeten, auf dem Hof bleiben zu dürfen. Dies hatte, so ging es aus dem Bericht der Kommission hervor, der Sergeant Marholt ausdrücklich abgelehnt, sodass sie einem Armenhaus in der Stadt übergeben worden war. Corvus' halb verfallenen Hof hatte man niedergebrannt, um dem flüchtigen Mörder keinen möglichen Unterschlupf zu belassen.

Jonas lehnte sich zurück. Das waren harte Sitten. Obwohl er fast nichts über die stumme Magd Dorothee wusste, tat ihm die Frau leid. Es war gar nicht selten, dass ihn kleine Randnotizen in alten Dokumenten stärker berührten als schillernde Heldengeschichten. Immer dann, wenn er hinter wenigen verblassten Worten ein persönliches Schicksal entdeckte.

Er war schon fast am Ende der Akte angekommen, da stieß er auf einen Brief, den einer der Ermittler Wochen nach dem Beginn der Untersuchung an seinen Dienstherrn geschrieben hatte. Sein Name war Martinus Baumgartner. Darin hielt er eine merkwürdige Beobachtung fest: Am Tage des Zwischenfalls im Dom waren neben Veit Hutter und Nikolaus Corvus noch mehrere andere Männer aus der Stadt verschwunden. Allesamt respektable Herren, meist wohlhabende Händler oder Handwerker. Ihr Fehlen war erst nach und nach bei verschiedenen Stellen zur Anzeige gebracht worden, weswegen niemand einen

Zusammenhang zwischen den Fällen hergestellt hatte. Keiner der Männer war je wieder aufgetaucht.

Martinus Baumgartner hatte das verdächtig gefunden und in seinem Brief die Namen der Männer aufgelistet, die sich jetzt auch Jonas notierte.

Doch die Entdeckung Baumgartners war ungewürdigt geblieben; zu unruhigen Zeiten waren in einer Stadt wie Erfurt des Öfteren Menschen verschwunden, zumal solche, denen man ihre Habe neidete. So war im Abschlussbericht der Kommission davon nichts mehr zu lesen.

Obwohl nicht alle Fragen restlos geklärt werden konnten, waren die bischöflichen Ermittler in ihrer Conclusio zu dem Ergebnis gekommen, dass es für einen Anschlagsplan auf das Leben ihres Landesherrn keine erkennbaren Anhaltspunkte gab und der Vorfall im Dom seinen Ursprung stattdessen vermutlich in einem Machtkampf zwischen verfeindeten Ratsherren hatte. Schließlich war die Untersuchung im Sommer des Jahres 1667 eingestellt worden.

Gedankenversunken schob Jonas das Blatt zur Seite. Es war das letzte in der Akte gewesen. Vor ihm lag nun der gesamte Fall ausgebreitet.

War das wirklich das Dokument einer Verschwörung, wie der alte Gymnasiallehrer behauptete? Oder nur der Bericht über einen Streit unter Geschäftsleuten, der aus dem Ruder gelaufen war?

Wieder dachte er über die zwei doppelten Namen nach. Hutter und Withauer. Damals und heute. Nur ein Zufall?

Eigentlich war nichts Besonderes daran, der Nachfahre eines Menschen zu sein, der früher einmal Stadtgeschichte geschrieben hatte. Allerdings gab es jetzt einen Mord, der das Heute und die Vergangenheit auf unheimliche Weise miteinander verband.

Jonas brauchte mehr Informationen, und die würde er vermutlich nur in Erfurt bekommen. Von den Männern, über deren Vorfahren er in der Akte gelesen hatte.

Noch einmal überflog er die vergilbten Papiere. Einer Frage

hatten die Ermittler überraschend wenig Beachtung geschenkt. Sie resultierte aus einem Satz von Egidius Withauers panischer Warnung: »Um Gottes willen, läutet die Glocke nicht!« Was hatte die Gloriosa mit der ganzen Sache zu tun?

Nachdenklich verschnürte Jonas die alte Untersuchungsakte, gab die Unterlagen zurück und verließ das Gebäude.

19

»Na, Jungelchen. Ich wusste doch, dass Sie wiederkommen.«
Ein merkwürdiges Lächeln umspielte den Mund des alten Gymnasiallehrers. »Sie haben die Akte gelesen, nicht wahr? Kommen Sie herein. Wie es der Zufall will, hat meine Frau gerade Kaffee gemacht.«

Herbert Withauer schlurfte hinkend voraus ins Wohnzimmer, und Jonas folgte ihm. Er war gleich nach seiner Rückkehr aus Wernigerode zu dem Wohnblock am Erfurter Gagarin-Ring gefahren. Auf dem Parkplatz hatte er noch kurz überlegt, ob er den alten Withauer direkt mit seiner Entdeckung konfrontieren sollte, sich dann dafür entschieden und geklingelt. Die Sache wurde langsam spannend. Er musste weiterkommen.

Withauer bot Jonas einen Platz auf der Couch an, stellte eine frische Tasse vor ihn auf den Tisch, goss duftenden Kaffee ein und ließ sich schließlich selbst schwer auf seinen Stuhl fallen. »Nun«, begann er spöttisch, »jetzt sitzen Sie dem Nachkommen eines Verschwörers gegenüber. Oder besser – eines Verräters.«

»Dann stimmt es wirklich? Sie sind mit Egidius Withauer verwandt?«, fragte Jonas.

»So ist es. In direkter Linie.«

»Woher wissen Sie das?«

»Nachdem ich meinen Nachnamen in der alten Akte gelesen hatte, habe ich Nachforschungen angestellt. Sie können sich sicher vorstellen, dass mich das brennend interessiert hat. Die Erfurter Geschichte ist seit jeher mein Steckenpferd, und plötzlich war ich selbst ein Teil davon.« Sarkastisch setzte er hinzu: »Und was für einer!«

Jonas nickte. »Das kann ich mir wirklich gut vorstellen.«

»Allein hätte ich es vielleicht nicht geschafft. Aber ich habe Freunde, die sich seit vielen Jahren mit Genealogie beschäftigen. Sie kennen die Orte, an denen man suchen muss. Militärakten, alte Kirchenbücher, private Sammlungen … Jedenfalls haben sie lückenlos nachgewiesen, dass ich ein Spross des alten Egidius bin. Der Nachkomme von einem Erfurter Judas.« Der Lehrer lächelte freudlos. Die Sache ging ihm anscheinend nahe.

»Haben Sie mir deshalb beim letzten Mal nichts davon erzählt?« Jonas suchte nach Worten. »Ich meine, dass Sie in der Akte vorkommen. Beziehungsweise Ihr Urahn.«

»Nennen Sie es ein Spiel unter Historikern.« Der Alte zwinkerte ihm müde zu. »Oder einfach Feigheit.«

»Aber warum ist Ihnen das unangenehm? Vielleicht hat Ihr Vorfahr sogar ein Attentat verhindert.«

»Ein Attentat auf einen Despoten.«

»Er wird seine Gründe gehabt haben, auch wenn wir sie heute nicht kennen. Auf jeden Fall hat er etwas getan, wovon er offensichtlich überzeugt war. Er ist dafür gestorben.«

»Das mit dem Sterben hat er sich sicherlich nicht ausgesucht.« Withauer lachte bitter auf. »Aber danke, dass Sie mich trösten wollen. Sie sind ein netter Junge. Und Sie haben ja recht. Die Sache ist ein alter Hut. Heute spielt das alles keine Rolle mehr. Es fühlt sich nur irgendwie komisch an. Wenn man die Geschichte kennt und ausgerechnet Withauer heißt.«

Jonas lächelte dem alten Gymnasiallehrer aufmunternd zu. »Außerdem habe ich die Akte ziemlich aufmerksam gelesen«, sagte er dann. »Es ist überhaupt nicht erwiesen, dass –«

Withauer hob abwehrend die Hand. »Ja, ich weiß, was Sie sagen wollen. Ich kenne den Schluss der bischöflichen Kommission. Für einen Attentatsversuch gibt es keinen letztendlichen Beweis. Jedenfalls keinen, den sie gefunden haben.« Er schüttelte den Kopf, als wunderte er sich über die Unfähigkeit der damaligen Ermittler. »Ich denke, deshalb hat sich später auch nie mehr jemand für die Sache interessiert. Eingestaubt im Archiv, das Ganze. Eine kleine Fußnote der Geschichte. Na ja. Eigentlich ist mir das nicht mal unrecht. Wer will schon gerne der Nachkomme eines Verräters sein.« Withauer sah Jonas an. »Aber als Sie jetzt mit der Geschichte von den Mumien angekommen sind, da hat mein altes Historikerherz noch einmal wild zu schlagen begonnen. Das verstehen Sie, oder?«

»Natürlich, Herr Withauer«, pflichtete ihm Jonas bei. »Haben Sie denn niemals versucht, Nachfahren der anderen Beteiligten zu finden?«

»Soweit ich weiß, gibt es da niemanden mehr. Nur noch Dr. Lorentz Hutter. Und der – ist ein Arschloch!« Das letzte Wort spie Withauer förmlich aus und verzog dabei angewidert das Gesicht.

Jonas wunderte sich, dass der kultivierte Rentner solch einen Begriff in den Mund genommen hatte, noch dazu mit einer derartigen Inbrunst. Trotzdem fragte er nach: »Haben Sie einmal mit ihm gesprochen?«

»Natürlich. Das heißt – ich habe es versucht. Der große Dr. Lorentz Hutter, der Bewahrer von Erfurts Traditionen. Pah. Rausgeschmissen hat er mich!«

»Was?«

»Ich hatte gehört, dass sich der Mann gern mit seinem berühmten Vorfahren aus dem 17. Jahrhundert schmückt. Also bin ich eines Tages hingegangen. Aber für ihn gab es nur Veit Hutter, den ehrwürdigen Ratsherrn und Tuchhändler. Den erfolgreichen Unternehmer und Macher. Er selbst verkauft sich ja auch gern so. Als ich ihm dann vorsichtig angedeutet habe, dass sein feiner Vorfahr vielleicht ein Verschwörer war, hat er mich einen senilen Phantasten genannt. Einen aufmerksamkeitsgeilen Lügner. Und dann hat er mich aus seinem hübschen Büro geworfen.« Withauers Augen glühten. »Sie werden verstehen, dass mich der feine Herr Doktor seitdem am Hintersten lecken kann.«

»Haben Sie ihm etwas von der Akte in Wernigerode erzählt?«

»Dazu bin ich gar nicht gekommen. Aber wer weiß – vielleicht kennt er sie sogar? Sie können ja gern einmal selbst nachfragen – aber ich wette mit Ihnen, Sie werden das Gleiche erleben wie ich.« Herbert Withauer drehte den Kopf zur Seite. Für ihn war das Thema Lorentz Hutter erledigt.

»Danke für Ihre Offenheit«, versuchte Jonas, das Gespräch vorsichtig im Gang zu halten. »Haben Sie eigentlich noch mehr zu der Verschwörung herausgefunden? Vielleicht in Akten, die außerhalb von Wernigerode lagern?«

»Nein, viel mehr als diese Akte gibt es nicht. Noch ein paar Dokumente, die Veit Hutter in seiner Funktion als Erfurter Ratsherr betreffen. Ein paar Erwähnungen hier und da. Das alles liegt drüben im Stadtarchiv, ist aber belanglos und unverdächtig.«

Jonas beschloss, trotzdem noch einmal im Archiv nachzufragen. Er hatte sich von Herbert Withauer irgendwie noch etwas mehr erhofft. Er bedankte sich, stand auf und wollte das Wohnzimmer gerade verlassen, als Withauer plötzlich neben ihm stand und ihm fest in die Augen blickte.

»Jonas, bevor Sie gehen … Ich habe noch eine persönliche Frage an Sie.« Der Lehrer ergriff seinen Arm. »Sie kennen jetzt die Akte. Was ist Ihr Eindruck? Ist an dem Komplott was dran, oder habe ich jahrelang nur Gespenster gesehen, die es niemals gab?«

Jonas betrachtete den Teppich. Der alte Mann tat ihm leid. Die Theorie von der Verschwörung schien die große Geschichte seines Lebens zu sein. Eine Geschichte, der nie jemand Beachtung geschenkt hatte. Weil sie womöglich nicht wahr war. »Meine ehrliche Meinung?«

»Ja, bitte.«

Jonas dachte eine Weile nach, dann sah er wieder auf und antwortete: »Ich weiß es nicht.« Als er das enttäuschte Gesicht des alten Mannes sah, fügte er hinzu: »Aber ich werde es herausfinden. Versprochen.«

Nach fünf Minuten Autofahrt und zwanzig Minuten Parkplatzsuche kam Jonas nach Hause. Fenja begrüßte ihn stürmisch an der Wohnungstür und konnte ihre Neugier kaum verbergen.

Er hängte seine Jacke auf, stellte seinen Rucksack im Arbeitszimmer ab und ging in die Küche. »Auch einen Tee?«, fragte er Fenja.

»Von Ihnen, werter Herr, immer gern!«

Ihr tägliches Ritual.

Während Jonas aus seiner reichhaltigen Sammlung von Büchsen drei Teesorten auswählte und eine seiner berühmten Mischungen herstellte, berichtete er Fenja in groben Zügen, was er in der historischen Akte von Wernigerode gelesen hatte. Und dass er in den Unterlagen auf einen Vorfahren von Herbert Withauer gestoßen war.

»Das ist echt ein Ding!« Fenja sah ihn erstaunt an. »Und … er ist wirklich mit ihm verwandt?«

»Na so was von. Ich hab eben mit ihm gesprochen.«

»Wahnsinn. Und?«

»Es ist ihm peinlich, der Nachfahre eines Verräters zu sein. Deshalb hat er uns das letzte Mal auch nichts davon erzählt. Sagt er.«

»Und du glaubst ihm?«

»Ich weiß nicht. Er ist irgendwie hin- und hergerissen zwischen seiner Neugier und dem Makel, von einem Verschwörer abzustammen. Aber seine ganze Theorie steht sowieso auf tönernen Füßen.«

»Hältst du es denn theoretisch für möglich, dass es damals eine Verschwörung gab?«

»Ich bin mir nicht sicher. Der Abschlussbericht sagt Nein. Einen wirklichen Beweis gibt es nicht. Dafür aber ein paar Ungereimtheiten.«

»Welche genau?« Fenja spielte bei ihrer gemeinsamen Arbeit gern die unvoreingenommene Fragestellerin. So gelang es ihnen oft, Klarheit in komplizierte Vorgänge zu bringen.

Jonas begann, die offenen Punkte aufzuzählen: »Die Warnung vor der Glocke. Sollte ihr Läuten ein Signal sein? Und wenn ja, wofür?«

»Okay. Das ist Nummer eins. Noch was?«

»Der Mord im Dom. Es konnte nur geklärt werden, dass Egidius Withauer vor aller Augen umgebracht wurde und von wem. Aber nicht, was genau dahintersteckte.«

»Nummer zwei.« Fenja machte sich in Gedanken Notizen. Später würde sie die Schlagworte und Fragen auf dem Whiteboard vervollständigen.

»Außerdem gibt es die Feststellung eines bischöflichen Ermittlers namens Baumgartner, dass nach dem Vorfall im Dom noch ein paar weitere Persönlichkeiten Erfurts spurlos verschwunden waren.«

»Ach!«

»Aber es ist völlig unklar, ob da ein Zusammenhang besteht. Damals hat man die Sache nicht sonderlich ernst genommen. Die Männer können aus den unterschiedlichsten Gründen abgetaucht sein.«

»Hast du irgendwelche Namen?«, fragte Fenja jetzt, und Jonas erkannte in ihren blitzenden Augen, dass sie etwas auf Lager hatte.

»Ein paar. Ich hab sie mir aufgeschrieben. Das Notizbuch steckt noch drüben in meinem Rucksack.«

»Na wunderbar. Dann wollen wir mal.« Fenja griff sich das Tablett mit den Teetassen und verließ die Küche.

Sie weiß etwas, dachte Jonas und erinnerte sich, dass Fenja heute noch einmal das Stadtarchiv aufgesucht hatte. Ein Prickeln lief über seine Arme.

Im Arbeitszimmer zog Jonas das Notizbuch aus seinem Rucksack und schlug es auf.

Fenja legte ein paar zusammengeheftete Papierseiten daneben. Aufzeichnungen, die sie sich im Lesesaal gemacht hatte. Auf dem letzten Blatt standen drei Namen. »Volltreffer!«, rief sie begeistert.

Jonas las die Namen, die Fenja in ihrer feinen Handschrift notiert hatte. »Wenzel Bühling. Christoff Philipi. Andreas Eichorn.«

Er sah in sein eigenes Notizbuch. Alle Männer fanden sich auch auf Baumgartners Liste. Alle drei waren am 10. März 1667 verschwunden.

»Die Namen habe ich über die Markenzeichen der restlichen Pistolen aus der Grotte gefunden«, berichtete Fenja. »Das heißt, eigentlich war es Magarete Dorst. Sie hat mir sehr geholfen.«

»Das ist ja spitze.« Jonas war Feuer und Flamme. Spontan umarmte er Fenja, die ziemlich stolz auf ihre Entdeckung war. »Habt ihr noch mehr über die drei?«

»Nur dass sie Kaufleute waren. Und ziemlich wohlhabend.«

»Also allesamt aus Erfurts Oberschicht. Wie Veit Hutter und Egidius Withauer auch. Gut gemacht!«

»Aber die Archivkramerei erledigst du das nächste Mal wieder selbst«, flachste Fenja. »Das alte Papier macht mich ganz wahnsinnig. Frau Dorst hat mich gerettet.« Sie berichtete, dass die Archivarin mittags sogar losgegangen war und beim Bäcker zwei Stück Apfelstrudel gekauft hatte, um sich und Fenja zur Durchsicht des nächsten Aktenstapels zu motivieren.

»Das heißt also«, fasste Jonas noch einmal zusammen, »dass wir jetzt vier Mumien aus der Domberggrotte identifiziert haben. Hutter, Bühling, Philipi und Eichorn. Reiche Erfurter Kaufleute, die sich heimlich getroffen haben. Der Ort, die Roben – alles deutet auf eine verschworene Gemeinschaft hin.«

»Nicht zu vergessen das geheimnisvolle Glockensymbol mit der Schlange«, ergänzte Fenja.

»Genau. Dann haben wir noch einen Zwischenfall während einer Messe mit dem Erzbischof, bei dem Egidius Withauer vor dem Läuten der Gloriosa warnt. Und vor der Ermordung des Bischofs.«

»Richtig. Bis hierher sind das alles belastbare Tatsachen.« Fenja schrieb die wichtigsten Punkte an das Whiteboard. Das Wort »Gloriosa« versah sie mit einem Fragezeichen. Sie trat einen Schritt zurück und betrachtete gemeinsam mit Jonas das Tafelbild.

»Die Theorie einer Verschwörung ist überhaupt nicht so weit hergeholt«, stellte sie schließlich fest.

»Stimmt«, gab Jonas zu. »Aber ob es wirklich um die Ermordung von Johann Philipp von Schönborn ging, müssen wir erst noch herausfinden. Denkbar wäre es allerdings schon. Die Palastrevolte eines kleinen Zirkels aus Rat und Bürgerschaft. Der Erzbischof war bekanntermaßen verhasst, und die Kaufleute hatten vermutlich auch ein persönliches Motiv. Der Mainzer Stuhl wird ihnen ohne Zweifel saftige Steuern und Zwänge aufgebrummt haben. Fragt sich nur, wie sie es anstellen wollten und warum Egidius Withauer sie verraten hat.« Jonas dachte nach. Ohne weitere Quellen würde es ziemlich schwierig werden, die

Antworten zu finden. Nach so langer Zeit waren viele Spuren kalt.

»Wenn dieser Nikolaus Corvus der Mörder war, gehörte er vielleicht auch zu den Verschwörern«, mutmaßte Fenja. Es bereitete ihr sichtlich Spaß, sich in die Geschichte hineinzudenken. »Warum hätte er sonst den Verräter getötet, bevor der richtig losplaudern konnte? Dann ist Corvus vielleicht auch einer der Toten aus der Grotte!«

»Möglich ist es schon. Wenn das alles so stimmt ...« Jonas neigte seinen Kopf zur Seite und fixierte das Whiteboard. »Damit wäre übrigens auch die Frage nach der fehlenden Mumie geklärt. Zwölf Stühle, zwölf Verschwörer. Minus Egidius Withauer, der im Dom getötet wurde. Bleiben elf.«

»Dann hat Vareels neue Leiche den Platz eines Verräters eingenommen.«

»Zufällig.«

»Wirklich zufällig?«

»Das muss das LKA klären. Wir können denen nur sagen, was wir über die Mumien in Erfahrung gebracht haben. Die Schlüsse daraus müssen sie selbst ziehen.« Jonas ermahnte sich, bei den Fakten zu bleiben.

»Dann gibt es noch ein letztes großes Fragezeichen«, bemerkte Fenja.

»Und zwar?«

»Wie sind die elf Männer in der Grotte damals gestorben? Alle gemeinsam, an ihrem steinernen Tisch ... Und warum?«

Das war tatsächlich noch völlig ungeklärt. Wie war es überhaupt zu der obskuren Szene gekommen, die sie jetzt, nach dreihundertfünfzig Jahren, so intensiv beschäftigte? »Vielleicht hat das LKA schon etwas über die Todesursache der Mumien herausfinden können. Morgen frage ich nach«, nahm sich Jonas nun schon zum zweiten Mal vor.

»Okay. Und was machen wir als Nächstes?«

»Ich möchte auf jeden Fall mit Dr. Hutter sprechen. Er ist die heißeste Spur, die wir im Moment haben.«

»Meinst du, er wird dir was sagen? Wenn er überhaupt etwas

weiß …« Nach dem, was ihr Jonas von den Erfahrungen des alten Lehrers mit Hutter erzählt hatte, war Fenja skeptisch.

»Er kennt mich und hat mein Buch unterstützt. Ich glaube, er schätzt meine Arbeit wirklich.« Jonas war in Bezug auf den Lobbyisten optimistischer als seine Freundin. »Auf jeden Fall werde ich es versuchen. Ich schreibe ihm gleich mal eine Mail.« Er beugte sich über die Tastatur seines Computers und hämmerte einen kurzen Text in sein Mailprogramm, in dem er Hutter so unverbindlich wie möglich um ein persönliches Gespräch ersuchte. Mit einem Klick schickte er die Anfrage an dessen Geschäftsadresse. »Gut. Was können wir jetzt noch tun?«, fragte er dann.

»Ich sollte meine Unterlagen für Jena vorbereiten. Morgen bin ich wieder im Institut«, antwortete Fenja. Bei allem Enthusiasmus für die Mumiengeschichte musste sie sich dringend um ihre geologischen Untersuchungen kümmern. Um ihren eigentlichen Beruf.

»Ich mache auch noch ein bisschen Büro«, beschloss Jonas.

Also setzten sich beide an ihre Computer. Vor ihnen dampfte der aromatische Tee, und eine dicke Kerze sorgte für eine behagliche Atmosphäre. Schweigend und konzentriert arbeiteten sie nebeneinander auf unterschiedlichen Gebieten, aber in wortloser Einigkeit. Fenja vervollständigte ihre geologischen Feldprotokolle, und Jonas fasste die Rechercheergebnisse zur Domberggrotte in einem kurzen Memo zusammen, das er noch am Abend Kommissarin Vareel ins LKA mailen würde.

Da blinkte auf dem Bildschirm vor ihm plötzlich ein kleines Briefsymbol auf. Eine neue E-Mail. »Das ging aber fix«, murmelte er und klickte auf das Icon.

Die Mail war von Dr. Hutter. »Erwarte Sie morgen um 10 Uhr im Stadtmuseum«, stand da.

Jonas war erstaunt. Der Lobbyist hatte schneller reagiert als gedacht. Und einen neutralen Treffpunkt gewählt.

20

Das Erfurter Stadtmuseum befand sich in einem prachtvollen Renaissancebau, welcher den Namen »Haus zum Stockfisch« trug und mit seiner reich verzierten Fassade sofort ins Auge fiel.

Es war zwei Minuten nach zehn Uhr, als Jonas über die Straße huschte und das Gebäude durch das steinerne Portal betrat. Hinter einer Glastür gelangte er in das Museumsfoyer, eine lang gezogene Halle, an deren linker Seite sich ein kleiner Empfangstresen befand. Die Kassiererin blickte ihm freundlich entgegen, sicher, weil sie ihn für einen Ausstellungsbesucher hielt und sich freute, dass schon Minuten nach der Öffnung ein Interessent hereinstürmte.

Jonas musste nicht nach Dr. Hutter fragen. Der Geschäftsmann hatte sich in einer Sitzgruppe am gegenüberliegenden Ende des Foyers niedergelassen, aber seine markante Erscheinung war nicht zu übersehen. Hutter konnte einen Raum füllen, daran bestand kein Zweifel.

Der Lobbyist wartete, bis Jonas vor ihm stand, und erhob sich dann. Mit seinem dunkelblauen Maßanzug, seinem goldgelben Seidenschal und dem leger übergeworfenen hellgrauen Herbstmantel wirkte er ganz und gar weltmännisch. »Hallo, Jonas. Schön, Sie zu sehen. Sie wollten mich sprechen?« Freundlich, aber knapp.

Sie gaben einander die Hand.

»Guten Morgen, Herr Dr. Hutter. Danke, dass Sie so schnell Zeit für mich gefunden haben. Ich wollte –«

Doch Hutter ließ ihn gar nicht ausreden. »Ich vermute, es geht um die Geschichte im Domberg?« Der Mann hatte die Angewohnheit, jegliche Unterhaltung von Anfang an zu dominieren. »Sehr unangenehm, die ganze Angelegenheit, nicht wahr? Seit Tagen stellt die Polizei unser Vereinshaus auf den Kopf und belästigt meine Mitarbeiter.« Verständnislos schüttelte er den Kopf und sah Jonas dann direkt an. »Sie sind jetzt Berater des Landeskriminalamts, habe ich gehört. Muss ich mir Sorgen machen?« Er lächelte schmal. Eine belanglose Frage, zweifellos rhetorisch gemeint, aber sein Blick war wach, fast lauernd.

»Ich berate das LKA, was die Mumien betrifft. Mit der Mordermittlung habe ich nichts zu tun. Darin bin ich auch nicht eingeweiht«, versuchte Jonas abzuwiegeln, weil er spürte, dass Hutter gereizt war.

»Davon gehe ich mal aus«, bemerkte der Geschäftsmann. »Es ist schon skandalös, was man sich als Bürger dieser Stadt alles bieten lassen muss. Nur weil es einen alten Tunnel gibt, der zufällig in dem Haus endet, in dem wir arbeiten, behandelt uns die Kripo alle wie Verbrecher.«

Nur dass das zufällig *dein* Haus ist, dachte Jonas. Und es geht nicht um *irgendeinen* Tunnel, sondern um den Zugang zu einem Tatort. Aber das verschwieg er.

»Wie gesagt: Ich ermittle nicht in dem Mordfall. Das ist Sache der Polizei. Und deren Arbeit einzuschätzen, steht mir auch nicht zu«, stellte Jonas noch einmal klar. »Mein Metier ist die Vergangenheit. Deswegen wollte ich Sie sprechen. Ich bin da nämlich auf etwas gestoßen.«

»Auf meinen Namen, ich weiß. Das habe ich schon mitbekommen. Diese aufgeplusterte Kommissarin – wie heißt sie doch gleich? Ach ja, Vareel – hat mich bereits ausführlich vernommen. Aus meiner Sicht ist dazu alles gesagt.«

»Ein paar Fragen hätte ich aber doch noch«, blieb Jonas hartnäckig. »Ich habe gehört, dass Sie mit der Geschichte Ihres Vorfahren vertraut sind.«

»Das ist richtig. Ich habe mich mit dem Stammbaum meiner Familie befasst und vertrete die Auffassung, dass das jeder tun sollte. Sehen Sie, Jonas, ich bin ein Mensch, der stolz auf seine Wurzeln ist. Auf seine Vorbilder. Veit Hutter ist so ein Vorbild. Er war Mitglied im Erfurter Rat, ein Mann des Wortes und der Ehre. Und ein angesehener Tuchhändler, der seiner Stadt viel Gutes getan hat.«

»Damit haben Sie zweifellos recht. Und darauf können Sie auch wirklich stolz sein. Wer hat schon so einen berühmten

Vorfahren?«, antwortete Jonas versöhnlich. Aber jetzt musste er irgendwie die Kurve kriegen. »Sie kennen Ihre Familiengeschichte viel besser als ich. Ist Ihnen denn irgendwann einmal etwas begegnet, was Sie merkwürdig fanden? Irgendeine Ungereimtheit im Leben Ihres Urahns?«

»Nein. Nichts dergleichen. Was meinen Sie überhaupt mit Ungereimtheit?«

Es hatte beiläufig klingen sollen, aber Jonas war nicht entgangen, dass Hutter plötzlich alarmiert wirkte. »Es gibt da einen pensionierten Lehrer, der sich viel mit der Stadtgeschichte beschäftigt hat«, tastete sich Jonas vorsichtig vor. »Sein Name ist Herbert Withauer. Er meint, es habe im 17. Jahrhundert möglicherweise einen Umsturzversuch gegen den Erzbischof gegeben, an dem ein Ratsherr namens Veit Hutter beteiligt war.«

»Ach«, fuhr Hutter zornig auf, »den alten Withauer haben Sie ausgegraben? Wie sind Sie denn an den geraten? Ich hoffe sehr, Ihnen ist klar, dass das ein kranker Spinner ist?« Die Abscheu in den Worten des Geschäftsmanns war nicht zu überhören. Er und der alte Withauer waren offenbar wirklich keine Freunde.

»Ich fand seine Meinung zumindest interessant. Er hat sich die Sache ja nicht ausgedacht, sondern –«

»Nicht ausgedacht? Eines Tages steht da plötzlich so ein hutzeliges Männlein in meinem Büro und tischt mir eine Räuberpistole auf, die ihresgleichen sucht! Mein Vorfahr – ein Verschwörer … Dieser Withauer ist ein verbohrter Stänkerer, nichts anderes! Ich hab ihn rausgeschmissen.«

»Er hat eine Akte gefunden. In einer Abteilung des sachsen-anhaltinischen Landesarchivs in Wernigerode.«

»Ach, papperlapapp! Da steht doch gar nichts weiter drin!«, entfuhr es Hutter, dann hielt er plötzlich inne.

Verquatscht, dachte Jonas. Also kannte Hutter die Akte.

Es entstand eine unangenehme Pause.

»Kommen Sie, Jonas. Ich möchte Ihnen etwas zeigen.« Hutter wies auf eine große Tür, die in die unteren Ausstellungsräume führte. Er nickte der Frau an der Kasse kurz zu, offenbar gehörte er hier zu den Stammgästen, und dirigierte Jonas dann mit einer einladenden Geste in den angrenzenden Saal.

Der Raum war in warmes Licht getaucht. An den Wänden und in Vitrinen reihten sich Objekte aneinander, die in Erfurts Stadtgeschichte einmal eine bedeutende Rolle gespielt hatten. Die Sammlung hatte etwas Sakrales.

»Was fühlen Sie, Jonas?«, fragte Hutter, der in der Mitte des Ausstellungsraumes stehen geblieben war.

Jonas sah den Lobbyisten verwundert an und hob fragend die Schultern. Was sollte das werden?

»Ich sage Ihnen, was *ich* fühle. Stolz.« Hutter ließ seinen Blick durch den Saal gleiten. »Ich bin stolz auf die Geschichte dieser großartigen Stadt. Stolz auf die Leistungen, die unsere Vorfahren erbracht haben. Erfurt hat viel erlebt, Gutes und weniger Gutes, aber es hat seinen Charakter immer behalten. Über die Jahrhunderte hinweg.«

Er trat an eine Gruppe aus kleinen Vitrinen, die neben ihm stand. In den Glaswürfeln ruhten kostbare Trinkgefäße. Eines davon war ein Sturzbecher, dessen Spitze ein kleiner Frauenkopf zierte. »Das Ratssilber«, bemerkte Hutter andächtig. »Damals diente es dazu, das Ansehen des Rates zu unterstreichen. Es wurde zu festlichen Anlässen verwendet. Oder dort«, damit wies er auf eine Galerie von alten Setzschilden und auf eine riesige Armbrust, »die Erfurter Schilde und die Wallarmbrust. All diese Gegenstände befanden sich damals im Ratssaal, um jeden an die Größe der Stadt zu erinnern. Sie hatten Symbolwert. Etwas, was uns heute verloren gegangen ist.«

Hutter in seinem Element, dachte Jonas. Er kannte das schon von vielen öffentlichen Veranstaltungen. Werbung für die Stadt war bei Hutter Werbung für sich selbst.

Der Lobbyist dozierte weiter: »Mit Metropolis Thuringiae haben wir eine Plattform geschaffen, die dieser Geschichte Rechnung trägt. Die Kräfte und Mittel bündelt. Für alle Firmen, die unter unserem Dach vereinigt sind, ist das Wohl Erfurts eine Herzensangelegenheit. Dafür gestalten und sanieren wir. Dafür werben wir Mittel ein. Jeder, der durch unsere Straßen geht, kann die Ergebnisse mit eigenen Augen sehen.« Hutter deutete mit seinem Finger auf Jonas. »Und auch Sie tragen mit Ihrem Beruf dazu bei, den Blick für die Traditionen zu schärfen. Sie wissen, wie sehr ich Ihre Arbeit schätze, Jonas.«

»Ja, das weiß ich. Und deshalb möchte ich auch gerne herausbekommen, was es mit den Männern aus der Domgrotte auf sich hat. Warum sie da gesessen haben, versteckt in einem Berg. Ihr Vorfahr war einer von ihnen, interessiert es Sie denn gar nicht, was er dort gewollt hat?«, versuchte Jonas, das Gespräch wieder auf sein eigentliches Thema zu lenken.

»Natürlich wäre das interessant zu wissen, Jonas. Ich bin der Letzte, den das nicht kümmert. Schließlich ist es mein Urahn, wenn Ihre Recherchen stimmen. Aber ich weigere mich, diesem Unsinn von einer angeblichen Verschwörung auch noch Nahrung zu liefern. Die Zeitungen haben sich so schon auf die Mumiengeschichte gestürzt. Wenn auch noch der Name Hutter in Verbindung mit einem Komplott genannt wird, womöglich mit einem historischen Meuchelmord, dann können Sie sich ja vorstellen, was die sensationsgeile Meute daraus macht!« Hutter hatte sich wieder in Rage geredet. »Der exzellente Ruf, den wir uns aufgebaut haben, basiert auf meinem guten Namen. Damit werbe ich. Nicht für mich, sondern für alle Bürger dieser Stadt. Schlimm genug, dass sich meine eigene Tochter mit irgendwelchen Chaoten rumtreibt und unsere Familientradition mit Füßen tritt.«

Hutters Tochter Friederike engagierte sich in einer Initiative für ein tolerantes und buntes Erfurt, das war überall bekannt. Und auch, dass sie die konservativen Auffassungen ihres Vaters gelegentlich offen kritisierte. Trotzdem war Jonas verwundert, dass sich der sonst so souveräne Geschäftsmann derartig echauffierte.

Hutter wischte sich mit einem Taschentuch über die Stirn, auf der sich ein dünner Schweißfilm gebildet hatte. Dann sagte er etwas ruhiger: »Ich finde es nebenbei gesagt unerhört, dass mein Vorfahr jetzt in irgendeinem Institut herumliegt und Archäologen und Bodendenkmalpflegern als Versuchsobjekt dient.

Meine Kanzlei hat schon darauf hingewirkt, dass der Leichnam so schnell wie möglich freigegeben wird. Ich möchte meinen Ahnen würdevoll bestatten, so wie es einem verdienten Ratsherrn Erfurts gebührt. Danach wird hoffentlich Ruhe einkehren, und wir können uns wieder unserer Arbeit widmen.«

Du vergisst, dass da noch ein Mord aufzuklären ist, dachte Jonas ärgerlich. Und der verschwindet nicht so einfach unter dem Teppich der Geschichte. Laut sagte er: »Auf jeden Fall müssen die Funde im Domberg untersucht werden. Und die Umstände, die dazu geführt haben, dass die Männer dort starben.« Er sah Hutter direkt in die Augen: »Ich hatte gehofft, dass Sie mir dabei helfen würden.«

»Was zahlt Ihnen das LKA? Einen Pappenstiel, habe ich recht?« Auf Hutters Gesicht erschien jetzt ein jovialer Ausdruck. Ein Verkäuferlächeln. »Ein Talent wie Sie sollte sich nicht ausnutzen lassen. Sie sind für Höheres bestimmt als für eine drittklassige Landesbehörde. Ich mache Ihnen ein Angebot: Unser Verein kann einen guten Historiker gebrauchen. Jemanden, der die jüngsten Ereignisse richtig einordnet. Der Erfurt nicht beschmutzt, sondern nach vorn bringt. Tun Sie etwas für Ihre Stadt. Tun Sie etwas für sich.«

Jonas wurde hellhörig. Was hatte Hutter ihm da gerade vorgeschlagen? Argwöhnisch fragte er nach: »Sie wollen aber meine Recherchen nicht in eine bestimmte Richtung hin beeinflussen, oder? Ich bin der Wahrheit verpflichtet, das wissen Sie.«

»Und genau deswegen stehen wir hier, Jonas. Nur deswegen. Ich möchte, dass diese unhaltbaren Mutmaßungen jetzt und hier ein für alle Mal beendet werden. Dass Sie Ihren Sachverstand und Ihr Verantwortungsbewusstsein als Wissenschaftler nutzen, um gegen diese gefährlichen Unwahrheiten vorzugehen. Und um die Verbreitung unbewiesener Phantastereien zu unterbinden.« Er trat einen Schritt auf Jonas zu, sodass er ihm jetzt unangenehm nahe war. »Haben wir eine Vereinbarung?«

Aha, dachte Jonas. Deshalb war Hutter so schnell bereit gewesen, sich mit ihm zu treffen. Weil er alle Gerüchte über eine mögliche Verschwörung im Keim ersticken wollte, bevor in der

Stadt Geschichten laut wurden, die den Namen Hutter in ein schlechtes Licht rückten. Und ihn hatte er offensichtlich als Instrument dafür ausersehen. »Es tut mir leid, Herr Dr. Hutter. Sie können sich selbstverständlich darauf verlassen, dass auch mir ausschließlich an Tatsachen gelegen ist, aber gehen Sie bitte davon aus, dass ich mir diese Tatsachen nicht vorschreiben lasse. Die Geschichte ist unabänderbar. Wir können nur versuchen, sie zu verstehen. Aber wir sollten uns davor hüten, sie im Nachhinein zu gestalten.«

»Heißt das, Sie schlagen mein Angebot aus?«

»Das heißt, dass ich Berater des Landeskriminalamts bin. So lautet mein Vertrag.«

»Jonas, ich habe Ihr Buch unterstützt, weil ich glaubte, einen verständnisvollen jungen Mann vor mir zu haben. Keinen Nestbeschmutzer. Sie sollten wissen, dass meine Großzügigkeit in Zukunft enge Grenzen kennen wird, wenn Sie weiterhin im Dreck wühlen. Einen schönen Tag noch!« Damit drehte sich Hutter auf dem Absatz um und eilte mit herrischer Miene und entschlossenen Schritten aus dem Saal.

Jonas blieb sprachlos zwischen den dezent beleuchteten Relikten der Vergangenheit zurück. Das war starker Tobak. Erst der Versuch, ihn mit einem Jobangebot quasi zu bestechen, und jetzt die Drohung, zukünftige Publikationen nicht mehr zu unterstützen, wenn er seine Recherchen fortsetzte. Die Sache wurde langsam wirklich interessant. Was fürchtete Hutter? Wirklich nur schlechte Publicity? Oder war da mehr? Jonas ging ins Foyer zurück und trat an den Empfangstresen.

»Ja, bitte?«, fragte ihn die freundliche Kassiererin.

»Was kostet mein Eintritt?«

Sie nannte ihm den Betrag, und Jonas schob das Geld über den Tresen. Von Hutter wollte er sich nicht ins Museum einladen lassen. Wenn der überhaupt bezahlt hatte.

21

Jonas ging über die Krämerbrücke. Die Menschen, die ihm entgegenwimmelten, nahm er kaum wahr. Das Gespräch mit Dr. Hutter hing ihm nach. Der eisige Gegenwind, der ihm seitens seines einstigen Förderers entgegengeweht war. Er empfand es als große Enttäuschung, wie gnadenlos der Mann sein konnte, wenn es um seine eigenen Belange ging. Und wie wenig wirkliches Interesse er für die Geschichte aufbrachte, wenn sie sich nicht seinen Vorstellungen fügte.

Als Jonas schon fast die Haustür erreicht hatte, fiel sein Blick auf das Schaufenster des kleinen Ladens nebenan. Es war das Geschäft von Gotthold Enschütz, den hier alle nur Gotthold nannten und der wegen seines hohen Alters schon seit Jahren davon sprach, sich endlich zur Ruhe setzen zu wollen. Doch wahr gemacht hatte er seine Ankündigung nie, obwohl er nun schon auf die achtzig zuging. Gotthold verkaufte eine skurrile Mischung aus Andenken, Antiquitäten, Büchern und Presseartikeln, und sein Laden glich mehr einem Wohnzimmer als einem Verkaufsraum.

Wie jeden Tag hingen in seinem Schaufenster die Titelseiten der wichtigsten Regionalzeitungen aus, und heute stachen Jonas die Schlagzeilen sofort ins Auge. »Mord unter dem Dom«, stand da in großen Lettern. Und auf einem anderen Blatt: »Polizei jagt den Dombergmörder«. Aha, dachte er. Dann ist die Sache jetzt also offiziell. Es wäre auch verwunderlich gewesen, hätte der Anlass für die Ermittlungen der Kripo nicht irgendwann den Weg in die Öffentlichkeit gefunden.

Jonas betrat den Laden mit der altertümlichen Türglocke und drängte sich zwischen zwei japanischen Touristenpärchen und einer mit Porzellanvasen vollgestellten Vitrine in den hinteren Teil des Raumes. Dorthin, wo der alte Gotthold in einem Ohrensessel zwischen all seinen Schätzen residierte wie ein König in einem auf Zimmergröße geschrumpften Reich.

»Servus, Jonas«, begrüßte ihn der Mann vergnügt. »Womit kann ich dienen? Siehst ein bisschen blass aus, Junge.«

»Servus, Gotthold. Alles prima. Nur ein bisschen Stress. Ich hätte gern Zeitungen.«

»Welche denn?«

»Die regionalen von heute. Wenn es geht, von jeder eine, bitte.«

»Das wären dann drei, die anderen sind schon aus. Nimm sie dir am besten selbst, dann muss ich nicht erst aufstehen. Freu dich, dass du noch so ein junger Hüpfer bist.«

»Ja, danke.« Schmunzelnd drückte Jonas dem Alten das Geld für die Zeitungen in die Hand.

»Ist wegen dem Domberg, was?«, fragte Gotthold und schüttelte dann den Kopf. »Das ist schon eine komische Geschichte. Sehr merkwürdig. Aber mich alten Mann geht das alles nichts mehr an.«

»Na, so alt sind Sie nun auch wieder nicht.« Jonas zwinkerte dem Ladeninhaber freundlich zu. »Ich geh dann mal wieder. Auf Wiedersehen, Gotthold. Und danke.«

»Ich habe zu danken. Und beehr uns bald wieder, junger Mann.«

»Mach ich. Tschüss.«

Mit den Zeitungen unter dem Arm kämpfte sich Jonas aus dem engen Laden. Dann schlüpfte er gleich nebenan in seinen eigenen Hauseingang und stieg die Treppe nach oben. Noch bevor er die Wohnungstür erreicht hatte, meldete sich sein Smartphone. Ein Anruf von Kommissarin Vareel. Jonas nahm das Gespräch an und klemmte sich das Telefon zwischen Schulter und Ohr, während er in seinen Jackentaschen nach dem Schlüssel kramte und versuchte, die Zeitungen dabei nicht fallen zu lassen.

»Hallo, Jonas«, begann die Kommissarin. »Schön, dass ich Sie gleich erreiche. Ich wollte mich für Ihr Memo bedanken. Sie haben ja richtig geackert diese Woche.«

»Das kann man sagen. Trotzdem stehen Fenja und ich erst ganz am Anfang. Die Sache ist ziemlich verworren.«

»Da können wir einen Club aufmachen«, bemerkte die Kommissarin lakonisch. »Wir sind auch noch nicht sonderlich weit gekommen.«

»Auf die Titelseiten haben Sie's ja schon mal geschafft«, erwiderte Jonas trocken.

»Das war leider zu erwarten. Ihr Freund Hutter und sein Verein stehen auch ganz groß drin, aber das haben Sie sicher gelesen.«

Jonas schloss die Tür auf und ließ die Zeitungen auf den Küchentisch fallen. »Noch nicht. Ich hab mir die Lektüre gerade erst gekauft. Presseschau kommt nachher. Aber mit Dr. Hutter habe ich gesprochen. Sogar unter vier Augen.«

»Und, war's gut?«, fragte Vareel spitz.

Jonas konnte am Telefon förmlich spüren, wie die Kommissarin grinste. Sie schien wirklich keine allzu hohe Meinung von dem Lobbyisten zu haben.

»Er war komisch drauf«, antwortete er. »Als ich ihn wegen eines möglichen Komplotts unter Beteiligung seines Vorfahren angesprochen habe, ist er fast ausgerastet. Hat total gemauert. Für ihn existiert nur der Ratsherr mit der weißen Weste. Alles andere nimmt er persönlich. Ein Angriff auf seine Familienehre. Ich glaube, von ihm kann ich keine Hilfe erwarten. Und damit ist die ganze Hutter-Spur tot.«

»Schade. Wenn auch irgendwie verständlich. Der Mann lebt von seinem Ruf.«

»Ja, klar. Aber deshalb muss er doch nicht gleich versuchen, mich abzuwerben. Oder mir damit drohen, seine finanzielle Unterstützung für zukünftige Buchprojekte einzustellen, wenn ich weiter in diese Richtung recherchiere.«

»Oh. Hat er das?« Die Kommissarin schwieg für einen Moment.

»Ja. Und dabei hat er nichts an Deutlichkeit vermissen lassen.«

»Wenn er Ihnen droht, müssen Sie mir das sagen. Sie arbeiten für uns.«

»Ich kann ihm nicht vorschreiben, welche Projekte er fördert und welche nicht. Was das betrifft, sitzt er bedauerlicherweise am längeren Hebel«, sagte Jonas betrübt.

»Das tut mir leid. Das konnten wir nicht ahnen.«

»Ist nicht Ihre Schuld.«

»Aber mal Hand aufs Herz: Was ist Ihre ehrliche Einschätzung?«, fragte Vareel. »Könnte da was dran sein – an der Theorie von der Verschwörung?«

»Am Anfang war ich skeptisch, doch im Augenblick denke ich zumindest, dass es möglich ist. Auch wenn die Umstände noch ziemlich im Dunkeln liegen.«

»Und halten Sie es – nur mal ganz theoretisch – auch für möglich, dass es eine Verbindung zwischen den damaligen Ereignissen und unserer Zeit gibt? Dr. Hutter und Ihr Herr Withauer scheinen ja beide so eine Art Bindeglied zu sein.«

»Es ist noch zu früh, um das zu sagen. Aber wenn ich überlege, wie sich Dr. Hutter heute verhalten hat ... Er will auf jeden Fall verhindern, dass wir tiefer graben, was die alten Zeiten betrifft.«

»Und Herbert Withauer?«

»Withauer wirkt auf mich – wie soll ich es sagen? – ziemlich zerrissen. Einerseits scheint er ein persönliches Interesse daran zu haben, seine Theorie von der Verschwörung zu beweisen. Andererseits will er keinesfalls an die große Glocke hängen, dass sein Vorfahr dabei die Rolle des Judas spielt.«

»Meinen Sie ...« Anne Vareel schien kurz zu überlegen, wie sie ihre nächste Frage formulieren sollte. »Meinen Sie, dass aus den Ereignissen im 17. Jahrhundert heutiges Handeln resultieren könnte? Dass Lorentz Hutter oder Herbert Withauer etwas unternehmen würden, um ein wie auch immer geartetes Geheimnis zu schützen?«

»Zum Beispiel einen Mord begehen?«

»Zum Beispiel.«

»Weiß ich nicht. Herbert Withauer ist extrem gebrechlich und kann kaum noch laufen, und sein Gesundheitszustand ist sicher nicht erst seit gestern so. Außerdem hat er mich überhaupt erst auf die Idee mit der Verschwörung gebracht. Und

Dr. Hutter ... Er war echt aufgebracht, als ich ihn heute angesprochen habe. Allerdings ... Ich kenne ihn schon ein paar Jahre und wäre nie auf die Idee gekommen, dass er ein Mörder sein könnte. Ein Hellseher bin ich natürlich nicht.« Jonas dachte kurz nach, bevor er fragte: »Was hat Hutter eigentlich ausgesagt? Er meint, Sie hätten ihn schon vernommen.«

»Als Zeugen, ja. Zum genauen Inhalt seiner Aussage darf ich Ihnen leider nichts sagen, aber Sie können davon ausgehen, dass wir ihm gründlich auf den Zahn gefühlt haben. Bisher lässt sich aus dem, was er geäußert hat, kein konkreter Tatverdacht ableiten.« Die Kommissarin deutete an, dass ihnen der Lobbyist in den Vernehmungen durch die Finger geglitten war wie ein eingefetteter Aal, zumal sie bis jetzt keine Spurenlage hatten, die in irgendeine konkrete Richtung wies. In der Grotte waren keine eindeutigen DNA-Spuren oder Fingerabdrücke gefunden worden. Außerhalb des Körpers gab es nicht mal Blutspuren von dem Toten, sodass sie vermuteten, dass der eigentliche Tatort ganz woanders lag. Die Höhle und der Gang hatten diesbezüglich nichts hergegeben, ebenso wenig wie das Haus am Fischersand. Mit der Überprüfung von Hutters Mitarbeitern standen sie noch ganz am Anfang, aber ohne die Identität des Toten zu kennen, war es schwierig, nach einem Motiv zu suchen.

»Ich habe noch eine Frage«, bemerkte Jonas, dem das skurrile Bild der Gestalten in der Grotte seit Tagen nicht aus dem Kopf ging. »Wissen Sie inzwischen, woran die Männer gestorben sind? Ich meine, die Mumien?«

»Ja. Es war Gift. Vermutlich hochkonzentriert. Wir haben Spuren davon im Gewebe der Toten und auch in einigen der Becher gefunden.«

»Dann war es also auch Mord?«

»Das ist nicht geklärt. Wir wissen nicht, ob ihnen klar war, was sie da tranken. Mord oder gemeinschaftlicher Suizid, beides ist möglich. Aber nicht alle sind an Gift gestorben. Einer von ihnen wurde erschossen. Die alte Pistole hat eine ziemlich heftige Wunde gerissen. Nicht eben schön.«

»Wahnsinn. Die ganze Geschichte wird immer verrückter.«

»Da kann ich Ihnen nicht widersprechen. Aber was damals wirklich passiert ist, muss am Ende die Geschichtsforschung klären. Das ist Ihr Part, Jonas, nicht meiner. Apropos – wie wollen Sie jetzt weitermachen?«

»Ich kümmere mich mal um die restlichen Mumien.« Jonas musste über seinen eigenen Satz schmunzeln. Dann fügte er hinzu: »Ein paar Namen haben wir ja noch.«

»Super. Sie melden sich, wenn Sie mehr wissen?«

»Mach ich. Und Ihnen viel Erfolg!«

»Danke. Den können wir, glaube ich, beide gebrauchen. Bis bald.«

Jonas legte sein Smartphone beiseite, kochte sich eine große Kanne Tee und setzte sich ins Arbeitszimmer. Dann las er sich Artikel für Artikel durch die Tageszeitungen. Der Mordfall im Domberg hatte es auf sämtliche Titelblätter geschafft. Viele Fakten gab es nicht; die Journalisten strickten ihre Berichte um die kärglichen Presseinformationen der Polizei, die von »Ermittlungen zum Todesfall einer unbekannten männlichen Person« sprach und sich ansonsten weitestgehend zurückhielt. Die Autoren hatten ihre Geschichten mit viel heißer Luft aufpumpen müssen, um die fetten Schlagzeilen wenigstens etwas zu unterfüttern. Jonas las einige Hintergrundberichte über die Bauarbeiten am Dom und zwei Interviews mit Tomasz Pietrzak, dem Bauarbeiter, der in die Grotte gestürzt war und dabei die Mumien entdeckt hatte. Er lag noch im Krankenhaus, aber inzwischen ging es ihm wieder besser.

Ein Artikel nahm auf die Verbindung zwischen dem Geheimgang und Hutters Gebäude am Fischersand Bezug, versehen mit der marktschreierischen Überschrift: »Die Spur führt zum Fischersand – was hat der Wirtschaftslobbyist Dr. Lorentz Hutter mit den Dombergleichen zu tun?« Jonas musste sich ein spöttisches Grinsen verkneifen. Die polemische Meldung würde dem makellosen Geschäftsmann sicher nicht gefallen. Allerdings ermahnte er sich, gerecht zu bleiben. Für eine mögliche Mordbeteiligung Hutters gab es bisher weder einen

Beweis noch ein plausibles Motiv. Und zu viele Fragen waren offen.

In diesem Moment vernahm Jonas das vertraute Schließgeräusch an der Wohnungstür. Fenja war von ihrer Arbeit zurück.

22

»Mord unter dem Dom!«, rief Fenja, als sie die Wohnung betrat, und schwenkte eine Zeitung mit der darauf prangenden Schlagzeile.

Na prima, dachte Jonas. Jetzt haben wir das Wurstblatt doppelt.

Die beiden umarmten sich zur Begrüßung, dann holte Jonas eine zweite Tasse für Fenja aus der Küche, und sie setzten sich zu ihrer Teatime ins Arbeitszimmer.

»Was gibt's Neues?«, fragte sie. »Wie war dein Treffen mit Dr. Hutter?«

»Eine mittlere Katastrophe«, antwortete Jonas und berichtete von seinem Gespräch im Stadtmuseum und auch von Hutters Drohung, ihm die zukünftige Unterstützung zu entziehen, falls er seine unabhängigen Recherchen fortsetzte.

»Das ist ja scheiße«, stellte Fenja nüchtern fest. »Und? Was willst du jetzt machen?«

»Nichts. Weitermachen wie bisher. Ich habe einen Vertrag mit dem LKA. Jetzt will ich erst recht wissen, ob es damals eine Verschwörung gab. Hutter kann mir meine Arbeit nicht verbieten.«

»Meinst du, er könnte etwas mit dem Mord zu tun haben?«

»Das hat mich Anne Vareel eben auch schon gefragt. Schwer zu sagen. Dazu müsste man wissen, wer der Tote war. Und ob es ein Motiv gibt.«

»Vielleicht hat unser sauberer Doktor von den Mumien gewusst, der alte Mann ist zufällig drauf gestoßen, und Hutter hat ihn umgebracht, um das Geheimnis der Verschwörung zu bewahren.«

»Ein Mord wegen schlechter Presse? Ist das nicht ein bisschen weit hergeholt?«

»Du sagst doch selber, der Mann ist extrem ehrgeizig. Und jähzornig. Vielleicht hat ihn der Alte provoziert?«

»Aber Anne Vareel ist an Hutter dran. Wenn sie einen ernsthaften Verdacht hätte, wäre er vermutlich schon verhaftet.«

»Oder die Beweise sind zu dünn. Die Polizei ist sich ja nicht mal richtig darüber im Klaren, wann genau der Mord stattgefunden hat. Und Hutter ist Jurist.«

»Ich weiß nicht. Er schien die Geschichte von der alten Verschwörung mehr zu fürchten als den Verdacht, etwas mit dem aktuellen Mord zu tun zu haben.«

»Weshalb er dich mundtot machen will. Bist du dir wirklich sicher, dass du weitermachen möchtest?«

»Ja. Auf jeden Fall.«

»Dann lässt du es darauf ankommen und verzichtest auf die Unterstützung von Metropolis Thuringiae?« Fenja sah Jonas an. Als der nachdenklich, aber entschlossen nickte, sagte sie: »Ich glaube, das ist die richtige Entscheidung.«

»Wenn ich ein neues Buchprojekt habe, finde ich auch einen neuen Sponsor oder einen Verlag. Es gibt nicht nur Hutters auf dieser Welt«, erklärte er, klang dabei aber alles andere als unbeschwert.

In diesem Augenblick war Fenja mächtig stolz auf ihren Freund, zumal sie wusste, wie schwierig es in Wirklichkeit war, Sponsorengelder aufzutreiben oder bei einem Verlag zu landen. Aber langfristig würde sich gute und seriöse Arbeit durchsetzen. Hoffte sie. »Jonas ...« Sie zwinkerte ihm ermutigend zu. »Jetzt erst recht!«

»Ja, jetzt erst recht!«, antwortete er.

Beide prosteten sich mit ihren halb vollen Teetassen zu, und der Bann war gebrochen. Die Arbeit rief.

»Also. Wo machen wir weiter?«, fragte Fenja unternehmungslustig.

»Wir haben noch drei Namen von den Toten aus der Grotte. Wenzel Bühling, Christoff Philipi und Andreas Eichorn. Und einen geheimnisvollen Botanikus namens Nikolaus Corvus.« Jonas sah auf seine Notizen. »Der scheint mir im Moment der Interessanteste von den vieren zu sein.«

»Der Mörder von Egidius Withauer.«

»Genau. Nach der Tat ist er zusammen mit Veit Hutter aus dem Dom geflohen und dann genauso untergetaucht wie all die anderen. Ich wette, er gehört zu den Jungs aus der Grotte.«

»Wie gehen wir vor?«

»Ich schicke ihn mal durch den WICHTEL.« Jonas fuhr seinen Rechner hoch und rief eine mit Lesezeichen gespeicherte Website auf. In der Mitte des Bildschirms erschien ein frech grinsender Zwerg, der seine Arme vor dem Oberkörper verschränkt hielt und sich lässig auf eine spatengroße Lupe stützte. Darunter befanden sich Eingabefelder für Namen und Passwort. Jonas loggte sich ein, und der Bildschirm wurde kurz schwarz, bevor sich eine detaillierte Suchmaske öffnete. Er rieb sich die Hände. »Wenn es im Netz etwas über Nikolaus Corvus gibt, dann finden wir es.«

»WICHTEL« war der Kurzname für die etwas sperrige Bezeichnung »Wissenschaftlicher Computerverbund für Historiker in den Telemedien«. Dabei handelte es sich um eine spezielle Suchmaschine, die unzählige Archivdatenbanken, Universitätsbibliotheken und Pressesammlungen verknüpfte. Die Plattform war eine Entwicklung zweier ehemaliger Kommilitonen von Jonas und wurde mittlerweile von Historikern auf der ganzen Welt genutzt.

»Dann wollen wir mal.« Jonas gab »Nikolaus Corvus« ein, dazu den Geburtsnamen »Raabe« und zusätzlich die Stichworte »Erfurt« und »Botanikus«. »Los geht's!« Er drückte beherzt die Enter-Taste, und das Rechercheprogramm begann zu arbeiten.

Nach einigen Minuten ertönte ein helles »Bing!«, und das Bild des Zwergs erschien wieder auf dem Bildschirm. Diesmal lag er genüsslich auf einem Polster aus Gras und ruhte sich aus, während sich unter ihm eine Tabelle mit Rechercheergebnissen öffnete.

»Hat er was?«, fragte Fenja neugierig.

Jonas überflog die wenigen Zeilen. »Nur vier Treffer«, antwortete er etwas enttäuscht. Er hatte mehr erwartet. Aber nicht alle einschlägigen Einrichtungen wurden vom WICHTEL erfasst. Und obwohl sich die Archive seit Jahren bemühten, ihre Bestände zu digitalisieren, lagen noch immer viele Dokumente ausschließlich im Original vor. Die Akte aus Wernigerode zum Beispiel tauchte in der Ergebnisliste auch nicht auf.

»Besser als nichts«, tröstete Fenja. »Was gibt's denn über Corvus?«

»Mal sehen. Hier ist ein Dokument der Universität Erfurt. Außerdem eine Erwähnung in unserem Stadtarchiv. Dann ein Link zur Universität von Padua und noch ein Artikel im ›Straußfurter Heimatblatt‹.«

»›Straußfurter Heimatblatt‹?«

»Ein Heft mit Beiträgen zur Lokalgeschichte. Erscheint zweimal im Jahr im Gemeindeverband Straußfurt.«

»Okay. Fangen wir mit Erfurt an?«

»Bin schon dabei.« Jonas klickte auf die erste Zeile in der Ergebnistabelle und öffnete damit die digitale Kopie eines Matrikelbuchs der Philosophischen Fakultät aus dem Jahr 1650. In der Auflistung der Studenten war hinter dem durchgestrichenen Namen »Nikolaus Raabe, genannt Corvus« der knappe Vermerk »entfernt wegen aufsässigen Verhaltens« notiert.

»Rausgeflogen ist der Junge«, kommentierte Jonas. »Das wurde auch im Untersuchungsbericht der bischöflichen Criminal-Kommission erwähnt. Wahrscheinlich haben sie dasselbe Matrikelbuch gelesen.«

»Nur nicht so bequem wie wir.« Fenja schmunzelte. Sie wollte gar nicht wissen, wie lange so eine Recherche vor dreihundertfünfzig Jahren gedauert hatte. »Steht da noch irgendwas anderes zu Raabe?«

»Nein. Nur die eine Zeile. Der Mann hat an der Uni keine großen Spuren hinterlassen.« Jonas druckte die Seite aus, schloss sie und klickte auf den nächsten Link für das Dokument aus dem Stadtarchiv. Es erschien eine Abrechnung des Erfurter Rates aus dem Jahre 1666 über hundertsechsundzwanzig Taler, die zur Entlohnung eines gewissen Magisters Nikolaus Corvus für dessen Dienste als Konsultant in Fragen der Botanik gezahlt worden waren.

»Ein Beraterhonorar«, stellte Jonas fest. »Das war der merkwürdige Job, den Corvus für den Erfurter Rat ausgeübt hat. Genaueres steht hier leider auch nicht. Ist nur eine piefige Quittung.«

»Scheinbeschäftigung? Soll's ja bis heute geben.«

»Möglich. Oder die restlichen Dokumente sind einfach über die Zeit verloren gegangen.« Ein weiteres Mal summte der Drucker, dann rief Jonas den dritten Treffer vom WICHTEL auf. Auch hierbei handelte es sich um eine Matrikelliste, diesmal von der Universität zu Padua.

»Wow, cool«, entfuhr es Fenja. Die Alma Mater in Italien gehörte zu den ältesten und bekanntesten Universitäten in Europa. Andreas Vesalius hatte dort gelehrt, der berühmte Anatom. Und natürlich Galileo Galilei.

»Ein Nikolaus Corvus war tatsächlich eingeschrieben«, erklärte Jonas. »Zwischen den Jahren 1652 und 1656 für ein Studium der Medizin und Naturwissenschaften. Und diesmal ist er nicht rausgeflogen.« Interessant. Wenn es der Corvus war, nach dem sie suchten, dann hatte er sich für weit mehr interessiert als nur für Botanik. Und er war ein welterfahrener Mann gewesen.

Wieder spuckte der Drucker eine Kopie aus. Fenja begann, für Corvus eine eigene Wandfläche einzurichten, an der sie die losen Blätter nebeneinanderheftete.

»Da waren wir doch für den Anfang gar nicht so schlecht«, stellte Jonas mit einem Blick auf ihre ersten Ergebnisse fest. »Und last, but not least – das ›Straußfurter Heimatblatt‹.«

Nach dem Klick auf den letzten Link öffnete sich unverzüglich ein kleiner Artikel. Und Jonas erlebte eine Überraschung.

»Satanswerk im Kirchenschiff«, war die Überschrift. Und die Unterzeile lautete: »Geheimnisvolles Blutvergießen in Gangloffsömmern«.

»Das ist ja verrückt. Guck mal hier!«, rief er aus.

Fenja beugte sich neben ihm über den Bildschirm, und ihre Augen überflogen gespannt den kurzen Text:

Steht der Besucher heute vor unserer kleinen Kirche St. Gangolf in Gangloffsömmern, so mag er sich an der schönen Gestalt des doppeltürmigen Gotteshauses erfreuen oder auch an dem idyllischen Friedhofspark, der alles umgibt. Eine alte Kirchenakte erinnert uns jedoch daran, dass sich hier im Sommer des Jahres 1665 ein tragisches Unglück ereignet hat. Nach dem Bericht der Chronisten soll damals unter den Besuchern des Gottesdienstes ein furchtbares Gemetzel stattgefunden haben, das keiner außer einem betagten Feldarbeiter namens Valentin Radthauser überlebte. Der berichtete, mit dem ersten Schlag der Glocke seien alle braven Menschen plötzlich wie wild aufeinander losgegangen und hätten sich gegenseitig gemeuchelt. Dann sei ein schwarz gekleideter Mann in der Kirche erschienen, das sei der Satan persönlich gewesen, der sein Werk begutachtet habe. Eine Untersuchung, die die adlige Familie vom Gut Gangloffsömmern daraufhin anstrengte, brachte wenig Licht in die Angelegenheit. Der einzige Überlebende wurde noch mehrmals befragt, aber er war dem Irrsinn anheimgefallen und sprach nur noch vom Leibhaftigen. Der angebliche Satan aber sei nach der Beschreibung Radthausers von Zeugen aus den Nachbarweilern als harmloser Mann erkannt worden, ein wandernder Botanikus namens Nikolaus Corvus, der seit einiger Zeit in der Gegend weilte, um Pflanzen zu sammeln. Die Untersuchung kam zu dem Schluss, dass Valentin Radthauser selbst vom Teufel besessen sei und die Bluttat im Gotteshaus mit schwarzer Magie angezettelt habe. Er wurde noch im gleichen Jahr zum Tode auf dem Scheiterhaufen verurteilt und öffentlich hingerichtet.

»Hammer.« Jonas lehnte sich zurück. »Das waren echt harte Sitten. Wenn sie etwas nicht erklären konnten, dann war es Hexerei oder gleich das Werk des Teufels. Der arme Valentin. Erst überlebt er ein Massaker, und dann wird er als Hexer verbrannt.«

»Was meinst du, was damals wirklich passiert ist?«

»Ich hab keinen blassen Schimmer. Aber dass da unser Nikolaus Corvus aufgetaucht ist, ist echt ein komischer Zufall.«

»Das Jahr stimmt. Und sein Beruf als Botanikus auch«, stellte Fenja fest.

»Und Gangloffsömmern ist gar nicht so weit weg von Erfurt«, ergänzte Jonas.

»Weißt du, was ganz unheimlich ist?«

»Was denn?«

»Die Glocke. Da steht, dass beim ersten Schlag der Glocke die Menschen aufeinander losgegangen sind.« Fenja lief ein Schauer über den Rücken, als sie die Stelle des Artikels noch einmal las und sich vorzustellen versuchte, was damals in der Kirche geschehen war.

»Wir sollten unbedingt versuchen, mehr über die Sache rauszukriegen.« Jonas wurde von einer eigentümlichen Erregtheit erfasst. »Den Artikel hat ein gewisser Karel Farber geschrieben. Ortschronist und Gemeindepfarrer im Ruhestand.«

»Steht da irgendwo eine Adresse?«

Jonas scrollte weiter bis zum Impressum des Heimatblattes. »Nein. Auch keine Telefonnummer. Aber warte mal.« Er öffnete die Website einer Telefonauskunft und gab den Namen und den Ort ein, erhielt jedoch keinen Treffer. »Nichts. Hoffentlich lebt er noch. Der Artikel ist vier Jahre alt.«

»Das ist nicht so lange.«

»Vielleicht steht er einfach nicht im Telefonbuch.«

»Dann bleibt nur eine Möglichkeit.«

»Wir müssen hinfahren.«

»Genau.« Jonas tippte den Ort in einen Routenplaner ein. Er lag nur eine gute halbe Autostunde von Erfurt entfernt in nördlicher Richtung. Außerdem stießen sie auf einige Fotos von Gangloffsömmern. Und auf ein Bild der kleinen Dorfkirche.

Sie hielten den Atem an. Die Kirche sah aus wie eine verkleinerte Version des Erfurter Domes.

23

Sie waren dreißig Kilometer gefahren, da öffnete sich vor ihnen eine weite Senke. In der Ferne lag, vom milden Licht des beginnenden Tages beschienen, die Eintausend-Seelen-Gemeinde Gangloffsömmern. Sie folgten der Landstraße bis hinunter zur Ortschaft, wo Jonas die Geschwindigkeit des Landrovers drosselte und im Schritttempo durch die Ansiedlung zuckelte. Nach der Ortsmitte führte die Straße in westlicher Richtung auf einen Hügel.

»Da ist sie!«, rief Fenja, die auf dem Beifahrersitz saß, plötzlich, als zwei Turmspitzen links hinter einem Wall aus herbstlichen Bäumen zum Vorschein kamen.

Die Kirche von Gangloffsömmern. Ihr Ziel.

Jonas parkte den Landrover auf einem kleinen Schotterplatz unterhalb des Geländes. Als sie ausstiegen, wehte ihnen angenehm kühle Herbstluft entgegen. Sie zogen sich ihre Windjacken über, packten Notizbuch und Fotokamera ein und gingen durch das Bogenportal der Mauer, die das gesamte Areal umschloss. Hinter dem Eingang erstreckte sich ein Friedhof, der großzügig und gepflegt war und mit seinen alten Bäumen und einer kleinen Allee einem Park ähnelte. Wenn man bei einem Gottesacker überhaupt davon sprechen konnte, dann war das hier ein schöner Ort.

In der Mitte des Friedhofsgartens erhob sich die Kirche, die sie suchten. Sie war nicht besonders groß, aber mit ihren zwei nebeneinanderstehenden Türmen und den beiden Gebäudeflügeln, die sich in östlicher und westlicher Richtung daran anschlossen, erinnerte sie Jonas und Fenja tatsächlich an den Erfurter Dom. Fehlte bloß noch die Turmspitze in der Mitte. Und natürlich die Größe.

»Ein toller Bau«, staunte Jonas. »Schlicht, aber irgendwie markant. Wie ein Minidom.«

»Ja. So eine Kirche sieht man nicht oft in der Gegend.«

Die beiden gingen auf das Gebäude zu, dessen graugelbe Feldsteinmauern von verwittertem Putz bedeckt waren. An der Längsseite des Baus und an der westlichen Stirnseite gab es jeweils Holztüren, die dem Augenschein nach schon einige Jahre auf dem Buckel hatten und die Jonas jetzt beherzt ansteuerte. Doch er hatte Pech. Beide waren zugesperrt.

»Mist«, ärgerte er sich. »Ich hätte gern mal reingeschaut.«

»Wir müssen sowieso versuchen, diesen Karel Farber zu finden. Vielleicht weiß er, wer jetzt die Kirchenschlüssel hat.«

»Stimmt. Als ehemaliger Pfarrer kennt er garantiert seinen Nachfolger.«

Fenja stand vor der verschlossenen Pforte. »Man kann sich heute gar nicht vorstellen, dass hier dieses furchtbare Massaker stattgefunden haben soll. Es sieht alles so friedlich aus.«

»Ist es ja auch. Wir sind volle dreihundertdreiundfünfzig Jahre von dem Gemetzel entfernt. Wenn das kein Sicherheitsabstand ist.« Jonas zwinkerte Fenja spitzbübisch zu.

»Was machen wir jetzt? Hier kommen wir nicht weiter.«

Die beiden sahen sich um. Außer ihnen gab es noch einige andere Besucher, vermutlich Einheimische, alle vertieft in die Pflege diverser Grabstellen. Kein Wunder, dass der Friedhof so gut in Schuss war.

Eine ältere Dame mit Gießkanne verriet ihnen, dass der ehemalige Pfarrer noch lebte, sich guter Gesundheit erfreute und nur wenige hundert Meter entfernt von der Kirche auf halber Höhe des Hügels wohnte. Nachdem sie ihnen den Weg beschrieben hatte, beschlossen sie, das Auto stehen zu lassen und zu Fuß zu gehen. Das Wetter war wunderschön und die Umgebung idyllisch.

Sie durchquerten ein kleines Wäldchen und wurden erneut von einer parkähnlichen Anlage überrascht, in deren Mitte jemand ein quadratisches Labyrinth aus Hecken angelegt hatte. Sie waren nur kniehoch, was den Effekt etwas schmälerte, aber für Kinder musste das Karree ein wunderbarer Spielplatz sein. Ringsum gab es Bänke, Schmuckpflanzen, kleine Skulpturen und einen magischen Baum, an dessen Ästen künstliche Blüten hingen. In diesen Ort ist viel Herzblut geflossen, dachte Jonas. Die Menschen hier kümmerten sich um ihre Gemeinde, das war nicht zu übersehen.

Sie verließen den Labyrinthpark und folgten einem kleinen Pfad in Richtung Hauptstraße.

Eine Weile gingen sie still nebeneinander her, dann sagte Fenja: »Ich habe übrigens eine Idee, wie wir doch noch etwas über deinen Freund Dr. Hutter erfahren können. Ein Bekannter von mir ist ziemlich eng mit Friederike befreundet, seiner Tochter. Ich werde ihn mal fragen, ob er mich mit ihr zusammenbringen kann. Sie kennt ihre Familiengeschichte doch auch. Vielleicht reagiert sie nicht so verstockt wie ihr Vater auf eine Nachfrage. Was man so hört, ist sie ja nicht unbedingt ein Fan von ihm.«

»Einen Versuch ist es auf jeden Fall wert. Wir können jeden Zipfel gebrauchen, den wir in diesem merkwürdigen Spiel zu fassen kriegen.« Dann deutete Jonas auf ein grünes Gartentor neben einem Lindenbaum, das auf der anderen Seite der Straße vor ihnen lag. »Ich glaube, da drüben ist es. Eine Linde direkt neben dem Tor. So hat es die Frau auf dem Friedhof beschrieben.«

Sie überquerten die Straße. Entlang des Gartenzauns wucherte eine wilde Hecke, hinter der einige hohe Bäume aufragten. Von einem Haus war nichts zu sehen.

An der Gartentür entdeckten sie ein Emaille-Schild mit dem Namen »Farber« und daneben eine angeschraubte Klingel. Jonas drückte auf den Knopf.

Eine Weile passierte nichts, dann hörten sie ein kurzes »Ich komme!«, und gleich darauf erschien ein untersetzter Mann. Er hatte schlohweiße Haare und einen ebensolchen Bart, und seine wachen Augen blitzten sie vergnügt an.

»Kann ich Ihnen helfen?«, fragte er, und Jonas hatte den Eindruck, dass er sich über ihren Besuch freute.

»Herr Farber?«, fragte er.

»Jawohl. Der steht vor Ihnen.« Karel Farber war in den Siebzigern, aber sein genaues Alter konnte man nur schwer einschätzen, da er eine zeitlose Energie ausstrahlte. Er trug eine derbe braune Lederjacke, der ihre lange Benutzung zu einer landschaftsgleichen Patina verholfen hatte, und um seinen Hals ein kariertes Tuch.

»Mein Name ist Wiesenburg«, begann Jonas. »Und das ist Frau Wolff, meine Partnerin. Wir haben Ihren Artikel gelesen.«

»Das freut mich. Welcher von den einhundertzweiundfünfzig war es denn?« Farber zwinkerte den beiden schalkhaft zu.

»Ach, Entschuldigung. Sie können ja nicht wissen …« Jonas verhaspelte sich ein wenig. Im Eifer des Gefechts war er davon ausgegangen, dass er nicht viel erklären musste. Aber der Pfarrer hatte natürlich keine Ahnung, womit sie sich seit einer Woche so intensiv beschäftigten. Also sagte er: »Ich meinte den Artikel aus dem ›Straußfurter Heimatblatt‹. In der Juni-Ausgabe 2014. Darin geht es um das Massaker oben in der Kirche.«

»Ah, die Sache. Die Geschichte vom armen Valentin. Ja, das ist eine verrückte Kiste, nicht wahr?«

»Wenn es möglich ist, würden wir gern noch ein wenig mehr darüber erfahren. Wir kommen aus Erfurt und sind zufällig auf Ihren Artikel gestoßen.«

»Aus Erfurt? Dort liest man unser Blättchen auch?« Farber klang so, als wären sie extra aus China angereist.

»Wir haben ihn im Internet gefunden. Eigentlich recherchieren wir zu einem Mann namens Nikolaus Corvus. Und bei einer Anfrage hat der Rechner Ihren Artikel ausgespuckt.«

»Jaja, die neuen Zeiten. Ich schreibe immer noch auf der Maschine. Aber ich habe ein Handy!« Stolz zog er sein Mobiltelefon aus der Tasche. Ein Modell, das schon länger nicht mehr auf dem Markt war und dessen Akku mit schwarzem Klebeband in Position gehalten wurde. »Aber kommen Sie doch erst mal rein. Wir brauchen uns ja nicht auf der Straße zu unterhalten.« Er öffnete ihnen das Tor und ging in den großen Garten voraus. Zahlreiche Büsche und Bäume bildeten abwechselnd Sichtachsen und Verstecke. An einigen Stellen verbargen sich Skulpturen und Pflanzenkübel; das gesamte Anwesen wirkte verwunschen. Ganz am Ende des Grundstücks kam ein kleines Häuschen mit gekalkten Wänden und einem Schindeldach in Sicht, auf das der pensionierte Pfarrer jetzt zusteuerte.

»Immer herein in die gute Stube!«, rief er ihnen über die Schulter zu. »Die Schuhe anlassen, bitte.«

Durch die offene Terrassentür traten sie ins Innere des Hauses. Hier war es fast genauso kühl wie draußen, und ihre Augen mussten sich erst an die Dunkelheit gewöhnen, die sie nach ihrem Spaziergang in der gleißenden Morgensonne so plötzlich umgab.

»Setzen Sie sich.« Farber wies auf ein antikes Sofa und einen ebensolchen Ohrensessel. »Kann ich Ihnen etwas anbieten?«

»Wir möchten Ihnen keine Umstände machen. Ein Wasser vielleicht«, antwortete Fenja.

Als der Pfarrer in einem Nebenraum verschwunden war, sahen sich die beiden neugierig um. Das Wohnzimmer glich einer Bibliothek. Nicht nur die wandbedeckenden Regale quollen von Büchern und Zeitschriften über, auch die Stühle und Hocker. Dazwischen hingen oder lehnten Bilderrahmen mit Aquarellen und Druckgrafiken. In einer Ecke erkannte Jonas eine zwischen Lexika eingequetschte Büste des Philosophen Epiktet und etwas links davon das Messinggehäuse einer alten Stummfilmkamera.

An den Beruf ihres Gastgebers erinnerte ein hölzernes Kruzifix mit einer grob geschnitzten Jesus-Figur, welches etwas verloren auf einer Fensterbank lag. Auf der kleinen freien Wandfläche daneben konnte man seinen ursprünglichen Platz noch an einer kreuzförmigen Blässe erkennen.

»Jaja, was man nicht gleich macht …«, bemerkte der Pensionär schelmisch, der eben in das Wohnzimmer zurückgekommen und Jonas' Blick gefolgt war. »Da ist mir letzte Woche glatt die Öse abgerissen. Hat so lange da gehangen, der Gute. Aber er kommt bald wieder an seinen Platz, keine Angst. Notfalls mit etwas Panzertape.« Er stellte ein Tablett mit Wassergläsern auf den Tisch. »Sie interessieren sich also für die Geschichte von Valentin Radthauser und das, was er oben in der Kirche erlebt hat?«

»Ja. Wir denken, das könnte eine wichtige Spur für unsere Recherche sein. Und falls Sie wissen, wer den Schlüssel für die Kirche hat: Wir würden auch gern mal einen Blick hineinwerfen.«

»Das mit der Kirche ist überhaupt kein Problem. Der Schlüssel liegt hier bei mir. Wir haben keinen eigenen Pfarrer mehr.« Karel Farber zuckte resigniert mit den Schultern. »Nach mir wurde die Stelle eingespart. Jetzt bespielt uns ein Kollege von auswärts, der für mehrere Gemeinden zuständig ist.« Er nahm einen langen Schluck aus seinem Wasserglas. »Und mit der Sache von damals – da haben Sie auch Glück. Die Unterlagen sind noch hier. Wir können gern gemeinsam reinschauen.«

»Das wäre super!«, freute sich Jonas.

Und Fenja schickte noch hinterher: »Das ist sehr nett von Ihnen.«

»Ach was.« Farber winkte ab. »Ich bin ja froh, wenn sich noch jemand für den alten Kram interessiert.« Damit stand er auf, hielt zielstrebig auf einen hohen Papierstapel zu und zog geschickt einen Papphefter aus ihm hervor.

Der Mann hat seine Ordnung, dachte Jonas. Sein Historikerherz schlug schneller, als der Pfarrer mit der dünnen Mappe zurück zum Tisch kam.

»Nummer eins«, sagte Farber und schob den Hefter auf den Tisch. »Und Nummer zwei.« Er griff mit seiner rechten Hand in ein Regal und legte einen großen Schlüsselbund auf die Mappe. »Wissen Sie was? Lassen Sie uns doch gleich nach oben zur Kirche gehen. Die Sonne scheint gerade so schön, es wäre ein Frevel, wenn wir in meinem dunklen Hexenhaus sitzen.«

»Einverstanden. Gern.« Jonas und Fenja konnten es ohnehin kaum erwarten, den Ort des Geschehens genauer in Augenschein zu nehmen. Recherchen am Originalschauplatz waren immer spannender, als nur über die Ereignisse zu lesen.

Der alte Pfarrer verstaute Schlüssel und Dokumente umständlich in einer abgegriffenen Ledertasche und hängte sie sich über die Schulter, wo sie augenblicklich mit dem Mann, seiner Jacke und seinem karierten Halstuch zu einem Gesamtkunstwerk verschmolz. »Dann gehen wir mal los. Hören Sie sie schon rufen?« Der Pensionär stellte den Kopf schräg und lauschte.

»Rufen?«, fragte Jonas verdutzt zurück.

Farber grinste die beiden an. »Die Geister der Vergangenheit.«

24

Sie nahmen denselben Weg zurück, den sie kurz zuvor gekommen waren. Karel Farber schien der kurze Spaziergang außerordentliches Behagen zu bereiten. Er genoss seinen Ruhestand und mochte den Ort, an dem er ihn verbrachte, das konnte man deutlich sehen.

»Karel – ist das ein tschechischer Name?«, fragte Fenja.

»Ja. Meine Mutter kam aus der Tschechoslowakei. Sie hat als Landärztin gearbeitet. Mein Vater war Buchhändler in Weimar. Die beiden haben sich über die Literatur kennengelernt, bei einer Messe in Prag. Er hat sie geheiratet und mit nach Thüringen gebracht. Mein Name sollte Mutter an ihre alte Heimat erinnern.«

»Eine schöne Geschichte«, sagte Fenja und bemerkte, dass sich Farber darüber freute.

Nach ein paar Minuten Fußweg standen sie wieder vor der Kirche.

»Da ist sie, meine alte Wirkungsstätte. Im besten Licht des Tages«, verkündete der alte Pfarrer.

»Ein interessanter Bau mit den beiden Türmen.« Jonas zog seinen Fotoapparat aus der Jackentasche und machte ein paar Aufnahmen. »Wirklich cool!«

»Ja, für so eine kleine Gemeinde wie die unsere ist die Kirche wirklich etwas Besonderes.« Farber griff in seine Umhängetasche und zog den Schlüsselbund hervor. Klimpernd schlugen die großen Eisenschlüssel gegeneinander. »Dann schauen wir mal rein!«

Es gab ein harsches Geräusch, als er das schwergängige Schloss öffnete, dann folgte das Knarren der aufschwingenden Tür.

Sie betraten das Gotteshaus. Einige Teile der Empore hatte man offensichtlich erst kürzlich saniert, aber in dem langen Chorraum vor ihnen waren noch die kompletten mittelalterlichen Einbauten vorhanden, samt Seitenlogen und einem hohen Schnitzaltar. Der alte Pfarrer beschrieb mit seinen Armen einen ausladenden Kreis. »Hier hat die Sache seinerzeit stattgefunden. Die Kirche wurde immer mal wieder umgebaut, aber im Kern ist sie noch so erhalten wie damals.« Er wies auf die vordere Reihe der Kirchenbänke. »Setzen wir uns.«

Während sie ihre Blicke durch den altehrwürdigen Kirchenraum schweifen ließen, kramte der Pfarrer in seiner Tasche nach den Unterlagen. Schließlich legte er den Hefter neben sich auf die Holzbank und schlug ihn auf. Zum Vorschein kamen jede Menge Zettel, die bis zum Rand mit Notizen gefüllt waren, und auch einige Kopien von Papieren aus unterschiedlichen Archiven.

»Ich habe alles zusammengetragen, was zu diesem düsteren Kapitel unserer Ortsgeschichte zu finden war. Sehr viel ist es nicht, aber doch noch etwas mehr, als ich für meinen Artikel in unserem Heimatblatt verwenden konnte. Das Heftchen ist nicht besonders umfangreich. Und außerdem«, Farber sah Jonas und Fenja an und lächelte verschämt, »habe ich ein paar Details lieber weggelassen. Man will die alten Leutchen ja nicht verschrecken, die unsere Beiträge lesen. Die Geschichte ist auch so schon blutrünstig genug. Aber wenn es Sie wirklich interessiert, kann ich Ihnen die Sache gern noch etwas ausführlicher erzählen.«

»Wie hat man denn damals den Vorfall entdeckt?«, fragte Jonas.

Der Pfarrer schob sich seine Notizen zurecht und begann: »Die Tragödie geschah an einem Sonntag. Nach den Unterlagen war es der 6. August des Jahres 1665, als die meisten Bewohner von Gangloffsömmern den Gottesdienst besuchten. Die Mitglieder der gräflichen Familie, die das Lehen bewirtschaftete, waren verreist und kamen erst am Nachmittag von einer mehrtägigen Audienz beim sächsischen Hofe zurück. Da sie das komplette Dorf leer vorfanden, machten sie einen Abstecher zur Kirche, um den Pfarrer zu befragen. Und entdeckten dabei das Blutbad.« Farber schüttelte den Kopf, als könnte er das Ausmaß des Dramas selbst noch immer nicht fassen. »Der gesamte

Kirchenraum lag voller Toter. Ihre Körper waren zu schauerlichen Posen verrenkt und grausam verstümmelt. Überall lagen Trümmer der Einrichtung herum. Der Bericht schreibt von einem Gemetzel dämonischen Ausmaßes. Zuerst glaubte man, die Menschen seien einer marodierenden Bande zum Opfer gefallen, zumal niemand im Raum auch nur eine einzige Waffe bei sich trug. Aber dann wurde im hintersten Winkel der Kirche der schluchzende Valentin Radthauser entdeckt. Und der erzählte der gräflichen Familie eine ganz andere Geschichte.«

»Was denn genau?«

»In der ersten Befragung schwor er Stein und Bein, dass sich die Leute in der Kirche alle gegenseitig umgebracht hätten, und zwar genau in dem Moment, als Radthauser am Ende der Messe zu läuten begann. Er versah den Glockendienst. Ein Amt, mit dem man sich damals ein paar Happen dazuverdienen konnte. Als die Glocke erklang, sei das Chaos losgebrochen. Als hätte er damit den Odem des Satans auf den Plan gerufen, so ist seine verworrene Aussage niedergeschrieben. Die Menschen seien plötzlich ohne jeden Grund aufeinander losgegangen. Mit panischem Furor und allem, was ihnen gerade in die Hände fiel.« Farber zögerte kurz, bevor er fortfuhr: »Und am Ende, als sich schon lange niemand mehr regte, da habe sich plötzlich die Kirchentür geöffnet, und eine schwarz gewandete Gestalt mit breitem Hut und dunklem Spitzbart sei eingetreten. Es sei der Satan selbst gewesen, der kam, um sein Werk zu begutachten, so Radthauser.«

Es entstand eine Pause. Fenja schielte hinüber zu der offen stehenden Tür, durch die ein flimmernder Sonnenstrahl hereinfiel und tanzende Muster auf den Boden warf. Eine beklemmende Atmosphäre hatte sich plötzlich über den stillen Kirchenraum gelegt. »Und warum hat dieser Valentin überlebt?«, fragte sie.

»Er hat ausgesagt, er habe sich unter der Turmtreppe versteckt, als das Gemetzel begann. Erst als alles vorbei war, sei er wieder hervorgekommen und starr vor Entsetzen zwischen seinen toten Nachbarn umhergeirrt. Und dort sei es schließlich zu der vermeintlichen Begegnung mit dem Leibhaftigen gekommen, der ihn mit seinem feurigen Blick durchbohrt habe und dann hinauf in den Kirchturm gestiegen sei. Dorthin, wo Osanna, die Glocke, hing.«

Jonas und Fenja sahen einander an. Dann ging ihr Blick hinauf zum Deckengewölbe, so als könnten sie die Glocke dort erblicken.

»Wieso hat man Radthauser beschuldigt?« Auch Jonas hatte die Geschichte des Mannes ziemlich mitgenommen.

»Weil man keine andere Erklärung für die Ereignisse fand. Er war als Einziger verschont geblieben und redete nur noch wirres Zeug. Man glaubte, dass er selbst vom Leibhaftigen besessen sei. Das reichte aus. Er galt als Hexer und war damit des Todes.«

»Kann er der Täter gewesen sein?«

»Bei der Menge der Leute? Nein. Er war einfach nur ein armer Schlucker, der verrückt geworden ist, als er von seinem Versteck aus beobachtete, was da passierte. Was auch immer das war.« Der alte Pfarrer lächelte hilflos. »Wenigstens hat er von dem Geschrei nicht viel mitbekommen. In dem gräflichen Bericht steht, dass sich seine Vernehmung auch deshalb so schwierig gestaltete, weil er fast taub war. Kein Wunder, wenn er das Amt des Glöckners innehatte.«

»Ach«, entfuhr es Jonas, und er sah unbewusst noch einmal nach oben zur Decke.

»Und was war mit dem Botanikus? Sie schreiben, sein Name sei Nikolaus Corvus gewesen«, hakte Fenja ein.

»Ja. Valentins Beschreibung des schwarz gekleideten Mannes schien nicht völlig aus der Luft gegriffen zu sein. Tatsächlich trieb er sich zu dieser Zeit in der Nähe des Dorfes herum. Ein Botanikus, der für ein paar Tage in der Gegend weilte und Nikolaus Corvus hieß. Man hielt ihn jedoch für vollkommen unverdächtig.«

»Aber was hatte Corvus in der Kirche zu schaffen? Der Glöckner konnte ihn doch beschreiben.«

»Vielleicht kam Corvus zufällig vorbei und hat das Massaker entdeckt. So wie die gräfliche Familie später auch. Warum er es nicht zur Anzeige gebracht hat, kann ich nicht sagen. Aber bei dem, was hier passiert war, hätte ich auch das Weite gesucht.« Farber ließ seinen Blick gedankenvoll über seine Zettel schweifen. »So haben es damals auch die Ermittler gesehen und Nikolaus Corvus nicht weiter nachgestellt. Sie hatten ja ihren Schuldigen. Valentin, den Hexer.«

»Könnte nicht Corvus die Leute gemeuchelt haben?«

»Der Botanikus? Wie hätte er das anstellen sollen? Ein Mann gegen ein ganzes Dorf? Nein, das halte ich für ausgeschlossen. Der war nur ein zufälliger Zaungast.«

Jonas und Fenja sahen sich beklommen um. Mit seinen fast vollständig in Weiß und Lichtgrau gehaltenen Einbauten machte der Kirchenraum einen unglaublich friedlichen Eindruck. Farbers Geschichte stand dazu in einem heftigen Kontrast und war nicht spurlos an den beiden vorübergegangen.

»Was denken Sie – kann man den Berichten vertrauen?«, hakte Jonas noch einmal nach.

»Oh, die sind absolut authentisch. Das war eine offizielle Untersuchung, die mit einem Gerichtsverfahren gegen den unglückseligen Valentin endete. Bis dahin ist alles sauber dokumentiert. Nur die Schlüsse, die die edlen Herren 1665 daraus gezogen haben, halte ich für einen tragischen Irrtum. Aber das war die Zeit.«

»Was, denken Sie, ist damals wirklich passiert?«

»Wenn wir einmal davon ausgehen, dass es nicht der Leibhaftige war, der sich hier ausgetobt hat, dann würde ich die Theorie von der marodierenden Bande für die plausibelste halten. Auch wenn die Untersuchung seinerzeit dafür keine Anhaltspunkte ergeben hat. Aber wie anders hätte es sich abspielen sollen?«

Jonas dachte eine Weile nach. Dann sagte er: »Ich würde gern noch einmal auf die Sache mit der Glocke zurückkommen. Was glauben Sie – warum hat Valentin Radthauser das so betont?«

»Das weiß ich nicht. Doch wenn er die Glocke gerade geläutet hat, als der Überfall begann – ich bin kein Psychologe, aber kann es nicht sein, dass sich das Läuten in seinem Hirn mit den Bildern des Gemetzels verbunden hat? Vielleicht litt er unter Schuldgefühlen, wer weiß? Weil er dachte, er hätte mit seiner Glocke das Unglück erst herbeigerufen. Das ist natürlich Quatsch, doch in Valentins Zeit spielte der Aberglaube eine große Rolle.« Karel Farber schlug seine Mappe zu. »Aber wir wollen nicht anfangen zu spekulieren. Niemand von uns war damals dabei. Und mehr habe ich über die Sache auch nicht herausgefunden.« Er deutete mit dem Finger nach oben. »Möchten Sie noch einmal rauf zu den Glocken? Drei Stück haben wir jetzt. Damit Ihr Besuch mit etwas Erbaulichem endet.«

»Gern«, antworteten Jonas und Fenja wie aus einem Mund. Beide waren plötzlich froh, den Kirchenraum verlassen zu können.

»Dann immer mir nach. Und passen Sie auf Ihre Sachen auf. Es kann ein bisschen staubig werden.« Der alte Pfarrer sprang förmlich auf und ging energischen Schrittes in Richtung des linken Turmes. Er schloss eine kleine Türe auf, zog den Kopf ein und verschwand in dem dunklen Geviert. Nach einem dumpfen Schlag und einem gepfefferten Fluch flammte eine schwache Beleuchtung auf, und Farber rief den beiden zu: »Ziehen Sie Ihre Köpfe ein. Die Balken sind niedrig.«

Jonas und Fenja stiegen nacheinander die Wendeltreppe im Turm nach oben. Statt eines Geländers gab es nur ein dickes Tau zum Festhalten. Und der Pfarrer hatte nicht gelogen. Es war eng, und es war staubig.

Nicht lange und sie erreichten einen schmalen Längsraum, der die beiden Türme oberhalb des Kirchenschiffes miteinander verband. Er war zur Abwechslung hoch und fast gänzlich leer. In der Mitte des Bodens entdeckte Jonas ein kreisrundes Loch. Ein Stahlseil, welches über eine Umlenkrolle lief und mit einem Ende an einem Eimer voller Ziegelschutt befestigt war, führte durch die Öffnung hinab in den Saal.

»Das ist der Kronleuchter unten in der Halle«, erläuterte der Pfarrer. »Man kann ihn von hier aus ablassen, um die Kerzen anzuzünden. Nicht gerade die modernste Konstruktion, aber sie funktioniert. Und das auch ohne Strom. Die Glocken hängen noch eine Etage höher.« Damit trat er zurück in den linken Turm und stieg weiter nach oben.

Jonas und Fenja zogen die Köpfe zwischen ihre Schultern und folgten ihm.

Schließlich traten sie in das obere Querhaus. Vor ihnen hingen drei Glocken an stämmigen Jochen, jede von ihnen in einer anderen Größe, aber keine weniger als einen Meter hoch. Es fiel sofort ins Auge, dass die mächtigen Klangkörper unterschiedlich alt waren.

»Die neuen, St. Gangolf und Kegel, sind von 2010. Die andere hat schon ein paar hundert Jahre auf dem Buckel«, erklärte Farber.

Hier hängen Jugend und Alter einvernehmlich nebeneinander, dachte Jonas und betrachtete die Glocken. Sie strahlten eine selbstbewusste Würde aus und füllten den Raum mit ihrer puren Präsenz, obwohl sie völlig unbeweglich im Gebälk ruhten.

Farber wies auf einen kleinen Schaltkasten. »Das Läuten geht heute automatisch. Früher hingen die Seile im Turm hinab, da musste der Glöckner von unten ziehen. Und nicht zu zaghaft, das können Sie mir glauben.«

Jonas nickte. Das Läuten von Hand war mit Sicherheit eine elende Plackerei gewesen. Und an jenem 6. August des Jahres 1665 der Beginn einer Tragödie. Er sah sich aufmerksam im Raum um. Aber sosehr er sich auch anstrengte – er konnte nichts entdecken, was ungewöhnlich gewesen wäre.

Fenja trat an die älteste der Glocken, an deren Hals der Name »Osanna« zu lesen war, und strich mit ihrer Hand über die Bronzehaut wie über den Panzer eines Urtieres. »Was ist hier passiert?«, murmelte sie leise. Die Worte waren nur für sie selbst und das alte Instrument bestimmt.

»Können wir wieder runter?«, fragte Farber. »Sonst muss ich die Glocken abstellen. In neun Minuten ist es zwölf. Dann fliegen uns die Ohren weg, wenn wir noch hier oben rumstehen.«

»In dem Fall steigen wir lieber wieder nach unten«, antwortete Jonas.

Kurz darauf standen sie im prallen Sonnenlicht vor der Kirche, und Karel Farber half ihnen, ihre Jacken vom gröbsten Staub zu befreien.

Schließlich gab er ihnen mit einem breiten Lächeln die Hand. »Ich muss dann mal wieder. Ich hoffe, ich konnte Ihnen ein wenig weiterhelfen. Und empfehlen Sie unser Kirchlein. Wir freuen uns immer über Besuch.«

»Sie haben uns sehr geholfen. Herzlichen Dank!«, erwiderte Jonas.

Und Fenja fügte hinzu: »Das hier ist ein wirklich schönes Fleckchen Erde.«

»Ja, das ist es«, antwortete der alte Pfarrer versonnen, drehte sich um und ging.

Sie winkten dem agilen Pensionär noch eine Weile nach, während er beschwingt durch den Friedhofspark davonspazierte.

»Eine wirklich merkwürdige Geschichte«, begann Fenja. »Glaubst du, unser Nikolaus Corvus hatte mit der Metzelei etwas zu tun?«

»Ich weiß es nicht.« Jonas sah nachdenklich zu den beiden Kirchtürmen empor. »Aber möglich ist es schon. Erst das geheimnisvolle Glockenzeichen in der Grotte. Dann Egidius Withauers Warnung, die Gloriosa nicht zu läuten. Und jetzt die Geschichte von einem Blutbad, das angeblich genau mit dem ersten Glockenschlag begann.«

»Alles innerhalb von nur zwei Jahren. Und jedes Mal ist dieser unheimliche Corvus dabei«, ergänzte Fenja.

»Das sind mir inzwischen ein paar Zufälle zu viel. Da steckt irgendein Geheimnis dahinter. Ganz sicher. Ein System.«

»Meinst du, die Glocken waren ein Signal? Das Signal zu einem Angriff?«

»Vielleicht nicht nur ein Signal.« Jonas sprach die nächsten Worte mit Bedacht aus. »Vielleicht waren sie der Angriff selbst?«

»Wie das?«

»Was ist, wenn das alles gar kein Teufelswerk war? Wenn sie

damals wirklich eine Technik entwickelt hatten, um Menschen mit Hilfe einer Glocke zu töten?«

»Und wie soll das funktioniert haben?«

»Vielleicht war es der Klang. Oder irgendetwas, das er ausgelöst hat. Keine Ahnung.«

»Aber Glocken gibt es zu Tausenden, und ich habe noch nie gehört, dass durch sie irgendwer gestorben ist.«

»Trotzdem sollten wir der Sache einmal nachgehen.«

Einen Moment überlegten sie still nebeneinander her. Dann fiel Fenja etwas ein: »Ich habe eine Idee. Mein Onkel Janko ist doch ein Technikgenie. Vielleicht kann er uns helfen. Wenn es etwas in der Art gegeben hat, dann weiß er es.«

Fenjas Onkel war in der Tat ein großer Ingenieur, aber ein noch größerer Sonderling. Seit einigen Jahren lebte er allein in einem alten Schmiedewerk, eine gute Autostunde von Erfurt entfernt.

»Stimmt. Eine super Idee!« An Janko Wolff hatte Jonas noch gar nicht gedacht. »Meinst du, wir sollten ihn gleich mal anrufen?«

»Er hat kein Telefon, schon vergessen?« Fenja grinste. »Du kennst ihn ja. Er ist ein bisschen schräg. Das Beste ist, wir fahren hin und überraschen ihn.« Sie freute sich. »Dann kann ich auch gleich meine Eltern besuchen. Das ist ja nur ein kleiner Umweg.«

»Wann, denkst du, wollen wir fahren?«

»Gleich am Wochenende. Übermorgen. Ist das ein Plan?«

»Na so was von!« Die beiden klatschten sich ab.

Plötzlich begannen über ihnen die Glocken zu läuten. Unwillkürlich zuckten sie zusammen, doch nichts geschah. Die Schläge waren kraftvoll und rein. Göttliche Klänge, die über eine idyllische Gemeinde hinweghallten. Nicht mehr. Und auch nicht weniger.

Der letzte Ton war längst verklungen, da lehnten Jonas und Fenja immer noch an einem alten Baum und sahen hinüber zu der kleinen Kirche. Leise strich der Wind durch die Herbstblätter über ihnen. Der Bericht von dem unheimlichen Blutbad ließ sie nicht los. Endlich brach Fenja das Schweigen und sprach aus, worüber sie beide schon die ganze Zeit nachdachten: »Was ist, wenn es das Geheimnis von der tödlichen Glocke wirklich gibt? Und wenn es sich irgendwo erhalten hat – ich meine, bis heute?«

25

18. September 1665

Egidius Withauer lief der kalte Schweiß über die Stirn. Mühsam schlängelte er sich durch die Menge auf dem Marktplatz, vorbei an all den schwitzenden Leibern und stinkenden Fässern. Das Rufen und Feilschen rings um ihn herum erreichte nicht sein Ohr. Seit Tagen fand er keine Ruhe. Er aß wenig, schlief unruhig und hielt es inzwischen kaum noch aus. Er musste Hutter sprechen. Die Unterhaltung duldete keinen Aufschub mehr. Auch wenn das bedeutete, im Rathaus nach ihm zu suchen.

Er erreichte das mächtige Gebäude, und die Wache am Portal ließ ihn ohne Zögern passieren. Einer der Vorteile, wenn man zu den bekannten Kaufleuten in der Stadt gehörte.

Noch immer schwitzend stieg Withauer die Stufen des Treppenhauses nach oben. Dorthin, wo die hohen Herren gewöhnlich die Geschicke der Stadt besprachen. Wenn sie sie auch nicht mehr selbst bestimmen konnten. Ein lautes Raunen und Husten drang aus dem großen Ratssaal in den Gang. Withauer folgte dem Gemurmel und trat ein.

Trotz seiner hohen Fenster wirkte der Saal düster. An den Wänden hingen in langer Reihe die schweren Ratsschilde, stolze Abbilder vergangener Macht. Die Ratsherren standen in kleinen Gruppen beieinander, vertieft in aufgebrachte Diskussionen. Unter der gewölbten Decke hing an einem Seil eine riesige Armbrust, die man dort einst als Symbol Erfurter Wehrhaftigkeit aufgehängt hatte. Jetzt schwebte sie über den Köpfen der Ratsmitglieder wie das Kreuz Christi. Als wäre sie ein dunkles Menetekel für das, was ihnen allen bevorstand. So empfand es zumindest Egidius Withauer, den der dämmrige Saal noch beklommener machte, als er ohnehin schon war.

Rastlos sah er sich um, bis er endlich Veit Hutter am anderen Ende der Halle erblickte. Der Ratsherr trug ein rotes Gewand und war in ein Gespräch mit einem anderen Mann vertieft, der sich gerade mit einem Bückling verabschiedete. Withauer starrte in Hutters Richtung, und als sich ihre Blicke trafen, hob Withauer seinen Arm zu einem unbeholfenen Gruß.

Der Ratsherr kam sogleich auf ihn zu und öffnete die Arme wie zum Empfang eines teuren Gastes. Laut rief er aus: »Verehrter Freund Withauer. Welche Freude. Ich grüße Euch!« Aber als er vor ihm stand, zischte er: »Ich habe doch gesagt, nicht hier. Was ist passiert?«

Tatsächlich waren die beiden Kaufleute seit Langem befreundet. Aber seitdem sie auch Brüder im Schatten waren, vermieden sie allzu häufige Treffen. Zumindest im Rathaus, wo die Wände Ohren hatten.

»Ich kann nicht mehr! Ich muss dich sprechen«, flüsterte Withauer und warf Hutter einen eindringlichen Blick zu.

»Hat das keine Zeit? Du siehst doch, dass hier die Hölle los ist. Gerade hat der Rat getagt, und es kam wieder zu einem Disput, der sich gewaschen hat. Ich muss noch einige Gespräche führen, um die schlimmsten Wogen zu glätten.«

»Ich weiß, entschuldige. Aber trotz allem ...«

»Warte am Marktbrunnen. Ich erledige hier das Nötigste, dann komme ich nach. Ich habe noch einige Gänge in der Stadt zu erledigen, du kannst mich begleiten, und währenddessen reden wir. Aber jetzt geh!«

Withauer nickte knapp und eilte aus dem Ratssaal.

Es war fast eine Stunde vergangen, da erschien Veit Hutter am verabredeten Ort. Das lange Warten hatte Egidius Withauer noch nervöser werden lassen, und von dem fortwährenden Geschrei der Marktweiber dröhnte ihm der Kopf.

Hutter sah mitleidsvoll zu seinem Freund hinüber, kühlte sich mit etwas Brunnenwasser schnell das Gesicht und zog ihn mit sich. Er ahnte, dass ihn der Waidhändler nicht ohne gewichtigen Grund kontaktiert hatte. Und dass solch ein Grund immer eine Komplikation darstellte. Daher versuchte er, das Unvermeidliche noch etwas hinauszuzögern. »Wie geht es dir,

mein lieber Egidius? Was gibt es Neues in deinem Haus?«, fragte
er.

»Nicht viel. Die Geschäfte schleppen sich dahin wie ein
müder Gaul. Seit die Tuchmacher mit dem verfluchten Indigo
färben, ist unser Waidblau nicht mehr sonderlich gefragt. Es
gibt noch Färber, die bei mir kaufen, aber es ist ein hartes Brot
geworden. Wem erzähl ich das – du weißt es selbst«, antwortete
Withauer. Dann fügte er betrübt hinzu: »Und die Frucht, auf
die mein Weib und ich schon so lange hoffen, ist auch bis heute
ausgeblieben.«

Hutter klopfte seinem Freund tröstend auf die Schulter. Er
wusste, wie sehr sich Egidius und seine Frau Amalie ein Kind
wünschten, doch bis zum heutigen Tage hatte das Schicksal ihnen dieses Glück verwehrt. »Du darfst den Mut nie verlieren
und auch nicht die Geduld«, sagte er mit fester Stimme. »Du
bekommst einen Sohn. Und nicht nur einen. Da bin ich mir ganz
sicher. Stolze Erben deines Namens und deines Hauses.« Und
er ergänzte noch: »Vielleicht ist das alles kein Zufall, und der
Herrgott lässt dich warten, bis unser großer Tag gekommen ist.
Bis Erfurt wieder freie Luft atmet. Dein Sohn wird in eine neue
Zeit hineingeboren werden. Als Schicksalsbote, dessen Ankunft
unser großes Werk segnet.«

Withauer sah zu Hutter. »Deswegen will ich mit dir sprechen.
Wegen unseres Werks.« Er blieb stehen, schwieg eine Weile, und
Veit Hutter ahnte, was jetzt kommen würde.

Withauer sah sich nach allen Seiten um, denn er wollte vermeiden, dass die folgenden Worte an fremder Leute Ohren
drangen. »Du kennst mich jetzt schon viele Jahre«, begann er.
»Ich war nie zögerlich. Doch jetzt habe ich noch einmal gründlich nachgedacht …« Für einen Moment hielt er inne und sah
sein Gegenüber forschend an.

»Sprich weiter«, forderte ihn Hutter auf, und in seinen
freundschaftlichen Ton mischte sich eine Spur von Schärfe.

»Die Sache mit der Glocke. Es ist nicht rechtens, was wir
tun. Nicht gottgefällig. Und keinesfalls ein Segen für die Menschen.«

»Was sagst du da? Egidius, du verwunderst mich. In dieser Sache kann ich dir nicht helfen.« Und in Anspielung auf die geheimen Namen, die sie innerhalb der Bruderschaft benutzten, fügte er leise hinzu: »Mit Augustus musst du sprechen, nicht mit Veit. Und niemals außerhalb des Berges.«

»Aber du bist doch –«

»Schweig!« Jetzt war es Hutter, der sich in alle Richtungen umsah, bevor er ungehalten herauspresste: »Lass uns weitergehen. Wir erregen schon Aufsehen.«

Withauer war verwirrt von der kalten Ablehnung, die ihm entgegenschlug. »Es ist doch nur – du bist mein Freund. Mit wem soll ich reden, wenn nicht mit dir?«

Hutter antwortete nicht und grüßte stattdessen mit maskenhaftem Lächeln einige angesehene Bürger, die ihnen auf ihrem Weg begegneten. Eine Weile gingen sie schweigend nebeneinanderher.

Als sie in eine Gasse eingebogen waren, in der es keine unerwünschten Zuhörer gab, begann Withauer noch einmal: »Dieser Corvus treibt ein böses Spiel. Er ist mir unheimlich.«

»Was sagst du da? Dieser Mann ist ein Genie! Und unsere einzige Chance obendrein. Er vervielfacht unsere Kraft.« Und mit einem abfälligen Blick auf seinen Freund fügte Hutter hinzu: »Was man von dir gerade nicht sagen kann.«

»Wir bedienen uns eines Werkzeugs der Dunkelheit. Nikolaus Corvus ist ein Irrer, wenn nicht gar der Satan selbst. Was er ersonnen hat, das darf es nicht geben!«

»Willst du den Mainzern vielleicht lieber mit deiner spitzen Zunge entgegentreten? Oder sie mit einem Ballen Tuch bewerfen?« Hutter lachte höhnisch auf. »Wir brauchen die Kräfte, die uns das Artefakt verleiht. Und Corvus ist ihr Bändiger.«

»Veit! Diese Kraft wird Unheil über unsere ganze Stadt bringen. Tausende, die nicht das Geringste mit den Mainzer Schergen zu schaffen haben, könnten sterben. Bürger ohne Schuld und Tadel. In den Straßen. In den Häusern. Überall.«

»Was das betrifft, sei unbesorgt. Magister Corvus hat mir ehrenhaft versichert, dass sich die Wirkung seiner Erfindung ausschließlich auf den Dom beschränkt. Nicht der Glockenklang, der in der Tat in unserer ganzen Stadt zu hören ist, bringt den Tod, sondern das, was er dem Artefakt entlockt. Nur wer mit ihm in einem Raume weilt, den überwältigt das Verderben. Und das sind jene, die wir treffen wollen.«

»Wann auch immer das geschieht, worüber wir hier sprechen – auch im Dom gibt es unschuldige Seelen, die ohne jede Ahnung bluten werden.«

»Ganz ohne Verlust geht es eben nicht.« Hutters Stimme wurde hart wie Stahl. »Kein Krieg ist ohne das Schwert zu gewinnen, das manchmal nicht zwischen Gut und Böse unterscheidet. Es hat immer Opfer gegeben, wenn Großes entstanden ist. Sie sind Soldaten für die hehre Sache, auch wenn sie es selbst nicht wissen.«

Egidius Withauer nahm seinen ganzen Mut zusammen und sah Hutter flehentlich an. »Veit, ich beschwöre dich! Noch können wir umkehren.«

Stille. Einen unerträglichen Moment lang.

Dann erhob der Ratsherr seine Stimme. Nicht laut, aber mit ungekannter Schärfe. »Egidius. Sieh mich an!« Er ergriff Withauer an beiden Oberarmen und bohrte seinen Blick in dessen Augen. »Was ich dich jetzt frage, das frage ich dich nur ein einziges Mal.«

Withauer wagte nicht, die Augen niederzuschlagen. Die Atmosphäre war zum Zerreißen gespannt. »Frag«, flüsterte er mit zitternder Stimme.

»Willst du dich gegen unseren Plan stellen? Gegen uns und gegen mich? Und – gegen unser Schwert?« Der letzte Satz kam als eisige Drohung über Hutters Lippen.

»N-nein …« Egidius Withauer brachte nur noch ein Stammeln heraus.

Veit Hutter rückte noch ein Stück an sein Gegenüber heran. »Kann ich mich auf dich verlassen? Jetzt und für immer?«

»Ja … Um Gottes willen, ja!«

»Schwöre es, bei Gott – und bei deinem Weib!«

Bitte, lass Amalie aus dem Spiel, durchfuhr es Withauer.

Nicht auch noch sie. Verzweifelt rief er aus: »Ja! Ja! Ja! Das kannst du, ich schwöre es.«

»Gut. Eine weise Entscheidung.« Hutters Stimme hatte plötzlich wieder den milden Klang von Freundesworten. »Und nun haben wir lange genug geplaudert. Geh nach Hause und ruh dich ein wenig aus. Du siehst erschöpft aus.« Er schenkte Withauer ein bittersüßes Lächeln und schlug ihm mit einer Geste auf die Schulter, die gleichermaßen brüderlich wie herrisch war.

Egidius Withauer nickte Hutter abwesend zu und eilte davon. Wenn er sich von diesem Gespräch Erleichterung erhofft hatte, dann war sein Ansinnen gründlich gescheitert. Er hätte es wissen müssen. Um sich gegen die Bruderschaft zu stellen, besaß er einfach zu wenig Kraft.

Hutter versicherte sich, dass sein Freund auch wirklich verschwunden war, dann wechselte er die Richtung und bog in eine seitliche Straße ein. Es gab noch eine wichtige Sache zu erledigen, und der ängstliche Tuchhändler hatte ihn schon lange genug aufgehalten.

Die Werkstatt des Büchsenmachers Jacob Haas lag wie alle Zünfte, die sich eines großen offenen Feuers bedienten, in der Nähe der Stadtmauer und damit abseits von den eng bebauten Vierteln der Stadt. Nach den großen Bränden, die schon so einige Metropolen bitter verheert hatten, war dies eine eherne Vorschrift. Deshalb dauerte es auch eine Weile, bis Veit Hutter sein Ziel erreichte.

Immer noch schwelte der Zorn in ihm, den der kleinmütige Waidhändler mit seinen ewigen Zweifeln entfacht hatte. Er war sich zwar sicher, dass Withauer ihre Pläne niemals verraten würde, aber ein entschlossener Mitstreiter sah anders aus. Und das war es, was sie für ihre große Aufgabe brauchten.

Schon von Weitem erkannte er das stolze Schild über dem Portal der Büchsenmacher-Werkstatt. Ein Hase über einem Schwert. Ein gutes Zeichen, wie man unter Geschäftsleuten zu sagen pflegte. Schon der Vater und der Vatersvater von Jacob

Haas hatten hier Musketen gebaut und einen Ruf begründet, der bis zum heutigen Tage tadellos geblieben war. Auch der Rat ließ hier schon seit langer Zeit arbeiten.

Hutter raffte seinen schweren Mantel ein wenig nach oben, als er über die Schwelle des Hauses trat. Sofort schlug ihm der Geruch von Rauch und Fett entgegen. Die Empfangshalle führte wie ein Tunnel hinaus auf einen Hof, von wo aus metallene Schläge an sein Ohr drangen. Aber er folgte dem Gang nicht bis zum Ende, sondern trat rechts durch eine Tür in ein oberirdisches Gewölbe. Der Raum war gefüllt mit Kästen und Regalen, die sich unter grau glänzenden Eisenteilen unterschiedlichster Größe bogen. An den Wänden lehnten dünne Rohre und grob geschnittene Holzschäfte, und an langen Brettern hingen allerlei Werkzeuge. An einem Holztisch saßen zwei Handwerker über langläufige Musketen gebeugt. Als Hutter sich mit einem Räuspern bemerkbar machte, sprang der ältere der Männer sofort auf und eilte herbei.

»Erlauchter Herr Rat, seid gegrüßt!«, warf er ihm mit einem angedeuteten Kotau entgegen. »Ich habe Euch schon erwartet.«

»Meister Haas, schön, Euch zu sehen. Wie laufen die Geschäfte?«

»Es könnte nicht besser sein, verehrter Herr. Dank solch großzügiger Förderer, wie Ihr es seid. Kommt mit in mein Kontor, ich habe etwas für Euch.«

Hutter folgte dem agilen Büchsenmacher in einen weiteren Raum. Die Einrichtung glich einem kleinen Salon, das Mobiliar war zwar nicht üppig, ließ aber Geschmack und Wohlstand erkennen. Auf einem Schreibpult lag ein großes aufgeschlagenes Geschäftsbuch. Haas ging daran vorbei zu einem Schrank aus spanischem Zedernholz, dessen zahlreiche Schubkästen mit verspielten Intarsien ausgelegt waren. Aus einem der Schübe holte er einen Gegenstand, der in feines Linnen eingewickelt war. Er legte ihn auf einen Tisch in der Nähe des Fensters.

»Hier ist er. Tretet heran«, sagte der Büchsenmacher, und der Ton seiner Worte ließ Stolz erkennen. Als er sich der vollen

Aufmerksamkeit des Ratsherrn sicher sein konnte, schlug er das Tuch auf.

Vor ihnen lag eine Pistole von feinster Handwerkskunst, mit einem Schaft aus edlem Holz und Beschlägen, deren Form und Gravur Feinsinn und Geschmack bezeugten. In den Ornamenten waren Greifvögel mit ausgebreiteten Schwingen und formenreiche Pflanzenmotive geschickt miteinander verwoben.

»Eine wundervolle Arbeit!«, entfuhr es Hutter, dessen Augenmerk sich nun auf die Initialen richtete, die sich elegant über den Griff zogen. »Ein V und ein H. Mit einer Leichtigkeit, die jedem Auge schmeichelt.«

»Veit Hutter, mein Herr. Euer Name veredelt meine Kunst. Nur zu, nehmt den Puffer ruhig in die Hand. Die Mechanik ist Euch vertraut?«

»Das ist sie, seid unbesorgt«, entgegnete der Ratsherr. Er wog die Waffe in beiden Händen, dann drehte er sie hin und her und besah sie sich von allen Seiten. »Habt Ihr das Feuerrohr schon ausprobiert?«

»Selbstverständlich, Herr. Ihr wisst – kein einziges Stück verlässt meine Werkstatt ohne eine Prüfung. Und ich kann Euch versichern – dieser Puffer liegt nicht nur prächtig in der Hand, sondern trifft ebenso gut sein Ziel. Ich möchte nicht der arme Teufel sein, gegen den Ihr ihn richtet.« Der Büchsenmacher lächelte süffisant.

»Wohlan, Meister Haas. Ihr habt Euch wieder selbst übertroffen. Hoffentlich nicht auch im Preis?«

»Wenn Ihr mit dem Stück zufrieden seid, dann werdet Ihr den Preis gewiss nicht zu hoch finden.« Und damit geleitete er Hutter hinüber zu seinem Kassenbuch auf dem Schreibpult und tippte mit einem seiner feingliedrigen Graveursfinger auf eine gepfefferte Summe.

Der Ratsherr stieß ein überraschtes Brummen aus, doch der Glanz in seinen Augen verriet dem Büchsenmacher, dass er von dem Prunkstück seiner Waffenkunst schon so gefangen war, dass er nicht feilschen würde. Und in der Tat – Hutter überreichte ihm die veranschlagten Taler ohne ein weiteres Wort.

Dann ließ er die Pistole unter seinem roten Mantel verschwinden, entbot einen Gruß und wandte sich zum Gehen.

»Möge Euch das Stück zu allen Zeiten Glück bringen!«, rief Jacob Haas ihm noch hinterher, doch da hatte der Ratsherr die Werkstatt schon verlassen.

26

Gegenwart

Es war früher Sonntagmorgen, und das Dorf lag verschlafen vor ihnen. Außer dem gelegentlichen Bellen der Hunde war weit und breit kaum etwas zu hören. In Schrittgeschwindigkeit rumpelte der Landrover den Schotterweg hinab, der den Bauernhof mit der Hauptstraße des kleinen Dörfchens Schömberg verband.

Jonas und Fenja waren schon am Abend zuvor angereist und hatten Fenjas Eltern einen Besuch abgestattet, die in der Nähe einen kleinen landwirtschaftlichen Betrieb führten. Die Wolffs waren immer glücklich, die beiden zu sehen, zumal diese in letzter Zeit selten die Zeit für eine Stippvisite gefunden hatten. Der Abend war lang und lustig gewesen.

Nun wollten Fenja und Jonas so schnell wie möglich ihr eigentliches Ziel erreichen: die alte Hammerschmiede, in die sich Fenjas Onkel Janko seit einigen Jahren zurückgezogen hatte. Der geniale Ingenieur und Tüftler besaß seine Eigenheiten; er lebte wie ein Eremit und war mit dem Telefon nicht zu erreichen. Also ließen sie es auf einen Versuch ankommen. Da Janko Wolff ein notorischer Frühaufsteher war, hielten sie den Zeitpunkt für günstig.

Am Ortsausgang führte die Straße steil hinunter in ein Tal, und der Landrover rollte fast wie von selbst seinem Ziel entgegen. Die hellen Sonnenstrahlen des Morgens fielen hinter die Baumkronen des Waldes, der sich links und rechts an den Berghängen entlangzog. Das blaue Schattenlicht der Senke umarmte sie kühl, und gegenüber der abschüssigen Hangstraße konnten sie zwischen Bäumen die Mauer des Staudamms erahnen, hinter dem sich das Wasser des Flüsschens Auma sammelte.

Nicht lange, und sie erreichten die Sohle des Tales. Unterhalb der Staumauer gab es einen kleinen Schotterplatz, auf dem

Fenja jetzt den Geländewagen parkte. Jonas, der im Revier seiner Freundin die Funktion des Beifahrers übernommen hatte, griff nach ihren Jacken. Es war empfindlich frisch.

Der einsame Ort begrüßte sie mit dem monotonen Wasserrauschen, das von den Ausläufen der Talsperre herüberdrang. Vor ihnen schlängelte sich der Fluss, jetzt wieder in seinem angestammten Bett, durch Bäume und Unterholz. Sie liefen ein Stück zurück zu einer Feldsteinbrücke, hinter der die Straße sofort wieder im Wald verschwand und den gegenüberliegenden Berghang in Richtung des Städtchens Weida erklomm. An der tiefsten Stelle der Senke sahen sie hinter Dunstschwaden ein verstecktes Gehöft.

»Da drüben ist er, der Weidaer Eisenhammer«, sagte Fenja.

»Stimmt, ich erkenne ihn wieder«, antwortete Jonas. Er war erst ein Mal mit hier gewesen, seit Janko sich der halb verfallenen Hammerschmiede angenommen hatte. »Hoffentlich ist dein Onkel da.«

Erwartungsvoll überquerten sie die kleine Brücke und gingen zu dem einsamen Gehöft. Das vordere Fachwerkgebäude und die Scheune dahinter waren liebevoll saniert worden, aber das Grundstück ließ erkennen, dass hier noch immer eine Baustelle war, angelegt auf viele Jahre.

Sie traten an das Lattentor und ließen ihre Blicke über den Hof gleiten. Es war niemand zu sehen. Und eine Klingel gab es auch nicht.

»Onkel Janko? Wir sind's, Fenja und Jonas!«, rief Fenja jetzt. Ihre Stimme wurde von den Hängen ringsum als zartes Echo zurückgeworfen.

Keine Antwort.

»Onkel Janko?« Noch etwas lauter.

Dann, endlich, hörten sie etwas.

»Hier bin ich!«, erwiderte eine entfernte Stimme, die Fenja als die ihres Onkels zu erkennen glaubte. Der Ruf war von weit hinten auf dem Anwesen gekommen; dort, wo der wilde Garten ohne erkennbare Grenze in eine urige Waldlandschaft überging.

Fenja stellte sich auf die Zehenspitzen, konnte aber in diesem

Dickicht niemanden erkennen. Da auch keine weitere Antwort folgte, entschlossen sich die beiden, Janko in der vermuteten Richtung zu suchen.

»Hat dein Onkel inzwischen einen Hund?«, fragte Jonas mit gespieltem Fatalismus.

»Nein, ich glaube nicht. Obwohl …« Fenja musste lachen.

Das Tor war nur angelehnt. Sie überquerten den Hof und folgten einem ausgetretenen Wiesenweg. Das hohe Gras glänzte feucht, und rechter Hand gurgelte der Fluss, der hier der Biegung des Tales folgte. Dann entdeckten sie im Dämmer des Talwinkels Janko Wolff.

Der kräftige Mann trug eine dunkelgrüne Wattejacke, an die er nachträglich einen strubbeligen Pelzkragen genäht hatte. Dazu Arbeitshosen und Gummistiefel. Auf seinem Kopf saß ein brauner Kremphut, dessen Rand an einer Seite nach oben gebogen war, was seinem Träger ein verwegenes Aussehen verlieh. Die ganze Erscheinung lag irgendwo zwischen Musketier und Westernheld.

»Ach, meine Lieblingsnichte und ihr berühmter Freund. Ein seltener Besuch. Grüßt euch!«, rief er ihnen schon aus einiger Entfernung mit tiefer Stimme zu. Janko stand inmitten einer unübersichtlichen Ansammlung von Gehegen, in denen allerhand Kleinvieh herumflitzte. Als sie näher gekommen waren, deutete er auf das Labyrinth aus Gattern. »Meine kleine Farm kennt ihr ja schon. Bleibt mal lieber dort stehen und wartet einen Moment. Ich bin gleich mit dem Füttern fertig.« Damit griff er nach zwei zerbeulten Blecheimern, die mit Körnern und altem Obst gefüllt waren, und verteilte den Inhalt in die verschiedenen Käfige.

Jonas sah sich um. Die Gehege reihten sich zwischen kopfhohen Büschen bis zur Flussbiegung aneinander, und die ganze Anlage wirkte wie ein kleiner Zoo. Es gab Karnickel, Truthähne, Hühner, und irgendwo meckerte auch eine Ziege. »Ich wusste, dass er früher ein paar Hennen hatte. Aber da ist ja ordentlich was dazugekommen.«

»So ganz auf dem Laufenden war ich auch nicht. Janko probiert immer mal was Neues aus. Du kennst ihn ja. Selbstversorger auf ganzer Linie.«

»Und ein paar Exoten sind auch dabei. Guck mal hier.« Jonas zeigte auf einen großen Käfig, aus dem sie neugierig zwei Tiere beäugten, die die Größe von ausgewachsenen Bibern hatten und deren graubraunes Fell jetzt borstig aufgestellt war.

»Das sind Otrassel, glaube ich«, erklärte Fenja. »Die hat er irgendwo aus Rumänien importiert. Vielleicht wegen der Pelze.«

»Vorsicht, mit dem Otrasselpärchen ist nicht zu spaßen!«, rief ihnen Janko prompt zu. »Geht mir nicht zu dicht an den Käfig. Wenn die euch erwischen, ist der Finger ab.«

»Na, lieber nicht.« Respektvoll wich Fenja einen Meter zurück. »Wir gehen schon mal vor zum Hof.«

»In Ordnung, ich komme gleich nach. Ich muss nur noch die Eimer ausspülen.«

Während sie auf die mittelalterlichen Gebäude zuliefen, die tief ins Tal geduckt vor ihnen lagen, schüttelte Jonas lachend den Kopf. »Ist schon ein schräger Typ, dein Onkel. Wer ihn nicht kennt, würde nie erraten, dass er Ingenieur ist und in England studiert hat.«

»Stimmt. Aber dir sieht man den Historiker auch nicht an«, bemerkte Fenja mit einem frechen Grinsen. »Und das war positiv gemeint.«

Was Fenjas Onkel betraf, lag Jonas mit seiner Vermutung tatsächlich nicht falsch. Kein Mensch hätte je geahnt, dass Janko Wolff erst sein Physikstudium in Jena als Jahrgangsbester abgeschlossen hatte, um dann mit einem Stipendium in Cambridge weiterzustudieren und das Ganze nach seiner Rückkehr noch mit einer Promotion zu krönen. Danach war er ein umworbener Liebling der renommiertesten Forschungsinstitute gewesen, hatte aber aus einem Grund, über den er nie sprach, eines Tages einen Schnitt gemacht. Seitdem widmete er sich nur noch Unternehmungen, die er selbst für wichtig hielt, und realisierte sie abseits jeder öffentlichen Bühne. Im Moment war sein Projekt, die alte Hammerschmiede denkmalgerecht zu sanieren und den Eisenhammer eines Tages wieder voll funktionsfähig für Besucher zu öffnen. Danach würde er wahrscheinlich seine Sachen packen und weiterziehen. Aber ein Blick über die Baustelle zeigte Fenja und Jonas, dass bis dahin noch viel Zeit war.

»Wollt ihr mir helfen?«, fragte Janko mit einem burschikosen Lachen, als er jetzt zu ihnen trat. »Ich hab genug zu tun für drei.«

»Das sehen wir. Was machst du denn gerade?«

»Ich bin dabei, die Schmiede auszumisten. Wollt ihr mal reinschauen?«

»Ja, klar.«

Er führte sie zu einem gedrungenen Bau aus Feldsteinen. Über eine Holzbohle, die als provisorische Rampe diente, stiegen sie hinab in die Schmiedehalle. Zuerst mussten sie sich an die Dunkelheit gewöhnen, die sie umgab, dann schälten sich die Räder und Balken der alten Hammermühle aus dem Schatten. Der Raum roch nach Erde und altem Holz. Jonas erkannte eine mächtige Welle, die einem Baumstamm glich, hölzerne Zahnräder, die ihm bis zur Brust reichten, und zwei riesige Hämmer an meterlangen Schäften. Über ihnen an der Decke hing ein Blasebalg von der Größe eines Kleinwagens.

Seit 1770 waren hier mit Hilfe von Wasserkraft gigantische Schlaghämmer angetrieben worden, um Wagenachsen, Pflugscharen, Klöppel und Ambosse zu schmieden. Doch jetzt lagen die meisten Teile der Einrichtung demontiert durcheinander. Der Raum glich der Werkstatt eines Riesen, der sein Reich vor langer Zeit verlassen hatte, ohne vorher noch einmal aufzuräumen. Ohne jeden Zweifel würde es noch Tausende Arbeitsstunden kosten, um das Hammerwerk in seiner alten Würde wiederauferstehen zu lassen.

»Ist noch ein ganz schönes Chaos«, stellte jetzt ihr Gastgeber fest, wobei er seinen Blick durch die Schmiede schweifen ließ. »Aber glaubt mir – das ist die Sache wert!« Mit der Hand tätschelte er die riesige Hammerwelle wie ein Reiter den Hals seines treuen Pferdes.

»Ich finde es super«, gab Jonas zurück. Als Historiker

schnupperte er hier genau die Luft, die er so mochte. Den Hauch vergangener Epochen.

Janko drehte sich zu seiner Nichte um. »Aber jetzt mal raus mit der Sprache. Ihr besucht mich doch sicher nicht zum Spaß.«

»Das stimmt, Janko.« Fenja nickte lächelnd. »Was wir dich fragen wollen, ist ernst.«

Irgendetwas in Fenjas Stimme hatte dafür gesorgt, dass sie nun Jankos volle Aufmerksamkeit hatten. »Dann legt mal los«, sagte er nur, und sein Blick war erwartungsvoll auf seine beiden Gäste gerichtet.

»Wir machen zurzeit eine Recherche«, begann Fenja. »Zu einer historischen Sache, aber Jonas' Auftraggeber ist das Landeskriminalamt.«

»Oh.« Ihrem Onkel war seine Überraschung anzusehen.

»Vielleicht hast du von den Mumien im Erfurter Domberg gehört«, fuhr Fenja fort. »Die Toten, die man in einer alten Grotte unter dem Mariendom gefunden hat.«

»Gehört nicht, aber gelesen«, bestätigte Janko. »Aber nur ein paar Zeitungsartikel, Konkretes weiß ich nicht.«

»Wir sind seit ein paar Tagen an der Sache dran«, übernahm Jonas und berichtete Fenjas Onkel dann von seinen Besuchen in der Grotte, von ihren Archivrecherchen und von der Theorie einer Verschwörung gegen den Mainzer Erzbischof. Auch das Blutbad in der kleinen Dorfkirche ließ er nicht aus.

»Mein lieber Mann ... das ist 'ne Menge Holz«, stellte Janko fest, nachdem Jonas seinen Bericht beendet hatte. »Aber wie kann ich euch helfen?«

»Du hast jetzt die Fakten gehört und bist unvoreingenommen. Wir haben eigentlich nur eine Frage an dich, aber die ist wichtig.« Fenja überlegte kurz, dann setzte sie zögerlich hinzu: »Lach uns bitte nicht aus.«

»Mache ich nicht, versprochen. Wie lautet die Frage?«

»Janko, hältst du es theoretisch für möglich, dass es etwas gibt, das eine Glocke dazu bringen kann, die Menschen, die ihren Klang vernehmen, zu töten?«

Janko schwieg und fixierte den Lehmboden zu seinen Füßen.

Fenja und Jonas waren verunsichert. Sie konnten seiner Miene nicht entnehmen, ob er nachdachte oder ihre Frage einfach nur für absurd hielt.

Doch dann sah er sie an und antwortete: »Ja, das tue ich.«

27

»Ich möchte euch eine Geschichte erzählen«, begann Janko. »Es ist die Geschichte eines Mannes, dessen Forschungen von einem Teil der Fachwelt bejubelt wurden und von einem anderen Teil bezweifelt. Sein Name ist Vladimir Gavreau. Ein französischer Wissenschaftler mit russischen Wurzeln. Gavreau forschte in den sechziger Jahren daran, inwieweit man Schall als Waffe einsetzen kann. Dabei konzentrierte er sich auf Schallwellen, die weit unterhalb des vom Menschen hörbaren Bereichs liegen. Den sogenannten Infraschall.«

»Noch nie was davon gehört«, bemerkte Jonas, und auch Fenja zuckte mit den Schultern.

»Infraschall umgibt uns auch im Alltag«, setzte Janko seinen Vortrag fort. »Er ist ein Teil der Natur und der modernen Zivilisation. Wind, Meeresbrandung, Verkehr oder Industrieanlagen – alles sendet solche unhörbaren Wellen aus. Im Allgemeinen spüren wir davon nichts, allerdings – und das macht die Sache spannend – können unter bestimmten Umständen diese tiefen Frequenzen wie ein Angriff auf unser zentrales Nervensystem wirken. Dann verursachen sie Kopfschmerzen, Übelkeit und Darmkrämpfe, aber auch Orientierungslosigkeit, Angstzustände und Panikausbrüche. Mit diesen Dingen hat Vladimir Gavreau experimentiert und sicher auch viele andere, von denen wir nichts wissen.«

»Und? Hat dieser Gavreau es geschafft, mit seinem Wissen eine Waffe zu konstruieren?«, fragte Fenja.

»Er hat Infraschallkanonen gebaut, die bei denen, die ihnen ausgesetzt waren, zu äußerst schmerzhaften Reaktionen geführt haben. Wie weit das ging und welche Wirkungen er damit tatsächlich erreicht hat, darüber wurde viel spekuliert. Wenn die Technologie das Potenzial zu einer Waffe besaß, dann war sie auch interessant für das Militär. Und damit geheim. Fest steht, dass Gavreau als ein Vorreiter für die Schallwaffentechnologie gilt. Die Militärs vieler Nationen haben seitdem damit experimentiert. Nicht zuletzt die Amerikaner.«

»Aber wurden diese Waffen, wenn man sie tatsächlich entwickelt hat, denn jemals eingesetzt?«

»Die Beeinflussung von Menschen mit unhörbaren Schallwellen ist eine Technik, die niemand an die große Glocke hängen wird.« Janko lächelte schief, als ihm die Doppeldeutigkeit seiner Formulierung bewusst wurde. »Aber ab und zu dringt mal etwas an die Öffentlichkeit. Erinnert ihr euch an die Nachrichten aus Kuba letztes Jahr? Da behauptete das amerikanische Außenministerium, dass mehr als zwanzig seiner Botschaftsmitarbeiter Opfer eines Schallwellenangriffs geworden seien. Die Diplomaten klagten über Gehörverlust, Kopfschmerzen, Schlafstörungen und Schwindel. Die Beeinträchtigungen waren so groß, dass etliche betroffene Diplomaten das Land verlassen und sich in medizinische Behandlung begeben mussten. Die ganze Angelegenheit löste eine mittlere diplomatische Krise aus.«

»Stimmt.« Jonas konnte sich erinnern. Der Vorfall war in sämtlichen Medien gewesen. »Aber das sind alles relativ neue Technologien. Denkst du, jemand könnte schon im 17. Jahrhundert auf diese Effekte gestoßen sein?«

»Warum nicht? Auf Malta gibt es eine sechstausend Jahre alte unterirdische Tempelanlage, das Hypogäum von Hal Saflieni. Wissenschaftler haben herausgefunden, dass dort in einer Ritualkammer menschliche Stimmen so reflektiert werden, dass ihr Klang bestimmte Hirnzentren beeinflusst. So wird zum Beispiel das Sprachzentrum geschwächt und das Kreativzentrum angeregt. Ideal für Trance und Imagination. Die Priester im Neolithikum besaßen kein einziges Messgerät, und trotzdem kannten sie die Wirkung bestimmter Klänge auf Körper und Geist. Und nutzten sie ganz bewusst.« Fenjas Onkel sah seine beiden Besucher an. »Was ich damit sagen will, ist – wenn euer Nikolaus Corvus wirklich in Padua studiert hat und ein pfiffiges Kerlchen war, dann ist er vielleicht auf einen solchen Effekt gestoßen und hat ihn für seine Belange perfektioniert. Zumindest halte ich das für möglich.«

Schweigen erfüllte die Hammerstube. Jeder der drei hing seinen eigenen Gedanken nach.

Dann unterbrach Jonas die Stille. »Aber wie soll das Ganze mit einer Glocke funktionieren? Die kann man doch nicht beliebig im Klang verändern oder mal schnell heimlich austauschen. Glocken läuten immer gleich, und nach allem, was man weiß, sind sie vollkommen harmlos.«

»Das ist richtig«, entgegnete Janko. »Die Glocke selbst kann man nicht manipulieren. Aber das muss man auch nicht.«

»Wie meinst du das?«

»Man könnte ihren Klang benutzen. Ihn so verändern, dass er gefährlich wird.«

»Und wie soll das gehen?«

»Dazu bräuchte man einen zweiten Tonkörper. Ein Resonanzgerät, das die Schallwellen der Glocke aufnimmt und in Infraschallwellen umwandelt. Und zwar so, dass sie die beabsichtigte Wirkung auf Menschen haben.«

»Panik ...«

»Panik, Schmerz, Angst. Oder Aggression.«

»Sodass die Menschen wild aufeinander losgehen?«

»Ich bin kein Fachmann auf diesem Gebiet, aber wenn der implizierte Wahn groß genug ist – warum nicht?«

Im Ambiente der alten Hammerschmiede klangen Jankos Überlegungen wie ein böses Flüstern aus vergangenen Zeiten. Hatte Nikolaus Corvus diese Technik tatsächlich erfunden, dann war das Symbol der Verschwörer brillant gewählt. Die Natter, die geräuschlos aus der Glocke glitt, um im entscheidenden Moment aus dem Hinterhalt zuzustoßen.

»Und wie sollen wir uns so einen zweiten Tonkörper vorstellen?«, wollte Fenja wissen.

»Das kann ich euch nicht sagen. Was ich beschrieben habe, ist nur eine Idee. Eine Möglichkeit.« Janko zuckte die Schultern. »Vielleicht eine Art große Resonanzschale. Ein Becken. Eine Gegenglocke, die sich nicht bewegt. Natürlich genau berechnet.«

»Wer so etwas erfindet, muss aber ein ziemlicher Fachmann sein.«

»Eine Genie, ohne Zweifel. Und er müsste Ahnung vom Glockenguss haben.«

»Glocke und Gegenglocke. Gut und Böse. Gott und Teufel.« Jonas schüttelte den Kopf. »Wenn das funktioniert, wäre es die perfekte Waffe.«

Zwanzig Minuten später brachte Janko Fenja und Jonas zum Auto zurück. Fürs Erste hatten sie genug erfahren. Ausreichend Stoff, über den sie nachdenken konnten.

Als sie sich verabschiedeten, konnten sie in den Augen von Fenjas Onkel ein Funkeln sehen. »Wenn ihr noch etwas wissen wollt, kommt ruhig vorbei. Die Sache fängt an, mich zu interessieren!«

»Das glaube ich gern«, antwortete Fenja. »Und danke noch mal. Du hast uns echt weitergeholfen. Du solltest bei uns einsteigen!«

»Vorsicht, vielleicht komme ich darauf zurück.« Janko grinste breit. »Aber erst, wenn der Eisenhammer fertig ist ...«

Fenja sah zurück zu dem alten Gehöft und musste schmunzeln. Bis dahin wären sie wahrscheinlich alle Rentner.

Sie waren schon fast eine Stunde unterwegs. Jetzt nutzten sie den Rest der Autofahrt, um ihre Gedanken zu sortieren. Noch hörte sich alles nach einer abenteuerlichen Theorie an. Allerdings nach einer, die beängstigend gut zu dem passte, was sie bisher recherchiert hatten.

»Lass uns noch mal zusammenfassen, was wir haben«, schlug Jonas vor. Schon im nächsten Moment begann er aufzuzählen: »Es gibt eine Gruppe im 17. Jahrhundert, die sich heimlich trifft und etwas vorbereitet, was geheim bleiben soll. Und wir haben Indizien dafür, dass es sich dabei um einen Anschlag auf Erzbischof Johann Philipp von Schönborn handelt. Das Zeichen der mutmaßlichen Verschwörer ist eine Glocke mit einer Schlange.«

»Genau. Aber bisher weiß niemand, wie der Anschlag durchgeführt werden sollte«, setzte Fenja die Überlegungen fort. »Allerdings warnt damals ein vermeintlicher Verräter eindringlich vor dem Läuten der Gloriosa und wird von Nikolaus Corvus dafür getötet.«

»Damit schweigt die Gloriosa, und der Anschlag findet nicht statt.«

»Aber anderthalb Jahre zuvor sind die Gottesdienstbesucher in der kleinen Kirche von Gangloffsömmern beim Klang ihrer Glocke wild aufeinander losgegangen, und auch dort hat sich der undurchsichtige Corvus herumgetrieben.«

»Wenn die Theorie von der Schallwaffe stimmt, dann könnte das ein Testlauf für Erfurt gewesen sein.«

»Ein ziemlich makabrer Test.«

»Aber so würde alles einen Sinn machen.«

»Und der mysteriöse Resonanzkörper? Die Gegenglocke?«

»Corvus war in Gangloffsömmern bekannt. Er hätte also Gelegenheit gehabt, heimlich etwas in der Kirche zu deponieren und später wieder verschwinden zu lassen. Schließlich hat Valentin Radthauser ausgesagt, ein Mann vom Aussehen des Botanikus sei nach dem Gemetzel am Ort des Geschehens aufgetaucht. Den der arme Glöckner allerdings für den Satan hielt.«

»Was in gewisser Weise auch zutrifft, falls wir auf der richtigen Spur sind.«

»Dann haben wir also eine Hypothese«, stellte Jonas fest. »Bis hierher glaubhaft?«

»Ja. Zumindest möglich.«

Die beiden schwiegen, und während jeder von ihnen seinen eigenen Überlegungen folgte, begleitete die Sonne hinter herbstlichen Baumwipfeln ihre Fahrt und warf von Zeit zu Zeit zuckende Lichtreflexe auf das Armaturenbrett des Landrovers.

Bis Erfurt war es jetzt nicht mehr weit. In höchstens zwanzig Minuten würden sie zu Hause sein.

»Bleibt noch eine Frage«, nahm Fenja den Faden nach einer Weile wieder auf. »Was hat das alles mit den heutigen Geschehnissen zu tun?«

»Mit dem Mord in der Domgrotte? Vielleicht gar nichts. Das können zwei völlig unabhängige Angelegenheiten sein. Eine längst vergessene Verschwörung. Und eine Leiche, die jemand aus praktischen Gründen unter dem Dom versteckt hat. Weil er irgendwoher von der Höhle wusste. Ein Zufall.«

»Und wenn es keiner ist?« Fenja ging nicht aus dem Kopf, was ihnen ihr Onkel Janko über die grausigen Effekte erzählt hatte, die manipulierte Schallwellen hervorrufen konnten. »Was ist, wenn die Gemeinschaft im Schatten nie aufgehört hat zu existieren und sie die Technologie der Glockenwaffe seit damals bewahrt hat? Vielleicht ist der Tote in der Grotte zufällig darauf gestoßen, und sie haben ihn aus dem Weg geräumt, um ihr Geheimnis zu schützen? Immerhin verhält sich dein Dr. Hutter ziemlich merkwürdig, und er ist der Nachkomme eines Verschwörers.«

»Meinst du wirklich – immer vorausgesetzt, es gibt sie tatsächlich –, er weiß etwas von Corvus' Glockenwaffe?«

»Kann doch sein. Er will unbedingt verhindern, dass etwas über das damalige Komplott bekannt wird.«

»Aber wir leben im 21. Jahrhundert. Warum sollte jemand den Aufwand betreiben, die Existenz der Schallwaffe so lange geheim zu halten? Das macht doch keinen Sinn. Es sei denn …« Jonas geriet ins Stocken. Sein Blick war gerade auf ein überdimensionales Plakat gefallen, das am Rand der Straße stand.

»Es sei denn, sie wurde bewahrt, um sie irgendwann noch einmal einzusetzen«, brachte Fenja den Gedanken zu Ende. Sie hatte das Poster im selben Moment bemerkt.

Stolz stand es an der Einfallstraße nach Erfurt. Über dem Porträt eines milde lächelnden Mannes in einer weißen Kutte prangte in großen goldenen Lettern: »Erfurt freut sich auf den Besuch von Papst Marcellus III.!«

28

Der Gebäudekomplex hatte riesige Ausmaße. Es war kurz vor zehn Uhr am Montagmorgen, und Jonas folgte seinem Begleiter durch die heiligen Hallen des Landeskriminalamtes. Kommissar Kempfer, der hochgewachsene Kollege von Anne Vareel, hatte ihn vom Tor abgeholt und geleitete ihn nun schon seit mehreren Minuten durch Flure, die alle gleich aussahen.

Zwei Stunden zuvor hatte Jonas Kommissarin Vareel angerufen und um ein dringendes persönliches Gespräch gebeten. Er war kurz auf ihre letzten Rechercheergebnisse eingegangen, auch auf die Überlegungen von Janko Wolff, allerdings ohne die Sache sonderlich auszubreiten. Das wollte er lieber persönlich tun. Gestern hatte er noch lange mit Fenja zusammengesessen, um die neuesten Informationen zu ordnen und noch einmal zu hinterfragen. Aber ob an der Sache mit der Glocke nun etwas dran war oder nicht – sie wollten ihr Wissen unbedingt loswerden. Und zwar an einer Stelle, die im Zweifelsfall entsprechende Maßnahmen ergreifen konnte.

Daniel Kempfer bog durch eine Glastür in einen kurzen Flur, von dem aus nach beiden Seiten Zimmer abzweigten. Er dirigierte Jonas in einen nüchternen Besprechungsraum, in dem es lediglich einen Konferenztisch mit acht Stühlen gab. Auf dem Tisch standen Mineralwasserflaschen in Miniaturausgabe und ein paar vermutlich trockene Kekse in einer roten Verpackung – der einzige Farbtupfer im Raum und anscheinend inzwischen ständiger Teil der Ausstattung.

»Nehmen Sie schon mal Platz«, bot Kempfer an. »Kaffee kommt gleich.«

Vermutlich war ihre Ankunft in den Nachbarzimmern bemerkt worden, denn schon trat eine junge Frau in den Raum. Leicht gebückt balancierte sie ein Tablett, auf dem Kaffeegeschirr und eine große Kanne gegeneinanderklirrten. »Hallo«, grüßte sie kurz in Jonas' Richtung und stellte das Tablett ab. »Ihr nehmt euch selbst?« Sie grinste Kempfer an und verschwand, ohne eine Antwort abzuwarten, wieder im Flur. Der Kommissar verteilte die Tassen auf dem Tisch; es waren vier.

»Guten Morgen!«, ertönte es jetzt laut und frisch in der Tür. Kommissarin Vareel rauschte mit energischem Schwung in den Besprechungsraum und ließ einen hohen Stapel Hefter und Mappen auf die Tischplatte rutschen. Dann trat sie auf Jonas zu, der höflich wieder aufstand, und gab ihm die Hand. »Hallo, Jonas«, begrüßte sie ihn noch einmal persönlich und deutete dann hinter sich. »Ich habe noch jemanden mit dazu gebeten. Das ist Kommissar Marc Schätzele. Wir arbeiten beim Dombergfall zusammen.«

Jonas betrachtete den Mann, der nach der Kommissarin das Zimmer betreten hatte. Er war Anfang dreißig und hatte kurz geschnittene dunkelblonde Haare. Zu seiner Jeans trug er ein einfaches graues T-Shirt. Seine Statur war leicht untersetzt, der Körper bis in die letzte Faser durchtrainiert, und seine Haltung drückte dezentes Selbstbewusstsein aus. Entsprechend fest war sein Händedruck. »Hallo«, bemerkte er knapp, dann zog er sich schon wieder in die zweite Reihe zurück.

»Setzen wir uns«, übernahm die Kommissarin jetzt die Regie. Während alle vier Platz nahmen, kramte Jonas sein Notizbuch hervor, und Anne Vareel schob einen Teil ihrer Akten ihren Kollegen zu. »Jonas, vielleicht fassen Sie noch einmal für uns zusammen, was Sie neu herausfinden konnten, seit wir am vergangenen Mittwoch miteinander telefoniert haben. Bis dahin sind wir hier alle auf dem Sachstand.«

»Okay. Alle neuen Erkenntnisse beruhen darauf, dass wir inzwischen davon ausgehen, dass ein gewisser Nikolaus Corvus zu den Mumien in der Domgrotte gehört. Und dass sich dort um das Jahr 1667 eine Gruppe Erfurter Persönlichkeiten heimlich getroffen hat, um ein Komplott zur Ermordung des Mainzer Erzbischofs Johann Philipp von Schönborn zu schmieden.« Jonas sah kurz in die Runde. Anne Vareel blickte ihn wissend an, ihr hatte er die geschichtlichen Zusammenhänge schon mehrmals auseinandergesetzt. Auch Daniel Kempfer nickte bestätigend; offenbar war er mit den Bezügen zu Erfurts Stadtgeschichte ebenso auf dem Laufenden. Die Miene von Kommissar Schätzele blieb hingegen regungslos. »Bisher war nichts darüber bekannt, auf welche Weise das Attentat damals stattfinden sollte«, fuhr Jonas fort. »Jetzt glauben wir, dass wir eine mögliche Methode gefunden haben. Es ist der Schall der Glocke.« Noch einmal sah er in die Runde. Er hatte von allen die volle Aufmerksamkeit. Unter Zuhilfenahme seiner Notizen berichtete Jonas ausführlich von ihren Recherchen in der kleinen Dorfkirche und von dem Gespräch mit Fenjas Onkel. Am Ende fasste er noch einmal zusammen: »Unsere Überlegungen beruhen also auf den Ereignissen in Erfurt und Gangloffsömmern im Zeitraum zwischen 1664 und 1667. Diese Rechercheergebnisse können mittlerweile als gesichert gelten. Unser Schluss – die mögliche Existenz einer Schallwaffe unter Verwendung von Glocken – resultiert aus der Beratung durch den Physiker Dr. Janko Wolff und aus dem Abgleich der Theorie mit bestimmten Ereignissen von damals. Bisher ist das jedoch alles noch rein hypothetisch.« Und er fügte noch hinzu: »Aber unserer Meinung nach nicht unrealistisch.«

»Puh.« Daniel Kempfer lehnte sich stöhnend zurück und ließ den Kugelschreiber in seinen Fingern kreisen, mit dem er sich gerade noch Notizen gemacht hatte. Anne Vareel sah zwischen ihren Kollegen hin und her. Es entstand eine Pause, die aber nicht lange währte.

»Sie haben in Ihrem Telefonat heute Früh gegenüber meiner Kollegin erwähnt, die ganze Sache könnte mit dem Papstbesuch in vier Wochen zu tun haben. Wie kommen Sie darauf?« Die Nachfrage kam von Schätzele und klang weder misstrauisch noch besonders wohlwollend. Das knappe Nachhaken eines Ermittlers, der sich nicht in die Karten blicken lässt. Trotzdem hatte Jonas das Gefühl, dass der Polizist hinter seiner ausdruckslosen Miene bereits Gedankenspiele anstellte und Optionen prüfte. Alles an diesem Mann wirkte cool und effizient.

»Das war erst mal nur so eine Idee.« Jonas ärgerte sich, dass er sich anscheinend rechtfertigen musste. »Wenn es vor dreihundertfünfzig Jahren eine Möglichkeit gegeben hat, Glocken-klänge für einen Anschlag zu manipulieren, dann könnte das heute doch immer noch funktionieren …«

»Haben Sie bei Ihrer Arbeit in den letzten Tagen etwas gehört oder gesehen, was diese Theorie untermauert?«

»Ehrlich gesagt nicht.« Jonas kam sich jetzt blöd vor. Das war das Problem, wenn man zu spekulieren begann. Gestern Abend hatten sie die Idee für beängstigend realistisch gehalten. Natürlich hatten ihnen da die Ausführungen von Fenjas Onkel noch ganz frisch in den Ohren geklungen. Dabei hätte ihnen klar sein müssen, dass die Polizei nur eindeutige Fakten akzeptierte. Zu seiner Ehrenrettung erklärte er: »Was die Ereignisse im 17. Jahrhundert betrifft, halten wir die Hypothese mit der Glockenwaffe wie gesagt für möglich. Zudem gibt es nachgewiesene Verbindungen zwischen den Protagonisten von damals und Bürgern, die heute in Erfurt leben.«

»Hutter und Withauer«, stellte Kempfer fest.

»Dr. Lorentz Hutter ist eindeutig der Nachkomme eines mutmaßlichen Verschwörers aus der Domgrotte. Genauso wie Herbert Withauer. Vielleicht gibt es noch mehr?«

»Meinen Sie wirklich, dass Sie daraus eine Verbindung ableiten können? Irgendwelche Nachfahren gibt es immer.« Noch einmal war es Marc Schätzele.

»Mit einem eigenen Tunneleingang zur Domgrotte?«, konterte Jonas.

Schätzele musste für einen kurzen Moment grinsen, dann war er wieder ernst. Jonas glaubte, eine winzige Spur Anerkennung aus seiner Reaktion herausgelesen zu haben, aber er konnte sich auch irren.

»Um noch mal auf die Frage meines Kollegen zurückzukommen – wir gehen also richtig in der Annahme, dass Sie keine konkreten Hinweise auf die Existenz einer Klangwaffe oder auf konkrete geplante Anschläge auf Papst Marcellus haben. Ist das richtig?«, wollte Anne Vareel wissen.

»Wenn Sie so fragen – ja. Das heißt – nein. Konkrete Anhaltspunkte habe ich nicht.«

»Okay. Da kommen wir im Moment also nicht weiter. Und, um das auch noch mal zu sagen, wir sitzen ja eigentlich nicht wegen dem Papst hier, sondern weil wir einen Mord aufzuklären haben. Und das gestaltet sich derzeit schwierig genug. Auf jeden Fall danke ich Herrn Wiesenburg erst mal für seine umfangreichen Recherchen. Ich glaube, wir sind uns alle einig, dass er in kurzer Zeit sehr viel herausgefunden hat.« Vareel nickte Jonas anerkennend zu. »Und was die Theorie mit der Schallwaffe betrifft – ich muss zugeben, die halte ich für etwas weit hergeholt. Aber es ist trotzdem nicht falsch gewesen, Jonas, dass Sie uns auch diesbezüglich Ihre Überlegungen mitgeteilt haben. Wir werden …« Die Kommissarin stockte. »Jonas, hören Sie mir zu?«

Doch Jonas' Blick war starr auf eine Mappe gerichtet, deren Deckel unter zwei anderen Akten hervorlugte. Darauf stand der Name »Enrico Chevalier«. Der Mann, der im Rathaus Amok gelaufen war. »Shit«, entfuhr es ihm. »Daran habe ich ja noch gar nicht gedacht!«

»Woran haben Sie nicht gedacht?«, wollte Vareel wissen und folgte Jonas' Blick zur Mappe. Als sie erkannte, was er dort gelesen hatte, bemerkte sie: »Das ist ein anderer Fall.«

»Mir kam da nur gerade so eine Idee …« Jonas stand immer noch unter dem Eindruck von dem, was ihm gerade durch den Kopf gegangen war.

»Was für eine Idee?« Das Interesse von Anne Vareel schien plötzlich geweckt.

»Das, was Chevalier im Rathaus gemacht hat. Sein anfallartiger Gewaltausbruch. Und alles – ohne einen Grund.«

»Ja?«

»Genau so wurde in den Unterlagen das Massaker in Gangloffsömmern beschrieben. Die Leute sind plötzlich aufeinander losgegangen. Grundlos.« Er überlegte kurz und fügte hinzu: »Allerdings hatte dort vorher die Glocke geläutet.«

»Das hat sie hier auch«, rutschte es Daniel Kempfer heraus, der sofort verstummte, als ihn der ermahnende Blick seiner Vorgesetzten traf.

»Das sind Ermittlungsdetails in einem Fall, der hier nicht zur Debatte steht«, sagte Vareel. Aber als Jonas bittend zu ihr hinüberschaute, erklärte sie knapp: »Enrico Chevalier wurde kurz vor seiner Tat beim Verlassen einer Kirche gesehen, und dabei soll wohl auch eine Glocke geläutet haben. Das ist schon alles.«

»Welche Kirche war das?«, hakte Jonas nach.

»Die Hospitalkirche. Hinter dem Gagarin-Ring.«

Jonas war verblüfft. Von dort waren es nur zehn Minuten Fußweg bis zum Rathaus. Und eine ziemlich direkte Route führte über die Krämerbrücke. Dort, wo er am Abend seiner Buchpremiere Chevaliers gespenstische Fratze vor dem Galeriefenster gesehen hatte. Bevor der zukünftige Ehrenbürger im Ratssaal durchgedreht war. Aber von dieser kurzen Begegnung erzähle ich hier lieber nichts, dachte Jonas, sonst denken die noch, ich bin total verrückt. Stattdessen fragte er noch einmal: »Wirklich die Hospitalkirche, kein Zweifel?«

»Warum wollen Sie das so genau wissen?«, fragte Schätzele dazwischen.

»Frau Vareel hat eben gesagt, als Chevalier gesehen wurde, habe die Glocke geläutet.«

»Ist das was Besonderes? Glocken läuten jede Stunde, manchmal sogar jede Viertelstunde.«

»Stimmt.« Jonas nickte und sah den Beamten an. »Aber in diesem Fall verhält es sich anders.«

»Wieso?« Anne Vareel zog die Augenbrauen hoch.

»Ich kenne die Kirche. Sie wird seit zwei Jahren saniert. Seitdem ist die Glocke abgestellt.«

Niemand sagte etwas.

Jonas war verunsichert. Wussten die Polizisten mehr, als sie ihm sagten? Oder war das Gegenteil der Fall, und sie tappten völlig im Dunkeln?

Kommissarin Vareel unterbrach die peinliche Stille. »Also, Leute, bevor wir hier ›Akte X‹ spielen, gehen wir mal lieber davon aus, dass die Tat von Enrico Chevalier nichts mit irgendeiner Glockenwaffe zu tun hat.«

Die Spannung im Raum löste sich auf. Kempfer lachte unbeholfen, und Vareel stellte ihre leere Kaffeetasse auf das Tablett.

»Dann haben Sie eine Erklärung für sein Verhalten im Rathaus?«, fragte Jonas.

Er erhielt keine Antwort. Stattdessen warfen sich die Polizisten gegenseitig scheele Blicke zu. Aha, dachte er, sie haben keinen blassen Schimmer.

»Wir sollten vielleicht mal die ganzen Spekulationen beiseitelassen«, bemerkte Schätzele trocken.

»Und was glauben Sie, warum Chevalier durchgedreht ist?«, fragte Jonas ärgerlich.

»Das Einzige, woran ich glaube, ist die normative Kraft des Faktischen.« Der Polizist grinste schräg.

Na toll, dachte Jonas. Ein Totschlagargument, formuliert in feinstem Behördendeutsch.

»Mal eine ganz andere Frage«, schaltete sich jetzt Daniel Kempfer ein. »Um zu Ihren Recherchen über die Domgrotte zurückzukommen. Könnten Sie sich auch vorstellen, dass es bei der ganzen Angelegenheit einfach um Wertgegenstände geht? Goldmünzen, Tafelsilber, Edelsteine? Sie haben doch gesagt, die Mumien waren reiche Erfurter Kaufleute. Vielleicht hatten sie in der Domgrotte ihre Pfründe versteckt. Und irgendwann vor ein paar Jahren sind irgendwelche Leute zufällig darüber gestolpert, in Streit geraten und boing!, schon lag einer von ihnen tot am Boden.«

»Klar, möglich ist alles«, antwortete Jonas ernüchtert. Die Theorie war nicht einmal ganz von der Hand zu weisen, musste er zugeben. Zumindest könnte sie als Motiv für den aktuellen Mord dienen. Aber auch das würde nichts an dem ändern, was er über die Schattenbrüder herausgefunden hatte.

Kommissarin Vareel erhob sich und sah in die Runde. »Ich glaube, die Fakten liegen auf dem Tisch. Es bringt nichts, wenn wir jetzt noch endlos darauf herumreiten. Wir werden alles in Betracht ziehen, was wir für belastbar halten. Noch Fragen an Herrn Wiesenburg?« Sie hatte sich in Richtung ihrer Kollegen gewandt.

»Nein, im Moment nicht«, antwortete Kempfer.

»Nein«, kam es militärisch knapp von Schätzele.

»Gut. Dann sind wir für heute fertig. Jonas, ich bringe Sie noch raus.«

Jonas packte sein Notizbuch ein und zog seine Jacke über, bevor er der Kommissarin in den Flur folgte, wo er einen letzten Anlauf unternahm. »Und Sie sind sich sicher, dass da wirklich nichts dran sein kann? Ich meine, an der Sache mit der Glocke?«, fragte er Anne Vareel leise.

»Jonas, wir haben auch unsere Spezialisten. Heute Früh nach Ihrem Anruf habe ich mich mit ein paar Leuten im Haus unterhalten. Ich verspreche Ihnen, wir behalten die Angelegenheit im Hinterkopf, aber nehmen Sie es uns nicht übel, wenn wir Ihre Hypothese für etwas«, sie suchte nach einer Formulierung, »wenn wir sie für wenig realistisch halten.«

»Es war auch nur eine Idee.« Jonas zuckte mit den Schultern. Er hatte sie nicht überzeugt, das wusste er jetzt. Aber er hatte ja selbst Zweifel.

»Kopf hoch. Sie haben gute Arbeit geleistet.« Anne Vareel lächelte ihn aufmunternd an. »Und ich bin mir sicher, dass uns der eine oder andere von Ihren Hinweisen bei unserer Mordermittlung auch etwas nützen wird. Wir stehen leider noch ganz am Anfang, aber oft gibt es irgendwann den Moment, an dem alle losen Enden zusammenfinden. Und dann ist es gut, vorher so viele Fakten wie möglich gesammelt zu haben. Recherchieren Sie weiter, und wenn Sie etwas Neues haben, dann melden Sie sich. Einverstanden?«

»Klar. Mach ich.« Für Jonas klang Vareels Ermutigung wie ein Trostpflaster. Vielleicht war sie auch enttäuscht, dass seine Recherchen sie bisher nicht wirklich vorangebracht hatten. Zumindest konnte er sich das vorstellen. Aber natürlich würde er sich weiter ins Zeug legen und Fenja auch. Jetzt erst recht.

»Dann machen Sie's gut. Herr Kempfer bringt Sie wieder nach unten.« Die Kommissarin drückte Jonas' Hand und ging in den Besprechungsraum zurück.

Daniel Kempfer begleitete ihn bis auf den Parkplatz, wo er

sich freundlich verabschiedete. Einen Moment später saß Jonas wieder im Landrover und rollte vom Gelände des LKA, während der Wind auffrischte und düstere Wolken über den Himmel schob.

29

Fenja hielt die flatternden Enden ihres Schals fest und stemmte sich gegen den Sturm, der durch die Straßen der Innenstadt fegte. Winzige Regentropfen stoben ihr entgegen. Es war deutlich kühler als noch am Morgen.

Inzwischen war es beinahe zweiundzwanzig Uhr. Die Betriebsamkeit des Tages hatte sich fast vollständig gelegt. Als Fenja am Nachmittag von der Arbeit gekommen war, hatte sie eine Nachricht ihres Kumpels Henning erhalten. Es gab eine gute Neuigkeit. Friederike, die Tochter von Dr. Lorentz Hutter, würde am heutigen Abend um zehn in der Bar der »Engelsburg« auf sie warten. Henning hatte das Treffen arrangiert. Fenja und Jonas waren sich schnell einig gewesen, dass sie alleine hingehen sollte; Fenja konnte sich auf Henning berufen, und so war die Verabredung weniger offiziell. Jonas hatte ihr auch von seinem morgendlichen Besuch beim LKA berichtet, und sie waren die möglichen nächsten Schritte durchgegangen. Schon morgen würde sich Jonas mit Bruder Athanasius Kuhnert vom Domkapitel treffen, um sich die berühmte Gloriosa einmal aus der Nähe anzusehen.

Fenja bog in eine enge Gasse ein, die vom fahlen Licht einer einsamen Straßenlaterne erhellt wurde. Der Wind pfiff ihr wie durch einen Kamin entgegen. Doch schon nach wenigen Metern erreichte sie die Tür zu der gemütlichen Bar, die zur »Engelsburg« gehörte, einem studentisch geprägten Kulturzentrum in Erfurts historischem Stadtkern.

Mit einem Schlag waren Nässe und Kälte vergessen. In dem niedrigen Raum mit seinen alten Deckenbalken und der gedämpften Beleuchtung war es warm und gemütlich. Fast alle Holztische waren besetzt, und sonores Murmeln und Lachen erfüllten den Raum.

Fenja sah sich um, während sich ihre Augen an das schummrige Licht gewöhnten. Es dauerte nicht lange, bis sie Friederike

Hutter entdeckte. Sie saß auf einem Hocker an der Bar und tippte etwas in ihr Smartphone. Die junge Frau hatte ein energisches und gleichermaßen anmutiges Gesicht, das dichte, bunt gefärbte Locken umrahmten. Sie verliehen ihr etwas Verwegenes. Dazu trug sie einen weiten Strickpullover im Schlabberlook und eine ausgewaschene Jeans. Der Kontrast zu dem stets auf Perfektion und Fassade getrimmten Äußeren ihres Vaters hätte nicht größer sein können. Fenja fand sie sofort sympathisch.

»Friederike?«, fragte sie zur Begrüßung, obwohl sie Hutters Tochter von Zeitungsfotos kannte. »Ich bin Fenja. Henning hat dich wegen unserem Treffen angefunkt.«

»Hi, Fenja. Ja, das hat er. Ich soll dir auch einen schönen Gruß sagen. Übrigens nennen mich alle nur Rike.« Die junge Frau legte ihr Smartphone beiseite und gab Fenja die Hand.

»Okay, dann Rike. Super, dass es so schnell geklappt hat. Arbeitest du hier?«

»Nee. Früher hab ich manchmal hier gejobbt, aber im Moment ist keine Zeit dafür.« Friederike Hutter schien darauf zu achten, dass sie von ihrem Vater unabhängig blieb, obwohl er ihren Lebensunterhalt natürlich problemlos hätte finanzieren können.

Fenja bestellte sich bei dem blassen Jungen hinter der Bar einen Rotwein, dann fragte sie: »Studierst du eigentlich noch?«

»Ja. Sozialpädagogik. Hier an der Uni. Und du?«

»Ich bin Geologin. Im Moment arbeite ich für ein Institut in Jena.«

»Oh, cool. Da bist du sicher viel unterwegs.«

»Es geht so. Auf jeden Fall viel draußen.«

»Beneidenswert. Ich werde wahrscheinlich mal Lehrerin. Hoffentlich keine allzu spießige.«

»Mit Sicherheit nicht, was man so hört.« Die ganze Stadt kannte Friederike Hutter, die sich neben ihrem Studium in verschiedenen Initiativen lautstark für soziale Projekte engagierte und die konservative Linie ihres Vaters gern öffentlich anprangerte. Seit sie nicht mehr zu Hause wohnte, ging sie deutlich auf Distanz zu ihrer Familie, die sie für extrem intolerant hielt.

»Ich hoffe, ich kann das Schulsystem irgendwann mal so richtig aufmischen, aber jetzt muss ich erst mal heil durch die Prüfungen kommen.« Rike zuckte die Schultern. Dann blitzte sie Fenja neugierig an. »Weswegen wolltest du mich denn sprechen?«

»Es geht um eine Recherche von meinem Freund Jonas. Er ist Historiker und beschäftigt sich gerade mit den Mumien vom Domberg. Ich helfe ihm ein bisschen dabei.«

»Wow. Das klingt ja echt spannend. Hast du die Mumien gesehen?«

»Nein. Jonas war in der Grotte. Ich bin mir gar nicht sicher, ob ich das gewollt hätte.« Fenja lächelte verschmitzt. »Aber er hat sie mir sehr plastisch beschrieben.«

»Ich finde das total schräg.« Rike zog eine Miene, in der sich Abscheu und Neugier zu gleichen Teilen mischten. »Und was genau macht dein Freund bei der Sache?«

»Die Mumien sind aus dem 17. Jahrhundert. Jonas will rauskriegen, was damals passiert ist. Warum sich die Männer in der Höhle getroffen haben.« Fenja sagte extra »will« und nicht »soll«, damit sie keine Frage nach Jonas' Auftraggeber provozierte. Hörten sie das Kürzel »LKA«, wurden viele Leute misstrauisch.

»Und? Hat er schon eine Ahnung?« Rike wirkte interessiert.

»Noch nicht so richtig«, wich Fenja aus. »Aber wir wissen, dass es sich um Kaufleute aus Erfurt handelt. Ein Ratsherr ist auch dabei.«

»Aha. Und wie kann ich euch da helfen?«

»Der Ratsherr heißt Veit Hutter.«

»Echt? Ach du Scheiße!« Rike fiel aus allen Wolken. »Bist du dir sicher? Mein Vater stammt von einem Veit Hutter ab!«

»Ich weiß. Deshalb wollte ich dich sprechen. Hat er dir nichts von der Mumie erzählt?«

»Nein. Das ist ja krass.« Rike fuhr sich aufgeregt durch ihre Wuschelfrisur. »Aber wir reden auch nicht wirklich viel miteinander. Unser Verhältnis ist gerade nicht besonders innig. Hast du vielleicht schon gehört.«

»Ja, andeutungsweise. Warum eigentlich?«

»Ach, weil mein Alter ein karrieregeiler Wichser ist!« Rike geriet innerhalb von Sekunden in Rage. »Er faselt immer, dass ihm Erfurt so ungeheuer viel bedeutet, aber für die Erfurter selbst interessiert er sich einen Dreck. Für ihre Probleme. Die soziale Ungerechtigkeit. Für die vielen Familien, denen es nicht gut geht. Die Schulen. Die Geflüchteten. Da denkt er nicht mal drüber nach. Stattdessen kommt er dauernd mit seinem Gequatsche von historischen Werten, von Traditionen und von der guten alten Zeit. Natürlich immer garniert mit Aufträgen für die Baufirmen, die er vertritt. Hast du schon mal versucht, eine der von seinen Konsorten so hübsch sanierten Wohnungen zu mieten? Die sind für uns Normalos nicht zu bezahlen.« Rike schüttelte energisch den Kopf. »Mein Vater interessiert sich nur für sich selbst. Hauptsache, die Fassade stimmt. Alles andere ist ihm egal.«

Hutters Tochter war während ihrer Tirade immer lauter geworden, sodass der junge Kellner hinter dem Tresen aufgehört hatte, seine Gläser zu spülen, und verunsichert zu ihr hinübersah. Als sie seinen Blick frostig erwiderte, fragte er verdattert: »Wollt ihr noch was trinken?«

»Ein Bier«, schmetterte ihm Rike entgegen. Dann sah sie Fenja an und lächelte schräg. »Sorry, aber ich rege mich immer über meinen Alten auf. Bin aber gleich wieder ruhig.«

»Prost!« Fenja hob ihr Weinglas, nachdem ihre Gesprächspartnerin in Rekordzeit ihr frisches Bier erhalten hatte.

»Ja, Prost!«, antwortete Hutters Tochter, stieß an und nahm einen kräftigen Schluck. Dann kam sie auf das ursprüngliche Thema zurück: »Also ist ein Urahn von mir eine der Mumien aus dem Domberg?«

»Ja. Aber behalt das bitte für dich. Ich glaube, das ist noch nicht offiziell. Und es wäre nicht so gut für Jonas und mich, wenn das jetzt irgendwo in der Zeitung erscheint.«

»Klar, ist verstanden. Ich halte meinen Mund.«

»Aber dass dein Vater von einem Ratsherrn namens Veit Hutter abstammt, das hast du gewusst?«, hakte Fenja noch einmal nach.

»Klar. Veit Hutter ist bei uns der Familienheilige. Nachdem mein Vater irgendwann im Stadtarchiv einen alten Schrieb gefunden hatte, in dem ein reicher Tuchhändler und Ratsherr namens Hutter erwähnt wurde, war er plötzlich ganz aufgeregt. Hat gleich ein Dutzend Genealogen damit beauftragt, herauszufinden, ob er vielleicht mit ihm verwandt ist. Als die ihm das bestätigt haben, ist ihm fast einer abgegangen. Seitdem ist Veit Hutter die große Ikone seines konservativen Weltbildes.«

»Hängt dein Vater echt so sehr an eurer Familiengeschichte? Dieser Veit Hutter hat immerhin dreihundertfünfzig Jahre vor ihm gelebt. Das ist eine ganz schön lange Zeit.«

»Eben. Das ist doch mal ein Stammbaum. Der Typ war damals wichtig-popichtig in Erfurt. Und genau so will mein Vater auch sein.«

»So schlimm?«

»Das ist noch nicht mal alles. Vater hatte die Idee, Porträts von verdienstvollen Ratsherren in Auftrag zu geben und im Rathaus aufzuhängen. Als die Stadt nicht mitziehen wollte, hat er seinen berühmten Vorfahren auf eigene Kappe malen lassen. Nach einem Foto von sich selbst, aber in Klamotten der damaligen Zeit. Hängt seit Jahren in unserem Wohnzimmer. Echt peinlich. Gott sei Dank kommt da nie jemand rein, der nicht zu seinen Kreisen gehört. Die finden den Pipifax ja gut.«

»Eine eigene Ahnengalerie?«

»So was in der Art. Starthilfe für die Geschichtsschreibung, so nennt er das. Früher war er oft im Rathaus, um sich die alten Historienschinken anzusehen. Hat sich förmlich unter ihnen gesonnt. Wer's nötig hat …«

»Und woher weißt du das?«

»Als Kind musste ich manchmal mit. Dann hat er mir die Stadtgeschichte vorgebetet. Und mich hinterher abgefragt. Ich habe das gehasst.« Sie zog einen angewiderten Flunsch. »Mich hat im Rathaus immer nur ein Bild interessiert. Und das war der Arsch.«

»Der Arsch?«

»Du kennst den Arsch nicht?« Rike grinste breit. »Im Festsaal gibt's ein Tafelbild vom Habsburger König Rudolf. In den neunziger Jahren hat da irgendjemand heimlich einen nackten Hintern reingemalt, der aus einem Turmfenster guckt. Niemand weiß, wie der da hingekommen ist. Vielleicht war's ein Restaurator. Jedenfalls 'ne coole Idee.«

Fenja stellte sich vor, wie sich die kleine Friederike im Rathaussaal über den frechen Popo amüsiert hatte, während ihr Vater hehre Vorträge über die Stadtgeschichte hielt. Ein lustiger Gedanke. Sie nahm sich vor, den Saal auf jeden Fall noch einmal zu besuchen.

Ein weiterer Pulk Besucher drängte sich in die Gaststube, und für einen Moment zog es kalt herein. Doch die Tür fiel sofort wieder ins Schloss, und der frische Windzug erstarb.

»Mal eine ganz andere Frage«, setzte Fenja wieder an. »Das Haus am Fischersand, das gehört doch deinem Vater? Das, in dem Metropolis Thuringiae ihren Sitz hat.«

»Ja. Ihm gehören mehrere Häuser in der Stadt. Das am Fischersand ist nur eins davon, ihm aber von allen das wichtigste.«

»Wieso das?«

»Ist die gleiche Geschichte. Das Haus hat früher mal Veit Hutter gehört. Mein Vater ist zufällig darauf gestoßen, als er für einen Immobiliendeal alte Grundbücher und Flurpläne durchsehen musste. Als er das spitzgekriegt hat, wollte er es unbedingt haben. Sozusagen als altes Familieneigentum. Der Schuppen war hoffnungslos überteuert, weil der Vorbesitzer partout nicht verkaufen wollte. Aber mein Alter hat Druck gemacht und viel Geld in die Hand genommen. Irgendwann war das Haus seins. Wie immer. Ein Hutter kennt kein Nein.« Den letzten Satz spie Rike mit kalter Verachtung aus.

»Weißt du noch, wann er es gekauft hat?«

»Nicht genau. Ungefähr vor fünf Jahren.«

Fenja stockte der Atem. Das fiel mitten in die Zeitspanne, die Anne Vareel für den Mord an der neuen Domberggleiche genannt hatte. »Und wer war der Vorbesitzer?«, wollte sie wissen.

»Keine Ahnung.« Rike verzog ihren Mund zu einem bitteren Grinsen. »Glück gebracht hat meinem Vater der Kauf jedenfalls nicht. Wenn ich jetzt höre, dass ihm die Bullen wegen dem Tunnel zur Domhöhle die Bude einrennen … Schadet ihm gar nicht!«

Klar, dass sie davon wusste, dachte Fenja. In der Zeitung war die Mordermittlung breitgetreten worden, genauso wie die Ermittlungen in Hutters Verein. »Meinst du, er hat was mit der Sache zu tun?«, fragte sie behutsam. Sie sagte bewusst »Sache« und nicht »Mordopfer«.

Aber Rike hatte sie auch so verstanden. »Mein Alter? Ein Mord? Nee! Damit würde er ja seine großartige Karriere riskieren.« Sie schüttelte verächtlich den Kopf. »Schlimm genug für ihn, dass er jetzt in der Zeitung laufend damit in Verbindung gebracht wird. Seine Gegner reiben sich schon die Hände.«

»Gegner?«

»Seine Konkurrenten. Wie ich gehört habe, brodelt es bei Metropolis Thuringiae zurzeit gewaltig. Ein paar Typen aus dem Vorstand haben es auf seinen Posten abgesehen. Der feine Verband ist eine Schlangengrube. Es geht um riesige Aufträge und Immobilien und um Einfluss in der Stadt. Noch ist mein Vater mächtig, aber im Dezember sind Verbandswahlen. Er kann jetzt keinen Skandal gebrauchen, sonst ist er weg vom Fenster. Metropolis Thuringiae lebt von der sauberen Weste.«

Fenja dachte für einen Moment über das Gehörte nach. Das konnte natürlich ein Grund dafür sein, warum Lorentz Hutter sich Jonas gegenüber so aggressiv verhalten hatte. Bei dem internen Machtkampf konnte er einen Verschwörungsskandal um seinen berühmten Vorfahren nicht gebrauchen. Sie überlegte, ob sie Hutters Tochter von der Gemeinschaft im Schatten und von dem Komplott gegen den Erzbischof erzählen sollte, ließ es aber einem Impuls folgend lieber bleiben. Stattdessen fragte sie unverfänglich: »Hat dein Vater mal was von einer Akte aus dem Staatsarchiv in Wernigerode gesagt?«

»Wernigerode? Nein, keine Ahnung.« Rike hob entschuldigend die Schultern. »Aber das muss nichts heißen. Er erzählt mir längst nicht alles. In letzter Zeit herrscht ja zwischen uns fast Funkstille.«

»Klar.« Schade. »Das klingt jetzt vielleicht komisch – aber ist dir bei euch zu Hause mal so ein komisches Symbol aufgefallen? Eine Glocke, aus der eine Schlange kriecht?«

»Eine Glocke mit einer Schlange? Bei uns? Nein.« Rike machte ein derart dämliches Gesicht, dass ihre Ahnungslosigkeit vollkommen glaubhaft wirkte. »Was soll das sein?«

»Ach, ist nicht so wichtig. Jonas hat bei seiner Recherche so ein Zeichen entdeckt, aber wir kennen seine Bedeutung nicht.« Von ihrer Glockenwaffentheorie erwähnte Fenja nichts. Sie wollte die Studentin nicht verprellen.

»Es tut mir leid, dass ich euch bei der Sache nicht weiterhelfen kann. Aber mit dem ganzen Geschichtskram meines Vaters habe ich echt nichts am Hut.« Hutters Tochter hob hilflos die Arme. »Ich bin nicht umsonst zu Hause ausgezogen.«

»Du hast uns trotzdem geholfen.« Fenja prostete Rike fröhlich zu, dann wurde sie noch einmal ernst. »Eine letzte Frage habe ich noch. Kannst du dir vorstellen, dass dein Vater …«, sie überlegte, wie sie es am besten ausdrücken konnte, »… etwas gegen Papst Marcellus hat?«

»Gegen den Papst?« Rike war offensichtlich völlig überrascht. Doch als sie sich wieder gefasst hatte, schüttelte sie so amüsiert den Kopf, dass ihre bunten Haare wild durcheinanderflogen. »Nee. Er ist ein absoluter Fan von ihm. Gleich im Sommer hat er sich beim Bürgermeister einen Platz für die Papstmesse im Dom gesichert. Ganz vorn, in der ersten Reihe. Der Auftritt wird seine Stellung in der Stadt und im Verband extrem stärken.« Hutters Tochter bedachte Fenja mit einem Blick, der keinen Zweifel zuließ. »Nein, mein Vater hat nichts gegen Marcellus, im Gegenteil – der Papstbesuch ist die Chance, auf die er schon lange gewartet hat!«

30

Jonas eilte über den Domplatz. Es war Dienstagmorgen, und der Herbststurm, der tags zuvor noch durch die Stadt gefegt war, hatte sich beruhigt. Die grauen Wolken hingen jedoch immer noch über Erfurt.

Vor ihm erhob sich der Domberg mit St. Marien und St. Severi, den beiden mächtigen Kirchen, deren Türme majestätisch dem schweren Himmel zustrebten.

Nicht lange, und Jonas erreichte die Domtreppen, die er zielstrebig hinaufstieg, während einige frühe Touristen um ihn herum auf den Stufen verharrten und Handyfotos von den Steinkolossen über ihnen oder auch von der Stadt machten, die vor ihnen ausgebreitet lag.

Athanasius Kuhnert erwartete ihn schon. In seiner Mönchskutte und der Arbeitsjacke, die er darüber trug, sah er aus wie ein Baustellenpriester, was er ja auf eine gewisse Art auch war. Am Fuße der hohen Domtore wirkte er klein, aber seine Stimme klang kraftvoll, als er Jonas jetzt begrüßte.

»Herr Wiesenburg, schön, Sie zu sehen!«, rief er erfreut. Die Anspannung, die sein verantwortungsvolles Amt mit sich brachte, war keineswegs von ihm gewichen, aber heute wirkte er nicht mehr ganz so aufgewühlt wie bei ihrem ersten Zusammentreffen.

»Bruder Athanasius, ich freue mich auch!«, gab Jonas zurück und schlug in einen kräftigen Händedruck ein. »Wie geht es mit den Bauarbeiten voran?«

»Fragen Sie lieber nicht. Alles läuft auf Hochtouren, aber die Arbeit wächst gedeihlich nach. Bis zum Besuch des Heiligen Vaters ist noch unendlich viel zu tun. Dabei ist die Kryptensanierung noch das geringste Übel. Jetzt schlage ich mich mit den Leuten vom Protokoll und von der Sicherheit herum. Marcellus kommt nur für einen Tag in die Stadt, aber in diesen tausendvierhundertvierzig Minuten bleibt kein Lidschlag dem Zufall überlassen.«

»Wann kommt er denn genau?«

»In knapp vier Wochen. Vom Nachmittag des 24. November bis zum Nachmittag des 25. Von Samstag auf Sonntag. Sonntagfrüh findet die Messe hier im Dom statt.«

»Kein Gottesdienst im Freien? Auf dem Domplatz?«

»Die große Messe für die Gläubigen und Pilger ist schon am Samstag. Auf einem Feld vor der Stadt. Hier im Zentrum ist für die vielen Zuhörer nicht genügend Platz. Aber der Papst wird sich den Erfurtern im Anschluss an das Hochamt im Dom auf der Treppe zeigen.«

»Sie sind nicht zu beneiden. Das bedeutet sicher Stress.«

»Der Herr erlegt den Seinen gern Prüfungen auf«, bemerkte Bruder Athanasius mit einem Schmunzeln, »und wir nehmen sie in Demut an. Sie wollten die Gloriosa sehen?«

»Ja, deswegen hatte ich angerufen. Das gehört zu den Recherchen, die ich für das Landeskriminalamt mache.«

»Dann wollen wir der Ordnungsmacht nicht im Wege stehen. Kommen Sie.« Energiegeladen ging der Benediktiner voran und schloss eine Gattertür auf. Sie führte vom Domhof auf eine Terrasse, die vorn um das gewaltige Chorschiff herumführte. So umrundeten sie die östliche Spitze des Domes, während sich ihnen ein Blick über die Innenstadt bot wie von einem riesigen Balkon. An der südlichen Flanke des Kirchenbaus überquerten sie ein Plateau, auf dem überraschenderweise zwei große Bäume standen, bevor sie ein unscheinbares Nebengebäude betraten. Jonas staunte nicht schlecht, als er darin unversehens einen Kreuzhof entdeckte, der hier, hoch über dem Stadtzentrum, die Stille und Entrücktheit eines mittelalterlichen Klosters ausstrahlte.

Aber Athanasius ließ ihm keine Zeit für lange Betrachtungen. Er deutete nach rechts, dirigierte ihn über eine Sandsteintreppe, und kurz darauf standen sie im Inneren des Südturmes von St. Marien.

Staunend verharrte Jonas in der Mitte des Gevierts und ließ seinen Blick in die Höhe schweifen. Über ihren Köpfen öffnete sich ein schier endloser Schacht. In den Mauern aus schroffen Steinen war eine Holztreppe verankert, die, dem quadratischen Grundriss des Turmes folgend, Etage für Etage nach oben führte.

»Haben Sie Höhenangst?«, fragte Athanasius vergnügt.

»Nein«, antwortete Jonas. Diese Frage hatte er innerhalb weniger Tage nun schon zum zweiten Mal gestellt bekommen. Allerdings war es unlängst in die Unterwelt des Domberges gegangen. Jetzt würden sie dem Himmel entgegenstreben.

»Na, dann wollen wir mal.« Damit begann der Benediktiner, die Treppenstufen zu erklimmen, und Jonas tat es ihm nach.

Der Aufstieg erwies sich als beeindruckend, was nicht nur an der zunehmenden Höhe lag, die sie erreichten, sondern auch an den mächtigen Glockenklöppeln, die irgendwann in den vergangenen Jahrhunderten ausgemustert worden waren und nun auf einer Zwischenetage an den Wänden standen.

Sie hatten schon weit über die Hälfte des Weges hinter sich gebracht, da erreichten sie einen Absatz mit einem Fenster, durch das sich ein beeindruckender Blick hinunter in den Chorraum des Domes bot. Trotz des trüben Wetters leuchteten die farbigen Kirchenfenster mit unglaublicher Intensität. Dort unten würde in nicht einmal einem Monat Papst Marcellus III. seine Messe feiern. Sicher waren Positionen wie diese dann von Beamten der verschiedenen Sicherheitsdienste besetzt. Jonas beschlich ein ungutes Gefühl, wenn er daran dachte, was sich 1665 in dem kleinen Dörfchen Gangloffsömmern zugetragen hatte. Wenn der Feind unsichtbar war, brachten auch die perfektesten Sicherheitsmaßnahmen nichts. In diesem Moment hoffte er inständig, dass sich ihre Theorie von einer Glockenwaffe als Hirngespinst erweisen würde.

»Jetzt haben wir es bald geschafft«, ließ sich Athanasius von weiter oben vernehmen, der das Verharren seines Schützlings als Erschöpfung missdeutete.

»Ich komme«, antwortete Jonas und nahm zwei Stufen auf einmal.

Sie passierten das alte Uhrwerk der Turmuhr, das in einem Kasten von der Größe eines Kinderzimmers vor sich hin tickte, und erreichten endlich die Glockenböden. Jonas staunte, wie weitläufig das System aus Turmkammern war, in dem sie sich befanden. Alle waren miteinander verbunden. Ein kleiner Palast hoch über der Stadt, mit Gewölbedecken, Treppchen und Balkenwerk. Er hatte gehört, dass hier dreizehn Glocken hingen.

Bruder Athanasius führte ihn zielstrebig zur großen Glockenstube des Mittelturmes und trat dann zur Seite. Jonas durchquerte die offene Pforte und blieb stehen. Sein Blick wurde sofort gefangen genommen.

Da war sie. Groß, mächtig und schweigsam ruhte sie zwischen den Balken des Glockenstuhls, von einem bläulichen Schimmer umgeben.

Die Gloriosa.

Die Königin der Glocken.

Sie hatte eine Höhe von über zweieinhalb Metern und an ihrer Unterseite einen fast ebensolchen Durchmesser. Ihr Gewicht betrug beinahe elfeinhalb Tonnen. Das alles konnte man nachlesen, aber die Wirkung, die die Glocke auf Jonas hatte, als er nun vor ihr stand, ließ diese Zahlen bedeutungslos werden.

Es war nicht nur ihre Größe. Die Gloriosa hatte Persönlichkeit. Sie strahlte eine eigentümliche Magie aus. Und Jonas empfand bei ihrem Anblick noch etwas anderes: Vertrautheit. Freundschaft. Und Zuversicht.

Athanasius schien den Effekt zu kennen, den die Glocke auf jene Menschen ausübte, die zum ersten Mal vor ihr standen, und gewährte Jonas diesen Augenblick des Staunens.

So verharrten die beiden Männer still in der Turmstube, umweht von einem sanften Wind, der durch die Schallfenster hereinzog.

Nach einer Weile brach der Benediktiner das Schweigen. »Sie können ruhig näher herangehen. Keine Angst, sie fängt nicht plötzlich an zu läuten. Und beißen tut sie auch nicht.«

Jonas trat neben die riesige Glocke und sah nach oben. Sie war mit Eisenbändern an einem wuchtigen hölzernen Joch befestigt, an dessen linker und rechter Seite je ein großes metallenes Rad saß. Stahlseile führten zu zwei Elektromotoren, die das Joch samt Glocke zum Schwingen brachten, bis der schwere Klöppel anschlug und das tiefe E hervorbrachte, für das die Gloriosa berühmt war.

»Sie ist die größte frei schwingende Mittelalterglocke der Welt. Wenn das Wetter passt, hört man ihren Klang zwanzig Kilometer weit«, erklärte Athanasius begeistert. »Und das seit mehr als fünfhundert Jahren.«

»Echt verrückt!« Jonas trat noch etwas näher heran und bewunderte den matten Glanz. »Wo wurde sie gegossen?«

»Hier im Hof, zu Füßen des Domes, in einer Julinacht des Jahres 1497. Von einem niederländischen Meister, Gerhard Wou van Kampen.«

»Eine Wahnsinnsleistung.«

»Ohne Zweifel. Und schön ist sie auch.« Es war nicht zu übersehen, dass Athanasius Kuhnert von der Glocke noch immer fasziniert war, obwohl er sie wahrscheinlich schon lange Zeit kannte. Sein Blick wanderte zu dem Relief auf der Flanke des Bronzekörpers – eine zierliche Madonna mit dem Jesuskind im Arm, umgeben von einem Kranz aus flammenden Strahlen.

»Wie oft wird sie geläutet?«, fragte Jonas. Er wusste, dass die alte Glocke geschont werden musste und deshalb nur an wenigen Tagen zu hören war.

»Nur acht bis zehn Mal im Jahr. Zu den wichtigsten Festtagen unserer Kirche.« Der Mönch lächelte versonnen. »Das ist nicht gerade inflationär, aber es macht ihren Klang zu etwas Besonderem.«

»Und früher?«

»Öfter, nehme ich an. Aber damals war das eine Ochsentour. Es gab ja keine Motoren. Ganze sechzehn Männer waren nötig, um sie zum Anschlagen zu bringen. Ich will nicht wissen, wie die armen Gesellen in den Seilen gehangen haben.«

»Darf ich?«, fragte Jonas und deutete auf den dunklen Raum unter der Glocke.

»Bitte«, entgegnete Athanasius. »Aber stoßen Sie sich nicht den Kopf!«

Jonas ging in die Knie, kroch vorsichtig unter die Glocke und richtete sich auf. In dem Bronzekörper konnte er tatsächlich stehen, wenn auch etwas unbequem. Die innere Wandung war deutlich rauer als die Außenseite, nur die Stellen, an denen der Klöppel regelmäßig anschlug, waren blanke Inseln. Die Vorstellung, wie die Gloriosa im Turm hin- und herschwang, um ihren Ruf in den Dom und über die Stadt zu schicken, beeindruckte Jonas. Dann mussten hier unglaubliche Kräfte herrschen. Und eine erhebliche Lautstärke.

Einen Moment lang blieb er noch an Ort und Stelle, dann kroch er wieder unter der Glocke hervor. War es vorstellbar, dass sich die Verschwörer im 17. Jahrhundert dieses Meisterwerks bedient hatten, um eine Waffe gegen den Erzbischof zu ersinnen? Und konnte diese Waffe tatsächlich wieder aktiviert werden?

Jonas' Blick blieb an dem Madonnenbildnis auf der Glockenwand haften. Welch großen Kontrast bildete die leuchtende Erscheinung doch zu dem düsteren Symbol auf den Roben der Verschwörer. Zu der Natter, die aus dem Glockenkörper kroch.

Eine Frage hatte sich Jonas bis zum Ende aufgehoben, obwohl er glaubte, die Antwort schon irgendwann in einem Zeitungsartikel gelesen zu haben. Aber ganz sicher war er sich eben nicht. »Wird die Gloriosa auch zum Besuch des Papstes läuten?«

»Ja, das ist fest vorgesehen. Am Ende der Messe, die der Heilige Vater unten im Dom feiern wird.« Bruder Athanasius schien sich darauf zu freuen. »Das Domkapitel hat schon im Sommer beschlossen, diesen außerordentlichen Termin in die Läuteordnung der Gloriosa aufzunehmen.«

Jonas nickte. Es war zu erwarten gewesen, dass die Königin der Glocken dieses Ereignis krönen sollte. »Gab es in der letzten Zeit irgendwelche baulichen Veränderungen, die die Glocke betreffen?«, fragte er. Denn wenn die Gloriosa zu einer Waffe gemacht werden sollte, dann musste es irgendwo die Gegenglocke geben, von der Fenjas Onkel gesprochen hatte. Einen Resonanzkörper, der die hörbaren Glockenklänge in unheilbringenden Infraschall verwandelte.

»Nicht, dass ich wüsste. Hier oben ist seit Jahren alles unverändert.«

»Und im Kirchenschiff?«

»Nein. Davon ist mir auch nichts bekannt. Bis auf die Arbeiten in den Krypten ist der Dom fit für den Papstbesuch. Dem Herrgott sei Dank.« Athanasius stieß einen Seufzer aus. »Warum interessiert Sie das?«

»Ach, nur so«, wich Jonas aus. »Wegen der ganzen Bauarbeiter.« Er konnte ja schlecht fragen, ob eine überkommene Verschwörerbande gerade dabei war, eine Schallwaffe zu installieren. Doch anscheinend gab es nichts, was ihn oder die Polizei beunruhigen müsste.

Jonas zog seinen Fotoapparat aus der Tasche und machte ein paar Aufnahmen von der Glocke. Bei seinen späteren Überlegungen griff er oft auf optische Erinnerungen zurück.

Athanasius Kuhnert schielte unauffällig auf seine Armbanduhr, was Jonas trotzdem bemerkte. Er kam dem freundlichen Mönch entgegen. »Ich habe alles gesehen. Wir können wieder nach unten steigen«, sagte er. »Und haben Sie vielen Dank. Das war ein beeindruckendes Erlebnis!«

»Gern geschehen. Es ist immer wieder interessant zu erleben, wie unsere Gäste zum ersten Mal Zwiesprache mit der Glorreichen halten.« Er zwinkerte Jonas zu, als er hinzufügte: »Ich danke Ihnen für Ihren Besuch. Für mich war es auch eine willkommene Abwechslung, bevor ich mich jetzt wieder den profanen Seiten meines Amtes widmen muss.« Damit machte er auf dem Absatz kehrt und verschwand in Richtung Treppe.

Jonas blieb noch einen Augenblick allein zurück. Bevor er die Turmstube verließ, sah er sich ein letztes Mal zu dem mächtigen Klangkörper um. Still und ehern hing die Gloriosa im Gebälk und strahlte eine zeitlose Schönheit aus. Hatte es Nikolaus Corvus vor so vielen Jahren tatsächlich geschafft, ihre Kraft in eine todbringende Macht zu verkehren?

Nachdem er sich von Bruder Athanasius verabschiedet hatte, beschloss Jonas, noch nicht sofort nach Hause zu gehen. Er wollte die Eindrücke vom Anblick der Gloriosa noch etwas nachwirken lassen. Er mied die lauten Straßen der Innenstadt und streifte durch die Gassen im südlichen Schatten des Domberges, während er noch immer etwas von der Ergriffenheit fühlte, die ihn in der Glockenstube erfasst hatte. Aber wenn er ehrlich war, dann musste er sich auch eingestehen, dass sie im Moment auf der Stelle traten. Sie brauchten neue Fakten. Konkrete Spuren, denen sie folgen konnten.

Nicht lange, und er geriet – gewollt oder ungewollt – auf den Fischersand. Die gepflasterte Straße, an der das Haus von Dr. Lorentz Hutter lag. Und der Eingang zum Tunnel, der in die Domgrotte führte.

Noch einmal dachte er über das Gespräch zwischen Fenja und Hutters Tochter Friederike nach. Seine Freundin hatte ihm gestern Abend nach ihrer Rückkehr in aller Ausführlichkeit davon erzählt.

Neben den Einblicken in Hutters Selbstverständnis gab es einen Punkt, der ihnen besonders interessant erschienen war: der Kauf des Hauses am Fischersand. Der Lobbyist hatte das Gebäude buchstäblich um jeden Preis erwerben wollen. War es nur die Familientradition, derentwegen diese Immobilie so eine große Bedeutung für ihn hatte? Oder steckte mehr dahinter? Immerhin lag hier der versteckte Zugang zum alten Versammlungsort der SOCIETAS IN UMBRA, der Gemeinschaft im Schatten. Und das Kaufdatum fiel genau in die Zeitspanne, in der nach den Ergebnissen des LKA der alte Mann im Domberg gestorben war. Alles ein Zufall?

Als Jonas sich Hutters Haus näherte, wurden seine Schritte verhaltener. Die Vorstellung, gerade jetzt seinem ehemaligen Förderer zu begegnen, war ihm unangenehm. Noch dazu nach dem Gespräch im Stadtmuseum. Er zögerte. Sollte er umkehren und lieber eine Seitengasse nehmen?

»Ihnen ist das Haus wohl auch nicht geheuer?«, zischte es plötzlich ganz dicht an seinem rechten Ohr, und er fuhr erschrocken herum.

Aus einem offenen Fenster starrte ihn eine alte Frau an. Sie hatte dunkle, tief liegende Augen und ein faltiges Gesicht. Zu ihrer Strickjacke trug sie eine grobmaschige Pudelmütze, unter der sich die Umrisse von Lockenwicklern abzeichneten, und mit den Ellenbogen versank sie in einem Kissen, das über ihre Fensterbank quoll.

Im ersten Moment wich Jonas einen Schritt zurück, musste dann aber lachen – er hatte sich von einer neugierigen Erfurter Oma ins Bockshorn jagen lassen.

»Damit spaßt man nicht!«, schimpfte sie, wobei sie ihre Augen zu Schlitzen verengte. »Das da drüben ist ein Spukhaus.« Und dann setzte sie noch leise hinzu: »Da geht's zu den Mumien.«

»Wohnen Sie hier?«, stellte Jonas die albernste aller Fragen, aber etwas anderes fiel ihm auf die Schnelle nicht ein.

»Seit achtundsiebzig Jahren«, kam es zurück. »Ich bin hier geboren. Oben, in der Schlafkammer.« Die Frau deutete mit ihrer faltigen Hand in eine unbestimmte Richtung über sich.

»Wissen Sie, wem das Haus da drüben mal gehört hat?«, fragte Jonas und wies auf Hutters Fachwerkgebäude.

»Die letzten Jahre geht da nur noch so ein feines Gesocks aus und ein«, schimpfte die Alte los. »Mit großen Autos kommen die angefahren. Aber grüßen können sie nicht. Geh mir weg!«

Das klang nach Hutter und seinem Verein. Doch die hatte Jonas nicht gemeint. »Und davor?«, hakte er nach.

»Vorher hat's dem Tann gehört.« Die Miene seiner Gesprächspartnerin hellte sich etwas auf. »Der war wenigstens ein anständiger Kerl. Fleißig und ordentlich. Hat damit angefangen, das Grundstück herzurichten. Ein paar von den Häusern standen ewig leer. Sie wissen ja, wie das früher war. Da wurde nicht viel dran gemacht.«

»Tann?«, fragte Jonas nach. Das Gespräch mit der alten Anwohnerin wurde langsam interessant.

»Jan-Hendrik Tann. Ist der Oberste von einer Baufirma, glaube ich.«

»Wissen Sie, wo ich ihn erreichen kann?«

»Den Tann? Nee, da fragen Sie mich zu viel. Der hat ja hier

nie richtig gewohnt. Als das Haus halb fertig war, hat er es schon wieder verkauft. An die Schnösel da drüben. Hatte sich wahrscheinlich übernommen.«

»Erinnern Sie sich noch, wann das war?«

»Selbstverständlich. Ich bin zwar alt, aber nicht verkalkt.« Die Frau schüttelte beleidigt ihren Kopf, wobei die Lockenwickler samt Strickmütze gefährlich hin- und herwogten. »Vor fünf Jahren. Im Frühjahr.«

»Und die Schnösel haben das Haus dann zu Ende renoviert?«

»Genau so ist es. Aber ich trau denen nicht.«

»Eine Telefonnummer von diesem Tann haben Sie auch nicht zufällig?«

»Nee. So was hab ich nicht.« Sie betonte das »so was« wie etwas Unanständiges.

»Macht nichts. Trotzdem danke. Ich muss dann mal wieder ...« Jonas winkte der Frau am Fenster freundlich zu.

Obwohl er damit kein Lächeln in ihr vergnatztes Gesicht zaubern konnte, rief sie ihm noch hinterher: »Wenn Sie den Tann sehen, sagen Sie ihm einen schönen Gruß von der Martel! Vom Fischersand. Er weiß dann schon Bescheid.«

»Mach ich, versprochen.«

Als er nach Hause ging, konnte Jonas seine Aufregung kaum verbergen. Der kleine Umweg war ein unerwarteter Erfolg gewesen.

Sie hatten einen neuen Ansatz. Und der hieß Jan-Hendrik Tann.

31

27. April 1666

Die Hitze, die ihm entgegenschlug, kam der des Fegefeuers gleich. Mit einem lauten Stöhnen wuchtete Nikolaus Corvus den letzten Kupferbarren in den Schmelzofen, während ihm der Schweiß in Bächen über den Oberkörper rann. Dann stieß er mit einem hölzernen Stamm nach, rührte das dickflüssige Erz, in dem die Reste der letzten Barren schwammen, und warf das schwelende Holz beiseite. Er sprang von der steinernen Rampe und wich bis in die Mitte der Schmiedehalle zurück, die er zu seiner Gießerwerkstatt umfunktioniert hatte. Hellrot leuchtete es aus dem Rachen des Bronzeofens, und selbst mit diesem Abstand wehte ihm die trockene Glut entgegen wie der Atem des Teufels. Doch Nikolaus Corvus störte sich nicht daran, ganz im Gegenteil. Das Brüllen der Flammen entfesselte in ihm einen Rausch, der ihn bis in jede Faser seines sehnigen Körpers erfüllte. In seinen Augen spiegelte sich der Schein des Feuers, und sein Mund verzog sich zu einem euphorischen Schrei. »Jaaa! Brenne!«, donnerte er dem Schlund entgegen, bevor seiner Kehle ein ekstatisches Lachen entfuhr.

Seit mehreren Stunden röhrte der Ofen, in dessen Schmelztiegel die Ladung Kupfer und Zinn, die ihm die Bruderschaft von einem Leipziger Erzhändler hatte kommen lassen, zu flüssiger Bronze zerrann.

Heute war der Tag, an dem er ihrem großen Plan das nötige Instrument erschaffen würde. Der Tag des Gusses. Monate penibler Vorbereitungen lagen hinter ihm. Ungezählte Nächte hatte er mit Berechnungen verbracht, hatte Pläne gezeichnet, Materialien zusammengetragen und schließlich in wochenlanger Arbeit die Form angefertigt, die heute ihrem verheerenden Werkzeug seine irdische Gestalt geben würde.

Nikolaus Corvus blickte auf den festgestampften Boden der

Halle. Vom Schmelzofen aus führte ein steinerner Kanal von der Breite eines Kanonenrohres bis zu einer Öffnung. Sie war nicht besonders groß, aber Corvus wusste, dass sich tief unter seinen Füßen der künstliche Hohlraum verbarg, in den hinein sein Werk mit flüssigem Metall geboren werden würde. Die Gussform aus Lehm war fest im Grund der Werkstatt vergraben, sodass sie in ihrer irdischen Umklammerung nicht bersten würde, wenn sich in wenigen Stunden die heiße Bronze in sie ergoss.

Corvus wischte sich den Schweiß von der Stirn und blickte wieder hinüber zum Schmelzofen. Er würde den Spöttern und Zweiflern beweisen, welch mächtige Dinge er hervorzubringen vermochte.

Nach einer aufwühlenden Zeit an der Universität von Padua hatte er sich einem fahrenden Glockengießer angeschlossen. Sechs Jahre war er mit Meister Asmus van Leeuwen durch die Lande gezogen, hatte sich als willfähriger Geselle erwiesen und dem alternden Mann nach und nach die Geheimnisse seiner Zunft entlockt. Dann war er untergetaucht, um im Verborgenen seine Experimente durchzuführen und die alte Kunst für seine Zwecke abzuwandeln.

Corvus ballte seine Hände zu Fäusten. Niemand konnte sich ihm jetzt noch in den Weg stellen. Er vermochte viel mehr, als nur Glocken zu gießen. Er besaß die Macht, ihre Klänge zu stehlen und sie nach seinem Willen zu formen. Das letzte Gießergeheimnis war ihm offenbart worden – er konnte ihre Stimmen in das Flüstern des Todes verwandeln.

Noch einmal blickte er auf den Boden zu seinen Füßen. Nicht mehr lange, und genau hier, im Schoß der Erde, würde sein Meisterwerk Gestalt annehmen.

Das neue Artefakt.

Die dunkle Schwester der Gloriosa.

Nikolaus Corvus schlüpfte aus der Werkstatt und ging hinüber zum Gutshaus. Selbst im Hof war das Donnern des Schmelzofens zu hören, und aus dem Schlot über der Schmiede stoben wilde Funken. Es dunkelte bereits. Ein weiteres Mal beglückwünschte er sich zu der Wahl seines Schlupfwinkels. In der Einsamkeit der sumpfigen Niederung waren keine ungebetenen Gäste zu erwarten, und er musste nicht befürchten, dass sein Tun unberufene Augen oder Ohren erreichte.

Corvus betrat die Wohnhalle des Gutshauses. Er umrundete den schweren Holztisch, der in der Mitte des Raumes stand, und ließ sich in seinen Lehnstuhl fallen. Bis die Bronze den Flüssigkeitsgrad erreicht hatte, der für den Guss notwendig war, würde noch einige Zeit vergehen. Den Ofen hatte er ausreichend beschickt, sodass er sich jetzt einen kurzen Moment der Ruhe gönnen konnte.

Kaum hatte er sich niedergelassen, da erschien wie auf ein geheimes Zeichen hin seine Magd Dorothee. In der Hand trug sie einen Krug mit frischem Brunnenwasser, den sie vor ihm auf dem Tisch absetzte, bevor sie eine Öllampe entzündete.

Während sie den Raum geräuschlos wieder verließ, ergriff Corvus das Gefäß mit beiden Händen und ließ das kühle Wasser wie ein Verdurstender durch seine Kehle rinnen. Die Arbeit am Schmelzofen forderte ihren Tribut, und sein Körper gierte nach Flüssigkeit.

Dann lehnte er sich zurück. Die Anspannung des bevorstehenden Gusses hielt ihn schon seit dem frühen Morgen gefangen. Und obwohl jetzt nichts mehr zu korrigieren war, rekapitulierte er noch einmal die Berechnungen, nach denen er die Gussform erschaffen hatte. Die Probe des ersten Artefakts in dem kleinen Dorf war zu seiner vollsten Zufriedenheit verlaufen und hatte ihn mit großer Zuversicht erfüllt, doch es konnte keinen Zweifel geben, dass für die mächtige Gloriosa andere Bedingungen galten. Für sie musste er ein Artefakt kreieren, das ungleich größer war als das erste und auf den Charakter ihres ureigenen Klanges reagierte. Zu Jahresbeginn hatte er sich deshalb nach Erfurt begeben und war mit einem Glockenknecht, dessen Schweigen sich die Bruderschaft mit ein paar Silbertalern erkauft hatte, auf die Türme des Domes gestiegen. Eingehüllt in einen Mantel, das Haupt unter einer

Kapuze verborgen, folgte er dem Knecht Stufe um Stufe in die Höhe, bis er vor ihr stand. Vor der großen Glocke Gloriosa. Seiner unschuldigen Verbündeten.

Wie vereinbart verschwand sein anonymer Helfer schnell wieder und ließ ihn in der Glockenstube allein. Ein merkwürdiges Gefühl der Ergriffenheit kam beim Betrachten des mächtigen Klangkörpers über ihn, von dessen Flanke die zarte Madonna in ihrem Strahlenkranz auf ihn herniederblickte. Doch dann ermahnte er sich zur Eile und zog die Instrumente unter seinem Mantel hervor, mit denen er die Glocke vermessen wollte. Die Stunde, die ihm dafür blieb, verging mit dieser mühseligen Arbeit und mit dem Anfertigen der Notizen und Zeichnungen, die er mit fiebriger Hand auf Pergament bannte.

Als er die Stiefel des zurückkehrenden Glockenknechts auf den Stufen der Treppe vernahm, raffte er seine Materialien zusammen und verbarg sie wieder sorgsam unter seinem Cape. Dann trat er an das östliche Schallfenster, wo ihn der Knecht schließlich in tiefer Kontemplation antraf.

»Mein Herr, es ist Zeit.« Sein Führer stand dicht neben ihm und machte einen angedeuteten Bückling, ohne ihn anzusehen.

»Gebe Er mir noch einen Moment!«, zischte er, und der Mann wich erschrocken in einen Winkel der Turmstube zurück, während Corvus seinen Blick langsam über das Meer aus Dächern schweifen ließ, das sich bis zu den Stadtmauern erstreckte. Ein unbändiges Gefühl der Macht hatte ihn dabei ergriffen und seinen Körper in heißen Wellen durchflutet.

Nikolaus Corvus schrak aus seinen Gedanken, als Dorothee in die Halle des Gutshauses zurückkam. In ihren Händen trug sie eine Schale mit Wasser, über ihrem Arm hingen Tücher aus Leinen.

Er hatte ihr erklärt, dass sein neuestes Werk ein Geschenk für den Dom der ehrwürdigen Mutter Maria in Erfurt sei. Was ja in gewisser Weise auch stimmte. Dabei hatte er es belassen. Fragen konnte ihm seine stumme Magd nicht stellen, und zudem ahnte sie vermutlich, dass es sie nicht interessieren durfte, was genau in der Schmiede geschah.

Die junge Frau trat zu Corvus und setzte die Schale vor ihm neben den Wasserkrug auf die Tischplatte. Dann weichte sie die Leinentücher im kühlen Nass ein und begann, mit ihnen seine rußverschmierte Stirn zu waschen. Schwarze Rinnsale ergossen sich über ihre schmalen Hände und tränkten das weiße Leinen mit dem erkalteten Atem des Feuers. Corvus hatte seinen Kopf in den Nacken gelegt und hielt die Lider geschlossen, aber vor seinem inneren Auge sah er weiterhin das unergründliche Gesicht von Dorothee über sich. Selten war sie ihm so nahe gewesen.

Dann war der intime Moment vorüber, und die Magd stellte die Schale mit dem getrübten Wasser zur Seite.

»Ich danke dir«, sagte Corvus, erhob sich und ging mit entschlossenen Schritten aus dem Raum. Es war an der Zeit. Als er den Blick von Dorothee in seinem Rücken wie ein wohliges Brennen spürte, erschien ein schmales Lächeln auf seinem Gesicht. Er war sich sicher – auch seine stumme Gefährtin konnte erfühlen, dass heute Großes geschehen würde.

Inzwischen war es vollkommen dunkel geworden. Bevor Nikolaus Corvus die Gusshalle betrat, blickte er hinauf zum blauschwarzen Nachthimmel, in dem sich die Sterne mit dem Funkenschweif seines Schmelzofens zu einem glitzernden Meer aus Lichtpunkten vermischten.

Nicht zufällig hatte er für die Erschaffung des Artefakts einen Freitag gewählt, den traditionellen Termin eines jeden Glockengusses. Den Tag, an dem Jesus Christus am Kreuz gestorben war. Vielleicht gab es in Corvus' Innerstem einen kleinen Rest von Demut vor dem Schaffen seines alten Lehrmeisters Asmus van Leeuwen. Doch vor allem hatte ihm der Gedanke behagt, mit seinem Tun dem Leibhaftigen am selben Tage zu huldigen, an dem andernorts die Gießer den Herrn anriefen, um den Segen für ihr Werk zu erbitten.

In der Halle fegte ihm sofort ein Schwall heißer Luft entgegen. Ohne zu zögern stemmte er sich gegen die Hitze und ging bis dicht vor den Schmelzofen. Ein kurzes Rühren mit einer

Holzstange bestätigte, was seine Augen ihm schon verraten hatten – die flüssige Bronze war bereit für den Guss.

Noch einmal überprüfte er den schmalen Kanal, der bis zum Einlauf in die vergrabene Form führte. Dann nahm er einen langstieligen Hammer, stellte sich vor den Ofen und hieb den steinernen Keil, der das flüssige Metall bis jetzt im Tiegel zurückgehalten hatte, aus seiner Öffnung.

Sofort sprudelte die Bronze aus dem Becken und ergoss sich wie ein goldener Quell in die vorbereitete Rinne. Jetzt musste alles ganz schnell gehen. Ein Zögern, ein kleiner Fehler nur, und die Arbeit von Wochen wäre vernichtet.

Corvus schleuderte den Hammer beiseite, ergriff eine Lanze und ebnete der Bronze dort den Weg, wo Schlackereste ihr Fließen behinderten. Die Hitze in der Halle wurde noch größer, und Corvus kämpfte gegen das Brennen in seinen Augen an.

Nichts hielt die Mischung aus Kupfer und Zinn jetzt noch auf. Brodelnd erreichte sie den Einfluss in die Form, und immer mehr von ihrer leuchtenden Masse verschwand in der Tiefe. Zischend entwich die verdrängte Luft aus den Hohlräumen, und wilde Flammenbündel fauchten aus dem Boden.

Mit der Aufmerksamkeit eines Luchses schnellten Corvus' Augen zwischen Schmelzofen, Rinne und Einfluss hin und her, immer auf der Suche nach einer Störung. Doch er entdeckte nichts, was sein Eingreifen erforderlich gemacht hätte. Ohne Unterlass strömte das heiße Metall seinem unterirdischen Bestimmungsort zu.

Dann, plötzlich, spritzte der gelbe Sud oben aus dem Einflussloch. Die nachlaufende Bronze verebbte, und auch der Schmelztiegel spie kein frisches Material mehr aus.

Die Form war vollends gefüllt. Corvus hatte die Menge gut berechnet.

Das Zischen war verstummt, und das Knistern des leer gelaufenen Schmelzofens betonte die Stille nur, die sich nun über die Halle legte.

Es war vollbracht.

Corvus stieß einen enthemmten Schrei aus, als hätte er den

Sieg in einer großen Schlacht errungen. Dann sank er gegen die steinerne Wand der Halle. Er war erschöpft, aber durchdrungen von einer ungezügelten Euphorie.

Sein Blick ruhte in der Ferne.

Ob der Guss gelungen war, würde sich erst in einigen Tagen herausstellen, wenn sich das Metall im Boden vollends abgekühlt hatte. Dann konnte er sein Werk ausgraben und die Form zerschlagen, die es jetzt noch umhüllte. Doch damit war die Arbeit nicht vorüber. Der Bronzekörper bedurfte der weiteren Bearbeitung, und zuletzt würde er ihn aufs Prächtigste verzieren, sodass er begehrenswert erschien und sein eigentlicher Zweck verschleiert wurde.

Er sah sich in der Werkstatt um, wo der Feuerschlund allmählich zur Ruhe kam und sich nur noch feine Rauchwölkchen über dem erstarrenden Metall kräuselten.

Aufgewühlt von dem Guss drückte Corvus sich von der Mauer ab und verließ die Halle. Draußen empfing ihn die Dunkelheit der Nacht.

Im Zentrum seines Hofes stand er da und genoss den kühlen Wind, der seinen erhitzten Körper umspielte.

Er wusste nicht, wie viel Zeit verstrichen war, als ihm sein Instinkt ein unterschwelliges Signal gab. Vorsichtig sah er sich um, bis seine Augen an dem Fenster der Kammer hängen blieben, in der Dorothee ihr Nachtlager hatte. Noch bevor er den schlanken Schemen ihres Körpers im fahlen Licht des Mondes wahrnahm, spürte er ihren Blick auf sich ruhen. In seinem Inneren loderte das Feuer auf, das er bisher aus einem für ihn unbegreiflichen Grunde im Zaume gehalten hatte. Aber heute, am Tag der Geburt seiner neuen Macht, gab es für ihn keine Grenzen mehr.

Mit wenigen Schritten sprang er die knorrige Stiege zu ihrem Zimmer hinauf und drückte die offene Tür zur Seite.

Dorothee stand in der Mitte des Raumes, verhüllt nur von einem bodenlangen Tuch, und blickte ihn mit einem Ausdruck an, den er bei ihr zuvor noch nicht gesehen hatte.

Dann kam sie auf ihn zu und ließ den Stoff von ihrem Körper

gleiten, während er sich der wenigen Kleider entledigte, die er in der Hitze des Gusses getragen hatte.

Sekunden später lagen sie sich schwer atmend in den Armen, und er drang tief und hemmungslos in sie ein, während er sie gegen die Wand presste und die Umklammerung ihrer muskulösen Schenkel schmerzhaft an seinen Hüften spürte. Es war eine lang zurückgehaltene Explosion, und ihre schweißgebadeten Körper bebten in wilder Ekstase.

32

Gegenwart

»Wenn möglich, bitte wenden«, verlangte die Stimme nun schon zum dritten Mal nervtötend freundlich.

»Vergiss es!« Fenja griff nach dem Navi auf dem Armaturenbrett des Landrovers und schaltete das Gerät aus.

Schon seit fast zehn Minuten kreuzte sie durch das Gewerbegebiet am südöstlichen Stadtrand. Vor einer halben Stunde hatte Jonas angerufen und ihr von dem Vorbesitzer des Hauses am Fischersand erzählt.

Jan-Hendrik Tann. Bauunternehmer. Der Mann, dem Dr. Lorentz Hutter das halb sanierte Fachwerkhaus vor fünf Jahren abgekauft hatte. Zu einem deutlich überhöhten Preis, wenn man Hutters Tochter Glauben schenkte.

Nach seiner Rückkehr auf die Krämerbrücke war Jonas gleich ins Arbeitszimmer geeilt, um im Internet Tanns Firma zu suchen. Er war schnell fündig geworden. Ein kleines Unternehmen mit wenigen Angestellten und einem Pool aus freien Handwerkern, spezialisiert auf die Sanierung alter Bausubstanz.

Jonas hatte Fenja angerufen, die gerade mit dem Auto unterwegs war und daraufhin beschloss, kurz bei Tann vorbeizufahren. Als Adresse war das Gewerbegebiet angegeben, in dem sie sich jetzt befand, und darin eine Straße, die das Navi nicht kannte.

Das kann ja heiter werden, dachte Fenja, als sie zum zweiten Mal dieselben Wege abfuhr.

Da entdeckte sie ein zweistöckiges Gebäude auf einem eingezäunten Wirtschaftshof, das mehrere kleine Unternehmen beherbergte. Sie versuchte ihr Glück und fuhr direkt auf den Hof. In Schrittgeschwindigkeit schlich der Landrover an dem schmucklosen Gebäuderiegel entlang, bis Fenja an seinem Ende fündig wurde. In einem Fenster im obersten Stock lehnte ein blau-weißes Schild, auf dem in Blockbuchstaben der Schriftzug »TANN GEBÄUDESANIERUNG« zu lesen war.

Bingo! Fenja stellte den Landrover neben zwei verschlissenen Kleintransportern ab und betrat den Bürobau.

Im Treppenhaus roch es nach Mörtel und Farbe. Die Flure waren mit gesprenkelten Granitfliesen ausgelegt, welche über die Jahre eine stumpfe Blässe angenommen hatten. An den Bürotüren im ersten Stock klebten Papierschilder, die sämtlich die Aufschrift »FÜCHS BAUSTOFFE« trugen; hier war sie also falsch. Tanns Firmenräume schienen sich auf die obere Etage zu beschränken.

Fenja ging zurück zum Treppenhaus und stieg ins zweite Geschoss. Hier waren die Räume gar nicht beschriftet, aber da aus dem dritten Zimmer ein vernehmliches Räuspern erklang, versuchte sie dort ihr Glück und klopfte an die angelehnte Tür.

»Hallo?«, ertönte eine kratzige Stimme.

Schlieren von Tabakrauch waberten ihr entgegen, als Fenja das einfach eingerichtete Büro betrat. An den Wänden standen Regale, die bis oben mit Aktenordnern gefüllt waren. Von einem Schreibtisch blickte ihr eine Frau mit braungrauen Locken entgegen, die ein kariertes Stoffhemd trug und an einer Zigarette zog. Der Aschenbecher vor ihr ließ erkennen, dass es an diesem Tag nicht ihre erste war und vermutlich auch nicht ihre letzte bleiben würde.

Das Alter der Frau war schwer zu schätzen, es mochte irgendwo zwischen fünfzig und sechzig Jahren liegen. Ihre Haut war von dünnen Falten überzogen, aber ihr Blick war wach.

»Kann ich Ihnen helfen?«, fragte sie, als Fenja vor ihr stand.

»Hallo. Ich suche Herrn Tann. Das ist doch seine Firma?«

»Das ist richtig. Aber Herr Tann ist nicht da.« Die Sekretärin klang genervt.

»Wann kommt er denn wieder rein?«

»Das kann ich Ihnen im Moment nicht sagen.«

»Hm. Wissen Sie, wo ich ihn erreiche?«

Es entstand eine kurze Pause, in der die Frau am Schreibtisch ein, wie Fenja fand, merkwürdiges Gesicht zog.

»Worum geht's denn?«, fragte sie schließlich.

»Um ein Haus, das Herrn Tann mal gehört hat. Das am Fischersand.«

»Ach.« Die Gelockte nahm einen tiefen Zug von ihrer Zigarette. »Setzen Sie sich erst mal hin, Sie machen mich ja ganz nervös.« Dann stand sie kurz auf, öffnete das Fenster einen Spalt breit – offensichtlich ein Zugeständnis an ihre junge Besucherin – und sank zurück auf ihren Drehstuhl.

Fenja zog sich einen Bürohocker heran und nahm Platz. Sie hatte keine Ahnung, was sie jetzt noch fragen sollte.

»Sind Sie eine Bekannte von Herrn Tann?«, wollte die Angestellte wissen. Dann schüttelte sie plötzlich den Kopf, als würde sie sich über sich selbst ärgern, und fügte hinzu: »Ich bin übrigens Frau Gröbner. Ich mache hier das Büro. Sie müssen entschuldigen, bei uns geht's gerade drunter und drüber.«

»Kein Problem. Fenja Wolff. Und nein, ich kenne Herrn Tann nicht.« Die beiden reichten sich etwas unbeholfen die Hand. Fenja lächelte, und die Sekretärin entspannte sich ein wenig.

»Mein Partner und ich, wir machen zurzeit eine Recherche über den Mumienfund im Domberg«, erläuterte Fenja. »Dabei sind wir auf ein Haus am Fischersand gestoßen, das früher mal Herrn Tann gehört hat. Wir hätten ein paar Fragen dazu.«

»Aber von der Presse sind Sie hoffentlich nicht?«, kam es erschrocken zurück.

»Nein. Mein Freund ist Historiker. Er soll helfen, den Fund zu untersuchen. Ganz offiziell. Aber er kann das Herrn Tann auch in Ruhe selbst erklären.«

»Das wird schwierig werden«, bemerkte die Sekretärin mit einem fatalistischen Ausdruck im Gesicht.

»Warum denn?«

»Ich kann den Chef im Moment nicht erreichen.«

»Oh.« Fenja war ihre Enttäuschung anzusehen. »Ist er im Urlaub?«

»Nein, das nicht.«

»Hoffentlich nicht krank?«

Einen Augenblick herrschte betretene Stille, dann platzte es aus der Frau heraus: »Ich sag's Ihnen, wie es ist. Unser Chef ist seit über zwei Wochen verschwunden. Ist einfach nicht mehr aufgetaucht. Hat niemandem etwas gesagt. Geht nicht an sein Handy ... Wie vom Erdboden verschluckt. Wir haben selbst keine Ahnung, wo er ist.« Noch ein nervöser Zug an der Zigarette. »Hier herrscht das reinste Chaos. Uns stehen die Kunden auf der Matte. Und die Arbeiter. Ich weiß nicht mehr, was ich denen noch erzählen soll.«

»Oh Scheiße«, entfuhr es Fenja. Sie war perplex. Sollte das ein Zufall sein? »Und seine Familie?«, hakte sie nach.

»Nix. Herr Tann ist eingefleischter Single.« Die Sekretärin zuckte resigniert die Schultern und drückte ihre Zigarette im Aschenbecher aus. Dann schielte sie hinüber zu der Packung, die mit aufgerissener Banderole neben ihrer Handtasche lag, nahm sich aber zusammen.

»Und was machen Sie jetzt?«, fragte Fenja.

»Ehrliche Antwort? Ich habe keine Ahnung. Die Polizei war schon zweimal da. Einmal wegen der Vermisstenanzeige. Wir müssen uns ja irgendwie absichern. Und dann noch die Kripo. Die haben nach dem Haus auf dem Fischersand gefragt, genau wie Sie. Aber denen konnte ich auch nichts sagen.«

Aha, dachte Fenja. Dann hatte Anne Vareel Hutters Haus, in dem der unterirdische Gang begann, also schon auf mögliche Vorbesitzer abgeklopft. Und war noch vor ihnen auf Jan-Hendrik Tann gestoßen.

Die Mitarbeiterin des Bauunternehmers tat Fenja leid. Sie konnte sich vorstellen, wie die Ungewissheit an ihr nagte und welchen Stress es bedeutete, das Schiff ohne den Kapitän zu steuern. Von den persönlichen Sorgen um ihren Chef ganz zu schweigen.

»Ist das dort Herr Tann?« Fenja hatte an der Wand ein gerahmtes Foto entdeckt, auf dem ein stämmiger Fünfzigjähriger mit Helm und im Lodensakko zu sehen war, der vor einer Richtkrone stand. Er hatte ein kreisrundes Gesicht, das entfernt an einen Pfannkuchen erinnerte, und hielt eine überdimensionierte Sektflasche im Arm.

»Ja. Das war auf dem Richtfest bei einem Kunden«, bestätigte Frau Gröbner bekümmert.

Fenja stand auf und gab ihr die Hand. »Na dann, machen Sie's gut. Und danke für die Auskunft. Ich wünsche Ihnen, dass Ihr Chef bald wieder auftaucht.«

»Ihr Wort in Gottes Ohr.«

Fenja schickte sich an, das Büro zu verlassen, drehte sich aber, als sie schon in der Tür stand, einer plötzlichen Eingebung folgend noch einmal um. »Wissen Sie zufällig, ob Herr Tann mal irgendwann von Glocken gesprochen hat?«

»Gesprochen ist gut …« Die Sekretärin sah Fenja spöttisch an. »Herr Tann ist gelernter Glockengießer.«

»Ach«, staunte Fenja und kehrte zum Schreibtisch zurück.

Die Heizung in ihrer Wohnung auf der Krämerbrücke verbreitete eine wohlige Wärme. Jonas und Fenja saßen vor ihren Teetassen und werteten die letzten Ereignisse aus.

»So viele Zufälle kann es gar nicht geben«, bemerkte Jonas. »Der Vorbesitzer des Hauses, in dem der Geheimgang beginnt, taucht genau in dem Moment ab, als die Grotte entdeckt wird. Und dann ist er auch noch Glockengießer.«

»Er war mal Glockengießer«, korrigierte Fenja. »Aber klar. Er weiß, wie's geht.« Tanns Sekretärin hatte über die frühere Gießerkarriere ihres Chefs nicht viel Konkretes zu berichten gewusst. Nur, dass Jan-Hendrik Tann den Beruf wenige Jahre nach der Lehre wieder aufgegeben hatte, um ins Baugeschäft einzusteigen. Und dass seine damalige Ausbildungsstätte eine Firma in Apolda war – der berühmten Thüringer Glockengießerstadt. »Meinst du, er hat irgendwie etwas mit den Mumien aus der Grotte zu tun? So wie Hutter?«, fragte Fenja jetzt.

»Schwer zu sagen. Sein Name ist in den Archiven bisher nicht aufgetaucht.«

»Aber er kennt Hutter. Er hat ihm das Haus verkauft.«

»Nicht ganz freiwillig, wie dessen Tochter erzählt hat.«

»Und die Branche passt. Er ist Bauunternehmer.«

»Stimmt. Warte mal.« Jonas stand auf und beugte sich über

die Tastatur seines Computers. Er tippte ein paar Begriffe ein, sah auf den Bildschirm und schüttelte den Kopf. »Bei Metropolis Thuringiae ist seine Firma nicht gelistet. Für Hutters Unternehmerverband ist er wahrscheinlich ein zu kleines Licht.«

»Schade«, entgegnete Fenja. »Dann sind die beiden also Konkurrenten.«

»Offiziell, ja. Was sie privat miteinander zu schaffen haben, können wir noch nicht sagen.«

»Okay. Dann fassen wir mal zusammen.« Fenja stand auf, nahm sich einen Marker und trat an ihr Whiteboard. »Es gibt etwas, das Hutter, Tann und die alte Mumiengeschichte miteinander verbindet. Und zwar das Haus am Fischersand.« Sie notierte die Stichworte und verknüpfte sie mit Linien.

»Genau. Beide haben an dem Haus herumsaniert«, überlegte Jonas. »Eine gute Gelegenheit, dabei den unterirdischen Tunnel zu entdecken.«

»Oder ihn zu verbergen, wenn man ihn schon kennt und es nötig sein sollte.«

»Richtig.« Jonas rechnete kurz nach. »Laut Anne Vareel ist der neue Tote vor vier bis zehn Jahren zu den Mumien sozusagen dazugestoßen. Das fällt sowohl in Tanns als auch in Hutters Zeit als Hausbesitzer, wenn der Verkauf vor fünf Jahren war.«

»Ich bin sicher, da ist das LKA schon dran.« Fenja wurde immer etwas mulmig zumute, wenn Jonas auf den aktuellen Mordfall zu sprechen kam. Sein Beraterjob betraf die Vergangenheit, und so sollte es, wenn es nach ihr ging, auch bleiben. Deshalb fügte sie hinzu: »Was bedeutet das alles für die alte Geschichte?«

»Hutter hat als Nachkomme eine direkte Verbindung zu den damaligen Verschwörern«, stellte Jonas noch einmal fest. »Bei Tann gibt es dafür bisher keine Anzeichen.«

»Aber Tann hatte mit Glocken zu tun. Und Hutter nicht.«

»Stimmt auch wieder.«

Fenja und Jonas stellten sich nebeneinander, betrachteten die Tafel und dachten schweigend nach.

»Wo machen wir weiter?«

Jonas sah nach oben zum Fensterkreuz, wo das Polizeifoto vom Glockenzeichen der vermeintlichen Verschwörer angepinnt war. »Folgen wir den Glocken«, schlug er vor. »Mit Hutter kommen wir im Moment sowieso nicht voran, und für die Suche nach Jan-Hendrik Tann hat die Polizei die deutlich besseren Möglichkeiten.«

»Du willst nach Apolda fahren?«, riet Fenja.

»Ja. Wir machen, was wir am besten können: Wir suchen in der Vergangenheit.« Er sah Fenja an. »In Apolda ist Tann in die Lehre gegangen. Vielleicht erfahren wir dort mehr über ihn. Und über das Glockengießen. Die Stadt ist seit Jahrhunderten berühmt dafür. Kommst du mit?«

»Ich kann es kaum erwarten.« Fenja zwinkerte ihrem Freund unternehmungslustig zu. Sie liebte ihre gemeinsamen Entdeckungstouren.

»Hat dir die Sekretärin in der Baufirma vielleicht auch gesagt, wie die Gießerei hieß, in der Tann gelernt hat?«, fragte Jonas.

»Nein, das wusste sie nicht.«

»Dann schau ich mal nach, was wir im Angebot haben.« Voller Tatendrang setzte sich Jonas an den Computer und fütterte die Suchmaschine. »Komisch«, sagte er nach einer Weile. »Ich finde keine einzige Gießerei, die heute noch arbeitet.«

»Ich denke, Apolda ist so bekannt für seine Glocken?« Fenja war genauso überrascht.

»Ist es auch. Zumindest habe ich das immer so gehört. Aber im Moment stoße ich nur auf Firmen von früher. Und auf ein Museum.«

»Was für ein Museum?«

»Ein Glockenmuseum. In der Bahnhofstraße.«

»Dann fangen wir doch da an. Wenn die nicht Bescheid wissen, wer dann?«

»Gute Idee.« Jonas schrieb sich die Kontaktdaten auf. »Wann hast du Zeit?«

»Am besten gleich morgen. Da bin ich nicht im Institut. Ich habe mir zwar Schreibkram mitgebracht, aber den kann ich auch heute Abend erledigen.«

»Morgen ist Mittwoch.« Jonas warf einen Blick auf den Monitor. »Das Museum hat offen.«

»Super. Dann machen wir einen Ausflug«, freute sich Fenja und strahlte ihren Freund schelmisch an.

»Ich habe übrigens noch was für dich. Was zum Gucken«, erklärte Jonas, den Fenjas Vorfreude ansteckte. Er griff in seinen Rucksack und förderte einen großen Umschlag zutage, aus dem er einen Stapel Fotos hervorzog. Es waren die Bilder von der Gloriosa, die er am Vormittag in der Glockenstube gemacht und später bei einem Drogeriemarkt ausgedruckt hatte.

»Wahnsinn«, entfuhr es Fenja. Für eine Weile betrachtete sie die Bilder, ohne ein Wort zu sagen, dann fügte sie hinzu: »Das war bestimmt ein verrücktes Gefühl, daneben zu stehen.«

»Das war es. Die Fotos können das gar nicht vermitteln, aber vielleicht steigen wir ja irgendwann noch mal zusammen hoch.«

»Das würde ich sehr gern!«

»Hier, eins für unsere Wand.« Jonas reichte ihr eines der Bilder. »Der Rest kommt zu den Akten.«

Während Fenja das Foto der Gloriosa an einem Fachwerkbalken befestigte, schob Jonas die anderen Abzüge zurück in den Umschlag und beschriftete ihn sorgfältig mit Datum und Inhalt. Dann ging er zu dem Holzregal, in dem er seine bisherigen Notizen bereits in mehreren Mappen geordnet und abgelegt hatte. Auf halbem Wege verharrte seine Hand.

Die Hefter waren dort, wo sie sein sollten, aber irgendwie irritierte ihn der Anblick.

»Warst du an den Sachen?«, fragte er über die Schulter.

»An deinen Mappen? Nein.« Fenja schüttelte den Kopf. »Ich bin nach dir gekommen, schon vergessen? Wie kommst du darauf?«

Jonas war noch immer verwirrt. »Ach, nichts, vergiss es. Ich hatte nur gerade das Gefühl, dass die Sachen gestern anders lagen.«

33

Der neue Tag brachte milde Temperaturen, aber die schwarz-grauen Wolken hingen tief und drückten die Landschaft in eine spätherbstliche Tristesse. Die Regenschauer, die am Morgen noch über das Land gezogen waren, hatten zwar nachgelassen, doch es sah so aus, als würde es an diesem letzten Oktobermittwoch überhaupt nicht richtig hell werden.

»Goldener Herbst ist was anderes«, sagte Jonas und grinste breit. Er und Fenja saßen trotz des Wetters gut gelaunt in ihrem Geländewagen und freuten sich auf die Recherche im Glockenmuseum. Jonas hatte ihren Besuch schon am Nachmittag zuvor bei der Museumsleitung angekündigt, was eine gute Idee gewesen war. Nach dem Hinweis, dass sie im Auftrag des Landeskriminalamtes an einer historischen Recherche arbeiteten, bei der auch der Guss von Glocken eine wichtige Rolle spielte, hatte man ihm einen kompetenten Ansprechpartner empfohlen. Dr. Reinhold Huthmacher war pensionierter Museologe und Fachmann für Thüringer Glockenkunst. Er gehörte zum Unterstützerkreis des Museums und hatte sich sofort bereit erklärt, Jonas und Fenja in der Ausstellung zu treffen.

Es ging auf die Mittagszeit zu, als sie Apolda erreichten. Das Museum war nicht schwer zu finden. Es lag an der Straße, die vom Bahnhof ins Stadtzentrum führte.

»Da ist es!«, rief Jonas, der das markante gelbe Gebäude von den Abbildungen im Internet wiedererkannte. Er verließ die Hauptstraße und suchte nach einem Parkplatz. Nachdem sie eine Weile durch ein Netz aus engen Nebenstraßen gekreuzt waren und nach einem zugegebenermaßen etwas abenteuerlichen Wendemanöver fast noch einen nachfolgenden Opel Vectra touchiert hatten, stellten sie den Landrover in Sichtweite ihres Zieles ab und liefen die kurze Strecke zurück.

Das Museum war in einem zweigeschossigen klassizistischen Gebäude untergebracht, das an den Ecken quadratische Türme aufwies. Links und rechts des Hauses schlossen sich verspielte Arkaden an, hinter denen eine kleine Parkanlage zu erahnen war.

»Nicht schlecht«, bemerkte Fenja, als sie das Portal passierten.

In der Anmeldung saßen zwei ältere Damen bei einem Kaffee, die sie freundlich grüßten.

Jonas stellte sich und Fenja vor und fragte nach Dr. Huthmacher.

»Der kommt gleich, aber wir wissen Bescheid. Gehen Sie ruhig schon mal durch die Ausstellung, wir schicken ihn dann hinterher«, erklärte ihnen eine der Mitarbeiterinnen.

»Dann machen wir das. Danke!«, antwortete Jonas und betrat zusammen mit Fenja die Museumsräume.

Schon im Flur wurden sie von einer exotisch anmutenden Glocke begrüßt. Sie hing in einem mannshohen Rahmen, der über und über mit fernöstlichem Schnitzwerk verziert war.

»Eine chinesische Tempelglocke!«, rief Fenja aus.

»Oha. Du kennst dich aber aus«, wunderte sich Jonas. Doch seine Freundin deutete nur grinsend auf die kleine Tafel mit der Erklärung, die auf ihrer Seite des Exponats angebracht war.

In den nachfolgenden Räumen betrachteten sie große und kleine Glocken aus den unterschiedlichsten Zeiten und Ländern. Tatsächlich konnten Jonas und Fenja bei ihrem Rundgang feststellen, dass mit der klassischen Kirchenglocke, wie sie sie kannten, das Ende der Fahnenstange noch lange nicht erreicht war. Diese faszinierenden Klangkörper existierten seit Tausenden von Jahren, verschieden in ihrer Form und Funktion, aber geeint in der sinnlichen Magie, die sie über Kontinente und Epochen hinweg ausstrahlten. Sie riefen zum Gottesdienst oder zur Arbeit, zum Markt oder zu Gericht. Sie verkündeten die Zeit, warnten vor Feinden oder alarmierten bei Feuersbrünsten. Glocken begleiteten das Leben der Menschen von der Wiege bis zur Bahre.

Staunend schlenderten die beiden durch die Säle, als plötzlich ein heller Klang ertönte und sie zusammenschrecken ließ.

Neben einer Glocke, die in einem Eisengestell hing, stand ein älterer Herr mit schlohweißem Haar. In seiner Hand hielt er einen kleinen Hammer, der jetzt andachtsvoll in der Luft verharrte. Der glasklare Ton des Glockenkörpers neben ihm erfüllte den gesamten Raum und hielt nun schon fast zehn Sekunden an.

»Wundervoll, nicht wahr?«, sagte der Mann, den Blick versonnen auf das Bronzeinstrument gerichtet. Dann drehte er sich zu Jonas und Fenja um und lächelte ihnen verschmitzt zu. »Sie sind die Gäste aus Erfurt? Mein Name ist Reinhold Huthmacher. Ich glaube, wir sind verabredet.«

Huthmacher war ganz und gar ein Gentleman alten Schlages. Der Pensionär hatte ein waches, sympathisches Gesicht mit einem Schnauzbart, der ebenso wie die Haare und Augenbrauen weiß leuchtete. Unter seinem beigen Herbstmantel trug er einen makellosen grauen Anzug, aus der Jacketttasche schaute ein Einstecktuch heraus, und seinen Hals zierte eine weinrote Fliege.

»Es ist sehr nett von Ihnen, dass Sie bereit waren, uns so schnell zu treffen«, antwortete Jonas und stellte sich und Fenja vor.

»Sie interessieren sich also für den Glockenguss«, stellte Reinhold Huthmacher fest und nickte dabei erfreut. »Es ist schön, wenn junge Leute mehr über solch ein altes Gewerk wissen wollen.«

»Wir recherchieren zurzeit einige Dinge über den Erfurter Domberg«, erklärte Jonas, »und dabei spielen auch Glocken eine Rolle.«

»Ah, die Gloriosa!« Huthmachers Augen leuchteten. »Die Königin der Glocken! Ich verstehe. Sie wissen aber, dass sie nicht in Apolda gegossen wurde?«

»Ja. Uns geht es um etwas anderes.«

»Na, dann sehen wir mal, was ich für Sie tun kann.«

»Bei unseren Nachforschungen sind wir auf einen Mann gestoßen, der früher einmal in Apolda Glockengießer gelernt hat. Aber außer seinem Namen wissen wir fast nichts von ihm. Jetzt versuchen wir, mehr über ihn zu erfahren. Vielleicht können Sie uns dabei helfen.«

»Das will ich gern versuchen. Wie heißt denn der Mann?«

»Jan-Hendrik Tann.«

»Tann?« Huthmacher dachte nach. »Tann, Tann … Also der Name sagt mir erst mal nichts.« Er schüttelte den Kopf. »Wann soll er denn hier gelernt haben?«

»Das können wir nicht genau sagen. Jetzt muss er so um die fünfzig sein, vielleicht auch etwas älter«, antwortete Fenja. »Leider konnten wir ihn bisher auch nicht ausfindig machen.«

»Hm. In Apolda werden seit fast dreißig Jahren keine Glocken mehr gegossen. Wenn Tann wirklich hier gelernt hat, muss er einer der Letzten gewesen sein.«

»Dann gibt es keine einzige Gießerei mehr, in der wir fragen können?« Jonas war geknickt. Sollte sich die Spur, von der sie sich so viel erhofft hatten, schon jetzt als Sackgasse erweisen?

»Nein, leider nicht«, antwortete der Glockenexperte, und es war ihm anzusehen, dass auch er darüber betrübt war. »Kennen Sie sich in der Geschichte von Apolda ein bisschen aus?«

»Ehrlich gesagt, kaum«, gab Jonas zu. »Aber wir haben natürlich gehört, dass die Stadt für ihre Glocken berühmt ist.«

»Das ist sie in der Tat. Kommen Sie!« Damit geleitete Huthmacher Jonas und Fenja in eine Abteilung des Museums, die sie bis jetzt noch nicht betreten hatten. An den Wänden hingen Schwarz-Weiß-Fotografien, auf denen Arbeiter vor riesigen Glocken standen und stolz in die Kamera blickten.

»Seit 1722 wurden in Apolda Glocken gegossen«, begann der Pensionär. »Wir schätzen, über die Zeiten waren es fast zwanzigtausend Stück. Große Glockengießerfamilien haben hier gewirkt. Rose. Ulrich. Schilling. Die Stadt war weltbekannt. Der Klang. Wenn eine Glocke aus Apolda kam, dann wusste man, sie hatte Qualität.« Huthmacher sah die beiden wehmütig an. »Leider ist von dieser langen Tradition nichts mehr geblieben. Nur die Glocken selbst. Sie läuten heute noch in vielen Ländern der Erde.«

»Warum wird denn jetzt nicht mehr gegossen?«, wollte Fenja wissen.

»Die letzten großen Glockengießer in Apolda waren die Schillings. Sie haben das Familienunternehmen über mehrere Generationen geführt. Aber 1972 wurde ihre Gießerei in der DDR enteignet und ein Jahr vor der Wende geschlossen.« Der Pensionär hob resigniert die Hände.

»Warum geschlossen?«

»Sehen Sie, der Glockenguss ist eine Kunst, die über Generationen vererbt wird und sich mit der Zeit vervollkommnet. Da kann man nicht mal eben die Köpfe austauschen. Als die Schillings nicht mehr in der Firma waren, fehlte die straffe Organisation, die Erfahrung. Am Ende litt die Qualität. Es gab immer mehr Fehlgüsse, und dann war irgendwann ganz Schluss.«

»Kann es sein, dass Jan-Hendrik Tann dort noch gelernt hat?«, wollte Jonas wissen.

»Denkbar ist das schon. Die Gießerei war bis 1988 in Betrieb. War gar nicht weit weg von hier.«

»Glauben Sie, es existieren noch irgendwelche Unterlagen?«

»Auf dem alten Betriebsgelände mit Sicherheit nicht. Aber wir haben noch ein gewisses Konvolut von Papieren hier im Museumsarchiv. Vielleicht werden wir da fündig.«

Huthmacher führte sie in einen Raum, der offensichtlich sonst für Besprechungen genutzt wurde, jetzt aber leer stand.

»Setzen Sie sich. Ich bin gleich wieder da«, sagte er und verschwand im Treppenhaus.

Jonas und Fenja nahmen an einem runden Holztisch Platz, der reichlich mit Schnitzwerk verziert war und zweifellos schon einige Jahre auf dem Buckel hatte.

»Das sieht ja nicht so gut aus«, begann Jonas, nachdem sie eine Weile vor sich hin geschwiegen hatten.

»Warte erst mal ab. Huthmacher ist doch supernett. Ich glaube, wenn es etwas gibt, dann findet er es auch.«

»Hoffen wir das Beste. Sonst sind wir echt aufgeschmissen.«

Wie aufs Stichwort knarrten die Dielen im Treppenhaus, und wenig später kam ihr freundlicher Gastgeber ins Zimmer zurück, einen großen Archivkarton unter dem Arm.

»Wir haben Glück. Das sind die Personalunterlagen der ehemaligen Gießerei.« Er stellte den Karton auf dem Tisch vor ihnen ab. Auf einem blassen Papierquadrat, das auf den Deckel geklebt war, stand: »VEB Glockengießerei Apolda/Kaderleitung 1983–88«. »Zur Kaderleitung sagt man heute besser Personalabteilung. Oder Human Resources. Wir wollen uns ja nicht als Ewiggestrige outen.« Huthmacher schmunzelte. »Das sind die Unterlagen von den letzten fünf Jahren des Betriebs. Ich glaube, weiter brauchen wir nicht zurückzugehen.«

Er nahm den Deckel von der Box und hob einen Stapel verblasster Pappordner auf den Tisch. Sie teilten die Hefter unter sich auf. Die Mappen enthielten Mitarbeiterlisten, Arbeitsunterlagen und einen unübersichtlichen Wust an Aktennotizen zu allen möglichen Personalangelegenheiten.

Konzentriert arbeiteten sie sich durch die muffigen Papiere. Manchmal war die Schrift der Schreibmaschinendurchschläge so blass, dass sie die Papierbögen gegen das Fenster halten mussten, um überhaupt etwas zu erkennen.

Eine Stunde verging. Dann eine weitere. Sie wendeten jedes Blatt zweimal, aber einen Jan-Hendrik Tann fanden sie nicht.

»Ich habe nichts.« Jonas schob seine Hefter in die Mitte des Tisches.

»Ich auch nicht.« Fenja tat es ihm gleich.

»Bei mir ist leider auch kein Tann aufgetaucht«, verkündete Huthmacher bedauernd und nahm die Brille ab, die er zwischenzeitlich aufgesetzt hatte. »Soll ich doch noch die anderen Kästen holen?«, fragte er.

Jonas war entmutigt. »Ich glaube, die Mühe müssen Sie sich nicht machen. Der Zeitraum wäre zu groß.«

»Scheiße.« Fenja sprach aus, was alle dachten. »Wir sind auf dem Holzweg.«

Die drei starrten still vor sich hin.

»Kaffee!«, trällerte es plötzlich fröhlich, und eine der Damen von der Kasse bog mit einem Tablett durch die Tür. »Oh, schlechte Stimmung?«, fragte sie, als sie in die enttäuschten Gesichter blickte. »Na, dann komme ich ja gerade richtig. Zucker und Milch sind auch dabei. Bis nachher.« Und schon war die gute Seele wieder im Flur verschwunden.

Die Löffel schlugen mit sanftem Klingeln gegen den Tassenrand, als Jonas und Fenja ihren Kaffee umrührten.

»Eine Idee hätte ich noch.« Der alte Glockenexperte sah zu den beiden hinüber. »Es gab noch eine andere Gießerei. Allerdings nicht direkt in Apolda, sondern draußen, vor der Stadt. Eine Firma, die noch bis kurz nach der Wende gegossen hat. Schulth & Söhne.«

»Cool!«, entfuhr es Jonas, der plötzlich wieder hellwach war, obwohl er noch nicht einen Schluck von seinem Kaffee getrunken hatte.

»Das könnte tatsächlich noch eine Möglichkeit sein«, sinnierte Huthmacher, sichtlich stolz, dass ihm noch etwas eingefallen war.

»Gibt es darüber auch Unterlagen im Museum?«, warf Fenja ein.

»Gut denkbar. Einen kleinen Augenblick.« Und schon war der Pensionär wieder aus dem Raum verschwunden.

Der »kleine Augenblick« verwandelte sich in eine halbe Stunde, aber dann kam ein prächtig gelaunter Reinhold Huthmacher zurück. Wieder hatte er einen Pappkarton unter dem Arm, aber diesmal prangte darauf in fetter Schrift: »Gießerei Schulth & Söhne«.

Erneut beugten sich die drei über ausgeblichene Hefter. Zum Glück waren die Papierstapel etwas dünner als zuvor.

»Ist die Firma in der DDR nicht auch verstaatlicht worden?«, fragte Jonas, während er sich durch den Blätterwald arbeitete.

»Nein, nicht, dass ich wüsste. Schulth war immer privat«, antwortete Huthmacher.

»Wie hat er das geschafft?«

»Da bin ich überfragt. Ich vermute mal, seine Firma war nicht bedeutend genug. Er hat längst nicht so viel produziert wie die Gießerei hier in der Stadt.«

»Juhu, ich hab ihn!«, jubelte Fenja unvermittelt los und hielt ein graues Blatt in die Höhe. »Jan-Hendrik Tann. Ein Ausbildungsvertrag von 1984.«

»Das ging aber schnell. Zeig mal!« Jonas konnte es kaum erwarten, einen Blick darauf zu werfen, und griff nach dem Dokument.

Tatsächlich. Sie hatten endlich einen Treffer. Laut dem Vertrag hatte Tann 1984 eine dreijährige Lehre in der Gießerei Schulth begonnen.

»Und hier ist noch was!«, rief Fenja und zog weitere Blätter aus der Mappe. »Diesmal ein Arbeitsvertrag. Tann ist nach der Lehre als Geselle in der Firma geblieben. Der Vertrag ist vom 1. Oktober 1987.« Und sie fügte hinzu: »Er ist unbefristet.«

»Unbefristet?«, wunderte sich Jonas.

»Er musste vermutlich aufhören, als die Firma geschlossen wurde«, schaltete sich Huthmacher ein. »Schulth & Söhne hat nur noch bis 1991 gegossen, dann war da auch Schluss.«

»Und warum?«

»Die Wende. Plötzlich haben die Aufträge gefehlt. Von heute auf morgen gab es einen riesigen freien Markt.« Huthmacher zuckte mit den Schultern. »Bis 1991 ging es noch irgendwie, aber dann nahm der Konkurrenzdruck aus Westeuropa überhand. Der alte Schulth war der Letzte aus seiner Familie. Er hat den Laden einfach dichtgemacht und ist weggegangen.«

»Und Jan-Hendrik Tann gründete in Erfurt seine Baufirma«, sprach Fenja ihren Gedanken laut aus.

»Hey! Hier steht sogar seine alte Wohnadresse in Apolda!«, rief Jonas, der immer noch Tanns Ausbildungsvertrag in der Hand hielt. Nachdem er sich die Adresse aufgeschrieben hatte, drehte er sich zu Huthmacher um. »Können Sie uns sagen, wo wir die ehemalige Gießerei Schulth finden?«

»An der Jenaer Straße. Das ist die Landstraße, die in Richtung Süden aus der Stadt führt. Die Gießerei liegt ein ganzes Stück weit draußen. Aber da brauchen Sie gar nicht erst hinzufahren. Das ist nur noch eine verwilderte Ruine.«

Da sie in den Unterlagen keine weiteren Hinweise auf Jan-Hendrik Tann finden konnten, räumten sie die Hefter zusammen und verstauten sie wieder in der Archivbox.

Dann begleitete sie Reinhold Huthmacher durch die Ausstellungsräume zurück zum Ausgang. Kurz davor entdeckte Jonas an der Wand einen alten Kupferstich und blieb stehen. Auf der Grafik war eine antike Werkhalle abgebildet, aber statt der Glocken wurden hier Kanonen gegossen. Einer spontanen Idee folgend fragte er den Fachmann: »Haben Sie schon einmal gehört, dass man eine Glocke in eine Waffe verwandelt hat? Ihren Klang genutzt hat, um Menschen zu verletzen?« Er war sich nicht sicher, ob er den Glockenliebhaber damit auf dem falschen Fuß erwischte, doch der Pensionär drehte sich interessiert zu ihm um.

»Eine spannende Frage.« Huthmacher dachte nach. »Im Mittelalter haben Glockengießer auch Kanonen hergestellt. Sie waren Experten für den Metallguss, und weil sie es konnten, haben sie auch an beidem verdient. Und in den letzten Weltkriegen hat man die Glocken zu Tausenden von den Türmen geholt, um sie für die Rüstungsindustrie einzuschmelzen. Insofern ist die Ambivalenz, auf die Sie abzielen, nicht ganz von der Hand zu weisen. Aber den Glockenklang direkt zu verwenden, um Menschen zu schaden …? Ich weiß es nicht.« Er hob die Schultern und lächelte sie entschuldigend an. »Ich habe mein Leben damit verbracht, das Göttliche in den Glocken zu suchen. Es tut mir leid, aber Waffen sind nicht mein Fach.«

Jonas und Fenja bedankten sich bei ihrem Begleiter. Dann verabschiedeten sie sich und verließen das Glockenmuseum.

Ihre Ausbeute war durchwachsen. Sie wussten jetzt, dass Jan-Hendrik Tann in einer Gießerei gelernt hatte, die es nicht mehr gab. Und sie besaßen die Adresse des Hauses, in dem er damals gelebt hatte.

34

Sie fuhren langsam durch die Innenstadt von Apolda. Fenja hatte auf ihrem Tablet eine Karte aufgerufen und gab die ehemalige Wohnadresse von Jan-Hendrik Tann ein. Sekunden später erschien ein kleines rotes Fähnchen, das den gesuchten Standort markierte.

»Schötener Promenade«, sagte sie. »Laut Karte eine Grünanlage. Gar nicht weit weg von hier.«

Jonas steuerte die Koordinaten an. Die Adresse, die sie suchten, lag tatsächlich in einem parkähnlichen Gelände. Also stellten sie ihr Auto wieder ab und setzten ihren Weg zu Fuß fort.

»Cool. Wir sind ja mitten im Wald!«, staunte Fenja, als sie das Areal betraten. Eigentlich war es kein Park im herkömmlichen Sinne, sondern ein schmales Tal, das mitten im Zentrum Apoldas begann und bis zum Stadtrand reichte. Durch die Senke führte ein kleiner Wasserlauf mit einem Wanderweg daneben. Links und rechts davon standen große alte Bäume und gaben dem Areal etwas Uriges. In dem diesigen Herbstwetter wirkte das Gelände seltsam entrückt.

Am linken Hang konnten sie bald einzelne Grundstücke ausmachen, die zurückgesetzt hinter Büschen und Hecken lagen und so vor den Blicken der Spaziergänger fast gänzlich verborgen waren. Nur die Grundstückszäune, die sich ein Stück entlang des Weges zogen und in gewissen Abständen dezente Pforten aufwiesen, gaben ein wenig Orientierung.

»Keine schlechte Wohngegend. Mitten in der Stadt und trotzdem in der Natur«, stellte Fenja fest.

»Zum Glück gibt es wenigstens Hausnummern«, entgegnete Jonas und deutete auf die kleinen Schilder an den Gartentüren.

Gerade setzte wieder ein leichter Sprühregen ein, da fanden sie endlich ihr Ziel.

»Hier ist es!«, rief Fenja.

Ein kleiner Pfad führte zwischen den Grundstücken den

Hang hinauf. Wo er vom Parkweg abzweigte, standen auf einem handgemalten Wegweiser zwei Nummern, darunter auch die, nach der sie suchten.

Sie folgten dem Pfad, an dessen Ende zwei Häuser einander gegenüberlagen. Das linke gehörte zu der Adresse, die im Ausbildungsvertrag von Jan-Hendrik Tann gestanden hatte.

»Gebser«, las Jonas das Schild an der Klingel vor. »Schade. Nichts mehr mit Tann.«

»Wäre ja auch zu schön gewesen. Wollen wir trotzdem mal klingeln und fragen?«

»Klar.« Jonas drückte auf den Plastikknopf, und irgendwo in dem kleinen Einfamilienhaus fing ein Hund an zu bellen.

Kurz darauf erschien ein Mann um die vierzig in einem schmutzigen Blaumann. »Wollen Sie zu mir?«, fragte er, und seinem abweisenden Gesicht war anzusehen, dass er keinen Besuch erwartete.

»Entschuldigen Sie die Störung«, begann Jonas. »Wir suchen die Familie Tann und haben diese Adresse bekommen.«

»Die wohnt nicht mehr hier.« Der Mann streifte sich die staubigen Finger an seiner Arbeitshose ab, gab ihnen aber nicht die Hand. »Frau Tann hat an mich verkauft. Vor vier Jahren schon.«

»Haben Sie noch Kontakt zu ihr?«, fragte Fenja.

»Nee. Die ist in ein Pflegeheim gezogen. Irgendwo unten in der Stadt. Mehr weiß ich auch nicht.«

»Und ihr Sohn?«

»Kenn ich nicht. Als ich hergezogen bin, hat sie hier allein gehaust.«

»Eine Telefonnummer haben Sie nicht zufällig? Von der alten Frau Tann, meine ich?«, hakte Jonas noch einmal nach.

»Nee. Tut mir leid.« Der Mann wirkte ungeduldig. »Ist noch was? Ich muss wieder rein.«

»Nein. Kein Problem. Und danke für die Auskunft«, antwortete Jonas.

»Bitte.« Der Mann ging zurück zu seinem Haus und sah sich im Eingang kurz um, als wollte er sich versichern, dass die beiden nicht weiter herumschnüffelten. Dann war er im Gebäude verschwunden, und nur das Bellen des Hundes, der sich bis jetzt nicht beruhigt hatte, drang gedämpft nach außen.

»Kurzer Besuch«, stellte Jonas fest.

»Wenigstens wissen wir jetzt, dass Tanns Mutter hier im Pflegeheim lebt. Hoffentlich noch.«

Sie drehten sich um und wollten gerade zurücklaufen, da hörten sie plötzlich eine Frauenstimme aus dem Garten gegenüber. »Hallo. Wollen Sie zu mir?«, kam es irgendwo zwischen mannshohen Büschen hindurch, die gerade ihr letztes farbiges Laub verloren.

Dann sahen sie eine Frau herannahen. Sie mochte um die fünfzig Jahre alt sein. Ihre Statur war kräftig, aber nicht dick, und hinter einem bunten Stirnband spitzte kurzes schwarzes Haar hervor. Aus ihrem wettergegerbten Gesicht strahlten ihnen zwei wache Augen entgegen. Als sie am Zaun stand, lächelte sie verwundert. »Ich hab Sie gar nicht klingeln hören.«

»Haben wir auch nicht.« Jonas und Fenja traten an das Gartentor und lächelten zurück. »Eigentlich sind wir auf der Suche nach Familie Tann. Wir haben gerade mit Ihrem Nachbarn gesprochen.«

»Mit dem Stiesel?« Die Frau warf einen spöttischen Blick in Richtung des Nachbargrundstücks. »Wundert mich, dass er überhaupt mit Ihnen geredet hat.«

»Er konnte uns leider nicht wirklich helfen.«

»Was wollen Sie denn von Frau Tann? Kennen Sie sie von früher? Sie lebt jetzt in einem Pflegeheim.«

»Das haben wir schon gehört. Nein, wir kennen sie nicht. Eigentlich geht es auch um ihren Sohn.«

»Ach! Um den Jan-Hendrik?« Das Gesicht der Frau hellte sich wieder auf. »Wir sind zusammen in die Schule gegangen. Aber der wohnt schon lange nicht mehr hier. Er hat eine Firma in Erfurt, soviel ich weiß.«

»Deswegen sind wir hier. Wir konnten ihn dort bisher nicht erreichen.« Dass Tann vermisst wurde, verschwieg Jonas. Stattdessen erklärte er: »Wir interessieren uns für das Glockengießen und haben gehört, Herr Tann hat das mal gelernt.«

»Ja, hat er.« Ihre Gesprächspartnerin stieß einen Seufzer aus. »Hat ihm kein Glück gebracht, das Ganze.« Sie winkte ab, und ihr Lächeln kehrte zurück. »Möchten Sie nicht auf einen Tee zu mir reinkommen? Jetzt, wo Sie schon mal hier sind.«

»Gern. Wenn wir Sie nicht aufhalten.«

»Aufhalten? Du lieber Himmel.« Sie lachte. »Ich habe Zeit. Ich bin übrigens Johanna Selig. Selig wie heilig.« Dabei deutete sie auf den Torpfosten vor ihnen, an dem ein blaues Namensschild in Form eines Engels angebracht war.

»Jonas Wiesenburg und Fenja Wolff«, stellte Jonas sie beide vor. »Nett, dass Sie sich die Zeit nehmen.«

»Kommen Sie. Wir gehen ins Haus. Jan-Hendrik habe ich schon lange nicht mehr gesehen. Früher war er immer mal drüben, zu Besuch bei seiner Mutter, dann haben wir ein paar Worte gewechselt. Aber seit sie im Pflegestift ist, haben wir keinen Kontakt mehr.«

Die beiden folgten der agilen Frau über einen Weg aus Steinfliesen, der sich über den feuchten Rasen schlängelte.

Ihr Haus befand sich im hinteren Teil des Grundstücks an einem Hang. Es war ein schlichter einstöckiger Bungalow, dessen Wände von leuchtend roten Blättern wilder Weinranken bedeckt waren und der sich fast komplett in die Gartenlandschaft einfügte.

Sie betraten das Haus durch eine grün gestrichene Tür. Im Inneren setzte sich der Garten gewissermaßen fort, es gab Zierpflanzen in allen Formen und Größen.

»Das Grünzeug ist meine große Schwäche«, gestand Johanna Selig schmunzelnd. »Ich hoffe, Sie sind nicht allergisch?«

»Nein, sind wir nicht. Ihr Haus ist sehr hübsch«, antwortete Fenja.

»Danke. Es freut mich, dass Sie das sagen. Nehmen Sie Platz.« Ihre Gastgeberin wies auf einen Tisch im Landhausstil, der direkt vor einem Fenster stand. »Ich mache uns einen Tee. Grün? Schwarz? Kräuter?«

»Schwarz wäre nett«, sagte Jonas schnell, um Fenja zuvorzukommen. Keinesfalls wollte er grünen Tee trinken, der für ihn immer wie aufgegossenes Heu schmeckte. Fenja rempelte ihn heimlich an, was so viel heißen sollte wie: Na warte!

Der Raum, in dem sie sich befanden, war Wohnzimmer und Küche in einem. Johanna Selig trat hinter einen Holztresen und begann, den Tee zuzubereiten. Unterdessen setzten sich Jonas und Fenja an den Tisch. Das Fenster bot einen respektablen Ausblick in den Park, der im Moment jedoch durch das graue Herbstwetter ein wenig getrübt wurde.

An einer dunkelrot gestrichenen Zimmerwand entdeckte Jonas großformatige Fotos, die exotisch anmutende Wüstenbauten zeigten.

»Ist das in Afrika?«, fragte er. Ähnliche Fotos hingen im Haus seiner Eltern an der Wand.

»Ja«, kam es erfreut vom Küchentresen. »Waren Sie auch mal dort?«

»Meine Eltern sind Ingenieure. Sie arbeiten für eine deutsche Hilfsorganisation und sind fast das ganze Jahr unten«, antwortete Jonas.

»Ich bin auch ein paarmal dagewesen«, berichtete ihre Gastgeberin stolz. »Ich bin im Lehmbau tätig. Manchmal war ich mit Projekten in Afrika. In Marokko haben wir geholfen, eine alte Kasbah zu konservieren, und in Mali konnten wir die Lehmbauten der Dogon studieren. Solche Dinge.«

»Toll. Finde ich total spannend.«

»Ja, das war es.« Johanna Selig nickte. »Aber zu Hause ist es auch schön.« Sie kam mit einem Tablett und drei Teetassen zum Tisch und setzte sich zu ihnen. »Aber nun spannen Sie mich nicht länger auf die Folter. Was möchten Sie denn von meinem alten Klassenkameraden?«

»Wir machen gerade eine Recherche über den Erfurter Domberg. Vielleicht haben Sie es gehört – man hat dort vor Kurzem eine alte Grotte entdeckt.«

»Oh Gott! Die Mumien? Ja, davon habe ich gelesen.« Ihre Gastgeberin schüttelte sich. »Eine unheimliche Geschichte. Und mit so was beschäftigen Sie sich freiwillig?«

»Es ist eine Recherche für das LKA. Ich bin Historiker und

soll herausfinden, was dort vor dreihundertfünfzig Jahren passiert ist.«

»Puh! Das stelle ich mir aber schwierig vor. Nach so langer Zeit?« Johanna Selig schaute ungläubig.

»Ist es auch. Das können Sie mir glauben.«

»Und was hat das alles mit Jan-Hendrik zu tun?«

»Bei unseren Recherchen spielen auch Glocken eine Rolle, und wir haben zufällig gehört, dass Herr Tann Glockengießer gelernt hat. Wir hätten ihm gern ein paar Fragen gestellt.« Dass Tann über das Haus am Fischersand möglicherweise sogar eine direkte Verbindung zu der Domgrotte hatte, behielt Jonas für sich.

»Ach so, ich verstehe. Aber das Thema ist schwierig für ihn.« Auf dem Gesicht von Johanna Selig machte sich ein skeptischer Ausdruck breit. »Für Jan-Hendrik war das damals keine gute Zeit. Er wurde ziemlich aus der Bahn geworfen.«

»Aus der Bahn?«

»Wissen Sie, ich bin mir gar nicht sicher, ob es ihm recht ist, wenn ich Ihnen das erzähle …« Sie schwieg einen Moment, dann begann sie trotzdem: »Jan-Hendrik war damals total fasziniert von der Sache mit dem Glockenguss. Klar, wer fand das hier in Apolda nicht toll? Das war ja eine große Tradition. Aber Jan-Hendrik wollte unbedingt selber Glockengießer werden. Schon als Kind. Am liebsten ein ganz großer.« Johanna Selig lächelte versonnen. »Er hatte keine glückliche Kindheit, verstehen Sie? Ist ohne Vater aufgewachsen, und seine Mutter«, sie deutete in Richtung des Nachbargrundstücks, »die war einfach überfordert mit dem Jungen. Zu Hause hatte er nicht viel zu lachen.«

»Aber er wurde trotzdem Gießerlehrling?«, fragte Fenja.

»Ja. Das hat er ganz allein geschafft. In Apolda hatte er kein Glück, da waren keine Lehrstellen frei.« Ihre Gastgeberin nahm einen Schluck von ihrem Tee, bevor sie fortfuhr: »Doch da gab es noch diese andere Gießerei. Draußen, Richtung Jena. Schulth & Söhne. Jan-Hendrik ist dem alten Schulth so lange auf die Nerven gegangen, bis der ihn genommen hat.«

»Was ist dann passiert?«

»Am Anfang lief es richtig gut. Die Lehre hat er mit Bravour bestanden. Er war ein echtes Talent. Wurde sofort eingestellt. Der Alte selbst hat ihn unter seine Fittiche genommen. Schulth war der letzte Spross einer langen Gießerdynastie, hatte aber selbst keine Kinder. In Jan-Hendrik sah er schon seinen Nachfolger.«

»Das klingt doch gut!«, warf Fenja ein.

»Ja. Viel zu gut. Denn der Absturz war umso tiefer.« Johanna Selig schüttelte den Kopf. »Mit der Wende wurde es plötzlich schwierig. Die Aufträge brachen weg, es wurde kaum noch gegossen. Und 1991 war dann ganz und gar Schluss. Schulth hat alle seine Leute entlassen und die Gießerei dichtgemacht.«

»Das war bestimmt nicht leicht für ihn.«

»Für Schulth? Viele haben damals gesagt, er hätte noch durchhalten sollen. Seine Glocken waren gut. Aber Julius Ludwig Schulth war ein Patriarch alten Schlages. Als es eng wurde, kannte er nur sich selbst. In seiner Schublade lag das Angebot einer niederländischen Gießerei, die ihn unbedingt anstellen wollte. Die haben dem alten Mann Honig um den Bart geschmiert, obwohl sie es nur auf sein Know-how abgesehen hatten. Was soll ich Ihnen sagen – er hat unterschrieben und ist gegangen. Für den Meister gab's ein Happy End. Für alle anderen nicht.«

»Und Jan-Hendrik Tann?«

»Er war am Boden zerstört. Bis zuletzt hatte er gehofft, sein Ziehvater Schulth würde ihn mit nach Holland nehmen. Weiter auf ihn setzen. Aber Schulth hat ihn einfach fallen lassen.« Johanna Selig sah Jonas und Fenja an. »Das hat er nie verkraftet. Für ihn ist damals sein Lebenstraum geplatzt. Er war am Boden zerstört. Wurde von Hass und Bitterkeit zerfressen. Wir haben uns ziemliche Sorgen um ihn gemacht.« Sie zuckte mit den Schultern. »Ich denke, das sollten Sie wissen, wenn Sie ihn auf seine Lehre ansprechen.«

»Eine traurige Geschichte«, sagte Fenja, als ihre Gastgeberin verstummt war. »Und wie ging es weiter mit ihm?«

»Jan-Hendrik ist dann nach Erfurt gezogen, um eine Sanierungsfirma zu gründen. Das hat ihn wieder ein bisschen aufgebaut. Apolda war für ihn erledigt. Na ja.« Sie lächelte entschuldigend. »Jetzt habe ich Sie aber ganz schön zugequasselt.«

»Ach was.« Jonas winkte ab. »Wir hören gern zu.« Zum Glück war Tanns ehemalige Nachbarin derart gesprächig gewesen. Vielleicht hatte sie lange keinen Besuch gehabt, jedenfalls konnten sie sich beglückwünschen, dass sie die Einladung zum Tee nicht ausgeschlagen hatten.

»Aber behalten Sie das bloß alles für sich. Ich komme sonst in Teufels Küche«, sagte Johanna Selig.

»Logisch«, verkündete Jonas.

»Ich war übrigens in seiner Baufirma.« Fenja sah die ältere Frau an, der das Schicksal des jungen Jan-Hendrik damals offenbar nahegegangen war. »Sie ist zwar nicht besonders groß, aber ich hatte den Eindruck, er ist zurzeit ganz gut im Geschäft.«

»Das ist schön, wenn er seinen Weg doch noch gefunden hat.«

»Noch eine letzte Frage«, warf Jonas ein. »Haben Sie bei den Tanns einmal die Namen Hutter oder Withauer gehört?«

»Hutter? Withauer? Nein. Nicht, dass ich wüsste.«

»Die alte Frau Tann – wissen Sie, in welchem Pflegeheim sie jetzt wohnt?«

»Im Hellenius-Stift. Aber da werden Sie nicht viel Glück haben. Frau Tann ist schon ziemlich durcheinander. Deshalb musste sie ja auch ihr Haus aufgeben. Das wäre nicht mehr lange gut gegangen.«

»Danke trotzdem. Auch für das, was Sie uns alles erzählt haben.«

»Und für den Tee«, fügte Fenja lächelnd hinzu. »Der war super!«

»Das freut mich. Warten Sie, ich bring Sie raus.«

Kurz darauf standen sie wieder am Gartentor und verabschiedeten sich von Tanns ehemaliger Nachbarin.

»Wenn Sie Jan-Hendrik sehen – grüßen Sie ihn bitte von Johanna aus Apolda«, gab sie ihnen noch mit auf den Weg.

»Machen wir. Auf Wiedersehen.« Jonas musste schmunzeln. Erst die griesgrämige Nachbarin vom Fischersand und jetzt auch noch die ehemalige Schulkameradin. So langsam mussten sie Jan-Hendrik Tann einfach finden. Schon allein, um ihm die Grüße auszurichten.

35

9. März 1667

Sie begannen damit, das massige Objekt auf den Pferdewagen zu verfrachten. Nikolaus Corvus hatte eine Rampe aus Holzbohlen gezimmert, und mit Seilen zogen sie ihre Last nun Zoll um Zoll der Ladefläche entgegen.

Obwohl ein schneidender Wind über das entlegene Gehöft fegte, schwitzten die Männer, und ihren Mündern entwich bei jedem ihrer schweren Atemzüge ein weißer Nebel.

Der Erfurter Rat hatte den Wagen nebst einer Eskorte bewaffneter Knechte geschickt, um das Ehrengeschenk für den Mainzer Bischof nach Erfurt zu bringen. Nur zwölf Männer wussten, dass sie sich damit den Tod in die Stadtmauern holten.

Nikolaus Corvus lachte in sich hinein. Die ahnungslosen Knechte taten ihr Bestes, um die metallene Fracht auf den Wagen zu bekommen. Zuvor hatte er sie mit harschen Worten unterwiesen, bei Leibesstrafe äußerst sorgsam mit der ihnen anvertrauten Ladung umzugehen. Schließlich handelte es sich um eine demütige Gabe für den großen Johann Philipp von Schönborn persönlich.

Es war eine Weihwasserschale von außergewöhnlicher Pracht. In ihrer Höhe reichte sie Corvus fast bis zur Brust, und es brauchte drei Männer, um sie zu umfangen. Das sanft gewölbte Becken bestand aus purer Bronze. Gehalten wurde es von geschwungenen Füßen, die mit Gravuren und edlen Steinen geschmückt waren. Zu vier Seiten hin schickten golden glänzende Engelsköpfe ihr mildes Lächeln in die Welt. Ohne jeden Zweifel war die Schale ein Meisterstück gottergebener Handwerkskunst und würde an ihrem neuen Platz im hohen Chor des Erfurter Domes Staunen und Bewunderung hervorrufen.

Nikolaus Corvus war sich sicher – der Bischof und sein Gefolge würden begeistert sein, wenn sie ihr Geschenk morgen zur

Festmesse erhielten und ihre hochwohlgeborenen Blicke auf dem Weihobjekt ruhen ließen. Nicht ahnend, dass tatsächlich etwas ganz anderes vor ihnen stand.

Das neue Artefakt.

Das unsichtbare Schwert der Bruderschaft.

Der flüsternde Kelch ihres Verderbens.

Corvus trieb die Männer an, in ihren Mühen nicht nachzulassen. Er umrundete den Wagen und beaufsichtigte mit Argusaugen jeden ihrer Handgriffe.

Die Knechte stöhnten. Sie waren allesamt kräftige Gesellen, aber die riesige Schale stemmte sich ihrem Eifer mit ebenso großer Kraft entgegen. Die Holzbalken, aus denen der schwere Fuhrwagen gezimmert war, ächzten wie ein alter Greis. Die Zugseile waren zum Zerreißen gespannt.

Dann, endlich, stand das mächtige Becken auf der Ladefläche. Die Männer sanken in die Knie und stürzten krügeweise Wasser ihre Kehlen hinunter. Doch langes Rasten konnten sie sich nicht leisten, denn schon seit einer Weile mischten sich Schneeflocken in den stürmischen Wind, und sie wollten ihre Fuhre heute noch sicher in die Stadt bringen.

Während die Knechte damit begannen, die kostbare Ladung mit derben Stoffbahnen zu verhüllen und auf dem Wagen zu verzurren, wanderten Corvus' Gedanken zu jenen Tagen vor nun fast schon einem Jahr zurück, in denen er das frisch gegossene Artefakt ans Tageslicht geholt hatte. Es war eine harte Arbeit gewesen, den gestampften Lehmboden aus der Gießgrube zu schaufeln. Mit der Besessenheit eines Schatzgräbers hatte er die spröde Form von der Erde befreit. Dann taten einige Schläge mit dem Schmiedehammer ein Übriges, und endlich konnte er sein bronzenes Werk vor sich sehen. Der Guss war gelungen. Nikolaus Corvus hatte ein euphorisches Glänzen in den Augen gehabt, auch wenn die Oberfläche seiner Schöpfung noch stumpf und lehmverkrustet gewesen war.

Es hatte einen ganzen weiteren Tag gedauert, die riesige Schale aus der Grube zu bergen, denn im Gegensatz zum heutigen Tage war er ohne Helfer gewesen. Nur mit der Unterstützung eines

Flaschenzuges und der Kraft seines Rappens hatte er den rohen Körper des Artefakts schließlich nach oben gewuchtet.

Anschließend vergingen zahllose Tage damit, die Klangschale zu polieren und mit all den Schnörkeln zu versehen, die sie in den Augen unwissender Betrachter zu einem harmlosen Weihwasserbecken machten. Zierrat und Edelsteine hatte er von den wohlhabenden Mitgliedern der Bruderschaft bekommen, die dieses Opfer als Investition in eine Zeit ohne die Mainzer Vormundschaft gern gebracht hatten. Für den Tag ihres Sieges war Corvus zudem eine hohe Summe in Silbertalern zugesagt worden, denn die SOCIETAS IN UMBRA hatte verstehen müssen, dass er sein Genie nicht für ein Almosen an sie verschleuderte. Und ohne ihn und seine Erfindung waren sie nichts!

Fast ein ganzes Jahr hatte das Artefakt nun schon auf Corvus' Hof gewartet. Bereit für seinen Einsatz. Und jetzt, endlich, nahte die Stunde der Entscheidung.

Seit drei Tagen weilte der Mainzer Erzbischof in der Stadt. Fast zweieinhalb Jahre hatte er sich Zeit gelassen, bevor er das von ihm so schmählich unterworfene Erfurt wieder besuchte. Morgen würde zu Ehren des hohen Gastes eine Festmesse im Dom gehalten werden, und Johann Philipp von Schönborn hatte bestimmt, dass ihm dabei der Erfurter Rat erneut die Treue schwören sollte.

Über Corvus' Gesicht huschte ein bitteres Grinsen. Diese Huldigung hatte sich der Bischof wahrlich verdient. Denn es würde seine letzte sein.

Der Blick des Mannes, den bis heute immer noch alle »den Botanikus« nannten, ging hinüber zum Fuhrwerk. Die Männer hatten das Artefakt jetzt auf dem Wagen vertäut. Sie sprangen von der Ladefläche und eilten hinüber zu den Stallungen, in denen sie ihre Pferde untergestellt hatten. Es konnte nicht mehr lange dauern, und der Wagen würde angespannt und die Reitpferde aufgezäumt sein. Das Schneetreiben war dichter geworden, und die Zeit wurde langsam knapp. Sie mussten aufbrechen.

Er folgte den Männern in den Stall und machte seinen Rappen bereit. Dann führte er Arco hinaus auf den Hof. Das Pferd schnaubte und blähte die Nüstern, als sein Körper von eisigen Böen erfasst wurde. Corvus warf sich den schweren Mantel über und schwang sich in den Sattel.

Plötzlich stand Dorothee neben dem Pferd. Sie reichte Corvus einen Lederbeutel mit Proviant hinauf, während sie mit der anderen Hand die Kapuze ihres schwarzen Umhangs festhielt, damit sie ihr nicht vom Kopf geweht wurde.

»Morgen Abend bin ich zurück!«, brüllte Corvus, wobei ihm der heulende Wind die Worte von den Lippen riss. »Dann feiern wir ein Fest.«

Er glaubte, ein Nicken unter der flatternden Kapuze zu erkennen. Aber die Augen in Dorothees blassem Gesicht, in die er für einen kurzen Moment sehen konnte, trugen die Ahnung eines endgültigen Abschieds in sich. Oder bildete er sich das nur ein?

Der Wind frischte auf, und seine Magd war schon zur Seite getreten. Die bewaffneten Knechte saßen inzwischen auch in den Sätteln, und ihre Pferde tänzelten nervös auf der Stelle. Der Kutscher des Fuhrwerks nahm die Leinen auf und schnalzte mit der Zunge, woraufhin die vier kräftigen Rösser vor dem Wagen ungeduldig wieherten.

»Wir brechen auf!«, brüllte Corvus und hob den Arm.

Der Tross setzte sich in Bewegung, und der Wagen mit dem verhüllten Artefakt rollte hinter einer Vorhut Berittener durch das Tor. Außerhalb des Schutzes, den ihnen die Gebäudemauern geboten hatten, war der Sturm noch kräftiger. Die Reiter mussten die Augen zusammenkneifen, das endlose Weiß der schneebedeckten Ebene blendete sie.

Kurz bevor sie den Dammweg erreichten, sah sich Nikolaus Corvus ein letztes Mal um.

Dorothee hatte das Tor noch nicht geschlossen. Sie stand unbewegt da und sah ihnen mit starrem Blick nach, ihr schwarzes Gewand eng um den Körper geschlungen.

Eine nonnenhafte Skulptur, der Zeit entrückt.

Das Bild brannte sich Corvus ein, bevor ihm die schneegetränkten Böen die Sicht nahmen und seinen Hof hinter einem undurchdringlichen weißen Vorhang verschwinden ließen.

Nachdem sich das schwere Gespann behäbig über den morastigen Dammweg gequält hatte, erreichten sie endlich die Via Regia. Auf der befestigten Handelsstraße kamen sie deutlich zügiger voran.

Einer der berittenen Knechte trennte sich sogleich von ihrem Geleittrupp und sprengte in gestrecktem Galopp in Richtung Erfurt voraus, um Corvus' Verbündeten Veit Hutter zu informieren. Der Ratsherr würde ihnen zum Brühler Tor entgegenkommen und dort für ihren reibungslosen Einlass sorgen. Seit Johann Philipp von Schönborn mit seiner Entourage in der Stadt weilte, hatten die Mainzer die Anzahl ihrer Wachen an den Toren verstärkt, und die Soldaten richteten ein verstärktes Augenmerk auf jeden, der ihnen verdächtig erschien.

Nicht, dass sie sich besonders hätten sorgen müssen. Die Lieferung des Weihwasserbeckens war von höchster Stelle genehmigt, handelte es sich doch um das erwartete Huldigungsgeschenk des Erfurter Rates an den hohen Gast der Stadt. Aber man konnte nie wissen, was geschah, und sie wollten vermeiden, dass ein übereifriger Wachsoldat Unheil anrichtete und ihren großen Plan im letzten Moment vereitelte.

Während Corvus dem Pferdewagen folgte, drückte seine Hand ein weiteres Mal gegen seine Brust. Es war eine unbewusste Geste. Ein kurzer Akt der Kontrolle. Unter Mantel und Wams verbarg er den ledernen Folianten, in dem sich die wichtigsten Papiere zur Konstruktion eines Artefakts befanden. Die Blätter waren eng beschrieben, und Corvus hatte darauf alle Maße und Formeln notiert, die er benötigte, um die Gussform herzustellen. Sämtliche anderen Unterlagen auf seinem Hof hatte er vernichtet, genauso wie das erste Artefakt, das ihm in der Dorfkirche als Probe für seine Schöpfung so dienlich gewesen war. Sollten sie morgen unerwartet scheitern, so konnte er alle Brücken hinter sich abbrechen und seine Erfindung an jedem Ort der Welt zu neuem Leben erwecken. Machthungrige

Männer, die seine mächtige Waffe gebrauchen konnten, würde er immer und überall finden.

»Vorne halt!«, rief plötzlich der Anführer der Eskorte. Vor ihnen lag die hölzerne Brücke, die über den Wehrkanal der Hiera führte. Dahinter schälten sich die mächtigen Bollwerke der Stadtbefestigung aus dem Schneegestöber.

Die Berittenen teilten sich auf und bildeten je eine Vor- und eine Nachhut, zwischen denen der Pferdewagen knarrend und ächzend über die Brückenplanken rollte.

Kurze Zeit später verschwand das Gespann unter dem steinernen Bogen des Torhauses, dessen hohe Türflügel zu beiden Seiten mit Stangen verkeilt waren, damit sie der Wintersturm nicht losreißen konnte.

Sie wurden schon erwartet. Veit Hutter trat aus der Wachstube, in einen Pelz gehüllt und mit lederner Kappe auf dem Haupt. Dem beflissenen Gewusel der städtischen Torwache nach zu urteilen, hatte er seine hohe Position unmissverständlich zur Geltung gebracht. Die Schutzmannschaft war sichtlich bemüht, den Tross nicht unnötig aufzuhalten. Und auch die Mainzer Soldaten, die als Verstärkung hierher abkommandiert waren, warfen nur einen kurzen Blick auf ihre Fracht, dann konnten sie ihren Weg fortsetzen.

Nikolaus Corvus wurde von einem Gefühl des Triumphes erfüllt. Sie hatten Erfurts Mauern passiert. Sie waren in der Stadt. Mit dem Artefakt.

Hutter ritt auf einem prächtigen Schimmel voran und führte ihren Tross durch die Straßen. Ihr Ziel war die Zitadelle. Der Sitz des stehenden Heeres, das die Mainzer zur Verteidigung ihrer Macht in Erfurts Herzen stationiert hatten.

Während sie die Anhöhe des Petersberges erklommen, auf dem sich der Festungsbau erhob, dachte Corvus über diese absurde Fügung nach. Der Fuchs Hutter hatte es geschafft, den Schutz des Artefakts bis zur morgigen Messe ausgerechnet in die Hände der Besatzungstruppen zu legen. Die Todgeweihten stellten sich in den Dienst des Schwertes, das sie durchbohren würde. Welch meisterhafter Schachzug!

Die Hufe der Pferde hallten laut von den Mauern wider, als sie den Tunnel durchquerten, der hinter dem östlichen Portal auf das Gelände der Stadtfestung führte. Ein Trupp Wachsoldaten geleitete sie auf die Gestade der Leonhardsbastion, eines der gemauerten Bollwerke, die als gewaltige Vorsprünge aus dem Verteidigungswall hervortraten. Dann stoppte der Zug.

Tiefer ins Innere der Festung ließ man sie nicht. Für die Tage seines Besuchs beherbergte das Kloster der Zitadelle den Erzbischof mit seinem Gefolge, weshalb die Sicherheitsvorkehrungen in der Garnison deutlich verstärkt worden waren.

Noch immer wurde an allen Enden der Anlage gebaut, aber im Moment waren die Schläge der Steinmetze und Zimmerleute nicht zu hören; wahrscheinlich hatte man sie angewiesen, die Ruhe des ehrwürdigen Gastes nicht mit dem Lärm banaler Arbeit zu stören.

Die Knechte sprangen aus den Sätteln und schirrten die Zugpferde aus, bevor sie begannen, den Wagen mit dem Artefakt in die Einfahrt des Wachgebäudes zu schieben.

Nikolaus Corvus ließ seinen Blick über die Soldaten schweifen, die sie seit ihrem Eintreffen begleiteten, und entdeckte unter ihnen plötzlich ein bekanntes Gesicht. Zacharias Marholt! Der ungeschlachte Sergeant, mit dem er nun schon zwei Male aneinandergeraten war. Damals auf der Via Regia und später im Keller der Schankwirtschaft. Den groben Tölpel hatte er nicht vergessen.

Er stieg ab und winkte Marholt mit einer herrischen Geste heran. »Hey, Soldat. Halte Er mein Pferd!«

Marholts Kopf zuckte zu Corvus. Auch er erkannte offenbar sein Gegenüber sofort, denn seine Augen wurden schmal. Und dass Corvus seinen Dienstrang absichtlich ignoriert hatte, um ihn zu demütigen, trieb Zornesröte in sein Gesicht.

Zögernd kam der Sergeant heran. Corvus lächelte in sich hinein. Er wusste von Hutter, dass man die Soldaten angewiesen hatte, die Delegation der Ratsherren zuvorkommend zu behandeln. Schließlich brachte sie das Geschenk für den Regenten. Da jede Missachtung dieser Order eine Bestrafung durch ihre

Vorgesetzten provozieren würde, blieb Marholt nichts anderes übrig, als sich der Aufforderung des Botanikus zu beugen. Aber der Sergeant konnte seine Wut nur schwer unterdrücken, das war nicht zu übersehen. Als er Corvus gegenüberstand, bohrte er seinen hasserfüllten Blick in dessen Augen.

Der Botanikus starrte kalt zurück, dann grinste er breit. »Passe Er gut auf meinen Rappen auf. Das Tier duldet keine schlechte Pflege.« Mit dem wohligen Schauder der Genugtuung drückte er dem anderen die Zügel seines Pferdes in die Hand, drehte sich um und ging davon.

Während Marholt den Hengst mit versteinerter Miene zu einem Unterstand führte, lenkte Corvus seine Schritte zur Brüstung der Bastion hinüber. Von hier aus bot sich ein weiter Blick über die Stadt, die im weißen Winterkleid vor ihm lag.

Nach einer Weile spürte er, wie Veit Hutter neben ihn trat. Sie sagten nichts, sondern sahen gemeinsam schweigend zum benachbarten Domberg hinüber.

Morgen würde sich dort das Schicksal Erfurts entscheiden. Und ihr eigenes ebenso.

36

Gegenwart

Das Plätschern des Baches begleitete Jonas und Fenja, als sie auf der Parkpromenade im Herzen Apoldas zu ihrem Landrover zurückliefen. Der Sprühregen hatte aufgehört, dafür wurde die Luft allmählich dick und milchig. Nebel zog sich zusammen und hing zwischen den Bäumen.

»Dieser Jan-Hendrik Tann ist ein bedauernswerter Mann«, sagte Fenja, der das Schicksal des ehemaligen Gießerlehrlings nicht aus dem Sinn ging. Kaum hatte ihm die Welt der Glocken offengestanden, da war sie schon wieder zu einem Scherbenhaufen zusammengebrochen.

Eine Weile gingen sie schweigend nebeneinanderher. Der Wind frischte auf und fuhr in die Baumkronen über ihnen. Äste knarrten, und irgendwo raschelte es im Buschwerk.

Jonas ließ das Gespräch im Wohnzimmer von Tanns Nachbarin noch einmal in Gedanken Revue passieren. Irgendetwas geisterte in seinem Unterbewusstsein herum, das er bisher noch nicht zu fassen bekommen hatte. Ein Detail, das eine versteckte Saite in seiner Erinnerung angeschlagen hatte. Ein Wort oder eine Bemerkung.

Dann fiel es ihm wie Schuppen von den Augen. Er blieb stehen. »Sag mal, Fenja, Johanna Selig hat uns doch vorhin erzählt, dass der alte Schulth 1991 in eine niederländische Gießerei gewechselt ist, nachdem mit seiner eigenen Firma Schluss war.«

»Stimmt. Und?«

»Anne Vareel hat gesagt, die Kleidung des Toten aus der Domberggrotte sei zu einem Teil aus niederländischer Produktion.«

»Meinst du etwa …?« Fenja sah Jonas mit großen Augen an.

»Das Alter des Toten könnte passen, der Geheimgang beginnt in Tanns ehemaligem Haus, und es gibt eine Verbindung zwischen den beiden.«

»Du denkst, Tann hat seinen ehemaligen Chef umgebracht?«

»Er ist abgetaucht, als die Grotte entdeckt wurde. Und er hätte ein Motiv.«

»Rache, weil der alte Schulth ihn damals fallen gelassen hat?«

»Immerhin ist sein Lebenstraum geplatzt. Nach allem, was Johanna Selig uns berichtet hat, war das Glockengießen seine große Passion. Seine neue Hoffnung nach einer zerrütteten Kindheit. Und dann hat sein Chef alles zerstört. Zumindest in Tanns Augen. Am Ende muss er den alten Schulth gehasst haben.«

»Aber das ist dreißig Jahre her«, wandte Fenja ein.

»Der Mann wurde laut Rechtsmedizin schon vor vier bis zehn Jahren umgebracht.«

»Na gut. Dann sagen wir halt zwanzig Jahre. Trotzdem eine ziemlich lange Zeit.«

»Hass brennt ewig. Vielleicht war es eine Frage der Gelegenheit.«

»Der alte Schulth ist zurückgekommen und Tann zufällig begegnet?«

»Ist doch möglich.« Jonas wurde nachdenklich. »Oder er ist Tann bei irgendetwas auf die Schliche gekommen.«

Einen Moment lang herrschte Stille.

»Du glaubst, es hat etwas mit dem Komplott von 1667 zu tun? Mit der geheimnisvollen Glockenwaffe, von der wir nicht mal wissen, ob sie überhaupt existiert?«, fragte Fenja.

»Der Tote wurde nicht an irgendeinem Ort gefunden. Er saß in der Höhle der Verschwörer.«

»Ein gutes Versteck. Wenn Tann die Höhle zufällig kannte, hat er sie vielleicht nur genutzt, um die Leiche loszuwerden.«

»Das ist ein Argument, aber trotzdem wäre es ein merkwürdiger Zufall. Und außerdem – wir wissen nicht, was sonst noch in der Höhle war.«

»Wie meinst du das?«

»Mir geht der riesige Bücherständer nicht aus dem Kopf. Er war aufgebaut wie ein Altar und sah wichtig aus. Das Buch darauf hatte mit Sicherheit Bedeutung für die Männer an der Tafel, ist aber verschwunden.«

»Das stimmt.« Fenja erinnerte sich an das Polizeifoto. »Der Ständer trug sogar die Inschrift der Gruppe. SOCIETAS IN UMBRA.«

»Ich weiß noch nicht, wie das alles zusammengeht, aber vielleicht haben wir endlich eine heiße Spur.« Jonas war aufgewühlt.

»Findest du nicht, wir sollten die Informationen über Jan-Hendrik Tann so schnell wie möglich an das LKA weitergeben?«, gab Fenja zu bedenken.

»Ja, klar«, antwortete Jonas. »Aber lass uns vorher noch Tanns Mutter einen Besuch abstatten. Wo wir schon mal hier sind. Vielleicht können wir bei ihr noch etwas mehr über ihren Sohn herauskriegen. Außerdem möchte ich sie nach Hutter und Withauer fragen. Sicher ist sicher. Könnte doch sein, dass es da auch eine Verbindung gibt.«

»Okay. Das ist ein Plan.« Fenja sah Jonas fest an. »Aber wir machen jetzt nicht Jagd auf Tann, oder? Wenn er wirklich ein Mörder ist, dann möchte ich ihm nicht begegnen.«

»Keine Angst.« Jonas legte Fenja den Arm um die Schulter. »Gleich wenn wir bei der alten Frau Tann raus sind, rufe ich Anne Vareel an. Versprochen.«

Kurz darauf erreichten sie das Ende der Parkpromenade und tauchten wieder in die Stadt ein. Ihren Landrover hatten sie in einer lang gezogenen Pflasterstraße abgestellt. Als sie ihn fast erreicht hatten, blieb Jonas plötzlich wie angewurzelt stehen und sah in die Ferne.

»Was ist denn jetzt los?«, fragte ihn Fenja.

»Da vorn. Auf der anderen Straßenseite. Kurz vor der Ecke.«

»Was ist denn da?«

»Der braune Opel. Das zweite Auto in der Reihe.« Jonas zeigte auf einen Wagen, der circa siebzig Meter vor ihnen am linken Fahrbahnrand parkte.

»Sehe ich. Und?«

»Ich kann mich täuschen, aber ich glaube, das ist –«

In diesem Moment scherte der Opel mit quietschenden Reifen aus der Parkbucht aus und war Sekunden später in einer Nebenstraße verschwunden.

»Ich glaube, das war derselbe, den wir vorhin fast touchiert hätten. Am Glockenmuseum«, beendete Jonas seinen angefangenen Satz.

»Bist du dir sicher?«

»Ziemlich.«

»Du denkst, wir werden verfolgt?« Fenja lachte, aber es klang bemüht. »Wer soll das sein?«

»Ich weiß es nicht.« Jonas sah noch einen Moment zu der leeren Parklücke hinüber, dann winkte er ab. »Sicher ein Zufall, Apolda ist schließlich nicht groß.« Dann erinnerte er sich an das ungute Gefühl, das ihn gestern in ihrem Arbeitszimmer beschlichen hatte. Das Gefühl, dass etwas an seinen Unterlagen anders war. Dass jemand in ihrer Wohnung gewesen sein könnte. Aber er wollte Fenja nicht auch noch verrückt machen und fragte grinsend: »Willst du fahren?«

Zehn Minuten später rollte ihr Landrover auf den Parkplatz des Hellenius-Stifts. Das Pflegeheim lag mitten in der Stadt, umgeben von einer kleinen Grünanlage.

Fenja holte den Chrysanthemenstrauß von der Rückbank, den sie noch schnell in einem Blumenladen besorgt hatten, und wickelte das Schutzpapier ab. So gewappnet betraten sie das Gebäude, einen Neubau, der offenbar den Vorzug einer modernen Wohnanlage mit dem einer durchgehenden medizinischen Betreuung verknüpfte.

»Nicht schlecht«, entfuhr es Fenja in der Eingangshalle. Die Wände waren in hellen Pastellfarben gehalten, und ein geschwungener Empfangstresen mit dezenter Beleuchtung ließ mehr an ein Hotel denken als an ein Pflegeheim.

Dahinter saß eine Frau in einem dunkelblauen Kostüm. Da sie gerade telefonierte, warteten sie eine Weile und sahen sich um. Außer ihnen und der Portiersfrau befand sich kein Mensch in der Halle. An den großen Fensterscheiben hatten sich Regenschlieren gebildet, die den Blick in die bunte Herbstlandschaft verwaschen und leuchtend erscheinen ließen. Wie ein lebendiges Aquarell, dachte Fenja.

»Jetzt bin ich für Sie da«, kam es plötzlich von hinter dem Tresen. »Zu wem möchten Sie denn?«

»Hallo«, sagte Jonas und drehte sich um. »Wir wollen Frau Tann besuchen. Sie wohnt doch hier?«

»Ja. Einen kleinen Moment.« Die Frau griff erneut zum Telefonhörer und wählte eine zweistellige Nummer. »Anja, kommst du mal bitte runter? Hier ist Besuch für Frau Tann.« Dann hob sie den Blick und sagte: »Einen kleinen Moment. Meine Kollegin holt Sie gleich ab.«

Es dauerte nicht lange, und sie hörten ein sanftes »Bing!« aus Richtung der Fahrstühle. Die Aluminiumtüren schoben sich zur Seite, und eine junge Frau mit kurzen blonden Haaren und in einem hellblauen Schwesternkittel kam zu ihnen herüber. Schon von der Mitte der Halle aus lächelte sie ihnen entgegen.

»Hallo. Ich bin Schwester Anja. Sie möchten zu Gabriele Tann?«, fragte sie. Und fügte gleich hinzu: »Da wird sie sich aber freuen! In letzter Zeit hatte sie fast gar keinen Besuch mehr.«

»Hallo.« Jonas und Fenja stellten sich vor. »Dann kommen wir ja gerade richtig.«

Während sie zum Fahrstuhl gingen, erkundigte sich Jonas so unverfänglich wie möglich: »Kommt denn nicht der Sohn von Frau Tann regelmäßig zu Besuch, Jan-Hendrik?«

»Na ja«, Schwester Anja sah ihn spöttisch an, »unter regelmäßig verstehe ich schon was anderes. Ab und zu schaut er vorbei, das ist richtig, aber in letzter Zeit überhaupt nicht mehr.«

Im dritten Stock stiegen sie aus dem Lift und folgten der Pflegeschwester einen langen Gang entlang. Er war in den gleichen hellen Pastellfarben gestrichen wie die Empfangshalle. Von einigen der Zimmer, die links und rechts abgingen, standen die Türen offen. Dahinter lagen kleine Seniorenapartments, die individuell möbliert waren, anscheinend um ihren Bewohnern ein gewisses Maß an Persönlichkeit zu bewahren.

Sie passierten einen Freizeitbereich, der wie ein kleines Café anmutete, und bogen in einen weiteren langen Flur.

»Waren Sie schon mal bei uns?«, fragte die Pflegeschwester.

»Nein. Wir wohnen eigentlich in Erfurt. Heute sind wir zufällig für einen Tag in Apolda, und da wollten wir einfach die Gelegenheit nutzen.«

»Ach so. Dann sollte ich Ihnen vielleicht sagen, dass Frau Tann inzwischen manchmal ein wenig durcheinander ist. Aber es gibt solche und solche Tage. Alte Leutchen eben. Ein Besuch wird sie auf jeden Fall freuen.«

»Wir möchten auch nur mal kurz Hallo sagen. Wir bleiben nicht lange.«

Schwester Anja steuerte auf ein Apartment auf der rechten Flurseite zu und klopfte laut an. Nachdem eine Reaktion ausblieb, versuchte sie es erneut, diesmal noch kräftiger. Jetzt kam von drinnen ein helles »Ja!«. Die Schwester öffnete die Tür und rief: »Gabriele, du hast Besuch!«

»Wie bitte?«

»Du hast Besuch. Zwei junge Leute aus Erfurt. Können wir reinkommen?«

»Ja.«

Die Schwester drehte sich zu Jonas und Fenja um und winkte sie in die Wohnung. »Kommen Sie.«

Sie durchquerten einen kurzen Eingangsbereich und betraten dann den Wohnraum. Er war komplett mit Möbeln aus den siebziger Jahren eingerichtet, und auf dem Boden lag ein ausgetretener Teppich. Eine Armee von Nippes blickte ihnen von allen möglichen und unmöglichen Abstellflächen entgegen. Nichts in diesem Raum war neu. Die Bewohnerin hatte offenbar so viel wie irgend möglich aus ihrem alten Haus in ihre jetzige Bleibe herübergerettet. Ein ganzes Leben in einem Zimmer.

Gabriele Tann war korpulent und hatte genau wie ihr Sohn ein rundes Gesicht. Ihre sandgrauen Haare lagen wie ein Helm an ihrem Kopf an. Die in beigen Nuancen gemusterte Bluse und ihr brauner Faltenrock ließen sie buchstäblich mit dem ockerfarbenen Sessel verschmelzen, in dem sie saß. Neugierig blickte ihnen die Seniorin entgegen.

»Hallo, Frau Tann. Ich bin Jonas Wiesenburg, und das ist meine Freundin Fenja Wolff«, begann Jonas und bemühte sich, jedes Wort laut und deutlich auszusprechen. »Wir waren gerade bei Ihrer alten Nachbarin, der Frau Selig. Und da dachten wir, wir schauen auch mal kurz bei Ihnen vorbei. Frau Selig lässt Sie schön grüßen.« Okay, das war ein bisschen gemogelt, aber auch nicht so ganz.

»Hier, die haben wir Ihnen mitgebracht«, sprang ihm Fenja bei und hielt den Strauß hoch.

Der Blick der alten Frau wanderte zu den Blumen. »Du lieber Gott, das wäre doch nicht nötig gewesen«, sagte sie mit ihrer hellen Stimme, schien sich aber sehr zu freuen.

»Geben Sie mal her«, erbot sich Schwester Anja, nahm Fenja die Chrysanthemen ab und verschwand damit im Bad.

»Dann setzen Sie sich doch erst mal hin«, bot die Seniorin an. »Wo kommen Sie noch mal her?« Auch sie sprach sehr laut und kniff dabei ihre Augen konzentriert zusammen.

Sie nahmen an dem runden Wohnzimmertisch Platz, der neben ihrem Ohrensessel stand.

»Wir sind aus Erfurt. Wir wollten eigentlich Ihren Sohn etwas fragen, den Jan-Hendrik«, erklärte Jonas.

»Jan-Hendrik? Da sind Sie hier aber ganz verkehrt. Mein Sohn ist schon lange weggezogen aus Apolda. Er wohnt jetzt auch in Erfurt.«

»Ja, das haben wir schon gehört. Aber dort konnten wir ihn bisher nicht erreichen. Und da haben wir gedacht, er ist vielleicht gerade hier bei Ihnen.«

»Nein. Das tut mir leid. Jetzt haben Sie den ganzen Weg umsonst gemacht.«

Schwester Anja kam aus dem Bad zurück, platzierte die Blumen, die inzwischen in einer Vase steckten, auf dem Tisch, und flüsterte Fenja zu: »Ich lasse Sie dann mal allein. Wenn Sie etwas brauchen – die Achtzehn.« Sie wies auf das Haustelefon neben dem Sessel, drehte sich um und verschwand leise aus dem Zimmer.

»Der Jan-Hendrik ist ein guter Junge«, sagte Gabriele Tann unvermittelt und mit versonnenem Blick. Es entstand eine Pause.

»Ist Ihr Sohn denn manchmal hier? Ich meine, zu Besuch?«, versuchte es Jonas noch einmal.

»Zu Besuch? Ja, zu Besuch kommt er manchmal. Aber jetzt war er schon lange nicht mehr da.« Tanns Mutter sah traurig zu Boden, bevor sie wieder ihren Kopf hob und Jonas neugierig fragte: »Was wollen Sie denn von ihm?«

»Wir beschäftigen uns mit Glocken. Und Jan-Hendrik hat doch mal Gießer gelernt …«

»Ja, der Jan-Hendrik ist ein berühmter Glockengießer geworden. In Erfurt. Da hat er seine große Firma.« Die alte Frau war plötzlich ganz wach, und in ihre Stimme mischte sich Stolz. »Er erzählt mir manchmal von den großen Glocken, die er gießt. Er verkauft sie in die ganze Welt, deshalb kann er mich auch nicht so oft besuchen kommen, wissen Sie. Wo er doch jetzt ein gefragter Mann ist. Das muss man verstehen.« Sie sah zwischen Jonas und Fenja hin und her, und zum ersten Mal, seit sie ihr Zimmer betreten hatten, wirkte Gabriele Tann glücklich.

»Ist das nicht eine Baufirma, die er führt? In Erfurt …«, warf Jonas vorsichtig ein.

»Eine Baufirma? Nein, wo denken Sie hin, junger Mann? Da sind Sie falsch informiert. Er ist doch Glockengießer. Mein Jan-Hendrik ist ein ganz Großer.«

Jonas war ratlos. Ein großer Glockengießer war Jan-Hendrik Tann definitiv nicht geworden. Entweder hatte seine Mutter das Scheitern ihres Sohnes im Alter verdrängt, oder Tann selbst war es gewesen, der ihr eine saftige Lügengeschichte aufgetischt hatte. Jedenfalls wollte er der Frau ihre Illusion nicht zerstören, die sie offenbar ihre Einsamkeit ein ganzes Stück leichter ertragen ließ, und wechselte das Thema.

»Ich habe eine Frage«, begann er. »Hat Jan-Hendrik auch mal von einem Dr. Hutter gesprochen? Das ist ein wichtiger Geschäftsmann aus Erfurt.«

»Dr. Hutter? Nein, von so einem hat er mir nie erzählt.«

»Und Herbert Withauer?«

»Tut mir leid.« Sie schüttelte den Kopf. »Die beiden Namen habe ich noch nie gehört. Daran könnte ich mich erinnern.«

»Hat Ihr Sohn einmal ein altes Haus erwähnt? Am Fischersand?«, fragte Fenja.

»Ja, natürlich!« Die Augen der Frau begannen zu glänzen. »Da wohnt er doch. In einem großen Fachwerkhaus. Direkt am Dom. Im besten Viertel der Stadt.« Sie nickte Fenja eifrig zu. »Er ist ein angesehener Mann, er hat es zu etwas gebracht im Leben.«

»Waren Sie mal da?«

»Ich? Nein. Meine Beine tun's nicht mehr so richtig, und man soll den jungen Leuten auch ihre Freiheit lassen. Jan-Hendrik ist immer so viel auf Reisen. Da wäre ich nur im Wege. Ich freue mich ja, wenn er mich ab und zu besucht.«

Aha. Also hatte Tann seiner Mutter nicht erzählt, dass er sein Haus schon vor Jahren hatte verkaufen müssen.

»Von einem Tunnel hat er aber nie gesprochen, oder?«, tastete sich Jonas vorsichtig voran. »Hinüber zum Dom?«

»Ein Tunnel? Nein, davon weiß ich nichts. Zum Dom sind's ja für ihn nur fünf Minuten. Da kann er ganz bequem hinüberlaufen, wenn er möchte.«

»Wann war Ihr Sohn denn das letzte Mal hier?«, fragte Fenja.

Der Glanz in den Augen der alten Frau erlosch, und ein betrübter Ausdruck legte sich auf ihr Gesicht. »Ich weiß es nicht. Jetzt war er schon lange nicht mehr da.« Sie starrte in die Ferne. Nach einer Weile sagte sie: »Aber in zwei Wochen kommt er bestimmt! Da habe ich nämlich Geburtstag. Am 15. November. Das ist ein Donnerstag, ich hab schon nachgesehen. An meinem Geburtstag bin ich nie allein. Da kommt er immer. Das hat er mir versprochen.« Gabriele Tann lächelte, aber ihre Augen blickten wehmütig, als sie noch einmal sagte: »Jan-Hendrik ist ein guter Junge.«

37

Sie verließen das Seniorenstift und gingen zum Parkplatz hinüber. Der Nebel war in der Zwischenzeit deutlich dichter geworden und hatte sich wie eine milchige Decke über die Stadt
gelegt.

»Da hat der gute Sohnemann seiner Mutter aber einen ganz
schönen Bären aufgebunden. Von wegen erfolgreicher Glockengießer«, sagte Jonas.

»Das stimmt. Dabei scheint seine Baufirma gar nicht so
schlecht zu laufen. Ist zwar eine kleine Bude, aber nichts, wofür
er sich vor seiner Mutter schämen müsste.«

»Offenbar sitzt die Schmach, die ihm das frühe Ende seiner
Gießerkarriere verpasst hat, ziemlich tief.«

»Oder es steckt doch noch mehr dahinter.«

»Du meinst, er gießt wirklich noch?«

»Wer weiß?«

Sie erreichten den Landrover, aber anstatt einzusteigen, ging
Jonas zuerst zum einen, dann zum anderen Ende des Parkplat-
zes und warf von dort einen Blick in die beiden Zufahrtsstra-
ßen.

Als er wieder zurückkam, fragte Fenja mit einem Grinsen im
Gesicht: »Und, kein brauner Opel weit und breit?«

»Nein. Ich wollte nur sichergehen.«

»Die Glockenmafia macht wohl Mittagspause?«

»Bäh!« Statt einer Antwort streckte Jonas ihr die Zunge raus.
Dann mussten beide laut lachen.

In diesem Moment klingelte Jonas' Handy. Er zog es aus der
Tasche und sah auf das Display. Kommissarin Anne Vareel.

Jonas nahm das Gespräch entgegen.

»Hallo, Frau Vareel«, begann er. »Ich wollte Sie auch gerade
anrufen.«

»Hallo, Jonas. Dann haben Sie einen Moment?«

»Ja.«

»Ihre Freundin Fenja war gestern in der Firma von Jan-Hendrik Tann?«

»Woher wissen Sie das?« Jonas war überrascht.

»Ich bin gerade hier und habe bis eben mit Frau Gröbner gesprochen. Der Sekretärin von Herrn Tann.«

»Die mit den vielen Zigaretten?«, fragte Jonas. Fenja hatte ihm von dem verqualmten Büro erzählt.

»Genau die meine ich.« Die Stimme der Kommissarin wurde ernst. »Jonas, ich möchte Sie bitten, sich von Jan-Hendrik Tann fernzuhalten.«

»Wieso das?« Er versuchte, möglichst unbeschwert zu klingen, was ihm jedoch nicht wirklich gelang.

»Wir haben Herrn Tann in die Fahndung gegeben. Fenja hat Ihnen sicher erzählt, dass er verschwunden ist?«

»Ja. Hat er den Mann in der Domberggrotte umgebracht?« In Jonas' Magengegend begann es zu kribbeln.

»Bis jetzt suchen wir ihn als Zeugen. Das allerdings dringend.«

»Warum?«

»Wir konnten inzwischen ziemlich genau eingrenzen, wann der Tote in der Höhle gestorben ist, und zu dieser Zeit war Tann der alleinige Besitzer des Hauses am Fischersand. Theoretisch hatte er also auch Zugang zur Grotte. Daraus leiten sich für uns ein paar Fragen ab, die wir ihm gerne stellen würden.«

»Wie haben Sie das geschafft?«

»Was?«

»Die Datierung. Wann der Mann in der Höhle ermordet wurde ...«

Die Kommissarin räusperte sich, dann antwortete sie unwillig: »Wir haben den Toten identifiziert.«

»Oh. Und wer ist es?«, fragte Jonas aufgeregt.

»Das halten wir im Moment noch unter Verschluss. Außer uns weiß das nur der Täter, und so ein Pfund möchten wir nicht ohne Not aus der Hand geben. Nehmen Sie es mir bitte nicht übel. Sobald –«

»Julius Ludwig Schulth. Glockengießermeister aus Apolda«, fiel Jonas ihr ins Wort. Ein Schuss ins Blaue.

Einen Moment lang war es still in der Leitung.

»Woher wissen Sie das?«, fragte Anne Vareel dann perplex.

Also stimmte es. Der Tote in der Grotte war wirklich der alte Gießereibesitzer.

»Wir waren auch nicht ganz untätig.« Jonas zwinkerte Fenja zu, die neben ihm stand und das Gespräch interessiert verfolgte, bevor er der Kommissarin erklärte: »Auch wenn Sie und Ihre Kollegen die Sache für absurd halten – wir sind an der Glockengeschichte drangeblieben. Eine Spur führte nach Apolda. Jan-Hendrik Tann hat hier in der Nähe vor etwas mehr als dreißig Jahren eine Glockengießerlehre gemacht. In der Firma von Schulth. Und der ist 1991 in die Niederlande ausgewandert.«

»Tann ist bei Schulth in die Lehre gegangen?« Wieder klang Anne Vareel überrascht. Offenbar war dieser Fakt neu für sie.

»Ja. Von 1984 bis 1987, um genau zu sein.«

»Und dadurch sind Sie darauf gekommen, dass Julius Schulth der Tote in der Grotte ist?«

»Zumindest hat es gereicht, um qualifiziert zu raten.« Jonas musste schmunzeln. »Wir haben einfach eins und eins zusammengezählt. Die niederländischen Kleidungsstücke des Toten. Sein Alter. Die Glocken. Tanns Haus am Fischersand. Und dass die beiden sich von früher her kannten.«

»Alle Achtung.« Das Lob der Kommissarin klang echt. Dann erkundigte sie sich neugierig: »Und wie haben Sie das herausgefunden? Tanns Verbindung zu Schulth? Dass er bei ihm in die Lehre gegangen ist?«

»Als Fenja in seiner Baufirma erfahren hat, dass Tann früher einmal Glockengießerlehrling in Apolda war, sind wir hergefahren und haben ein bisschen recherchiert. Seine Mutter lebt noch hier. In einem Pflegeheim. Aber das mit der Lehre haben wir von Tanns ehemaliger Nachbarin. Johanna Selig. Eine frühere Schulkameradin.« Jonas berichtete Anne Vareel, was ihnen die Frau über Tanns unglückliche Zeit in der Gießerei erzählt hatte.

»Interessant«, erwiderte die Kommissarin, wirkte aber plötzlich abwesend.

Jonas konnte förmlich spüren, wie sie versuchte, die neuen

Puzzleteile im Kopf zusammenzufügen. Nun war er es, der neugierig wurde: »Und woher wissen Sie es?«

»Äh, Entschuldigung. Woher weiß ich was?«

»Wer der Tote ist. Schulth.«

»Ach so. Durch die Bekleidung haben wir unsere Abfrage auch auf die Niederlande ausgeweitet und relativ schnell einen Treffer gelandet. Eine Seniorenresidenz in Eindhoven hatte 2011 einen Julius Ludwig Schulth als vermisst gemeldet, nachdem er von einer Reise nach Deutschland nicht zurückgekehrt war. Die Heimleitung hat sich Sorgen gemacht und den Abgang gemeldet. Bei den niederländischen Kollegen stand er seitdem im System. Inzwischen liegt uns auch der Abgleich mit seinen medizinischen Unterlagen vor. Ebenfalls ein Treffer. Es besteht kein Zweifel, der Tote ist Julius Schulth. Er hatte damals gerade seinen achtzigsten Geburtstag gefeiert. Eine Woche vor seinem Verschwinden.«

Es entstand eine Pause, in der Anne Vareel und Jonas ihren Gedanken nachhingen. Jeder hatte etwas Neues erfahren und war nun im Stillen damit beschäftigt.

Die Kommissarin sprach als Erste wieder. »Na gut, Jonas. Ich glaube, so langsam kommen wir voran. Haben Sie vielen Dank für Ihre Informationen. Aber ich möchte Sie noch einmal bitten, von jetzt an nichts mehr in Richtung Jan-Hendrik Tann zu unternehmen. Wir kümmern uns um ihn.«

»Ist klar. Im Augenblick können wir sowieso nichts mehr machen.«

»Sind Sie noch in Apolda?«

»Ja. Aber wir fahren nachher zurück.«

»In Ordnung. Dann sehen wir uns in Erfurt.«

»So machen wir es.«

»Tschüss. Und sagen Sie auch Fenja einen schönen Gruß.«

»Werde ich. Tschüss.«

Das Gespräch war beendet.

Jonas und Fenja sahen sich an. Dann hoben sie gleichzeitig die Arme und klatschten ab. Sie waren gute Ermittler, und das machte sie ein wenig stolz.

»Und? Wie geht's jetzt weiter?«, fragte Fenja voller Taten-drang.

Jonas zuckte mit den Schultern. »Ehrlich gesagt – keine Ah-nung. Jan-Hendrik Tann übernimmt von nun an das LKA. Er war unsere letzte heiße Spur.«

»Was ist mit unserer Theorie von der Glockenwaffe?«

»Es gibt bisher nichts, was ihre Existenz wirklich belegt.« Jo-nas sah Fenja an und hob die Augenbrauen. »Aber auch nichts, was dagegen spricht …«

»Wir haben gehört, was in Gangloffsömmern passiert ist.« Fenja erschauderte immer noch, wenn sie an das zurückdachte, was ihnen der alte Pfarrer Farber über das geheimnisvolle Kir-chenmassaker erzählt hatte. »Solange es auch nur die geringste Möglichkeit gibt, dass die Waffe existiert und vielleicht überdau-ert hat, dürfen wir nicht aufgeben. Egal, ob uns das LKA glaubt oder nicht.«

»Stimmt. In dreieinhalb Wochen kommt der Papst, Tann ist auf der Flucht, und es gibt immer noch einen Haufen offene Fragen. Wir können die Hände nicht einfach in den Schoß legen. Aber im Moment habe ich keinen Schimmer, wo wir weiterma-chen sollen.«

»Ich hätte da schon so eine Idee.« Auf Fenjas Gesicht breitete sich ein schelmisches Leuchten aus.

Jonas kannte diesen Ausdruck seiner Freundin. Und die Abenteuerlust, die dahintersteckte. »Schulths alte Gießerei?«, mutmaßte er.

»Wenn wir schon einmal hier sind? Seine ehemalige Firma soll am südlichen Stadtrand liegen, dürfte also gar nicht mal so weit weg sein.«

»Dr. Huthmacher hat gesagt, da gibt's bloß noch eine Ruine.«

»Na und? Ich wollte schon immer mal eine Gießerei von innen sehen. Auch wenn es nur noch der verfallene Rest davon ist. Und eine Ruine ist immer eine spannende Location.« Fenja deutete auf die feinen Nebelschwaden, die um sie herum durch die Straßen waberten. »Das Wetter passt schon mal.«

Sie verließen Apolda über die südliche Ausfallstraße. Ein großer Krankenhauskomplex war der letzte Gruß der Stadt, dann fanden sie sich in einer weiten Landschaft aus Wald und Feldern wieder. Die Allee stieg sanft an, und es dauerte nicht lange, da entdeckten sie auf der rechten Seite der Straße ein verwildertes Gelände, das dicht mit Bäumen und Büschen bestanden war und im Vorüberfahren für einen kurzen Moment den Blick auf ein Gittertor und ein paar verwitterte Backsteinmauern freigab.

»Hier ist es!«, rief Fenja, deren Augen ständig zwischen der Karte auf ihrem Tablet und der Umgebung hin und her wechselten.

Jonas drosselte das Tempo des Landrovers und setzte den Blinker. Gleich hinter dem bewachsenen Grundstück führte ein Feldweg zu einer Plantage aus knorrigen Bäumen, die im Nebel wie bizarre Geister zu ihnen herüberstarrten.

Als sie von der Landstraße abfuhren, gruben sich die Räder des Geländewagens in den aufgeweichten Boden, aber das robuste Fahrzeug hatte keine Mühe, mit dem zähen Grund fertigzuwerden. Schon nach wenigen Augenblicken blieb der Verkehrslärm hinter ihnen zurück. Auf dem Feldweg war niemand unterwegs. Hier konnten sie ungestört parken.

»Puh, ein bisschen unheimlich ist es schon«, stellte Fenja fest, als der Motor schwieg. Die Nebelschwaden zogen geräuschlos durch die Bäume und Büsche, feuchter Dunst kroch über den Boden. Das Licht des Tages nahm jetzt spürbar ab, und alles um sie herum wirkte schemenhaft und düster.

»So hat's hier mal ausgesehen«, sagte sie und reichte Jonas ihr Tablet.

Er betrachtete die vergilbte Schwarz-Weiß-Aufnahme eines typischen Industriebaus aus dem 19. Jahrhundert. An eine Fabrikantenvilla, deren rechte Seite ein markanter Turm schmückte, schloss sich nach links hin eine Werkhalle mit großen Bogenfenstern an. Der gesamte Komplex bestand aus Ziegelbauten, und an seinem Ende wuchs ein runder Schornstein in die Höhe. Im Hof vor der Halle hatten sich Arbeiter neben einer Glocke aufgestellt, die feierlich mit Blumenkränzen geschmückt war, und vor der Villa posierten drei Herren in Zylinder und Gehrock.

»Da war die Welt noch in Ordnung«, bemerkte Jonas und sah hinüber zu dem Dickicht, in dem sie die Ruine der alten Gießerei vermuteten.

Fenja nickte. »Wenigstens können wir gleich überprüfen, ob wir hier richtig sind.« Sie hatte noch auf dem Parkplatz des Seniorenstifts im Internet nach Schulths Gießerei gesucht. Viel fand sich nicht dazu, aber sie war auf einen Wikipedia-Eintrag gestoßen, wonach die Firma Schulth & Söhne im Jahre 1872 von Wilhelm Heinrich Schulth gegründet und in mehreren Generationen weitergeführt worden war, bevor sie ihr letzter Besitzer Julius Ludwig Schulth schließlich 1991 aufgegeben hatte. Auf der Internetseite hatte sie auch das alte Foto gefunden. Laut Bildunterschrift war es vor mehr als hundert Jahren aufgenommen worden.

Jonas gab das Tablet zurück, und Fenja warf noch einen letzten Blick auf die Abbildung, bevor sie das Gerät ausschaltete.

»Stellen wir uns der Wirklichkeit«, sagte sie grinsend und öffnete die Autotür.

Auch Jonas stieg aus, nahm seinen Fotoapparat und eine starke Taschenlampe von der Rückbank und schloss den Wagen ab.

Die beiden sahen hinüber zu dem dicht bewachsenen Gelände.

»Auf in den Dschungel!«

Sie stapften los. Das hohe Gras war feucht, und die kalte Nässe würde ihre Wanderschuhe binnen kurzer Zeit durchdringen. Doch die Neugier ließ sie diese Unannehmlichkeiten vergessen. Entschlossen bewegten sie sich auf das ehemalige Betriebsgelände zu. Langsam wurde das Buschwerk dichter und höher. Gelbbraunes Herbstlaub nahm ihnen die Sicht, und immer wieder verfingen sich ihre Jacken und Hosen in dornigem Geäst. Doch davon ließen sie sich nicht abhalten und schlängelten sich in die Richtung weiter, in der sie die Gebäude vermuteten.

Irgendwann gelangten sie an eine mannshohe Mauer aus dreckigen roten Backsteinen. Offensichtlich die frühere Grundstücksgrenze der Firma. Zum Glück war die Mauer an einigen Stellen eingestürzt, sodass sie nur einen kleinen Umweg gehen mussten, bis sie das Areal durch ein Loch in der Umfriedung betreten konnten.

Auch das Innere des Geländes hatte sich die Natur schon weitgehend zurückerobert. Zu ihren Füßen konnten sie noch die frühere Pflasterung erkennen, die jetzt an vielen Stellen mit Moos überzogen oder von jungen Bäumen durchbrochen war.

Vor ihnen tauchten einige Schuppen und Garagen auf. Sie hatten keine Türen mehr, und aus ihren Dächern wucherte Buschwerk. Vorsichtig quetschten sie sich zwischen zwei Nebengebäuden hindurch, balancierten über einen glitschigen Ziegelhaufen und standen endlich im inneren Hof.

»Wow!«, entfuhr es Fenja. »Das ist ja Wahnsinn.«

»Echt krass«, pflichtete ihr Jonas bei.

Ein Gebäudekomplex schälte sich aus dem Nebel. Es war derselbe, den sie eben noch auf der alten Schwarz-Weiß-Fotografie gesehen hatten. Und doch irgendwie anders. Sie standen direkt vor der alten Gießerei Schulth & Söhne.

38

Im Gegensatz zu dem hundert Jahre alten Foto wirkte das Original der Fabrik wie ein düsteres Märchenschloss.

Die einstmals roten Ziegelmauern waren schwarz angelaufen, und die leeren Fensterhöhlen glotzten Fenja und Jonas mit einer unergründlichen Tiefe an. Über die Wände schlängelten sich Dornenranken, und aus den Dachrinnen wuchsen bizarre Sträucher.

Dennoch erkannten sie das Gebäudeensemble sofort. Es war in keinem sonderlich guten Zustand, aber in seiner Grundstruktur noch immer erhalten. Da war die Fabrikantenvilla, über deren Eingang sie sogar noch den alten Schriftzug der Gießerei Schulth & Söhne erahnen konnten. Mit der Villa verwachsen erhob sich der viereckige Turm an der Westseite des Hauses. In Richtung Osten schloss sich die eigentliche Gießhalle an. Sie besaß ein großes Tor, dessen Flügel vom Schorf abgeblätterter Farbe bedeckt waren.

Jonas zog seinen Fotoapparat aus der Jackentasche und machte einige Bilder. Dann drehte er sich zu Fenja um. »Und, wollen wir mal einen Blick hineinwerfen?«

»Bist du dir sicher?« Fenja musterte die Fassade.

»Sieht nicht so aus, als würden die Mauern gleich zusammenbrechen«, ermutigte Jonas sie.

»Das stimmt.« Die Hauptgebäude machten tatsächlich immer noch einen relativ soliden Eindruck.

»Also los. Du bist das Dornröschen, und am Ende rette ich dich.«

»Wenn du mich dann auch küsst …«

»Nur deswegen sind wir hier.« Jonas zwinkerte Fenja frech zu.

»Wo fangen wir an?«

»Du entscheidest.«

»Hm. Also ich würde sagen, in der Villa.«

»Ihr Wunsch ist mir Befehl, Gnädigste.« Jonas verbeugte sich, deutete einen Handkuss an und führte Fenja vor das heruntergekommene ehemalige Wohnhaus.

Der Eingang war einst der Schmuck des Gebäudes gewesen. Die verwitterte Holztür wies reichlich Schnitzwerk auf und ließ noch ihre frühere Noblesse erkennen. Der gesamte Türstock hatte eine Einfassung aus behauenem Sandstein.

Es würde kein Problem sein, ins Haus zu gelangen. Die Tür besaß kein Schloss mehr und war nur angelehnt. Ein offenbar später angebrachter Sicherungsbügel hing verbogen herunter, und auf dem Boden vor dem Portal lag ein verblasstes Warnschild, auf dem schon Moosinseln wucherten.

Jonas zog die Tür auf, was nur eine geringe Kraftanstrengung erforderte, und sah in ein großzügiges Foyer, dessen Bodenfliesen mit Glasscherben und Unrat übersät waren. Das schummrige Licht erreichte nicht mehr jeden Winkel, aber die breite Holztreppe, die in die oberen Etagen führte, war nicht zu übersehen. Sie hatte ein kunstvoll gedrechseltes Geländer, das immer noch den Glanz der Gründerjahre ausstrahlte.

Die beiden schlüpften ins Gebäude und durchquerten die Empfangshalle. Um nicht auf die Glasscherben zu treten, gingen sie auf Zehenspitzen und machten möglichst große Schritte.

Am Fuße der Treppe schaltete Jonas seine Taschenlampe an, leuchtete die unteren Stufen ab und stemmte sich mit dem Fuß dagegen. Nichts passierte. Das Holz war stabil. »Scheint zu halten«, stellte er fest. »Wollen wir?«

Fenja versuchte, im Dunkel der oberen Etage etwas auszumachen, konnte aber außer einem schwärzlich gähnenden Viereck in der Decke nichts erkennen. »Ja, versuchen wir's mal.«

Die Bretter knarrten unter ihren Füßen, während sie sich Stufe um Stufe nach oben wagten.

In der ersten Etage sahen sie sich vorsichtig um. Sie standen in einem quadratischen Flur, von dem aus offene Flügeltüren in die angrenzenden Räume führten. An den Wänden hingen Fetzen einer altmodischen Tapete, und durch die zerschlagenen Fenster in den Zimmern konnten sie in die Nebellandschaft sehen. Alle

Räume waren komplett leer, wenn man von dem Dreck und den Scherben auf dem alten Parkettboden absah. Ein eisiger Wind zog durch die gesamte Etage und heulte unheimlich in den Ecken und Winkeln.

»Ist echt ungemütlich hier«, stellte Fenja fest.

»Find ich auch. Lass uns noch kurz nach oben gucken, und dann nehmen wir uns die Gießhalle vor. Wir haben nicht mehr allzu viel Zeit. Gleich ist es dunkel.«

Die beiden stiegen in das obere Geschoss der Villa, doch es war genauso leer und ungemütlich wie der erste Stock. Sie wollten gerade wieder gehen, da entdeckte Fenja eine Doppeltür, die als einzige nicht offen stand.

»Warte mal«, sagte sie. »Ich will sehen, wo es da hingeht.«

»Das wird bestimmt der Eingang zum Turm sein«, mutmaßte Jonas.

Sie liefen hinüber.

Fenja griff nach der Klinke und drückte sie nach unten. Ohne Erfolg. »Schade. Abgeschlossen.« Sie versuchte es noch einmal und rüttelte mit aller Kraft an den Türflügeln, doch die bewegten sich nicht einen Zentimeter. »Keine Chance«, stieß sie atemlos hervor.

»Ist ja auch kein Wunder. Guck mal hier!« Jonas wischte mit seinem Daumen über den Türbeschlag, der mit einer braunen Lehmmasse beschmiert war. Im Licht der Taschenlampe kam der glänzende Stahlzylinder eines Sicherheitsschlosses zum Vorschein.

»Das glaube ich jetzt nicht.« Fenja sah Jonas an. »Das ist ja ein nagelneues Schloss.«

»Und was für eins. So langsam wird es echt seltsam. Wer verschließt denn eine Ruine?«

Jonas und Fenja standen unentschlossen vor der Doppeltür. Hier kamen sie nicht weiter. Das Schloss aufzubrechen getrauten sie sich nicht, und außerdem hätten sie dazu vernünftiges Werkzeug gebraucht.

»Lass uns noch schnell einen Blick in die Gießhalle werfen«, schlug Jonas vor.

»Ja, das ist das Beste. Irgendwie ist mir die Sache nicht geheuer. Notfalls müssen wir noch mal bei Tageslicht wiederkommen.«

Sie gingen zurück zur Treppe, stiegen ins Erdgeschoss hinunter und traten aus der Villa.

Mittlerweile war das letzte Tageslicht gewichen. Der Strahl ihrer Taschenlampe wurde vom dichten Nebel zurückgeworfen. Eine Orientierung war fast unmöglich. Sie liefen wie durch angestrahlte Watte. Zum Glück brauchten sie nur der Hauswand zu folgen, um das Tor zu erreichen. Gebückt zwängten sie sich in die Werkhalle.

Der riesige Raum lag komplett im Dunkeln, aber wenigstens war die Luft hier klar und nicht so milchtrüb wie im Freien.

Sie blieben am Eingang stehen, und Jonas ließ den Lichtkegel der Taschenlampe durch die Halle schweifen. Als Erstes fielen ihnen die meterlangen Holzscheite ins Auge, die vom anderen Ende des Industriebaus herüberleuchteten.

»Das ist frisches Holz. Siehst du, wie hell das ist?«, rief Jonas. »Und guck mal hier. Das Loch.« Er fuhr mit dem Lampenstrahl über den Hallenboden, in dem sich wenige Schritte vor ihnen eine riesige Grube auftat.

»Sieht aus wie erst vor Kurzem ausgeschachtet. Die Erde ist ganz locker«, stellte Fenja fest. Vorsichtig trat sie einen Schritt näher an die Vertiefung. Plötzlich erstarrte sie. »Ach du Scheiße!« Hatte sie sich getäuscht? Lieber Gott, mach, dass ich mich geirrt habe, durchfuhr es sie.

»Was ist denn?«, fragte Jonas besorgt, den der Ton ihres Ausrufs alarmiert hatte.

»Ich weiß es nicht genau. Leuchte noch mal nach links, unten in die Grube«, flüsterte Fenja.

Er ließ den Strahl der Lampe in die gewünschte Richtung wandern. Dann sah er es auch. Und Fenja wusste, dass sie sich nicht getäuscht hatte.

In der Mitte lag der umgestürzte Ausleger eines Kranes. Aber das war noch nicht alles. Unter dem rostigen Ungetüm zeichnete sich der Umriss eines Menschen ab. Der Unglückselige war von der kantigen Stahlkonstruktion förmlich zerquetscht worden.

Jetzt nahmen sie auch den süßlichen Geruch wahr, der in der Halle hing. Die Verwesung hatte bereits eingesetzt. Aber das Schlimmste war der Blick. Der Tote sah sie mit starren Augen an, und obwohl seine Züge schon zu zerfließen begannen, erkannte Fenja das runde Gesicht.

Sie hatte es erst kürzlich auf einem Foto gesehen.

Es war das Gesicht von Jan-Hendrik Tann.

Es ging schon auf Mitternacht zu, als Anne Vareel endlich Zeit für sie fand. So lange hatten sie in dem beheizten Kleinbus der Kriminalpolizei ausgeharrt, nachdem der Tross der Kriminaltechniker eingetroffen war, um mit seiner Arbeit in der alten Gießerei zu beginnen.

Nach dem grausigen Fund hatten sie sich zuerst Schritt für Schritt durch den Nebel zurück zu ihrem Geländewagen gekämpft und dann die Kommissarin angerufen, die ihnen sofort einen Funkwagen von der Apoldaer Wache vorbeigeschickt hatte. In den Stunden danach war unweit des Gießereigeländes ein kleines Feldlager aus Polizeifahrzeugen entstanden.

Jonas sah auf die Uhr. »Zehn vor zwölf.« Fenja schmiegte sich still an ihn. Die Decke, die um ihrer beider Schultern geschlungen war, spendete ihnen zusätzliche Wärme.

Draußen näherten sich Schritte, mit einem schabenden Geräusch wurde die Seitentür des Kleinbusses aufgezogen, und Anne Vareel stieg in den Wagen. Schnell schob sie die Tür wieder zu, um die bittere Nachtkälte auszusperren, und ließ sich auf der Sitzbank gegenüber nieder. »Es tut mir leid, dass Sie warten mussten. Ich konnte drüben nicht eher weg«, begann sie. »Wie geht's Ihnen?« Dabei sah sie vor allem zu Fenja hinüber.

»Schon okay«, antwortete Fenja. »Aber es war kein schöner Anblick.«

»Das weiß ich. Ich hätte Ihnen die Entdeckung gern erspart, glauben Sie mir.«

»Ist es wirklich Jan-Hendrik Tann?«

»Ich denke schon. Die Fotos sprechen dafür. Und wir haben auch entsprechende Ausweispapiere gefunden. Die offizielle Identifizierung steht natürlich noch aus, aber eigentlich sind wir uns sicher.«

»Wir haben wirklich nicht nach ihm gesucht, das müssen Sie uns glauben«, beteuerte Jonas, den das schlechte Gewissen plagte. Immerhin hatte er Anne Vareel noch am Nachmittag versprochen, die Finger von Tann zu lassen. »Wir wollten nur einen kurzen Blick in Schulths alte Gießerei werfen. Wir hatten keine Ahnung, was uns hier erwartet.«

»Geschenkt.« Vareel winkte ab. »Seien Sie erst mal froh, dass nicht Sie oder Fenja dort unten liegen. Das Gleiche hätte Ihnen nämlich auch passieren können. Diese alten Industrieruinen sind kreuzgefährlich, das sollten Sie eigentlich wissen.«

Einen Moment lang herrschte bedrückte Stille.

»Wie ist er …?«, fragte Fenja jetzt leise.

»Im Moment sieht alles nach einem Unfall aus. Der marode Werkhallenkran ist umgestürzt und hat ihn erwischt. Aber das ist zunächst nur eine Vermutung. Die Untersuchungen stehen erst ganz am Anfang.«

»Puh. Da haben wir echt Glück gehabt.« Jonas wollte sich gar nicht erst vorstellen, was alles hätte passieren können. Andererseits war er von Kindesbeinen an gern in verlassenen Gebäuden herumgeklettert, von Fenja ganz zu schweigen …

»Können Sie mir ein paar Fragen beantworten?«, wollte die Kommissarin wissen und sah Jonas und Fenja an.

»Ja«, antworteten sie unisono.

»Gut. Am besten, Sie erzählen mir erst mal, was passiert ist, bevor Sie Tann entdeckt haben.«

»Wie gesagt, wir wollten uns einen Eindruck von Schulths alter Gießerei machen«, begann Jonas. »Wir haben auf dem Feldweg geparkt und das Gelände von der Seite her betreten. Dort drüben, wo unser Landy steht. Viel hat man ja nicht mehr gesehen, durch den Nebel und weil es schon dunkel wurde. Wir waren nur kurz in der Villa, und als wir zum Schluss noch mal in die Halle geschaut haben, lag da auf einmal der Tote.«

»Und Sie haben ihn gleich erkannt?«

»Ich habe ihn erkannt«, warf Fenja ein. »Ich hatte in seiner Firma in Erfurt ein Foto von ihm gesehen. Wo er vor einem Rohbau steht, mit Richtkranz und einer Flasche Sekt.«

»Ah. Das hing vorne rechts an der Wand, nicht wahr?«, bemerkte die Kommissarin.

»Ja. Ich dachte noch, ein Gesicht wie ein Eierkuchen ...« Fenja lachte freudlos auf.

»Wie weit haben Sie sich denn in die Halle vorgewagt?«, fragte Vareel.

»Eigentlich nur bis kurz hinter die Toreinfahrt. Die drei, vier Meter, bis wir am Rand der Grube standen. Als wir Tann gesehen haben, sind wir gleich wieder raus.«

»Das ist verständlich. Haben Sie etwas angefasst?«

»Nur das Tor beim Rein- und Rausgehen. Der Spalt war ziemlich eng, da mussten wir uns durchquetschen.«

»Ist Ihnen außer Tann noch etwas aufgefallen?«

»Nichts Besonderes. Oder doch: ein paar frische Holzscheite. So große«, fiel Jonas ein. »Ich habe mich noch gewundert, weil alles andere hier total vergammelt ist. Und die Grube, die sah auch irgendwie neu aus. Als wäre sie frisch ausgehoben worden.«

Die Kommissarin nickte nachdenklich.

»Dann war da noch die Sache mit dem Schloss«, sagte Fenja. »Aber das war oben in der Villa.«

»Ja?«

»Als wir durch das Haus gelaufen sind, da gab es in der zweiten Etage eine Tür. Sie war als einzige verschlossen, komischerweise mit einem total neuen Sicherheitsschloss.«

»Darüber wollte ich noch mit Ihnen reden«, bemerkte Anne Vareel. »Sie haben die Tür also bemerkt.« Sie sah auf. »Auch angefasst?«

»Ja, wir beide. Wir haben versucht, sie aufzukriegen. Aber da war nichts zu machen.«

»Gut. Dann weiß ich Bescheid.«

»Ist das schlimm?«

»Nein.« Die Kommissarin schwieg einen Moment, bevor sie sagte: »Okay. Jonas, wir sind da drüben auf etwas gestoßen. Etwas, was ich Ihnen gern zeigen würde. Doch dazu müssten Sie noch einmal mit in das Gebäude kommen. Trauen Sie sich das zu?«

39

Sie folgten Anne Vareel zum Gelände der Gießerei. Fenja hatte darauf bestanden, Jonas zu begleiten, und die Kommissarin war einverstanden gewesen. Zumal sie von beiden wissen wollte, wo genau sie sich bei ihrer Entdeckungstour bewegt und was sie angefasst hatten.

Das Areal wurde von den Scheinwerfern der Kriminaltechnik in ein gespenstisches Licht getaucht. Sie folgten einem Pfad, den die Techniker mit rot-weißem Flatterband gekennzeichnet hatten und der nicht verlassen werden durfte. Es war der offizielle Zugangsweg für die Untersuchung, an den sich auch die Polizisten halten mussten. Solange die genauen Todesumstände von Jan-Hendrik Tann nicht geklärt waren, wurde das gesamte Areal als Tatort behandelt. Es musste sichergestellt sein, dass nicht unabsichtlich Spuren vernichtet oder verunreinigt wurden. Zumal bei Nacht und diesem Wetter, wo niemand wirklich sehen konnte, wohin er oder sie trat.

Jonas und Fenja hielten sich dicht beieinander, als sie schweigend über das Gelände gingen. Zusätzlich zum Nebel hatte ein feiner Nieselregen eingesetzt. Ab und zu konnten sie zwischen den Büschen und Gebäuden die Angehörigen der Tatortgruppe in ihren weißen Schutzanzügen sehen, und gelegentlich vernahmen sie die gedämpften Rufe, mit denen sie sich abstimmten. Irgendwo in der Ferne tuckerte ein Aggregat stoisch vor sich hin.

Der Platz vor der Villa war hell erleuchtet. Wenige Meter neben dem Portal des Hauses war ein weißes Schutzzelt mit Campingtischen und technischer Ausrüstung errichtet worden. Hierhin lotste sie die Kommissarin.

»Ziehen Sie sich bitte auch Schutzkleidung über«, bat sie und deutete auf einen Karton mit eingeschweißten Anzügen. »Die Kollegen sind oben noch nicht fertig. Ich möchte aber trotzdem, dass Sie schon mal einen Blick hineinwerfen.«

»Wo hinein?«, fragte Jonas, aber eigentlich ahnte er die Antwort schon.

»Ins Turmzimmer. Ihre verschlossene Tür.« Anne Vareel zwinkerte ihm zu. »Wir haben uns erlaubt, sie zu öffnen.«

»Und? Was ist dahinter?«

»Lassen Sie sich überraschen.«

Sie stiegen in die Overalls, während sie verstohlen hinüber zur Gießhalle blickten. Das Tor stand weit offen, und aus dem Inneren fiel das scharfe Licht der Arbeitslampen. Hin und wieder kam jemand vom Untersuchungsteam heraus oder verschwand darin. Äußerlich war es nichts weiter als eine alte Werkhalle, aber das Wissen, dass sich darin die zerquetschte Leiche von Jan-Hendrik Tann befand, ließ sie erschaudern. Gut, dass sie da nicht noch mal hineinmussten.

Auch die Kommissarin hatte sich inzwischen einen der Schutzanzüge übergestreift und verteilte am Schluss noch Handschuhe und Überzieher für die Füße. Dann waren sie fertig präpariert. Der Aufstieg konnte beginnen.

Wie drei weiße Gespenster betraten sie die Villa. Das Innere des Hauses wurde von mobilen Scheinwerfern erleuchtet, aber im Foyer und im ersten Stockwerk begegneten sie keiner Menschenseele. Die Arbeiten der Kriminaltechniker konzentrierten sich anscheinend komplett auf den zweiten Stock. Dort, wo sich die geheimnisvolle Doppeltür befand.

Jonas und Fenja folgten der Kommissarin auf dem vorgeschriebenen Weg bis in die obere Etage.

Schon vom Treppenabsatz aus sahen sie den Eingang zum Turm. Die beiden Türflügel standen jetzt weit offen, und der Raum dahinter war hell erleuchtet. Sie erkannten die Silhouetten von Technikern, die an unterschiedlichen Stellen hockten oder standen, ihr Augenmerk auf Dinge gerichtet, die man aus der Entfernung nicht sehen konnte. Von Zeit zu Zeit flackerten Fotoblitze auf.

Anne Vareel bat Jonas und Fenja, kurz zu warten, und ging in den Turm voraus. Dort führte sie ein kurzes Gespräch mit ihren Kollegen, bevor sie zurückkam.

»Wir können jetzt hinein. Bitte passen Sie auf, wo Sie hintreten. Und berühren Sie wenn möglich nichts.«

»Alles klar.«

»Super. Dann kommen Sie jetzt bitte mit.«

Kurz vor der Tür zum Turm blieben sie noch einmal stehen, um eine Handvoll Kriminaltechniker vorbeizulassen, die den Raum verließen. Nur ein hochgewachsener Mann im weißen Overall war geblieben. Er winkte zu ihnen herüber und hob kurz seinen Mundschutz.

Jonas erkannte Vareels Kollegen Daniel Kempfer, der die Untersuchung der Domgrotte geleitet hatte und auch bei dem Gespräch im LKA dabei gewesen war.

»Hallo!«, rief er. »Kommen Sie rein.«

»Hallo«, antworteten die beiden. Eine Windböe pfiff durch die Etage des alten Gebäudes, und irgendwo im Haus knarrte es.

Einen Moment zögerten sie noch. Es war, als stünden sie vor dem berühmten verbotenen Zimmer aus dem Märchen.

Die Kommissarin nickte ihnen zu.

Sie sahen sich an.

Dann betraten sie den Raum.

Das Zimmer war groß und quadratisch und wurde von einem schweren Holztisch dominiert. Er stand genau in der Mitte des Raumes und ruhte auf geschwungenen Beinen. Der Fußboden bestand aus Parkett, dessen kunstvolle Muster man noch erahnen konnte, das aber mittlerweile stumpf und abgestoßen war. Gegenüber der Tür gab es drei hohe Fenster mit aufwendig verzierten Rahmen. Die Scheiben waren fast blind, aber überraschenderweise noch unbeschädigt. Von ihnen aus musste man früher einen überwältigenden Blick in die Landschaft gehabt haben.

Vorsichtig traten Jonas und Fenja einige Schritte in den Raum hinein und blieben vor dem Tisch stehen. Auf der breiten Platte lag eine große lederne Umhängetasche mit offenem Verschluss, aus deren Innerem ein unübersichtliches Konvolut aus Mappen und Papieren hervorquoll. Über den Tisch verteilt lagen Farbstifte und Lineale, und ein Stück neben der Tasche sahen sie ein flaches Paket, das in ein Leinentuch eingeschlagen war.

»Gehören die Sachen ihm?« Irgendwie scheute sich Jonas, Tanns Namen auszusprechen.

»Wir gehen davon aus«, antwortete Daniel Kempfer, der jetzt neben ihnen stand. »Er hatte den Zimmerschlüssel bei sich, und einige der Mappen tragen seinen Firmenstempel. Aber wir verifizieren das noch.«

Einen Moment lang ließen sie ihre Blicke über den Tisch schweifen. Diese persönlichen Gegenstände erzählten vom banalen Alltag eines Mannes, der jetzt nur wenige Meter entfernt tot unter einem Stahlträger lag. Gerade das Unspektakuläre daran machte sie betroffen. Tann hatte sich hier ausgebreitet, als wäre er seit Langem mit dem Raum vertraut gewesen.

»Wow. Was ist denn das?«, entfuhr es Jonas plötzlich. Erst jetzt hatte er einen Blick auf die Wand links von sich geworfen. Sie war mit einer olivgrünen Stofftapete verkleidet, die schon bessere Tage gesehen hatte. Aber das war es nicht, was ihn innehalten ließ.

Ein Großteil der Fläche war von einem Sammelsurium aus bedruckten Blättern bedeckt, die dicht nebeneinander in Reihen an die Wand geheftet waren. Bei den meisten von ihnen handelte es sich um Zeitungsartikel, viele waren mit Fotos illustriert. Ein bisschen erinnerte Jonas der Blätterwald an die Materialsammlung in ihrem Arbeitszimmer.

»Was sind das für Artikel?«, fragte er.

»Schauen Sie selbst«, antwortete Anne Vareel. »Verschaffen Sie sich einen Eindruck, und dann reden wir.«

Er trat näher. Betrachtete die Bilder. »Ist das Tann?«, entfuhr es ihm überrascht, aber es war nur eine rhetorische Frage. Eines der Zeitungsfotos zeigte einen jungen Mann im Schlosseranzug, der neben einer etwa siebzig Zentimeter großen Glocke kniete. Er lächelte mit sichtlichem Stolz in die Kamera.

Die Überschrift des Artikels lautete: »Feuertaufe bestanden«. Und die Bildunterschrift erläuterte: »Der Gießerlehrling Jan-Hendrik Tann mit seinem Gesellenstück«. Der kurze Text neben dem Bild schilderte in Tönen höchsten Lobes, wie das junge Gießertalent erfolgreich seine erste eigene Glockenform aufgemauert und dann den Guss geleitet hatte. Der Gießereibesitzer Julius Ludwig Schulth wurde mit der Bemerkung zitiert, dass diese Leistung außergewöhnlich sei und großen Respekt verdiene. Tann sei ein Hoffnungsträger für die große Glockengießertradition Apoldas.

Der Artikel war nicht datiert, aber die gelbliche Färbung des Papiers ließ ihn fast historisch erscheinen. Aus den Betriebspapieren im Glockenmuseum wussten sie, dass Tann seine Lehre 1987 abgeschlossen hatte. Aus dieser Zeit konnte der Zeitungsbericht locker stammen.

»Das muss ihm wirklich was bedeutet haben«, dachte Jonas laut. »Echt krass, sich den Artikel nach so langer Zeit noch an die Wand zu hängen.«

»Guck mal hier. Gruselig!«, kam es von Fenja, die plötzlich neben ihm aufgetaucht war. Sie zeigte auf ein anderes Blatt mit einem ausgeschnittenen und aufgeklebten Zeitungsfoto. Die Tönung des Papiers deutete auf ein ähnlich hohes Alter hin. Auf dem Bild war ein großer Mann in einem einfachen dunklen Anzug zu sehen. Er hatte vor der Villa Aufstellung genommen, in der sie sich gerade befanden. Seine ganze Haltung ließ erkennen, dass er zu befehlen gewohnt war. Aber etwas stimmte nicht mit dem Bild. Jonas beugte sich noch etwas näher.

Es waren die Augen. Der Mann hatte keine Augen mehr. An ihrer Stelle waren nur noch kleine Löcher. Wie mit einer Nadel gestochen.

»Krass«, sagte Jonas. »Ist das Schulth?« Die Frage war an die Kommissarin gerichtet, die hinter ihnen stand, denn er hatte keine Ahnung, wie Julius Ludwig Schulth ausgesehen hatte. Bilder von ihm hatte er keine gesehen, und bei seinem Besuch in der Domgrotte war der Tote schon für den Abtransport verpackt gewesen.

»Wir meinen, ja«, antwortete Anne Vareel. »Wobei die Perforationen das Gesicht natürlich etwas entstellen. Aber die Identität werden wir noch abgleichen.«

»Die ausgestochenen Augen – das zeugt nicht gerade von Zuneigung. Meinen Sie, das war Tann?«

»Durchaus möglich. Das hier ist seine Party. Aber fragen können wir ihn leider nicht mehr.«

»Dann hat er Schulth vielleicht wirklich umgebracht«, mutmaßte Fenja.

»Das können wir noch nicht sagen«, antwortete Vareel. »Aber die Liste von Indizien, die auf ihn hindeuten, wird länger, das stimmt. Wir werden sehen, was die nächsten Tage bringen.«

Sie wandten sich wieder der Ausschnittsammlung zu.

»Jonas, hier.« Fenjas Stimme wirkte erschrocken. Sie zeigte auf einem Artikel weiter rechts. Er war erst wenige Monate alt. Das Gesicht, das ihnen entgegenlächelte, hatten sie in den letzten Wochen öfter gesehen. Auf Plakatwänden überall in Erfurt.

Der Mann auf dem Foto war der Papst.

Sie nahmen sich die Zeit, Artikel für Artikel durchzulesen. Es gab mehrere über Papst Marcellus III. und die Einzelheiten seines geplanten Besuchsprogramms.

Aber Tanns abstruse Galerie hielt noch weitere Überraschungen bereit. Sie stießen auf eine Meldung vom August dieses Jahres. Ein Porträt des Kunstmäzens Enrico Chevalier. Der Text schloss mit der Ankündigung seiner bevorstehenden Ernennung zum Ehrenbürger. Mit Ort und Datum des geplanten Festaktes.

Sie erinnerten sich an die Berichte darüber, wie Chevalier im Rathaus in wilder Rage auf seine Festgäste losgegangen war. Und dass er direkt von einer kleinen Kirche gekommen war, deren Glocke außerplanmäßig läutete. Alles ein Zufall?

Jonas ließ den Blick über die anderen Wände gleiten. Sie waren leer.

»Ihr Eindruck?« Das war die Kommissarin.

»Ich weiß nicht recht«, überlegte Jonas laut, während er noch einmal die merkwürdige Artikelsammlung betrachtete. »Einerseits scheint es eine Hassliebe zwischen Tann und Schulth gegeben zu haben. Wenn man bedenkt, was Tanns ehemalige Nachbarin über seine Zeit in der Gießerei erzählt hat. Und dann die zerstochenen Augen …«

»Aber?«

»Wie meinen Sie das?«

»Sie sagten ›einerseits‹. Was ist die andere Seite?«

»Dass das hier für mich nicht nur wie ein Ort für Erinnerungen aussieht. Sondern auch wie ein Plan. Die ganzen Informationen über den bevorstehenden Papstbesuch und über Enrico Chevaliers Ehrenbürgerverleihung.« Jonas sah zu den beiden Polizisten hinüber. »Wenn man bedenkt, was mit Chevalier passiert ist … Und der Papst kommt erst noch.«

»Denkst du, es hat irgendwas mit der Schallwaffe zu tun?«, mischte sich Fenja ein. »Tann war doch Glockengießer. Und Zugang zur Domgrotte hatte er wahrscheinlich auch. Vielleicht kannte er sogar die Geschichte der Verschwörung.«

»Dafür fehlt leider der endgültige Beweis.« Jonas sah unsicher zu Anne Vareel hinüber. Mit ihrer Theorie von der Glockenwaffe hatten sie sich schon einmal in die Nesseln gesetzt. Die skeptischen Gesichter bei seinem Gespräch im Landeskriminalamt waren ihm noch gut in Erinnerung.

Doch jetzt konnte er in der Miene der Kommissarin keine Spur von Misstrauen mehr entdecken.

Merkwürdig.

»Ich zeig Ihnen was.« Anne Vareel sah zu dem großen Tisch in der Mitte des Raumes hinüber, und Jonas folgte ihrem Blick.

Das Päckchen. Der flache Gegenstand, der in ein Tuch eingewickelt war.

»Kommen Sie. Aber vorsichtig«, forderte ihn die Kommissarin auf.

Sie gingen zurück zum Tisch.

»Daniel …« Die Aufforderung galt dem Kommissar.

Kempfer trat seitlich neben sie und überprüfte noch einmal seine Laborhandschuhe, bevor er vorsichtig das Tuch zur Seite schlug.

Zum Vorschein kam ein Buch von erheblicher Größe. Jonas

sah sofort, dass es sehr alt sein musste. Sein Deckel war aus Leder gefertigt, und die rissige und abgegriffene Oberfläche hatte eine dunkle Färbung. An den Ecken war der dicke Foliant mit Metallbeschlägen verstärkt. Er trug weder einen Titel noch irgendeine sonstige Kennzeichnung.

Aber Jonas beschlich eine Vorahnung. »Darf ich es aufschlagen?«, fragte er. Sein Herz schlug ihm bis zum Hals.

»Aber nur die erste Seite«, gestand ihm Kempfer zu. »Wir haben es noch nicht komplett untersucht.«

Jonas, der auch Handschuhe trug und im Umgang mit alten Dokumenten geübt war, klappte den Deckel des Buches vorsichtig zur Seite. Und hielt fasziniert inne. »Ich glaube es nicht«, stieß er hervor und sah kurz zu Fenja, bevor sein Blick wieder zurückwanderte.

In der Mitte der Seite prangte das unheimliche Symbol. Die Glocke, aus der eine Schlange kroch.

Darüber stand in Schnörkelschrift der Verweis auf die Autoren: »SOCIETAS IN UMBRA«. Die Gemeinschaft im Schatten. Unter dem Symbol las er: »DIARIUM SECRETUM«. Ein geheimes Tagebuch. Dazu die römische Jahreszahl. 1664. Offensichtlich der Beginn der Aufzeichnungen.

Jonas musste schlucken. Der Bücherständer, schoss es ihm durch den Kopf. Das fehlende Buch aus der Domgrotte. Vor ihm lag das Tagebuch der Mumien. »Das ist echt der Hammer.« Er atmete tief aus. »Dann gibt es also tatsächlich eine Verbindung zwischen Tann und den Männern aus dem 17. Jahrhundert.« Er sah zu Kommissarin Vareel. »Deswegen haben Sie uns noch einmal in die Villa geholt, stimmt's?«

»Ihr Eindruck hat uns interessiert.«

»Dazu müsste ich das Tagebuch lesen.«

»Das ist das Nächste, worum ich Sie bitten möchte. Wenn wir hier fertig sind.«

»Denken Sie, unsere Theorie könnte stimmen? Dass die Glockenwaffe wirklich existiert?«

Die Kommissarin sagte nichts. Ihr Kollege Kempfer starrte auf den Boden.

Eine heiße Welle überrollte Jonas. »Da ist noch mehr, oder?«, fragte er misstrauisch.

Anne Vareel wechselte einen kurzen Blick mit Kempfer, bevor sie begann: »Es gibt tatsächlich etwas, das ich Ihnen noch nicht erzählt habe. Es betrifft die Werkhalle unten.« Sie sah Jonas ernst an. »Sie war wieder in Benutzung. Hier ist in letzter Zeit etwas gegossen worden.«

Für eine Weile sagte niemand etwas.

Dann fragte Jonas: »Und was?«

»Das wissen wir nicht. Wir hoffen, dass wir in diesen Unterlagen einen Hinweis darauf finden. Die Halle selbst bietet auf den ersten Blick keinen Anhaltspunkt.«

Jonas erinnerte sich an die frischen Holzscheite. Und an das ausgeschachtete Karree im Hallenboden. Eine Gießgrube. »Gibt es denn gar nichts?«, fragte er.

»Es ist deutlich zu sehen, dass die Spuren für den Guss verschwinden sollten. Tann war offenbar schon seit Längerem damit beschäftigt, in der Halle klar Schiff zu machen.« Anne Vareel seufzte. »Es wurde ordentlich aufgeräumt.«

»Hat er das alles allein gemacht? So ein Gießvorgang ist doch kein Pappenstiel.«

»Das kommt sicher darauf an, was er hergestellt hat.«

»Und die Reste der Gussform?«

»Genau das ist das Problem. Bisher haben wir nur ein paar kleine Lehmscherben gefunden. Wenige Zentimeter groß. Alles andere ist weg. Ob es Tann allein war oder nicht – jemand hat dafür gesorgt, dass die Trümmer der Form niemandem in die Hände fallen.«

40

Jonas betrat den Besprechungsraum im Landeskriminalamt. Es war Montagmorgen. Seit sie die Leiche von Jan-Hendrik Tann in der alten Gießerei gefunden hatten, waren fünf Tage vergangen, und die Auswertung der Spuren lief auf Hochtouren. Für heute hatte ihn Kommissarin Vareel ins LKA gebeten, um an einer Sitzung zum aktuellen Ermittlungsstand teilzunehmen. Und um im Anschluss das Tagebuch der SOCIETAS IN UMBRA zu übersetzen, das in der alten Kurrentschrift abgefasst war und bisher ungelesen in der kriminaltechnischen Bearbeitung lag.

Jonas wurde von Anne Vareel begrüßt und suchte sich einen freien Platz. Außer der Kommissarin gehörten Daniel Kempfer und der nüchterne Marc Schätzele zur Runde, dazu zwei Frauen, die Weigelt und Marx hießen und Jonas schlicht als »aus der Sachbearbeitung« vorgestellt wurden. Im Hintergrund operierte die mittlerweile fast vierzigköpfige Sonderkommission Domberg, die in zahlreiche Unterbereiche aufgegliedert und Jonas nicht näher bekannt war.

Für das heutige Gespräch genügte der kleine Kreis.

Nachdem alle auf ihren Plätzen saßen und Anne Vareel die Anwesenden noch einmal offiziell willkommen geheißen hatte, öffnete sich die Tür, und zwei Männer in dunklen Anzügen betraten das Zimmer. Sie stellten sich Jonas nicht vor, sondern nickten nur knapp und ausdruckslos in Richtung der Kommissarin und setzten sich dann auf zwei Stühle im hinteren Teil des Raumes.

Komische arrogante Käuze, dachte Jonas. Aber er war hier nur Gast, und dieses Gebaren gehörte wahrscheinlich zum Geschäft.

Dann begann die Besprechung. Gleich zu Beginn wandte sich Anne Vareel direkt an ihn. »Jonas, was jetzt gleich besprochen wird, sind absolute Ermittlungsinterna. Ich möchte Sie noch einmal bitten, über die Dinge, die Sie hier hören, unbedingtes

Stillschweigen zu bewahren.« Sie blickte ihn ernst an. »Aber ich wollte Sie in dieser Phase auf jeden Fall dabeihaben. Im Moment überschneiden sich Ihre geschichtlichen Recherchen und die Ermittlungen im Mordfall Schulth derart, dass wir nicht riskieren wollen, Informationen oder mögliche Querverbindungen zu übersehen.« Als sie geendet hatte, warf sie einen Blick nach hinten zu den beiden Herren, die später gekommen waren. Offenbar hatte sie auch ihnen gegenüber Jonas' Anwesenheit bei der Unterredung noch einmal begründen wollen.

»Ist klar«, gab Jonas zurück.

»In Ordnung«, fuhr Vareel fort. »Kommissar Kempfer wird jetzt kurz zusammenfassen, was wir bisher haben.« Sie nickte ihrem Kollegen zu.

»Moin allerseits«, begann der Kriminalist. »Eins möchte ich vorausschicken – die Spurenlage in der ehemaligen Gießerei Schulth ist ziemlich chaotisch. Wer mit draußen war, weiß, wovon ich rede. Die Kollegen von der Tatortgruppe haben vier Tage lang durchgearbeitet, einschließlich Wochenende. Das gesamte Gelände bleibt bis auf Weiteres abgesperrt. Inzwischen vergnügen sich dort die Kollegen aus Berlin.« Er konnte sich ein Grinsen nicht verkneifen, und Jonas glaubte, eine unruhige Bewegung der beiden Anzugträger hinter sich gespürt zu haben. »Daher ist das, was ich jetzt hier erzähle, unter Vorbehalt zu sehen«, fuhr Kempfer fort. »Wir sind mit der Auswertung der Spuren längst nicht fertig.«

Zustimmendes Brummen im Raum.

»Folgendes kann ich aber jetzt schon sagen. Erstens: Bei dem aufgefundenen Toten handelt es sich zweifelsfrei um Jan-Hendrik Tann, wohnhaft in Erfurt. Der DNA-Abgleich hat dies bestätigt, und wir haben auch eine positive Identifizierung durch seine Mitarbeiter. Zudem gehören ihm die persönlichen Gegenstände, die wir sicherstellen konnten.« Kempfer sah kurz in die Runde, dann sprach er weiter. »Zweitens: Die Obduktion, die Frau Dr. Neidhardt am Freitag durchgeführt hat, lässt bisher keine Fremdeinwirkung als Todesursache erkennen. Todeszeitpunkt vor zwei bis drei Wochen. Also Mitte Oktober. Den vorläufigen Bericht findet ihr in der elektronischen Fallakte. Der heruntergestürzte Kranausleger wird im Moment noch von den Sachverständigen untersucht.«

Jonas sah, wie sich Weigelt und Marx Notizen machten.

Kempfer legte eine kurze Pause ein, dann trat ein Ausdruck der Genugtuung auf sein Gesicht. »Drittens, und das ist der Hauptgewinn: Wir haben hinter der Wandverkleidung im Turmzimmer einen fünfundvierzig Zentimeter langen Industrie-Schraubenschlüssel gefunden. Darauf konnten Fingerabdrücke von Jan-Hendrik Tann gesichert werden und – jetzt kommt's – Reste alter Blutantragungen. Die Ergebnisse kamen vorhin erst rein.« Kempfer hielt triumphierend einen Computerausdruck in die Höhe. »Es ist das Blut von Julius Ludwig Schulth!«

Ein aufgeregtes Raunen ging durch den Raum.

»Bei dem Schraubenschlüssel handelt es sich mit großer Wahrscheinlichkeit um das Tatwerkzeug. Ein entsprechender Formenabgleich mit der Schädelverletzung bei Schulth läuft gerade. Aber den bisherigen Berichten nach könnte es passen.«

»Das heißt, Jan-Hendrik Tann ist im Mordfall Schulth jetzt unser Hauptverdächtiger?«, fragte Marc Schätzele.

»Richtig«, übernahm Anne Vareel. »Tann kannte das Opfer und hatte sowohl Zugang zum Fundort des Toten in der Dom-grotte als auch zum mutmaßlichen Tatort. Zu einem möglichen Motiv kommen wir noch.«

»Zugang zum Tatort? Kennen wir den denn inzwischen?«

»Ja«, sprang Kempfer wieder ein. »Materialspuren aus der Gießhalle decken sich mit Antragungen, die wir an Schulths Kleidung sichergestellt hatten und bisher nicht zuordnen konn-ten. Deshalb kommt die Werkhalle in der alten Gießerei mit einer gewissen Sicherheit als direkter Tatort in Betracht. Die Grotte im Domberg war nur das Versteck. Wie wir schon ver-mutet haben.«

»Gibt es in der Gießerei noch weitere Fingerabdrücke oder DNA-Spuren? Außer von Tann?«, wollte Weigelt wissen.

»Ohne Ende.« Kempfer hob resigniert die Schultern. »Ver-schiedenste Abdrücke, Kippen, Taschentücher, Frommse – alles, was das Herz begehrt. Nicht im Turmzimmer, aber ansonsten ist die Ruine voll davon. Ich will nicht wissen, wer da in den letzten Jahren alles drin rumgestromert ist.«

»Sind auch relevante Spuren dabei?«, bohrte Marc Schätzele nach.

»Bisher nicht an den Stellen, für die wir uns besonders interessieren. Und die Hälfte der Mappen in Tanns Tasche zum Beispiel enthält Musterbögen für Fußböden und Anstriche, mit denen er bei seinen Kunden rumgetingelt ist. Unmöglich zu sagen, wer die alles in der Hand hatte.« Kempfer sah Schätzele an. »Auf jeden Fall haben wir erst mal alles aufgenommen und eingesammelt, was später noch einmal interessant werden könnte.«

»Wie ist er eigentlich in die Fabrik gekommen?«

»Wir haben sein Auto gefunden. Es stand ordentlich geparkt auf der anderen Seite der Landstraße. Hinter einem Waldstreifen gibt es einen kleinen Parkplatz, der zu einer Laubenkolonie gehört. Ist alles schon winterfest gemacht. Der Wagen hätte ewig da stehen können, ohne aufzufallen.«

Jonas registrierte, dass die meisten Fragen Marc Schätzele stellte. Offenbar gehörte er nicht zum Kernteam der Kriminalisten um Anne Vareel, sondern war mit anderen Aufgaben betraut.

»Ich fasse also noch einmal kurz zusammen«, sagte die Kommissarin. »Wir gehen nach aktuellem Stand davon aus, dass Jan-Hendrik Tann seinen ehemaligen Chef Julius Ludwig Schulth 2011, im Jahr von dessen Verschwinden, in der Ruine von Schulths ehemaliger Gießerei erschlagen hat. Dann verbrachte er den Leichnam in die Domberggrotte. Den Zugang zu dem geheimen Tunnel hatte er vermutlich schon früher bei Sanierungsarbeiten im Untergeschoss seines Hauses am Fischersand entdeckt. Nachdem der tote Schulth in der Grotte lag, mauerte Tann den Tunneleingang in seinem Keller zu, sodass er, als er das Haus später an Dr. Lorentz Hutter verkaufte, nicht mehr zu erkennen war. Von dieser Seite her wäre die Grotte wohl auch nie entdeckt worden.«

»Warum hat er den Schraubenschlüssel nicht auch in der Grotte versteckt?«, warf Weigelt ein.

»Vielleicht war er sich nicht sicher, ob die Grotte ewig unentdeckt bleiben würde. Beim Transport der Leiche hat er jedenfalls penibel darauf geachtet, keine Spuren zu hinterlassen. Zumindest haben wir in der Höhle keine Fingerabdrücke gefunden.«

»Aber er hätte den Schraubenschlüssel doch überall entsorgen können. Warum musste er ihn ausgerechnet in der Gießerei verstecken?«

»Das können wir ihn leider nicht mehr fragen. Ich nehme an, aus Nostalgie. Wir wissen ja von unseren anderen Fällen, wie oft Täter Souvenirs ihrer Taten aufbewahren. Der Schraubenschlüssel war der stählerne Beweis für Tanns späten Triumph über Schulth. Die Mordwaffe von Zeit zu Zeit noch einmal in der Hand zu halten, kann ihn durchaus mit Genugtuung erfüllt haben. Wenn das in diesem Zusammenhang auch etwas makaber klingt.« Anne Vareel zuckte mit den Schultern. »Ich komme gleich noch einmal darauf zurück, wenn wir über mögliche Motive reden.«

»Ist damit Lorentz Hutter endgültig aus dem Schneider?« Das war wieder Marc Schätzele.

»Aus meiner Sicht schon«, antwortete Vareel. »Er ist zwar der Nachkomme von einer der Mumien aus dem Domberg, aber das ist nicht strafbar. Genauso wenig wie sein Traditionsgehabe, das diesen oder jenen nervt. Als er das Haus am Fischersand erworben hat, war der Tunnel definitiv schon versiegelt.«

»Was haben wir denn bis jetzt zu Tanns möglichem Motiv?«

»Jan-Hendrik Tann war vor dreißig Jahren ein erfolgversprechender Lehrling bei Julius Schulth. Der neue Stern am Gießerhimmel. Bis Schulth ihn ziemlich fies fallen ließ, um in die Niederlande zu gehen. Für seinen Kronprinzen der Super-GAU. Der Verrat schlechthin. Tanns Welt brach von heute auf morgen zusammen, und dafür hat er Schulth verantwortlich gemacht. Wir denken, dass darin ein starkes Motiv liegen kann. Schulth war kurz nach seinem achtzigsten Geburtstag noch einmal hier in Deutschland; vielleicht wollte er sich von seiner alten Wirkungsstätte verabschieden. Dabei muss er Tann – geplant oder zufällig – wiederbegegnet sein. Mit dem bekannten Ausgang.«

Kempfer ergänzte: »Nach den ersten Hinweisen durch Herrn Wiesenburg haben wir am Wochenende Tanns ehemalige Nachbarin in Apolda vernommen, und sie hat uns das bestätigt, was sie auch schon Herrn Wiesenburg und seiner Freundin berichtet hatte. Die Angaben zu Tanns Tätigkeit in der Gießerei stimmen auch. Wir haben in seiner Erfurter Wohnung entsprechende Unterlagen gefunden, unter anderem seinen Gesellenbrief. Die Liquidierung der Gießerei durch den alten Schulth im Jahre 1991 ist ebenfalls aktenkundig.«

»Ich habe die bisherigen Erkenntnisse auch unseren Fallanalytikern vorgestellt«, fuhr Anne Vareel fort. »Die brauchen natürlich wie immer mehr Zeit, aber sie haben sich zumindest so weit festnageln lassen, dass – unabhängig vom konkreten Fall – Einschnitte ins Leben wie bei Tann zu erheblichen Hasspsychosen führen können. Zu einer fixen Idee, die sich über die Jahre möglicherweise sogar noch erheblich verstärkt. Je nach Persönlichkeit und Umständen.« Dann ergänzte sie: »Das Aufbewahren des Tatwerkzeugs könnte aus Sicht der Analytiker ebenfalls für diesen Ansatz sprechen. So wie die Zeitungsbilder, die wir im Turmzimmer der Gießerei gefunden haben.«

»Aber da waren auch Bilder vom Papst«, wandte Schätzele ein. »Und das alte Tagebuch.«

»Was uns zur zweiten großen Frage unseres Falles bringt.« Die Kommissarin sah in die Runde ihrer Zuhörer. »Was hat das Ganze mit einer möglichen Verschwörung zu tun, die im 17. Jahrhundert stattgefunden hat?«

Die Polizisten gönnten sich eine kurze Pause; einige von ihnen waren Raucher, andere wollten sich kurz die Füße vertreten. Was sie jetzt besprechen mussten, war weitaus weniger fassbar als die klaren kriminaltechnischen Befunde, aus denen logische Schlüsse resultierten. Nach fünfzehn Minuten saßen alle wieder im Besprechungsraum beieinander, und Anne Vareel eröffnete die zweite Runde.

»Bevor ich das Wort an unseren Fachberater Jonas Wiesenburg übergebe, möchte ich kurz zusammenfassen, welche zusätzlichen Feststellungen wir gemacht haben. Feststellungen, die über die vorhin dargelegte Beziehung zwischen Tann und Schulth hinausgehen und dringend der Klärung bedürfen.« Sie sah auf die Notizen, die vor ihr auf dem Tisch lagen.

»Erstens: Die Domgrotte war nicht nur der Ablageort für den getöteten Julius Schulth, sondern auch der Fundort von elf Mumien aus dem 17. Jahrhundert. Ihr Tagebuch gehört zu den Gegenständen, die Jan-Hendrik Tann in der alten Gießerei aufbewahrt hat. Zweitens: Die bisherigen Recherchen von Herrn Wiesenburg legen die Vermutung nahe, dass es sich bei den Mumien im Domberg um die Mitglieder einer Verschwörergruppe handelt. Möglicherweise war diese im Besitz einer Technologie, die Glocken als Schallwaffen genutzt hat. Drittens: Es gibt Hinweise darauf, dass Tann in der Werkhalle kürzlich etwas gegossen hat und gerade dabei war, sämtliche Spuren davon zu beseitigen, als er verunglückte. Und viertens: Tann hat Zeitungsausschnitte über das Besuchsprogramm des Papstes gesammelt.«

»Was ist denn nun wirklich dran an dieser Schallwaffentheorie?« Die Frage kam von einem der beiden Männer im Hintergrund, die bis jetzt überhaupt noch nichts gesagt hatten.

Anne Vareel nickte. »Jonas, vielleicht können Sie Ihre diesbezüglichen Überlegungen noch einmal für alle zusammenfassen.«

»Gern. Um es kurz zu machen: Meine Rechercheergebnisse legen nahe, dass es sich bei den Mumien in der Grotte um eine Gruppe einflussreicher Erfurter Bürger gehandelt hat, die am 10. März 1667 im Dom einen Anschlag auf den Mainzer Erzbischof Johann Philipp von Schönborn versucht haben. Bestimmte Umstände lassen befürchten, dass den Männern eine Technologie zur Verfügung stand, mit deren Hilfe sie den Klang der Gloriosa in gefährliche Infraschallwellen umwandeln konnten. Der Effekt wäre der Ausbruch einer aggressiven Panik gewesen.« Jonas berichtete von seinen Archivnachforschungen in Erfurt und Wernigerode, dem Kirchenmassaker von Gangloffsömmern, dem Gespräch mit Fenjas Onkel und ihren Schlussfolgerungen bezüglich einer Infraschallwaffe. Da er sich nun schon seit mehr als zwei Wochen mit nichts anderem befasste, fiel sein Vortrag kurz und prägnant aus.

»Sie sagen, der Anschlag fand nie statt?«, fragte der Mann im Anzug nach.

»Nein. Er wurde in letzter Minute vereitelt. Aber ich gehe davon aus, dass Gangloffsömmern als Testlauf diente. Und dort waren die Auswirkungen grauenvoll.«

»Verstanden.« Der Mann machte sich eine Notiz.

»Aber das wussten wir alles schon«, stellte Marc Schätzele lakonisch fest. »Was ist denn jetzt neu?«

»Dass Jan-Hendrik Tann heimlich etwas gegossen hat, und zwar mit dem Tagebuch der Verschwörer unter dem Arm«, hielt ihm Vareel hitzig entgegen. »Und das, kurz bevor der Papst den Dom besucht und ihm zu Ehren die Gloriosa läutet.«

»Hm«, brummte Schätzele unwillig.

»Noch eine Frage an Herrn Wiesenburg«, ließ sich der Mann im Anzug wieder vernehmen. »Sind Sie bei Ihren Recherchen jemals auf ein Dokument gestoßen, das die angebliche Glockenwaffe direkt benennt oder beschreibt?« In der ruhigen Stimme des Mannes lag keine Spur von Misstrauen. Eher professionelle Neugier.

»Nein«, antwortete Jonas.

»Bisher ist die Existenz einer Schallwaffe nicht eindeutig belegt, sondern eine Hypothese auf Basis von Indizien«, ergänzte Anne Vareel. »Allerdings haben unsere Kollegen mittlerweile selbst entsprechende wissenschaftliche Stellen konsultiert, von denen die schädigende Wirkung von Infraschall unter bestimmten Bedingungen ausdrücklich bestätigt wird. Eine Waffe auf dieser Basis ist absolut denkbar.«

Im Raum breitete sich beklommenes Schweigen aus.

»Kollegen, niemand will hier irgendetwas Abstruses herbeireden«, nahm die Kommissarin die Diskussion wieder auf. Sie war hörbar um einen sachlichen Ton bemüht. »Aber der bevorstehende Besuch von Marcellus III. verleiht Tanns Zugang zur Mumiengrotte und seinen Aktivitäten in der Gießerei eine gewisse Relevanz. Er könnte tatsächlich geplant haben, die beschriebene Technik gegen den Papst einzusetzen.«

»Warum hätte er diesen unglaublichen Aufwand betreiben sollen?«, fragte Schätzele. »Marcellus hat ihm nichts getan.«

»Nur mal angenommen, wir legen dasselbe Motiv zugrunde, das wir bisher auch für den Mord an Schulth vermuten. Die krankhaft übersteigerte Empfindung einer Zurückweisung, die mit einem zerstörten Lebenstraum verbunden ist. Dann wäre das doch aus Tanns Sicht der ultimative Beweis seines verkannten Gießertalents – eine Antiglocke zu erschaffen, die den Papst zu einer wilden Bestie werden lässt.«

Wieder herrschte für einen Moment Stille. Jeder im Raum stellte sich die beschriebene Szene vor.

»Also keine Neuauflage der Verschwörung«, dachte Schätzele laut. »Kein Attentat im Auftrag einer Interessengruppe. Sondern ein privater Feldzug. Eine Rache an der Welt. Um sich und allen zu beweisen, dass er's noch kann?«

»Möglich ist es«, antwortete Anne Vareel.

»Das heißt aber, dass wir bei Tann von einem ausgewachsenen Psychopathen sprechen …«

»Von einem tief gekränkten Mann mit Fachkenntnis. Und möglicherweise mit dem Zugang zu einer verheerenden Technologie.«

»Können wir denn absolut sicher sein, dass wir es hier nur mit einem Einzeltäter zu tun haben?«, warf Kempfer ein. »Wenn Tann tatsächlich in den Besitz der alten Pläne gelangt ist und das Teil gegossen hat – wo ist es dann jetzt? Verstaubt es gerade in irgendeiner Garage, oder gibt es noch jemanden, der es in diesem Moment auf seinen Einsatz vorbereitet? Müssen wir uns weiter auf einen Anschlag einstellen, oder ist das Problem mit Tann gestorben? Das sollten wir dringend prüfen!«

»Und klären, ob wir uns nicht gerade vergaloppieren und unsere ganze Energie an ein Hirngespinst verschwenden«, stichelte Schätzele.

»Richtig. Das ist nicht einmal die unwahrscheinlichste Variante.« Anne Vareel warf ihrem sportlichen Kollegen einen strengen Blick zu. »Aber solange wir es nicht besser wissen, sollten wir vom Schlimmsten ausgehen.«

»Es hilft nichts, uns hier in den wildesten Vermutungen zu verlieren«, insistierte Kempfer. »Solange wir keine Ahnung haben, was in dem Tagebuch steht.«

»Das unten im Labor liegt, so ist es.« Kommissarin Vareel schlug entschlossen ihre Arbeitsmappe zu. »Jonas, Sie haben Zeit mitgebracht?«

»Habe ich.«

»Dann begleite ich Sie jetzt zu Ihrem Arbeitsplatz.«

41

10. März 1667

Der Himmel über Erfurt erstrahlte in hellem Blau. Keine Wolke war zu sehen, und die Sonne strich mit scharfen Strahlen über die Fassade des gewaltigen Domes. Dennoch herrschte eine unerbittliche Kälte, und die Stadt, die dem Domberg zu Füßen lag, war in das gleißende Weiß der fast geschlossenen Schneedecke getaucht.

Die kleine Gruppe von Männern hielt sich verbissen in ihre Pelzmäntel gehüllt und versuchte, dem schneidenden Wind zu trotzen. Das große Tor vor ihnen war noch immer geschlossen. Fast eine Stunde standen sie nun schon hier, im Hof vor dem Dom, und warteten stoisch auf ihren Einzug. Noch waren sie nicht aufgerufen worden, und jeder weitere Moment, der verging, verstärkte bei ihnen das Gefühl der Demütigung.

Es waren die Herren des hohen Erfurter Rates, die hier ihres beschämenden Auftritts harrten. Drinnen, wohl geschützt vor der Marter des Winters, hatte es sich der Erzbischof und Kurfürst Johann Philipp von Schönborn mit seiner Mainzer Entourage bequem gemacht, und selbst die einfachen Bürger, die der Zeremonie beiwohnen sollten, waren schon eingelassen worden.

Nur sie, die Erfurter Ratsherren, ließ man in der Kälte zittern. Wie schon nach seiner Eroberung der Stadt vor zweieinhalb Jahren hatte es von Schönborn auch bei seinem jetzigen Besuch gefallen, sie zu seiner Festmesse einzubestellen, um ihm zu huldigen und ihr Treueversprechen zu erneuern. Diesmal sollte der entwürdigende Akt nicht wie seinerzeit auf den Domtreppen stattfinden, sondern im Inneren der Kirche. Und als ob das nicht genügen würde, hieß man sie hier draußen schmachten wie Bittsteller.

»Der feine Herr lässt sich Zeit!«, grummelte Veit Hutter, der die Abordnung des Rates anführte.

»Wenn wir es doch erst hinter uns hätten«, presste Egidius

Withauer hervor. Der Kaufmann war zwar selbst kein Ratsherr, würde jedoch beim Einzug an Hutters Seite gehen. Offiziell, um bei der Aufwartung die traditionsreiche Zunft der Waidhändler zu vertreten, doch in Wirklichkeit, weil Hutter seinen wankelmütigen Freund persönlich kontrollieren wollte. Denn heute war der Tag der Entscheidung.

Während sich die anderen Ratsmitglieder zerknirscht und nichtsahnend der Order des Erzbischofs gefügt hatten, sahen die Männer der SOCIETAS IN UMBRA ihrem großen Schwertstreich gegen die verhassten Mainzer entgegen. Sie hatten sich aufgeteilt. Hutter und Withauer würden der Festmesse zu Beginn beiwohnen, um sicherzugehen, dass das Artefakt im richtigen Moment an der richtigen Stelle bereitstand. Ebenso Nikolaus Corvus, der seine Erfindung am besten kannte. Die drei hatten geplant, die Messe während des Schlussgebets zu verlassen und sich in Sicherheit zu bringen, bevor die Gloriosa zu läuten beginnen und das Verderben über all diejenigen hereinbrechen würde, die sich während ihres Erklingens im Kirchenschiff befanden.

Die restlichen neun Mitglieder ihrer Bruderschaft hatten sich einer nach dem anderen im Laufe des Morgens in der Grotte unter dem Domberg eingefunden. Dort, sicher vor der Wirkung der Klänge, würden sie abwarten, bis das Artefakt seine grausame Arbeit verrichtet hatte. Dann stünden sie bereit, die Bürger der Stadt als starke neue Kraft in die Freiheit zu führen. Denn was im Dom mit ihren Unterdrückern geschehen würde, kam einem Gottesurteil gleich und musste die verbliebenen Besatzungstruppen in ein heilloses Chaos stürzen.

»Ich glaube, es tut sich was«, stieß Withauer hervor und wies auf die Torflügel, die jetzt erzitterten, so als würden die schweren Riegel auf ihrer Innenseite zurückgezogen. Die Anspannung stand dem Waidhändler ins Gesicht geschrieben.

»Ja, es beginnt.« Hutter sah seinem Freund in die Augen und legte ihm beide Hände auf die Schultern. Mit fester Stimme raunte er ihm zu: »Egidius. Beruhige dich. Es wird ein guter Tag. Für dich und für uns alle.« Dann lächelte er. »Denk an Amalie. Dein

Weib sitzt glücklich in eurer Stube und trägt dein Kind unter dem Herzen. Es ist ein Zeichen. Wie ich es vorhergesagt habe.«

Die Erwähnung seiner Frau ließ Withauer tatsächlich für einen Moment ruhiger werden. Amalie erwartete ein Kind. So lange hatten sie vergeblich darauf gehofft, und jetzt war der Herrgott gnädig gewesen und hatte ihre Gebete endlich erhört. Das Geschlecht des Hauses Withauer blickte wieder in eine Zukunft. Wenn sich alles so entwickelte wie erhofft, dann sah auch die Stadt besseren Zeiten entgegen. Und davon würde er, Egidius Withauer, direkt profitieren. Wenn doch dieser vermaledeite Sonntag nur endlich vorüber und die Schlacht geschlagen wäre.

»Ihr Herren, stellen wir uns in Formation!«, rief Hutter jetzt laut.

Die Ratsherren beendeten ihr Getuschel und nahmen in drei Reihen nebeneinander Aufstellung. Dann öffneten sich die beiden Flügel des Domportals.

»Tun wir unsere Pflicht!«, sagte Veit Hutter, und die Gruppe setzte sich in Bewegung.

Wie ein Block rückten die Männer in den dreieckigen Portalbau ein und betraten wenig später von der Nordseite her das Kirchenschiff. Nach dem Gleißen der sonnenbeschienenen Stadtlandschaft war das Dämmerlicht gewöhnungsbedürftig. Hinter ihnen donnerten die Flügeltüren zu und schlossen das letzte Stück des blauen Morgenhimmels aus.

Mit einem Male waren sie umfangen vom Odem der Mystik, der jedem der Gottesdienste in diesem Hause innewohnte. Das Bürgervolk stand dicht gedrängt und füllte die gesamte Westhalle, die Köpfe ehrfurchtsvoll gesenkt. Der Geruch von Weihrauch durchströmte den Raum. Irgendwo links von ihnen war der gleichförmige Singsang eines Betenden zu hören, der sich in der gewölbten Decke des Kirchensaals fing und in allen Winkeln widerhallte.

Im Halbdunkel zu ihrer Rechten stand einer der zahlreichen Wachtrupps, die für die Sicherheit des hohen Gastes zuständig waren. Egidius Withauer schielte ängstlich zu den Soldaten hinüber und erblickte unter ihnen den grinsenden Zacharias Marholt. Der Sergeant genoss es sichtlich, wie die einst hohen Herren der Stadt kleinlaut an ihm vorüberkrochen.

Einer der Ratsherren reichte Veit Hutter ein Silbertablett mit einem roten Samtkissen, auf dem ein fein gravierter Torschlüssel lag. Tatsächlich passte er zu keinem Schloss, sondern war ein rein symbolischer Gegenstand. Der Schlüssel zur Stadt, ehrfürchtigst darzureichen ihrem Mainzer Herrn. Eine Geste, die vom Erzbischof genau in dieser Form vorgegeben worden war; anscheinend hatte ihm selbige Zeremonie am Tage seines Sieges über Erfurt derart behagt, dass er nun auf eine Wiederholung pochte. Sei's drum, diesen kleinen Triumph sollte er gern noch auskosten, dachte Veit Hutter grimmig. Am Ende des Gottesdienstes würde die Welt eine andere sein.

Hutter hielt das Tablett vor seine Brust, als er jetzt an der Spitze der Ratsherren nach links ging. Vor ihnen lag der hohe Chorraum des Mariendomes mit dem Altar an seinem Ende. Die mächtigen Kirchenfenster darüber erstrahlten im Licht der einfallenden Sonnenstrahlen. Sie tauchten den Raum in ein goldenes Glühen, das die Männer für einen Moment blendete. Dann ordneten sich die Konturen. Neben dem Altar war ein Podest errichtet worden, auf dem ein Thron stand. Darauf saß, umgeben von seinen engsten Vertrauten, der Erzbischof. Johann Philipp von Schönborn trug eine weiße Robe, die reich mit goldenen Ornamenten bestickt war, und über seinem Kopf erhob sich die glänzende Mitra. Der Landesfürst blickte erhaben ins Nichts, als würde ihn die Huldigungszeremonie bereits jetzt langweilen.

Die Männer senkten die Köpfe und schritten demütig voran.

Hutter wurde jedoch von einer freudigen Erregung erfüllt, denn er hatte soeben den großen Gegenstand erblickt, der vorn im Chorraum aufgestellt war. An prominenter Stelle und direkt unter den Türmen. Es war das Geschenk des Erfurter Rates an den Bischof.

Das bronzene Weihwasserbecken.

Das Artefakt.

Rechts daneben entdeckte er in einer Gruppe von Messdienern Nikolaus Corvus, die Hände zum Gebet gefaltet und scheinbar in gottesfürchtige Kontemplation versunken.

Offiziell hatte er den morgendlichen Transport des Weihwasserbeckens von der Zitadelle hinüber in den Dom beaufsichtigt, um das Geschenk vor Beschädigung zu schützen und für den hohen Gast der Stadt würdig zu präsentieren. Aber in Wirklichkeit wollte er dafür Sorge tragen, dass das Artefakt genau an der Stelle im Raum aufgestellt wurde, wo es die größte Wirkung entfalten könnte. An seinem zufriedenen Gesicht konnte Hutter erkennen, dass ihm das gelungen war.

Die Ratsherren passierten das Becken und gingen die letzten Schritte bis in die Mitte des Chorraumes. Dann fielen sie wie auf ein stilles Kommando hin auf die Knie, die Augen auf den Boden gerichtet und die Schultern tief nach unten gezogen.

Einzig Veit Hutter streckte seine Arme nach vorn in Richtung des Thrones, in seinen Händen das Tablett mit dem Schlüssel. Dann begann er mit klarer Stimme zu sprechen: »Eure Durchlaucht, ergebenst und mit der Wärme tiefster Verehrung in unseren demütigen Herzen übergeben wir Euch den Schlüssel zur großen Stadt Erfurt. Allhier und für alle Zeiten erneuern wir unseren heiligen Schwur, Euch als unseren Kurfürsten und Erzbischof, als unseren Herrn und Wohltäter anzuerkennen, dem Heiligen Mainzer Stuhl zu dienen und all unsere Kraft auf die Mehrung Eurer Stärke und Herrlichkeit zu verwenden, in der wir uns so erquicklich sonnen.«

Der Kurfürst zwirbelte zufrieden seinen Spitzbart, während einer seiner Lakaien nach vorn eilte und Veit Hutter das Tablett aus den Händen nahm. Dann drehte er sich um, trat vor den Thron und präsentierte seinem Herrn den Schlüssel mit ähnlicher Geste wie eben noch Hutter. Der Regent nickte kurz und fuhr mit seiner rechten Hand missmutig durch die Luft, was für den Lakaien das Zeichen war, mitsamt dem Tablett in einem Pulk von Bediensteten zu verschwinden.

»Um unserer großen Freude und Dankbarkeit über Euren Besuch Ausdruck zu verleihen, erlauben wir Erfurter Ratsherren uns ehrerbietigst, Euch noch eine bescheidene Gabe darzubringen«, begann Hutter erneut und wies mit seiner Hand hinter sich in Richtung des Weihwasserbeckens. »Nehmt das Geschenk zum Zeichen unserer tiefen Liebe zu Euch, der Ihr die Weisheit und das Licht Gottes in die Mauern unserer Stadt getragen habt.«

»Wir nehmen Euer Geschenk an, genau wie wir die Worte vernommen haben, die uns Eurer Loyalität versichern«, ließ sich jetzt der Erzbischof vernehmen. Und mit einem süffisanten Grinsen fügte er hinzu: »Und Eurer Liebe.«

Dann gab er ein weiteres Handzeichen, und aus dem Kirchenschiff schmetterte ein Choral herüber, während sich die Erfurter Herren erhoben und im Ratsgestühl an den Seiten des Chorraums Platz nahmen.

Die Messe begann. Hutter lehnte sich auf seinem reich verzierten Sitz in der Ratsloge zurück, aber seine Ruhe war nur gespielt und kostete ihn enorme Selbstbeherrschung. Bis zum Schlussgebet mussten sie noch aushalten, bevor sie sich in Sicherheit bringen konnten, während alle anderen in der Halle dem sicheren Tode geweiht waren.

Um die Mainzer tat es ihm nicht leid. Kalt blickte er hinüber zum Erzbischof. Neben ihm entdeckte er Friedrich von Greiffenclau, von Schönborns neuen Statthalter in Erfurt, und all die anderen adligen Herrn, die sich in ihrer elenden Würde und Selbstherrlichkeit suhlten. Sobald die Gloriosa erklang, würden sie sich gegenseitig an die Gurgel gehen und mit ihren feinen Klingen durchbohren, bis keiner von ihnen mehr zuckte.

Hutter ließ seinen Blick vorsichtig nach links und rechts gleiten, über die Ratsherren, mit denen er so viele Jahre regiert und über das Wohl und Wehe dieser Stadt gestritten hatte. Einige waren gute Männer, aber keiner von ihnen gehörte zu ihrer Bruderschaft. Auch sie hielten das Weihwasserbecken für ein harmloses, wenn auch üppiges Geschenk, welches Hutter stellvertretend für den Rat hatte anfertigen lassen. Was heute passieren würde, ahnten sie nicht. Diese Männer waren das Opfer, das Erfurt bringen musste, um besseren Zeiten entgegenzusehen. Genauso wie die ahnungslosen Bürger, die das Kirchenschiff bis zum letzten Platz füllten. Auch sie würden den heutigen Tag nicht überleben. Veit Hutter schob den aufkommenden Schmerz beiseite, bevor der ihn gänzlich zu erfassen vermochte. Jetzt waren sie Krieger in einer Schlacht, die geschlagen werden musste. Es gab keinen Weg zurück.

Während Veit Hutter zumindest äußerlich gefasst wirkte, fuhr sich Egidius Withauer neben ihm nun schon zum dritten Mal nervös über die schwitzende Stirn. Mit jedem lateinischen Text, mit jedem Gesang, ja mit jedem Pendeln der Weihrauchfässer wurde die Anspannung, die sich tief in seine Gedärme gegraben hatte, größer.

Er verspürte keine Angst um sich selbst. Dass ihr Plan perfekt war, einschließlich ihres Verschwindens kurz vor Ende des Gottesdienstes, daran konnte kein Zweifel bestehen. Im Gegensatz zu ihm selbst war sein Freund Veit Hutter ein kalter Stratege. Und der unheimliche Nikolaus Corvus würde die Zeit, die sie für ihre sichere Flucht benötigten, schon richtig berechnet haben. Schließlich hatte er das Artefakt geschaffen und kannte seine Wirkung.

Nein, die Sorge Withauers galt nicht sich selbst. Und auch nicht den hohen Herren da drüben; mit ihrem Verderben konnte er sehr gut leben.

Aber die vielen unschuldigen Männer und Frauen, die diese Messe aus tiefster Gottesfurcht verfolgten, auch sie würde der Zorn von Corvus' grausamer Waffe treffen. Wie sollte Withauer nach dem heutigen Tage den Seinen zu Hause jemals wieder in die Augen blicken können? Seiner Frau und seinem lang ersehnten Kind – wenn ihr zukünftiger Wohlstand mit den Seelen dieser Unschuldigen erkauft war?

Er wusste längst, dass er keine Wahl hatte. Er war Maius. Teil der Bruderschaft. Ein Verschwörer. Sehr viel früher hätte er auf solcherart Skrupel hören müssen. Jetzt gab es nur noch Hutters Weg. Den bitteren Weg des Blutes. Und er musste hoffen, dass er eines Tages seinen Frieden damit machen konnte.

Der letzte Teil der Messe begann. Einer der Dompfarrer trat in die Mitte des Chores und erhob seine Stimme.

Das Abschlussgebet.

Für Egidius Withauer, Veit Hutter und Nikolaus Corvus war es an der Zeit zu verschwinden. Noch einen kleinen Moment. Nur noch die ersten Worte, dann mussten sie aufbrechen.

Während die Messe Wort für Wort auf ihr Ende zuging, bereitete man oben, im Zwischenboden des Mittelturmes, das Läuten der Gloriosa vor. Sechzehn kräftige Männer in dunklen Kutten traten in die karge Turmetage unter der Glockenstube und verteilten sich zwischen den Seilen, die durch Öffnungen von der Decke herabhingen wie Galgenstricke. Im Glockenstuhl, der sich im Stockwerk darüber befand, führten die Taue über zwei große Holzräder, mit deren Hilfe das Joch in seinen Lagern in Schwingung versetzt werden konnte.

Leise heulte der Wind durch die Schallfenster. Ab und zu ächzte es im Gebälk. Noch war es nicht so weit, aber lange konnte es jetzt nicht mehr dauern.

Der Knecht, der die Zeremonie in der Halle durch einen schmalen Durchbruch beobachtete, hob den Arm. Gleich würde er das verabredete Signal geben.

Dann griffen die ahnungslosen Männer nach den Seilen. Unten, im Schiff des Domes, erwartete man den göttlichen Klang. Sie waren bereit. Harrten nur noch auf das Zeichen, auf welches hin sie sich in die Tampen hängen und den trägen Klangkörper allmählich in Schwingung versetzen würden, bis der Klöppel den bronzenen Rand küsste und den Gesang der Gloriosa über die Stadt schickte.

Noch immer nicht.

Der Arm des Knechtes zeigte unbewegt nach oben. Die Gebete dauerten offensichtlich an.

Unten im Ratsgestühl warfen sich Hutter und Withauer einen nervösen Blick zu. Jetzt mussten sie gehen. Egidius Withauer erhob sich. Sah in Richtung des Kirchenschiffes, wo die Bürger in stiller Einkehr versammelt waren und dem Ende des Gebetes lauschten.

Und entdeckte plötzlich *sie*.

Es durchfuhr ihn wie eine heiße Welle. Ungläubig starrte er in die Menge, sah aber nur ein Gesicht.

Ihres.

Egidius Withauer blickte in das Antlitz von Amalie, seiner Frau.

Das konnte, das durfte nicht sein! Wieso war sie hier? Sie hatte ihm nicht gesagt, dass sie heute zur Messe gehen würde. Nicht mit einer Silbe hatte sie es angedeutet. Und doch stand sie jetzt inmitten der Gottesdienstbesucher, unschuldig und in Andacht versunken.

Amalie und sein ungeborenes Kind. Beide dem Tode geweiht.

Withauer begann am ganzen Körper zu zittern. Hutter, der sich ebenfalls erhoben hatte und die Panik seines Nebenmannes spürte, folgte dessen Blick und erkannte jetzt auch die schwangere Frau seines Freundes. Amalie. Hutter wurde blass. Verdammt, Egidius würde doch jetzt nicht …

Der Dompfarrer beendete sein Gebet. Die Zeit stand still.

Und Egidius Withauer traf eine Entscheidung. Er stürmte aus dem Gestühl, geradewegs in die Mitte des Chorraumes. »Läutet die Glocke nicht!«, brach es aus ihm heraus. »Man will den Bischof ermorden. Um Gottes willen, läutet die Glocke nicht!«

Weiter kam er nicht. Er sah noch den verwirrten Blick des Erzbischofs, dann flog ein dunkler Schatten von hinten an ihn heran. Nikolaus Corvus hielt den Damaszener Dolch schon in der Hand, umfasste Withauers Oberkörper und presste ihm die Klinge in den Unterleib. Warmes Blut spritzte über seine Hand, während er den scharfen Stahl im Körper seines Opfers bis zum Hals nach oben riss. Dann rannte er durch den Chorraum zurück und zog den vor Schreck erstarrten Hutter mit sich.

Withauers letzter Gedanke galt seinem ungeborenen Kind, bevor er auf den kalten Steinfliesen des Chores aufschlug. Dann umfing ihn die ewige Dunkelheit.

Die Leibwache des Erzbischofs bildete sofort einen schützenden Ring um ihren Herrn, während ein anderer Trupp nach vorn preschte und eine zweite Verteidigungslinie um den Thron zog. Innerhalb von Sekunden hatte sich der Altarraum in eine Festung verwandelt, während die städtischen Wachen versuchten, des Tumults im Kirchenschiff Herr zu werden.

Noch bevor Withauer sein Leben ausgehaucht hatte, waren zwei junge Offiziere durch die Pforte des Südturmes gedrungen und über die Treppen nach oben in Richtung Glockenstube gestürmt. Die Übermacht und die hundertfach geübte Routine der erzbischöflichen Leibwache sorgten dafür, dass nach kurzer Zeit im gesamten Dom wieder Ruhe herrschte.

Nur eine Sache war ihnen nicht gelungen. Sich den beiden Flüchtigen in den Weg zu stellen. Veit Hutter und Nikolaus Corvus waren wie vom Erdboden verschluckt.

Noch während die Wachführer im Kirchenschiff ihre ersten Befehle gebrüllt hatten, waren die beiden Verschwörer durch die unauffällige Seitentür entwischt, deren Schloss Corvus schon vor der Messe vorsorglich geöffnet hatte. Jetzt rannten sie durch den Kreuzgang, der sich dahinter auftat, schlüpften in ein enges Treppenhaus und verließen die Gebäude des Domberges an dessen Rückseite. Über eine Freitreppe gelangten sie nach unten und bogen sofort in eine kleine Gasse, die nach Süden führte. Im Laufen steckten sie sich vorsorglich die Wachspfropfen, die sie seit dem Morgen bei sich trugen, in die Ohren.

Am Ende der Gasse passierten sie einen hölzernen Steg, der über die Hiera führte. Dann endlich standen sie auf dem Fischersande.

Schweißgebadet hielten sie an und warfen sich erschöpft gegen die Mauer einer Kate. Jeder ihrer Atemzüge brannte, als hätten sie Feuer in den Lungen. Bevor sie endgültig in der engen Häuserflucht untertauchten, blickten sie ein letztes Mal zum Domberg zurück. Wie eine Trutzburg ruhte die Kirche über der Stadt. Kein Geräusch war von dort oben zu hören.

Vorsichtig nahmen sie die Stopfen aus den Ohren.

Die Stille hielt an.

Die Gloriosa schwieg.

Man hatte die Glocke nicht geläutet. Ihr Plan war gescheitert.

42

Gegenwart

Der Laborkomplex war riesig. An der Seite von Anne Vareel marschierte Jonas durch endlose Gänge. Die Räume zu beiden Seiten waren mit modernster Technik vollgestopft.

Dass das Landeskriminalamt über vielfältige Untersuchungsmöglichkeiten verfügte, war ihm bekannt. Aber dass es in Teilen der Polizeibehörde aussah wie an der naturwissenschaftlichen Fakultät einer Uni, das erstaunte und faszinierte ihn jetzt doch. Und alles hier wirkte noch ziemlich neu.

Sie bogen in einen weiteren Flur, aber schon nach den ersten Metern hielt die Kommissarin inne und klopfte an eine Tür. Eine zierliche junge Frau mit blonden Haaren und Sommersprossen öffnete ihnen. In ihrem weißen Kittel und mit der Brille sah sie aus wie eine Doktorandin.

»Wir sind's«, sagte Anne Vareel nur.

Die Frau, die sie offensichtlich schon erwartet hatte, begrüßte Jonas mit einem fröhlichen »Hi!«.

Er erwiderte den Gruß.

»Herr Wiesenburg, unser Historiker«, stellte Anne Vareel vor. »Und das ist Frau Jülich. Die Hüterin des Tagebuchs.«

»Kommen Sie.« Die junge Frau ging voraus.

Sie durchquerten einen großen Laborraum mit Apparaten, die Jonas noch nie gesehen hatte. Dann betraten sie ein Nebenzimmer, das nicht viel mehr enthielt als einen Labortisch mit einer Lupenleuchte und einem Computer. Davor standen zwei Drehstühle. An der Wand neben der Tür hing noch ein Tastentelefon, darüber hinaus gab es hier nur ein steriles weißes Nichts.

»Hier können Sie gleich in Ruhe arbeiten. Warten Sie einen Moment, ich hole das Buch.« Damit war ihre Begleiterin wieder verschwunden.

»Gemütlich.« Die ironische Bemerkung konnte sich Jonas nicht verkneifen.

»Wir leben von der Sauberkeit«, entgegnete Anne Vareel. Dann fügte sie mit einem Schmunzeln hinzu: »Jedenfalls in diesem Bereich.«

Sie mussten nicht lange warten, bis die Labortechnikerin zurück war. In den Händen hielt sie eine graue Plastikbox, auf der eine Packung mit Gummihandschuhen lag. Sie stellte den Behälter auf dem Tisch ab, zog sich Handschuhe über, öffnete den Deckel und hob den ledernen Folianten vorsichtig auf die Untersuchungsfläche. »Mit der kriminaltechnischen Bearbeitung sind wir so weit durch. Der Bericht liegt in der Akte«, bemerkte sie in Richtung Kommissarin. Und an Jonas gewandt: »Normalerweise lassen wir hier niemanden ran. Aber die Leitung meint, es wäre vielleicht Gefahr im Verzug. Im Umgang mit empfindlichen Dokumenten kennen Sie sich aus?«

»Damit verdiene ich mein Geld.«

»Stimmt. Sorry! Berufskrankheit …« Die Technikerin zwinkerte Jonas zu und hämmerte dann ein paar Befehle in die Tastatur des Computers. Auf dem Bildschirm öffnete sich eine Grafikoberfläche mit einem leeren Textfenster.

»Wir haben schon eine Datei angelegt«, erklärte Jülich. »Schreiben Sie die Klarschrift und Ihre Anmerkungen einfach hier rein und klicken Sie für jede neue Seite einmal. Speichern können Sie mit dem Button hier oben. Das ist auch schon alles. Die Kollegen haben dann sofort Zugriff auf Ihre Texte. Denken Sie, Sie kommen damit klar?«

»Kein Problem.«

»Super. Dann viel Erfolg! Wenn Sie Hilfe brauchen – ich bin nebenan.«

»Danke«, sagte Jonas.

Die junge Technikerin verließ den Raum.

Auch Anne Vareel rief ihr noch ein »Danke, Caroline!« hinterher, das vertraut klang. Anscheinend arbeiteten die beiden öfter zusammen.

Jonas drehte sich zur Arbeitsfläche um und betrachtete den rissigen Ledereinband. Das Tagebuch der SOCIETAS IN UMBRA. Der Gemeinschaft im Schatten.

Ein prickelnder Schauder erfasste ihn. Bisher hatte er über das Wirken dieser geheimnisvollen Bruderschaft nur Indizien sammeln können. Jetzt würde er zum ersten Mal ein Dokument lesen, das von den Männern aus der Grotte selbst stammte.

Er spürte den Blick der Kommissarin, die noch im Türrahmen stand.

»Aufgeregt?«, fragte sie.

»Ein bisschen schon«, antwortete er. Was hoffnungslos untertrieben war. »Und – danke für das Vertrauen! Sie haben doch hier sicher auch Leute, die Kurrent lesen können.«

»In der Tat. Aber Sie haben den Fall recherchiert. Sie sind der Einzige, der die Zusammenhänge kennt. Und wir brauchen schnelle Ergebnisse.«

»Ich weiß. Ich halte mich ran.«

»Wenn Sie auf etwas stoßen, das Sie für wichtig halten, dann geben Sie mir Bescheid.« Sie deutete auf das Telefon an der Wand. »Meine Durchwahl haben Sie?«

»Ja.«

»Gut. Dann lasse ich Sie jetzt arbeiten. Viel Glück!« Damit verschwand auch Anne Vareel aus dem Zimmer.

Jetzt war Jonas allein mit dem Tagebuch der Mumien.

Nachdem er sich die Laborhandschuhe übergestreift hatte, zog er das schwere Buch zu sich heran. Bevor er es öffnete, hielt er inne und ließ noch einen kleinen Augenblick verstreichen. Das hier war einer der größten Momente seiner bisherigen Berufslaufbahn. Deswegen hatte er Geschichte studiert. Weil er hin und wieder ein Tor in die Vergangenheit aufstoßen konnte.

Er schlug den Buchdeckel zurück. Die erste Seite kannte er. Es war das Deckblatt, das er bereits in der Turmstube der Gießerei gesehen hatte. Das Blatt mit dem Symbol der Glocke und der Schlange.

Zügig tippte er den Namen der Bruderschaft und die Jahreszahl in das Computerformular. 1664 – damals hatten die Eintragungen begonnen.

Er schlug die nächste Doppelseite auf. Ab jetzt waren die Blätter eng beschrieben. Dieser Text hatte nichts Verspieltes mehr. Die Schrift lief streng und gleichmäßig über das Papier, als wäre hier jemand seiner heiligen Pflicht nachgekommen.

Tatsächlich setzten die Aufzeichnungen im Dezember ein, zwei Monate nachdem die Mainzer Truppen die Stadt erobert hatten. In knapper, sachlicher Schilderung las Jonas die Chronologie der Ereignisse, und während er Zeile für Zeile in den Computer übertrug, entstand in seinem Kopf ein Bild dessen, was damals geschehen war.

Es hatte ganz harmlos begonnen. Eine Gruppe von einflussreichen Erfurter Bürgern fand sich zusammen, um in Vertraulichkeit zu diskutieren, wie man die neuen Herren der Stadt am schnellsten wieder loswerden könnte. Der Ratsherr Veit Hutter hatte die Initiative ergriffen und stand dem Kreise vor. Noch hoffte man auf Verhandlungen oder einen großzügigen Freikauf. Aber die Mainzer richteten sich fest ein, begannen, die Zitadelle auszubauen, und etablierten ihren Verwaltungsapparat. Als abzusehen war, dass sie freiwillig nie mehr abziehen würden, reifte in den Männern die Idee zu einem gewaltsamen Befreiungsschlag.

Der erste Schritt dazu war die Perfektionierung ihrer Vorsichtsmaßnahmen, denn was sie vorhatten, war Hochverrat, und wenn von Schönborns Spitzel Wind davon bekämen, würden sie allesamt auf dem Schafott enden. Also schworen sie sich gegenseitig Treue und Verschwiegenheit und trafen sich von nun an nur noch im Verborgenen.

Über sein Haus am Fischersand hatte Veit Hutter seit Langem Zugang zu einer alten Höhle aus heidnischer Zeit. Das Geheimnis von dem unterirdischen Gang im Domberg, den seine Vorfahren beim Bau des Hauses einst zufällig entdeckt hatten, war in seiner Familie von Generation zu Generation weitergegeben worden. Nun erhielt die Höhle zum ersten Mal eine Funktion, indem sie zum geheimen Treffpunkt der Unzufriedenen avancierte.

Mit jeder Zusammenkunft wurden ihre Bande stärker und ihr Hass auf die neue Obrigkeit größer. Wegen ihres düsteren Treffpunkts nannten sie sich von nun an »Die Gemeinschaft im Schatten«, und statt mit ihren Namen sprachen sie sich mit den lateinischen Bezeichnungen der Monate an, denn inzwischen war ihr Kreis auf zwölf Personen angewachsen.

Die entscheidende Wende hatte der letzte Mann gebracht, der zu ihrer Gruppe gestoßen war. Nikolaus Corvus. Ein technisches Genie mit einer düsteren Aura, den Hutter zufällig kennengelernt hatte. Corvus behauptete, seit Jahren an einer Technologie zu arbeiten, mit deren Hilfe er die Töne von Glocken verändern könne. Und zwar so, dass sie die Menschen, die sie vernahmen, in reißende Bestien verwandelten.

Natürlich nahmen die Männer Corvus dieses Bekenntnis nicht ab, sondern hielten es für pure Prahlerei. Und doch erregte sie der Gedanke an eine solch mächtige Waffe. Wenn Gott ihnen tatsächlich dieses Werkzeug in die Hand geben würde, könnten sie damit jeden vernichten. Sogar den verhassten Erzbischof höchstselbst.

Also machten sie Corvus ein Angebot. Er sollte ihnen einen Beweis seiner Fähigkeiten liefern, wofür sie ihn reich entlohnen würden. Corvus verlangte eine stattliche Menge Geld, doch das sorgte sie nicht, denn davon hatten sie genug. Also schlugen beide Parteien ein, und Corvus machte sich ans Werk. Auf einem entlegenen Hof vor den Toren der Stadt goss er einen geheimnisvollen Apparat, den er »das Artefakt« nannte und der nach seinem Bekunden tatsächlich Glockentöne in Klänge des Todes verwandeln konnte. Bald stand allein die Probe seiner Wirkung noch aus.

Zur Tarnung seiner Umtriebe hatte ihn Veit Hutter, der als Ratsherr noch immer sehr geachtet war, zum botanischen Berater der Stadt berufen, was sowohl Corvus' regelmäßige Besuche in Erfurt als auch seine Reisen durch das Land hinreichend rechtfertigte und in den Mantel der Harmlosigkeit kleidete.

Dann hatte sich der düstere Botanikus ans Werk gemacht, die im Verborgenen erschaffene Waffe einzusetzen.

Beklommen las Jonas den Bericht, den Corvus wenig später seinen Mitverschwörern von dem Massaker in einer kleinen Kirche lieferte. Stattgefunden hatte es während der Sonntagsmesse am 6. August des Jahres 1665. In einem Weiler namens Gangloffsömmern.

Als die Verschworenen drei Tage nach dem großen Schlachten Corvus' stolze Schilderung vernahmen, verspürten sie zunächst Entsetzen. Doch als diese Reaktion nachließ, erfüllte sie die Euphorie der Macht. Mit der Erfindung von Nikolaus Corvus hielten sie plötzlich die ultimative Waffe in ihren Händen, um den Erzbischof zu vernichten. Ihr großes Ziel war in greifbare Nähe gerückt. Und die Gloriosa erwählten sie zu ihrem Werkzeug.

An diesem Tag gaben sie sich ihr verstörendes Symbol – die Schlange, die aus der Glocke kriecht. Seither hatte es ihre Roben geschmückt und ihre Gedanken bestimmt.

Als er das Tagebuch bis zu dieser Stelle gelesen hatte, sank Jonas erschöpft gegen die Lehne seines Laborstuhls.

Er dachte an seinen und Fenjas Besuch in der Gemeinde Gangloffsömmern zurück. An ihr Gespräch mit dem freundlichen alten Pfarrer Farber. An die zweitürmige Kirche, die sie an den Erfurter Dom erinnert hatte. Und an den armen Glöckner Valentin Radthauser, der 1665 auf dem Scheiterhaufen gestorben war.

Es stimmte also tatsächlich. Nichts von alledem hatte mit Hexerei zu tun gehabt. Das Massaker war ein eiskalter Testlauf gewesen. Die technische Probe eines Genies ohne Herz.

Jonas wählte die vierstellige Durchwahl, und die Kommissarin meldete sich sofort.

»Vareel.«

»Hier ist Jonas Wiesenburg. Können Sie herkommen?«

»Haben Sie etwas gefunden?«

»Ja.«

Einen Moment war es still in der Leitung. Dann fragte Vareel: »Ist es das, was ich denke?«

»Ich befürchte, ja.«

»Wir jagen also kein Hirngespinst mehr?«

»Nein.« Jonas hatte plötzlich einen trockenen Mund. »Die Schallwaffe existiert.«

Es dauerte genau sechs Minuten, bis Anne Vareel in dem kleinen Laborraum stand. Jonas wusste, wo im Gebäude ihr Büro lag. Sie musste nach seinem Anruf sofort aufgebrochen sein. Und der Schweiß auf ihrer Stirn verriet, dass sie nicht geschlendert war.

»Wie weit sind Sie gekommen?«, fragte die Kommissarin und schielte nach dem aufgeschlagenen Buch.

»Bis zur Hälfte. Ungefähr.«

»Und Sie haben einen Beleg für die Schallwaffe gefunden?«

»Ja. Den Testlauf. Er hat bewiesen, dass die Sache funktioniert.«

Jonas fasste für Vareel die Vorgeschichte kurz zusammen, bevor er ihr ausführlicher von der Probe des Artefakts in der Dorfkirche von Gangloffsömmern berichtete.

»Also war es wirklich so, wie Sie nach den Schilderungen in der Kirchenchronik vermutet hatten«, stellte die Kommissarin fest, als er zum Ende gekommen war.

»Ja. Corvus hatte das Ding, das er ›das Artefakt‹ nannte, schon Tage vor der Sonntagsmesse im Zwischengeschoss unter der Glockenstube platziert. Dort war es niemandem aufgefallen, und zum Gottesdienst produzierte es dann die Schallwellen, die die Menschen in Panik versetzten. Nach dem Massaker überzeugte sich Corvus persönlich von der Wirkung, wobei ihn der verwirrte Glöckner gesehen haben muss. Kein Wunder, dass der den Mann für den Teufel hielt. Corvus hat sein Artefakt wieder mitgenommen und der Bruderschaft Bericht erstattet.«

»Haben Sie eine Beschreibung gefunden, wie das Artefakt genau aussah? Wie es aufgebaut war?«

»Nein, bisher noch nicht. Corvus hat wohl damals schon ein ziemliches Geheimnis darum gemacht.« Jonas hob bedauernd die Schultern. »Ist ja klar. Das war sein Kapital. Er wollte sein

Wissen der Bruderschaft schließlich noch ein zweites Mal verkaufen. Für den Anschlag durch die Gloriosa.«

»Was wissen wir bisher über das Artefakt?«

»Das erste war ein Bronzekörper. Nikolaus Corvus hat ihn auf seinem abgelegenen Gehöft gegossen. Er funktionierte nur zusammen mit einer Glocke und musste genau auf ihren Klang abgestimmt sein. Das hat Corvus der Gruppe bei seinem ersten Bericht erklärt und gleich das Geld für den nächsten Guss verlangt.«

»Für das Artefakt für die Gloriosa.«

»Ja. Eine ungleich größere Herausforderung. Den Anschlag in Gangloffsömmern hat er vermutlich nicht nur durchgeführt, um die Bruderschaft von seiner Erfindung zu überzeugen. Er brauchte wirklich einen Test, um seine Berechnungen zu perfektionieren. Für den großen Schlag.«

Für einige Augenblicke herrschte Schweigen im Raum. Jonas und die Kommissarin hingen ihren eigenen Gedanken nach.

Obwohl das Tagebuch erst zur Hälfte gelesen war, standen jetzt zwei Dinge unverrückbar fest: Die Verschwörung hatte es wirklich gegeben. Und die Glockenwaffe auch. Jetzt mussten sie herausbekommen, ob sie in der Gegenwart noch einmal zum Einsatz kommen sollte beziehungsweise ob die Gefahr nach Tanns Tod noch bestand.

»Jonas, wo wir gerade von einem Test gesprochen haben …«, begann Anne Vareel nach einiger Zeit wieder. »Bei unserer ersten Zusammenkunft oben im Versammlungsraum hatten Sie angedeutet, dass die wilde Raserei von Enrico Chevalier bei seiner Ehrenbürgerfeier im Rathaus auch mit einer manipulierten Glocke zu tun haben könnte.«

»Das war nur eine spontane Eingebung. Weil er sich so ähnlich verhalten hat wie die Leute in Gangloffsömmern, ohne dass es eine Erklärung dafür gab. Und weil Sie gesagt haben, er sei vorher aus einer Kirche gekommen, während die Glocke geläutet hat.«

»Die Hospitalkirche hinter dem Juri-Gagarin-Ring.«

»Genau. Deren Glocke eigentlich gar nicht hätte läuten dürfen, weil die Kirche seit zwei Jahren saniert wird.« Jonas sah die Kommissarin an. »Glauben Sie, die Sache mit Chevalier war tatsächlich die Generalprobe für einen größeren Anschlag? Auf den Papst?«

»Das müssen wir jetzt prüfen. Inzwischen haben die Kollegen nämlich etwas herausgefunden: Es gibt auch eine Verbindung zwischen Jan-Hendrik Tann und der Hospitalkirche.« Als Vareel Jonas' erstaunten Blick sah, erklärte sie: »Tanns Firma ist mit der Sanierung beauftragt worden.«

»Und in der Gießerei haben wir einen Zeitungsartikel gefunden, in dem Chevaliers Ehrenbürgerverleihung angekündigt wird«, ergänzte Jonas. »Das heißt, wenn Tann wirklich an die alten Pläne zum Bau der Klangwaffe gekommen ist – dann könnte er sie in der Kirche an ihm ausprobiert haben.«

»Und wenn das wirklich so ist, dann hat es zu hundert Prozent funktioniert.«

Jonas schluckte. »Chevalier war nur eine einzelne Person. Nicht auszudenken, was passiert, wenn Hunderte Leute so durchdrehen!«

»Und die Hälfte davon schwer bewaffnet.« Auf dem Gesicht von Anne Vareel erschien ein fatalistischer Ausdruck. »Beim Festgottesdienst mit dem Papst wimmelt es von Sicherheitspersonal.«

»Das wäre nicht gut.«

»Nein, das wäre gar nicht gut.«

»Ist schon echt der Hammer, die ganze Sache.« Erschöpft stieß Jonas Luft aus.

»Das kann man so sagen.« Anne Vareel nickte gedankenverloren. »Ich geh dann mal telefonieren. Kommen Sie? Ich nehme Sie mit raus.«

»Ich denke, ich lese lieber weiter.« Jonas stutzte, als er die skeptische Miene der Kommissarin bemerkte.

»Haben Sie mal auf die Uhr gesehen?«, fragte sie.

Hatte er nicht. Er warf einen Blick auf das Display seines Smartphones. Und konnte es nicht glauben. Zwanzig Uhr dreiundzwanzig. »So spät ist es schon?« Die konzentrierte Lektüre hatte ihn in einem chronografischen Vakuum eingeschlossen, und der Raum, in dem er saß, besaß keinerlei Fenster. Erfurt lag schon seit Stunden im Dunkeln, und er hatte nichts davon bemerkt. »Gut«, gab er klein bei, denn plötzlich überwältigte ihn eine bleierne Müdigkeit. »Wann kann ich morgen weitermachen?«

»Ist sieben Uhr ein Vorschlag?«

43

Diesmal war es Kommissar Kempfer, der Jonas durch das Labyrinth aus Fluren in den Labortrakt begleitete. Die Uhr zeigte wenige Minuten vor sieben Uhr morgens. Anne Vareel saß bereits in einer Beratung fest und hatte sich entschuldigen lassen.

Kempfer trottete wortkarg neben ihm her; er schien kein begeisterter Frühaufsteher zu sein, und im kalten Neonlicht wirkte seine Gesichtshaut fahl und schlaff.

Wahrscheinlich sehe ich auch nicht besser aus, dachte Jonas. Als er gestern Abend nach Hause gekommen war, hatte ihn die Erschöpfung, die ihm seine Aufgabe abforderte, mit voller Wucht getroffen. Trotzdem hatte er Fenja nicht enttäuschen wollen, die vor Neugier fast geplatzt war, sodass die beiden noch Stunden in ihrem Arbeitszimmer verbracht hatten, um die neuesten Entwicklungen zu diskutieren.

Obwohl sie die Existenz einer Schallwaffe ziemlich beängstigend fanden, waren sie auch ein wenig stolz auf sich gewesen. Aus kleinsten Puzzleteilchen hatten sie in den letzten Wochen Stück für Stück zusammengesetzt, was das Tagebuch ihnen nun bestätigte.

Jetzt, auf dem Weg ins Labor, wich Jonas' Müdigkeit mit jedem Schritt einer kribbelnden Neugier. Die Berichte in den Annalen der Verschwörer näherten sich dem Finale. Dem versuchten Anschlag auf den Erzbischof. Jonas konnte es kaum erwarten, das Buch wieder aufzuschlagen.

Sie bogen in den bekannten Flur ein, und Kempfer klopfte an die Labortür. Fast umgehend wurde sie geöffnet, und eine strahlende Caroline Jülich stand vor ihnen.

»Guten Morgen allerseits«, begrüßte sie die beiden, und das mit einer Frische, die zu dieser frühen Stunde befremdlich wirkte.

Zumindest auf Daniel Kempfer, der nur ein brummeliges »Moin« herauspresste, gefolgt von einem müden »Sie kommen zurecht?«. Er machte auf dem Absatz kehrt und verlor sich in den Fluren.

»Hallo«, sagte Jonas jetzt. »Ich würde dann mal wieder.«

»Immer hereinspaziert. Ich habe Ihnen das Buch schon rübergelegt«, erwiderte die Laborantin fröhlich. »Sie kennen sich ja jetzt aus.«

Jonas betrat den Raum. Alles war vorbereitet. Das Tagebuch wartete auf der Arbeitsfläche, und auch der Computer war schon hochgefahren.

Er zog sich ein frisches Paar Handschuhe über, setzte sich und blätterte im Buch nach vorn. Bis zu der Seite, mit der er gestern aufgehört hatte. Er beugte sich über den Folianten und las weiter.

Die Verschwörer hatten einen langen Atem gebraucht. Nach dem erfolgreichen Test der Glockenwaffe war Nikolaus Corvus heimlich auf die Türme des Mariendomes gestiegen, um die Gloriosa zu vermessen. Dann zog er sich auf seinen abgelegenen Hof zurück, um Berechnungen anzustellen und an der Gussform des neuen Artefakts zu arbeiten. Kupfer und Zinn besorgten ihm die Mitglieder der Bruderschaft, unter denen sich zahlreiche Kaufleute befanden, die Zugang zu den Metallmärkten hatten. Schließlich hatte er alles zusammen, was er brauchte.

Anfang Mai 1666 meldete Corvus der Runde den erfolgreichen Guss. Danach versah er das Artefakt mit einem Gestell und üppigem Schmuckwerk, denn sie hatten geplant, es als Weihwasserbecken zu tarnen. So konnten sie es dem Erzbischof als Geschenk unterschieben, würde er einst den Dom besuchen.

Es begann eine Zeit des Wartens. Jonas konnte sich vorstellen, wie die Verschwörer die Visite des verhassten Mainzer Regenten in ihrer Stadt herbeigesehnt hatten. Aber erst zu Beginn des Jahres 1667 tat er ihnen den Gefallen. Am 6. März zog Johann Philipp von Schönborn mit seinem Gefolge in Erfurt ein und nahm in der Stadtfestung auf dem Petersberg Quartier. Für den 10. März war eine Festmesse im Dom geplant, bei der die Ratsherren ihr Treueversprechen erneuern sollten. Die Männer der

Bruderschaft wurden von Euphorie erfüllt. Es war die perfekte Gelegenheit für den Anschlag.

Einen Tag vor dem Gottesdienst holten sie das Weihwasserbecken in die Stadt. Dann kam der Tag der Entscheidung.

Mit fiebriger Anspannung las Jonas den Bericht über die Ereignisse bei der Festmesse, der sich nun Zeile für Zeile in gleichmäßiger Kurrentschrift vor ihm ausbreitete. Der Großteil der Verschwörer hatte schon seit dem Morgen in der sicheren Grotte gewartet, während sich Veit Hutter, Egidius Withauer und Nikolaus Corvus im Dom befanden. Sie mussten sichergehen, dass ihr heimtückisches Instrument auch an der richtigen Stelle bereitstand. Zunächst war alles nach Plan gelaufen. Hutter, offensichtlich der Verfasser der Tagebucheinträge, erzählte von dem demütigenden Akt der Unterwerfung. Von seinem Frohlocken über das bevorstehende Attentat und von dem aufwühlenden Voranschreiten der Messe. Dann beschrieb er den Moment, an dem sie aus der Kirche verschwinden und sich in Sicherheit hätten bringen sollen, bevor die Gloriosa geläutet werden und das Artefakt sein mörderisches Werk beginnen würde. Genau in dieser Sekunde hatte Egidius Withauer in der Menge der Gläubigen seine schwangere Frau erblickt – und ohne zu zögern ihren Plan verraten.

Jonas sah von dem Tagebuch auf. Jetzt wusste er, warum Withauer gerufen hatte, man solle die Glocke nicht läuten. Es war schon komisch. Da hatten die Verschwörer zweieinhalb Jahre lang ihren Anschlag vorbereitet, ausgestattet mit einer Technologie satanischer Qualität, und am Ende waren sie an dem einen kleinen zweifelnden Mann gescheitert, dem seine Frau und sein ungeborenes Kind wichtiger waren als das ganze Komplott.

Jonas war hochkonzentriert. Jetzt wollte er wissen, auf welche Weise die Geschichte zu Ende ging. Er las, wie es Veit Hutter und Nikolaus Corvus geschafft hatten, den Dom durch eine kleine Seitenpforte zu verlassen. In Gedanken verfolgte er ihre Flucht durch die Nebengebäude, über dunkle Treppen und schließlich durch Erfurts Gassen. Er malte sich das Entsetzen der beiden aus, als sie begriffen, dass ihr Vorhaben gescheitert war.

Hutter und Corvus waren auf den Fischersand und von dort aus sicher in Hutters Haus gelangt. Sie schlüpften durch die Geheimtür und durchquerten den unterirdischen Gang, der in die Grotte führte. Dorthin, wo der Rest der Verschwörer bereits ungeduldig wartete.

Jonas war neugierig, wie die anderen Männer auf das Misslingen ihres Planes reagiert hatten und was dann geschehen war. Doch als er die nächste Seite aufschlug, verharrte er in ungläubigem Erstaunen.

Es folgte nichts mehr. Kein einziges Wort.

Der Bericht brach unvermittelt ab.

Es gab keine weiteren Seiten, obwohl man deutlich erkennen konnte, dass das nicht immer so gewesen war.

Jemand hatte die letzten Blätter entfernt.

Zuerst konnte es Jonas nicht glauben. Dann stand er auf, ging in das große Labor nebenan und suchte nach Caroline Jülich. Er fand die Labortechnikerin an ihrem Schreibtisch.

Sie blickte auf und sah in Jonas' konsterniertes Gesicht. »Etwas nicht in Ordnung?«, fragte sie besorgt.

»Das Tagebuch. Es fehlen Blätter.«

Jülich nickte. »Ja, ich weiß. Fünf Seiten. Steht alles im Bericht.« Sie lächelte verlegen.

»Den kenne ich nicht. Auf die Fallakten habe ich keinen Zugriff.«

»Sorry. Das wusste ich nicht.« Die Labortechnikerin zuckte mit den Schultern. »Wir haben das untersucht. Die Seiten wurden sauber herausgetrennt, wahrscheinlich mit einem Skalpell oder einer Rasierklinge. Vermutlich erst vor Kurzem.«

»Oh. Sind sie gefunden worden?«

»Nein, soviel ich weiß. Aber das müssen Sie Kommissarin Vareel fragen. Auf meinem Tisch ist jedenfalls nichts gelandet.«

»Hm. Danke.« Jonas griff nach dem Wandtelefon. »Ich bin durch«, sagte er nur, als sich Anne Vareel meldete.

»Gut. Ich komme gleich zu Ihnen.«

»In Ordnung.«

Es dauerte nicht lange, und die Kommissarin traf Jonas an seinem Arbeitsplatz. Als sie seine verdrießliche Miene sah, riet sie: »Die fehlenden fünf Seiten?«

»Sie wussten davon?«

»Ja. Aber ich wollte Sie erst mal lesen lassen.« Sie lächelte Jonas entschuldigend zu. »Unvoreingenommen.«

»Habe ich gemacht. Trotzdem schade, dass der letzte Akt nicht da ist.«

»Ganz meine Meinung. Wie weit reichen die Aufzeichnungen?«

»Bis zum Attentat. Beziehungsweise seinem Scheitern.«

»Immerhin. Dann schießen Sie mal los.«

Die nächsten zwanzig Minuten verbrachte Jonas damit, der Kommissarin eine Zusammenfassung der Ereignisse zu geben. Von dem knappen Jahr zwischen dem Guss des neuen Artefakts und dem Verrat Withauers.

Anne Vareel hörte aufmerksam zu. Als er fertig war, resümierte sie: »Also gab es damals insgesamt zwei Artefakte. Eins für den Test und eins für den eigentlichen Anschlag. Zwei Güsse. Zweimal Bronze, jeweils passend zu einer Glocke.«

»Soweit wir wissen, ja.«

»Haben Sie etwas Neues herausgefunden? Ich meine, über den Aufbau?«

»Das zweite Artefakt war deutlich größer. Im Kern scheint es sich um eine Art Resonanzschale gehandelt zu haben. Ein gewölbtes Becken. Rund. Das verzierte Gestell ringsherum war nur Tarnung, um den Bischof keinen Verdacht schöpfen zu lassen.«

»Corvus hat es allein gegossen? Ohne Hilfe?«

»Ja. Nur für den Transport benötigte er ein paar Männer. Nachdem er alles zusammenmontiert hatte.«

»Also war er auch der Einzige, der die Konstruktionspläne besaß? Die Berechnungen oder was auch immer man dafür brauchte?«

»Ja. Im Tagebuch ist die genaue Technologie bisher nicht beschrieben, aber es gibt einen Hinweis, dass Corvus die Formeln am Tage des Anschlags bei sich trug. Auf seinem Hof hatte er nichts Verräterisches zurückgelassen. Für den Fall, dass etwas schiefging.«

»Was dann ja auch geschah.«

»Genau.« Jonas sah auf das Buch, das aufgeschlagen auf der Arbeitsplatte lag. »Das könnte der Grund dafür sein, warum die letzten Seiten fehlen. Sie enthielten die Formeln für den Guss der Glockenwaffe – oder einen Hinweis, wo sie zu finden sind.«

»Das heißt, wer das Tagebuch hatte, besaß auch die Technologie. Das Geheimnis von Nikolaus Corvus.«

»Jan-Hendrik Tann.«

»Wenn er das Artefakt wirklich nachgegossen hat, dann waren diese Formeln sein größtes Kapital. Er benötigte sie für die Berechnung seiner Form.« Anne Vareel sah nachdenklich zu Jonas. »Aber bleiben wir noch einmal kurz bei der Vergangenheit. Was ist eigentlich mit den Teilen von damals passiert? Denen, die Nikolaus Corvus gegossen hat.«

»Darüber habe ich auch schon nachgedacht«, bemerkte Jonas. »Das erste Artefakt wurde zerstört. Gewissermaßen sogar doppelt. Im Tagebuch steht, dass Corvus vor dem Anschlag alles beseitigt hat, was sich noch auf seinem Hof befand. Die restlichen Unterlagen und auch das Artefakt von Gangloffsömmern.«

»Und wieso doppelt zerstört?«, fragte Anne Vareel.

»Nach dem Vorfall im Dom setzte eine bewaffnete Patrouille Corvus' Gehöft in Brand. Er war auf der Flucht. Man wollte ihm keinen Rückzugsort lassen. Hätte es dort noch etwas gegeben, wäre es spätestens dann vernichtet worden.«

»Woher wissen Sie davon?«

»Aus der Ermittlungsakte der Mainzer Criminal-Kommission. Ich habe sie im Archiv in Wernigerode gelesen.«

»Und das große Artefakt? Das Pendant zur Gloriosa? Was wurde daraus?«

»In derselben Akte gibt es einen Bericht, in dem es heißt,

dass nach dem Aufruhr im Dom ein Weihwasserbecken entfernt wurde, das ein Geschenk des Erfurter Rates war. Auf Geheiß des Erzbischofs persönlich.«

»Die Glockenwaffe!«

»Ja. Aber das wissen wir erst jetzt. Damals ist der Fall nicht aufgeklärt worden. Das Becken wurde sogar untersucht und für unverdächtig erklärt.«

»Hat man es auch vernichtet?«

»Nein. Nur entfernt. Weil es von Schönborn an die schmachvolle Störung seiner Festmesse erinnerte. Aber zum Wegschmeißen war es ihm zu schade. Laut Akte hat er es nach Mainz in seine Schatzkammern bringen lassen.«

Die Kommissarin hielt verblüfft die Luft an. »Kann es etwa sein, dass das Ding dort noch immer herumsteht?«

Jonas ärgerte sich, dass er nicht selbst darauf gekommen war. Er dachte nach. »Meines Wissens gibt es in Mainz ein Dommuseum, in dem der Kirchenschatz aufbewahrt wird. Wenn das Becken noch existiert, dann dort.«

»Einen Moment.« Anne Vareel griff zum Telefon und beauftragte Kempfer, der Sache sofort nachzugehen. »Mein Kollege ist dran«, sagte sie, als sie den Hörer des Wandtelefons zurückgehängt hatte.

Es klopfte, und Caroline Jülich erschien im Raum. Sie sah erst zum Tagebuch und dann zu Jonas. »Brauchen Sie das Buch noch? Sonst würde ich jetzt damit weitermachen.«

»Nein, ich bin durch«, antwortete Jonas. Er deutete auf den Computerbildschirm. »Die Klarschrift der Texte ist auch fertig.«

»Super. Danke!« Sie nickte Jonas lächelnd zu, dann verstaute sie den Folianten vorsichtig in der Box und verschwand damit aus dem Raum.

»Was passiert jetzt damit?«, fragte Jonas die Kommissarin. Er bedauerte es, dass ihm die historische Kostbarkeit schon wieder aus den Händen gerissen worden war.

»Wir machen noch ein paar Tests und digitalisieren dann die Seiten. Ich befürchte, wir können das Original nicht mehr lange hierbehalten. Gewisse Dienststellen rennen uns schon die Bude ein.«

»Gewisse Dienststellen?«

»Wenn so eine Waffe existiert, dann weckt das auch das Interesse anderer Behörden. Nicht nur das von unserem kleinen LKA. Mehr kann ich dazu nicht sagen.« In dem Grinsen der Kommissarin lag ein schicksalsergebener Zug.

Einen Moment lang schwiegen sie vor sich hin.

Schließlich beendete Jonas die Stille. »Und Sie glauben wirklich, Jan-Hendrik Tann wollte den Geist noch einmal aus der Flasche lassen?«

»Es ist eine Möglichkeit, der wir im Moment sehr intensiv nachgehen, ja. Alles andere wäre fahrlässig. Die Indizien sind ziemlich klar.«

»Kann er das überhaupt allein geschafft haben?«

»Allein oder mit Helfern, möglich ist beides. Das klären wir gerade ab. Wir stehen in Kontakt mit Sachverständigen für verschiedene Gießverfahren. Sie meinen, dass es zumindest zeitlich hinkommen kann.«

»Das heißt?«

»Der Aufbau der Form dauert ein paar Wochen, sollte Tann dafür das klassische Verfahren verwendet haben. In der alten Fabrik wäre das problemlos möglich gewesen. Dort war er ungestört. Zudem hatte er die notwendigen Räume ziemlich stark gesichert für den Fall, dass doch mal ein Zaungast vorbeigekommen wäre. Nicht nur mit dem Schloss im Turmzimmer, das Sie entdeckt haben. Auch für die Halle gab es entsprechende Kettenschlösser. Wir haben einige davon gefunden.«

»Und der Guss selbst? Der Rauch vom Ofen? Ist das niemandem aufgefallen?«

»Das haben wir ausgerechnet. Im Herbst könnte die Nacht gerade lang genug gewesen sein, um einen kompletten Guss im Dunkeln hinzukriegen. Zwischen Dämmerung und Sonnenaufgang. Das hängt natürlich von vielen Faktoren ab. Nicht nur vom genauen Datum, sondern auch von der Größe und der Menge Metall, die Tann dafür einschmelzen musste.«

Jonas erinnerte sich, was er über den Guss der riesigen Gloriosa nachgelesen hatte. Der Überlieferung zufolge war der Gussofen um vierzehn Uhr angefeuert worden. Nach acht Stunden war die Bronze flüssig gewesen, und um ein Uhr nachts hatte Meister Wou den Guss begonnen. Die Dauer dieses Vorgangs für das wesentlich kleinere Artefakt war sicher geringer.

»Dann gibt es keine Zeugen, die etwas vom Gießen mitbekommen haben? Spaziergänger, Pilzsammler ...?«, fragte er.

»Leider nicht. Aber auch da sind wir dran. Die Ermittlungen stehen erst am Anfang.«

»Also nichts darüber, wann er gegossen hat?«

»Nein. Vieles hatte er auch schon weggeräumt. Er war bei der Endreinigung, als ihn der Kranausleger getroffen hat.«

»Und das, was er gegossen hat? Wo ist das geblieben?«

»Das ist im Moment unsere Hauptsorge. Auf der alten Zufahrt zur Gießhalle haben wir Autospuren entdeckt. Von einem Transporter. Ein paar Wochen alt, sagen unsere Techniker. In keinem guten Zustand, aber sie sind da.«

»Das heißt, wenn es ein neues Artefakt gibt, dann ist es irgendwo versteckt.« Jonas zog eine Augenbraue hoch. »Oder es gibt sogar zwei. Falls die Sache mit Chevalier ein Testlauf war.«

»So sieht's aus. Tann hatte tausend Möglichkeiten, irgendwo etwas unterzustellen. Im Moment grasen wir alle Baustellen ab, an denen seine Firma beteiligt ist, und durchleuchten alle Leute, mit denen er Kontakt hatte. Falls es doch noch Komplizen gibt. Aber bisher ohne Erfolg.«

Das Telefon an der Wand klingelte. Anne Vareel nahm den Anruf entgegen. Sie sagte kaum etwas, hörte nur zu. Dann legte sie mit einem kurzen »Danke, Kempfer« auf.

»Das Gloriosa-Artefakt existiert nicht mehr«, erklärte sie, als sie Jonas' fragenden Blick sah. »Kempfer hat mit dem Direktor vom Mainzer Diözesanmuseum gesprochen. Der historische Domschatz ist bis auf wenige Stücke in den Wirren der Zeiten verloren gegangen. Heute zeigt das Museum fast nur Leihgaben von anderen Bistumseinrichtungen und einige Funde aus Bischofsgräbern. Ein Weihwasserbecken ist nicht im Bestand, und es gibt auch keine Aufzeichnungen darüber. Pech. Beziehungsweise Glück. Wie man's nimmt.«

»Dann bleibt uns die Suche nach Tanns Guss.«

»Ja. Nach der Nadel im Heuhaufen. Und in achtzehn Tagen kommt der Papst.«

»Puh.« Jonas stöhnte auf. »Ich möchte nicht mit Ihnen tauschen.«

»Nein, beneiden brauchen Sie mich nicht.« Die Kommissarin lächelte. »Aber Sie haben einen erstklassigen Job gemacht!«

»Ich hoffe, ich war Ihnen eine Hilfe. Denn im Moment weiß ich nicht, was ich noch tun könnte.«

»Nichts, Jonas. Ruhen Sie sich aus. Alles andere liegt jetzt bei uns.«

44

Eine gute Woche war vergangen, seit Jonas im Labor des LKA das alte Buch der Verschwörer gelesen hatte. Jetzt saß er zusammen mit Fenja im Landrover und war noch einmal auf dem Weg in die Glockengießerstadt Apolda.

Die heutige Fahrt hatte jedoch nichts mit ihrer Arbeit zu tun. Vielmehr handelte es sich um einen privaten Termin. Es war Donnerstag, der 15. November. Der Geburtstag von Gabriele Tann.

Fenja hatte darauf bestanden, die alte Frau in dem Seniorenheim zu besuchen. Zu sehr hatte sie der Gedanke geschmerzt, dass Tanns Mutter, die sich so auf den Besuch ihres Sohnes gefreut hatte, einsam und allein in ihrem Zimmer sitzen würde. Mit dem Wissen, dass ihr Sohn von nun an niemals wiederkam.

Auf der Rückbank des Geländewagens lagen ein großer Blumenstrauß und ein Blech mit Apfelkuchen, den Fenja gestern Abend noch gebacken hatte.

In den letzten Tagen war es in ihrem Arbeitszimmer auf der Krämerbrücke ruhig geworden. Jonas hatte noch ein paar Recherchen im Stadtarchiv angestellt, denn im Tagebuch waren auch die Klarnamen der Verschwörer aufgeführt gewesen, über die er gern noch etwas mehr hatte erfahren wollen. Sie deckten sich mit der Liste der verschwundenen Erfurter Kaufleute, die der Mainzer Ermittler Martinus Baumgartner seinerzeit zusammengestellt hatte. Doch die Männer hatten in den Annalen der Stadt keine nennenswerten Spuren hinterlassen.

Mit dem Fund des Tagebuchs waren die wichtigsten Fragen der Verschwörung von 1667 aufgeklärt. Das Wissen, das auf den letzten fünf Buchseiten niedergeschrieben war, hatte Tann vermutlich mit in den Tod genommen.

Gerade hatte Jonas noch einmal mit Anne Vareel telefoniert und ihr mitgeteilt, dass er seine Recherchen ohne weitere Erkenntnisse beendet hatte.

»Hat denn das LKA inzwischen Fortschritte gemacht?«, fragte Fenja nach dem Telefonat. Sie saß am Steuer und war dem Gespräch mit einem Ohr gefolgt.

»Nicht wirklich. Sie haben weder vermeintliche Komplizen gefunden noch das, was Tann gegossen hat. Obwohl sie ihre Soko sogar noch einmal aufgestockt haben.«

»Sie gehen immer noch davon aus, dass er einen Anschlag auf den Papst vorbereitet hat?«

»Sie halten es zumindest für möglich. Deswegen sind sie auch ziemlich nervös. Ihnen läuft die Zeit davon.«

»Und was machen sie jetzt? Der Papst kommt doch auf jeden Fall, oder?«

»Klar. Keine Ahnung. Sie haben den Dom schon zweimal auf den Kopf gestellt und alle Baufirmen abgeklopft, die dort noch arbeiten. Aber nichts. Sie kommen immer nur auf Tann zurück. Bei ihm laufen alle Fäden zusammen.« Jonas zuckte mit den Schultern. »Er war im Besitz des Tagebuchs. Er kannte das Geheimnis der Verschwörer. Er hat heimlich gegossen. Es gibt einen Link von ihm zur Hospitalkirche, zu Enrico Chevalier und zum Besuchsprogramm des Papstes. Außerdem hatte er ein Motiv – Hass auf die Welt, die sein Genie verkannt hat. Alles passt zusammen.«

»Das stimmt«, sinnierte Fenja. »Ist fast ein bisschen zu perfekt.«

Zwanzig Minuten später bogen sie auf den Parkplatz des Hellenius-Stiftes ein und stellten den Landrover an der gleichen Stelle ab wie bei ihrem letzten Besuch.

Beladen mit Kuchenblech und Blumenstrauß betraten sie das Foyer und meldeten sich am Empfangstresen an. Fünf Minuten später kam ihnen Schwester Anja entgegen, die junge Pflegerin, die sie schon zuvor begleitet hatte.

»Hallo, wieder mal da?«, begrüßte sie die beiden.

»Ja. Hallo. Wir würden gern noch einmal bei Frau Tann vorbeischauen. Sie hat doch heute Geburtstag.«

»Ja. Ein trauriger Geburtstag. Aber nett, dass Sie daran gedacht haben. Kommen Sie.« Sie ging voraus in Richtung Fahrstuhl.

»Wie hat sie es denn verkraftet?«, fragte Fenja, als sich die Kabine in Bewegung setzte. »Die Sache mit ihrem Sohn …«

»Gar nicht.« Die Pflegeschwester sah Fenja mit einem betrübten Gesicht an. »Frau Tann war vorher schon ein wenig durcheinander, aber jetzt ist sie vollkommen durch den Wind. Wenn Sie mich fragen – sie kommt überhaupt nicht damit klar.«

»Wie hat sie es erfahren?«

»Die Polizei war da. Erst die Beamten von der Wache und dann noch mal die Kripo aus Erfurt. Die haben sie fast eine Stunde lang ausgefragt. Wie ihr Sohn so war. Wie er aufgewachsen ist. Ob er auf irgendwen ärgerlich war. Sogar, was er vom Papst hält, wollten sie wissen. Frau Tann versteht die Welt nicht mehr. Seither weint sie oft.«

Die Fahrstuhltüren schoben sich zur Seite, und sie traten hinaus in den dritten Stock. Heute waren die Türen links und rechts des langen pastellfarbenen Gangs fast alle geschlossen.

»Meinen Sie, sie freut sich überhaupt, wenn wir sie besuchen?« Mit einem Mal war sich Fenja nicht mehr sicher, ob ihre Idee so toll war.

»Es ist gut, dass mal jemand kommt«, erwiderte die Schwester. »Sie verkriecht sich nur noch in ihrem Zimmer. Ich bin schon froh, dass wir sie heute wenigstens in den Gemeinschaftsraum holen konnten. Draußen gibt es niemanden mehr, und hier im Stift hat sie kaum Anschluss.«

Sie erreichten den Aufenthaltsraum, der nur spärlich besetzt war. Rechts schwiegen sich zwei alte Männer an, zwischen denen ein abgegriffenes Mühlebrett stand. Am Fenster saß eine Frau mit schlohweißen Haaren in einem Rollstuhl und sah in die Ferne. Und ganz hinten an der Wand entdeckten sie Gabriele Tann, die allein und eingesunken an einem Vierertisch kauerte und vor sich hin starrte. Auf diesen Tisch gingen sie nun zu.

»Hallo, Gabriele. Wie geht's dir denn?«, begann Schwester Anja. »Guck mal, ich hab dir jemanden mitgebracht, der dir zum Geburtstag gratulieren will.«

»Hallo«, sagten Jonas und Fenja wie aus einem Munde.

Gabriele Tann hob müde den Kopf. Ihre Augen waren gerötet, und ihr Blick schien durch sie hindurchzugehen. »Ach, die jungen Leute aus Erfurt, die Jan-Hendrik sprechen wollten«, sagte sie dann mit dünner Stimme. »Sie sind wieder umsonst gekommen. Mein Sohn ist tot.« Eine einzelne Träne rollte über ihre Wange.

»Ja, wir wissen es auch. Es tut uns leid«, brachte Fenja mühsam heraus. »Aber heute wollen wir zu Ihnen. Weil es doch Ihr Geburtstag ist.«

Die alte Frau nickte, als würde sie sich erst jetzt wieder daran erinnern.

»Wir haben Ihnen etwas mitgebracht.« Fenja hob den Blumenstrauß in die Höhe, während Jonas das Kuchenblech auf den Tisch stellte. »Ein paar Blumen. Und einen Kuchen. Ich hoffe, Sie mögen Apfelkuchen.«

Einen Moment herrschte Schweigen.

»Haben Sie vielen Dank«, wisperte Gabriele Tann dann. »Das ist sehr nett von Ihnen. Apfel ist mein Lieblingskuchen.« Sie sah auf das Blech, und es schien so, als würde es sie an längst vergangene Tage erinnern. Sorglosere Tage.

Schwester Anja stellte die Blumen in eine Vase und brachte Teller. Dann setzten sie sich zu Tanns Mutter und aßen zu viert still ihren Kuchen. Obwohl nicht gesprochen wurde, war die Situation nicht peinlich oder unangenehm. Es gab keine Worte, die der Frau ihren Schmerz nehmen konnten, und jede unbedachte Floskel hätte nur gestört. Aber dieser Moment der Gemeinsamkeit tat ihr gut, das konnten Jonas und Fenja spüren.

Nach zwanzig Minuten verabschiedete sich Gabriele Tann, und Schwester Anja stand auf, um sie zurück auf ihr Zimmer zu bringen. Bevor sie gingen, drehte sich die alte Frau noch einmal um.

»Danke, dass Sie an mich gedacht haben«, sagte sie leise. Dann schlurfte sie am Arm der Pflegerin über den Flur davon.

»Es gibt nichts, was sie trösten kann«, bemerkte Fenja, der die Begegnung sehr naheging.

»Nein. Es gibt nichts«, stimmte ihr Jonas zu. »Aber hier

kümmert man sich wenigstens um sie. Gut, dass sie jetzt nicht allein zu Hause sitzt. Ohne jemanden, der nach ihr sieht.«

»Schon, aber ihren Sohn bringt ihr das auch nicht zurück. Er hat sie wenigstens ab und zu besucht. Und – egal, ob es stimmte, was er ihr erzählt hat – sie hielt große Stücke auf ihn. Daran hat sie sich aufgerichtet.«

Sie schwiegen und sahen den langen Flur hinunter, wo Tanns Mutter gerade in ihrem Zimmer verschwand.

»Jan-Hendrik Tann? Das war ein Filou!«, hörten sie plötzlich eine energische Stimme in ihrem Rücken sagen.

Sie fuhren herum und erblickten vor sich die Frau im Rollstuhl, die zuvor am Fenster gesessen hatte. Sie war unbemerkt zu ihnen herübergerollt.

Die Frau mochte schon an die neunzig Jahre alt sein, hielt ihren Oberkörper jedoch in einer aufrechten, stolzen Position. Ihr faltiges Gesicht war dezent geschminkt, das weiße Haar sorgfältig frisiert. Ihre dunkelblaue Stehkragenbluse verlieh ihr eine aristokratische Note. Mit wachen Augen sah sie die beiden an. »Entschuldigen Sie, dass ich Sie anspreche, aber ich habe gesehen, dass Sie Frau Tann besucht haben.« Sie gab erst Fenja und dann Jonas die Hand. »Hannah Redchen«, stellte sie sich vor.

»Fenja Wolff und Jonas Wiesenburg«, gaben die beiden zaghaft zurück.

»Sie sind nicht von hier, nicht wahr?«, stellte ihre neue Gesprächspartnerin fest. »Sind Sie Freunde der Familie? Ich finde es sehr nett, dass Sie nach Gabriele Tann schauen. Die Frau macht eine schwere Zeit durch.«

»Ja, das macht sie«, antwortete Fenja, während sie vorsichtig in Richtung Fahrstuhl schielte. Nach der Begegnung mit Tanns Mutter war sie nicht in der Stimmung für einen Plausch mit einer gelangweilten Heimbewohnerin, die sich von den fremden Gesichtern etwas Abwechslung erhoffte.

Doch die Frau ließ sich nicht abschütteln. »Ich habe vorhin zufällig mitbekommen, dass Sie Jan-Hendrik sprechen wollten«, bemerkte sie. »Ich möchte nicht neugierig sein, aber was wollten Sie denn von ihm?« In ihren Augen blitzte es wissbegierig auf.

Die alte Dame muss hören wie ein Luchs, dachte Fenja. Als sie sich mit Gabriele Tann unterhalten hatten, war Hannah Redchen doch meilenweit von ihnen entfernt gewesen. Offenbar trainierte der Aufenthalt in solch einem Wohnheim bei neugierigen Mitbewohnern die entsprechenden Antennen.

»Wir sind nicht wirklich miteinander bekannt«, wimmelte Fenja ab. »Wir wollten Herrn Tann nur etwas über seinen alten Beruf fragen. Aber jetzt, wo er gestorben ist, hat sich die Sache erledigt.« Dann fügte sie hinzu: »Es war sehr nett, Sie kennenzulernen. Leider müssen wir jetzt gehen.«

Fenja trat einen Schritt zur Seite und zog Jonas mit sich. Da Schwester Anja verschwunden blieb, mussten sie sich selbst erlösen.

Die beiden hatten schon fast die Mitte des Raumes erreicht, da rief ihnen die Frau hinterher: »Er war mal Glockengießer, ich weiß. Geht es darum? Da können Sie auch mich fragen. Ich habe früher im Glockenguss gearbeitet.«

Jonas und Fenja hielten mitten in der Bewegung inne.

Hannah Redchen lächelte, als sie stolz hinzufügte. »Bei Schulth & Söhne. Ich habe das Büro geführt.«

Die beiden drehten sich um und kamen langsam zurück.

»Dann kannten Sie auch Jan-Hendrik Tann?«, fragte Fenja.

»Na klar. Was denken Sie denn? Er hat bei uns gelernt.«

Einige Minuten darauf saßen sie gemeinsam an einem Tisch, und ein schmächtiger Zivi, den Hannah Redchen mit dem Haustelefon herbeibeordert hatte, brachte ihnen Kaffee.

»Ein Gedicht, finden Sie nicht?«, stellte sie fest und sog den Duft genüsslich ein. »Ich stecke dem Jungen manchmal einen Euro zu. Dafür ist der Kaffee aber auch extrastark.« Sie zwinkerte verschwörerisch. Dann bekamen ihre Augen ein erwartungsvolles Leuchten. »Aber Sie sind nicht wegen dem Kaffee gekommen. Weshalb wollten Sie mit Jan-Hendrik sprechen?«

»Wir haben einige Dinge über den Erfurter Domberg recherchiert, und dabei ging es auch um das Gießen von Glocken.

Als wir erfahren haben, dass Herr Tann dieses Handwerk noch gelernt hat, wollten wir ihm ein paar Fragen stellen. Aber dafür ist es ja nun zu spät.« Jonas verschwieg, dass sie selbst den toten Jan-Hendrik Tann gefunden hatten.

»Er soll ein großes Talent gewesen sein, wie wir inzwischen gehört haben«, schaltete sich Fenja ein. »War das wirklich so?«

»Er hatte was drauf, der Junge. Das stimmt«, antwortete Hannah Redchen. »Mit seinem Gesellenstück hat er es sogar mehrmals in die Zeitung geschafft. Der Chef hat große Stücke auf ihn gehalten. Er hätte sein Nachfolger werden sollen.«

»Aber dann wurde die Firma 1991 aufgelöst.«

»So ist es. Das war eine schlimme Zeit damals. Mit der Wende blieben die Kunden aus. Ich war die Erste, die die Situation erkannte, ich war ja für die Bücher verantwortlich. Die Pleite war nicht mehr aufzuhalten. Am Ende hat der Chef die Notbremse gezogen.«

»Das muss eine schwere Entscheidung gewesen sein.«

»Wem sagen Sie das.« Ein wehmütiger Zug erschien auf Hannah Redchens Gesicht. »Julius Schulth war Glockengießer in der vierten Generation. Die Firma gab es seit 1872.«

»Und dann ist er in die Niederlande gegangen?«

»Sie wissen gut Bescheid.« Die Frau im Rollstuhl nickte anerkennend. »Das Angebot war ein Glück für den Chef. Sonst hätte er vor dem absoluten Nichts gestanden. Als wir zugemacht haben, da war er schon sechzig. In Holland konnte Julius seine Erfahrungen wenigstens noch nutzen.« Ein schwärmerischer Glanz lag in ihren Augen.

Aha, dachte Fenja. Julius. Hannah Redchen hatte ihren Chef offensichtlich ziemlich verehrt.

»Und Jan-Hendrik Tann?«, wollte Jonas wissen. »Wir haben gehört, dass es ein schwerer Schock für ihn gewesen sein soll, als Schulth weggegangen ist. Für ihn muss damals eine Welt zusammengebrochen sein.«

»Ein Schock?« Die alte Sekretärin lachte amüsiert auf. »Nein, das mit Sicherheit nicht. Im Gegenteil. Der Chef war enttäuscht, nicht Jan-Hendrik. Er wollte den Jungen gern mitnehmen. Das hatte er extra mit den Holländern ausgehandelt. Aber sein Zögling hat ihm einen Korb gegeben. Wollte sich lieber mit einer Baufirma selbstständig machen. Das schnelle Geld verdienen. Im Osten ging gerade der Sanierungsboom los.«

»Aber seine Gießerkarriere …?«

»Der hat er nicht eine Träne nachgeweint. Er hatte jetzt eigene Pläne.«

»Sind Sie sich da ganz sicher?« Jonas war überrascht. »Wir haben da nämlich ein bisschen was anderes gehört.«

»Oh Gott, sehe ich schon so senil aus?« Die Frau lachte scheppernd. »Nein, Jan-Hendrik hatte Talent, aber sein Herz schlug nicht wirklich für die Gießerei. Von wem haben Sie denn Ihre Informationen?«

»Von seiner ehemaligen Nachbarin. Johanna Selig.«

»Ach, die Johanna.« Hannah Redchen winkte ab. »Die hat er auch so furchtbar enttäuscht.«

»Wie denn das?«

»Die beiden waren doch damals ein Paar. Und ein hübsches noch dazu.« Die Frau im Rollstuhl bekam einen weichen Blick. »Johanna war unser zweiter Lehrling. Sie hat Jan-Hendrik angehimmelt. Hat ihm sogar mal ein kleines Glöckchen gegossen, als Zeichen ihres Bundes. Ein Liebesglöckchen mit ihren Initialen darauf. Sie haben es zusammen aufgehängt. Ganz oben, im Turm der Firmenvilla. Manchmal, bei Westwind, konnte man es leise klingeln hören.«

»Johanna Selig war auch Gießerlehrling?«

»Ja, klar. Und die Johanna, die wollte wirklich Glocken gießen. Das Mädchen hatte die Seele dafür und auch das Händchen. Aber sie stand stets im Schatten ihres Freundes. Julius Schulth hatte sich immer einen Sohn gewünscht, da kam ihm Jan-Hendrik gerade recht. Johannas Talent hat er nicht gesehen.« Die alte Sekretärin schüttelte bedauernd den Kopf.

»Und was ist dann mit ihr passiert? Nach der Schließung?«

»Johanna hat sich so sehr gewünscht, dass sie der Chef mit in die Niederlande nimmt, aber er hat sie abblitzen lassen. Er wollte Jan-Hendrik oder niemanden.«

»Und ihre Beziehung? Sie haben gesagt, Tann und Johanna seien ein Paar gewesen.«

»Als die Firma geschlossen wurde, hat Jan-Hendrik sie sitzen lassen. Er wollte sie nicht mit in sein neues Leben nehmen. Ich hab ja gesagt – er war ein Filou.« Die Seniorin nahm einen großen Schluck von ihrem Kaffee. »Johanna ist danach in ein ziemlich tiefes Loch gefallen. Ihre Mutter war Alkoholikerin, da hatte sie nichts zu lachen. Die Gießerei hat dem Mädel alles bedeutet. Na ja.« Sie hob die Schultern. »So war die Zeit. Für mich war damals auch Schluss. Und ich habe wirklich gern bei Schulth & Söhne gearbeitet, das können Sie mir glauben.« Ihr Blick ging in die Ferne, und ihren Mund umspielte ein wehmütiges Lächeln.

Jonas und Fenja sahen sich einen Moment lang stumm an. Was ihnen die greise Firmensekretärin berichtet hatte, verblüffte sie.

Dann fragte Fenja noch einmal nach: »Und Sie sind sich wirklich sicher, dass nichts dran ist an dem, was uns Johanna Selig gesagt hat? Dass Tann am Boden zerstört war, als er die Firma verließ?«

»Nein. Jan-Hendrik ging es prima.« Hannah Redchen sah Fenja an. »Johanna hat Ihnen ihre eigene Geschichte erzählt.«

45

Jonas und Fenja verließen das Seniorenstift. Sie dachten immer noch über das nach, was sie in der letzten halben Stunde erfahren hatten.

»Glaubst du der alten Sekretärin?«, fragte Jonas.

»Warum sollte sie lügen?« Fenja sah noch einmal zurück zum Gebäude. »Auf mich hat sie einen ziemlich klaren Eindruck gemacht.«

»Das hat Johanna Selig auch, als wir bei ihr waren.«

»Dann hat sie gelogen, beziehungsweise war es nur die halbe Wahrheit, die sie uns erzählt hat. Immerhin hat sie uns ihre eigene Gießerlehre verschwiegen. Und ihr Verhältnis mit Tann. Dafür muss es einen Grund geben.«

»Wenn das alles überhaupt so stimmt. Wir haben ihren Namen nicht in den Personalunterlagen gelesen. In Schulths alten Firmenpapieren im Glockenmuseum.«

»Da kannten wir sie auch noch gar nicht. Wir waren völlig auf Tann fixiert. Auf andere Namen haben wir nicht geachtet.«

»Stimmt.«

»Wir sollten auf jeden Fall Anne Vareel Bescheid sagen.«

»Und wenn da überhaupt nichts dran ist? Wenn Hannah Redchen doch etwas durcheinandergeworfen hat? Immerhin dürfte sie an die neunzig sein. Dann bringen wir Johanna Selig in eine saublöde Situation.«

»Es könnte einen Beweis für Hannah Redchens Geschichte geben.«

»Und zwar?«

»Im Dachstuhl des Turmes.«

»Das Liebesglöckchen …«

»Ja. Falls es wirklich existiert hat. Und falls es noch da hängt.«

»Gut. Das können wir leicht überprüfen.«

»Und wenn wir etwas finden, dann informieren wir das LKA.«

»Einverstanden.« Jonas sah Fenja an. »Aber du weißt, was das jetzt heißt?«

»Ja. Wir müssen noch einmal in die alte Gießerei.«

Kurz darauf saßen sie wieder in ihrem Geländewagen und steuerten auf den südlichen Stadtrand zu. Der Himmel zeigte sich grau und wolkenverhangen, aber immerhin war es nicht neblig und deutlich heller als noch vor knapp zwei Wochen. Sie verließen Apolda und folgten der Landstraße.

»Die Redchen war ja ziemlich verständnisvoll, was ihren alten Chef betrifft. Meinst du, die hatten mal was miteinander?«, fragte Fenja, und über ihr Gesicht huschte ein verschmitztes Grinsen.

»Julius Schulth und Hannah Redchen?«

»Warum nicht? Sie hatte so ein Lächeln in den Augen, als sie von ihm sprach.«

»Hab ich nicht gesehen.«

Fenja blickte kurz zu Jonas herüber. »Das war klar.«

»Was dir immer auffällt.« Er feixte.

»Die Firmenschließung jedenfalls hat sie ihm offenbar nicht sonderlich nachgetragen. Ich meine, sie ist damals immerhin auch entlassen worden.«

»Sie hatte Einsicht in die Geschäftsbücher. Wahrscheinlich wusste sie, dass nichts mehr zu retten war. Außerdem stand sie kurz vor der Rente.«

»Das ist die rationale Variante.«

»Trotzdem. Ich glaube nicht, dass da was lief. Schulth hatte keine Familie und keine Kinder. Bestimmt war er ein stieseliger Einzelgänger.«

»Wahrscheinlich hat ihn Hannah ein Leben lang angestrahlt, und er hat nichts davon gemerkt. Ich finde, sie ist immer noch eine interessante Frau. Früher war sie bestimmt ein heißer Feger.«

»Du musst es ja wissen.«

Bald tauchte das Gelände vor ihnen auf, auf dem sich Schulths ehemalige Gießerei befand.

Jonas wusste von Anne Vareel, dass die Polizei inzwischen endgültig abgezogen war. Die Ruine versank wieder in ihrer verwilderten Einsamkeit.

Fenja bog ab, fuhr ein Stück auf dem Feldweg neben dem alten Betriebsgelände entlang und hielt dann an.

Sie verließen den Wagen, rüsteten sich mit Taschenlampen aus und sahen zu den Bäumen hinüber, hinter denen sich die alten Backsteinmauern abzeichneten.

Im Gras war noch gut der Pfad zu erkennen, den die Tatortgruppe der Polizei bei ihrer Arbeit zum offiziellen Zugang bestimmt hatte und den auch sie jetzt nahmen.

Diesmal kamen sie gut voran, und wenige Minuten später standen sie im inneren Hof des Gießereigeländes.

Vor ihnen erhob sich der Gebäudekomplex aus Backsteinen, der auch im Hellen nicht viel von seiner unheimlichen Aura verloren hatte.

»Wir beeilen uns«, sagte Jonas, als er den verunsicherten Blick bemerkte, den Fenja hinüber zum Tor der Gießhalle warf. Dahinter hatten sie vor fünfzehn Tagen die Leiche von Jan-Hendrik Tann entdeckt. »Wenn es das Glöckchen wirklich gibt, sollte es irgendwo dort drinnen sein«, mutmaßte er und zeigte nach oben. Dorthin, wo der Turm an der Westseite der Fabrikantenvilla in einer vierkantigen Spitzhaube endete.

»Gut. Dann steigen wir mal hoch. Gleich wissen wir mehr«, antwortete Fenja und marschierte zum Eingang des Hauses.

Jonas folgte ihr. Wieder einmal bewunderte er die Entschlossenheit, die seine Freundin entwickeln konnte, wenn sie von der Wichtigkeit eines Vorhabens überzeugt war. Ihre eigenen Gefühle blendete sie dann aus.

Sie drückten die Holztür auf und betraten das Foyer. Wie schon bei ihrem letzten Besuch fiel nur schummriges Licht ins Innere des Gebäudes, weshalb beide ihre Taschenlampen einschalteten. Mit wenigen Schritten waren sie an der Holztreppe. Zügig erklommen sie die Stufen. Im zweiten Geschoss verharrten sie und sahen sich um. Am Ende des Flures lag die Flügeltür, die in das Turmzimmer führte. Dorthin, wo Vareels Leute die merkwürdige Zeitungswand von Jan-Hendrik Tann entdeckt hatten. Und das Tagebuch der Verschwörer.

»Sie ist offen«, flüsterte Fenja.

»Ich glaube, die Polizei hat das Schloss ausgebaut, um es zu untersuchen.«

Sie gingen näher heran. Tatsächlich waren die Türflügel nur angelehnt. Aus dem Inneren des Zimmers drang ein diffuser Lichtstrahl in den Flur.

Jonas drückte vorsichtig gegen das Holz, und die Tür schwang mit einem lang gezogenen Knarren auf. Tausende Staubteilchen tanzten in dem Licht, das durch die verschmutzten Fensterscheiben fiel.

Sie betraten den Raum. Der große Tisch stand noch immer an seinem Platz, außer ihm gab es hier nichts mehr zu sehen. Tanns persönliche Gegenstände hatten die Ermittler mitgenommen. Und auch die Wand, die beim letzten Mal noch mit Zeitungsausschnitten bedeckt gewesen war, gähnte sie jetzt leer und nüchtern an.

Fenja blieb vor der verblassten Tapete stehen und runzelte nachdenklich die Stirn. »Wenn das alles gar nicht stimmt, was uns Johanna Selig über Tann erzählt hat … Wenn er gar nicht am Boden zerstört war, als seine Gießerkarriere endete – dann fehlt ihm auch sein Motiv.« Sie drehte sich zu Jonas um. »Die Kränkung. Die Wut auf Schulth. Der Hass auf die ganze Welt … Das alles gäbe es dann nicht.«

»Aber es gibt dieses Zimmer. Das Tagebuch der Verschwörer. Die alte Glockenwaffe. Und den heimlichen Guss unten in der Halle.«

»Dann muss er einen anderen Grund gehabt haben, all das hier zu veranstalten.«

»Aber welchen?«

»Vielleicht keinen persönlichen …«

»Du meinst, er hat doch im Auftrag gehandelt? Bis jetzt hat die Polizei niemanden gefunden.«

»Aber das, was er unten gegossen hat, auch nicht.«

»Und welche Rolle spielt Johanna Selig? Warum hat sie ihre

Beziehung mit Tann verschwiegen? Nicht nur uns gegenüber. Auch bei der Befragung durch die Polizei hat sie sie nicht ein Mal erwähnt, und eigentlich lügt man dabei nicht so ohne Weiteres.«

»Irgendetwas stimmt da nicht.«

»Immer vorausgesetzt, dass es so ist, wie Hannah Redchen behauptet. Natürlich, sie war die Sekretärin der Gießerei, aber wie gut kannte sie Tann wirklich?« Jonas sah Fenja zweifelnd an. »Sie weiß vielleicht, was er damals gesagt hat, aber nicht, wie er dachte.«

»Oder sie lügt bewusst. Aber das kann ich mir nur schwer vorstellen. Welchen Grund sollte sie dafür haben?« Fenja schüttelte den Kopf. Auch wenn der zusätzliche Kaffeeplausch im Pflegestift nicht eingeplant gewesen war – am Ende hatte sie die alte Chefsekretärin irgendwie gemocht.

»Wie auch immer – im Moment stehen zwei Behauptungen gegeneinander, und wir brauchen einen handfesten Beweis, der Hannah Redchens Geschichte belegt.«

»Das Glöckchen.«

»Genau. Lass uns endlich nachsehen.«

Sie verließen das Zimmer und traten zurück in den Flur. Der Turm hatte keinen eigenen Aufgang, seine Räume waren nur über die einzelnen Etagen zu erreichen. Wollten sie in die Turmspitze gelangen, mussten sie es über den Dachstuhl der Villa versuchen.

Sie gingen wieder zum Treppenhaus. Tatsächlich führten die schmaler werdenden Stufen noch weiter nach oben. Vorsichtig stiegen sie hinauf. Das Licht wich fast vollständig zurück, und sie mussten wieder ihre Taschenlampen benutzen.

Bis hierher waren sie beim letzten Mal nicht vorgedrungen. Schritt für Schritt tasteten sie sich vor.

Die Stiege endete vor einer schmalen Tür, die offen stand. Dahinter lag ein großer Raum mit schrägen Wänden. Das Dachgeschoss. Ein verworrenes Labyrinth aus Stützbalken und Nischen, in das an manchen Stellen durch Dachluken ein wenig Licht hereinfiel.

Ein Gang führte mittig durch die gesamte Halle. Links und rechts davon vegetierten Stapel alter Bretter und Kartons schweigend vor sich hin, der gesamte Boden war mit Dreck und Wasserflecken übersät.

Immerhin reichte das schummrige Licht, um sich ohne Gefahr bewegen zu können, und Jonas und Fenja erreichten zügig die Westseite des Gebäudes. In der Dachschräge entdeckten sie einen Durchbruch von einem knappen Meter Kantenlänge.

Sie bückten sich und spähten durch die Öffnung.

Dahinter lag eine quadratische Kammer, deren Wände nach oben hin zusammenliefen.

Sie hatten die Turmspitze gefunden.

Aufgeregt ließ Jonas den Strahl seiner Taschenlampe in die Höhe wandern.

Und tatsächlich. An einem Querbalken hing ein etwa fünfzehn Zentimeter kleines Glöckchen. Die Bronze war dunkel angelaufen, aber trotzdem konnten sie mühelos die Initialen erkennen, die sich als Relief von der Glockenwand abhoben. »J.-H. T. & J. S.«, stand da, gerahmt von einem Herzen.

Jan-Hendrik Tann und Johanna Selig.

Schweigend betrachteten sie den bronzenen Klangkörper. Irgendwo in den Winkeln des Dachstuhls pfiff ein leichter Wind, sodass das Glöckchen unmerklich hin und her schwang, ohne ein Geräusch von sich zu geben.

Es sieht niedlich aus, dachte Fenja, doch im Lichte von Hannah Redchens Geschichte wirkte es plötzlich düster und unheilvoll. »Es gibt die Glocke also wirklich«, sagte sie. »Hannah Redchen hat die Wahrheit gesagt.«

»Und Johanna Selig gelogen«, ergänzte Jonas nachdenklich. »Warum? Was wollte sie vor allen verbergen?«

Für einen Moment hingen die beiden ihren Gedanken nach, das schweigsame Liebesglöckchen vor Augen. Dann löschten sie ihre Taschenlampen und richteten sich auf.

»Wir werden die Frage nicht beantworten können.« Fenja zuckte ratlos mit den Schultern. »Aber das müssen wir auch nicht. Das ist jetzt Sache der Polizei.«

»Ich rufe Anne Vareel an.« Jonas zog sein Smartphone aus der Jackentasche. »Jetzt sofort.«

»Nein! Das werden Sie nicht tun!«, zischte plötzlich eine schneidende Stimme.

Sie wirbelten herum.

Erst sahen sie gar nichts. Dann erahnten sie den dunklen Schatten einer Person in einer Seitennische des Dachbodens.

Langsam trat die Gestalt vor, bis sie von einem Lichtstrahl getroffen wurde, der durch eine Dachluke fiel.

Jonas und Fenja erschraken. Vor ihnen stand Johanna Selig. Ihre Haut wirkte blass, aber ihr Blick war voller Feuer. In ihm lag etwas zutiefst Beunruhigendes.

Doch das war noch nicht alles.

In Johanna Seligs Hand ruhte eine altertümliche Pistole. Ihr doppelter Lauf zeigte auf Jonas und Fenja, und die Hähne der Waffe waren gespannt.

Sie wichen erschrocken zurück, aber der verwinkelte Dachboden ließ ihnen keine Fluchtmöglichkeit.

Ein kalter Schrecken fuhr ihnen in die Glieder. Sie saßen in der Falle. An einem Ort, an dem niemand ihre Schreie hören würde.

»Sie haben mit Hannah Redchen gesprochen …« Tanns ehemalige Nachbarin schüttelte den Kopf und lachte freudlos auf. »Das alte Miststück hatte ich doch glatt übersehen. Ich dachte, sie wäre längst tot!«

Jonas und Fenja brachten kein Wort heraus.

»Sie hat Ihnen also von der Glocke erzählt. Von unserer Glocke.« Ein fiebriger Glanz loderte in ihren Augen. »Von unserer Zeit.« Johanna Selig schien durch die beiden hindurchzusehen, hielt die Pistole aber immer noch auf sie gerichtet.

Es entstand eine angespannte Pause.

»Sie und Jan-Hendrik?«, wagte sich Fenja vor. Sie mussten es irgendwie schaffen, ein Gespräch zu beginnen.

»Ich und Jan-Hendrik«, wiederholte die Frau mit der Pistole, dann brach sie in ein keuchendes Gelächter aus, das keinen Deut Fröhlichkeit in sich trug. Sie wirkte, als stünde sie völlig neben sich. »Wissen Sie, wie sie uns genannt haben? Die Königskinder. Wir waren das Traumpaar der Gießerei. Sieben Jahre lang.« Sie ließ eine Pause entstehen, in der ihr Lachen verstummte. »Dann kam das Aus der Firma, und die Herren sind davongeritten. Ich war die Asche, die sie zurückließen!«

»Jan-Hendrik hat Sie verlassen«, sagte Fenja und versuchte, so viel Empathie in ihre zitternde Stimme zu legen, wie sie nur konnte. »Warum eigentlich?«

»Verlassen? Er hat mich weggeworfen wie ein Stück Dreck. Ich wollte es nicht wahrhaben, dass ich mein Herz sieben Jahre lang an einen Egoisten verschwendet hatte. Ich bin vor Liebe blind gewesen, habe nie gesehen, dass er immer nur sich selbst geliebt hat, niemanden sonst. Als ich aus dem Traum aufgewacht bin, war es zu spät.« Johanna Seligs Worte waren von Hass erfüllt. »Er wollte neu anfangen, hat er mir gesagt. Beruflich. Und privat. Er witterte das große Geschäft. Bauwirtschaft, tönte er, das sei die Zukunft. Den maroden Osten im Handstreich sanieren. Ich war für ihn plötzlich nur noch ein Mädchen aus der Provinz. Der Klotz am Bein eines Machers.«

»Und die Gießerei? Ich denke, er war so gut darin?«

»Das interessierte ihn nur, solange er Schulths Kronprinz war. Hat sich selbst schon als neuen Chef gesehen. Als es mit der Firma bergab ging, waren ihm die Glocken scheißegal.« Ein schmerzerfüllter Zug trat in Johanna Seligs Gesicht.

»Aber der alte Schulth wollte ihn doch in die Niederlande mitnehmen«, warf Fenja ein.

»Das stimmt. Krumm gemacht hat sich der Alte für ihn, aber das Angebot war dem aufstrebenden Herrn Tann nicht gut genug. In Holland wäre Schulth nur noch ein Angestellter und er sein Assistent gewesen. Das lockte Jan-Hendrik nicht hinter dem Ofen hervor.«

»Und Sie?« Fenja sah der Frau in die Augen und versuchte, ruhig und einfühlsam zu sprechen. »Sie wären gern mitgegangen, nicht wahr?«

»Ich war viel besser als er. Glauben Sie mir. Ich habe die Glocken wirklich geliebt.« Ihre Stimme klang traurig. Doch dann kehrte der Zorn zurück. »Ich hatte überhaupt keine Chance! Schulth gab bis zuletzt den großen Zampano, auch wenn er mit seiner Firma gerade eine Bruchlandung hingelegt hatte. Für ihn zählte nur Jan-Hendrik. Er war ein Pascha. Eine Frau sollte ihn nicht beerben. Nicht mal seine Assistentin sein.«

»Das muss Sie sehr verletzt haben«, bemerkte Fenja und erinnerte sich, was ihnen Johanna Selig über Tann erzählt hatte. Wenn es ihre eigene Geschichte gewesen war, dann ging es hier um einen Schmerz, der seit Jahrzehnten ein Loch in sie hineinfraß. Und der sie unberechenbar machte. »Aber Sie sind doch Ihren eigenen Weg gegangen. Die Fotos in Ihrem Haus – Sie haben trotzdem viel erreicht. Ihre Lehmbauprojekte. Die Reisen nach Afrika ...«

»Lehmbau? Pah!«, spie Johanna Selig angewidert aus. »Ich dachte damals, das wäre eine gute Idee. Mit Lehm kannte ich mich durch den Formenbau in der Gießerei aus. Und ökologisches Bauen, das klang interessant.« Sie schüttelte den Kopf. »Nur werden konnte man damit nichts. Damals jedenfalls. Aber das habe ich zu spät gemerkt. Die meisten Projekte waren Praktika. Tolle Reisen, aber wenig Geld. Nichts, worauf man eine Zukunft gründen konnte.« Sie schnaubte ungehalten. »Und dann musste ich sogar das aufgeben. Meine Mutter hing schon lange an der Flasche, war ein Wrack. Ich musste sie pflegen, und es wurde jeden Tag schlimmer.«

»Das tut mir leid. Es muss sehr schwer für Sie gewesen sein«, sagte Fenja.

»Schwer? Das Schlimmste kam erst noch.« Johanna Selig starrte Fenja an. »Ich musste wieder zu Jan-Hendrik kriechen. Musste ihn anbetteln, mir Arbeit zu geben. Seine Baufirma lief gut, und ich brauchte dringend Geld. Für meine Mutter.« Ihr Körper bebte. »Das Schwein hat es genossen und mich winseln lassen. Dafür gab er mir ab und zu einen Hilfsjob auf seinen Baustellen. Schwarz, ohne dass es jemand mitbekam. Drecksarbeit, die niemand machen wollte. Für einen Hungerlohn und ohne Versicherung. Sein halbes Privathaus habe ich ihm so saniert. Tag für Tag, wie eine Bettelsklavin.«

Jonas und Fenja verstanden noch immer nicht, was hier gerade passierte. Aber es half nichts. Vor ihnen stand eine zornige Frau mit einer Waffe, und im Moment konnten sie nichts weiter tun, als Zeit zu gewinnen.

Jonas' Blick verharrte auf der Pistole in Johanna Seligs Hand. Die alte Steinschlosspistole, kostbar verziert, erinnerte ihn daran, was Anne Vareel von der Untersuchung der Toten im Domberg erzählt hatte. Dass jede Mumie eine Waffe bei sich getragen hatte. Nur eine hatte gefehlt. »Das Haus, das Sie für Jan-Hendrik saniert haben«, fragte er, einer plötzlichen Eingebung folgend, »war das das Fachwerkhaus auf dem Fischersand?«

»Ja. Sie sind gut. Sprechen Sie weiter!« Ein erwartungsvoller Ausdruck schlich sich auf Johanna Seligs Antlitz. Da war Neugier, aber auch Stolz. Wie bei einem Kind, das es kaum erwarten kann, ein nur mit Mühe gehütetes Geheimnis zu verraten.

»Sie haben dabei etwas entdeckt. Im Keller«, fuhr Jonas vorsichtig fort.

»Weiter!«

»Es war ein Gang. Ein Gang, der zu einer Höhle führte, in der elf Mumien saßen.«

»Sie sind ein kluger Junge.« Johanna Selig nickte bedächtig. Wieder schwiegen alle sekundenlang.

Dann sagte Jonas: »Sie haben das Tagebuch gelesen!« Er sah die Frau an und wusste, dass er ins Schwarze getroffen hatte.

»Gelesen?« Johanna Selig bekam leuchtende Augen. »Es war meine Bibel!«

»Ihre Bibel?«

»Die Männer im Berg – sie haben mir die Augen geöffnet!« Sie sprach jetzt mit fester Stimme. »Sie haben sich gegen die Kränkungen aufgelehnt, die ihnen zugemutet wurden. Haben sich nichts bieten lassen. Sie hatten Mut. Eine Vision. Aber dann – dann wurden sie eiskalt verraten. Genau wie ich.« Sie sah Jonas mit bohrendem Blick in die Augen. »Verräter zerstören die Welt. Sie gehören bestraft!« Und dann fügte sie mit einem frostigen Grinsen hinzu: »Und ich habe sie bestraft.«

Jonas beschlich eine schlimme Ahnung. »Julius Schulth?«, fragte er leise.

»Er war der Erste.« Sie lächelte still in sich hinein.

»Die Glockenwaffe!«, rief Jonas erschrocken aus. Sie war der Kern des Tagebuchs. Das Schwert der Verschwörer. Die Quelle ihrer Macht.

»Jaja, die Glockenwaffe«, erwiderte Johanna Selig leise, und ihrer Kehle entfuhr ein heiseres Kichern, das ihnen eine Gänsehaut über den Rücken jagte.

Jonas schluckte. Sein Blick wanderte unwillkürlich nach unten zum Boden. Dorthin, wo die Gießhalle lag. In der vor kurzer Zeit etwas gegossen worden war. Mit trockenem Mund fragte er: »Jan-Hendrik Tann hatte mit alldem gar nichts zu tun, oder?«

Die Stille im Raum dröhnte fast in ihren Ohren.

»Nein«, sagte Johanna Selig dann und klang dabei eiskalt. »Er war nur eine Spielfigur. So wie alle anderen auch.«

46

Wieder fuhr eine Windböe pfeifend durch den Dachstuhl und ließ nicht nur das Gebälk ächzen. Diesmal war sie so stark, dass das kleine Glöckchen im Turm ein sanftes Klingeln von sich gab.

Dann war es wieder still.

Ihre Lage hatte sich nicht geändert. Verloren und verlassen standen sie auf dem Dachboden der Gießereivilla und sahen in die Mündung von Johanna Seligs Waffe.

»Was geschieht jetzt mit uns?«, fragte Fenja leise.

»Ich kann Sie nicht gehen lassen«, antwortete die Frau, und ihre Worte waren kühl und klar. »Sonst funktioniert es nicht mehr. Mein Spiel.«

Fenja schluckte. Jonas, der dicht neben ihr stand, nahm ihre Hand. Es gab keine Fluchtchance, und solange sie die Pistole auf sie gerichtet hatte, konnten sie die ehemalige Gießerin auch nicht überwältigen. Sie mussten weiter auf Zeit setzen. Zum Glück machte Johanna Selig nicht den Eindruck, es besonders eilig zu haben.

»Was ist das für ein Spiel?«, fragte Jonas. Er musste sie bei ihrem Ehrgeiz packen. Und darauf bauen, dass sie vielleicht mit jemandem darüber reden wollte. Mit jemandem, in dem sie keine Bedrohung sah. Weil sie ohnehin vorhatte, ihn und Fenja zu töten.

»Möchten Sie das wirklich hören?«, fragte Johanna Selig.

»Gern. Wir haben im Moment nichts anderes vor.« Jonas staunte, dass er angesichts ihrer Situation noch so viel Galgenhumor aufbrachte.

Johanna Selig fand offenbar Gefallen daran. Ein Lächeln huschte über ihre kalte Miene. Dann begann sie zu erzählen.

»Es war ein Tag im Mai. Ein Donnerstag. Ich weiß es noch wie heute. Seit Wochen hatte ich für Jan-Hendrik in seinem maroden Haus auf dem Fischersand geschuftet. Hatte die Keller entrümpelt und die Fundamente für die Sanierung vorbereitet.

Da entdeckte ich plötzlich diese Tür. Sie wurde gut von einer Regalwand versteckt. Eine regelrechte Geheimtür. Hinter ihr lag ein Tunnel, den schon ewig niemand mehr betreten hatte. Ich habe mir eine Lampe geholt und bin durchgelaufen. Bis ich mich in einer Höhle wiederfand, in der elf Mumien saßen.« Ihre Augen blickten in die Vergangenheit. »Erst fand ich die Sache gruselig. Doch irgendwie auch wieder nicht. Es war – faszinierend. Wie sie da so saßen. So konzentriert. Als wären sie überhaupt nicht tot.« Sie unterbrach ihren Bericht, schien den Moment noch einmal zu durchleben.

Jonas erinnerte sich, dass es ihm beim ersten Besuch der Grotte ähnlich ergangen war. »Was haben Sie gemacht?«, fragte er, damit Johanna Selig weitersprach.

»Erst wollte ich Jan-Hendrik anrufen, doch dann habe ich nachgedacht. Und beschlossen, ihm erst mal nichts zu sagen. Ich verschloss die Geheimtür. Tarnte sie wieder, so gut es ging. Aber von Zeit zu Zeit kehrte ich zurück.« Sie sah Jonas an. »Und stieß auch auf das Tagebuch.«

»Sie haben es gelesen?«

»Ich habe es mitgenommen. Erst konnte ich kein Wort entziffern. Doch ich hatte Zeit. Ich lernte, die alte Schrift zu verstehen. Die Lektüre war eine Offenbarung.«

»Der Bericht der Verschwörer.«

»Der Bericht mutiger Männer, die ihre Schmach nicht ohne Widerstand erdulden wollten.«

»Sie fühlten mit ihnen«, bemerkte Fenja. »Weil auch Sie eine tiefe Kränkung erfahren hatten.«

»Sie gaben mir Mut. Weiter nichts.« Johanna Selig blickte zu Fenja. »Und dabei wäre es vermutlich auch geblieben, wäre nicht auf einmal Julius Schulth wieder aufgetaucht.«

»Wie das?«

»Die Gießerei. Sie ist ein Ort, den ich oft besucht habe, bis heute. Der alten Zeiten wegen. Sie liegt nicht weit von mir entfernt. Ein Spaziergang durch den Park, in dem ich wohne, dann führt ein Weg aus der Stadt und genau darauf zu. In der Ruine war ich immer ungestört. Allein mit meinem Leid. Das hatte ich jedenfalls gedacht. Und dann stand eines Tages plötzlich der alte Mann vor mir.«

»2011. Seine Reise nach Deutschland. Kurz nach seinem achtzigsten Geburtstag«, warf Jonas ein.

»Ja. Er wollte seine ehemalige Firma noch einmal sehen. Als er mich erkannte, freute er sich. ›Hallo, Johanna!‹, rief er. ›Dass ich dich hier treffe. Mein junges Gießertalent. Wie geht's?‹ Er kam nicht einen Moment lang auf die Idee, dass ich ihm böse sein könnte.« Ihre Stimme war zornig, so als hätte sie die Situation wieder genau vor Augen. »Während wir zusammen in die Halle gingen, schwafelte er unentwegt von sich. Von seinem früheren Ruhm. Und dann, als wir vor dem Bronzeofen standen, begann er mit einem Mal zu jammern. Dass er nicht glücklich sei in Holland. Dass man ihm damals seine Firma ruiniert habe. Wie betrogen er sich fühle. Er ist fast zerflossen vor Selbstmitleid. Und ausgerechnet ich sollte ihn trösten. Da habe ich es nicht mehr ausgehalten.« Johanna Seligs Züge verhärteten sich. »Ich hab mir einen Schraubenschlüssel geschnappt und zugeschlagen. Es war nicht geplant, aber es hat unendlich gutgetan.« Sie atmete tief aus und schwieg.

»Sie haben Schulth in die Grotte gebracht?«, fragte Fenja. Dass sie die Antwort schon kannten, spielte im Moment keine Rolle. Sie mussten die aufgebrachte Frau vor ihnen am Reden halten.

»Zuerst war ich völlig kopflos. Wollte weglaufen und ihn einfach so liegen lassen. Doch dann wurde ich ruhiger. Habe überlegt. Und da ist mir die Grotte eingefallen. Natürlich durfte ich keinen Fehler machen. Ich bin nach Hause gegangen und habe mir einen Schutzanzug geholt. So einen, den ich bei der Altbausanierung benutzen musste, wenn ich es mit belastenden Stoffen zu tun hatte. Ist Vorschrift. Arbeitsschutz.« Johanna Selig grinste breit. »Es sind die gleichen Anzüge wie die von der Kripo. Sogar von derselben Firma.«

»Damit haben Sie Schulth in die Grotte gebracht, ohne an ihm Spuren zu hinterlassen.«

»Es war ganz einfach. Jeder wusste, dass das Haus am Fischersand saniert wird. Ich bin dort oft in Schutzanzug und mit

Mundschutz rumgelaufen. Dann hatte ich eben mal eine große Tonne dabei.«

»Sie haben ihn zu den anderen Toten gesetzt?«, fragte Jonas. Von der Polizei wusste er, dass der tote Schulth an der Tafel gesessen hatte.

»Ja. Auf den leeren Stuhl von Egidius Withauer. Ein Verräter auf dem Platz eines Verräters. Eine gute Idee, finden Sie nicht?« Johanna Selig sah Jonas und Fenja abwechselnd an und lachte entrückt.

Die Frau musste wirklich krank sein. Das war keine normale Mörderin. Sie gefiel sich in ihrer Rolle. Fenja fröstelte. Trotzdem riss sie sich zusammen und räumte vorsichtig ein: »Er hat Sie verraten. Das stimmt.« Als sie sah, dass Johanna Selig zufrieden nickte, setzte sie hinzu: »Und wie ging es dann weiter?«

»Das Kapitel Schulth war für mich erledigt. Ich habe die Tür zum Geheimgang zugemauert und ordentlich verputzt. Nur eine von den Pistolen habe ich behalten. Und den Schraubenschlüssel. Er war mein Zepter.« Sie lächelte versonnen.

Jonas fiel ein, was die Fallanalytiker des LKA über das Aufbewahren der Tatwaffe gesagt hatten. Über die Souvenirs der Täter. Sie hatten richtiggelegen. Nur war nicht Tann der Mörder, sondern Johanna Selig.

»Was ist dann passiert?«, wollte Fenja wissen. Nur jetzt nicht nachlassen. Die Pistole war weiterhin auf sie gerichtet, und trotz der emotionalen Beichte achtete die ehemalige Gießerin peinlich genau darauf, dass Jonas und Fenja keine Chance bekamen, zu fliehen oder sie zu überwältigen.

»Dann geschah erst mal nichts«, fuhr die Mörderin in ihrer Schilderung fort. »Sieben Jahre lang. Bis zu diesem Sommer. Ich las einen Bericht in der Zeitung. Das heißt, eigentlich waren es zwei. Am selben Tag. Es war Schicksal.« Sie nickte vielsagend.

»Was stand darin?«

»Der Papst würde kommen. Das war Nummer eins.« Johanna Selig sah zu Fenja, und ihre Augen verengten sich. »Und Enrico Chevalier sollte die Ehrenbürgerwürde von Erfurt erhalten. Das war Nummer zwei.«

»Enrico Chevalier – der Mann, der im Rathaus Amok gelaufen ist«, warf Fenja ein.

»Der Mann, der unsere Familie zerstört hat!«, fauchte die Frau unvermittelt, und die Knöchel der Hand, mit der sie die Pistole auf Jonas und Fenja gerichtet hielt, wurden vor Anspannung weiß. »Unser Leben!«

»Das tut mir leid.« Fenja war von der heftigen Reaktion überrascht worden. Sie musste Johanna Selig unbedingt wieder beruhigen. »Das wusste ich nicht.«

»Das können Sie auch nicht! Weil das nie jemanden interessiert hat. Wir waren eine glückliche Familie. Meine Mutter, mein Vater und ich. Bis Chevalier auftauchte. Ein Gigolo, schillernd und eloquent. Meine Mutter hat sich sofort in ihn verliebt. Sie verließ meinen Vater. Und dann …« Johanna Selig hatte hastig gesprochen und war immer lauter geworden. Jetzt schwieg sie, und Tränen rollten über ihre Wangen.

Als sie wieder zu reden begann, war der kalte und distanzierte Ton in ihre Stimme zurückgekehrt. »Nach einem Jahr war Chevalier auf und davon und unsere Familie kaputt.«

Was auch immer sie damals erlebt hatte, Jonas und Fenja spürten, dass das vermintes Gelände war. Und dass sie besser nicht weiter an den alten Zeiten rühren sollten, wollten sie die nächsten Minuten überleben. Die Frau vor ihnen war extrem sprunghaft, und die Erinnerung an die Vergangenheit ließ sie unberechenbar werden. Aber die Gegenwart machte sie aus irgendeinem Grund stolz. Darauf mussten sie sich konzentrieren.

Deshalb fragte Jonas schnell: »Sie wollten uns von Ihrem Spiel erzählen und haben vorhin den Papst erwähnt: Hat das beides etwas miteinander zu tun?«

Tatsächlich kehrte ein gewisser Glanz in Johanna Seligs Augen zurück. »Sie haben gut aufgepasst. Was denken Sie?«

Jonas überlegte. Wenn alles, was sie bisher Jan-Hendrik Tann zugeschrieben hatten, in Wirklichkeit auf die Frau vor ihnen zutraf, dann gab es nur einen logischen Schluss. »Sie hatten das Tagebuch der Verschwörer«, entgegnete er. Dann wagte er sich vor. »Das heißt, nicht Tann hat das neue Artefakt gegossen. Sondern Sie.«

Johanna Selig antwortete nicht gleich.

Wieder heulte der Wind durch das Gebälk.

»Sie sind wirklich ein kluger Junge«, meinte sie dann, »aber diese Antwort ist leider falsch.«

»Falsch?« Jonas war verblüfft. »Wer war es dann?«

»Niemand.« Johanna Selig ließ sich das Wort auf der Zunge zergehen, während sie hintergründig lächelte. »Niemand hat ein neues Artefakt gegossen.«

»Aber wieso …?«

»Sehen Sie, das war das eigentliche Problem. Die Bauanleitung. Die Formel für das Artefakt. Es gibt sie nicht mehr.« Sie hob die Schultern und ließ sie wieder fallen. »Das Vermächtnis der Verschwörer ist in Bezug darauf sehr enttäuschend. Am Ende waren die Helden schwach. Als ihr Plan gescheitert war, vernichteten sie die Pläne für Corvus' geniale Erfindung. Bevor sie gemeinsam in den Tod gingen.« In den Zügen der Frau lag Bedauern. »Wäre es anders gewesen, hätte ich das Ding selbst gegossen, glauben Sie mir.«

»Deshalb fehlen die letzten fünf Seiten im Tagebuch!«, entfuhr es Jonas. »Nicht weil sie die Pläne für die Glockenwaffe enthielten, sondern weil sie verraten hätten, dass es die Formel nicht mehr gibt.«

»So sieht es aus. Mit dieser Information wäre mein Plan sinnlos gewesen.«

»Sie brauchten den Mythos von der Waffe.«

»Richtig. Er war unverzichtbar.«

»Weil Ihnen der Papst völlig egal ist.« Jonas begriff plötzlich. »Sie wollten Enrico Chevalier vernichten. Und Jan-Hendrik Tann. Das Tagebuch der Verschwörer lieferte nur die Show drum herum.«

»Bingo! Die Chronik war mein Drehbuch. Und Chevalier und Tann waren die Darsteller.« Johanna Selig schmunzelte. Sie genoss es sichtlich, ihr Geheimnis Stück für Stück zu lüften. »Zwei tragische Helden. Chevalier spielte das Versuchskanin-

chen, das Testopfer der Glockenwaffe. Und für meinen großartigen Freund Tann hatte ich die Hauptrolle vorgesehen: den
gescheiterten Papst-Attentäter. Ein wunderbarer Makel, finden
Sie nicht?«

Jonas und Fenja nickten und rangen sich ein Lächeln ab.
Auch sie mussten jetzt eine Rolle spielen: das beeindruckte
Publikum.

»Sie haben alles geplant?«, fragte Fenja.

»Die Zeitungsartikel kamen mir vor wie ein Zeichen. Ein
göttlicher Wink. Mir fiel das Tagebuch wieder ein. Und dann
hatte ich plötzlich eine geniale Idee. Die Verschwörung von
damals sollte sich noch einmal abspielen! Und meine Verräter
in den Abgrund reißen. Chevaliers Festakt war für Anfang Oktober angekündigt, der Papstbesuch für den November. Besser
ging es nicht.«

»Aber wie haben Sie das gemacht? Für die Polizei sah alles
perfekt aus. Und für uns auch.« Ein bisschen Schmeichelei konnte
nicht schaden.

»Als Erstes war Chevalier an der Reihe. Ein Test der Schallwaffe. Genau so, wie ihn Nikolaus Corvus in der kleinen Kirche
von Gangloffsömmern gemacht hat. Meine Wahl fiel auf die
Hospitalkirche und auf den Tag des Festakts im Rathaus.«

»Aber Sie hatten ja gar keine Glockenwaffe!«

»Nicht so ungeduldig, junger Freund. Der Auftritt hat doch
wunderbar funktioniert!«

»Aber wie …?«

»Erst mal musste ich es schaffen, dass Chevalier kurz vor
dem Festakt an einer Kirche mit einer läutenden Glocke gesehen wird. Das war die einfachste Übung. Tann war dabei, die
Hospitalkirche zu sanieren, und hatte mich für die Drecks-
arbeiten angestellt. Also kannte ich mich aus und besaß sogar einen Schlüssel. Chevalier gab gern den Kunstmäzen. Ein
selbstgefälliger Gockel. Die Eitelkeit war seine größte Schwäche.« Ihr Lächeln war voller Genugtuung. »Ich bot ihm eine
Privatbesichtigung der Kirche an, abends, nach Feierabend.
Angeblich, um ihn als Schirmherrn für die Wiedereröffnung

zu gewinnen. Der Termin passte ihm gut. Kurz vor seiner großen Ehrung noch einmal um etwas gebeten zu werden, das war genau nach seinem Geschmack.«

Jonas staunte. Offensichtlich war Johanna Selig durch ihren tiefen Schmerz für die Schwächen ihrer Mitmenschen sensibilisiert worden. Und dieses Einfühlungsvermögen hatte sie zu ihrer Waffe gemacht.

»Also kam Chevalier in die Kirche«, nahm Jonas den Faden schnell wieder auf. »Und dann?«

»Herumstolziert ist er darin, als gehörte sie ihm. Hat mich gönnerhaft und feist angegrinst. Das kleine Mädchen, dessen Familie er einst zerstört hat, hat er in mir nicht erkannt.« Johanna Selig schnaubte verächtlich.

»Aber danach ist er wirklich durchgedreht. Wie das?«

»Chevalier gefiel die Kirche und meine Idee mit der Schirmherrschaft. Wir haben darauf angestoßen. Dass in seinem Glas noch etwas mehr als Schampus war, hat er gar nicht bemerkt.«

»Etwas mehr?«

»Etwas anderes. Eine pflanzliche Substanz. Nur wenige Tropfen davon. Ich habe sie aus Afrika mitgebracht.«

»Eine Droge hat seinen Wahn ausgelöst?«

»Die Eingeborenen nennen sie ›homa ya shetani‹, das Fieber des Teufels. Früher verwendeten sie den Trank für ihre Krieger. Er nahm ihnen nicht die Schmerzen oder versetzte sie in Euphorie wie andere Drogen, oh nein.« Johanna Selig lachte in sich hinein. »Die Tinktur ließ alle Menschen um sie herum zu bedrohlichen Dämonen werden. Denn die Medizinmänner wussten, dass der größte Mut aus der Angst geboren wird.«

»So wie bei der Glockenwaffe.«

»Das Mittel war ideal. Seine Wirkung gleicht auf verblüffende Weise dem Effekt, von dem im Tagebuch geschrieben wird. Und die Substanz ist kaum nachweisbar, wenn man nicht gezielt danach sucht.«

»Und damit ist Chevalier dann losgezogen.«

»Ja. Es war sein Abschiedstrunk. Als er ging, musste ich nur noch die Sache mit der Glocke erledigen. Ich habe Sturm geläutet, und da es neben der Kirche ein großes Seniorenheim gibt, war zu erwarten, dass Chevalier gesehen wird. Ich selbst bin wenig später durch die Hintertür verschwunden und habe mich auf seinen Auftritt gefreut.«

»Aber das Timing? Dass es genau im Rathaus zu dem Ausbruch gekommen ist?«

»Das hatte ich nur grob geschätzt. Der Rest war Glück.« Johanna Selig zuckte mit den Schultern. »Etwas früher oder später – was wäre schon dabei gewesen? Für meine Zwecke hätte es immer gereicht.«

Jonas' Gedanken gingen zurück zum Abend seiner Premierenlesung auf der Krämerbrücke und zu Chevaliers verzerrtem Gesicht hinter der Fensterscheibe. Wenn die Substanz ihre Wirkung nur etwas früher entfaltet hätte, wäre der Amoklauf vielleicht nicht im Festsaal am Fischmarkt losgebrochen. Sondern bei ihnen im Galeriecafé. Und ohne Sicherheitspersonal, das im Rathaus das Schlimmste verhindert hatte.

Aber das war jetzt ihre geringste Sorge. Die doppelläufige Pistole von Johanna Selig war weiterhin bedrohlich auf sie gerichtet und ihre Aufmerksamkeit auch.

»Und Jan-Hendrik Tann?«, fragte Fenja jetzt. »Die Polizei ist felsenfest davon überzeugt, dass er hinter Chevaliers Amoklauf steckt. Und dass er den Papst ermorden wollte.« »Felsenfest« war ein bisschen übertrieben, stimmte aber im Kern. Und eine kleine Übertreibung würde nicht schaden. Sie mussten die Frau vor sich in Sicherheit wiegen. Nur so konnten sie weitere Zeit schinden, bis sich vielleicht irgendwann eine Chance bot, ihre Widersacherin zu überwältigen.

»So war es auch vorgesehen.« Johanna Seligs Augen blitzten stolz auf. »Jan-Hendriks Auftritt war mein Meisterwerk! Und diese Gießerei war die Bühne, auf der ich mein Spiel der Welt präsentiert habe. Oder der Polizei, wenn Sie so kleinlich sein wollen. Es hat doch wunderbar funktioniert, oder?«

»Sie haben das alles inszeniert?«

»Natürlich. Was dachten Sie denn?« Sie sah Fenja an, als hätte sie gerade ihr Genie beleidigt. »Ich kenne die Gießerei wie meine Westentasche. Sieben Jahre lang habe ich hier gearbeitet. Es war kein Problem, alles so herzurichten, wie ich es brauchte.«

»Die Polizei hat Rückstände von einem Guss gefunden.«

»Die Beamten haben gesehen, was sie sehen wollten. Ich habe die Grube vorbereitet, sinnlos etwas Bronze gegossen, ein paar Requisiten verteilt und dann alles wieder sauber gemacht. So als hätte jemand alle Spuren seines Tuns zu beseitigen gesucht und wäre dabei nicht besonders gründlich gewesen.«

»Nur von sich selbst haben Sie keine Spuren hinterlassen.«

»Ich habe sehr gewissenhaft gearbeitet. Und immer meinen Schutzanzug getragen.« Sie lächelte nachsichtig. »Etwas Arbeit hat es schon gemacht, aber ich war höchst motiviert. Und ich hatte Zeit.«

»Aber wie kam Tann hierher? Seine Fingerabdrücke waren überall.«

»Darüber hatte ich mir vorher lange den Kopf zerbrochen. Aber dann war es ganz einfach. Das Geld hat ihn angelockt. Ich habe ihm erzählt, dass ich mit einigen Partnern Schulths alte Gießerei wieder zum Leben erwecken möchte. Und dass wir schon Fördergelder in Aussicht hätten. Ich bat Jan-Hendrik um einen Kostenvoranschlag für die Sanierung des Firmengebäudes.« Johanna Selig lachte laut auf. »Er konnte es kaum erwarten, einen Ortstermin zu bekommen. Wir haben uns hier getroffen. Dann ist er überall herumgestiefelt und hat alles angetatscht. Perfekt. Meine etwas merkwürdige Kleidung ist ihm gar nicht seltsam aufgestoßen. Ich war halt beim Entrümpeln. Alltag auf dem Bau.«

»Und das Tagebuch?«

»Habe ich ihm als historischen Schatz präsentiert. Als Handbuch einer alten Gießerdynastie, das meine Geschäftsgrundlage werden sollte. Die schnörkelige Schrift konnte er sowieso nicht lesen, und die Glocke mit der Schlange hielt er für ein besonders originelles Zunftzeichen. Er hat begeistert darin rumgeblättert.«

»Und dann?«

»Ist der Kranausleger umgestürzt und hat ihn erschlagen.«

Johanna Selig lächelte wieder. Ihr Gesicht hatte sich in eine Maske verwandelt.

Als Jonas den selbstzufriedenen Gesichtsausdruck der Frau sah, stieß er betroffen hervor: »Das war gar kein Zufall, nicht wahr? Sein Tod war Teil Ihres Plans.« Jetzt offenbarte sich das ganze Ausmaß der perfiden Inszenierung. Tann hatte die Gießerei nicht lebend verlassen dürfen, sonst wäre der Plan nicht aufgegangen.

Die Gießerin nickte. »Das marode Stahlmonster stand schon in Position. Ein kleiner Stoß im richtigen Augenblick – das genügte. Als Jan-Hendrik hier ankam, war sein Todesurteil bereits unterschrieben. Und sein Ruf für alle Zeiten ruiniert. Er ahnte es nicht einmal. Und er wird es auch nie erfahren.« Wieder dieses dämonische Lachen. Ihr ganzer Körper zuckte hysterisch.

»Und die Zeitungsartikel? Die Wand im Turmzimmer?« Jonas musste die Mörderin bei Laune halten.

»Ein bisschen Dekoration, nachdem der Liebste dahingeschieden war«, antwortete sie zynisch. »Das Bühnenbild für die Polizei. Damit die Ermittler auch die Zusammenhänge verstanden. Ihre Schlussfolgerungen waren schließlich mein Applaus.«

»Wir waren es, die Jan-Hendrik Tann gefunden haben«, platzte Fenja heraus. »Wussten Sie das?«

»Wirklich?« Der Gedanke schien Johanna Selig zu amüsieren. »Nun, ich habe es fast vermutet. In der Stadt ging das Gerücht, es sei ein Pärchen aus Erfurt gewesen. Das konnten eigentlich nur Sie sein. So neugierig, wie Sie waren.« Sie nickte zufrieden. »Als Sie mich besucht haben, dachte ich gleich: Sie sind ein Glücksfall. Recherchieren genau die Geschichte, die ich für die Welt ersonnen habe. Besser hätte es gar nicht kommen können.« Sie schielte zu der Wandöffnung hinüber, hinter der die kleine Liebesglocke hing. Dann fügte sie bitter hinzu: »Aber leider waren Sie etwas *zu* gut.«

»Und wenn wir nicht zu Ihnen gekommen wären?«, fragte Jonas rasch, denn er spürte, dass Johanna Selig am Ende ihrer Geschichte angelangt war. »Wenn wir Tann nicht entdeckt hätten?«

»Kein Problem. Der Plan war ohne Sie konzipiert. Er hätte auch so funktioniert.«

»Tann musste gefunden werden, damit Ihre Show stattfindet …«

»Wäre er auch. Einige Tage später hätte ich anonym bei der Polizei angerufen. Eine besorgte Bürgerin, die bei einem Spaziergang in der alten Gießerei einen Toten entdeckt hat und die lieber ihren Namen nicht nennen möchte.«

Johanna Selig hatte an jedes Detail gedacht. Jonas erinnerte sich, was Fenja heute früh im Auto zu ihm gesagt hatte. Dass alles passte. Fast ein wenig zu perfekt. Jetzt wusste er, dass sie die Dinge instinktiv richtiger gesehen hatte als er und die Polizei.

»So, ihr beiden«, sagte Johanna Selig jetzt. »Ich hoffe, mein Spiel hat euch gefallen. Es gibt nichts mehr zu erzählen.« Plötzlich wirkte sie unendlich müde. Als wäre sie am Ende einer langen Reise angekommen. »Wie ich schon sagte – ich kann euch nicht gehen lassen.« Sie hob die schwere Pistole noch ein wenig höher und zielte.

Jonas und Fenja begannen zu zittern.

»Sie können uns nicht töten!«, schrie Fenja verzweifelt. »Dann geht Ihr Plan nicht mehr auf. Wie wollen Sie unseren Tod erklären?«

»Das überlege ich mir später. Wahrscheinlich werdet ihr einfach verschwinden. Es gibt bis jetzt keine Spur, die zu mir führt.«

»Doch!«, rief Jonas voller Panik. »Wir haben der Polizei gesagt, dass wir auf dem Weg zu Ihnen sind!«

»Ein netter Versuch.« Johanna Selig lachte freudlos auf. »Grüßt mir Jan-Hendrik!«

Sie schlossen gleichzeitig die Augen.

Und dann brach die Hölle los.

»Waffe weg! Polizei! Die Waffe runter!«

Noch nie hatten sie jemanden so energisch brüllen hören.

»Waffe runter!«, schrie eine weitere Stimme.

Sie rissen die Augen auf und sahen eine völlig verstörte Johanna Selig, die vor Schreck erstarrt war wie eine Wachspuppe.

»Die Waffe runter, hab ich gesagt!«, schnitt die scharfe Stimme noch einmal durch den Raum.

Endlich erreichte der Sinn der Worte Johanna Seligs Gehirn. Der Arm mit der Steinschlosspistole sackte schlaff nach unten, und in ihr Gesicht trat der Ausdruck purer Angst.

Zwei Schatten flogen auf die Frau zu. Einer riss sie einfach um und drückte sie auf den Boden, während der andere mit einer Glock auf ihren Körper zielte.

Jonas und Fenja nahmen seltsam distanziert wahr, was um sie herum passierte. Dann erkannten sie das Gesicht von Marc Schätzele und einen weiteren Beamten und fielen sich schluchzend in die Arme.

47

10. März 1667

Erschöpft tasteten sie sich durch den unterirdischen Gang. Die Laterne, die sie vor dem Betreten des geheimen Tunnels mit bebenden Händen entzündet hatten, spendete nur wenig Licht.

Veit Hutter und Nikolaus Corvus schmerzten die Glieder, und ihr Atem ging noch immer schwer. Doch das war nichts gegen das, was ihnen bevorstand. Zwar war ihnen die Flucht aus dem Dom gelungen, aber was sie jetzt ihren Mitstreitern verkünden mussten, lastete wie ein Fels auf ihren Schultern.

Es war das Scheitern ihres Planes. Ihre erbärmliche Niederlage. Verursacht durch den Verrat eines Mannes, der aus ihrer Mitte kam.

Egidius Withauer. Hutters Freund. Der Grübler und Zweifler unter ihnen hatte obsiegt. Und sein eigenes Leben dabei verloren.

Der Gang stieg nun schon eine Weile wieder an, und ein schwacher Schein vor ihnen kündete von der sich nähernden Grotte.

Veit Hutter sammelte sich. Er würde als Erster vor sie treten, und an ihm war es auch, ihnen die niederschmetternde Nachricht zu überbringen.

Einen Moment lang wurden seine Schritte verhaltener, dann nahm er all seine Entschlossenheit zusammen und trat in die Höhle.

Da saßen sie an der steinernen Tafel. Festlich gewandet in das Ornat mit dem Zeichen ihres Bundes – der Glocke und der züngelnden Natter, deren Biss heute ausgeblieben war.

Veit Hutter blieb in der Halle stehen, neun Augenpaare auf ihn gerichtet. Er scheute sich nicht, seinen Mitstreitern ins Gesicht zu sehen. Er war ihnen klare Worte schuldig. »Die Glocke hat nicht geläutet«, sagte er mit trockener Stimme. »Die Gloriosa ist stumm geblieben. Der Erzbischof lebt.« Dann schwieg er.

Kein anderer sagte ein Wort.

Die Gedanken der Männer waren nach innen gekehrt, ihre Münder blieben verschlossen. Jedem war klar, was diese drei Sätze für sie bedeuteten.

Es dauerte lange, bis sich schließlich der Mann, der in ihrem Kreise den Namen Martius trug, zu Wort meldete. »Erzählt, was geschehen ist«, murmelte er.

»Es war Verrat«, erwiderte Hutter.

Ein Raunen ging durch die Grotte.

Als er die fragenden Blicke seiner Gefolgsleute sah, fügte er leise hinzu: »Bruder Maius.« Dann schilderte er den Männern alles, was sich seit dem frühen Morgen auf dem Domberg zugetragen hatte. Die erfolgreiche Aufstellung des Artefakts. Den Kniefall der Ratsherrn vor dem Erzbischof und Landesfürsten. Den Verlauf des Gottesdienstes. Und schließlich den Warnruf Withauers, der dafür gesorgt hatte, dass die Gloriosa nicht geläutet worden war. Und den er wenige Augenblicke später mit seinem Leben bezahlt hatte.

Ein beklommenes Flüstern ging durch die Versammlung, und die Männer diskutierten das Gehörte. So vergingen mehrere Minuten.

Dann erhob Hutter noch einmal die Stimme. »Nun, Brüder, so nehmen wir nun unser Schicksal an, wie wir es uns am Anbeginn unseres Bundes gelobt haben.« Er ließ sich die Zeit, einem jeden von ihnen noch einmal in die Augen zu sehen. »Bereitet Euch vor!«

Die Männer verfielen in tiefes Schweigen.

Sie mussten den letzten Teil ihres Schwures erfüllen. Keiner von ihnen würde diese Grotte wieder verlassen.

Draußen suchte man mit Sicherheit schon nach ihnen, und die Tore der Stadt waren vermutlich bereits geschlossen. Die Jagd hatte begonnen.

Nie würden sie sich den Schergen der Mainzer beugen. Sie waren stolze Männer, die alles auf eine Karte gesetzt hatten. Es gab nur einen Weg. Der gemeinsame Sieg oder der gemeinsame Untergang. Nun hatte die Vorsehung entschieden.

Sie hatten darüber gesprochen, als die Tage noch bessere waren. Was die Konsequenz eines Scheiterns wäre.

Der Tod von eigener Hand.

»Halt!«, schrie plötzlich jemand. »Unsere Zeit ist noch nicht vorbei!« Nikolaus Corvus war in die Mitte der Höhle getreten.

Alle Köpfe fuhren zu ihm herum.

»Schweig!«, befahl Hutter. »Störe nicht unsere letzten Gebete!«

Doch der Mann, der von seinen Mitverschwörern Julius genannt wurde und den die Menschen draußen in Erfurts Straßen als den Botanikus kannten, ließ sich nicht zähmen. »Die Schlacht ist noch nicht verloren!«, rief er, und sein feuriger Blick strich gehetzt über die versammelten Männer. »Wir müssen kämpfen. Deshalb sind wir hier!«

»Nein«, sagte Hutter, und seine Stimme war jetzt ruhig und tonlos. »Das Artefakt ist verloren. Und unser Plan auch. Wir werden tun, was wir für diesen Fall gelobt haben.«

»Wir können das Artefakt aufs Neue gießen. Ich habe alles hier, was man braucht. Die Formeln meiner Erfindung! Ich trage sie bei mir. Seht!« Damit griff Corvus unter sein Wams, riss einen Packen dicht beschriebener Papiere hervor und hielt sie in die Höhe. »Wir können uns sammeln und dann erneut zuschlagen. In Erfurt. In Mainz. Wo immer wir wollen. Die Klinge ist erkaltet, aber das Schwert ist nicht zerstört!«

»Unser Weg endet hier«, widersprach Hutter. »Und Eurer auch.«

»Ich werde nicht sterben! Nicht hier. Und nicht heute.«

»So ist es bestimmt.«

»Lenkt jetzt vielleicht ein feiger Hund unser Schicksal?« Corvus' Antlitz war zorngerötet. »Soll ich in Demut erstarren, nur weil ein Schwächling uns verriet?«

»Nein!«, fuhr ihn Hutter an. »Weil Gott so entschieden hat!«

»Gott? Wer ist Gott?« Corvus' Stimme überschlug sich. »*Ich* stehe vor Euch. *Ich* werde Euch von nun an führen. Mit meiner Erfindung. Und meiner Macht. Die Welt wird dank uns in Flammen stehen!« Noch immer hielt er den Arm hoch erhoben, die Blätter mit den Formeln für das Artefakt in seiner Faust.

Plötzlich ertönte ein ohrenbetäubender Knall.

Ein ungläubiges Staunen trat auf das Gesicht von Nikolaus Corvus. Einige Sekunden lang verharrte er reglos. Dann brach er ohne ein weiteres Wort zusammen.

Vor ihm stand Veit Hutter. In seiner Hand eine kunstvoll gearbeitete Pistole, verziert mit Gravuren und seinen Initialen. Hutters Blick ruhte noch für einen kurzen Moment auf dem Boden der Höhle. Dort, wo der tote Botanikus lag. Dann ging er schweigend zur Tafel zurück und legte die Waffe auf die Tischplatte vor seinem Stuhl.

Erschöpft stützte er sich mit beiden Armen auf die kühle Steinfläche. Die Flamme in der Öllampe vor ihm flackerte kurz auf. Niemand sagte auch nur eine Silbe. Hutters Gedanken wanderten zu Egidius Withauer zurück. Zu seinem Freund. Und ihrem Verräter. Der zaghafte Mann hatte am Ende mehr Mut bewiesen als sie alle zusammen. Nicht um zu siegen, sondern um einen Kampf zu verhindern.

Konnte es wirklich Gottes Wille sein, dass alles so gekommen war? Hutter erinnerte sich daran, wie ihnen Nikolaus Corvus vom Wirken seiner Erfindung in der kleinen Dorfkirche berichtet hatte. Auch Hutter war zutiefst erschüttert gewesen. Und dennoch sicher, dass sie die furchtbare Waffe zu einem heiligen Zweck nutzen würden. Dass die Opfer gerechtfertigt wären.

Doch war die Annahme richtig gewesen? Konnten sie Gottes Willen erfüllen, indem sie ein Instrument des Teufels verwendeten? Und wäre es hinterher damit vorbei? Oder würden nicht auch Despoten nach dem mächtigen Monster greifen, das Corvus' schwarzes Herz ersonnen hatte?

Veit Hutter traf eine Entscheidung. Er nahm die Öllampe vom Tisch und ging zurück zum toten Körper des Botanikus, wo er sich über den schwarz gewandeten Mann beugte und ihm die Blätter mit den Formeln seiner Erfindung aus der erschlafften Faust nahm. Dann trat er in einen entfernten Winkel der

Höhle, legte die Bögen auf den Boden und zündete sie an. Er beobachtete, wie sich die Blätter mit den Skizzen und Berechnungen knisternd zusammenzogen und das Papier noch einmal hellrot aufglühte, bevor es schließlich zu feinster Asche zerfiel.

Als Veit Hutter das schwere lederne Buch aus der Nische nahm, das sie seit ihren ersten Treffen begleitete, und es zum Tisch brachte, lag ein gelöster Zug auf seinem Gesicht. Ein wichtiger Dienst war noch zu verrichten. Er musste das letzte Kapitel ihrer Chronik schreiben. Für unbekannte Menschen in einer fernen Zukunft, die erfahren sollten, was die SOCIETAS IN UMBRA einst gewesen war. Was sie angetrieben und welchen Weg ihnen das Schicksal am Ende beschieden hatte.

Niemand störte ihn, als er die Feder zur Hand nahm und in dicht gesetzten Worten schilderte, was seit dem Morgen im Dom geschehen war. Welchen Ausgang ihr großer Plan genommen hatte. Und wie sie ihre letzte Stunde auf Erden in dieser Grotte verbrachten. Jedes Detail schrieb er nieder. Was war. Und auch, was gleich passieren würde.

Als sich sein Bericht der Fertigstellung zuneigte, sah er noch einmal in die Runde der schweigenden Männer und fügte dann die abschließenden Zeilen hinzu: »So mögen hier nun unsere Worte enden, ebenso wie unser Leben. In Demut legen wir Erfurt zurück in die starken Arme Gottes, dessen Hand wir führen wollten und dessen Willen wir doch nicht kannten. Mögen unsere Kindeskinder dereinst nicht die Vermessenheit unserer Taten im Gedächtnis behalten, sondern unser Trachten für ihre Stadt.«

Veit Hutter schlug den schweren Folianten zu. Mit bedächtigen Schritten trug er das Buch zurück zur Felsnische, in der es seit mehr als zwei Jahren seinen festen Platz hatte, und legte es behutsam auf den hölzernen Ständer.

Dann hob er den toten Nikolaus Corvus auf, setzte ihn auf seinen angestammten Platz an der Tafel und warf ihm die Robe der Bruderschaft über, die sorgsam gefaltet über seiner Stuhllehne gehangen hatte. Schließlich zog er sich seinen eigenen Mantel an und ließ sich neben den anderen nieder.

Ein letztes Mal waren sie vereint.

Sie gossen sich Wein in ihre Becher, und dann reichte Veit Hutter die kleine silberne Dose herum, welche die giftige Substanz enthielt, die sie nun aus dieser Welt tragen würde.

Jeder von ihnen füllte ein Quantum der klaren Kristalle in sein Trinkgefäß und versank dann in tiefe Kontemplation.

Veit Hutter sah zu Boden. Gleich würden sie im Nichts verschwinden. Bei ihrer Ankunft vorhin hatte er den einäugigen Korbflechter, der sein Haus auf dem Fischersande bewohnte, genau instruiert. Der Mann war angewiesen, noch heute Abend die geheime Tür zu verschließen, die in den Tunnel führte. Vielleicht würde es eines fernen Tages jemanden in dieses Refugium verschlagen, doch das lag nicht mehr in ihrer Hand. »Die Zeit ist gekommen«, sagte er.

Sie sprachen ein letztes Gebet.

Dann griffen sie nach den Bechern.

48

Gegenwart

Genau so hatten sie auch nach dreihundertfünfzig Jahren noch dagesessen. Gekleidet in ihre kostbaren Roben, vereint um die steinerne Tafel, die Trinkbecher vor sich.

Jonas befand sich im hell erleuchteten Laborraum des LKA und las die letzten fünf Seiten des Tagebuchs, die einzeln vor ihm auf dem Untersuchungstisch lagen. Die Polizei hatte sie zusammen mit zahlreichen anderen Beweisen im Haus von Johanna Selig sichergestellt.

Jetzt stand Anne Vareel neben ihm, und er übersetzte ihr Hutters Ausführungen aus der alten Kurrentschrift.

Die Schilderung der letzten Minuten in der Grotte ging Jonas nahe. Die Feder war äußerst akkurat geführt worden. Selbst im Angesicht des nahen Todes hatte Veit Hutter seinen letzten Tagebucheintrag mit größter Sorgfalt beendet. Wort für Wort nahm Jonas die Passage in sich auf, die den Abschluss des Textes bildete.

In Demut legen wir Erfurt zurück in die starken Arme Gottes, dessen Hand wir führen wollten und dessen Willen wir doch nicht kannten. Mögen unsere Kindeskinder dereinst nicht die Vermessenheit unserer Taten im Gedächtnis behalten, sondern unser Trachten für ihre Stadt.

Jonas las darin keine Reue. Aber vielleicht waren die Männer zumindest in Zweifel über die Richtigkeit ihres Weges geraten, den sie für ihr Aufbegehren gewählt hatten. Immerhin hatte Veit Hutter am Ende den unheimlichen Nikolaus Corvus getötet – und die Formeln zum Bau seiner Glockenwaffe für alle Zeiten vernichtet.

»Das war's«, sagte Jonas, als er der Kommissarin die letzten

Zeilen vorgelesen hatte. »Die Verschwörung ist endgültig aufgeklärt.«

»Das ist sie. Glückwunsch, Jonas. Sie haben gute Arbeit geleistet.«

»Danke.«

»Auch auf dem Dachboden der Villa«, fügte Anne Vareel hinzu, und ihre Stimme klang dabei gleichermaßen ernst und einfühlsam. Sie wusste, wie belastend die Situation mit Johanna Selig für Jonas und seine Freundin gewesen war. Auge in Auge mit einer Mörderin. »Wie geht es Fenja?«, fragte sie.

»Gut«, antwortete Jonas. »Wir haben beide ein paar Tage gebraucht. Aber ich glaube, jetzt ist der größte Schrecken überstanden.«

»Das wäre schön. Sie beide waren sehr tapfer.«

»Wenn Marc Schätzele und sein Kollege nicht in letzter Minute dazugekommen wären, hätten Fenja und ich die Sache nicht überstanden«, sagte Jonas. »Unser Leben stand auf Messers Schneide.«

»Ich weiß. Marc hat es mir erzählt.«

»Richten Sie ihm bitte noch einmal aus, wie dankbar wir ihm sind. Er hat uns gerettet. Ohne sein Eingreifen säße ich jetzt nicht hier.«

»Sie können ihn nachher selbst sprechen, wenn Sie wollen. Er steht draußen.«

»Das mache ich«, sagte Jonas. Dann fügte er hinzu: »Und danke auch an Sie. Für unseren Schutzengel.« Nach ihrer Rettung hatten sie erfahren, dass Marc Schätzele schon seit zweieinhalb Wochen ihr Schatten gewesen war. Ein unsichtbarer Begleiter mit dem Auftrag, auf sie aufzupassen. Anne Vareel hatte diese Vorsichtsmaßnahme angeordnet, nachdem Jonas mit der Idee von einer möglichen Infraschallwaffe zum LKA gekommen war. Für den Fall, dass er damit recht behielt. Dass es jemanden gab, der sie wieder aktivieren wollte. Und dass Jonas und Fenja bei ihren Recherchen in Gefahr gerieten.

»Keine Ursache«, wiegelte die Kommissarin jetzt ab. »Ich kenne ja Ihre Neugier. Und Ihre Beharrlichkeit, wenn Sie sich erst mal in eine Sache verbissen haben. Ich dachte, falls Sie dabei jemandem auf die Füße treten, könnte ein Back-up nicht verkehrt sein. Gott sei Dank hat das Timing am Ende gerade noch so funktioniert.«

»Ja. Es hätte nicht viel gefehlt …« Jonas verdrängte den Gedanken an das, was geschehen wäre, wenn Marc Schätzele auch nur ein paar Minuten später auf dem Dachboden der alten Villa aufgetaucht wäre. Stattdessen fragte er: »Und Johanna Selig? Was passiert jetzt mit ihr?«

»Sie hat alle Morde gestanden. Wenn wir die Ermittlungen abgeschlossen haben, bekommt sie ihr Gerichtsverfahren.«

»Hat sie irgendetwas bereut?«

»Nein. Sie ist verstört. Aber bereut hat sie nichts.« Anne Vareel schüttelte nachdenklich den Kopf. »Im Gegenteil. Sie ist immer noch stolz auf ihren Plan. Sie nennt es ihren ›Feldzug für die Gerechtigkeit‹.«

»Gruselig …«

»Ja. So empfinde ich es auch. Aber ihre Welt funktioniert anders.«

»Und sie spricht mit Ihnen darüber?«

»Sie redet sogar wie ein Buch. Jetzt, wo ihr Vorhaben aufgeflogen ist, will sie wenigstens noch mit ihrer Inszenierung glänzen. Wir machen ihr die Freude und sind ein interessiertes Publikum. Auf diese Weise erfahren wir immerhin sämtliche Details, die wir noch wissen müssen.«

»Und das alles, um sich an drei Menschen zu rächen«, meinte Jonas. »Julius Schulth, weil er ihre Gießerkarriere zerstörte. Jan-Hendrik Tann, weil er sie verließ. Und Enrico Chevalier, weil er für die Trennung ihrer Eltern verantwortlich war.«

»Enrico Chevalier ist der Schlüssel. Mit ihm hat alles angefangen«, erklärte Anne Vareel. »Er hat Johanna Seligs Mutter kennengelernt und im Sturm erobert. Für ihn hat Anita Selig ihren Mann verlassen. Dieser hat sich kurz danach umgebracht.«

»Was?« Jonas war bestürzt. »Das wusste ich gar nicht.«

»Es war eine Tragödie. Und dann, nach nur einem Jahr, hat Chevalier Anita Selig den Laufpass gegeben.« Die Kommissarin schüttelte den Kopf. »Der Ehemann tot. Der neue Freund auf und davon. Sie begann zu trinken und ist nie wieder richtig auf die Füße gekommen. Die Familie war zerstört. Und die Kindheit der kleinen Johanna auch.« Vareel sah Jonas mitfühlend an. »Schließlich bekam Johanna die Lehrstelle bei Julius Schulth. Die Gießerei war ihr Rettungsanker.«

»Und dann hat Schulth seine Firma geschlossen ...«

»Und ihr Freund Jan-Hendrik hat sie verlassen. Damit war der Boden für alles Kommende bereitet. Die Zurückweisungen haben ihr weiteres Leben geprägt. Und der Hass hat sich tief in ihre Seele gegraben.«

»Ein einsames Leben.«

»Und ein stilles Leiden, Tag für Tag. Als sie dann zufällig die Grotte und das Tagebuch der Verschwörer entdeckte, war sie fasziniert. Die alte Geschichte hat ihr Trost gespendet. Das Schicksal der Verschwörer berührte sie. Weil sie sich gegen die Kränkungen seitens der Besatzer aufgelehnt haben und an einem Verrat gescheitert sind. Durch jemanden, dem sie zuvor vertraut hatten. Das waren Empfindungen, die Johanna Selig gut kannte. Deshalb fühlte sie sich den Männern in der Höhle verbunden. Ihre Chronik wurde für sie zum Leitbild.«

»Und dann hat sie sich an ihren Peinigern gerächt. An den Menschen, die sie verraten haben.«

»Ja. Schulth war noch ein Zufall. Eine Tat im Affekt, als sie ihn plötzlich in der alten Gießerei wiedergetroffen hat. Der Mord war nicht vorgesehen. Aber Johanna Selig hat dabei gelernt, dass es ihr nicht sonderlich schwerfiel, einen verhassten Menschen zu töten. Und sie damit davonkommen konnte.«

»Die anderen Morde folgten dann einem genauen Plan.«

»Richtig. Vielleicht wäre es bei Schulth geblieben, schließlich war schon Gras über die Sache gewachsen, aber dann passierten einige Dinge. Im Frühsommer starb ihre Mutter in einem psychiatrischen Pflegeheim, in dem sie inzwischen untergebracht war. Kurz danach las Johanna Selig in der Zeitung von der bevorstehenden Verleihung der Ehrenbürgerwürde an Chevalier. Von der Ehrung des Mannes, dem sie die Schuld am Tod ihres

Vaters gab. Und am Leid ihrer Mutter. Damit kam der Stein ins Rollen. Mit dem Wissen um die Verschwörung von 1667 ersann sie ihren perfiden Plan. Die Tötung der letzten verbliebenen Männer, die sie für ihr persönliches Unglück verantwortlich machte. Chevalier und Tann.« Die Kommissarin sah Jonas an. »Aber ihr Tod war Johanna nicht genug. Es sollte der ganz große Abgang werden. Sie wollte die öffentliche Vernichtung ihrer Reputation. Mit dem Tagebuch der Verschwörer als Vorlage.«

»Fast hätte es ja auch geklappt.«

»Tanns Darbietung als vermeintlicher Papst-Attentäter war durchaus überzeugend. Und Chevaliers Amoklauf als Test der Glockenwaffe auch. Nur die alte Hannah Redchen hatte sie nicht auf dem Schirm.« Anne Vareel grinste Jonas an. »Und sie unterschätzte Ihre Hartnäckigkeit.«

»Aber was wäre passiert, wenn mich das LKA gar nicht engagiert hätte? Johanna Seligs Geschichte lebte doch von dem Wissen um das alte Komplott. Von der Glockenwaffe.«

»Kein Problem. Sie hatte alles in der Fabrik deponiert, was wir brauchten. Die Chronik der Verschwörer. Die Hinweise auf den vermeintlichen Bronzeguss. Die Wand mit den Zeitungsartikeln. Und Jan-Hendrik Tann, verunglückt bei dem Versuch, die Spuren vom Gießen der Glockenwaffe zu beseitigen. Das waren mehr als genug Anhaltspunkte, um das Puzzle zusammenzufügen. Das Bild, das wir sehen sollten.«

»Stimmt. Dann störte es auch nicht, wenn das Papst-Attentat nie stattfinden würde. Der Attentäter war ja schon tot.«

»So sieht's aus. Aber Jan-Hendrik Tann wäre für alle Zeit gebrandmarkt gewesen. Genau wie Johanna Selig es beabsichtigte.«

»Und die Fingerabdrücke auf dem Schraubenschlüssel? Auf der Mordwaffe von Schulth?«

»Sie hat ihm das Werkzeug einfach in die Hand gedrückt, als er schon tot in der Grube lag.«

Jonas schüttelte den Kopf. Johanna Selig war emotionslos und berechnend vorgegangen. Er erinnerte sich an den Besuch in ihrem Haus. An die gemeinsame Tasse Tee. Die Frau war ihm und Fenja auf Anhieb sympathisch gewesen. So etwas hätte er ihr nie zugetraut. »Was wäre eigentlich passiert, wenn der Bauarbeiter nicht zufällig durch die Decke der Grotte gebrochen wäre?«, überlegte er. »Johanna Selig konnte nicht wissen, dass das passieren würde.«

»Im Sommer waren Tiefenerkundungen im Domberg angekündigt worden. Wegen der Sanierung der Krypten. Sie hatte davon in der Zeitung gelesen. Es stand also zu erwarten, dass dabei die Höhle entdeckt werden würde. Und damit der tote Schulth. Schon deshalb musste sie sich etwas einfallen lassen.« Die Kommissarin zuckte mit den Schultern. »Außerdem wird die Grotte ausführlich im Tagebuch beschrieben. Inklusive des Tunnels vom Fischersand. Wenn wir nicht durch die Decke gekommen wären, dann etwas später durch die Tür.«

Für einen Moment trat Stille ein. Beide dachten sie über Johanna Selig nach. Über ihre tragische Lebensgeschichte. Über ihren Hass. Und über ihr Geschick, Menschen zu manipulieren. Enrico Chevalier hatte sie an seiner Eitelkeit gepackt. Jan-Hendrik Tann an seiner Habgier. Sie hatte es verstanden, die Schwächen ihrer Widersacher für ihre Zwecke zu nutzen. Und mit ihnen zu spielen wie mit Marionetten.

Jetzt war der Fall endgültig gelöst.

Nach einer Weile brach Jonas das Schweigen. »Es ist schon komisch. Am Ende war es ausgerechnet eine Glocke, die Johanna Seligs Intrige zum Einsturz gebracht hat.« Er sah den kleinen Klangkörper mit dem Herz und den Initialen vor sich, wie er in der dunklen Spitze des Gießereivillaturms seinen Dornröschenschlaf hielt. »Ein Liebesglöckchen ...«

»Ja«, pflichtete ihm Anne Vareel bei. »Die Welt ist manchmal verrückt.« Dann gab sie Jonas zum Abschied die Hand. »Danke für alles. Seien Sie stolz auf sich. Sie haben eine historische Verschwörung aufgedeckt und auch noch den Fall für uns gelöst. Ich sage es mal so – Sie haben Ihren Vertrag mit einer Eins plus erfüllt.« Dann lachte sie. »Solche Mitarbeiter könnten wir öfter gebrauchen.«

»Sie haben ja meine Nummer.« Jonas lachte ebenfalls und empfand dabei tatsächlich ein wenig Stolz.

Marc Schätzele wartete im Flur. Er lehnte entspannt an der makellosen Wand des Neubaus. Als Jonas aus dem Labor kam, zwinkerte Schätzele ihm freundlich zu und zerquetschte ihm bei der Begrüßung fast die Hand. Der Polizist war bester Laune, was Jonas angenehm berührte, da er Schätzele bisher nur als kühlen und effizienten Ermittler kennengelernt hatte.

»Na, Professor? Wie geht's?«, fragte der Beamte.

»Professor?«

»Ihr Spitzname bei uns. Aber von mir haben Sie das nicht.«

Jonas schüttelte ungläubig den Kopf, bevor er Schätzele noch einmal die Hand reichte. »Ich möchte mich bei Ihnen und Ihrem Kollegen bedanken. Sie haben Fenja und mir das Leben gerettet.«

Der Polizist schlug ein. »Nicht der Rede wert. Dafür sind wir da.«

Jonas hatte trotzdem den Eindruck, dass sich der Mann über das Lob freute. Vielleicht bekam er sonst wenig Feedback von den Menschen, für die er täglich seinen Kopf hinhielt. »Das war Rettung in letzter Minute.«

»Na ja.« Schätzele wiegte den Kopf hin und her und grinste. »Ein bisschen Glück war auch dabei. Wir sollten uns eigentlich im Hintergrund halten. Aber als Sie und Ihre Freundin ewig nicht mehr aus der Gießerei kamen, haben wir mal nach dem Rechten gesehen.«

»Nach dem Rechten gesehen«. Jonas musste angesichts der bodenlosen Untertreibung lachen, und mit der lockeren Bemerkung Schätzeles fiel auch ein Teil der Anspannung von ihm ab, die ihn seit dem Ereignis noch gefangen hielt. »Übrigens war das ein cooler Auftritt«, sagte er. »Lernt man das bei der Kripo?«

»Nicht direkt.«

»Gehören Sie denn nicht zum Team von Anne Vareel?«

»Ich bin nur ausgeborgt.«

»Und wo arbeiten Sie sonst?«

»MEK Staatsschutz. Ein mobiles Einsatzkommando.«

»So was wie das SEK?«

»So was.«

»Cool. Ihre Observation haben wir jedenfalls nicht mitge-kriegt.«

»Doch, haben Sie.«

»Was?«

»Bei Ihrem verrückten Wendemanöver sind Sie mir fast in den Wagen gefahren. In Apolda.«

»Ach. Das waren Sie?« Jetzt fiel es Jonas wieder ein. Der braune Opel Vectra, der ihm in der Glockengießerstadt aufge-fallen war. Also hatte er sich doch nicht getäuscht. Sie waren tatsächlich beschattet worden. Aber nicht von einem ominösen Gegner. Sondern von der Polizei. »Dann waren Sie auch in un-serer Wohnung?«, fragte er misstrauisch.

»Nein. Wieso?«

»Jemand hat meine Unterlagen durchsucht. Glaube ich je-denfalls.«

»Aber nicht wir. Definitiv.«

»Vielleicht Ihre Kollegen?« Jonas erinnerte sich an die bei-den unnahbaren Herren in den dunklen Anzügen, die der Be-sprechung im LKA beigewohnt hatten. Und an Anne Vareels Bemerkung, dass sich gewisse Bundesbehörden sehr für die Glockenwaffe interessierten. »Kann es sein, dass sich die Leute aus Berlin in unserer Wohnung umgesehen haben?«

Auf Marc Schätzeles Gesicht erschien ein salomonisches Lä-cheln. »Das wäre illegal.« Mehr sagte er dazu nicht.

»Sie stammen nicht von hier, stimmt's?«, fragte Jonas, um die entstandene Pause zu beenden. Ihm war schon bei der ersten Begegnung mit Schätzele aufgefallen, dass er kein Thüringer war.

»Nein. Nicht direkt. Die Liebe hat mich nach Erfurt ver-schlagen.«

»Oh. Glückwunsch.« Jonas war erstaunt. So ein Bekenntnis hätte er von dem nüchternen Polizisten nicht erwartet. »Und wo kommen Sie eigentlich her?«

»Dienstlich aus Sankt Augustin. Und ursprünglich aus Stuttgart.«

»Das hört man aber nicht mehr.«

»Ich bemühe mich.« Der Polizist grinste.

»Jedenfalls noch einmal danke für alles«, beendete Jonas das Gespräch. »Und richten Sie das bitte auch Ihrem Kollegen aus.«

»Alles klar. Mache ich.«

»Sind Sie jetzt eigentlich aus dem Fall raus?«

»Noch nicht ganz. Den Papstbesuch mache ich noch mit.«

»Na dann, alles Gute. Wir würden uns freuen, wenn wir Sie vielleicht noch einmal zum Essen einladen könnten. Als kleine Erkenntlichkeit.«

»Gern. Aber lieber zu einem Bier.«

»Umso besser. Hier ist unsere Telefonnummer.« Jonas reichte Schätzele eine Visitenkarte, und auch der Polizist gab ihm seine Nummer.

»Ich melde mich«, versprach Schätzele. »Wenn wir den Papst hinter uns haben.«

Es dämmerte schon, als Jonas die Krämerbrücke entlanglief. Von Weitem hörte er das schräge Geigenspiel eines Straßenmusikers. Und wie an jedem Tag strömten ihm unzählige Touristen entgegen.

Die bunte und quirlige Menge tat ihm gut. Die Menschen versprühten eine wunderbare Normalität.

Jonas schloss die Haustür auf und stieg die knarrende Treppe nach oben.

Fenja erwartete ihn an der Tür. Sie umarmten sich lange.

»Ich soll dich von Anne Vareel grüßen«, sagte er dann. »Sie hat sich nach dir erkundigt.«

»Danke«, sagte Fenja lächelnd. »Grüße zurück.«

Doch dann fiel ihnen ein, dass es dazu keine Gelegenheit mehr geben würde. Der Fall war gelöst, Jonas' Vertrag erfüllt. Die Zusammenarbeit mit dem LKA hatte mit dem heutigen Tag ihren Abschluss gefunden.

Sie gingen in ihr Arbeitszimmer und begannen mit dem Aufräumen. Blatt für Blatt nahmen sie die Fotos und Notizzettel von den Wänden. Dann wischten sie das Memoboard ab, auf dem sie die Stichworte ihrer Recherchen notiert hatten, und stellten es zurück hinter einen Schrank. Das alles würden sie jetzt nicht mehr brauchen.

Trotzdem sortierte Jonas sämtliche Unterlagen sorgfältig in einen Ordner ein. Vielleicht würde er bald ein zweites Buch schreiben. Über die Geschichte der Verschwörer.

Als Letztes stieg er auf einen Stuhl und nahm das Foto ab, das sie am Fensterkreuz befestigt hatten. Das mit dem Symbol der Verschwörer. Die Glocke mit der Schlange. Für einen Moment noch ließ Jonas den Blick auf der Aufnahme ruhen. Es war viel passiert, seit Kommissarin Vareel plötzlich vor ihrer Tür gestanden hatte.

Seine Recherchen waren in einer uralten Grotte gestartet, bevor sich Vergangenheit und Gegenwart auf dramatische Weise mischten. Nun waren sie wieder sauber getrennt. In ein Komplott aus dem 17. Jahrhundert und den Fall einer Mörderin aus ihrer modernen Zeit – einer Frau, die die Geschichte der Verschwörer zur Tarnung eines privaten Rachefeldzugs genutzt hatte. Zwei unabhängige Tragödien. Getrennt durch dreihundertfünfzig Jahre.

Jonas legte das Foto von dem Glockensymbol zu den anderen Unterlagen in den Ordner und schlug den Deckel zu.

»Wir sollten Herbert Withauer Bescheid sagen«, meinte Fenja. »Er hat es verdient zu erfahren, dass er mit seiner Theorie von der Verschwörung richtiggelegen hat.«

»Ja, das stimmt.« Jonas nickte. »Und er sollte wissen, dass sein Vorfahr Egidius zwar ein Verräter war, aber dass er mit seinem Tun vielen Menschen das Leben gerettet hat. Ich hoffe, er wird dann mit der Sache seinen Frieden machen.«

»Da bin ich mir sicher.« Fenja lächelte Jonas an. »Übrigens sind wir nachher noch zum Kaffee eingeladen.«

»Oh. Bei wem denn?«

»Beim alten Gotthold unten. Er will dich etwas fragen.«

Eine halbe Stunde später betraten sie den kleinen Zeitungsladen von Gotthold Enschütz, der im Erdgeschoss ihres Krämerbrückenhauses lag.

Der alte Ladenbesitzer erwartete sie in seinem angestammten Sessel. Vor ihm standen ein Tablett mit drei altertümlichen Tassen, aus denen ihnen der aromatische Duft von frischem Bohnenkaffee entgegenzog, und eine mit Butterkeksen beladene Schale.

»Servus, mein Junge«, begrüßte der alte Gotthold Jonas. »Und herzlich willkommen, die Dame.« Er erhob sich, nahm Fenjas Hand und deutete einen Handkuss an. »Nehmt Platz und langt zu. Ich hoffe, der Kaffee ist nicht zu kräftig.«

Sie setzten sich an den Tisch. Jonas sah Gotthold an, der trotz seiner freundlichen Begrüßung angespannt wirkte, und fragte: »Sie wollten mich sprechen?«

Der Alte nickte. Dann meinte er: »Ich werde meinen Laden schließen. Ich höre auf.«

»Was? Schon wieder?« Jonas musste schmunzeln. Das hatte Gotthold schon so oft angekündigt, dass es niemand mehr ernst nahm. Er und sein Laden gehörten zur Krämerbrücke wie die Gera.

»Diesmal meine ich es so«, sagte der fast achtzigjährige Ladenbesitzer, und in seine Züge schlich sich ein Hauch von Traurigkeit. »Die Gesundheit macht nicht mehr mit.«

»Das tut mir leid«, bemerkte Jonas. »Ihr Geschäft wird hier fehlen. Sie werden fehlen.«

»Deswegen wollte ich mit dir sprechen.« Gottholds Miene hellte sich auf, und er blinzelte verschwörerisch. »Ich möchte dir anbieten, den Laden zu übernehmen.«

»Was?« Jonas war perplex. Er sah sich um. Der Raum war gefüllt mit Gottholds merkwürdiger Mischung aus Zeitschriften, Kitsch und Antiquitäten. Dachte er wirklich, Jonas wollte das übernehmen?

»Keine Angst, mein Junge. Du sollst nicht in den Zeitungshandel einsteigen«, erriet der Alte Jonas' Gedanken und lachte schallend. »Ich dachte nur – vielleicht willst du was Eigenes draus machen. Wo du doch jetzt so berühmt bist.«

Tatsächlich hatte Jonas' Name in der letzten Zeit nicht nur wegen seines ersten veröffentlichten Buches öfter in der Zeitung gestanden. Auch sein Mitwirken an der Lösung des Domberg-falles war nach der Verhaftung von Johanna Selig publik geworden.

»Wie wäre es mit einer eigenen Detektei?«, setzte der Alte nach. »Das Schild dafür hast du ja schon.«

Gotthold spielte auf die Messingtafel an, die oben bei ihnen neben der Wohnungstür hing: »Detektei Wiesenburg – Historische Ermittlungen«. Der wohlgemeinte Scherz seines alten Professors. Als Ansporn für seine Arbeit gedacht, aber kein echtes Geschäftsmodell. Oder doch?

»Überlege es dir«, sagte der Noch-Ladenbesitzer jetzt. »Ich habe bei der Auswahl meines Nachmieters ein gewisses Mitspracherecht und könnte mich für euch einsetzen. Für dich und deine wunderbare Freundin.« Gotthold zwinkerte den beiden zu.

»Ich denke darüber nach«, sagte Jonas. Er sah hinüber zu Fenja, dann lächelte er versonnen.

Es war eine verrückte Idee. Aber sie gefiel ihm.

Epilog

Keine Wolke stand am Himmel. Die Sonne tauchte die Stadt in gleißendes Licht, während ein frostiger Wind durch die Häuserschluchten schnitt.

Mit elegantem Schwung bog die Fahrzeugkolonne in die Straße hinter dem Domberg ein. Eine keilförmige Formation aus Motorrädern fuhr an der Spitze, dann folgte eine lange Reihe dunkler Limousinen. Den Abschluss der Wagenkette bildeten Kleinbusse mit dunkel getönten Scheiben und ein Krankenwagen.

Es war Sonntag, der 25. November, und die Stadt stand kopf. Papst Marcellus III. besuchte Erfurt. Die gesamte City befand sich im Ausnahmezustand. Der reguläre Verkehr ruhte fast gänzlich. Die Fahrtroute des Papstes war gesäumt von winkenden Menschen, und der Domplatz hatte sich in ein Meer aus Gläubigen und Schaulustigen verwandelt.

Als die Wagenkolonne zum Stehen kam, hielt die gepanzerte Limousine mit der Fahne des Vatikans am Bug genau am Fuße der Treppe, die zum hinteren Portal des Mariendomes emporführte. Nach der großen Freiluftmesse am Vortag stand heute ein geschlossener Gottesdienst mit zweihundertfünfzig ausgewählten Ehrengästen auf dem Programm.

Erst nachdem die Personenschützer aus den Begleitfahrzeugen gestiegen und neben die Papstlimousine getreten waren, öffneten sich deren Türen.

Enrico Ferri, der Sicherheitschef der Gendarmeria Vaticana, half Marcellus aus dem Fond des Wagens. Daneben erschien fast im selben Augenblick Monsignore Barbieri, der Privatsekretär des Papstes, der dem Oberhaupt der Katholischen Kirche so gut wie nie von der Seite wich.

An der Treppe wartete bereits das Empfangskomitee des Erfurter Domkapitels und hieß den Heiligen Vater mit herzlichen Worten willkommen.

Gemessenen Schrittes stieg Marcellus die steile Treppe hinauf, während sich der Pulk seiner Begleiter ehrerbietig dem Tempo des neunundsiebzigjährigen Pontifex anpasste.

Wenige Minuten später zog Marcellus feierlich in den Dom ein. Die Luft war weihrauchgeschwängert, und ein schmetternder Choral hallte durch das Gewölbe des mächtigen Gotteshauses. Der gesamte Dom war gefüllt mit feierlich gewandeter Prominenz aus Kirche, Politik und Universität, und unzählige Augenpaare verfolgten ehrfürchtig jede Bewegung des hohen Gastes.

Vor dem Chorraum war eigens ein mit rotem Samt bezogener Lehnstuhl aufgestellt worden, auf dem Marcellus Platz nahm.

Als der Gesang verklungen war, breitete sich eine weihevolle Stille im Kirchenschiff aus, die nur von gelegentlichem Hüsteln und Räuspern unterbrochen wurde.

Dann setzte die Orgel ein, und in der folgenden Dreiviertelstunde feierte der Papst zusammen mit den zweihundertfünfzig Würdenträgern und Ehrengästen die heilige Messe. Schließlich neigte sich der Gottesdienst seinem Ende entgegen. Als Höhepunkt würde in wenigen Minuten die berühmte Gloriosa läuten. Die Königin der Glocken.

Zuvor jedoch sah das Protokoll noch einen letzten Programmpunkt vor. Marcellus wollte dem Dom und der Stadt Erfurt ein Gastgeschenk übergeben. Man hatte es bereits in der Mitte des Chorraumes aufgestellt; im Moment wurde das große Objekt noch von einer samtschimmernden Decke verhüllt.

Der Papst erhob sich und trat noch einmal an das Pult, an dem er schon seine Predigt gehalten hatte. Auch jetzt war die Aufmerksamkeit aller auf ihn gerichtet. Der Italiener hatte sich entschieden, die wenigen Worte, mit denen er sich nun an seine Gastgeber wenden würde, auf Deutsch zu sagen. Ein vorbereiteter Text lag auf der Lesefläche bereit. Wie aus dem Nichts erschien Privatsekretär Barbieri, reichte dem Pontifex mit einer fließenden Handbewegung seine Brille und verschwand wieder im Hintergrund. Marcellus setzte die Sehhilfe auf, richtete seine Augen auf das Papier und begann zu sprechen. »Eminenzen,

Magnifizenzen, Exzellenzen, liebe Brüder und Schwestern. Es war mir eine große Ehre, gemeinsam mit Ihnen allen die heilige Messe zu feiern. Ich danke allen Bürgern Erfurts für den herzlichen Empfang. Es ist ein bewegender Moment, an diesem Ort zu stehen. Im Dom der Heiligen Jungfrau Maria, der das Mysterium des Herrn so glanzvoll verkündet und der auf so eindrucksvolle Weise Zeugnis ablegt von der großen Geschichte Ihrer Stadt. Aus den Archiven der Vatikanischen Museen habe ich Ihnen deshalb etwas mitgebracht. Es ist ein Weihwasserbecken aus der Schatzkammer des Mainzer Erzbischofs Johann Philipp von Schönborn, welches er im Jahre 1670 Papst Clemens X. nach dessen Wahl zum Pontifex Maximus als Geschenk nach Rom sandte. Doch gefertigt wurde es einst für dieses Haus – für Ihren Erfurter Dom. So möge die wundervolle Arbeit nun an den Ort ihrer ursprünglichen Bestimmung zurückkehren!«

Ein Messdiener trat heran und zog die Samtdecke von dem Gastgeschenk. Ein prächtiges Weihwasserbecken kam zum Vorschein. Die sanft gewölbte Schale bestand aus purer Bronze. Sie ruhte auf vier geschwungenen Füßen, die mit Gravuren und edlen Steinen geschmückt waren. Von den Seiten lächelten den Betrachter vier goldene Engelsköpfe an.

Beifall brandete auf, und wieder war Monsignore Barbieri zur Stelle, um die päpstlichen Augengläser zu verwahren und Marcellus zu dessen Lehnstuhl zurückzugeleiten.

Während ein Vertreter des Domkapitels zum Rednerpult eilte und einen kurzen Dank sprach, neigte der Privatsekretär sein Haupt an das Ohr des Kirchenoberhauptes. Erwartungsvoll flüsterte er ihm zu: »Heiliger Vater, gleich läutet die Gloriosa.«

Jonas erstarrte. Zusammen mit Fenja und Tausenden Erfurtern stand er auf dem Domplatz und verfolgte die Live-Übertragung der Papstmesse auf einer riesigen Videowand.

Während die Schlussworte von Marcellus III. aus den Lautsprechern hallten, schwenkte die Kamera auf das abgedeckte Objekt. Ein Messdiener zog das Tuch zur Seite und enthüllte so das mächtige Weihwasserbecken mit den vier Engelsköpfen.

Jonas gefror das Blut in den Adern.

Er erkannte das Becken sofort. Veit Hutter hatte es im Tagebuch der Verschwörer genau beschrieben. Es war der Guss aus der Werkstatt von Nikolaus Corvus.

Im Chorraum des Domes stand das Artefakt! Und in wenigen Minuten würde die Gloriosa läuten.

Jonas löste sich aus seiner Schreckstarre. Noch während er sich hektisch durch das Gedränge kämpfte, zog er sein Smartphone aus der Jackentasche. Die Nummer von Marc Schätzele hatte er zum Glück eingespeichert. Und er wusste, dass der Polizist heute zum Sicherungsteam im Dom gehörte.

Endlich erreichte er eine etwas ruhigere Ecke, in der der Lärm durch die Lautsprecher nicht mehr so groß war. Hier konnte er es versuchen.

Hektisch wischte Jonas über das Display des Telefons und wartete dann mit klopfendem Herzen.

Nichts passierte.

Das Freizeichen erklang, aber Schätzele ging nicht an sein Gerät.

Jonas warf einen entsetzten Blick hinauf zu den Türmen des Mariendomes. Dorthin, wo die Gloriosa hing. Noch war sie ruhig.

Er versuchte noch einmal, Schätzele zu erreichen, und lief gleichzeitig auf den nächststehenden Polizisten zu. Vielleicht konnte der eine Warnung absetzen.

Kurz bevor er den verblüfften Beamten erreichte, rauschte es plötzlich an seinem Ohr, dann hörte er Schätzeles vertraute Stimme.

»Jonas, im Moment ist es ganz schlecht. Ich bin –«

Jonas verschwendete keine Zeit mit langen Erklärungen. »Läutet die Glocke nicht!«, brüllte er in sein Handy. »Das Weihwasserbecken – es ist das Artefakt!«

Er konnte keine Antwort verstehen. Hektisch presste er das Gerät an sein Ohr. Rascheln und unverständliche Rufe drangen aus dem Lautsprecher, aber der MEK-Mann war nicht mehr zu hören.

Mit angehaltenem Atem sah Jonas wieder hinauf zur Glockenstube. Dachte an Fenja, die er irgendwo im Gedränge verloren hatte. Und an die Menschen im Dom.

Sekunden vergingen.

Minuten.

Schließlich war es Gewissheit.

Er hatte es geschafft. Die Glocke wurde nicht geläutet. Die Gloriosa blieb stumm.

Erschöpft ließ sich Jonas gegen einen Laternenmast fallen. Dann brach ein erleichtertes Lachen aus ihm heraus.

Die Gefahr war gebannt. Es war vorbei.

Auch viele Tage später konnte sich Jonas noch an das wunderbare Gefühl der Stille erinnern. Nie hätte er gedacht, dass ihn das Schweigen im Glockenturm des Domes einmal so in Euphorie versetzen würde.

Die Festmesse von Marcellus III. war ohne Zwischenfälle zu Ende gegangen und hatte bei den begeisterten Festgästen einen tiefen Eindruck hinterlassen. Die Weihwasserschale war unmittelbar nach der Beendigung des Gottesdienstes von einer nicht näher bezeichneten Bundesbehörde beschlagnahmt worden und hatte Erfurt noch vor dem Papst verlassen.

Dass die Gloriosa nicht geläutet hatte, war bei der euphorischen Berichterstattung über den Besuch des Heiligen Vaters allenfalls eine Randnotiz wert gewesen. Laut einer Erklärung aus dem Büro des Domkapitels sei während der Messe bedauerlicherweise ein Schaltrelais der Glockensteuerung ausgefallen, weswegen die Schwungmotoren der berühmten Glocke nicht angesprungen waren.

Nur ein kleiner Kreis von Menschen wusste, warum die Gloriosa an diesem Tag wirklich geschwiegen hatte.

Einer von ihnen war Jonas Wiesenburg.

Nachwort

Die Arbeit an diesem Buch begann mit einer Erinnerung. Bei einem Besuch in Erfurt, einem Spaziergang zum Domplatz und einem Blick hinauf zu den beiden imposanten Kirchen, von deren Türmen gerade die Glocken herüberschallten. Es war die Erinnerung an meine früheste Begegnung mit der Gloriosa Ende der achtziger Jahre. Damals hatte ich sie zum ersten Mal läuten gehört. Und zwar ganz aus der Nähe, auf den Planken der Glockenstube liegend, das riesige pendelnde Instrument über mir. Ein Drehstab des DEFA-Dokumentarfilmstudios aus Babelsberg realisierte einen Streifen über die Glocken auf dem Domberg. Ich war als Kameraassistent dabei und zusammen mit dem Kameramann im Turm, als die Gloriosa ihren Ruf über die Stadt schickte. Wir hatten uns mit Ohrstöpseln und Gehörschutz ausgestattet und mit der Kamera im Anschlag auf dem Boden positioniert – durchdrungen von einer prickelnden Aufregung. Dann begannen die Antriebsmotoren zu arbeiten und brachten die riesige Glocke immer mehr zum Schwingen, bis der Klöppel schließlich den Rand des mächtigen Bronzekörpers erreichte und der erste tiefe Ton erklang. Der Schalldruck durchströmte meinen ganzen Körper, und die Faszination dieses Augenblicks habe ich bis heute nicht vergessen. Eines Tages kam mir dann bei besagtem Spaziergang über den Domplatz die Idee, die Gloriosa zur Protagonistin eines Kriminalromans zu machen und somit nach fast dreißig Jahren einen Kreis zu schließen.

Die Handlung des Romans ist fiktiv. Dennoch existieren viele der Orte, an denen die Geschichte spielt, auch in Wirklichkeit. Sie haben eine ganz eigene Magie, die in ihrer gegenwärtigen Präsenz, aber auch in ihrer historischen Bedeutung begründet liegt. Der Domberg ist als Wahrzeichen der Stadt Erfurt ein Gesamtkunstwerk, welches unzählige Menschen aus nah und fern anzieht. Die Gloriosa selbst erklingt nur an wenigen ausgewählten Tagen im Jahr. Die Termine sind in der Läuteordnung aufgeführt und im Internet nachzulesen. Außerdem werden regelmäßig Führungen auf die Türme angeboten, bei denen man die berühmte Glocke besichtigen kann. Hierzu empfiehlt sich eine vorherige Anmeldung.

Eine Verschwörung gegen den Mainzer Erzbischof hat es meines Wissens nicht gegeben, allerdings ist der erzwungene Kniefall der Erfurter Ratsherren vor dem Eroberer der Stadt im Jahre 1664 verbürgt. Das im Buch beschriebene Gemälde kann man im Festsaal des Rathauses am Fischmarkt betrachten. Wer tiefer in die ereignisreiche Historie Erfurts eintauchen möchte, findet dazu in Stadtmuseum oder Stadtarchiv eindrucksvolle Zeugnisse.

Ein weniger bekanntes Kleinod ist die zweitürmige Kirche von Gangloffsömmern. Die im Buch beschriebene Tragödie im Sommer des Jahres 1665 ist Fiktion. Die Schönheit des Ortes mit seinen parkähnlichen Anlagen allerdings entspricht der Realität.

Der Weidaer Eisenhammer von 1770 ist eines der wenigen noch existierenden Hammerwerke Thüringens. Früher wurden dort nicht nur Werkzeuge, Wagenachsen oder Beschläge geschmiedet, sondern auch Glockenklöppel. 1921 endete der reguläre Betrieb. Jetzt befindet sich der Eisenhammer in Privatbesitz und wird Stück für Stück saniert. Die Vorstellung, dass die alten Hämmer eines Tages wieder schlagen, während das Wasser der Auma über die Wasserräder flutet, ist großartig.

Übrigens: Wem die Otrassel aus Janko Wolffs Gehege nicht auf Anhieb geläufig sind – das Rätsel um diese Tiere sei noch ein wenig länger gehütet, ich verspreche aber, dass sie auch in Zukunft hin und wieder auftauchen werden.

Einer der wichtigen Handlungsorte des Romans ist die Glockenstadt Apolda. Große Glockengießerfamilien haben deren Weltruf begründet. Apoldaer Glocken erklingen in vielen Ländern rund um den Globus. 1988 hat die letzte Gießerei ihre Arbeit eingestellt. Heute kann man im Apoldaer Glockenmuseum einiges über die Vielfalt, die Herstellungstechnik und die Kulturgeschichte der so weit verbreiteten Klangkörper erfahren, und natürlich über die bedeutenden Gießerfamilien der Stadt.

Die Firma Schulth & Söhne gehört jedoch nicht dazu; sie ist ein Produkt der Phantasie.

Hier und da habe ich mir zudem die Freiheit genommen, Örtlichkeiten und Details zu verändern oder neue Räumlichkeiten anzulegen, um den Romanhelden die Umgebung zu verschaffen, die sie zum Bestehen ihrer Abenteuer brauchten.

Auch für mich war die Beschäftigung mit dem Sujet eine spannende Reise. Ich würde mich freuen, wenn das Buch dazu anregt, sich mit der Welt der Glocken zu beschäftigen, ihren Geheimnissen nachzuspüren oder einfach nur innezuhalten und ihrem Klang ein wenig Zeit zu widmen.

Rolf Sakulowski

Danksagung

Mein allergrößter Dank gilt meiner geduldigen Familie. Wieder einmal war ich für viele Wochen unsichtbar, während meine Frau und unsere Tochter lediglich einen stummen Somnambulen an unserem gemeinsamen Schreibtisch ausmachen konnten.

Außerdem möchte ich mich bei den Mitarbeiterinnen und Mitarbeitern des Emons Verlags für das gute Zusammenwirken bedanken. Jeder Autor weiß, welch große Bedeutung der kreative Raum hat, den man als »verlegerische Heimat« bezeichnet. Ein ganz besonderer Dank gilt der Lektorin Susanne Bartel für ihre präzise und produktive Arbeit.

Nicht zuletzt möchte ich mich bei den vielen Menschen bedanken, die mir ihre Städte gezeigt, mich durch ihre Museen geführt oder mit mir hinauf in die Glockenstuben ihrer Kirchen gestiegen sind. Ihre Herzlichkeit und Hilfsbereitschaft war für die Geschichte und mich selbst auf besondere Weise beflügelnd.